楚辭集解

【明】汪瑗 集解
【明】汪仲弘 補輯
熊良智 肖嬌嬌 牟歆 點校

楚辭要籍叢刊
主編 黄靈庚

上海古籍出版社

本書爲「十三五」國家重點圖書出版規劃項目
本書爲二〇一一—二〇二〇年國家古籍整理出版規劃項目
本書爲二〇一七年國家古籍整理出版資助項目
本書爲浙江師範大學中國語言文學一流學科建設成果
本书爲教育部人文社會科學規劃基金項目成果

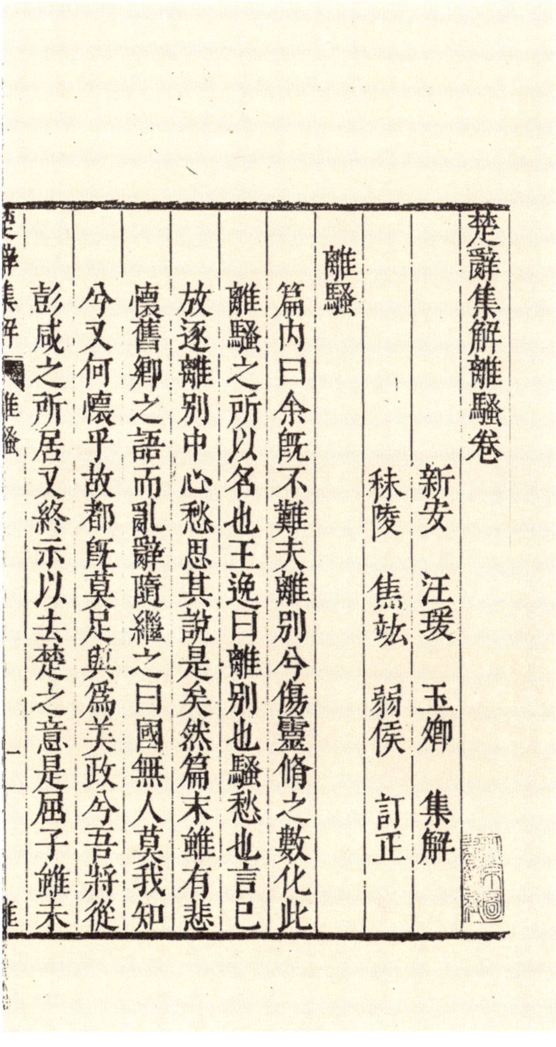
楚辭集解離騷卷

新安　汪瑗　玉卿　集解

秣陵　焦竑　弱侯　訂正

離騷

篇内曰余既不難夫離別兮傷靈脩之數化此離騷之所以名也王逸曰離別也騷愁也言巳放逐離別中心愁思其説是矣然篇末雖有悲懷舊鄉之語而亂辭隨繼之曰國無人莫我知兮又何懷乎故都既莫足與爲美政兮吾將從彭咸之所居又終示以去楚之意是屈子雖未

明萬曆四十六年刻本《楚辭集解》（中國國家圖書館藏本）

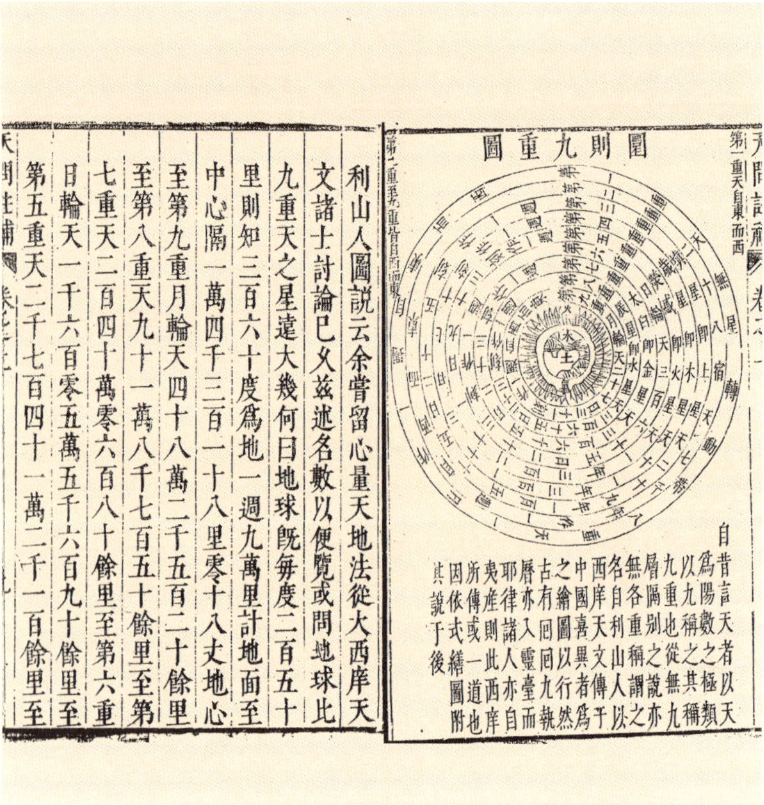

明萬曆四十六年刻本《楚辭集解》（中國國家圖書館藏本）

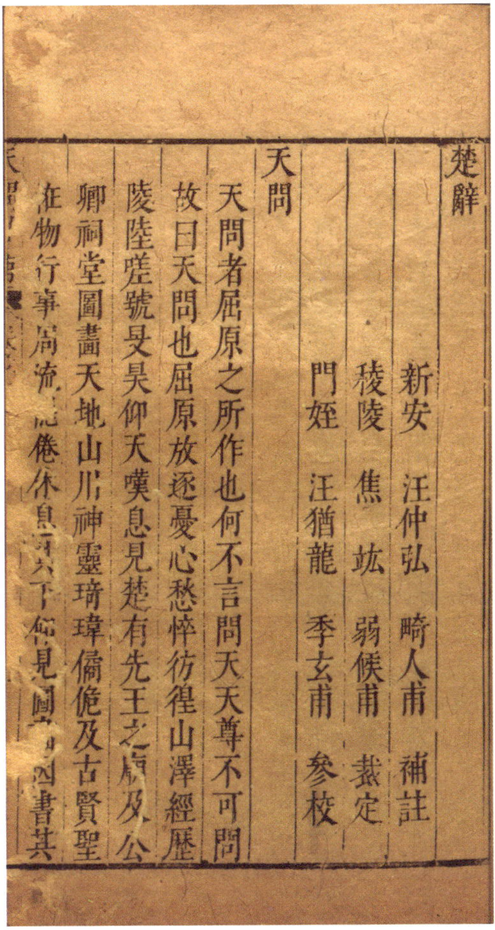
楚辭
新安　汪仲弘　畸人甫　補註
秣陵　焦　竑　弱候甫　裁定
門姪　汪猶龍　季玄甫　參校
天問
天問者屈原之所作也何不言問天天尊不可問故曰天問也屈原放逐憂心愁悴彷徨山澤經歷陵陸嗟號旻昊仰天嘆息見楚有先王之廟及公卿祠堂圖畫天地山川神靈琦瑋僪佹及古賢聖怪物行事周流罷倦休息其下仰見圖畫因書其

明萬曆四十六年刻本《楚辭集解》（美國國會圖書館藏本）

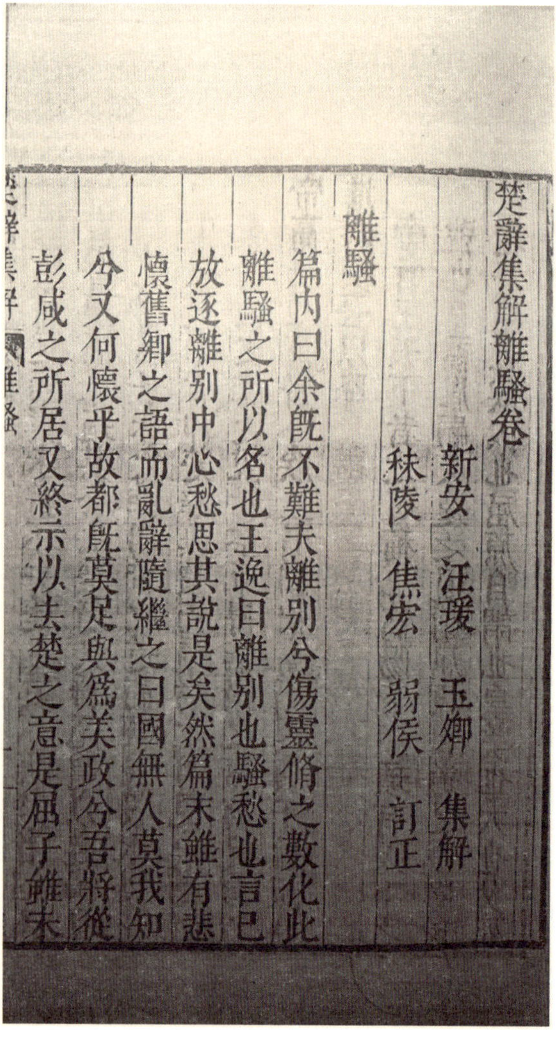

楚辭集解離騷卷

新安　汪瑗　玉卿　集解

秣陵　焦竑　弱侯　訂正

離騷

篇內曰余既不難夫離別兮傷靈脩之數化此離騷之所以名也王逸曰離別也騷愁也言已放逐離別中心愁思其說是矣然篇末雖有悲懷舊鄉之語而亂辭隨繼之曰國無人莫我知兮又何懷乎故都既莫足與爲美政兮吾將從彭咸之所居又終示以去楚之意是屈子雖未

楚辭集解　離騷

明萬曆四十六年刻本《楚辭集解》（四川省圖書館藏本）

楚辭要籍叢刊導言

黄靈庚

楚辭首先是詩，與詩經是中國詩歌史上的兩大派系，好比是長江與大河，同發源於崑崙山，然後分南北兩大水系。大河奔出龍門，一瀉千里，蜿蜒於中原大地，孕育出帶上北國淳厚氣息的國風；而長江闖過三峽，九曲十灣，折衝於江漢平原，開創出富有南國絢麗色彩的楚辭。

「楚辭」這個名稱，始於漢代，是漢人對於戰國時期南方文學的總結。「楚辭」既指繼承詩經之後，在南方楚國發展起來的新體詩歌，標誌着中國文學又進入了一個輝煌的時代；又是中國詩歌由民間集體創作進入了詩人個性化創作的時代，而屈原無疑是創作這種新歌體的最傑出的代表，創造出了「驚采絶豔，難與並能」的離騷、九歌、天問、九章、遠遊、卜居、漁父等不朽的名作。

屈原的弟子宋玉、景差及漢代以後的辭賦作家，承傳屈原開創的詩風，相繼創作了九辯、招魂、大招、惜誓、招隱士、七諫、哀時命、九懷、九歎、九思等摹擬騷體之作，被後世稱之爲「騷體詩」。據説是西漢之末的劉向，將此類詩賦彙輯成一個詩歌總集，取名爲「楚辭」。再以後，東漢王逸爲劉向的這個總集做了註解，這就是至今還在流傳的王逸楚辭章句十七卷的本子，是現存的最早的楚辭文獻，也是我們今天學習楚辭最好的讀本。

「楚辭」之所以名「楚」，表明了所輯詩歌的地方特徵。宋黄伯思業已指出：「蓋屈、宋諸騷，皆書楚語，作楚聲，紀楚地，名楚物，故可謂之『楚詞』。若些、只、羌、誶、蹇、紛、侘傺者，楚語也；頓挫悲壯，或韻或否者，楚聲也；沅、湘、江、澧、修門、夏首者，楚地也；蘭、茝、荃、葯、蕙、若、蘋、蘅者，楚物也；他皆率若此，故以『楚』名之」。其雖然説出了「楚辭」所以名「楚」的緣由，而没有進一步指出名「辭」的來歷。辭，也可以寫作「詞」。楚辭詩句之中都有感歎詞「兮」字。這個「兮」字，古人統歸屬於「詞」，古音讀作「呵」，最富於表達、抒發詩人的情感的感歎詞。這也是楚辭句式的顯著特點。「楚辭」之又所以稱「辭」，是與用了這個「兮」字有關係。

楚辭的句式比較靈活，四言、五言、六言、七言不等，參差變化，不限一格，一改詩經以四言爲主的呆板模式。詩經的篇章結構以短章重疊爲主，短則數十字，長則百餘字，内容相對單一，只截取生活中一個片斷，無法敘述比較複雜、曲折、完整的故事。楚辭突破了這個局限，像離騷這樣的宏篇巨製，洋洋灑灑，三百七十三句，二千四百九十字，至今仍是最偉大的浪漫主義抒情長詩，表現了詩人自幼至老，從參與時政到遭讒被疏，極其曲折的生命歷程；撫今思古，上天入地，抒瀉了在較大時空跨度中的複雜情感。從音樂結構分析，楚辭和詩經一樣，原本都是配上音樂的樂歌。詩經只是一遍又一遍的短章重複演奏，而楚辭有「倡曰」、「少歌曰」、「重曰」，表示樂章的變化，比詩經豐富得多。最後一章，必是衆樂齊鳴，五音繁會，氣勢宏大的「亂曰」。

楚辭的地方特徵，不僅僅是詩歌形式上的變化和突破，更重要的在於精神内容方面的因素。南國楚地三千里，風光秀麗，山川奇崛，楚人既沾濡南國風土的靈氣，又秉習其民族素有「剽輕」的遺風，陶鑄了楚人所特有的品格。楚辭更是「得江山之助」，在聲韻、風情、審美取向、精神氣質等方面，無不深深地烙上了南方特色的印記，染上了濃厚的「巫風」、神怪氣象，動輒駕龍驂鳳，驅役神鬼，遨遊天庭，無所不至。至其抒發情感，激越獷放，一瀉如註，較少淳厚平和的理性思辨，和中原文化所宣導的「不語怪力亂神」、「温柔敦厚」風氣比較，確實有些區别。

屈原是一位富於創造精神的文化巨匠，他置身於大河、長江的崑崙源頭，俯視於南北文化交融的臨界綫。一方面既保持着楚人特有民族性格，自强不息的精神面貌，富有想象的浪漫情調；另一方面又廣泛吸取、融會中原的理性思想，繼承詩經的道德傳統精神。故而在他的作品中，儘管有大江兩岸、南楚沅湘的旖旎風光、濃豔色彩，但幾乎不曾提到楚國的先王先賢，而連篇累牘的都是爲中原文化所公認的歷史人物：堯、舜、禹、湯、啓、后羿、澆、桀、紂、周文王、武王、皋陶、伊尹、傅説、比干、吕望、伯夷、叔齊、甯戚、伍子胥、百里奚等。在屈原的神話傳説中，除九歌中的湘君、湘夫人、山鬼三篇外，像太一、雲中君、東君、司命、河伯、女岐、望舒、雷師、屏翳、伏羲、女媧、虙妃等，都不是楚國固有的神靈，也没有一個是楚人所獨有的神話故事。離騷開頭稱自己是「帝高陽之苗裔」，高陽是黄帝的孫子，其發祥之地，在今河南省的濮陽，不也是中原人的先祖嗎？總之，楚辭是承接詩經之後的一種新詩體，二者同源於大中華文化，是不能割切開來的。更不能説，楚辭是獨立於中華文化以外的另一文化系統。如果片面强調楚辭的地域性、獨立性，也是不妥當的。

楚辭對於後世文學創作的影響是非常巨大的，像司馬遷、揚雄、張衡、曹植、阮籍、郭璞、陶淵明、李白、杜甫、李賀、李商隱、蘇軾、辛棄疾等各個歷史時期的名家巨子，沿波討源，循聲得實，都不同程度地從屈原的辭賦中汲取精華，吸收營養，形成了一個與詩經並峙的浪漫主義傳統的創作風格。在中國文學史上，後世習慣上説「風、騷並重」，指的是現實主義和浪漫主義的兩大傳統精神。由此想見，屈原對於中國文學的偉大貢獻是無與倫比的，屈騷傳統精神更是永恒不朽的。

正因如此，研究中國詩學，構建中國文學史及中國文化史，楚辭無論如何是繞不開的。而讀楚辭、研究楚辭，必須從其文獻起步。據相關書目文獻記載，自東漢王逸楚辭章句以來至晚清民初的兩千餘年間，各種不同的楚辭註本大約有二百十餘種。綜觀現存楚辭文獻，大抵以王逸章句與朱熹集註爲分界：在朱熹集註以前，基本上是承傳王逸章句，而明、清以後，基本上是承傳朱子集註。由我主編且於二〇一四年國家圖書館出版社出版的楚辭文獻叢刊，輯集了二百〇七種，應該蒐録的註本，基本上已彙輯於其中了。遺憾的是，由於這部叢書部帙巨大，發行量也極有限，普通讀者很難看到。且叢書爲據原書的影印本，没作校勘、標點，對於初學楚辭者，尤爲不便。

有鑑於此，我們與上海古籍出版社合作，從中遴選了二十五種，均在楚辭學史上具有影響，爲楚辭研究者必讀之作，分别予以整理出版，滿足當下學術研究的需要，而顏之曰楚辭要籍叢刊。其二十五種書是：漢王逸楚辭章句，宋洪興祖楚辭補註，宋朱熹楚辭集註，宋吴仁傑離騷草木疏，清祝德麟離騷草木疏辨證，宋錢杲之離騷集傳，明汪瑗楚辭集解，明陸時雍楚辭疏，明周拱辰離騷草木史，明陳第屈宋古音義，明黄文焕楚辭聽直，清林雲銘楚辭燈，清王夫之楚辭通釋，清丁晏楚辭天問註，清蔣驥山帶閣註楚辭，清戴震屈原賦註附初稿本，清胡濬源楚辭新註求確，清陳本禮屈辭精義，清劉夢鵬屈子楚辭章句，清朱駿聲離騷賦補註，清王闓運楚辭釋，清馬其昶屈賦微附初稿本屈賦晢微，日本西村時彦楚辭纂説、屈原賦説，日本龜井昭陽楚辭玦等。參與點校者，皆多年從事中國古典文獻研究、尤其是楚辭文獻研究，是學養兼備的「行家裏手」，其對於所承擔整理的著作，從底本、參校本的選定，出校的原則及其前言的撰寫等，均一絲不苟，功力畢現，令人動容。但是，由於經驗、水平不足，受到各種條件限制（如個别參校本未能使用），且多數爲首次整理，頗有難度，因而存在各種問題，在所難免，其責任當然由我這個主編來承擔。敬請讀者批評指瑕，便於再版改正。

前言

一

楚辭集解是明代最有影響的一部楚辭著作。作者汪瑗，據康熙二十九年（一六九〇）歙縣志卷九人物所載：

汪瑗，字玉卿，叢睦人。邑諸生，博雅工詩，見服於弇州、歷下，著有巽麓草堂詩集、李杜合註、楚辭註解諸書。

汪瑗的生年不詳，生活時代大致處於明代中葉的嘉靖王朝。根據焦竑萬曆四十三年楚辭集解序：「君（汪瑗）既逝之五十年，子文英欲梓行之，以公同好，而屬余爲弁。」萬曆四十三年爲公元一六一五年，「逝之五十年」上推，即汪瑗卒於嘉靖四十五年，即公元一五六六年。汪瑗的小兒子汪文英在萬曆四十三年所作天問註跋也敘述身世：「不肖夙遭憫凶，甫離襁褓，先人即捐館舍。」其父「中道摧折」，生壽不長，汪瑗或與嘉靖王朝相終始。

汪瑗生活的叢睦，屬明代商業最繁榮的徽州，亦商亦士的風尚十分顯著，與汪瑗同鄉，作過明朝兵部左侍郎的汪道昆就曾說：

> 新都三儒一賈……賈爲厚利，儒爲名高。夫人畢事儒不效，則弛儒而張賈。既側身餉其利，及爲子孫計，寧弛賈而張儒。一弛一張，迭相爲用，不萬鍾則千駟，尤之能轉轂相巡。豈其單厚計然乎哉！（汪道昆太函集卷五十二海陽處士仲翁配戴偓合墓志銘）

汪瑗的家族背景也多相似，其姪汪仲弘有述：

> 當先王父時，囊橐稍饒，首以詩書爲吾宗掃雲陸。大父承先志，凡古圖書經傳，不靳傾貲蓄之。伯父瑗，幼而穎，治經餘暇，肆其力於藏書，弗令大父知也。毘陵、震澤時以經術擅海內，大父飾羔雁，俾從之游。（汪仲弘楚辭集解補紀由）

看來，汪氏家族嚮學主要是從祖父時代開始的，其父東山先生（楚辭蒙引「蔓茅」條：「先君東山先生嘗傳其説」。）大力推揚，不僅大力建置「圖書經傳」，還送汪瑗兄弟師從名儒歸有光，這一年大概是嘉靖十九年（一五四〇），所謂「庚子，公（汪瑗）從太僕居鍾山」（汪仲弘李杜五言律註述），期望兄弟二人能就「經藝顯」。可是，汪瑗兄弟嚮往「詩、古文辭學」，無意功名。「學就而返」後，遭到了父親的責備。於是汪珂「挾筴而賈游」，作了商人。汪瑗「屈首經藝，試數冠諸生」，參加科舉，但最終仍「不得於時」，「未嘗掛尺組，沾斗禄」。（汪文英天問註跋）也就是四十歲左右，汪瑗作出大膽絶意科舉仕進的行動：「又憤脩文不達，四十空馳，深負庭幃，夜起燃燭，取舉子業，悉付祖龍。」（汪仲弘李杜五言律詩註述）

歸有光對汪瑗甚爲讚賞，敘述學業之事：「新安汪玉卿者，平生博雅，攻古文辭，恬澹自修，不慕浮艷，優游自適，無意功名，以著述爲心。」「精五經，通六藝，能歌詩、古文辭，註李杜、南華文，註離騷。」（歸有光楚辭集解序）歸有光所言汪瑗註南華，今不可見。註李杜則爲兩書。黄虞稷千頃堂書目卷三十二：「汪瑗李太白五言律詩辨註。」萬斯同明史卷一百三十七：「汪瑗李太白五言律詩辨註。以李詩之合唐律者爲正律，合古律者爲變律，故曰辨註。又有杜詩律註與并行。」杜詩律註今作杜律五言補註，見於馬同儼、姜炳炘杜詩版本目録，北京大學圖書館有藏，臺灣大通書局一九七四年影印杜詩叢刊收入。所註離騷，則指汪瑗所著楚辭集解。歸有光楚辭集解序作於嘉靖戊申二十七年，即公元一五四八年。則上述汪瑗著述當完成於是年之前。只是至今傳世僅楚辭集解、杜律五言補註二種。李太白五言律詩辨註現存於日本内閣文庫，以李詩五言弁律一卷著録，「編者汪瑗，校訂者汪仲弘」，明萬曆四十一年。

千頃堂書目卷二十七另著録「汪瑗巽麓草堂詩集」，今亦不存。不過，有幸還能在清人閔麟嗣所撰黄山志卷六看到汪瑗天都詩一首及參與天都詩社的文學活動。陳有守的天都社盟詞記載了這次結社活動：「嘉靖壬寅（一五四二）秋月，有守與王子亮卿過鄭子思祁高唐西望玆山，悠然興懷，倡興雅社。折簡同志，期以九月登高修好，於時踐約者凡十有六人：爲程子自邑、江子廷瑩、民璞、余子復初、汪子玉卿、王子子容、方子際明、子瞻、定之、鄭子子金、文仲、思道、程子汝南、亮卿、思祁及有守從焉。」天都詩可能是汪瑗參加這次活動留下的作品：「青壁高千尺，黄山第一峰。芙蓉落天鏡，丹艧耀雲松。石室留僊竈，金沙駐玉容。倘從軒後去，白日駕飛龍。」

二

楚辭集解是汪瑗最重要的代表性著作，全書僅及楚辭屈原作品二十五篇，宋玉以及漢代諸家概被删除。包括離騷卷，分爲兩部分，九歌、九章、遠游、卜居、漁父各自爲卷。天問因有萬曆四十三年刻本和四十六年刻本兩個系統，内容分卷皆有不同。初刻本以天問初解一卷，四十六年刻本則有天問註補上、下两卷。所以舊時書目著録楚辭集解十五卷，或八卷，略有差異，或因其書著録計卷方法各有不同。其書另有楚辭蒙引卷上、卷下，考異一卷。又輯録前人有關楚辭總論、書序，爲楚辭大序；有關楚辭各篇評論、題解，則題爲楚辭小序。

書名集解，或是因爲輯録了古代各家楚辭相關序論，汪瑗解説屈原各篇詩歌，採録和借鑑古代最重要的王逸、洪興祖、朱熹三家楚辭學著作。汪瑗在楚辭考異序中説：「屈子著此辭以來，千有餘年矣。劉向校定之後，訓解者十數家，俱漫不復存，無所取證。予家所藏，僅有東京王逸章句、丹陽洪興祖補註，及吾鄉先正朱子集註而已。然其間文字多有異同，雖三家於本章之下畧載其説。彼此各有遺漏，不能備詳。故予於集解之内頗擇其文從字順意義明暢者而從之，餘者皆删去，不復綴之於各章之下，恐其繁蕪，不便觀覽。」比如，離騷：「吾令豐隆乘雲兮，求虙妃之所在。」汪瑗：「按：虙妃，王逸以爲神女，是矣。洛神賦註以爲伏羲氏女，洪氏引之，朱子從之。王逸又謂蹇脩爲伏羲氏之臣也。班氏古今人表亦載之。蓋後世註此者，以虙妃爲伏羲之女，故遂以蹇脩爲伏羲之臣。王逸得此而失彼。朱子既辯蹇脩爲羲臣之非，而集註又解虙妃爲羲女，亦得彼而失此也。若按下文佚女爲高辛之妃，二姚爲少康之妃，則此虙妃者，又當爲伏羲之妃也，非女也。」不過，汪瑗的解説，常常對諸家多有辨正。比如離騷「欲從靈氛之吉占」章：「王逸曰：『言己欲從靈氛勸去之占，則心中狐疑，念楚國也。』五臣曰：『言己欲從靈氛勸去之占，則心中狐疑，不忍去忠直也。』洪氏曰：『靈氛之占於異姓則吉矣，在屈原則不可，故猶豫而狐疑也。』俱非是，詳下文。巫咸告以吉，故之後實嘗遠去。其篇末雖有舊鄉之悲，而亂辭又旋復言，其何必懷乎故都以終之。孰謂屈子無遠去之志？孰謂屈子遠去之爲悲哉？」

楚辭集解特色鮮明，表現出獨特的楚辭文學思想和批評方法。作者汪瑗重視文本閲讀，主張以文本研究作品，研究作者及其思想情感。他説：

> 後世之註楚辭者，不以楚辭註楚辭，而以己意註楚辭。論屈子者，不即屈子之言論屈子，而以己之聞見論屈子。拘拘以同姓言之，其知屈子也亦淺矣，其觀楚辭亦疏矣。（離騷「欲從靈氛之吉占」章）

於是，汪瑗不拘於傳統，提出新説。他以離騷中靈氛勸去，巫咸告以吉，亂辭以「何懷乎故都」終結，認爲屈原最終離開楚國。又專論屈原投水辯，認爲：「屈子自沉之事，漢初諸君子亦得之於傳聞者耳。」他引「楚辭言彭咸凡七見」，「未見彭咸爲投水之人」。而惜往日説：「臨沅湘之玄淵兮，遂自忍而沉流。卒没身而絶名兮，惜壅君之不昭。」此表明屈子「立言之意」：「此章承上言己無罪見尤，誠可忿恚，遂欲臨淵自沉，不立於惡人之朝，終亦喪身滅名而已矣。壅君不明，情寃無與之伸者，則死又何益哉？」所以，他説：「下二句明己之遭君不明，死爲無益，又正言其不必死也。後世不深詳其文意，俱解爲實欲臨淵自沉，誤矣。」以文本爲依據，批評前人誤解，「但照本文，詞理不順，似爲牽強曲解，非屈子本意也」。這些都與歷來關於屈原身世、人生的傳統觀點截然不同，遭到四庫館臣嚴厲斥責：「（汪）瑗乃以臆測之見，務爲新説，以排詆諸家。其尤舛者，以『何必懷故都』一語爲離騷之綱領，謂（屈原）實有去楚之志，而深闢洪興祖等謂原惓惓宗國之非。又謂原爲聖人之徒，必不肯自沉於水，而痛斥司馬遷以下諸家言死於汨羅之誣，蓋掇拾王安石聞呂望之解舟詩李壁註中語也。亦可爲疑所不當疑，信所不當信也。」（永瑢等四庫全書總目卷一四八，中華書局，一九六五年，第一二六九頁）四庫館臣指出楚辭集解兩例觀點的錯誤，可謂一鍼見血。但由此而斥楚辭集解「疑所不當疑，信所不當信」，則以偏概全，有失公允。游國恩先生就正本清源，在楚辭註本十種提要中據實辯正，指出：「他（汪瑗）所提出的『新説』，有些固然是『臆測之見』，但也有不少卓越見解。」（游國恩屈原，中華書局，一九八〇年，第八十六頁）條分縷析地梳理了汪瑗的發明創説。比如以禮魂爲九歌「前十篇之亂辭」；認爲九章哀郢是因頃襄王二十九年，白起破郢所作；離騷「昔三后之純粹」中「三后」爲「楚之先君」；「夏康娱以自縱」中，「康娱」二字「猶言逸豫也」；以九歌中湘君、湘夫人爲「配偶神」。這些均先後得到學界的認同，稱爲王夫之、戴震以及閔齊華文選瀹註的創見。可是按照時代的先後，皆當肯定爲汪瑗創説。一九八三年，金開誠、葛兆光二先生聯名在文史發表專文汪瑗和他的楚辭集解，進一步系統地加以闡述和肯定。

當然，楚辭集解的新説不止於上述觀點。比如，關於「端午」的起源。夏曆五月五日古來有種種傳説，而龍舟競渡，哀祭屈原是六朝以來的傳説。古人已有質疑：「南方民又競渡，世謂屈

（原）沉汨羅之日，並檝拯之，在北舳艫既少，罕有此事。」「或曰開懷娛目，乘水臨風，爲一時下爲之賞，非必拯溺。」（杜臺卿玉燭寶典，諸子集成補編〔三〕，四川人民出版社，一九九七年，第六三六—六三七頁）汪瑗則明確否定「端午」緣於哀祭屈原，認爲乃是古之遺俗。他説：

今觀龍舟之戲、角黍之饋，自中原以至於吴、越、甌、閩，莫不皆然。以此可以決知其爲古之遺俗，而非肇自屈原，亦非獨楚俗爲然也。（汪瑗楚辭蒙引離騷卷之上，萬曆四十六年刊本）

聞一多以文化人類學方法作了更加細密的考證，在端午考中指出：「我們可以推測，端午可能最初只是長江中下游吴越民族的風俗。自東漢以來，吴越地域漸被開闢，在吴越文化與中原文化的對流中，端午這節日纔漸漸傳播到長江上游以及北方各地。」（聞一多全集〔一〕，三聯書店，一九八二年，第二二四頁）這裏，筆者並無意證明聞一多先生研究與汪瑗觀點的關係，只是認爲他的思考，既有創新，又有合理之處，才能得到學界研究的印證。又如，天問末句：「吾告堵敖以不長，何試上自予，忠名彌彰？」王逸以「堵敖」爲「楚賢人」，柳宗元以爲「大謬」。洪興祖則確認爲「堵敖」乃楚文王的兒子。但是，何以名曰「堵敖」，柳宗元、朱熹等皆以爲楚人禮俗：「楚人謂未成君而死曰敖。」汪瑗徵引楚王中多位稱敖的史實，破其舊説。認爲「堵敖囏爲王五年，爲弟惲所殺。既五年矣，乃曰未知君而死，恐非。楚康王之立三年，爲叔公子圍所弑，亦曰郟敖。」他進而解釋天問末句的史實和意旨：「二句言弟惲，即成王也。惲既殺兄自立，當時有以忠名之者。屈子怪而問之。」又釋其字詞：「試，當作弑，聲畫相近而誤也。一作議，一作試，俱非。予、與同。自予，自取也，謂殺其兄而自立也。上，君也。兄既爲君，則惲乃臣矣，故曰弑上。」（汪瑗天問初解，楚辭集解汪文英刻本，四庫全書存目叢書集部第一册，第一〇〇頁）汪瑗的解說，清代毛奇齡天問補註有其印證。而游國恩先生天問纂義勘比諸家，亦可證明其觀點的價值：「按楚世家，文王卒，熊囏立，是爲杜敖。杜敖五年，欲伐其弟熊惲，惲奔隨，與隨襲弑杜敖，代立，是爲成王。」「則此實問堵敖與成王之事。」「試者，古通作弑。王闓運得其義。」「試上自予，謂惲弑兄自立也。」（游國恩主編天問纂義，中華書局，一九八二年，第四八五頁）

楚辭集解的解説帶有鮮明的市民文化思想傾向和開放的時代新風氣（參拙文明人汪瑗在楚辭研究中的貢獻，四川師範大學學報，一九九三年第三期），接受西方科學技術的傳入，表現出實學思潮的新特徵。汪瑗反對將詩歌簡單地當作政治諷諫的附庸，一味追求其中的微言大義，他多次提出要「輕看」，要從生活出發。他說：

吾嘗謂解古人之書，必先體帖於今之世俗。今之世俗即古之世俗也。求之於世俗而不得，而後求之於古可也。古人之文蓋即其所常言者而直書之耳，豈如今之文人必探賾索

> 隱之爲哉？（楚辭蒙引 紉）

對前人解釋屈原的名字，他説：「此章『攬揆』、『嘉名』等字要當輕看，如今俗言父親見我初生時，替我取個好名字耳。」（楚辭蒙引 正則靈均）而九歌的題解最能表現出他的文化思想傾向：

> 屈子九歌之詞，亦惟借題目漫寫己之意興，如漢魏樂章、樂府之類。……然其文意與君臣諷諫之説全不相關。舊註解者多以致意楚王言之，支離甚矣。九歌之作，安知非平昔所爲乎？奚必放逐之後之所作也？縱以爲放逐之後之所作，又奚必諷諫君上之云乎？九歌之詞，固不可以爲無意也，亦不可以爲有意也。昔人謂解杜詩者，句句字字爲念君憂國之心，則杜詩掃地矣。瑗亦謂解楚辭者，句句字字爲念君憂國之心，則楚辭亦掃地矣。

楚辭集解接受西方科學技術的時代風氣，主要反映在萬曆四十六年刻本收入的汪仲弘的天問註補中。天問註補在解説天問之時，全書先後繪製十幅圖：圜則九重圖、南北二極圖、山海輿地全圖、十二支宮屬分野宿度圖、日月五星周天圖、太陽中道之圖、太陰九道之圖、列星圖、明魄晦朔弦望圖、古今州域新舊河道輿圖。汪仲弘在凡例中解釋圖的來源：「今即保章之所頒佈，與群書之所繪行明以示人者，共分十圖，倣以繪之。」書中也多以天文、律曆、地理、輿地、州域等自然科學知識解説，這在楚辭研究中也可謂之創舉。姜亮夫先生評價説：「古今考論屈賦，尚未見專圖……皆有華路藍縷之功。」（姜亮夫，楚辭書目五種，上海古籍出版社，一九九三年新版，第四〇一頁）在這些圖示之中，天問註補還引入西方天文學知識，圜則九重圖、山海輿地全圖等就是直接採用利瑪竇的繪圖及其解説。「自昔言天者，以天爲陽數之極，類以九稱之。其稱九重也，從無九層隔別之説，亦無各重稱謂之名。自利山人以西庠天文傳于中國，喜異者爲之繪圖以行。然古有回回九執曆，亦入靈臺，而耶律諸人亦自夷産，則此西庠所傳，或一道也。因依式繕圖，附其説於後。」汪仲弘交待九重天圖來自利瑪竇所傳天文學説。書中還直接引用了利瑪竇的「圖説」：「余嘗留心量天地法，從大西庠天文諸士討論已久，兹述名數以便覽。或問，地球比九重天之星遠大幾何？……」明史天文志也載述了西洋學説的傳入，并説：「楚詞言『圜則九重，孰營度之』，渾天家言『天包地如卵裹黄』，則天有九重，地爲渾圓，古人已言之矣。西洋之説，既不背於古，而有驗於天，故表出之。」（張廷玉等撰明史二，中華書局，一九七四年，第三四〇頁）四庫館臣在利瑪竇乾坤體義提要中言其與天問相同之處：「以七政、恒星天爲九重，與楚辭天問同。」（永瑢等四庫全書總目，中華書局，一九六五年，第八九四頁）汪仲弘又在「九天之際」問後説：「邵子之説固是。但天地自相依附之外，又何所倚耶？其氣無涯，而無涯之外又何如耶？宋儒徒以理言，亦不能使人昭然也。非獨不能使人昭然，吾恐宋儒徒能言之於口，亦未能飛出乾坤之外以親覽之，又安能豁然於心也。」這種「乾坤之外」的「親覽」，正是西方自然科學的傳入所帶來的視野，在楚辭研究中顯示出的新時代氣息。

不過，楚辭集解的新説中確有不少缺乏事實根據的主觀推測，甚至毫無依據質疑文本，擅自徑改文獻，以發揮自己的闡釋。如：離騷「路不周以左轉兮」，他認爲：承前「赤水」而言，「謂既行此流沙無所遇矣，遂循乎赤水之南，又無所遇矣。於是又從右轉於東北二方以求之，而將復歸於西方焉。舊作『左轉』，非是」。於是，他就直接將離騷此句文本改爲「路不周以右轉兮」。懷沙「常度未替」，直接將「未」改作「永」字。悲回風直接將「夫何彭咸之造思兮，暨志介而不忘。萬變其情豈可蓋兮，孰虛僞之可長」四句，由原來第二章移爲第三章。他的理由很簡單：「此簡舊在首章後，今按宜在此，蓋承上章末句而言也。」

三

我們知道楚辭集解的刻本在明代有兩個系統：即萬曆乙卯年（一六一五）汪文英刻本，戊午年（一六一八）汪仲弘刻本。其書著録歷來都有差異，千頃堂書目著録：楚辭集解十五卷，又蒙引二卷。澹生堂書目著録：楚辭集解十五卷，七册，楚辭蒙引二卷，二册。明史藝文志著録：楚辭集解十五卷。四庫全書總目卷一百四十八楚辭類存目著録：楚辭集解八卷，蒙引二卷，考異一卷。美國國會圖書館中國善本書録著録：楚辭集解八卷，卷首一卷，蒙引二卷，考異一卷，天問註補二卷。北京圖書館善本書目著録：楚辭集解十五卷，大序一卷，小序一卷，蒙引二卷，考異一卷，天問註補二卷。細檢明刻原本，知乃諸家所録刻本與計卷方式不同。前四家著録係汪文英刻本，是此書的初刻本，而美國國會圖書館、中國國家圖書館著録爲汪仲弘刻本，因有天問註補二卷，書中各卷題「汪仲弘補輯」，我們稱爲「補輯本」。

兩個刻本系統的内容不同，主要指卷首的三個序和天問註解的差異。卷首的三個「序」，即歸有光嘉靖二十七年戊申（一五四八）所作楚辭集解序、汪瑗自序和汪仲弘楚詞集解補紀由。汪仲弘紀由屬補輯系統。歸序和汪瑗自序理當初刻所有，但是，筆者從上海圖書館藏所見，以及浙江圖書館藏初刻本，均不見歸、汪二序。汪瑗之侄汪仲弘又在補輯本中記述：

> 天問註補將竣，從兄英（汪文英）子麟（汪麟），自新都攜歸太僕楚詞序、伯父自序暨送伯父遊豫章二序至廣陵，云「自敗篋中检獲」。余始疑之，閱其詞，婉然伯父口吻。太僕序中所敘悃窾，又先君（汪珂）庭居時以示余，而人未之知者。……且數序藏篋中數十年，從兄索之不得，今補註竣役乃得之。

據此，初刻本無歸序與汪瑗自序，只在刊補輯本時才於检獲之後補刻。再從日本小南一郎教授調查日本所藏楚辭集解的情況分析。他認定爲第一類（初刻）的三個本子：京都大學乙本、内閣本、小田切本也都無歸、汪二人之序，這證明汪仲弘所述並非虚言。因爲古書之佚、殘缺雖爲常事，尚不至國内外所藏本子殘缺的内容都完全一樣。相反，作爲補輯本，無論是日本所藏國會圖書館本、美國國會圖書館藏本，或是國内中國國家圖書館、四川省圖書館藏本都有歸、汪二序，以及仲弘紀由。另外，屬於補輯系統的日本京都大學甲本，雖缺歸序，卻都存有汪瑗自序、汪仲弘紀由。所以，有的學者認爲歸、汪二序初刻應有，只是我們所見本子亡佚了，這個看法是值得商榷的。

天問註解，初刻本只有汪文英稱爲「初解之書」，即汪瑗在朱熹楚辭集註天問篇上二十條批註。補輯本則有完整的天問註補卷之上、卷之下二卷。題作「新安汪仲弘畸人甫補註」。由於汪瑗的兒子汪文英在楚辭集解初刻本天問註跋中説汪瑗「天問之註爲近屬輩藏匿」，而萬曆四十六年刊本又爲汪仲弘刻，其原書集解各篇及蒙引兩卷，汪仲弘並無一字增添，徑直題「姪仲弘補輯」。有學者指認汪仲弘就是汪文英所稱藏匿汪瑗天問註的「近屬輩」，認爲萬曆四十六年補輯本中天問註補「即汪瑗楚辭集解天問卷也」。但就天問初解與天問註補比較，天問註補確有采用汪瑗天問初解中的説法與材料。不過無論是天問註補的體例、内容、方法，都與楚辭集解有不同，有的觀點與汪瑗更是鍼鋒相對，甚至直接駁斥天問初解的説法。（詳參拙文楚辭集解刻本的幾個問題，四川師範大學學報，一九九四年第四期）因此，汪仲弘是否藏匿汪瑗天問註的

「近屬輩」無法確指，但補輯本天問註補絶不會就是汪瑗楚辭集解的天問卷。

楚辭集解的現代版本，可能以日本學界整理爲最早。日本株式會社同朋舍於昭和五十九年（一九八四）八月出版了日本京都大學漢籍善本叢書楚辭集解。這是楚辭集解初刻本與補輯本整理組合的影印本，京都大學的小南一郎教授大概是整理此書的主持者。他在解説中介紹：「這裏影印的楚辭集解，以京大甲本爲主體，不過如附表所示，京大甲本有很多殘缺部分，其殘缺中前面的焦竑序與歸有光序，以及最後的蒙引與考異，由國會圖書館本來補充。中間的九歌篇到天問篇部分由京大乙本補上。」（小南一郎解説，第四十頁，株式會社同朋舍昭和五十九年）這個版本的内容和原來明刻本都不同，包括集解、蒙引、考異各卷内容，天問部分採入的是初刻本中天問初解。「序」則收入了補輯本才有的歸有光楚辭集解序、汪瑗自序、汪仲弘楚辭集解補紀由。

這裏值得一提的是小南一郎先生對日本楚辭集解藏本的判斷分析。他説：「爲了寫這個解説，現在我調查了在日本能够看到的楚辭集解有多少種，如表所示，各個都有殘缺的部分。」（小南一郎解説，第三十二頁，楚辭集解，株式會社同朋舍，昭和五十九年）小南一郎表中列了楚辭集解的三種文獻：第一類初刻本，有京大乙本、内閣本、小田切本；第二類補輯本，有京大甲本、國會本；第三類是一個幾種刻本組合而成的「阪大本」。既説「各個都有殘缺的部分」，則没有一個完整的足本。特别是第二類補輯本系統「京大甲本」、「國會本」，表中所列皆缺天問部分，也就是完全没有天問註補的部分。並且又説：「國會圖書館本，明刊本五册，原爲上野圖書館藏。」（小南一郎解説，第三十三頁）可是，據金開誠、葛兆光汪瑗和他的楚辭集解介紹：「萬曆四十六年戊午（一六一八）刊本」，「日本京都大學及上野圖書館各藏一部，它的好處不僅在於有天問補註（筆者案：當爲天問註補），而且在於有歸有光序和汪仲弘紀由」。「六十年代中，日本學者波多野太郎和三好新次、島崎康信先生曾先後兩次將日藏本的複印片送給游國恩先生。離騷纂義、天問纂義中所引汪瑗和汪仲弘説，就是根據這些印本過録的。」檢游國恩先生主編天問纂義多處引用的汪仲弘説法，核對中國國家圖書館所藏萬曆四十六年刊本天問註補所載，皆確鑿有據。又天問纂義所列本編選輯舊説總目，有「汪仲弘，附見汪瑗楚辭集解，明刊本。（日本上野圖書館藏本影片）」。則上野圖書館所藏楚辭集解當存有天問註補。因之，小南一郎先生解説宣稱的「楚辭集解多少種」似乎不够準確。所列楚辭集解「各個都有殘缺」的説法，特别是「京大甲本」、「國會本」（即上野圖書館藏本）「所殘缺的内容」是值得商榷的。由於不慎，筆者曾撰文説，「從小南先生的調查，可知日本所藏皆無天問註補」（參拙文楚辭集解刻本的幾個問題，四川師範大學學報，一九九四年第四期），這個説法應該修正。

國内整理已出版的楚辭集解，是由董洪利先生點校，北京古籍出版社一九九四年出版的簡體字排印本。據該書點校説明：「整理以日本上野圖書館藏本爲底本，參校了中國國家圖書館藏萬曆四十六年本。」將汪仲弘天問註補二卷抽出，認爲「不宜載在汪瑗集解中」，而將「汪瑗天問眉批」從「萬曆四十三年本録出」，附録書末。這對當時國内學界研究需要起到了積極的作用，因爲明刊本或日本刊本當時國内流傳都還太少。現在四庫全書存目叢書、續修四庫全書都出版了以浙江圖書館所藏萬曆四十三年刻本爲底本的影印本。或許各家都因萬曆四十三年汪文英初刻本爲汪瑗楚辭集解原刻而對其十分尊重，但是萬曆四十六年補輯本畢竟是一個客觀存在的版本系統。特别是它收録的歸有光序、汪瑗自序、汪仲弘紀由這幾篇序文，涉及有關汪瑗家世、著述，楚辭集解的成書經過、著書宗旨等等，都具有不可取代的文獻價值，值得保持一個獨立完整的版本面貌。汪仲弘的天問註補雖非汪瑗天問註，但如何判斷與汪瑗註解之間的相互聯繫，並且反映出特定時代的學術風氣，學術界至今也只能從前人的引述中窺得一鱗半爪，有的甚至因以致誤。因此，整理出版一部完整的補輯本楚辭集解是有意義的。

當年師從湯炳正先生治楚辭，楚辭集解是我的學位論文課題，當時的基本文獻是王利器先生從日本帶回的株式會社同朋舍出版的楚辭集解。後來因爲課題需要，先後去北京、上海、杭州校讀，又核對過四川省圖書館藏本。一九九三年，湯先生主持，邀請全國楚辭學界參與編纂楚辭文獻叢書，我即負責楚辭集解點校整理。可是叢書最終未能出版，也就一直擱置下來。

二〇一五年，我以楚辭集解版本文獻研究申請了教育部規劃課題，獲得批准立項，適逢黄靈庚先生主持上海古籍出版社楚辭要籍叢刊，納入計劃。這次整理以中國國家圖書館萬曆四十六年刊本（十六册本）爲底本（簡稱國圖本），以美國國會圖書館藏本（簡稱美國會本）、四川省圖書館藏本（簡稱川圖本）爲校本，并參考了國圖所藏汪仲弘天問註補單行本，四庫全書存目叢書影印本（簡稱初刻本），日本株式會社同朋舍整理本（簡稱京都本），以及董洪利點校北京古籍出版社一九九四年本（簡稱董本）。凡底本不誤，他本有誤者，原則上皆不出校記，異文出校，特殊情況略作説明。另外，楚辭集解中有些詩句的個别文字，與歷代傳本不同，也不見於洪興祖考異。如離騷「矯菌桂以紉蘭兮」，傳本「蘭」作「蕙」；惜誦「吾義先君而後身兮」，傳本「義」一般作「誼」，等等，爲保存刻本面貌，均未改動。爲反映底本原貌，異體字、俗體字、古字等，酌情保留。

整理此書，當然不能忘懷湯炳正先生當年引領教導，四川大學道教與宗教文化研究所查常平博士當年爲我全文翻譯小南一郎先生楚辭集解解説，還要感謝給予我整理此書幫助的任利榮博士，張廷銀先生查缺補遺，王小盾教授在美國國會圖書館查閲材料。在美國的女兒熊穎申請得到美國國會圖書館支持，提供了楚辭集解藏本資料。這次整理，應出版社要求，在原書複印本上標點。我和博士研究生肖嬌嬌、牟歆一起，在我原來的舊稿基礎上重新標記，終於完成了多年以來的夙願。限於學識水平，整理點校中一定還存在不少錯誤，敬請讀者批評指正。

熊良智

二〇一六年夏，識於成都獅子山閒静堂

總目

楚辭集解序

余嘗謂古書無所因襲獨繇創造者有三：莊子、離騷、史記也。離騷驚采絶豔，獨步古今，其奥雅閎深，有難遽測。自昔遡風而入味，沿波而得奇者，雖間有之，未有能闚其全者也。漢武帝命淮南安爲楚辭章，旦受命，食時而奏。意特離析篇段，便於披誦云耳。嗣是，班固、賈逵間有論著，今軼不傳。王逸始註楚詞十七卷，嗣是洪興祖、晁无咎、周少隱、林應辰、黄長睿莫不各有論譔，而莫備於朱子之書。讀者皆知尊用之。然原詞譎恑奇詭，非逸章决句斷，未可易讀。況諸家之説傳自漢人，往往參於其中，蓋有未可苐廢者。新安汪君玉卿，少好詞賦，流覽既多，洞其得失，勒爲此編。覈者存之，謬者袪之，未備者補之。或有援據失真，詞意未愜，即出自大儒，不難爲之是正。至於名物字句，不憚猥細，一一詳究，目之曰蒙引。誠藝苑之功人，楚聲之先導已。君既逝之五十年，子文英欲梓行之，以公同好，而屬余爲弁。余竊觀其書，殆有意錯綜諸家而折衷之，非苟然者。今讀之，有同於昔談者，非强同也，理自不得異也；有異乎前論者，非好異也，理自不可同也，在學者善會之而已。君博雅多通，饒於著述，此特其一班云。

萬曆乙卯春日澹園老人焦竑書

楚辭集解序

新安汪玉卿者，平生博雅，攻古文辭，恬澹自修，不慕浮豔，優游自適，無意功名，以著述爲心。與其弟鳴卿偕游余門，三吴有雙丁、貳陸之稱，非凡士也。余碌碌譾才，端章甫衣之士相從者何下數百人，未有如玉卿昆季者。玉卿丰姿奇俊，迥異尋常，超然有出塵世想，幼厭青雲事。遊庠三年，飄然謝去，杜門却掃，不與物接，志存著述。一日，涉桐江，渡錢塘，來謂曰：「瑗今妄意抒辭，註釋離騷，校讐之責，則余弟珂任之，删定當否，願先生爲政。」余喟然嘆曰：「子天才也。精五經，通六藝，能歌詩、古文辭。註李杜、南華文，註離騷，此非大涵養，非大識力者疇能及？余當退舍以讓矣。」第載籍之士，每託青雲。余屈於時而未達，豈足爲玉卿輕重耶？玉卿之才又豈藉青雲以干時好耶？今觀離騷之註，發人之所未發，悟人之所未悟。發以辯理，悟以證心，千載隱衷，藉玉卿一朝而昭著。猗歟盛美，人誰以而間之？至於天問，亂絲攢錦，綸緒分之，一目而領其概，再目而得其詳，讀之令人一唱三嘆。原何幸而得茲也！使九原無知則可，九泉有知，當心服矣。雖然，士以名貴，名以才彰，名顯於一時，才施於後世。余不才，僅叨賢書而猶待年。才如玉卿，何愧於廟廊？何羞於縉紳？竟不能脱其穎，天何使余兩人至此極？玉卿不能爲余解，余更不能爲玉卿解也。是集行，當如日月之明，光被四表，連城之璧見重當時。匪惟重其弟鳴卿，且以重余矣。青雲白社，輕重寧有定乎？覽離騷，亦知揚者非私心，而作者有蓄學也。余安得不發一辭而休揚之？是爲序。

嘉靖戊申七月既望，崑山歸有光熙甫書於畏壘軒中

自序

余昔聞邪正消長之説，每慨正者之不能勝邪，今讀離騷而益致感焉。屈原被讒，千古同恨。閲其辭，會其意，想其當日憂傷之情，令人涕泗沾襟，掩卷太息而莫能已者。夫「楚辭」爲辭賦之祖，司馬、班、楊，漢士詞賦之雄也，遜美若不及，甚至推騷爲經，是豈淺鮮者所能窺其藩乎？唐人惟柳子厚頗得騷學，退之、李觀咸所未工。東方朔諸人七諫、九懷不足爲騷擬，邃哉，騷義無窮也。嚴滄浪云：「楚辭惟屈、宋諸篇當讀之外，此則長沙惜誓、淮南王招隱操、莊忌哀時命等章或宜展誦，其他不必也。」若然，是騷經爲原絶唱，原何以獲是奇抱於湘楚間哉？蓋楚山川奇，草木奇，故原人奇，志奇，又文奇。發乎辭章，敻立千古，沿規襲武，無能做佛其片言。漢興，去古未遠，武帝詔漢茂才修「楚辭」，大山、小山竟不一企，何敢續騷？嗚呼，詩亡矣，春秋不作矣，騷亦不可再矣。瑗獨不能忘情於騷者，非獨以原可悲也，亦惟悲夫騷不及一遇尼山耳。使騷在删詩時，聖人能遺之乎？詩不列楚風，而魯論載楚歌，汝濆、江漢之章與二南並紀後世，崇騷爲經有以也。瑗今妄意抒辭，尊經而遺傳，豈敢確爲定論？又豈敢與王、朱等註衡哉？其間有洞而無疑者，則從而遵之；有隱而未耀者，則從而闡之；有諸家之論互爲異同者，俾余弟珂博爲搜採，余以己意斷之。寧爲詳，毋爲簡，寧蕪而未翦，毋缺而未周，務令昭然無晦，卓然有徵，以無失扶抑邪正之意，庶可以得原之情於萬一乎？雖然，離騷之篇明而達，九歌之篇簡而潔，天問之篇博而贍，九章諸篇通而暢，遠遊、卜居、漁父諸篇或奇偉，或渾雄，或冲淡，尤不可以一律拘。體製雖殊，旨歸則一。其文奇，而釋之者固無所用其奇也。藉遇尼父採附國風，毋論以奇，删者當亦不少。删則散軼，余又安能獲覩其全而註之耶？余竊幸矣。而滄浪答吴景山書又有云：「所論離騷中有深得，實前輩之所未發。」余註固知無當，不知於當時景山註且奚若也？嗚呼，叔師一箋，朦發萬古。今讀騷者，率祧叔師而躋考亭。矧兹以述爲作，又安敢景山埒也。亦惟自致扶抑之意，以爲不得志於時者悼耳。裁成品定，是惟覽者辨之。

新都 玉卿 汪瑗自叙於東山精舍

天問註補將竣，從兄英子麟，自新都携歸大僕楚詞序、伯父自序暨送伯父遊豫章二序至廣陵。云「自敗簏中檢獲」。余始疑之，閲其詞，婉然伯父口吻。大僕序中所叙悃欵，又先君庭居時以示余，而人未之知者。今慇慇悉之，其爲的筆無疑。序中且云，伯父之註天問，綸緒分之。今余所補，亦分章以釋。後先不戒而孚，天若啟之矣。且數序藏簏中數十年，從兄索之不得，今補註竣役廼得之。昔人謂天生神物，久當自合，詎不信哉？其送遊豫章序一爲大僕筆，一爲吾鄉王侍御筆。雖皆鉅公名言，然於是集無關，不敢爲是集溷也。於遺稿内附紀之。汪仲弘識。

楚詞集解補紀由

嗟乎，先人遺書保護之難也，言之而淚潸焉。先人往矣，手遺編而緬口澤，僾然若將見之，情宜用愉快也。第先世之書，全而闕，闕而亡，佹喪佹獲，而戚反緣以滋者。新都以文學世其家，則余宗著。余宗居叢山有年矣，一祖三宗，鼎峙若屈、昭、景。里中素封相望，冠蓋如雲。余屬積衰，滕薛不得與諸任，齒微也。當先王父時，囊槖稍饒，首以詩書爲吾宗掃雲陸。大父承先志，凡古圖書經傳，不靳傾貲蓄之。伯父瑗，幼而穎，治經餘暇，肆其力於藏書，弗令大父知也。毘陵震澤時以經術擅海内，大父飾羔鴈俾從之游。先君少伯父十齡，奮志偕適，就學數載，經史辭章靡亦詣極，而尤專精於楚詞。註釋數十萬言，其義伯實主之。冥搜博採，則先人之功倍焉。學就而返，都人士罔不心傾，日從學詩古文辭。大父始知伯父嚮者以詩古文辭學也。言且誶，先君因挾筴而賈游。伯父屈首經藝，試數冠諸生。方期以經藝顯，風木不俟，蓼莪悲深。閉户嘐嘐，文光掩耀。伯兄能讀父書，天靳其齒。仲若季富於笥，不能讀父書。所註楚詞，慢藏闕失，既無以慰先靈，登木未幾，率爾唐捐。又令人私之蔡帳，行道用惻。矧余猶子，雅慕前脩，可當吾世坐失家珍乎？因竭愚蒙，賾而補輯。力小任重，自知叢取世訾。然責有莫逃，而顛末有當紀以誡者。憶昔伯父之註楚詞也，嘔心爲之。先君從兄共相卒業，第五之名雖不必減驃騎。書成，而伯父之心力盡矣。哲人云逝，伯殀仲孱，扃匱韞之，數十年而家益以落。家人挈藏書權以售之。余時亦稍長，戒弗余知。余聞，藉他手倍值以購。幸覩前書，余受而卒業。作而嘆曰：嗟乎，文章功業，其遞相君臣乎？騷繫於楚，請以楚論。方城、漢水，熊繹氏藉以稱雄。今考其遺世，或湮没莫識。惟是三閭之詞，孚光日月。沿詞爲註，雖亦敢與三閭方。顧其見解，高者薄雲霄，富者羅萬有，懸於國門，則天爵也。晉、楚瞠乎其後矣。夫以文章而闡千古之幽，山林之事功也。吾屬積衰，其有不衰者存乎？季兄力作，晚槖少嬴，竭其微貲，勒註於木。焦太史復爲序之，左氏三都藉晏益重，庶幾足以不磨。後來者敝屣棄之，世守之誼泯矣。余鄙者目擊天問之闕，欲補其全。顧瞻遺編，惴惴莫敢搦管，畏以成玩，坐於蹉跎。廼者故鼎幸還，金甌仍於長缺，玩之罪且浮於棄矣。夙夜黽勉，幸爾成編，雖不敢仰媲班史續成之義，亦庶自爲一家之言。是棄之者，又有以成之也。寧惟余是荷，先靈將藉是慰矣。顧兹先註，詎率成哉。余聞之，先君當偕伯父讀書震澤時，水鄉浩淼，若涉滄溟；永夜嚴更，篝燈達旦。寒則擁臯衾，兩人雙足頓敝篋中以爲常。以兹攻苦，集方有成。而存者亡之，亡者不爲之補，何以稱人後也？緣是，即無所藏拙弗計矣。余尤於載籍存亡，重有感焉。夫古著述充棟汗牛，世風降而體製殊，人情巧而真贋溷。國風亡二雅，訓誥亡典謨，大玄亡易，月令亡禮。六經且然，矧其下者。三閭篇什，今固煒然，而汨羅一沉，絶筆無續。騷亡於漢，古記之矣。天問亡其註，又何足訝也？且其註採自諸家，今諸家之註，文獻足徵。雖伯父多所創發，未獲親承，然去其世若此其未遠也。家學淵源，循補其闕，伯父之天問固在。

萬曆著雍敦牂歲嘉平月蜡日

猶子仲弘頓首拜述

諸孫景星書

楚辭大序

新安　汪瑗　玉卿　集

離騷解序

班孟堅

昔在孝武，博覽古文。淮南王安叙離騷傳，以「國風好色而不淫，小雅怨悱而不亂，若離騷者，可謂兼之矣」。「蟬蜕濁穢之中，浮游塵埃之外，皭然泥而不滓，推此志，雖與日月争光可也」，斯論似過其真。又說五子以失家巷，謂五子胥也。及至羿、澆、少康、二姚、有娀佚女，皆各以所識，有所增損，然猶未得其正也。故博採經書傳記本文，以爲之解。且君子道窮，命矣。故潛龍不見，「是而無悶」，關雎哀周道而不傷，蘧瑗持可懷之智，甯武保如愚之性，咸以全命避害，不受世患。故大雅曰「既明且哲，以保其身」，斯爲貴矣。今若屈原，露才揚己，競乎危國群小之間，以離讒賊。然責數懷王，怨惡椒、蘭，愁神苦思，强非其人。忿懟不容，沈江而死，亦貶絜狂狷景行之士。多稱崑崙、冥婚宓妃虚無之語，皆非法度之政，政與正同。經義所載，謂之兼詩風雅而與日月争光，過矣。然其文弘博麗雅，爲辭賦宗。後世莫不斟酌其英華，則象其從容。自宋玉、唐勒、景差之徒，漢興，枚乘、司馬相如、劉向、楊雄騁極文辭，好而悲之，自謂不能及也。

雖非明智之器，可謂妙才者也。

離騷贊序

班孟堅

離騷者，屈原之所作也。屈原初事懷王，甚見信任。同列上官大夫妬害其寵，讒之王，王怒而疏屈原。屈原以忠信見疑，憂愁幽思而作離騷。離，猶遭也。騷，憂也。明己遭憂作辭也。是時周室已滅，七國並争，屈原痛君不明，信用群小，國將危亡，忠誠之情，懷不能自已，故作離騷。上陳堯、舜、禹、湯、文王之法，下言羿、澆、桀、紂之失，以風懷王。終不覺寤，信反間之説，西朝於秦。秦人拘之，客死不還。至於襄王，復用讒言，逐屈原。在野又作九章賦以風諫。卒不見納，不忍濁世，自投汨羅。原死之後，秦果滅楚，其辭爲衆賢所悼悲，故傳於後。

楚辭章句序

王　逸

叙曰：昔者孔子叡聖明喆，音哲。天生不群，群，一作王。定經術，删詩書一云：俾定經術，乃删詩書。正禮樂，制作春秋以爲後王法。門人三千，罔不昭達。臨終之日，則大義乖而微言絶。其後周室衰微，戰國並爭，道德陵遲，譎詐萌生。於是楊、墨、鄒、孟、孫、韓之徒，各以所知，著造傳記。或以述古，或以明世。八字一作咸以名世。而屈原履忠被譖，憂悲愁思，一云：憂愁思憤。獨依詩人之義，而作離騷。上以諷諫，下以自慰。遭時闇亂，不見省納，不勝憤懣，遂復作九歌以下凡二十五篇。楚人高其行義，瑋其文采，以相教傳。或作傳教。至於孝武帝恢廓道訓，使淮南王安作離騷經章句，則大義燦然。後世雄俊，莫不瞻慕，一作仰。舒肆妙慮，一云：攄舒妙思。纘述其詞。逮至劉向顏師古讀如本字。典校經書，分一有以字。爲十六卷。孝章即位，深弘道藝，而班固、賈逵復以所見，改易前疑，各作離騷經章句。其餘十五卷，一作篇。闕而不説。又以「壯」爲「狀」，一作扶。義多乖異，事不要括。一作撮。今臣復以所識所知，稽之舊章，合之經傳，八字一云：稽之經傳。作十六卷章句。雖未能究其微妙，然大指之趣，略可見矣。且人臣之義，以忠正爲高，以伏[二]節爲賢，故有危言以存國，殺身以成仁。是以五子胥不恨於浮江，比干不悔於剖心，然後忠立而行成，忠，一作德。榮顯而名著。著，一作稱。若夫懷道以迷國，詳愚而不言；詳，與佯同。詐也。顛則不能扶，危則不能安；婉娩以順上，婉娩，一作婉婉，一作僶俛。逡巡以避患；雖保黄耇，終壽百年，蓋志士之所耻，愚夫之所賤也。今若屈原，膺忠貞之質，體清潔之性，直若砥矢，言若丹青，進不隱其謀，退不顧其命，此誠絶世之行，俊彦之英也。而班固謂之「露才揚己」，一作班、賈。競於群小之中，怨恨懷王，譏刺椒蘭，苟欲求進，强巨姜切。非其人，不見容納，忿恚於臂反。自沈，是虧其高明，而損其清潔者也。昔伯夷、叔齊讓國守分，一作志。不食周粟，遂餓而死，豈可復謂有求於世而怨望哉？一作恨怨。且詩人怨主刺一作諫。上，曰：「嗚呼小子，未知臧否。」「匪面命之，言提其耳」，諷諫之語，於斯爲切。然仲尼論之，以爲大雅。引此比彼，屈原之詞，優游婉順，寧以其君一有爲字。不智之故，欲「提攜其耳」乎？而論者以爲「露才揚己」，怨刺其上，强非其人，殆失厥中矣。夫離騷之文，依託五經以立義焉。「帝高陽之苗裔」，則「厥初生民，時惟姜嫄」也。「紉秋蘭以爲佩」，則「將翺將翔，佩玉瓊琚」也。「夕攬洲之宿莽」，則易「潛龍勿用」也。「駟玉虬而乘鷖」，則「時乘六龍以御天」也。「就重華而陳詞」，則尚書咎繇之謀謨也。登崑崙而涉流沙，則禹貢之敷土也。故智彌盛者其言博，才益多者其識遠，多，一作邵。[二]屈原之詞誠博遠矣。自一有孔丘字。終没以來，名儒博達之士著造詞賦，莫不擬則其儀表，祖式其模範，取其要妙，竊其華藻。所謂金相玉質，百世無匹，世，一作歲。名垂罔極，永不刊滅者矣。一作也。[三]

楚辭總論

洪興祖

班孟堅序云「昔在孝武，博覽古文」云云，「雖非明智之器，可謂妙才者也」。顏之推云：「自古文人常陷輕薄，屈原露才揚己，顯暴君過。」劉子玄云：「懷、襄不道，其惡存於楚賦。」讀者不以爲過，蓋不隱惡故也。愚嘗折衷其説而論之。曰：或問：古人有言，殺其身有益於君則爲之。屈原雖死，何益於懷、襄？曰：忠臣之用心，自盡其愛君之誠耳，死生、毁譽所不顧也。故比干以諫見戮，屈原以放自沈。比干，紂諸父也，屈原，楚同姓也。爲人臣者，三諫不從則去之。同姓無可去之義，有死而已。離騷曰「阽余身而危死兮，覽余初其猶未悔」，則原之自處審矣。或曰：原用智於無道之邦，虧明哲保身之義，可乎？曰：愚如武子，全身遠害可也。有官守言責，斯用智矣。山甫明哲，固保身之道。然不曰「夙夜匪懈，以事一人」乎？士見危致命，况同姓兼恩與義，而可以不死乎？且比干之死，微子之去，皆是也。屈原其不可去乎？有比干以任責，微子去之可也。楚無人焉，原去則國從而亡，故雖身被放逐，猶徘徊而不忍去。生不得力争而强諫，死猶冀其感發而改行，使百世之下聞其風者，雖流放廢斥，猶知愛其君，眷眷而不忘臣子之義盡矣。非死爲難，處死爲難。屈原雖死，猶不死也。後之讀其文，知其人，如賈生者亦鮮矣。然爲賦以弔之，不過哀其不遇而已。余觀自古忠臣義士，慨然發憤，不顧其死，特立獨行，自信而不回者，其英烈之氣豈與身俱亡哉？「仍羽人於丹丘，留不死之舊鄉」，「超無爲以至清，與泰初而爲鄰」。此遠遊之所以作，而難爲淺見寡聞者道也。仲尼曰：「樂天知命故不憂。」又曰：「樂天知命，有憂之大者。」屈原之憂，憂國也；其樂，樂天也。離騷二十五篇，多憂世之語。獨遠遊曰：「道可受兮，不可傳，其小無内兮，其大無垠。無淈滑而魂兮，彼將自然。壹氣孔神兮，於中夜存。虚以待之兮，無爲之先。」此老、莊、孟子所以大過人者，而原獨知之。司馬相如作大人賦，宏放高妙，讀者有凌雲之意，然其語多出於此。至其妙處，相如莫能識也。太史公作傳以爲「其文約，其辭微。其志潔，其行廉，其稱文小而其旨極大，舉類邇而見義遠。其志潔，故其稱物芳；其行廉，故死而不容自疏。濯淖污泥之中，以浮游塵埃之外。推此志也，雖與日月争光可也。」斯可謂深知己者。楊子雲作反離騷，「以爲君子得時則大行，不得時則龍蛇。遇不遇，命也。何必沈身哉？」屈子之事蓋聖賢之變者。使遇孔子，當與三仁同稱，雄未足以與此。班孟堅、顔之推所云，無異妾婦兒童之見，余故具論之。

朱晦菴

嗚呼，余觀洪氏之論，其所以發屈原之心者至矣。然屈原之心，其爲忠清潔白，固無待於辯論而自顯。若其爲行之不能無過，則亦非區區辯説所能全也。故君子之於人也，取其大節之純全，而畧其細行之不能無弊，則雖三人同行，猶必有可師者。況於〔四〕屈子乃千載而一人哉！孔子曰：「人之過也，各於其黨。觀過，斯知仁矣。」此觀人之法也。夫屈原之忠，忠而過者也；屈原之過，過於忠者也。故論原者，論其大節，則其他可以一切置之而不問。論其細行，而必其合乎聖賢之矩度，則吾固已言其不能皆合於中庸矣。尚何説哉！

且凡洪氏所以爲辨者三：其一，以爲忠臣之行，發其心之所以不得已者，而不暇顧世俗之毁譽，則幾矣；其一，引仲山甫、甯武子事，而不論其所遭之時，所處之位有不同者，則疏矣；其一，欲以原比於三仁，則夫父師、少師者，皆以諫而見殺、見囚耳，非故捐生以赴死，如原之所爲也。蓋原之所爲雖過，而其忠終非世間偷生幸死者所可及。洪之所言雖有未至，而其正終非雄、固之推之徒所可比，余是以取而附之反騷之篇。

辯騷

劉勰

自風雅寢聲，莫或抽緒，奇文蔚起，其離騷哉。故已[五]軒翥詩[六]人之後，奮飛辭家之前，豈去聖之未遠，而楚人之多才乎！昔漢武愛騷而淮南作傳，以爲「國風好色而不淫，小雅怨誹而不亂，若離騷者，可謂兼之」。「蟬蛻穢濁之中，浮游塵埃之外，皭一作皭。然涅而不緇，雖與日月爭光可也」。班固以爲露才揚己，忿懟沈江，羿、澆二姚，與左氏不合。離騷用羿、澆等事，正與左氏合，孟堅所云謂劉安說耳。崑崙、懸圃，非經義所載。然而文辭麗雅，爲詞賦之宗，雖非明哲，可謂妙才。王逸以爲詩人之提耳，屈原婉順，離騷之文，依經立義。駟虬、乘鷖則時乘六龍，崑崙、流沙則禹貢敷土。名儒詞賦莫不擬其儀表，所謂金相玉振，百世無匹者也。及漢宣嗟嘆，以爲皆合經術。楊雄諷味，亦言體同詩雅。四家舉以方經，而孟堅謂不合傳體。褒貶任聲，抑揚過實，可謂鑒而弗精，翫而未覈者也。將覈其論，必徵言焉。故其陳堯舜之耿介，稱禹、湯之祇敬，典誥之體也。譏桀紂之猖狂，傷羿、澆之顛隕，規諷之旨也。虬龍以喻君子，雲蜺以譬讒邪，比興之義也。每一顧而掩涕，歎君門之九重，忠怨之辭也。觀茲四事，同於風雅者也。至於託雲龍，説迂怪，豐隆求宓妃，鴆鳥媒娀女，詭異之辭也。康回傾地，夷羿彈［七］日，木夫九首，土伯三目，譎怪之談也。依彭咸之遺則，從子胥以自適，狷狹之志也。士女雜坐，亂而不分，指以爲樂，娱酒不廢，沈湎日夜，舉以爲歡，荒淫之意也。此皆宋玉之詞，非屈原意。自漢以來，靡麗之賦，勸百而諷一，其流至於齊、梁而極矣，皆自宋玉唱之。摘［八］此四事，異乎經典者也。故論其典誥則如［九］彼，語其夸誕則如此。固知楚辭者，體慢於三代，而風雅於戰國，乃雅頌之博徒，而詞賦之英傑也。此語施於宋玉可也。觀其骨鯁所樹，肌膚所附，雖取鎔經意，亦自鑄偉辭。故騷經、九章，朗麗以哀志；九歌、九辯，綺靡以傷情；遠遊、天問，瓌詭而惠巧；招魂、大招，耀豔而深華。卜居標放言之致，漁父寄獨任之才。一云：獨任當作獨往。故能氣往轢古，辭來切今，驚采絶豔［一〇］，難與並能矣。自九懷以下，遽躡其跡，而屈、宋逸步，莫之能追。故其叙情怨，則鬱伊而易感；述離居，則愴快［一一］而難懷；論山水，則循聲而得貌；言節候，則披文而見時。枚、賈追風以入麗，馬、楊沿波而得奇。其衣被詞人，非一代也。故才高者苑其鴻裁，中巧者獵其豔辭，吟諷者銜其山川，童蒙者拾其香草。若能憑軾以倚雅頌，懸轡以馭楚篇，酌奇而不失其貞，翫華而不墜其實，則顧盼［一二］可以驅辭力，欬唾可以窮文致，亦不復乞靈於長卿，假寵於子淵矣。

讚曰：不有屈原，豈見離騷？驚才風逸，壯志煙高。煙，一作雲。山川無極，情理實勞。金相玉式，豔溢鎦毫。

洪興祖

隋唐書志有皇甫遵訓參解楚辭七卷，郭璞註十卷，宋處士諸葛楚辭音一卷，劉杳草木蟲魚疏二卷，孟奧音一卷，徐邈音一卷。始漢武帝命淮南王安爲離騷傳，其書今亡。按屈原傳云：「國風好色而不淫，小雅怨誹而不亂，若離騷者，可謂兼之矣。」又曰：「蟬蛻於濁穢，以浮游塵埃之外，不獲世之滋垢，皭然泥而不滓。推此志，雖與日月争光可也。」班孟堅、劉勰皆以爲淮南王語，豈太史公取其語以作傳乎？漢宣帝時九江被公能爲楚辭。隋有僧道騫者善讀之，能爲楚聲，音韻清切。至唐傳楚辭者，皆祖騫公之音。

洪興祖

班孟堅云：「始楚賢臣屈原被讒放流，作離騷諸賦，以自傷悼。後有宋玉、唐勒之屬慕而述之，皆以顯名。漢興，高祖王兄子濞於吳招致天下娛遊子[一三]弟，枚乘、鄒陽、嚴夫子之徒，興於文、景之際，而淮南王安都壽春，招賓客著書。而吳有嚴助、朱買臣貴顯漢朝，故世傳楚辭。」

六義

朱晦菴

按周禮：太師掌六詩以教國子，曰風，曰賦，曰比，曰興，曰雅，曰頌，而毛詩大序謂之六義。蓋古今聲詩條理，無出此者。風則閭巷風土男女情思之詞，雅則朝會燕享公卿大夫之作，頌則鬼神宗廟祭祀歌舞之樂，其所以分者，皆以其篇章節奏之異而別之也。賦則直陳其事，比則取物爲比，興則託物興詞，其所以分者，又以其屬辭命意之不同而別之也。誦詩者先辯乎此，則「三百篇」者若網在綱，有條而不紊矣。不特詩也，楚人之辭，亦以是而求之。則其寓情草木，託意男女，以極遊觀之適者，變風之流也；其敘事陳情，感今懷古，以不忘乎君臣之義者，變雅之類也。至於語冥婚而越禮，攄怨憤而失中，則又風、雅之再變矣。其語祀神歌舞之盛，則幾乎頌而其變也，又有甚焉。其爲賦，則如騷經首章之云也；比，則香草惡物之類也；興，則託物興詞，初不取義，如九歌沅芷澧蘭以興思公子而未敢言之屬也。然詩之興多而比賦少，騷則興少而比賦多，要必辨此，而後詞義可尋。讀者不可以不察也。

楚辭集註序

朱晦菴

右楚辭集註八卷，今所校定，其第録如上。蓋自屈原賦離騷，而南國宗之，名章繼作，通號「楚辭」。大抵皆祖原意，而離騷深遠矣。竊嘗論之：原之爲人，其志行雖或過於中庸而不可以爲法，然皆出於忠君愛國之誠心。原之爲書，其辭旨雖或流於跌宕怪神、怨懟激發而不可以爲訓，然皆生於繾綣惻怛、不能自已之至意。雖其不知學於北方，以求周公、仲尼之道，而獨馳騁於變風變雅之末流，以故醇儒莊士或羞稱之。然使世之放臣、屏子、怨妻、去婦抆淚謳吟於下，而所天者幸而聽之，則於彼此之間，天性民彝之善豈不足以交有所發，而增夫三綱五典之重？此予之所以每有味於其言，而不敢直以詞人之賦視之也。然自原著此詞，至漢未久，而說者已失其趣，如太史公蓋未能免，而劉安、班固、賈逵之書世復不傳。及隋、唐間，爲訓解者尚五六家。又有僧道騫者，能爲楚聲之讀，今亦漫不復存，無以考其說之得失。而獨東京王逸章句與近世洪興祖補註並行於世，其於訓詁名物之間則已詳矣。顧王書之所取舍，與其題號離合之間多可議者，而洪皆不能有所是正。至其大義，則又皆未嘗沈潛反復、嗟歎咏歌，以尋其文詞指意之所出。而遽欲取喻立說，旁引曲證，以强附於其事之已然。是以或以迂滯而遠於性情，或以迫切而害於義理，使原之所爲壹鬱而不得申於當年者，又晦昧而不見白於後世，予於是益有感焉。疾病呻吟之暇，聊據舊編，粗加隱括，定爲集註八卷。庶幾讀者得以見古人於千載之上，而死者可作，又足以知千載之下有知我者，而不恨於來者之不聞也。嗚呼悕矣，是豈易與俗人言哉！

重刻楚辭序

楚辭八卷，紫陽朱夫子之所校定。後語六卷，則朱子以晁氏所集録而刊補定著者也。蓋「三百篇」之後，惟屈子之辭最爲近古。屈子爲人，其志潔，其行廉，其姱辭逸調，若乘鷖駕虬而浮游乎埃壒之表。自宋玉、景差以至漢唐宋作者繼起，皆宗其榘矱而莫能尚之，真風雅之流而詞賦之祖也。漢王逸嘗爲之章句，宋洪興祖又爲之補註，而晁無咎又取古今詞賦之近騷者以續之。然王、洪之註，隨文生義，未有能白作者之心，而晁氏之書辯說紛拏，亦無所發於義理。朱子以豪傑之才聖賢之學，當宋中葉阨於權奸，迄不得施，不啻屈子之在楚也。而當時士大夫希世媒進者，從而沮之排之，目爲僞學，視子蘭上官之徒，殆有甚焉。然朱子方且與二三門弟子講道武夷，容與乎溪雲山月之間。所以自處者，蓋非屈子所能。及間嘗讀屈子之辭，至於所謂「往者余弗及，來者吾不聞」而深悲之。迺取王氏晁氏之書删定以爲此書。又爲之註釋，辯其賦、比、興之體，而發其悲憂感悼之情。繇是作者之心事，昭然於天下後世矣。予少時得此書而讀之，愛其詞調鏗鏘，氣格高古。徐察其憂愁鬱邑繾綣惻怛之意，則又悵然興悲。三復其辭，不能自已。頃書坊舊本，刓缺不可讀。嘗欲重刊以惠學者，而未能也。及承乏汳臺，公暇與僉憲吴君原明論朱子著述，偶及此書，因道予所欲爲者。吴君欣然出家藏善本，正其譌，補其缺，命工鋟梓以傳。既而以書屬予曰：「書成矣，子其序之，使讀者知朱子所以訓釋此書之意，而不敢以詞人之賦視之也。」嗟夫，大儒著述之旨，豈末學所能窺哉？然嘗聞之孔子之删詩，朱子之定騷，其意一也。詩之爲言，可以感發善心，懲創逸志，其有俾於風化也大矣。騷之爲辭，皆出於忠愛之誠心，而所謂「善不由外來，名不可以虚作」者，又皆聖賢之格言。使放臣、屏子呻吟咏嘆於寂寞之濱，則所以自處者，必有其道矣。而所天者幸而聽之，寧不淒然興感而迪其倫紀之常哉？此聖賢删定之大意也。讀此書者，因其辭以求其義，得其義而反諸身焉。庶幾乎朱子之意，而不流於雕蟲篆刻之末矣。

成化十一年歲在乙未秋八月既望，賜進士第嘉議大夫河南按察司按察使盱江何喬新書

重刊王逸註楚辭序

楚辭十七卷，漢中壘校尉劉向編集，校書郎王逸章句，其書本吴郡文學黄勉之所蓄，長洲尹

左綿高君公次見而異之，相與校正，梓刻以傳。自考亭之註行世，不復知有是書矣。余間於文選窺見一二，思覩其全，未得也。何幸一旦得而讀之。人或曰六經之學至朱子而大明，漢唐註疏爲之盡廢，何以是編爲哉？余嘗即二書而參閱之，逸之註訓詁爲詳，朱子始疏以詩之六義，援據博，義理精，誠有非逸所及者。然余之懵也，若天問、招魂譎怪奇澀，讀之多未曉析。及得是編，恍然若有開於余心，則逸也豈可謂無一日之長哉？章决句斷，俾事可曉，亦逸之所自許也。余因思之，朱子之註楚辭，豈盡朱子説哉？無亦因逸之註，參訂而折衷之。逸之註，亦豈盡逸之説哉？無亦因諸家之説，會粹而成之。蓋自淮南王安、班固、賈逵之屬，轉相傳授，其來遠矣。然則註疏之學可盡廢哉？若乃隨世所尚，猥以不誦絶之，此自拘儒曲學之所爲，非所望於博雅君子也。其七諫、九懷、九嘆、九思雖辭有高下，以其古也，亦存而不廢。雖然，古之廢於今，不獨是編也，有能追而存之者乎？高君好尚如是，則其爲政可知也已。

正德戊寅夏五光禄大夫柱國少傅太子太傅兼户部尚書武英殿大學士致仕王鏊序

楚辭小序

離騷經

新安　汪瑗　玉卿　集

王逸曰：「離騷經者，屈原之所作也。屈原與楚同姓，仕於懷王，爲三閭大夫。三閭之職，掌王族三姓曰昭、屈、景。戰國策：「楚有昭奚恤。」元和姓纂云：「屈，楚公族，羋姓之後。楚武王子瑕食采於屈，因氏焉。屈重、屈蕩、屈建、屈平並其後。」又云：「景，羋姓。楚有景差。漢徙大族昭、屈、景三姓於關中。」屈原序其譜屬，率其賢良，以厲國士。入則與王圖議政事，決定嫌疑；出則監察群下，應對諸侯，謀行職脩，王甚珍之。同列大夫上官，靳尚妬害其能，共譖毀之。史記曰：「上官大夫與之同列。」又曰：「用事臣靳尚。」王乃疏屈原。疏，一作逐。屈原執履忠貞而被讒衺，一作邪。憂心煩亂，不知所愬，乃作離騷經。離，別也。騷，愁也。經，徑也。言己放逐離別，中心愁思，猶依道徑，一云「陳直徑」，一云「陳道徑」。以風諫君也。太史公曰：「離騷者，猶離憂也。」班孟堅曰：「離，猶遭也。明己遭憂作辭也。」顏師古云：「擾動曰騷。」余按古人引離騷，未有言經者。蓋後世之士祖述其詞，尊之爲經耳，非屈原意也。逸説非是。故上述唐、虞三后之制，下序桀、紂、羿、澆之敗，冀君覺悟，反於正道而還己也。是時，秦昭王使張儀譎詐懷王，令絶齊交。又使誘楚，請與俱會武關。遂脅一作脇。與俱歸，拘留不遣，卒客死於秦。史記曰：「屈平既絀，其後秦欲伐齊，齊與楚從親。惠王患之，乃令張儀詳去秦，厚幣委質事楚。」「詳」與「佯」同。又曰：「秦昭王與楚婚，欲與懷王會。屈平曰：『秦，虎狼之國，不可信，不如無行。』懷王卒行。入武關，秦伏兵絶其後，因留懷王。」然則使張儀譎詐懷王，令絶齊者乃惠王，非昭王也。其子襄王復用讒言，遷屈原於江南。史記曰：「懷王長子頃襄王立，令尹子蘭使上官大夫短屈原於頃襄王。王怒而遷之。」屈原放在草野，草，一作山。復作九章，援天引聖，以自證明，終不見省。不忍以清白久居濁世，遂赴汨淵自沈而死。前漢地理志：長沙有羅縣。荆州記曰：「縣北帶汨水，水源出豫章艾縣界。西流註湘，沿湘西北去縣三十里，名爲屈潭，屈原自沈處。」汨，音覓。離騷之文，依詩取興，引類譬喻。故善鳥香草以配忠貞，惡禽臭物以比讒佞，靈脩美人以媲於君，媲，配也。匹詣切。宓妃佚女以譬賢臣，虬龍鸞鳳以託君子，飄風雲霓，一作颷。以爲小人。其詞温而雅，其義皎而朗，一作明。凡百君子，莫不慕其清高，嘉其文采，哀其不遇而愍其志焉。愍，一作閔。」魏文帝典論云：「優游按衍，屈原尚之，窮侈極妙，相如之長也。然原據托譬喻，其意周旋，綽有餘度。長卿、子雲不能及。」宋子京云：「離騷爲詞賦之祖，後人爲之，如至方不能加矩，至圓不能過規矣。」

朱子曰：「離騷經者，屈原之所作也。屈原名平，與楚同姓，仕於懷王，爲三閭大夫。三閭之職，掌王族三姓，曰昭、屈、景。戰國策：「楚有昭奚恤。」元和姓纂云：「楚武王子瑕食采於屈，因氏焉。屈重、屈蕩、屈建、屈平並其後。」又云：「景氏有景差，至漢皆徙關中。」屈原序其譜屬，率其賢良，以厲國士。入則與王圖議政事，決定嫌疑，出則監察群下，應對諸侯，謀行職脩，王甚珍之。同列上官大夫及用事臣靳尚妬害其能，共譖毁之，王疏屈原。屈原被讒，憂心煩亂，不知所愬，乃作離騷。班孟堅曰「離，猶遭也」。顔師古曰「擾動曰騷」。洪曰：「其謂之經，蓋後世之士，祖述其詞，尊而名之耳，非原本意也。」上述唐、虞三后之制，下序桀、紂、羿、澆之敗，冀君覺悟，反於正道而還[一四]己也。是時，秦使張儀譎詐懷王，令絶齊交。又誘與俱會武關。原諫懷王勿行，不聽而往，遂爲所脅與之俱歸，拘留不遣，卒客死於秦。而襄王立，復用讒言，遷屈原於江南，屈原復作九歌、天問、九章、遠遊、卜居、漁父等篇，冀伸己志，以悟君心，而終不見省。不忍見其宗國將遂危亡，遂赴汨羅之淵，自沈而死。汨，音覓。○長沙羅縣西北去縣三十里，名爲屈潭，即屈原自沈處。今屬潭州寧鄉縣。淮南王安曰：『國風好色而不淫，小雅怨誹而不亂，若離騷者，可謂無之矣。』又曰：『蟬蜕於濁穢之中，以浮游塵埃之外，不獲世之滋垢，皭然泥而不滓。推此志也，雖與日月争光可也。』宋景文公曰：『離騷爲詞賦之祖，後人爲之，如至方不能加矩，至圓不能過規矣。』」

吴訥曰：「離，遭也。擾動曰騷。晦翁云：原名平，與楚同姓，仕懷王爲三閭大夫。與王圖政，鑒察群下，應對諸侯。同列上官大夫及用事臣靳尚妬其能，譖之。王疏原，原乃作離騷。上述唐、虞三后，下序桀、紂、羿、澆，冀君覺悟。是時，秦使張儀誘懷王俱會武關。原諫勿行，不聽而往，遂爲拘留，不遣，卒死於秦。襄王立，復聽讒，遷原於江南。原復作九歌、九章、遠遊、卜居等篇，冀悟君心，終不見省。不忍見宗國危亡，遂赴汨羅之淵，自沈而死。」見文章辯體。

九歌

王逸曰：「九歌者，屈原之所作也。昔楚國南郢之邑，沅湘之間，其俗信鬼而好祠。祠，一作祀。漢書曰：「楚地信巫鬼，重淫祀。」隋志曰：「荆州尤重祠祀，屈原制九歌，蓋由此也。」其祠必作歌樂鼓舞以樂諸神。一無歌字。屈原放逐，竄伏其域，懷憂苦毒，愁思沸鬱，出見俗人祭祀之禮，歌舞之樂，其詞鄙陋，因爲作九歌之曲。王逸註九辯云：「九者，陽之數，道之綱紀也。」五臣云：「九者，陽數之極。自謂否極，取爲歌名矣。」按九歌十一首，九章九首，皆以九爲名者，取簫韶九成、啓九辯九歌之義。騷經曰「奏九歌而韶舞兮，聊假日以媮樂」，即其義也。宋玉九辨以下皆出於此。上陳事神之敬，下見己之冤結，託之以風諫。故其文意不同，章句雜錯，而廣異義焉。」一云：故其文詞意周章雜錯。

朱子曰：「九歌者，屈原之所作也。昔楚南郢之邑，沅湘之間，其俗信鬼而好祀，其祠必使巫覡作樂，歌舞以娛神。蠻荆陋俗，詞既鄙俚，而其陰陽人鬼之間，又或不能無褻慢淫荒之雜。原既放逐，見而感之，故頗爲更定其詞，去其太甚，而又因彼事神之心，以寄吾忠君愛國眷戀不忘之意。是以其言雖若不能無嫌於燕昵，而君子反有取焉。」此卷諸篇皆以事神不答而不忘其敬愛，比事君不合而不能忘其忠赤，尤足以見其懇切之意。舊説失之，今悉更定。

吴訥曰：「祝氏曰：楚俗信鬼好祀，每使巫覡作樂以娛神。俗陋詞俚，原更其詞，以其事神不答而不忘其敬，比吾事君不合而不能忘其忠。諸篇皆賦而比，然賦比中又兼數義。晦翁云：「比其類，則宜爲三頌之屬；論其辭，則反爲國風再變之鄭衛矣。」

東皇太一

洪興祖曰：「五臣云：『每篇之目皆楚之神名。所以列於篇後者，亦猶毛詩題章之趣。太一，星名，天之尊神，祠在楚東，以配東帝，故云東皇。』」補曰：「漢書郊祀志云：『天神貴者太一，太一佐曰五帝。古者天子以春秋祭太一東南郊。』天文志曰：『中宮天極星，其一明者，太一常居也。』淮南子曰：『太微者，太[一五]一之庭。紫宮者，太一之居。』說者曰太一，天之尊神，曜魄寶也。天文大象賦註云：『天皇太帝一星在紫微宮內，勾陳口中。其神曰曜魄寶，主御群靈，秉萬機神圖也。其星隱而不見，其占以見，則爲災也。』又曰：『太一，一星，次天一南，天帝之臣也。主使十六龍，知風雨、水旱、兵革、飢饉、疾疫，占不明，反移爲災。』」

朱子曰：「太一，神名，天之尊神。祠在楚東，以配東帝，故云東皇。漢書云：『天神貴者太一，太一佐曰五帝。中宮天極星，其一明者太一常居也。』淮南子曰：『太微者，太一之庭，紫宮者，太一之居。』○此篇言其竭誠盡禮以事神，而願神之欣說安寧，以寄人臣盡忠竭力、愛君無已之意，所謂全篇之比也。」

吴訥曰：「太一，天之貴神，祀在楚東，故曰東皇。○全篇賦而比也。」

雲中君

洪興祖曰：「雲神，豐隆也。一曰屏翳，已見騷經，漢書郊祀志有雲中君。」

朱子曰：「謂雲神也，亦見漢書郊祀志。○此篇言神既降，而久留與人親接，故既去而思之不能忘也，足以見臣子慕君之深意矣。」

吴訥曰：「雲神也。○賦而比也。」

湘君

洪興祖曰：「劉向列女傳：『舜陟方，死於蒼梧，二妃死於江、湘之間，俗謂之湘君。』禮記：『舜葬於蒼梧之野，蓋三〔一六〕妃未之從也。』註云：『離騷所歌湘夫人，舜妃也。』韓退之黄陵廟碑云：『湘旁有廟曰黄陵，自前古立以祠堯之二女，舜二妃者。』秦博士對始皇帝云：『湘君者，堯之二女，舜妃者也。』劉向、鄭玄亦皆以二妃爲湘君，而離騷九歌既有湘君，又有湘夫人。王逸以爲湘君者，自其水神，而謂湘夫人乃二妃也，從舜南征三苗，不及，道死湘、沅之間。山海經曰：『洞庭之山，帝之二女居之。』郭璞疑二女帝舜之后，不當降小水爲其夫人，因以二女爲天帝之女。以余考之，璞與王逸俱失也。堯之長女娥皇爲舜正妃，故曰君。其二女女英，自宜降曰夫人也。故九歌詞謂娥皇爲『君』，謂女英『帝子』，各以其盛者推言之也。禮有小君，君母，明其正自得稱君也。」朱子曰：「說見篇内。○此篇蓋爲男主事陰神之祠，故其情意曲折尤多，皆以陰寓忠愛於君之意。而舊說之失爲尤甚，今皆正之。」

吳訥曰：「堯長女，舜正妃，娥皇也。舜崩蒼梧，二妃死湘、江間，黄陵有廟。○賦而比也，然其中有比之比與興而比之義。」

湘夫人

吳訥曰：「堯次女，舜次妃，女英也。○與前篇比賦同。至『沅有茝兮澧有蘭，思公子兮未敢言』，則又屬興矣。」

大司命

洪興祖曰：「周禮大宗伯：『以槱燎祀司中、司命。』疏引星傳云：『三台，上台司命爲太尉。』又：『文昌宫第四曰司命。』按史記天官書：『文昌六星，四曰司命。』晉書天文志：『三台六星，兩兩而居。西近文昌，二星曰上台，爲司命，主壽。然則有兩司命也。』祭法：『王立七祀，諸侯立五祀，皆有司命。』疏云：『司命，宫中小神。』而漢書郊祀志：『荆巫有司命。説者曰文昌第四星也。』五臣云：『司命星名，主知生死，輔天行化，誅惡護善也。』大司命云：『乘清氣兮御陰陽』，少司命云『登九天兮撫彗星』，其非中宫小[一七]神明矣。」

朱子曰：「周禮大宗伯『以槱燎祀司中、司命』。疏引星傳云：『三台上台曰司命。』又：『文昌宫第四星，亦曰司命，故有兩司命也。』」

吴訥曰：「周禮大宗伯祀司命，疏云：『三台上台曰司命。』又：『文昌第四宫亦曰司命，故有兩司命。』○賦而比也。言人生貧富貴賤，神實司之，非人能爲，所以順受其正者，嚴矣。其又雅之義歟？」

少司命

朱子曰：「按前篇註説有兩司命，則彼固爲上台，而此則文昌第四星歟？」

吴訥曰：「此司命其文昌第四星歟？○首兩章興也。中間意思纏綿處似風，末段正言稱贊處，又似雅與頌。然全篇比賦之義，固已在風興雅、頌之中矣。○祝氏曰：『前篇司命陽神而尊，故但爲主祭者之詞。此司命陽神而少卑，故爲女巫之言以接之。篇末言神能驅除邪惡，擁護良善，宜爲下民所取正，則與前篇意合。』」

東君

洪興祖曰：「博雅曰：『朱明、耀靈、東君，日也。』漢書郊祀志有東君。」

朱子曰：「今按此日神也。禮曰：『天子朝日於東門之外。』又曰：『王宮祭日也。』漢志亦有東君。」

吳訥曰：「迎日之祭也。○賦也，似不兼别義，却有頌體。」

河伯

洪興祖曰：「山海經曰：『中極之淵，深三百仞，唯冰夷都焉。冰夷，人面而乘龍。』穆天子傳云：『天子西征，至於陽紆之山，河伯無夷之所都居。』冰夷、無夷即馮夷也。淮南又作『馮遲』。抱朴子釋鬼篇曰：『馮夷以八月上庚日渡河，溺死，天帝署爲河伯。』清泠傳曰：『馮夷，華陰潼鄉隄首人也。服八石，得水仙，是爲河伯。』博物志云：『昔夏禹觀河，見長人魚身，出曰：吾河精。』豈河伯也？馮夷得道成仙，化爲河伯，道豈同哉？」

朱子曰：「舊説以爲馮夷，其言荒誕，不可稽考，今闕之。大率謂黄河之神耳。」

吳訥曰：「賦而比也。晦翁云：巫與河伯既相别矣，而波猶來迎，魚猶來送，眷眷之無已也。原豈至是而歎君恩之薄乎?」

山鬼

洪興祖曰:「莊子曰山有夔。淮南曰山出嘄陽。楚人所祠,豈此類乎?」[一八]

朱子曰:「國語曰:『木石之怪夔、罔兩。』豈謂此邪?○今按:此篇文義最爲明白,而説者自汨之。今既章解而句釋之矣,又以其託意君臣之間者言之,則言其被服之芳者,自明其志行之潔也。言其容色之美者,自見其才能之高也。子慕予之善窈窕者,言懷王之始珍己也。折芳馨而遺所思者,言持善道而效之君也。處幽篁而不見天,路險艱而又晝晦者,言見棄遠而遭障蔽也。欲留靈脩而卒不至者,言未有以致君之寤而俗之改也。知公子之思我而然疑作者,又知君之初未忘我,而卒困以讒也。至於思公子而徒離[一九]憂,則窮極愁怨,而終不能忘君臣之義也。以是讀之,則其他之碎義曲説,無足言矣。」

吴訥曰:「賦而比也。○祝氏曰:『前諸篇皆言人慕神,比臣忠[二〇]君。此篇鬼陰而賤,不可比君,故以人況君,以鬼喻己而爲鬼媚人之語。凡言「余」與「我」及「若有人」、「山中人」之類,皆托鬼自喻。言子與君,及所思靈脩、美人、公子之類,則況君也。反覆曲折,蓋言己與君始親終疏。今君雖未忘我,而卒困於讒,已終拳拳不忘君也。』」

國殤

洪興祖曰：「謂死於國事者。小爾雅曰：『無主之鬼謂之殤。』」

朱子曰同前。〔二一〕

禮魂

洪興祖曰：「禮，一作祀。魂，一作靈。或曰：禮魂，謂以禮善終者。」

朱子曰同前。〔二二〕

天問

王逸曰：「天問者，屈原之所作也。何不言問天，天尊不可問，故曰天問也。屈原放逐，憂心愁悴，一作瘁。彷徨山澤，一作川澤。經歷陵陸，嗟號昊旻，仰天嘆息。見楚有先王之廟及公卿祠堂，圖畫天地、山川、神靈，琦一作瑰〔二三〕。瑋僪佹，一作譎詭。及古聖賢怪物行事。周流罷倦，罷，音皮。休息其下，仰視圖畫，因書其壁，何而問之，何，一作呵。以渫憤懣，舒瀉愁思。楚人哀惜屈原，因共論述，故其文義不次序云爾。序，一作叙。」

又曰：「叙曰：『昔屈原所作凡二十五篇，世相教傳而莫能説天問，以其文義不次，又多奇怪之事。自太史公口論道之，多所不逮。至於劉向、楊雄援引傳記，一作經傳。以解説之，亦不能詳悉。所闕者衆，日無聞焉。既有一作解。[二四]詞一作説。乃復多連蹇其文，濛澒其説，上莫孔、下乎孔切。濛澒，大水也。澒，一作鴻，音同。故厥義不昭，微指不晢，自游覽者靡不苦之而不能照也。今則稽之舊章，合之經傳，以相發明爲之符驗。章决句斷，事事可曉，俾後學者永無疑焉。』」洪興祖曰：「天問之作，其旨遠矣。蓋曰遂古以來，天地事物之憂[二五]，不可勝窮。欲付之無言乎？而耳目所接，有感於吾心者，不可以不發也。欲具道其所以然乎？而天地變化，豈思慮智識之所能究哉？天固不可問，聊以寄吾之意耳。楚之興衰，天邪人邪？吾之用捨，天邪人邪？國無人莫我知也，知我者，其天乎？此天問所爲作也。太史公讀天問，悲其志者，以此。柳宗元作天對，失其旨矣。王逸以爲文義不次序，夫天地之間千變萬化，豈可以次序陳哉？」

九章

王逸曰：「九章者，屈原之所作也。屈原放於江南之壄，思君念國，憂心罔極，故復作九章。史記云：「上官大夫短屈原於頃襄王。王怒而遷之，乃作懷沙之賦。」則九章之作，在頃襄時也。章者，著也，明也。言己所陳忠信之道，甚著明也。卒不見納，委命自沈，楚人惜而哀之。世論其詞，以相傳焉。卒，釋文作猝。騷經之詞緩，九章之詞切，淺深之序也。五臣云「九義與九歌同」。」

朱子曰：「九章者，屈原之所作也。屈原既放，思君念國，隨事感觸，輒形於聲，後人輯之，得其九章，合爲一卷，非必出於一時之言也。今考其詞，大抵多直致無潤色。而惜往日、悲回風又其臨絶之音，以故顛倒重複，倔强疏鹵，尤憤懣而極悲哀，讀之使人太息流涕而不能已。董子有言：『爲人君者，不可以不知春秋。前有讒而不見，後有賊而不知。』嗚呼，豈獨春秋也哉？」

吴訥曰說從晦菴。

惜誦

洪興祖曰：「此章言己以忠信事君，可質於神明。而爲讒邪所蔽，進退不可，惟博采衆善以自處而已。」

朱子曰：「此篇全用賦體，無他寄託。其言明切，最爲易曉。而其言作忠造怨，遭讒畏罪之意，曲盡彼此之情狀，爲君臣者皆不可以不察。」

吴訥曰：「賦也。晦翁云：『此篇全用賦體，無他寄託。其言明切，最爲易曉。』」

涉江

洪興祖曰：「此章言己佩服殊異，抗志高遠，國無人知之者。徘徊江之上，歎小人在位，而君子遇害也。」

朱子曰：「此篇多以余、吾並稱，詳其文意，余平而吾倨也。」

吴訥曰：「賦而比也。」

哀郢

洪興祖曰：「此章言己雖被放，心在楚國，徘徊而不忍去。蔽於讒諂，思見君而不得，故太史公讀哀郢而悲其志也。」

吴訥曰：「楚文王自丹陽徙江陵，謂之郢。後九世，平王城之。又後十世，爲秦所拔，而楚徙陳，謂之東郢。○賦也，有風義。」

抽思

洪興祖曰：「此章言己所以多憂者，以君信諛而自聖，眩[二六]於名實，昧於施報。己雖忠直，無所赴愬，故反復其詞，以泄憂思也。」

朱子曰：「以篇内少歌首句二字爲名。」

吴訥曰：「賦而比也。所謂少歌、倡、亂，皆是樂歌音節之名。」

懷沙

洪興祖曰：「此章言己雖放逐，不以窮困易其行。小人蔽賢，群起而攻之，舉世之人無知我者。思古人而不得見，伏節死義而已。太史公曰：『乃作懷沙之賦，遂自投汨羅以死。』原所以死，見於此賦，故太史公獨載之。」

朱子曰：「言懷抱沙石，以自沈也。」

吴訥曰：「言懷抱沙石，以自沈也。○賦而比也。」

思美人

洪興祖曰：「此章言己思念其君，不能自達，然反觀初志，不可變易，益自脩飭，死而後已也。」

吴訥曰：「比而賦也。」

惜往日

洪興祖曰：「此章言己初見信任，楚國幾於治矣。而懷王不知君子小人之情狀，以忠爲邪，以僭爲信，卒見放逐，無以自明也。」

吴訥曰：「此章賦多而比少。」

橘頌

洪興祖曰：「美橘之有是德，故曰頌。管子篇名有國頌。説者云：頌，容也，陳爲國之形容。」

吴訥曰：「此章雖曰頌橘之德，其實比賦之義。原蓋自比其志節云。」

悲回風

洪興祖曰：「此章言小人之盛，君子所憂，故託遊天地之間，以泄憤懣，終沈汨羅，從子胥、申徒以畢其志也。」

吴訥曰：「此章比而賦，賦而比，蓋其臨終之作，出於瞀亂迷惑之際。詞殽而情哀傷，無復如昔雍容整暇矣。」

遠遊

王逸曰：「遠遊者，屈原之所作也。屈原履方直之行，不容於世。上爲讒佞所譖毁，下爲俗人所困[二七]極，章皇山澤，一作獐徨山野。無所告訴。乃深惟元一，脩執恬漠。思欲濟世，則意中憤然，文采鋪一作繡，一作秀。發。遂叙妙思，託配仙人，與俱遊戲。周歷天地，無所不到。然猶懷念楚國，思慕舊故，忠信之篤，仁義之厚也。是以君子珍重其志，而瑋其詞焉。」

洪興祖曰：「古樂府有遠遊篇，出於此。」

朱子曰：「遠遊者，屈原之所作也。屈原既放，悲嘆之餘，眇觀宇宙，陋世俗之卑狹，悼年壽之不長，於是作爲此篇。思欲制鍊形魂，排空御氣，浮游八極，後天而終，以盡反復無窮之世變。雖曰寓言，然其所設王子之詞，苟能充之，實長生久視之要訣也。」

吴訥曰：「祝氏曰：『此篇雖託神仙以起興，而實非興；舉天地百神以似比，而實非比。原之作此，實以往者弗及，來者不聞爲恨。悲宗國將亡，而君不悟，思欲求仙不死，以觀國事，終久何如爾[二八]？故其辭皆與莊周寓言同。有非復詩人寄托之義，大抵用賦體也。後來賦家爲闡[二九]衍鉅麗之辭者，莫不祖此。司馬相如大人賦其辭[三〇]尤多襲之，然原之情非相如所可窺也。』」

卜居

王逸曰：「卜居者，屈原之所作也。屈原體忠貞之性，體，一作履。性，一作節。而見嫉妬。念讒佞之臣，承君順非而蒙富貴。己執一作獨。忠直而身放棄，心迷意惑，不知所爲。乃往至太卜之家，稽問神明，決之蓍龜，卜己居世，何所宜行，冀聞異策，聞，一作審。異，一作要。以定嫌疑，故曰卜居也。五臣云：卜己宜何所居。」

朱子曰：「卜居者，屈原之所作也。屈原哀憫當世之人，習安邪佞，違背正直[三]，故陽爲不知二者之是非可否，而將假蓍龜以決之。遂爲此詞，發其取舍之端，以警世俗。説者乃謂原實未能無疑於此，而始將問諸卜人，則亦誤矣。」

吳訥曰：「祝氏曰：賦也，中用比義。此原陽爲不知善惡之所在，假託蓍龜以決之。居謂立身所安之地。洪景盧云：自屈原假爲漁父、卜居問答之後，後人悉見規倣。司馬相如子虛、上林以子虛、烏有先生、亡是公，楊子雲長楊賦以翰林主人、子墨客卿，班孟堅兩都賦以西都賓、東都主人，張平子兩京賦以馮虛公子、安處先生，左太冲三都賦以西蜀公子、東吳王孫、魏國先生，皆蹈襲一律。觀此，則知辭賦之作莫不祖騷矣。」

漁父

王逸曰：「漁父者，屈原之所作也。屈原放逐，在湘江之間，憂愁嘆吟，儀容變易。而漁父避世隱身，釣魚江濱，欣然自樂。時遇屈原，川澤之域，怪而問之，遂相應答。楚人思念屈原，因敘其辭以相傳焉。」

洪興祖曰：「卜居、漁父皆假設問答，以寄意耳。而太史公屈原傳、劉向新序、嵇康高士傳或採楚辭、莊子漁父之言，以爲實録，非也。」

朱子曰：「漁父者，屈原之所作也。漁父蓋亦當時隱遁之士，或曰亦原之設詞耳。」

吴訥曰：「賦也，格轍與前篇同。漁父蓋荷蕢丈人之屬，或曰：亦原託之也。」

【校勘記】

［一］伏，原作「仗」，據王逸楚辭章句改。

［二］邵，洪興祖楚辭補註作「劭」。

［三］楚辭補註無「一作也」。

［四］於，朱熹楚辭集註作「如」。

〔五〕已，原作「以」，據劉勰文心雕龍改。
〔六〕詩，原作「諸」，據文心雕龍改。
〔七〕彈，原作「弊」，據文心雕龍改。
〔八〕摘，原作「摘」，據文心雕龍改。
〔九〕如，原作「以」，據文心雕龍改。
〔一〇〕豔，原作「豓」，據文心雕龍改。
〔一一〕快，原作「悒」，據文心雕龍改。
〔一二〕盼，原作「眄」，據文心雕龍改。
〔一三〕子，原作「於」，據班固漢書地理志改。
〔一四〕還，原作「懷」，據楚辭集註改。
〔一五〕太，原作「大」，據淮南子改。
〔一六〕三，原作「二」，據禮記改。
〔一七〕小，原作「少」，據楚辭補註改。
〔一八〕乎，原作「也」，據楚辭補註改。
〔一九〕離，原作「騷」，據楚辭集註改。
〔二〇〕忠，原作「愛」，據祝堯古賦辨體改。

〔二二〕「同前」，楚辭集註作：「謂死於國事者。小爾雅曰：『無主之鬼謂之殤。』」

〔二三〕「同前」，楚辭集註作：「禮，一作祀。魂，一作黿。或曰：禮魂，謂以禮善終者。」

〔二四〕瑰，原作「奇」，據楚辭補註改。

〔二四〕楚辭補註無「一作解」。

〔二五〕憂，原作「變」，據楚辭補註改。

〔二六〕眩，原作「眩」，據楚辭補註改。

〔二七〕困，原作「罔」，據楚辭章句改。

〔二八〕爾，原作「耳」，據古賦辨體改。

〔二九〕閎，古賦辨體作「闈」。

〔三〇〕古賦辨體無「其辭」。

〔三一〕直，原作「道」，據楚辭集註改。

楚辭集解目録〔一〕

【校勘記】

［一］國圖本無楚辭集解目録，據川圖本補。

楚辭集解離騷卷

新安　汪瑗　玉卿　集解
秣陵　焦竑[一]　弱侯　訂正

離騷

篇内曰「余既不難夫離别兮，傷靈脩之數化」，此離騷之所以名也。王逸曰「離，别也。騷，愁也。言己放逐離别，中心愁思」，其説是矣。然篇末雖有悲懷舊鄉之語，而亂辭隨繼之曰：「國無人莫我知兮，又何懷乎故都。既莫足與爲美政兮，吾將從彭咸之所居。」又終示以去楚之意。是屈子雖未嘗去楚，而實未嘗不去楚也。其不去楚者，固不舍楚而他適；其終去楚者，又將隱遁以避禍也。孰謂屈子昧大雅明哲之道，而輕身投水以死也哉？學者即楚辭熟讀而遍考之，可見矣。舊註牽强支離之説，世俗流傳無徵之言，何足信哉？

帝高陽之苗裔兮，朕皇考曰伯庸。攝提貞于孟陬兮，惟庚寅吾以降。

帝者，王天下者之通稱也。高陽，帝顓頊有天下之號也。苗裔，胤嗣久遠之通稱，屈原自道己爲顓頊之子孫也。朕，我也，屈原自謂也。皇，美也，大也。父死稱考。伯庸，屈原父字也。攝提，星名，隨斗柄以指十二辰者也。貞，正也。孟，始也。陬，隅也。爾雅曰：「正月爲陬。」蓋是月孟春昏時，斗柄指寅，在東北隅，故以爲名。謂之曰貞者，謂攝提星隨斗柄所指，與東北隅之寅位正相對也，非邪正之正。庚寅，日也。從下緣上曰陞，從上墜下曰降。言此月庚寅之日，已始墜下母體而生也。瑗按：上二句，叙祖父家世之美，下二句叙月日生時之美。四者平看，或曰苗裔，即指言伯庸；庚寅，即申言孟陬。詳其文勢，蓋謂帝高陽之苗裔者，乃吾皇考之伯庸也。稱父爲高陽之苗裔，則已不待言矣。攝提貞于孟陬之寅月者，乃庚寅之建而吾於此乎生也。人知孟陬爲寅，而不知爲庚寅，故申明之。而所謂日者不暇言矣，其説亦通，故并附之。

皇覽揆予于初度兮，肇錫余以嘉名。名余曰正則兮，字余曰靈均。

皇，皇考也。不言考者，承上章省文耳。覽，觀也。揆，度也。初度之度，猶言時節也。謂初生一歲之時節，不必專指初下母體之時而言也。肇，始也。錫，賜也。嘉名，美名也。下兼言字者，對舉則有名、字之分。若專言之，則名可以該字，而亦省文也。爾雅曰：「廣平曰原。」一曰，高平曰原。屈子之名字，實取諸此。蓋名者己之所以自稱，字者人之所以稱己也。觀漁父、卜居二篇，屈子皆自稱屈原，可以知名原而字平也。五臣以正則爲釋原名，靈均爲釋平字，是也。舊皆謂屈子名平，字原，而從太史公，誤矣。則，法也。正則，謂原野經界皆有法則，而爲大中至正之道也，井田之制是矣。靈，善也。均，匀也。經界既正，則莫不均匀而平矣，靈則平之至善者也。瑗嘗有辨，詳見離騷蒙引。上二句叙皇考賜名之美，承上章而言。下二句叙美名之實，又承嘉名二字而申言之也。劉子玄史通云：「作者自叙其流出於中古。離騷首章上陳氏族，下列祖考。先述厥生，次顯名字，自叙發跡，實基於此。降及司馬相如始以自叙爲傳，至馬遷、楊雄、班固自叙之篇，實繁於代。」瑗按：屈子此上二章，自叙之旨不過如劉子玄所云之意耳。王逸以爲屈原自道本與楚君共祖，俱出顓頊胤末之子孫。父有美德，以忠輔楚，世有令名以及於己，是恩深而義厚也。朱子從之。今考楚世家：屈原與懷襄俱出高陽之後，誠爲同姓。王逸之説雖議論正大，道理精深，有合於屈原之大義。屈原所以戀戀而不忍去楚者，心事實在於此。要之，原作此文之時，而此章之旨恐無此意也。詩頌文、武之功德而直推本於公劉、后稷以爲言，亦不過自叙其源流世系，而不忘其所自之意耳。觀之經傳，則屈原章首二句之作，其本意不爲與楚王同姓而言也明矣。不然所叙月日名字之美，又豈與楚王生同月日而稱同名字乎？古人謂讀書有可以深求者，有不可以深求者，此類是也。蓋以其説有合於屈原之大義，故易惑人耳。即離騷之辭，虚心而觀之，實未必然也。雖然，楚辭之作萬有餘言，而未有一語道及同姓之故，抑又何也？

紛吾既有此内美兮，又重之以脩能。扈江蘺與辟芷兮，紉秋蘭以爲佩。

紛，盛貌。内美，承上二章祖父日月名字而總結之。重，音仲，猶再也，非輕重之重。脩能，長才也。言己既有此盛美，而又重之以脩能，以見才德之全備也。或曰，脩亦美也，如後「脩姱」之脩，亦通。二句乃結上起下之詞。扈，被服之意。以綫貫鍼爲紉。佩，飾也。蘺、芷、蘭，皆香草名。生於江中，故曰江蘺。生於幽僻之處，故曰辟芷。辟，古僻字。或曰如字，除也。謂芷香可以辟除穢氣也，亦通。蘭芳於秋者，故曰秋蘭。下二句乃參錯成文，言己採取香草，紉續以爲雜佩而被服之。曰扈、曰紉、曰佩，讀者當以意會，不可執一也，後多倣此。王逸曰「言己脩身清潔」，「博採衆善，以自約束也」，是矣。然内則曰：婦或賜之茝蘭，「則受而獻諸舅姑」。是蘭芷之類，古人皆實嘗以爲佩也，不獨比喻而已。此又學者所當知也。夫屈子所取草木之屬數十餘種，而此章先言蘺、芷、蘭者，偶隨所言耳，非擇而取之也。羅鄂州爾雅翼曰：「江蘺之草屈原幼時所先採，蓋自其初度，則固已扈江蘺辟芷矣。」以此言之，則蘭品反不如蘺芷也，非是。此章是泛叙後時事，非承初度獨叙少年事也。或曰，下二句倒文法。本謂紉此秋蘭以爲正佩，而復以蘺、芷爲扈從耳。屈子多有此法，其説亦通。「内美」句承上以德言，「脩能」句起下以才言。或曰，名字奚爲德乎？洪氏曰：「名有五，屈原以德命也。」取名之説見左傳。

汩余若將不及兮，恐年歲之不吾與。朝搴阰之木蘭兮，夕攬洲之宿莽。

汩，水流去疾之貌。言己之汲汲自脩，常若不及者，恐年歲之忽然易過，不我相待，而老之將至不得學也。旦曰朝，暮曰夕。搴、攬皆採取之意。阰，地之有次第而相連比者也。水中可居者曰洲。木蘭，木名，與單言蘭者不同。上云秋蘭在草部也。莽，亦木名，字亦作莔，音罔。舊以爲蒼莔草，非是。凌冬不凋，故曰宿莽，見本草木部可考。朝搴木蘭，夕攬宿莽，此所以爲汲汲乎，若將不及而自脩之實也。不言所用者，承上章紉佩而言也。朱子曰：「言所採取皆芳香久固之物，以比所行者皆忠善長久之道也。」得之矣。王逸曰：「木蘭去皮不死，宿莽遇冬不枯，以喻讒人雖欲困己，己受天性終不可變易也。」其説善矣。吾謂屈子此章之旨，方論自脩之汲汲而恐年歲之不與，何暇計彼讒人也哉？不受變於讒之意自在言外，非本旨也。讀者不可不知。瑗按：朝、夕二字，不必如王逸取譬之説，亦當重看，方見汩余若將不及之意。論語曰：「學如不及，猶恐失之。」易曰：「君子終日乾乾，夕惕若。」屈子有之矣。今人但知其德義之高、文章之妙，而不知其有所自來也。豈有無是功而獲是效者哉？九章曰：「善不由外來兮，名不可以虚作。孰無施而有報兮，孰不實而有穫？」可謂格言矣，有志者勗之。又按：首句倒文耳，本謂余汩汩乎若將不及也。屈子多以余字倒在下，不能盡出，讀者詳之。

日月忽其不淹兮，春與秋其代序。惟草木之零落兮，恐美人之遲暮。

不淹，不久停留也。代，更也。序，次也。謂四時以次相代，二句言天時易過，以見人年之易老也，即上年歲不吾與之意。零、落，皆凋隕之意。美人，謂美好之婦人，蓋託詞而寄意於君也。遲、暮，皆晚也，衰老之喻。王逸曰：「言天時運轉，歲復盡矣。而君不建立道德，舉賢用能，則年老耄晚暮，而功不成事不遂也。」朱子曰：「此承上章言已但知朝夕脩潔，而不知歲月之不留。至此乃念草木之零落，而恐美人之遲暮，將不得及其盛年而偶之，以比臣子之心，唯恐其君之遲暮，將不得及其盛時而事之也。」瑗按：此上三章：一章言脩能，二章言急於進脩而欲及時也，三章言時易過而欲急於進脩也，皆承脩能而言。一章乃芳香之物，皆草類也。二章言久固之物，皆木類也。三章則以草木總承之，亦言之序也。詩經多有此體。讀楚辭者，須以此法求之，庶不見其重復可厭也。然言芳香，則久固在其中；言久固，則芳香在其中。而旨則各有所偏重耳，覽者幸毋深泥可也。夫脩能者受之於天，而人人之所同具者也。故二章既勉之於己，而三章又欲責難於君也。或曰，此上五章，屈子皆述己事，而恐美人之遲暮一句，又爲下文起也。

不撫壯而棄穢兮，何不改乎此度也？乘騏驥以馳騁兮，來吾導夫先路也。

撫，捫也，謂捫己而自省也。壯，年富力强，足以有爲之時。棄者，盡絶必去之詞。草荒曰穢，以比惡行。百草爲稼穡之害，猶邪淫爲德性之害也。何者，詰而問之之詞。改者，革故鼎新之詞。度，態度也。此度，即指惡行。上句其詞直，下句其詞婉，一正一反之言，其意一也。騎馬曰乘。騏驥，俊馬也。直奔曰馳，横奔曰騁，皆疾走也。來者，招邀之詞，欲君棄彼之惡而從此之善也。導，引也。先路，前驅以啓路也。二句倒裝文法，此承上章末句而言。言君何不及此年富力强足以有爲之時，棄其穢惡之行，改其惑誤之度，而使後有遲暮之歎邪？君苟一旦覺悟而來隨我，我則當乘駿馬疾走，爲王前驅，導引以啓道路也。夫楚王苟有志於從善，則屈子必以二帝、三王之道以開陳之。君德不勞而成治功，可坐而致矣。惜乎陷溺之深，終無悔心之萌，而屈子雖乘駿馬，將安往邪？朱子曰：「自汨余至此三章，同用一韻，意亦相承。」瑗按：「撫壯」之意與上二章歎時之意誠相表裏。但上二章，屈子道己自脩之意猶重，而恐美人之遲暮以下方致意於君也。又「乘騏驥以馳騁」句與「來吾導夫先路」句相爲一意，屈子多有此文法。舊説以騏驥比賢智，言君乘駿馬以隨我，則我當爲君前導，其説亦好。但此等意，在「來」字内足以該之。而屈子此句之意，還是言己乘此騏驥急於先導，故下曰「忽奔走以先後」，即此意也。蓋乘騏驥二句，只取其急於進脩之意，非比喻任用賢智之意也。

昔三后之純粹兮，固衆芳之所在。雜申椒與菌桂兮，豈維紉夫蕙茝。

后，君也。三后，謂楚之先君，特不知其何所的指也。純粹，皆無一毫駁雜之意。衆芳，喻三后之悉有衆善也。下二句即是申言衆芳之意，「純粹」言其道德之美，「衆芳」言其道德之盛。雜，非一也。椒與菌桂皆香木也。椒生多重纍而叢簇，故曰申椒。豈維，猶言不獨也。蕙、茝皆香草也。二句倒文法也。觀曰雜、曰豈維，字相唤應。可見屈子多有此法，言不獨紉蕙、茝以爲佩飾，而又紛然雜之以椒桂，此所以爲衆芳也。採一物以爲佩則陋矣，執一善以成名則狹矣。此章言三后道德之美盛，固後王所當法焉者也。舊説以三后爲禹、湯、文武，而下方言堯、舜，非是。又以衆芳喻群賢，亦非是。此蓋泛論三后之德，而任賢之意自在其中，不必專指也。

彼堯舜之耿介兮，既遵道而得路。何桀紂之猖披兮，夫唯捷徑以窘步。

堯、舜，唐、虞盛德之君也。耿，光也。介，大也。遵，循也。道，大路也。得路，無多岐之惑也。所謂「純粹」「衆芳」者，此其至矣。桀、紂，夏、商無道之君也。猖，狂也。披，亂也。捷，邪出也。徑，邪小之道路也。窘步，謂不由正道而所行，蹙迫多踣仆之虞也。所謂穢惡敗度者，此其極矣。遵道得路，喻行事之光明正大，故身逸而國安也。捷徑窘步，喻行事之顛倒錯亂，故身死而國亡也。此耿介者，人君之所當取法，而猖披者，後世之所當深誡也。瑗按：此上三章，一章言人君當急乘夫時以去惡，二章言人君當博取諸人以爲善，三章舉堯、舜、桀、紂而并言之，則一善一惡，而天下之大法大戒彰彰矣。嗚呼，使楚王苟能一旦悔悟，而任屈子先路以導之，則浸浸乎入於聖王之道無難矣，可以四三后而雙堯舜矣。惜乎，喜黨人之幽昧險隘，而卒捷徑以窘步也。懷王客死於秦國，襄王旅斃於陳城，其窘當何如哉？不用屈子爲之先導故也。

惟黨人之偷樂兮，路幽昧以險隘。豈余身之憚殃兮，恐皇輿之敗績。

惟，語詞。舊註爲思念也，非是。黨人，懷阿比之意而相助匿非者也。偷，苟且也。偷樂者，竊取乎一己淫佚之私，而不顧君國之安危存亡也。幽，深僻也。昧，昏暗也。險，臨危也。隘，履狹也。幽昧，則不顯明而一物無所見。險隘，則不平正而一步不可行也。憚，畏難也。

殃，禍患也。恐，憂懼也。皇，君也。輿，車也。績，功也。左傳曰：「大崩曰敗績。」此章言朋黨之小人惟喜偷安逸樂，故每誘君於幽昧險隘之路，竊以自肆其志，而不知捷徑窘步適所以來顛覆之禍也。我之所以不肯行於幽昧險隘之路者，是豈畏憚顛覆之禍而爲一身之私圖也哉？蓋君車宜安行於大中至正之道，而當幽昧險隘之地則敗績矣。王逸曰「輿，君之所乘，以喻國也」，是矣。蓋不敢斥言其君，故以皇輿言之。且於行路之比，亦切也。敗績，則指車之覆敗，以喻君國之傾危也。舊註謂敗先王之功，非是。是又多一層意思，蓋言君國傾危，則敗先王之功之意自在其中，不必言矣。

忽奔走以先後兮，及前王之踵武。荃不揆余之中情兮，反信讒而齌怒。

忽者，言奔走先後之急，而愴惶不暇安詳之意。奔走先後，四輔之職也。奔走於左右，相導於前後，左右就養有方也。及者，追而相接之詞。前王，指三后、堯、舜也。或曰泛言。踵，足跟也。武，迹也。追前人者，但見其跟之迹耳。荃與蓀同，香草也。當時之人以爲彼此相謂之通稱，此又借以寓意於君也。王逸曰：「惡數指斥尊者，故變言荃也。」意亦是。揆，察也。中情，中心之情實也。讒，指黨人譖己之言也。齌，火齌也。齌怒，言怒氣之盛如火也。惜往日曰「信讒諛之溷濁兮，盛氣志而過之」，即此意也。此章言己急欲奔走先後以輔翼乎君者，蓋欲誘掖吾君有以追躡先王之遺迹也，不但使皇輿之不敗績而已。而人君者顧不察吾此中心之至情，反輕信黨人之讒言而盛怒乎己，使小人日以得志，而君子日以危懼也，何哉？

余固知謇謇之爲患兮，忍而不能舍也。指九天以爲正兮，夫唯靈脩之故也。

謇謇，不避險難而竭力盡忠之意也。患，害也。忍，甘受其害而不辭之意。舍，止也。指者，援引之意，謂以手而指天也。王逸曰「語也」，非是。九天，概舉衆多之詞，以方位言之者，意亦是。正，與證同。靈，善也。脩，美也。亦時人彼此相謂之通稱，而此則託詞以寓意於君也。此章言己固知盡忠必有受害之事，然吾能隱忍甘受其害，而此心之忠，終不能而遂自止也。所以然者，豈爲釣名沽直？豈爲身家私謀及爲他人之計哉？實爲君臣之大分，無所逃於天地之間，而恩深義重，故此心之不能自已也。此心可指九天以爲明證，實出於公而非出於私也。夫人可欺，而天可欺乎哉？觀屈子此數言，雖若其情誠可悲，而其勢誠急迫。然勤勤懇懇之忠貞，磊磊落落之心事，亦可見矣。豈若黨人之幽昧險隘，而爲一己偷樂之計之所爲哉？援按：此上三章，一章言黨人唯欲誘君於邪道，而己則懼敗君國，誠不忍爲。二章言己之急欲引君於當道，而君則反信讒言妄造乎怒。三章又甚言乎盡忠有賈禍之道，深表乎己忠君愛國之心，而小人之反是也，不言可知矣。

曰黄昏以爲期兮，羌中道而改路。

曰者，叙其始約之言也。羌者，發語端之詞。此章比君臣之契，始合而終離也。文選本無此二句，洪氏曰：「王逸此二句無註，至下文『羌内恕己以量人』，始釋『羌』字之義，疑此二句後人所增耳。九章抽思曰：『昔君與我成言兮，曰黄昏以爲期。羌中道而回畔兮，反既有此他志。』與此語同。」朱子曰：「洪説雖有據，然安知非王逸以前此下已脱兩句邪？更詳之。」瑗按：此二句韻雖與上章相協，而意則屬下章。楚辭中固多此體，然無此二句，下章意亦完備。洪氏之疑甚爲有理，其非脱於王逸之前，而增補於後人也，明矣。今未敢遽自削去，姑存之，以備後之君子有所參考。而黄昏中道之説，則詳於九章，兹不註云。自乘騏驥至此，大概俱以道路爲喻，讀者亦不可不知。

初既與余成言兮，後悔遯而有他。余既不難夫離别兮，傷靈脩之數化。

成言，謂始初相成要約之言也，即「黄昏以爲期」是矣。悔，改也。遯，移也。有他，有他志也，即「中道而改路」是矣。近曰離，遠曰别。數化，謂君志數數變易，無常操也。此章言人君始信任己，相與約言，共謀國政，終成治功。中道改移，而反生他志，以疏乎己。君苟棄己不用，則我之離别而去，蓋亦不難。而爵位利禄，何足以縻之？所以戀戀而不忍去者，蓋傷君之反覆無常，用舍倒置，而國是日非耳。嗚呼，人而無恒，不可以作巫醫，而况人君之治國家也哉？下二句，篇名離騷二字之義蓋取諸此。班固、顔師古解「離騷」二字之義，其説雖通，要非本旨。朱子反取諸家之説而辨證，闢王逸之非，其殆未之思與。

余既滋蘭之九畹兮，又樹蕙之百畝。畦蒥荑與藒車兮，雜杜蘅與芳芷。冀枝葉之峻茂兮，願俟時乎吾將刈。雖萎絶其亦何傷兮，哀衆芳之蕪穢。

滋，以水灌溉也。一曰蒔也。畹，王逸曰「十二畝」。説文曰三十畝。或曰，田之長爲畹也。九畹，以王逸推之，得一百八畝，以説文推之，得二百七十畝也。樹，種植也。上言滋，下言樹，相備也。司馬法：「六尺爲步，步百爲畝。」秦孝公之制，二百四十步爲畝。玉露載林勳本政書，又謂五尺爲步，步百爲畝，畝百爲頃。今人所用大抵以五尺爲步，二百四十步爲畝，畝百爲頃也。畦，五十畝也。一曰，共呼種之名。朱子曰：「畦，隴種也。雜，雜種之也。」蒥荑、藒車、杜蘅皆香草名。芳芷，即前辟芷。辟言其所生之幽，芳言其香馥之氣，相備而互見也。又芷着一芳字，則上五物可知矣，此作文之法也。冀，期望之意。峻，言其枝之高而長也。茂，言其葉之蔚而盛也。願，欲也。俟，待也。刈，以鐮斬取之也。然曰冀其峻茂，曰竢時，曰將刈，而不遽刈可見。不小用其道，不急於進取也。萎，枯死也。絶，斷落也。或曰，萎當作委。委絶，謂人委棄而不知刈以爲用也。傷，損也。言雖萎絶，而無損於芳香之質也。哀，憫惜之意。衆芳，指上六物也。蕪穢，荒廢也。言有此衆芳而不知用，深可惜耳。此章比己積累衆善，冀其大成，待時而用。雖見廢棄，固無損於己，而使大道之不明，不行於天下爲可哀也已。按：此章曰蘭，曰畱荑，曰藒車，曰芳芷，泛言其物之多也。曰九畹，曰百畝，曰畦，曰雜，概言其種之盛也。曰冀枝葉四句，總承上四句而言也。王逸以首二句爲脩行仁義，朝夕不倦，次二句爲積累衆善，德行彌篤。又次二句爲宜蓄養衆賢，末二句爲衆賢失所。以上四句爲脩身，下四句爲用人講，牽強支離之甚。

衆皆競進以貪婪兮，憑不厭乎求索。羌内恕己以量人兮，各興心而嫉妬。忽馳騖以追逐兮，非余心之所急。老冉冉其將至兮，恐脩名之不立。

衆，指黨人也。並逐曰競，愛財曰貪，愛食曰婪。憑，滿也。不厭，不以爲足也。求者，心之貪也。索者，求之至也。以心揆心爲恕。量，度也。恕己量人，謂人之心盡如己貪婪之心也。興，生也。害賢爲嫉，害色爲妬。一曰，嫉者，惡人之有也，妬者，忌人之有也。馳騖，亂走也。追逐，急走也，總申「競進」「貪婪」二句。「非余心之所急」，屈子自表其心不同於衆，而衆人不必嫉妬也，總申恕己量人二句。王逸曰：「言衆人所以馳騖惶遽者，爭相追逐權貴，求財利也，故非我心之所急。衆人急於財利，我獨急於仁義也。」是矣。冉冉，猶漸漸也。脩名，脩潔之美名也。立，猶成也。二句又言余心所急之故也。此章言黨衆競進貪婪，不厭求索，意謂人同此心，心同此欲。而己之才能又足以奪其寵，故各生嫉妬之心而害乎己，而不知馳騖於富貴之場，追逐於利欲之途，非我心之所急也。若我之所急者，亦惟恐歲不我與，老期將至，而美名之不得成立於天地之間，有忝於所生，故汲汲乎若將不及也。是屈子未嘗無所急，而其所急者與衆實不同也。彼庸惡陋劣之鄙夫，見屈子之汲汲皇皇，其急甚於己，而不知屈子之所以急，若將有以奪己之寵也，遂從而讒之。是以小人之腹而度聖賢之心矣。何其不諒屈子之甚哉！王逸曰：「論語曰：『君子疾没世而名不稱焉。』屈原建志清白，貪流名於後世也。」洪氏曰：「屈子非貪名者，然無善名以傳世，君子所耻。故孔子曰：『伯夷、叔齊餓於首陽之下，民到于今稱之。』」瑗按：洪説甚善，王説意圓而語滯也。夫聖人之所惡者，非惡名也，惡虚名也，惡僞名也。若屈子之誠心爲善，而惟恐其實之不副名也，又何不可之有哉？嗚呼，彼黨人者，惟其不好名耳。苟有好名之心，又安肯自處其身於不潔之地，而甘受害賢嫉能欺君賣國之名也哉？

朝飲木蘭之墜露兮，夕飡秋菊之落英。苟余情其信姱以練要兮，長顑頷亦何傷？攬木根以結茝兮，貫薜荔之落蘂。矯菌桂以紉蘭兮，索胡繩之纚纚。謇吾法夫前脩兮，非世俗之所服。雖不周於今之人兮，願依彭咸之遺則。

飲，啜也。墜，墮也。飡，吞也。朝曰饔，夕曰飡。菊，香草名。菊華於秋，故曰秋菊。落，亦墜也。英，華也。苟，誠也。姱，美也。信姱，猶言實好也，與信芳、信美同意。練要，言所脩精練，所守要約也。練要者，信姱之實也。顑頷，饑餓黄瘦貌。何傷，言所困者身，而無損於道也。此四句言己飲食之廉潔，以喻己之所養也。木根，泛言香木之根。前所叙香草俱不言，所以上文着枝葉二字。此着木根二字，則可見諸取紉以爲佩者，皆根與枝葉也。參錯互見，此亦作文之法也。結，約而束之也。貫，穿而累之也。薜荔，芳草名。蘂，花心也。王逸曰「實也」，非是。矯，揉之使柔，易以紉也。索，以手搓繩之名，如「宵爾索綯」之索，繩索也。胡繩，謂延胡索，亦香草名也。變索言繩者，避上索字也。或曰，胡繩泛言長繩，如莊子縵胡之纓，亦謂長纓也。纚纚，長好貌。言攬取香木之根，索之爲纚纚之繩，以之結茝、貫蘂、矯桂、紉蘭也，參錯成文耳。或曰，攬木根也，結茝也，貫蘂也，矯桂也，紉蘭也，索胡繩也，六者平看，俱通。要之攬木根者，實所以爲繩索，而繩索又將以爲結之、貫之、紉之之用也。此四句，言己佩飾之芬芳，以喻己之所行也。謇，難詞。有用心竭力艱難勤苦之意。法者，效其所爲也。前脩，前代脩習道德之聖賢也。或曰泛言，或曰暗指下彭咸也。世俗，指當世庸惡之流俗也。所服，服字有被服，服食二意，總申上八句而言。周，合也。今之人，即謂世俗也。依者，不違其道也。彭咸，殷之賢人。孔子「竊比於我老彭」，即其人也。觀「非世俗之所服」、「雖不周於今之人」二句，又與信而好古之説相表裏。王逸、顏師古皆謂投水而死。朱子曰：「二説亦無所據也。」瑗嘗有辯，見蒙引，茲不贅。遺則，餘法也。此章言己飲食廉潔，佩飾芬芳，固非世俗之所尚，而己蹇蹇獨爲其難者，亦取法乎古人而已，何必見知於溷濁之世哉？瑗按：此上三章，似覺是申前扈江蘺以下諸章之意。一章言己之道不行於時，二章言己之志不同於衆，三章言己之所以脩道立志者，不求合於今，而求合於古也。又按：篇首至此，詞氣從容，有起有結，宛然爲一篇也。此章之後，則太息流涕，鬱邑怨恨之詞作矣。其詞愈切，而意愈悲矣，讀者不可不知也。

長太息以掩涕兮，哀人生之多艱。余雖好脩姱以鞿羈兮，謇朝誶而夕替。

長，永也。太，甚也。息，歎息之聲，如論語「屏氣似不息者」之息。掩涕，猶拉淚也。艱，難也，勤苦之意。遠遊曰「哀人生之長勤」，與此同意。多艱，猶言長勤也。好，愛也。脩、姱，皆美好貌，以美女自喻，謂脩潔而姱美也。招魂曰「姱容脩態」是也。後單言好脩者，省文也。此曰脩、姱者，重言也。鞿羈，以馬自喻。韁在口曰鞿，革絡頭曰羈。言自繩束不放縱也。謇，如蹇法前脩之蹇，後以意求，不能盡出。樂記曰：「訊疾以雅。」註曰：「訊，亦治也。」誶，與訊同。替，興也。替本訓廢，以廢爲興，猶以亂爲治也。言己愛脩姱而不醜惡，韈羈而不放縱，喻己德行之高潔謹飭，而朝夕淬礪，興起不知休止也。長太息二句，乃結上起下之詞。前蹇法前脩，而後朝誶夕替之意，皆相關也。

既替余以蕙纕兮，又申之以攬茝。亦余心之所善兮，雖九死其猶未悔。

此承上章末二句而言。去誶而獨言替者，省文耳。既替余者，倒文耳，本謂余既替也。纕，佩帶也。下文云「解佩纕以結言」是也。蕙纕，謂紉蕙以爲纕也。又，復也。申，重也。攬茝者，亦以爲佩纕之用也。善，猶喜也。九，數之極也。九死，甚言之耳。悔，猶恨也。上章余雖好脩至此六句，當一串講。下言己雖朝夕脩飾芬芳之行，實己心之所喜。雖至於九死，而中心終無一毫之悔恨也，况貶黜乎？下文曰「雖體解吾猶未變，豈余心之可懲」，與此意同，而辭旨益加切矣。然則所謂「長太息以掩涕，哀人生之多艱」，其詞雖若悔恨，而其實乃設爲反言，正所以深表其自信之志之篤也。此并上章下二句，皆申言多艱之意。

怨靈脩之浩蕩兮，終不察夫人心。衆女嫉余之蛾眉兮，謡諑謂余以善淫。

浩蕩，言君心之縱放，如水之浩蕩無涯，靡所底止也，狂惑不定之意。人心，屈原自謂也。不曰己，而曰人者，婉其詞也。衆女，指黨人也。蛾眉，謂美女之眉，細長而美好，形若蠶蛾之眉，屈原自喻也。謡，猶毁也。諑，猶譖也。淫，邪也。善淫之善，如左傳「其岸善崩」之善。上二句怨君，下二句怨黨人。瑗按：此上三章，一章言己脩飭之勤，二章言己脩飭之堅，三章言己以此得罪於君，而見讒於衆也。夫屈子既曰余心之所善，又曰雖九死而猶未悔也，然則又何怨乎？洪氏曰：「孔子曰：『詩可以怨。』孟子曰：『小弁之怨，親親也。親之過大而不怨，是愈疏也。』屈原於楚王其猶小弁之怨乎？」又曰：「反離騷云：『知衆嫭之嫉妒兮，何必揚纍之蛾眉。』此亦班孟堅、顔之推以爲露才揚己之意。夫冶容誨淫，目挑心與，孟子所謂不由其道者，而以污原何哉？詩人稱莊姜之賢曰『螓首蛾眉』，蓋言其質之美耳。」二説甚善，讀者不可不知也。

固世俗之工巧兮，偭規矩而改錯。背繩墨以追曲兮，競周容以爲度。

工，亦巧也。偭，亦背也。規，所運以爲圓之筳也。矩，所擬以爲方之器，即今之曲尺也。錯，置也。謂舍去規矩而任己私智以爲方圓也。背，違也。繩，線也。墨，所以染線，使黑也。今通稱之曰墨斗。蓋引繩以取直，而彈墨以爲跡也。斗，又所以盛墨而轉繩者也。獨言繩墨者，舉其要耳。或曰，墨，謂墨斗。洪氏曰：「墨，度名也，五尺曰墨。」亦通。追，猶隨也。言舍去繩墨而適己自便，以隨枉曲也。競者，衆相争逐也。周，合也。度，法也。言競相苟合求容，以爲常法也。度字總承規矩繩墨而言，舍規矩繩墨之法，而自以爲工巧，改錯追曲以爲法，吾未見其可法也。競周容以爲度，此世俗之所以爲工巧也。孟子曰：「離婁之明，公輸子之巧，不以規矩，不能成方圓。」又曰：「聖人既竭目力焉，繼之以規矩準繩，以爲方圓平直，不可勝用也。」又曰：「規矩，方圓之至也；聖人，人倫之至也。」觀孟子之所言，則知屈子取譬之意矣。蓋承上章總責君臣也。或曰泛言。瑗按：此章本謂固世俗之工巧兮，競周容以爲度。背繩墨以追曲兮，偭規矩而改錯。今以規矩、繩墨二句横入於中，而首尾申言之，蓋參錯文法耳。如論語「君子謀道不謀食。耕也，餒在其中矣；學也，禄在其中矣。君子憂道不憂貧。」亦是此章法也。或疑首二句是賦，中二句是比。朱子以四句俱作比體，未是。容更詳之。

忳鬱邑余侘傺兮，吾獨窮困乎此時也。寧溘死而流亡兮，余不忍爲此態也。

忳，憂貌。鬱，結也，邑，快也，皆煩悶之意。侘傺，猶彷徨也，失志貌。吾獨者，以見衆人之不然也。窮者，不能達也。困者，不能振也。此時，指當時也。寧，如論語「寧死於二三子之手」之寧字，設言也。溘流二字，猶漂泊之意也。初終曰死，既葬曰亡。溘死、流亡，猶言死於道路，死於溝壑之意，謂棄而漂泊不得安葬也，以見窮困之甚。不忍，謂中心媿恥羞惡也。此態，即指上章所言者也。此承上章言己惟不能爲此邪淫之態，所以獨遭窮困於此時。而又申言己雖至於死亡，而決不忍爲此邪淫之態也。既曰寧溘死而流亡，則困窮又不足言矣。論語曰「君子固窮」。易曰：「困而不失其所亨，其爲君子乎？」又曰：「君子以致命遂志」，屈子有之矣。

鷙鳥之不群兮，自前世而固然。何方圓之能周兮，夫孰異道而相安？

鷙鳥，鶥、鶚、鷹、鳶之屬，此取其威猛英傑，凌雲摩霄之志，非謂悍厲搏執之惡也。不群，言不與衆鳥爲群也，猶剛正之君子於闒茸之小人也。前世，往古也。固然，謂理勢之必然也。涉江曰：「與前世而皆然兮，吾又何怨乎今之人。」亦此意。雖爲自憫之詞，亦以見自古治日常少，而亂日常多。君子常寡，而小人常衆也。周，合也。何方圓之能周，如方底之於圓蓋，方鑿之於圓枘之類，必不相合也。異道，謂道有邪正之不同也。相安，猶相合也，即道不同不相爲謀之意。王逸曰：「忠佞不相爲用也。」異道之不能相安，猶方圓之不能相合也。是以方圓譬異道。「鷙鳥」「方圓」二句是比，下二句是賦。朱子以四句俱作比體，恐未是。或曰，蓋以上句喚起下句，有比而興意，亦通。上以鳥獸取譬，下以器物取譬，四句對看，與下章俱承上二章而言。或曰，本謂何方圓之能周兮，夫孰異道而相安。鷙鳥之不群兮，自前世而固然。鷙鳥不群句内，即有方圓不能周，異道不相安意，自前世而固然句總承之也。楚辭中多有倒章文法。或以下二句是申鷙鳥不群句，俱通。

屈心而抑志兮，忍尤而攘詬。伏清白以死直兮，固前聖之所厚。

屈，鬱而不伸也。抑，按而不揚也。忍，隱忍也。尤，過也。攘，物自外來而取之也。詬，耻也。耻自外來而受之，猶物自外而取之，故曰攘詬。舊解攘作除也。以上忍尤照之，非是。屈心而抑志，固守乎自内出者也。忍尤而攘詬，涵容乎自外至者也。自内出者，吾勉之而已矣。自外至者，吾將柰之何哉？論語曰：「犯而不校。」孟子曰：「自反而忠矣，其横逆猶是也。君子曰：此亦妄人也已矣。如此，則與禽獸奚擇哉？於禽獸又何難焉？」屈子之屈心而抑志，忍尤而攘詬，其殆庶幾於此乎？伏者，自守之意。清白，不污穢也。直，不枉曲也。論語曰：「人之生也直。」此句亦參錯文法，本謂伏清白直道而死耳。前聖，泛言也。所厚，謂不爲前聖所鄙薄也。此章串講，言己所以屈心而抑志，忍尤而攘詬者，蓋欲伏清白以死直，而庶乎不爲聖人之所鄙薄也。夫吾道苟不爲聖人之所鄙薄，而適爲聖人之所篤厚，則彼區區黨衆之耻辱，吾又何辭而不受哉？嗚呼，若屈子者，其見卓矣，其守固矣，其量宏矣。雄、固、之推之徒烏足以知之也哉！瑗按：此上四章，一章言流俗邪淫之盛而得時，二章言己守正道之堅而失志，三章言自古正道之難容，四章言己守正道之欲求合於古也。朱子曰：「自怨靈脩以下至此，五章一意，而爲下章回車復路起也。」瑗按：怨靈脩章是承上長太息以下二章而言，當自長太息以下至此七章，爲一意也。

悔相道之不察兮，延佇乎吾將返。回朕車以復路兮，及行迷之未遠。

悔，追悔也。相，顧視也。道，路也。察，明審也。延，引頸也。佇，跂立也。延佇，猶言少待也。將返，欲還歸也。延佇將返，其詞雖若緩，而其意則終於去耳。但欲遲遲吾行，不欲悻悻然若小丈夫之爲也。回，旋轉也。復路，還復故道也。行迷，謂行路而惑誤也，如莊子「七聖皆迷」之迷，相道不察之所使然也。未遠，尚在中道，未至窮途，猶可回返也。陶淵明歸去來辭曰：「悟已往之不諫，知來者之可追。實迷途其未遠，覺今是而昨非。」意出於此。朱子曰：「言既至於此矣，乃始追恨前日，相視道路未能明審而輕犯世患，遂引領跂立而將旋轉吾車，以復於昔來之路，庶幾猶得及此惑誤未遠之時，覺悟而旋歸也。」得之矣。瑗按：此章以行路爲譬，實悔其初輕出仕，而欲將隱去耳，非設言也。下文製芰荷，集芙蓉，蓋欲辭紱冕之榮，而爲隱者之服矣。王、洪二註皆以同姓之義言之，以爲屈原初欲隱去，既而悔其不當隱去，故復回返以終事君之道。不亦大謬其旨，而牽强之甚乎？殊不知雖隱而去之，固無害於屈子之忠也。

何爲回護之若是，而反使屈子之心事千載之不明也。故楊、班之流往往譏之者，皆未知屈子實有去志也。且以同姓言之，則殷之「三仁」，固有不去者，亦有去者；固有死者，亦有不死者。豈可謂同姓之臣，自古皆不去而盡死也哉？其事君之忠，同姓之義要亦顧時勢事體，及各人之自處何如耳。固不必於去不去，死不死以爲賢否也。

步余馬於蘭皐兮，馳椒丘且焉止息。進不入以罹尤兮，退將復脩吾初服。

步，謂緩步徐行也。或曰，車馬曰步，舟船曰游，步謂步走，無徐行意，亦通。上章曰車，此章曰馬，互見也。澤曲曰皐，其中有蘭，故曰蘭皐。馳，疾走也。丘，土之高者，其上有椒，故曰椒丘。且，聊且也。焉，如字，語詞也。止息，謂停止而偃息也。進，謂仕也。入，亦進也。罹，遭也。進不入，倒文耳，本謂不進而入也。惜誦曰：「欲儃佪以干傺兮，恐重患而罹尤。」今既不進入以罹尤，則不惟在己，不必屈心而抑志，忍尤而攘詬。彼讒人雖欲設張闢以娛君，而矰弋罻羅將安所施邪？退，謂隱也。復脩，重整也。初服，士服也。下文所言衣裳冠佩之類是也。屈原恐進而遇禍，故退脩初服也。此服字要實看，曹子建七啓曰「願及初服從子而歸」，語取諸此。李太白詩曰「久辭榮禄遂初衣」，初衣，即初服也。退將復脩吾初服，謂芰荷之衣、芙蓉之裳，及高冠長佩，乃未仕之初之所服者，因筮仕而釋之。今又將辭却軒冕之榮，而重新整治向時之所服者，以復其初也。馳椒丘對上步余馬於蘭皋看。且焉止息，總承上也。王逸獨以止息帖椒丘，非是。此等句法當以意會。進退二句亦要活看，不進則必退，既退則不進，一反一正，反覆言之耳。朱子曰：「徐步馳走而遂止息，必依椒蘭不忘芳香，以自清潔，所謂回朕車而復路也。進既不入以罹尤，則亦退而復脩吾初服耳。」瑗按：朱子不忘芳香之説，本於五臣。或以蘭皋、椒丘爲即其所見而泛言之耳，無取譬意，更詳之。

製芰荷以爲衣兮，集芙蓉以爲裳。不吾知其亦已兮，苟余情其信芳。

製者，剪裁之意。集者，補綴之意。芰，菱也。荷，蓮葉也。芙蓉，蓮花也。或曰，上既言荷，亦可爲蓮之總稱。今自別有芙蓉，非謂蓮花也，未知其審。上曰衣，下曰裳。洪氏曰：「芰，荷葉也，故以爲衣。芙蓉，花也，故以爲裳。」羅鄂州曰：「蓋芰葉雜還，荷葉博大，有爲衣之象。而芙蓉若可緝者也。古者，士服玄衣纁裳。芰荷，緑色，有玄之象。芙蓉，朱色，似纁。故反離騷云：『矜芰茄之緑衣，被芙蓉之朱裳。』是也。北山移文曰『焚芰製而裂荷衣』，杜甫曰『不妨游子芰荷衣』，蓋用此語。」瑗按：葉大可裁剪，故曰製，花小須補綴，故曰集。此雖細義，可見古人用字，有斟酌不苟。但二句亦互文，謂取芰荷芙蓉以爲衣裳耳，非必芰荷可以爲衣，而芙蓉可以爲裳也。羅氏之説雖有據，恐未必然。又曰：「原之始而結茝貫薜也，已曰『願依彭咸之遺則』。然此佩之小者，又皆陸草。衣者，身之章也，用以自表。而皆取水物焉，則其從彭咸也，審矣。彭咸商之介士，不得其志，投江而死者也。」此説頗覺牽强。蓋皆不知屈原實未投水，而曲爲之解耳。不吾知，言世俗之溷濁，不知己之奇服也。涉江曰「余幼好此奇服兮，年既老而不衰」，又曰「世溷濁而莫余知兮，吾方高馳而不顧」是也。五臣獨以君不知我言，非是。其亦已者，不求人知之詞，即論語「人不知而不愠」之意。苟、信，皆誠也。情，情實也。芳字是借芰荷、芙蓉而言己德之馨香而不臭穢也。洪氏解作香草也，非是。王逸曰：「此言被服愈潔，脩善益明也。」朱子曰：「此與下章即所謂脩吾初服也。」二説是矣。又按：下二句乃倒文法，本謂苟余情其信芳，則雖不吾知其亦已矣，又何傷哉？或曰，上二句有比而賦意，非全比也。下二句乃賦也，朱子以四句俱爲比也，未是。

高余冠之岌岌兮，長余佩之陸離。芳與澤其雜糅兮，唯昭質其猶未虧。

冠，戴之於首者也。岌岌，高貌。佩，謂雜佩劒、玉、蘭、茝之類，皆是被之於身者也。舊註獨指玉佩言，未是。陸離，參錯美好之貌。涉江曰：「帶長鋏之陸離兮，冠切雲之崔嵬。」亦此意。芳，言其氣之芬芳，澤，言其色之潤澤，總承上衣裳冠佩而言。舊註：芳，謂以香物爲衣裳，澤，謂玉佩有潤澤也。瑗按：大招及列子之所謂「施芳澤」，是又言芳香之膏澤，不獨玉可以謂之潤澤也。糅，亦雜也。雜糅，言佩服之盛也。昭，明也。質，性質也。未虧，無損也。言雜糅其芳澤之佩服，蓋欲昭明其質性之無虧損耳。即此觀之，是實嘗佩服其芳澤，以比德也，非特設言取譬而已。上章以情言，此章以質言，互見也。後屢以情質並言也。又此與上章亦參錯文法。其次序，本謂製芰荷以爲衣，集芙蓉以爲裳。高余冠之岌岌，長余佩之陸離。芳與澤其雜糅，唯昭質其猶未虧。苟余情其信芳，不吾知其亦已也。

忽反顧以游目兮，將往觀乎四荒。佩繽紛其繁飾兮，芳菲菲其彌章。

忽，疾速貌。反顧，回首而視也。游目，謂縱目以流觀也。哀郢曰「曼余目以流觀」是也。游、流，古字亦通用。荒，遠也。四荒，猶四方也。將往觀乎四荒，謂將去此而往觀乎四方之景，以爲樂也。佩，指衣裳冠佩而言，與長余佩之佩字稍異。上佩字，專言之也；此佩字，泛言之也。與上初服之服字對看，上服字，總起下也；此佩字，總結上也。繽紛，猶言雜糅盛貌也。繁飾，猶言雜佩也，亦衆盛之意。菲菲，猶勃勃，芳香貌。彌章，愈明也。此章總承「信芳」「昭質」二句而言，而有淺深之意。獨言芳菲菲者，省文耳，而澤字之意亦在其中。下二句總結上二句，上二句又所以爲下溘埃風而上征遠遊諸章起也。往觀四荒，舊註皆謂往求賢君。或曰，此章言己回車返服，謝仕而隱，將事遠遊以舒憤懣耳。非謂往觀四荒，以求賢君而事之也。瑗按：賈誼弔屈原云：「歷九州而相其君兮，何必懷此都也。」夫謂屈原歷九州而相其君，固爲失之。然屈原當時實有去楚之志，特所以去楚者，謂斂德避難而遁去耳，非謂去楚別求賢君而事之也。或說是矣。洪氏乃謂原初未嘗去楚者，同姓無可去之義故也。是亦契舟膠柱之說矣。此篇之末，雖有悲懷舊鄉之意。然亂辭又曰：「國無人莫我知兮，又何懷乎故都。」遠遊篇雖亦有悲懷舊都之意，然其卒章又曰：「超無爲以至清兮，與泰初而爲鄰。」涉江亂辭曰：「懷信傺侘，忽乎吾將行兮。」惜誦卒章曰：「撟兹媚以私處兮，願曾思而遠身。」由此觀之，屈子曷嘗無去楚之志哉？去楚，固無害乎屈子之忠，而且見其有保身之智矣。後世不詳考其書，而信屈子之所自言，往往譏之何哉？或曰，屈子之去楚遠遊，既非求賢君而仕。然下諸章天帝、虙妃、佚女、二姚等譬何也？曰，蓋設言舉世無賢君，而不足以當其心也，於是而隱去耳。洪氏又曰：「此孔子浮海居夷之意。」其說甚善。

人生各有所樂兮，余獨好脩以爲常。雖體解吾猶未變兮，豈余心之可懲？

好脩，謂好自脩飾使潔净也。常者，恒久不變之意。體解，猶言支解也。未變，謂不改其好脩之志也，即雖九死其猶未悔之意。懲，創艾也。五臣解「可懲」作何懼之意，非是。夫馳騖以追逐，既非余心之所急。蕙纕以攬茝，是亦余心之所善，其好善惡惡之誠如此。既曰「雖九死其猶未悔」，又曰「雖體解吾猶未變」，其所守堅確之至如此，則靈脩雖數化而齋怒，黨人雖嫉妬而謠諑，又豈可使余心之懲創而少易其操也哉？嗚呼，若屈子者可謂樂道之真，好善之誠者矣。然則上所謂「長太息以掩涕」，「怨靈脩之浩蕩」，「悔相道之不察」，豈真有太息怨悔之心而欲變其所守也哉？讀者可以自悟矣。朱子曰：「人生各隨氣習有所好樂，或邪或正，或清或濁，種種不同，而我獨好脩潔以爲常。雖以此獲罪於世，至於屠戮支解，終不懲創而悔改也。自悔相道至此五[二]章，又承上文清白以死直之意，而下爲女須詈予起也。」瑗按：篇首至此，當一氣講下。而其間有二大段、四小段之分。自篇首至「夫唯靈脩之故也」一小段，自「曰黄昏以爲期」至「願依彭咸之遺則」一小段，實總爲一大段。自「長太息以掩涕」至「固前聖之所厚」一小段，自「悔相道之不察」，至此「可懲」一小段，又總爲一大段，而所謂離騷之意已畧盡矣。下文不過設爲女須之詈、重華之陳、靈氛巫咸之占，而反覆推衍其好脩之美，遠遊之興耳。讀者幸熟誦而詳玩之，庶幾有見乎條理脉絡之貫串，規矩法度之整齊，而使此春容之大篇可喜而不可厭也。苟漫然而觀之，寧不亂雜而靡統也哉？

女須之嬋媛兮，申申其詈余。曰：「鮌婞直以亡身兮，終然殀乎羽之野。

須者，賤妾之稱，以比黨人也。屈原以蛾眉自比，故前言衆女之嫉，指其黨之盛也，此言女須之詈，斥其德之賤也。舊以女須爲屈原之姊，甚謬。嬋媛，妖嬈貌，邪淫之賤態也。申申，衆多重疊之意。詈，罵也，字見周書無逸篇。予，原自謂也。申申詈予，謂黨人詈己者紛然不已也。曰者，記女須之詞也。鮌，堯臣。悻，狠也。直，謂徑情直行之意。亡身，喪身也。終然，猶言畢竟耳，决詞也。不得善終而死曰殀。羽，山名，在東裔海中，即禹貢之「蒙、羽其藝」者也。殀乎羽之野，謂不得終于家也。惜誦厲神之言曰：「行悻直而不豫兮，鮌功用而不就」，亦此意。按：鮌事天問亦言之，見尚書及左傳、史記諸書。王逸曰：「言堯使鮌治洪水，悻恨自用，不順堯命。乃殛之羽山，死於中野。女須比屈原於鮌，不承君意，亦將遇害也。」其説是矣。瑗按：屈原特不能背繩墨以追曲耳，其所謂「伏清白以死直」者，「固前聖之所厚」，必不爲前聖之所殛也，黨人又何可以鮌之悻直比之哉？觀前自誓之言曰：「亦予心之所善兮，雖九死其猶未悔。」又曰：「寧溘死而流亡兮，余不忍爲此態。」又曰：「雖體解吾猶未變兮，豈余心之可懲？」懷沙篇曰：「人生稟命，各有所錯兮。定心廣志，余何畏懼兮。知死不可讓，願勿愛兮。明告君子，吾將以爲類兮。」屈子於死生之際，蓋瞭然不可惑，而其操守之堅，有確乎不可拔者矣。奈何黨人以死懼之哉？此數言者，其曉黨人之意亦至矣。

汝何博謇而好脩兮，紛獨有此姱節。薋菉施以盈室兮，判獨離而不服。」

上章鮌悻直至此，皆女須詈原之詞。汝，女須指原而罵之也。博者，罵其立志太高遠廣大。而蹇者，罵其不避艱險，獨爲人之所難爲也。好脩，見前。紛，盛貌。姱節，姱美之節操也。曰「獨有此姱節」，可見黨衆之無此，而嫉妬之所以來也，烏得不申申而詈之邪？觀柳子厚載戚里淫婦之謀河間婦可見矣。但屈子之節，非河間中變之比，故不能免乎罵詈之辱也。薋、菉、葹，三惡草名。當世時俗之所尚者也，以比尋常庸劣之行。舊註比讒佞，非是。蓋因以女須爲原姊，故以此爲罵黨人之詞，而不知此實爲黨人罵原之詞也。盈室，謂家佩而人服也。舊註比滿朝庭，太拘。判，别也。獨離，猶言立異也。言衆人皆佩此尋常之草，汝何爲判然獨自立異而不服，而取彼芳澤以爲飾哉？王逸曰：「言汝何爲獨博采往古好脩謇謇，有此姱異之節。」又曰：「言衆人皆佩薋、菉、枲耳，滿於朝廷而獲富貴，汝獨服蘭蕙，判然離别不與衆同也。」意是。瑗按：女須詈原之詞，通指前篇屈子之所叙者而言。或曰，判與拚同，當平聲讀。唐人詩用拚字多作判，亦通。

衆不可户説兮，孰云察余之中情？世並舉而好朋兮，夫何煢獨而不予聽？

此章因女須詈己立異以爲高，而述己中情以答之，明其實未嘗立異也。衆，舉一世而言也。以言曉人曰説。户説，謂户户而説也。觀此，則屈子亦嘗與人以爲善矣。但人之衆，非可遍告也。黨人以離異罵之，何其不察之甚哉？孰云，猶言誰肯也。中情，與人爲善之情也。言己之中情，實欲與人爲善，而非敢離異也。朋，黨也。變「黨」言「朋」者，爲衆諱之也。論語曰：「吾聞君子不黨。」又曰：「君子群而不黨。」黨之爲惡稱也久矣。世並舉而好朋，亦倒文耳，本謂舉世而並好朋也。然女須既指原而罵之矣，原且曰衆，曰朋，若不專指黨人而言者，可謂危行言遜矣。煢，亦獨也。不予聽，猶言不我信也。蓋因女須以紛獨有此姱節，判獨離而不服罵之，故原言我實未嘗煢獨以離異，自是衆人不肯聽信我之言耳。瑗按：四句一意，世並舉而好朋，即申衆不可户説意。「夫何煢獨而不予聽」，即申「孰云察余之中情」意。朱子曰：「爲下章就舜陳詞起。」或曰，此章亦女須言也。曰余，曰予，皆女須自謂也。曰孰察，曰煢獨，皆謂原也，乃小人革面之詞。若以爲原詞，則「夫何煢獨而不予聽」句，諸家講終牽强，故朱子疑「不」字當衍。蓋初罵其亡身，次罵其立異，終欲其見聽改行而免禍，與己同也。其詞意以漸而殺，亦可見天理之在人心，不可泯滅。而屈子之於楚黨人，未嘗真不知其爲好人也，但以舉世皆如此，而何獨嘐嘐然以古道自鳴乎，又豈可人告而户説乎？瑗按：或説亦有理。大抵自古小人非謂古道之不美也，以爲非吾人之可易能，故棄之而不好脩耳。及見君子之姱節，又媿己之不能，忌君子之獨善，遂從而各興嫉妬之心也。亦非謂庸劣之行爲真是也，蓋以不能克其氣質之偏，改其習俗之尚，故因循而不變，同流而合汙以爲常態，祇見君子之離異而已矣。嗚呼，可勝嘆哉！

依前聖以節中兮，喟憑心而歷茲。濟沅湘以南征兮，就重華而陳詞。

此亦承女須之詈，因嘆世無知己，而將抱己之道以求聖人之知也。蓋謂不合於今必合於古之意，託言也。依，遵也。前聖，泛言也。下指舜，專言也。節，樽節之意。如書「節性惟日其邁」，易「節以制度」之節。中，中道也。節中，謂樽節至於中道，不使有太過、不及之弊也。觀此則屈子之志行可見矣，孰謂其過於中庸而不可以爲法哉？喟，歎也。此字雖横入於中，而其意則當在此章之首。四句皆歎詞也。憑者，充塞盈滿之意。憑心，言極其本心之量，而其中之所得者有贏餘，天之所付者無虧欠也。觀此，則屈子之所養可知矣。思美人曰「揚厥憑而不竢」，憑字與此同義。舊註爲恚懣盛貌，是連上喟字解，非是。歷，猶逢也。茲，此也。二句嘆己得聖人之中道，而不過盡吾心之固有而無虧，顧不見知于世，而反以是遭此詈辱也。洪氏曰：「嘆逢時之不幸也。」濟，度也。沅、湘，皆水名。南征，猶言前進也。此二字出易經，泛言也。舊註謂舜葬沅、湘之南，故曰南征，非是。就，即也。重華，舜號也。陳詞，謂陳列乎己所自得之言也。二句又承上二句，嘆己雖不見容於南夷，則將由此而遁去，求知於前聖也。朱子曰：「屈原以世莫能知己之志，故欲就舜而陳詞，如下文所云也。」瑗按：上曰「固前聖之所厚」，此曰「依前聖以節中」，屈子惓惓直以聖人之道自期待如此，孰謂原爲清脩一介之士哉？孰謂學聖人之道者，而肯自投於水哉？後世之議原者，何不考其書之甚邪？涉江曰：「吾與重華遊兮瑤之圃。」抽思曰：「望三五以爲像兮，指彭咸以爲儀。」懷沙曰：「重華不可遌兮，孰知余之從容。」又曰：「湯禹久遠兮，邈而不可慕。」其致意於聖人也數矣。讀楚辭，論屈子者，此其要也，不可不知也。亦可見屈子所見最高，所學最正，故其所守不爲世俗之紛華所奪，黨人之交搆所移也。又上章是答汝何博謇章，言女須詈其好異，而明己實未嘗好異也。「依前聖以節中」句，是答悻直章，言女須詈其悻直，而明己實出於中道，而非悻直也。

啓九辯與九歌兮，夏康娛以自縱。不顧難以圖後兮，五子用失乎家巷。

啓，開也，與上陳字義同。蓋承上句變文而更端之詞也。九辯，即九叙也。九歌，九德之歌，禹樂也，見尚書大禹謨。不言禹者，既曰九辯、九歌，則不待言禹，而可以知其爲禹之樂矣。樂所以象功德而作之者也，言此以見禹功德之極其盛，而後世子孫不能守也。夏，禹有天下之號，而此曰夏者，猶曰夏之子孫，指太康而言也。康娛，猶言逸豫也。縱，放恣也。顧，慮也。難，禍亂也。圖，謀也。後，後裔也。此句暗指羿、浞等事，而下乃申詳之也。五子，太康昆弟五人也。家巷，宮中之道，所謂永巷也。用失家巷，言國破而家亡也。洪氏曰：「此言太康娛樂放縱，以至失邦耳。」又曰：「仲康以來，羿勢日盛，王者備位而已。五子之失乎家巷，太康實使之。」瑗按：諸經傳太康以逸豫滅厥德，盤遊無度，田於洛表，十旬弗反，有窮后羿距于河，立其弟仲康，而專執國政。仲康丁有夏中衰之運，亦未能行羿不道之誅，以致羿竟簒相位而禍亂荐臻。是家巷之失，太康固爲誅首，而五子之罪，蓋亦有不能逭者矣。不書太康名者，不待言而貶自見，以其惡之顯著，人人得而知之也。太康之罪，人皆知之矣。五子之罪，人則不知也。故屈子書五子之名，而顯其微，闡其幽。而此章之言，亦自有先後輕重之序，可謂得春秋之法矣。非屈子其孰能之？嗚呼，上有忝其祖，下不顧其後，而國之不絶者如綫，太康五子之罪著矣。彼懷、襄之苟且康娱，而輕棄其國，不數十年而遂滅於秦也，其罪不尤甚哉！聞屈子之言，亦可以自省矣。朱子曰：「此爲舜言之，故所言皆舜以後事也。」嗚呼，自舜以後，而天下紛紛始多事矣，無爲之治不可得而見矣。陵遲至於戰國，而人事之變亦極矣。屈子烏得不往就舜一陳而訴之，以渫其憤懣之情也耶？詩曰：「我思古人，實獲我心。」屈子就重華而陳詞之意，其在斯與，其在斯與！

羿淫遊以佚畋兮，又好射夫封狐。固亂流其鮮終兮，浞又貪夫厥家。

羿，有窮之君，夏時諸侯也。淫，過也。無事而漫遨曰遊。佚，縱恣也。書多作泆。畋，獵也。此句亦參錯之文，本謂淫佚於遊畋也。心之所喜曰好。遊畋者，述其淫佚之事，而好者，誅其淫佚之心也，故以又字起之。射，發弓弩之總名。封，大也。狐，獸名。射狐者，遊畋中之一事，惟其好之，此所以淫佚於遊畋也。上句重「淫佚」字，下句重「好」字；固者，承上文而斷其必然之詞。孟子曰：「從流下而忘返，謂之流。」亂流者，謂如水之流而不知返也，即指上二句之事。鮮，少也。鮮終，謂少有得善其終也，即指下句之事。浞，寒浞，伯明氏所棄之讒子弟，羿因收之，任以爲相也。貪者，有所歆慕於人，而謀以取之之意。厥，其也，語詞，尚書多用之。家，謂羿之室家也。王逸曰：「婦謂之家。」或曰，左傳言「樹之詐慝以取其國家」，則家即猶上章家巷之家，總言之耳，不必專指奪羿之妻一事而言，亦通。此章言羿因夏衰，逐其帝相而篡其位，恃其善射不恤民事，淫于遊獵，棄其賢良，而任好讒之寒浞，卒爲寒浞貪謀其家而殺之也。羿以亂得政而身即滅亡，故曰亂流鮮終。傳曰：以德和民，不聞以亂。以亂易亂，其流鮮終。羿與浞、澆之事是也。後世乘人之亂而奪人之國者，尚鑒於斯哉！

澆身被服强圉兮，縱欲而不忍。日康娱而自忘兮，厥首用夫顛隕。

澆，一作奡，字異而音同，即浞因羿室所生之子也。被，如書康誥「紹聞衣德言」之衣字，亦服也。服，事也。强圉，與彊禦同。詩曰：「曾是彊禦。」彊禦，猶强梁，暴猛多力之意。論語曰「奡盪舟」，力能陸地行舟，則强圉可知。被服强圉，謂專尚猛力，如被服之在身而不舍也。縱欲不忍，謂縱放其淫欲之心，以肆其强圉之力，而勃勃乎不能自忍耐也，指弑相之事而言。康娱，見上。自忘，謂忘其脩身之道也。王逸謂忘其過惡，亦通。首，頭也。顛隕，皆自上而下墜之意，謂爲少康所誅也。此章言澆專尚勇力而恣其淫心，殺夏后相而以逸豫滅厥德，卒爲相子少康所誅，以梟其首也。羿蓋恃其技，澆蓋恃其力故，皆不脩德，而反以此取滅亡也。技力之不足恃也如此哉。此二章事並見左傳。瑗按：羿篡夏位而未幾，爲浞所殺。浞既殺羿，又使其子澆弑夏帝相，亦終爲相子少康所滅。輾轉相報，捷如影響，固亂流之鮮終。於此，亦可見天道之好還也。又按：此上三章，一章言喪其家巷，二章言喪其室家，三章言喪其元首。其取禍之慘，愈深而愈切，其垂鑒之意至矣。

夏桀之常違兮，乃遂焉而逢殃。后辛之菹醢兮，殷宗用之不長。

賊人多殺曰桀，亡王之謚也。名履癸。史記以爲帝發之子系，本以爲帝皐之子發之弟也。未知孰是？常違，謂屢背乎道也。或曰倒文耳，謂背乎常道也，亦通。詳見商書及史記夏紀。遂焉，猶忽然，易詞也。逢殃，遇害也。謂爲商湯所放而死也。自「啓九辯」至此十四句，皆陳夏事。然其言亦有次第，而一代之治亂頗可概見矣。后，君也。辛，帝乙之子，商紂之名也，又名受。謚法：「殘義損善曰紂。」淹菜曰菹，肉醬曰醢，謂殺戮忠良也。殷，代名也。商人稱殷自盤庚始。宗，猶統也。不長，謂爲武所滅絶也，詳見周書及史記殷紀。此章舉二國無道亡國之君以昭大戒，而彼懷、襄者聞之，可不知所寒心而尚鑒於此也哉？

湯禹嚴而祇敬兮，周論道而莫差。舉賢才而授能兮，循繩墨而不頗。

湯，天乙之子，商之盛王也。謚法：「除虐去殘曰湯。」姓子，名履。禹，鯀之子，夏之盛王名也，姓姒。一曰，謚法：「受禪成功曰禹。」今考之書，舜在當時已並棄契皋陶而呼之，則名也，非謚也。不曰禹、湯，而曰湯、禹者，倒文耳，後曰「湯、禹嚴而求合」是也。或曰，亦承上「殷宗」句而遂先言湯也，古人作文多有此法，亦通。嚴，畏也。祇，亦敬也。書曰：「日嚴祇敬。」周，代名也，指文、武而言。論道莫差，謂講論治道，而無有一毫之差錯也。三王道德詳見詩書，此亦互文。非謂禹、湯能祇敬而不能論道，文武能論道而不能祇敬也。王逸，五臣皆渾釋之，曰禹、湯、文、武皆嚴畏祇敬，論議道德無有過差，是矣。舉，謂揚之於側陋也。賢，有德者也。才，有藝者也。授，與也。能，猶堪也。兼賢才而言，謂量其才德之大小，而與之以職任也。若孟子賢者在位，能者在職，則能又對賢，專以才言。此上既曰舉賢才，則「能」字當總承講也。訓詁之家要當隨文體意，不可執一也。「舉賢才」句見論語。循，依也。「繩墨」解見上，喻法度也。頗，僻也。不頗，猶莫差也。二句言脩己用人之道，總承上三王而言也。此章舉三代之盛王以明大典，而見後世子孫之不能遵祖宗之憲章，以致國亡而家敗也。彼懷、襄者聞之，尚當惕然悔過，取法乎此可也。方且偭規矩而改錯，背繩墨以追曲也，是誠何心哉？曰嚴敬德，曰論治道，曰舉賢才，曰遵法度，反覆悉言之也。嚴敬德，遵法度，脩之於己者也。論治道，舉賢才，推之於人者也。天德之純，王道之普，於此乎可概見矣。孰謂戰國之士可及之也哉？當時孟子之外一人而已矣。其文章德行，皆可以並駕而齊驅，不當以優劣論也。但孟子周流列國，能通之以權，而屈子則道之不行，終于隱去守經而已矣。蓋其平生之所學、所守、所見本如此，故曰「余幼好此奇服兮，年既老而不衰」，可以覘其志矣。至于規規以同姓之義論之，吾不知之矣。瑗按：此上五章，夏代歷叙其喪亂之意，而殷只以二句承之，又以湯、禹一句總結之，周又只以一句言之，其筆力之變化，非屈子不能。若三代以次而各叙一段，不惟其詞冗長，而亦無反覆悠揚之味矣。操觚染翰者，亦不可不知。又按：朱子曰：「三王道全德備，故能獲神人之助，子孫蒙其福祐，如下章所云也。」亦是。

皇天無私阿兮，覽民德焉錯輔。夫維聖哲之茂行兮，苟得用此下土。

皇，大也。竊愛爲私，所私爲阿。覽，察也。人者對己而言，民者泛詞也。德者，行道而有得於心之謂也。焉，語助詞。錯，置也。輔，佐也。默祐之意，猶言「惟德是輔」也。其未得也，則錯之；其既得也，則輔之。詳其文勢，當如此解。言皇天神明，公平正直，無所私阿。觀於萬民之中，而有能脩聖賢之德者，則立以爲君而陰隲輔相之也。維，獨也。書曰：「睿作聖，明作哲。」孟子曰：「大而化之之謂聖。」茂，盛也。行者，錯之於身者也。聖哲以人而言，茂行以德而言。苟，誠也。用，猶有也。下土，謂天下也。詩曰：「奄有下土。」言聖哲之人有茂盛之行，則必爲皇天所錯輔，而有此天下也。覽德錯輔，自在天而言。得此下土，自在人而言。皇天之於聖人，非有所私厚也，亦惟覽其德而已矣。皇天能輔其德，而不能使人之脩德也，在我而已矣。聖人之於皇天，非有所徼求也，亦惟茂其行而已矣。聖人能茂其行，而不能必天之立己也，聽天而已矣。書曰：「惟天無親，克敬惟親。」中庸曰：「故大德者必受命。」知此，則可以窺天人相與之際矣。故禹、湯、文武日嚴祇敬之德，而皆得用此下土。彼康娛淫佚常違葅醢之徒，則天雖欲錯而輔之，亦無所施其力矣。孔子曰：「天之生物，必因其材而篤焉。栽者培之，傾者覆之。」是天非獨無私阿也，雖欲私之，亦不得而私之也。彼懷、襄者，雖天且不能錯而輔之，屈子亦將奈之何哉？亦惟自脩而已矣。哀哉！按：此章是結上五章之意，言三王能脩德而爲天所興，則後王不脩德而爲天所廢可知矣。或曰泛言，亦是。但泛言之中而前五章之意亦不能外之矣，舍前五章，而此章之言又無所指實矣。

【校勘記】

［一］竑，川圖本作「宏」，初刻本此行「秣陵焦竑弱侯訂正」爲墨釘一條。

［二］五，原作「六」，據朱熹楚辭集註改。

楚辭集解離騷卷

新安 汪瑗 玉卿 集解
姪 仲弘 補輯[一]

瞻前而顧後兮，相觀民之計極。夫孰非義而可用兮，孰非善而可服？

瞻，臨視也。顧，還視也。瞻前顧後，猶言左顧右盼。博覽，遍觀之意。「前」「後」二字要活看，不可太滯。相者，視之審也，觀者，視之周也。曰瞻顧，曰相觀，詳言之也。相、觀二字，即承上句而申言之耳。猶前章既言陳詞，而又以啓字承之也。計，謀策也。極，窮至也。言世俗工巧之甚也。義者，利之反也。善者，惡之反也。服，事也。曰「孰非義」「孰非善」云者，可見此義與善，無物不有，無處不然，而吾人所當推行服膺，而不可須臾離焉者也。此章言己博觀當世之民，放僻邪侈之心滋，而行險僥倖之機熟，詐僞之計萬變百出，靡有遺術。而上帝之降衷義善之恒性，則不知服用，戕賊暴棄之而無餘也。皇天雖無私阿，又將何以覽其德而錯輔之也哉？孟子曰：「王者之不作，未有疏於此時者也。民之憔悴於虐政，未有甚於此時者也。」當是時也，苟有一人徙義遷善而修其聖哲之茂行，以欽崇天道，則奄有下土也必矣。惜乎，戰國之君相尚以利，相競以惡，而蔽錮之深，陷溺之久，曾不知悔悟，卒使皇天覽德之意孤，而聖賢垂教之志荒也。嗚呼，博觀天下盡皆如此，而彼懷、襄者又何足以望之也哉？雖然，其詞之感慨若泛指乎一世之人，而其意乃所以責懷、襄之不修德也。瑗按：義善二言，深得吾儒性理之學。由此觀之，則戰國之時而惓惓乎仁義之談性善之説者，不獨孟子也，屈子之所學所養可知矣。其書真可繼「三百篇」而無媿色，與「七篇」並傳而不多讓也。孰謂自從删後更無詩，而續仲尼之統者，軻氏可獨專其美哉？故後世哀屈子之窮，吾獨喜屈子之高；後世愛屈子之詞，吾獨尊屈子之道也。安得起靈均於九原，而親與之論離騷也哉？

阽余身而危死兮，覽余初其猶未悔。不量鑿而正枘兮，固前修以葅醢。

阽，近邊欲墮之意。危，險難之意，尚未至於死也。死，既死也。二字平看，朱子總釋之曰：「危死，言幾死也。」按：幾字之意已在阽余身内，未知是否？更詳之。覽，察也。初，初志也。言雖阽余身而置於險難之中死亡之地，然反觀内察其己之初志，適得吾心之所善，而終未嘗有一毫怨恨之悔意也。其不肯變節以從俗可知矣。量，度也。鑿，斧鉞所穿，受柄之孔也。正，猶整也。謂審其正而納之於鑿也。枘，如詩「伐柯」之「柯」字，即斧鉞之柄，刻其木端，所以入之於鑿而可執持者也。言鑿枘方圓之不相入，猶君臣邪正之不相合也。前修，指往古之忠臣義士也。葅醢，言爲無道之君所殺戮也。前后辛之葅醢，言暴君恣殺戮之慘。此前修以葅醢，言忠臣受殺戮之禍。字義雖同而旨意各有所歸，讀者詳之。瑗按：上章雖泛指一世，而自勵之意亦在其中。此則承上而言己之用義服善以事君，初不度其道之不可行而反以此取禍。然其心亦終無悔也。所以然者，蓋邪正不合而道之難行，自前世而固然矣。吾亦法夫前修而已矣，又何悔乎？昔人云，吾得與龍逄、比干游於地下足矣，即屈子不悔之意也。上二句自勵之詞，下二句自憫之詞，其文意亦參錯互見也。朱子曰：「此承上章言」，義爲可用，善爲可行，而前修乃有以此而至於葅醢者，「然亦不敢以爲悔也」。王逸曰：言工不量度其鑿而正其枘，猶臣不度君賢愚竭其忠信，則被罪過而身殆。自前世修名之人已獲葅醢，若龍逄、梅伯是矣。二說俱是。五臣、洪氏云：邪佞在前，而己以忠賢正直當之，何由能進？其君不察，得罪必矣。瑗按：量鑿正枘只言君臣不合，而邪佞自在意表，二家獨指邪佞講，未是。又按：阽身危死及葅醢之言，雖爲砥礪自誓之意，然屈子之在當時實瀕於死者數矣。惜誦篇曰：「矰弋機而在上兮，罻羅張而在下。設張闢以娛君兮，願側身而無所。欲儃佪以干傺兮，恐重患而罹尤。欲高飛而遠集兮，君罔謂汝何之。」觀此則知屈子之所處。而大凡遭難受禍之言，又非特設詞而妄加誣於楚之君相者也。讀者亦須要識此意。

增歔欷余鬱邑兮，哀朕時之不當。攬茹蕙以掩涕兮，霑余襟之浪浪。

增，重累也。出曰歔，入曰欷，哀泣之聲也。哀時不當，倒文耳，本謂哀不當時。言自哀不值舉賢之盛時，而遭葅醢之亂世也。茹、蕙，二草名，攬之以拭淚也。王逸解「茹」爲柔軟之義，不作草名，亦通。霑，濡濕也。襟，衣眥也。浪浪，淚流不止貌，哀之甚也。瑗按：歔欷者，哀之發於聲者也。鬱悒者，哀之結於心者也。掩涕者，哀之發於目者也。此章極爲長太息痛哭流涕之情，要之與賈誼不同，學者不可不知。蓋賈誼得君逢時，其所當者，與屈子天淵懸隔。自太史公以屈、賈同傳，而後世嘆惜抱才不偶者，多曰屈賈、屈賈云，非也。靈均所遭，實與大舜號泣于旻天之情同其真切。而賈生未免少年，失之躁妄。其所言者，雖不爲無病而呻吟，遐想當時氣象，其與阮籍猖狂，遇窮途而浪哭者相去無幾矣。後世譏屈子之忿懟不容，强非其人，豈非以責賈生者而責屈子乎？孟子曰：「頌其詩，讀其書，不知其人可乎？是以論其世也。」欲知其人而不上論其世，吾未見其可也。自「啓九辯」以下至此，九章皆爲陳舜之詞。或以爲至用此下土止，非是。蓋前六章陳君道之治亂，後三章陳衷曲之哀情。屈子之欲見舜者，莫切於此情，而其所以先陳乎治亂者，即此情之所在也。屈子之所以長太息而痛哭流涕者，又豈悲一己之不遇而已哉？

跪敷衽以陳辭兮，耿吾既得此中正。駟玉虬以乘鷖兮，溘埃風余上征。

跪，雙膝着地也，尊敬之意。或曰，古者席地而坐，跪，坐也，亦通。敷，布也。衽，衣裳之前際也。敷衽，猶言整肅其衣冠，戒嚴之意也。陳辭，即上九章所陳於舜之詞也。耿，明也。中者，無過不及之謂。正者，不偏不倚之謂。指己所陳之詞，得聖人中正之道也。己既陳畢，而舜無答詞，其意若將深有以許之矣，故以既得此中正自信也。此二句與上依前聖以節中章相照應，結上起下之詞。然自依前聖至此，自當爲一段也。駟，猶乘也，如驂字，亦可虛實兩用。一曰，一乘，駟馬也。虬，龍類。玉者，贊美之詞。一曰，以玉飾虬鑣勒，故曰玉虬。乘，跨也。鷖，鳳類。虬、鷖二名，乃蟲鳥之神俊者也。洪氏曰：「言以鷖爲車而駕以玉虬也。」更詳之。溘，奄速倏忽之意。埃風，塵埃之濁風也。或曰，猶言風塵也，倒文耳，亦通。上征，前進也。溘埃風余上征，猶言忽乎吾將行耳。遠遊篇曰「掩浮雲而上征」，意同。此章言己長跪敷衽，陳詞於舜，吾既得此耿然中正之大道，而遂乘龍跨鳳，溘然上行，將以周歷天下，以憫己情，緩幽思，如下文所云也。朱子曰：此章以下，「多假託之詞，非實有是物與是事也」。又按：洪氏曰：「言己所以陳詞於重華者，以吾得中正之道，耿然甚明故也。反離騷云：『吾馳江潭之汎溢兮，將折衷乎重華。舒中情之煩惑兮，恐重華之不纍與。』余恐重華與沉江而死，不與投閣而生也。」淮南子曰：「蟬蜕於濁穢之中，以浮游乎塵埃之外。不獲世之滋垢，皭然泥而不滓者也。」二子之言，於此陳詞上征之意，尤有所發明。可謂知屈子者矣，學者當熟玩之。但屈子實未嘗投江而死，兹不暇論。蓋此章亦叙己陳舜之詞。言舜既已許己得此中正之道，遂復告舜，將去楚而遠遊，亦以見己去楚遠遊不畔於道，而爲聖人之所許也。孰謂屈子去楚之爲非哉？孰謂屈子無隱遁之志而終迷戀於楚哉？

朝發軔於蒼梧兮，夕余至乎縣圃。欲少留此靈瑣兮，日忽忽其將暮。

軔，搘車木也。將行則發之，故謂啓行爲發軔也。蒼梧，楚之山名，謂自楚而啓行耳。楚詞中凡言蒼梧、九疑者，意皆指楚國，蓋二山乃楚之鎮。言蒼梧、九疑則可以知其爲楚，猶孔子歸魯作龜山操，不言魯而言龜山，蓋龜山乃魯之鎮，言龜山則可以知其爲魯也。舊註俱解作舜之所葬處，謂指舜而言。王逸又以此句爲陳詞於重華之意，皆非是。或曰，前言濟沅、湘以南征，謂就舜而陳詞也。此言發軔於蒼梧，謂辭舜而遠遊也。詞旨甚明，子又何支離其說乎？曰非敢支離也。據諸書舜固葬於蒼梧、九疑，而二山固在沅、湘之南。要之屈子之意，實只謂去楚而訪舜，未嘗謂訪舜於蒼梧、九疑所葬之處也。惟諸書言舜葬於二山，故解者多泥於其說。今解作屈子渡沅、湘之江而訪舜於所都之蒲阪，亦未爲不可。此乃屈子寓興之言，非弔古之作，又不必以葬處爲拘也。以南征爲就舜於蒼梧，猶通以發軔蒼梧爲去舜，則此二句與「欲少留此靈瑣」句不相喚應矣。況上章已言乘龍跨鳳而上征，此方言去舜，尤非文勢。讀者幸毋泥舊說，執舜所葬之處。而虛心泛觀之，則知予解之非支離也。縣圃，神山名，寓言耳，非真有是山也。朝發而夕至，甚言欲去之速也。此二句言去楚而遠遊之意。靈者，贊美之詞。瑣，門鏤也。其所鏤之文如連瑣，故曰瑣。王逸曰「楚王之省閣也」，是矣。猶漢儀謂省閣爲青瑣。此靈鎖指朝廷之所在，寓意於君也。欲少留此靈瑣，猶惜誦「欲儃佪以干傺」之意，言不忍遽離別楚王而去也。忽忽，迅速貌。暮，晚也。日忽忽其將暮，猶前恐年歲之不吾與，意謂光陰易過而將老也。此二句言去楚不得已之情。此章以下，皆承上章下二句而推衍之耳。此章言己所以急於去楚而遠遊者，非不欲留於楚朝也。蓋以楚不我用，道既不行而老期將至，此日良可惜耳。孟子曰：「千里而見王，是予所欲也。不遇故去，豈予所欲哉？予不得已也。」此即屈子去楚之意也。或曰，上二句可見君子憂則違之之情，而「荷蕢」者所以爲果也。縻戀於爵禄者，所以爲汙也。下二句可見聖賢行道濟時汲汲之本心，愛君澤民惓惓之餘意。而悻悻然忿怒而去者，所以爲小丈夫也。二説甚有發明屈子此章之意。

吾令羲和弭節兮，望崦嵫而勿迫。路曼曼其脩遠兮，吾將上下而求索。

令，使也。羲和，日御也。此所用羲和，當如望舒、飛廉等號同看。朱子以爲堯主四時之官名，非是。弭，止也，按也。節，旌節也。弭節，猶言駐節停驂，謂暫止徐行也。崦嵫，山名，日所入處也。迫，急促也。此句倒文，本謂勿望崦嵫而迫也。此二句承上「日將暮」句而言，故願使日御且暫弭節，勿望崦嵫而急去也。即惜陰愛日，假我數年，欲及時進德修業之意。屈子非謂自乘日御按節徐行，不望崦嵫而迫也。與下「抑志而弭節」及遠遊篇「徐弭節而高厲」之「弭節」不同，讀者詳之。王逸曰：「言我恐日暮年老，道德不施，欲令日御按節徐行，望日所入之山，且勿附近，冀及盛時遇賢君也。」曼曼，修遠貌。修，長也。言上下，則四方可知。求，尋訪也。索，固求也。曼曼、修遠，則道里迢遞而未易盡也。上下求索，則方無定在而未易窮也，而日又忽忽乎，其將暮矣。此所以願日御少弭而勿迫也。王逸曰：「言天地廣大，其路曼曼，遠而且長，不可卒遍。吾方上下左右以求索賢人與己合志者也。」瑗按：前往觀四荒章註，王逸以爲求賢君，五臣以爲求知己，洪氏以爲求同志。此章，王逸上二句言求賢君，下二句又言求索賢人與己合志者，其説雖可相通，而用字亦自支離。或又以就重華，欵帝閽爲求賢君，求虙妃，謀佚女，留二姚爲求知己，似矣而非也。今觀下文引周文、吕望、湯、禹、摯、繇等語，皆君臣相合之事，直以求賢君解之可也。朱子辯證曰：「王逸説『往觀四荒』處已云求賢君，蓋得屈原之意矣。至『上下求索』處又謂欲求賢人與己同志，不知何所據而異其説也。」是矣。又按：「駟玉虬」至此，皆言欲去楚遠遊之意，然尚未去也。至下飲馬咸池，則實行矣。雖皆設言，要之文意，亦當有別，不可概視而漫解之也。

飲余馬於咸池兮，揔余轡乎扶桑。折若木以拂日兮，聊逍遥以相羊。

咸池，池名，日浴處也。扶桑，木名，日出處也。言飲馬於咸池，庶使道遠無渴，而揔攬六轡於手，以控乎馬，自扶桑而啓行耳。或謂飲馬必去其轡，故揔結其轡於扶桑之樹，以便飲馬也，亦通。前章言車，此章言馬，又互文以見意也。折，采取其枝也。若木，亦木名。拂，掃除之義。一曰蔽也，是矣。謂折取若木之枝以爲蔭，而蔽拂其杲杲之赫曦，庶免爲日所蒸鑠，而得以從容於遊耳。悲回風篇曰「折若木以蔽光」與此同意。或以爲折取若木以爲鞭策，因折木而木有以拂擊其日也，更詳之。聊，且也。逍遥，猶翱翔也。相羊，猶徘徊也。皆優游求索之意，非行樂之意，讀者亦不可不知也。瑗按：若木，據山海經一在其南，一在其西，據淮南子又在其東。李白詩曰：「揮手折若木，拂此西日光。」語取諸此。舊註皆解此爲西若木，意謂朝東而暮西，見其迅速也。瑗按：此對下章以晝夜爲言，非取東西之意。東西之意又當於後「白水」「春宫」章言之。此章以下至後「余焉能忍與此終古」，又承前章上下而求索句以推演之也。

前望舒使先驅兮，後飛廉使奔屬。鸞鳳爲余先戒兮，雷師告余以未具。

望舒，月御也。先驅，謂使之前導而辟除道路也。飛廉，風伯也。奔，疾走也。屬，連續也。此二句如孔子將之荆，先之以子夏，又申之以冉有。文法「前」「後」二字要活看，非謂在己之前後也。「奔屬」二字與遠遊篇「召玄武而奔屬」不同。遠遊篇謂召玄武奔屬於己後，此謂使飛廉奔屬於望舒之後也。鸞、鳳，二俊鳥名。戒，謂戒嚴其道。先戒，猶先驅也。言望舒、飛廉相繼而往，猶嫌其逗遛，又使二鳥以促之也。下言雷師則益迅而速矣。雷師，雷神也，未詳其名。具，備也，指車駕而言。告以未具，正言其將具而尚未具，非不備之謂也。下章飄風帥雲霓而來迎，則具之謂矣。此章悉言風月雷鳥，以見其欲往之亟也。

吾令鳳鳥飛騰兮，繼之以日夜。飄風屯其相離兮，帥雲霓而求御。

鳳，亦俊鳥名。騰，飛之速也。因雷師告以未具，故復使鳳鳥飛騰以催促也。「咸池」章言日，「望舒」章言夜。此章言日夜，總承之也。繼之以日夜，謂使鳳鳥日夜並進也。總結上「飲馬」至「鳳飛」十句，非只承鳳鳥一句而言也。飄風，回風也。屯，聚也。帥，統而率之也。雲者，山川薰蒸之氣，霓者，陰陽交會之氣也。御，迎也。蓋飄風起而雲霓爲所驅逐，若有以帥之者。雖爲寓言，亦自有意。但王、洪二家取譬之説則非也，已見朱子辯證，兹不贅。

紛總總其離合兮，班陸離其上下。吾令帝閽開關兮，倚閶闔而望予。

紛，盛多貌。緫緫，衆聚貌。離合，言或離或合也。班，文彩貌。陸離，見前。上下，猶低昂，言或上或下也，與前上下而求索之上下不同。二句緫指上三章扈衛之形色而言。紛然而緫緫，班然而陸離，以見其盛也。或離或合，或上或下，又奔走急速之所使然，而不暇於整齊嚴肅故也。帝，謂天帝也。閽，謂主以昏閉門之隸也。闗，閉門之稱也。倚，猶憑也。閶闔，天門名也。望予，須己之至也。此二句承上十四句而言。言催促扈衛，日夜並進而求索者，蓋欲使閽者開闗，而使天帝庶幾得以憑閶闔而望己之至也。是豈無事而漫遊者哉？下二句即遠遊篇「命天閽其開闗兮，排閶闔而望予」之意，朱子從王逸之説，謂令帝閽開門，將入見帝。而閽不肯開，反倚其門望而拒我，使不得入。以「倚閶闔而望予」爲閽者事，非是。閽者拒己之意，自見於下章蔽美嫉妬之内，讀者詳之。又按：此極言仗衛服役之盛，而下東西求索段，但以紛緫緫其離合二句言之。下四方求索段并不言之，而其意自見，此亦作文之法也。

時曖曖其將罷兮，結幽蘭而延佇。世溷濁而不分兮，好蔽美而嫉妬。

時，光陰也。曖曖，日色昏昧貌。罷，休也，讀如欲罷不能之罷，亦自明白。舊讀作罷倦之罷，音疲，非是。此句與「日忽忽其將暮」意同，言時光之邁也。蘭生於幽僻之處，故曰幽蘭，猶言僻芷也。延，遲緩也。佇，久立也。此句言須帝之久也。溷，穢亂也。濁，貪汙也。不分，猶言無別也。此句泛言世俗也。蔽，隱也。美，謂馨香清脩之德，與溷濁相反者也。蔽美，猶言蔽賢也。嫉妬，見前。此句專指讒黨，然曰蔽美者斥其事，而曰嫉妬者誅其心也。此承上章，言己日夜求索，欲令閽者開門，庶幾天帝得以倚門而望我。然今曖曖乎時將罷休，徒自攬結芳草，延佇相須，竟不見天帝之召己也。何哉？所以然者，蓋以世俗之溷濁，而黨人之嫉妬故也。不然，胡爲乎我求之急，須之久，而天帝不予望邪？上二句言己須天帝，而竟不見召也。下二句言閽者隱蔽，而不得見召也。嗚呼，天門之下而閽者得以蔽賢如此，則天帝亦可知矣。此蓋嘆其求人君而不遇之詞，舍去而他適之意，自見於言外。下二句相喚應。舊説遽以倚閶闔而望予爲責閽者見拒之詞，非文勢也。自「飲余馬」至此，當爲一段。屈子去楚而遭此，所謂去而違之。至於他邦，則曰猶吾大夫崔子也，烏得不違之乎？朱子曰：「既不得入天門以見上帝，於是歎息世之溷濁而嫉妬，蓋其意若曰：不意天門之下亦復如此，於是去而他適也。」

朝吾將濟於白水兮，登閬風而緤馬。忽反顧以流涕兮，哀高丘之無女。

濟，渡也。白者，西方之色，與下春宫皆泛言無所指。前言日夜求索而無所遇，此復言東西而求索也。王、洪二註以爲崑崙之白水。五臣以爲神泉，恐未是。登，自下而上也。閬風，山名，在崑崙之上，亦寓言耳，未必真有是山也。緤，繫也。登山曰馬，則濟水可以知其爲舟矣。反顧，回首而視也。流涕者，哀心之發也。丘，土之高者，故曰高丘。或曰，高丘在閬風山上，言閬風無女，又將去而他適也。或曰，高丘即高唐，楚之地名。劉向九歎逢紛篇曰「聲哀哀而懷高丘兮，心愁愁而思舊邦」是也。言使楚有女，則己不至此也。然自上文觀之，則去楚久矣，似指閬風爲是。自反顧二字觀之，則又似指楚也。二説俱通，未知其審，故並詳之，以竢君子擇焉。女，神女，蓋以比賢君也。朱子曰：「於此又無所遇，故下章欲遊春宫，求虙妃，見佚女，留二姚，皆求賢君之意也。」王逸曰：「言己見中國溷濁，則欲渡白水，登神山，屯車繫馬而留止也。」王註承上章而言，是也。但上章亦泛言耳，獨以爲指中國，則非也。涉水登山與前飲馬揔轡二句，提起對看。或曰，前言衆女嫉余之蛾眉，女之不善者也。自此以下，又以女爲喻，蓋將求如古人虙妃之類，不嫉妬之善女也，亦通。

溘吾遊此春宫兮，折瓊枝以繼佩。及榮華之未落兮，相下女之可詒。

溘，猶忽也。春宫，東方青帝之舍，神女之所居者也。上言白水，舉四方之色；此言春宫，舉四方之氣，互文以見意也。瓊枝，玉樹之枝也。繼，續也。謂採取玉樹之枝，紉續以爲佩飾，而詒神女以通其好也。榮華，草木之英也。草曰榮，木曰華。落，墮也。榮華之未落，喻顏色之未衰也。相，審視也。下女，神女之侍女也，亦見湘君。詒，遺也。相視其下女之忠厚而不佻巧者，將託之遺佩於神女也。此章不言不遇者，承上章，觀下章自可見也。或曰，上言求天帝，故曰閽者；此言求神妃，故曰下女。雖藉閽者以開關，託下女以詒佩，要之即指天帝神妃而言也。如今相稱曰侍吏，曰從者，蓋其意實指其人也。其説亦通。

吾令豐隆乘雲兮，求虙妃之所在。解佩纕以結言兮，吾令蹇脩以爲理。

豐隆，雲師也。一曰雷師，非是。虙妃，神女也。所在，所居也。謂先使人求其所居之處，而後令媒以結言也。纕，佩帶也。結言，通二家之言，而相結以爲好者也。蹇脩，博蹇好脩之人，設爲此名耳。王逸曰：「理，分理也。述，禮意也。」五臣曰：「爲媒以通詞理」也。二説意俱是，蓋媒妁之別名也夫爲媒理者，必須輕捷嬛媚之人方能結言以通好，而今乃以蹇脩爲理，烏能有成哉？其不遇之意，不言可知矣。此總結上二章，言高丘既無女之可求矣，於是復使豐隆乘雲以求虙妃也。春宮既無下女之可託矣，於是復使蹇脩將佩以爲媒理也。此其所以終不遇也。屈子方且求遇之急，而顧以蹇脩爲理，可見君子未嘗不欲仕，又惡不由其道也。或曰，蹇脩之不遇也宜矣，若豐隆乘雲周行四方，胡爲亦不得虙妃之所在也？曰思美人言之矣：「願寄言於浮雲兮，遇豐隆而不將。」觀下文終言不遇，則此意自在言表。嗚呼，有力者既視之而不肯一援手，而拙弱者又力不足以振之，然則君子之道何時而可行邪？按：虙妃，王逸以爲神女，是矣。洛神賦註以爲伏羲氏女，洪氏引之，朱子從之。王逸又謂蹇脩爲伏羲氏之臣也。班氏古今人表亦載之。蓋後世註此者，以虙妃爲伏羲之女，故遂以蹇脩爲伏羲之臣。王逸得此而失彼。朱子既辯蹇脩爲羲臣之非，而集註又解虙妃爲羲女，亦得彼而失此也。若按下文佚女爲高辛之妃，二姚爲少康之妃，則此虙妃者，又當爲伏羲之妃也，非女也。要之後曰「周流乎天余乃下」，則屈子以虙妃與天帝並爲天上之人耳，未必有是人也。未知其審，姑誌其疑，以竢博雅者訂證焉。若蹇脩乃是泛名無疑，當以下文鴆鳩鳳凰及思美人薜荔芙蓉視之。可見或以草木，或以鳥獸，或以人爲喻耳。又按：此章參錯文法，本謂吾令豐隆乘雲兮，求虙妃之所在。吾令蹇脩以爲理兮，解佩纕以結言也。

紛緫緫其離合兮，忽緯繣其難遷。夕歸次於窮石兮，朝濯髮於洧盤。

紛緫緫二句緫承上三章，亦泛指仗衛服役而言，借之以寓己意也。緯繣，纏綿固結之意也。遷，移也，謂遷移而進也。上句言求索之急，下句言進合之難。求索之急者，欲仕之本心也；進合之難者，世無賢君而莫足與爲美政故也。次，舍也。窮石，山名。濯髮，澣沐也。遠遊曰：「朝濯髮於暘谷。」洧盤，水名。二句言既無所遇，進不易合，則將歸隱而自脩耳。如下文「欲遠集而無所止，聊浮游以逍遥」之意。舊註以虙妃言之，非是。先言「夕歸」者，承上朝濟白水而來也。或曰，上二句有量而後入之意，下二句有見幾而作之意。瑗按：自朝濟白水至此爲一段，蓋求索乎東西而無所遇者也。

保厥美以驕傲兮，日康娛以淫遊。雖信美而無禮兮，來違棄而改求。

保厥美，謂虙妃自守其顔色之美也。倨簡曰驕，侮慢曰傲。保厥美，矜之於己，而驕傲，誇之於人也。康娛，淫泆義，見前。信美無禮，言有美女之色而無美女之德，猶有人君之位而無人君之道也。無禮，即指驕傲、康娛、淫遊而言。來者，呼其仗衛服役之詞也。違者，去其地也。棄者，舍其人也。改求，謂別求他邦之賢女也。此章承上起下之詞。抽思曰：「驕吾以爲美好兮，覽余以其脩姱。」即此章之意。所謂之一邦，則又曰猶吾大夫崔子也，烏得不重違之乎？朱子曰：「言虙妃驕傲淫遊，雖美而不循禮法，故棄去而改求也。」或曰，非獨人君爲然。惜往日曰：「自前世之嫉賢兮謂蕙若其不可佩。妬佳冶之芬芳兮，嫫母姣而自好。雖有西施之美容兮，讒妬入以自代。」夫戰國君臣，皆自以爲美好而交相矜誇，習以成風，曾莫知其非者。所謂君日驕而臣日諂，未有不喪邦者也。詩曰：「具曰予聖，誰知烏之雌雄？」其戰國君臣之謂與？又烏足有以當乎屈子之心者也。或又曰，此章即承上章而言。言既無所遇，則當歸潔於窮石、洧盤之間，保守吾道之美，以自遨遊而取樂耳。既而又悔其非君子幼學壯行之志兼善天下之心。一己雖樂矣，其如蒼生何？要非理之所宜者也。於是又違之而之他邦也，恐未是。

覽相觀於四極兮，周流乎天余乃下。望瑤臺之偃蹇兮，見有娀之佚女。

覽，視之速也。相，視之審也。觀，視之遍也，重言之也。四極，猶四方也。前曰四荒，以荒遠而言，此曰四極，以極至而言，其義一也。周流，遍遊也。天，謂天上也。下，謂世間也。前言扣帝閽、登閬風、遊春宮，皆指天帝神女而言，故曰周流乎天也。周流乎天既無所得，而復下求於世，所謂上下而求索是也。上求於天，已無所得，而下求於世，豈復能有之乎？然所謂「周流乎天余乃下」，此句亦要活看。蓋不得於彼冀得於此之意，非真謂天上世下也。瑤，玉名，亦贊美之詞，非真以玉爲臺也。偃蹇，高貌。娀，國名。佚，美也。謂高辛之妃契母簡狄也，事見商頌。曰望，曰見，錯文也。先瑤臺，後佚女，倒文也。本謂自天而下，望見有娀之佚女在瑤臺之上耳。然周流乎天四字，又總指飲馬咸池以下而言之也。或曰，「周流乎天余乃下」亦參錯句法。本謂余乃周流乎天下，未知是否，容更詳之。

吾令鴆爲媒兮，鴆告余以不好。雄鳩之鳴逝兮，余猶惡其佻巧。

鴆，鳥名。羽有毒可殺人，以喻讒佞賊害之人也。不好，不美也。王逸曰：「言我使鴆鳥爲媒以求簡狄，其性讒賊，不可信用，還詐告我言不好也。」朱子曰：「告余以不好者，其性讒賊，不肯爲媒而反間我也。」鳩，亦鳥名。多聲，雄鳩尤健於鳴逝。逝者，飛而往也。佻，輕也。巧，利也。以喻辯捷之士。王逸曰：「言又使雄鳩御命而往，其性輕佻巧利，多語言而無要實，復不可信用也。」瑗按：此承上章言，欲求合佚女而無良媒也。一則其性毒害，一則其性佻巧。毒害者難測，故爲其所詐，佻巧者易見，故因其鳴逝而遂惡之也。洪氏曰：「夫鴆之不可爲媒，審矣。屈原何爲使之乎？淮南言『運日知晏，陰諧知雨』。蓋類小人之有智者。君子不逆詐，不億不信，待其不可用，然後棄之耳。堯之用鯀是也。」或曰，鳩不能爲巢，常逐鵲以居，是天下之鳥莫拙於鳩也。屈原猶惡其佻巧，則可以知其爲人矣。此所以使蹇脩以爲理，而終不能結言以成好也。此二説雖非屈子本旨，蓋亦言外之意，因附誌之。

心猶豫而狐疑兮，欲自適而不可。鳳凰既受詒兮，恐高辛之先我。

心中凡事不決者曰猶豫，多疑者曰狐疑。適，往也。自適不可者，求女當須媒，猶事君必待介也。詒，遺也。高辛，帝嚳有天下之號也。朱子曰：「言鴆鳩皆不可使，故中心疑惑，意欲自往，而於禮有不可者。鳳凰又已受高辛之遺而來求之，故恐簡狄先爲嚳所得也。」或曰，此章下二句意當倒在上方，與上二章相順。屈子之文不特句法倒，而章法亦有倒者。言己望見瑶臺之佚女矣，鴆之毒害既不肯爲媒，鳩之佻巧又不可爲媒，鳳凰之神俊又不得爲媒。欲不待媒而自往，又非禮之所宜。此佚女雖賢，徒望而見之，不得合而偶之也。意是。瑗按：戰國之世，其在下者固有鴆鳩而無鳳凰，其在上者亦未見其有佚女也。此特反覆以見己之急於進而難於合也，讀者當以意會可也。若逐句體貼而比喻之，以求其説則鑿矣。此上三章並言求佚女事，承上求虙妃不得而來也。羅鄂州曰：「望瑶臺之偃蹇兮云云，恐高辛之先我。夫媒所以合婦道也[二]。鴆既毒物，又其雌雄自有好陰好晏之異。」「雄名運日，雌名陰諧。天晏静無雲，則運日先鳴，天將陰雨，則陰諧鳴之。故淮南子云：『運日知晏，陰諧知雨也。』」運，音暉，通用。「其同居異志如此，則宜其爲人媒而告人以不好也。雄鳩，物之至拙者。不能爲巢，雨則逐其匹，音配。霽則返之，其爲拙亦甚矣。而尤惡其佻巧，於是求夫和鳴，如鳳凰者[三]而託之。又貪餧而受詒，則高辛之先我必矣。蓋屈原之始罹憂，讒人惡之。至其久，則雖平日所謂賢者，亦皆隨俗變化而不察。故始則惡服艾之盈腰，而其久也，荃蕙化爲茅矣。始也，惡鵜鴂之先鳴，而其久也，鳳凰既受詒矣。宜乎有『國無人莫我知』之歎，而『將從彭咸之所居』也。」又按：羅氏解鳳凰受詒與諸家異，亦似有理，故附于此。

欲遠集而無所止兮，聊浮游以逍遥。及少康之未家兮，留有虞之二姚。

遠集，猶言遠去也。惜誦曰「欲高飛而遠集」是也。無所，無處所也。或曰，集亦止也，止，居也。初止曰集，既集曰止，群居曰集，久居曰止，並通。浮游、逍遥，皆優游自適之意，重言之也。王逸曰：「言己既求簡狄，復後高辛，欲遠集他方，又無所之，故且游戲觀望以忘憂，用以自適也。」二句結上起下，自憫之詞。少康，夏后相之子也。家，室也。未家，猶未娶也。留者，屈原謂及少康之未娶，欲有虞留止二姚以待己也。王逸謂屈原欲效少康留止有虞而不去，非是。虞，國名。姚，姓也，舜之後。虞舜居姚墟，因以爲姓也。二姚，謂姚之二女也。虞以國言，稱其君也。姚以姓言，指其女也。按左傳，少康因寒浞之亂，逃奔有虞。虞思於是妻之以二姚，詳見哀公元年。朱子曰：「言既失簡狄，欲適遠方，又無所向，故願及少康未娶於有虞之時，留此二姚也。」瑗按：大學曰：「詩云『邦畿千里，惟民所止。』詩云：『綿蠻黄鳥，止于丘隅。』子曰：『於止，知其所止，可以人而不如鳥乎？』」朱子釋之曰：「言物各有所當止之處也。」又曰：「言人當知所當止之處也。」若屈子者，非真無所止也。蓋知物各有所當止之處，故審所處而不肯苟止耳。「聊浮游以逍遥」者，不肯苟止，翔而後集之意也。又按：論語陳文子三違其邦，孔子許其清而不許其仁。朱子釋之曰：「文子潔身去亂，可謂清矣。然未知其心果見義理之當然，而能脱然無所累乎？抑不得已於利害之私，而猶未免於怨悔也，故夫子特許其清而不許其仁。」又曰：「當理而無私心，則仁矣。文子之仕齊，既失正君討賊之義，又不數歲而復反於齊焉，則其不仁亦可見矣。」若屈子者，既去乎楚國，又去乎閶闔，又去乎春宫，既不合於虙妃，又不合於佚女，又不合於二姚，非特三違其邦而已。其所以潔身去亂者，又實因正君心討讒賊之故，抑非不得已於利害之私而有一毫怨悔之心者也。其長往之志，往往見於諸篇，又非不數歲而反者比焉。然則屈子其清而仁矣乎，故自負曰「伏清白以死直」，曰「重仁襲義，謹厚以爲豐」，非虛語也，實允蹈之矣。或曰，此設言耳，子胡證之以實事乎？曰，其言雖設，而其情則真，尤愈於見諸行事者，固不可以爲實。嘗扣天閽，登閬風，遊春宮，及求虙妃，見佚女，留二姚，又不可泛以詞人夸誕之説視之也。太史公所謂可與智者道，難與俗人言，此類是矣。或曰，上章扣天閽，其游心抗志，蓋不可名言矣。其遊春宮而求虙妃，蓋遐想乎羲皇之上矣。其媒高辛之佚女者，蓋欲因民以致治王道也，不得已而思其次也。其留少康之二姚者，蓋欲撥亂以反正霸道也，是又其次也。所思每下，亦猶孔子思聖人而不得見，故思君子；思君子而不得見，又思有恒者也。嗚呼，有恒者之不得見，其何以共進此德乎？如少康者之不可逢，其何以共脩此業乎？觀此可以知聖賢不得已之情矣。若楚王者，上不能爲天帝，中不能爲高辛，下不能爲少康，屈子烏能已於言哉？其言既有次序，而其旨亦深遠矣。楚王聞之，可不知所猛省而發奮，以少康之事而自砥礪也乎？

理弱而媒拙兮，恐導言之不固。世溷濁而嫉賢兮，好蔽美而稱惡。

理，媒之别名也。弱，劣也。拙，鈍也，指才質而言。導言不固，蓋媒理者，所以傳達二家之言，以成二姓之婚者也。今才質拙弱，則不長於言詞而不能固結二家之好合矣。或曰，不固，謂媒理所導言詞之不堅固，亦通。賢以人言，善惡以德言。此承上章而言己欲乘時留此二姚，然理弱媒拙，導言不固，故不得留也。所以然者，蓋以世溷濁而好嫉妬故也。是導言不固者，非真才質之拙弱，乃嫉妬之心之所使耳。洪氏曰：「再言世溷濁者，甚之也。」朱子曰：「蓋不待其不合，而已自知其必無所成矣。故再言世之溷濁而嫉賢蔽美，蓋以爲雖四方之遠，而其風俗之不美，無以異於中州也。」曰再言者，對前「世溷濁而不分」而言。一則曰溷濁，二則曰溷濁；一則曰蔽美，二則曰蔽美，可以觀世矣。或曰，前乃惡其佻巧，此又恨其拙弱，何也？曰，思美人篇曰：「令薜荔以爲理兮，憚舉趾而緣木。因芙蓉以爲媒兮，憚褰裳而濡足。」觀此則可知屈子欲仕，雖其本心，而又耻因介紹以爲先容。惡其佻巧者，蓋由衷之言，而恨其拙弱者，特託詞而反言之耳。讀者要當反覆參看，而究屈子本心實意之所在可也。載觀其謁閶闔，不責天帝而責閽人。及求虙妃而責蹇脩，求佚女而責鴆鳩，求二姚而責媒理，皆不責其君而責其左右之意，此又屈子忠厚之心，而立言之善也。下文曰「閨中既以邃遠兮，哲王又不寤。」夫不曰王不寤，而必曰哲王；不獨曰哲王不寤，而又曰閨中邃遠，是亦責左右之鄣壅蔽隱，故使哲王之不得覺悟耳。洪氏曰：「韓愈琴操云『臣罪當誅兮，天王聖明』，亦此意。」可謂善讀楚辭者矣。自「覽相觀」至此爲一段，蓋求索於四方者也。

閨中既以邃遠兮，哲王又不寤。懷朕情而不發兮，余焉能忍而與此終古？

宮中之小門謂之閨。邃，深也。哲王，猶言明君也。寤，覺也。懷，匿也。情，求索之情也。不發，不達也。忍，猶耐也。終古，猶言常也。或曰，猶言終身也，其義詳見朱子辯證。閨中邃遠，蓋言虙妃之屬不可求也，以結「朝濟白水」至「蔽美稱惡」十章。而閶闔九重君門萬里之意，亦在其中矣。哲王不寤，蓋言上帝不能察司閽壅蔽之罪也，以結「飲馬咸池」至「蔽美、嫉妬」五章，而虙妃、佚女、二姚之爲鴆鳩媒理所欺之意，亦在其中矣。二句互文以見意也，讀者幸毋泥焉。此章總承上言世俗溷濁、蔽美嫉賢、君門萬里、哲王不覺，而已求索之至情，徒懷匿於中而不得上達，又安能含忍抑鬱而與此輩以常處乎？意欲復去而他求也。嗚呼，觀屈子之言，愈遊而愈無窮，屢違而屢不合，若將舉一世而無足以當其心者，又將安所之耶？大抵戰國之俗，蓋有甚於屈子之所言者，非屈子之隘也。後世往往譏之者，可謂蜉蟻撼大樹矣。瑗按：自「駟玉虬」以下至此七十二句爲一大段，皆言遠遊求索賢君之意。亦承前章「忽反顧以遊目，將往觀乎四荒」二句而發明之者也。然其言極有條理次第，起結照應，意思周密，宛然如一篇之文也。「駟玉虬」至「上下求索」十句，總泛言而起之也。「飲馬咸池」至「蔽美嫉妬」二十句，言晝夜而求索也。「朝濟白水」至「違棄改求」二十句，言東西而求索也。「覽相觀」至「蔽美稱惡」二十句，言四方而求索也。「閨中邃遠」四句，又總申言而結之也。讀者豈可漫然而視之哉？若漫然而視之，則「駟玉虬」以下十句，而遠遊求索之意已足以盡之矣，又何必重復亹亹之若是哉？瑗懼覽者之無統，故復總綴其説于此云。

索藑茅以筳篿兮，命靈氛爲余占之。曰：「兩美其必合兮，孰信脩而慕之？思九州之博大兮，豈惟是其有女？」曰：「勉遠逝而無狐疑兮，孰求美而釋汝？何所獨無芳草兮，爾何懷乎故宇？」世幽昧以眩曜兮，孰云察余之美惡？

索，取也。藑、茅，皆草名。以，猶與也。筳篿，即今籤梃校杯之類，擿草爲卜，抽籤擲校，至今尚有其法，皆巫祝之事也。命，使也。靈氛，巫祝之稱，或古有是號，或楚俗之言，或屈子設爲此名，今無所考也。此二句，屈子自叙命占之詞也。其意承前言己遠遊歷覽上下四方以求美女，竟無所遇，故心中猶豫狐疑，於是取藑茅之草、筳篿之具，使巫祝爲己占以決之，不知終當有所遇否也？既取藑茅而占之，又取筳篿而占之，再三反覆，欲其審也。與下巫咸之事俱設詞耳。曰「兩美」以下四句，蓋占卜之兆詞，靈氛述之以告屈子者也。兩美，蓋以男女俱美，以比君臣俱賢也。「信脩而慕」，言男有信脩之美，則美女必愛慕之；女有信脩之美，則美男必愛慕之。詞雖渾講，而意則重女之慕男也。「豈惟」是指前所經上下四方之處而言，則楚在其中矣。舊獨指楚言，非是。此時去楚久矣，楚不足言矣。有女，有美女也。言既有兩美，終當必合。孰謂有信脩之美，而在他人不愛慕之者乎？決無是理也。況九州之博而且大，豈無美女？何獨此所遊之等處之有美女哉？不獨此所遊之等處之有美女，則宜及時而去，歷九州而求之，以應此所占之吉兆可也。要之屈子所遊九州已畧遍矣。此所言者，不過設言也。讀者以意逆志可也。「曰勉遠逝」以下四句，此又靈氛因占兆之吉，復推其説以勸屈子之詞，而決其遠遊之志也。美女以比賢君，求美者以比求賢夫也。「汝」「爾」皆靈氛指屈原之詞也。芳草，比美女也。故宇，舊居也。舊居，猶言舊處也，亦不獨指楚國也。言其占兆既元吉矣，當勉力遠遊無用疑惑。孰有美女欲求美男，而舍汝者乎？況九州博大，芳草無處無之爾，則不必懷念故居，而急宜及時以遠去也，又何疑乎？「勉遠逝」二句，承「兩美必合」二句而推言之。「芳草」二句承「九州博大」二句而推言之，蓋申言之而勉其行耳。「世幽昧」二句，又屈原因靈氛言占兆之吉，利於遠逝，而言此以答靈氛難去之詞也。幽昧，言世人皆昏闇於中而不能信也。昡曜，猶炫燿，言世人喜僞飾於外而不能脩也。舉世既幽昧昡曜如此，則無有察己之美惡者，雖往而亦將無所合也。孰謂兩美其必合乎？孰謂九州博大而有芳草乎？此蓋直道而事人焉，往而不三黜之意。王逸曰：「屈原答靈氛曰，當世人君皆暗昧惑亂，不知善惡，誰當察我之善情而用己乎？是難去之意也。」嗚呼，不察美惡猶之可也，顧反蔽美而稱惡，此世俗之所以溷濁嫉妬，而九州四方皆然也，又將安之邪？

民好惡其不同兮，惟此黨人其獨異。户服艾以盈腰兮，謂幽蘭其不可佩。覽察草木其猶未得兮，豈珵美之能當？蘇糞壤以充幃兮，謂申椒其不芳。

此承上章「世幽昧」二句而申言之，亦屈原答靈氛之詞也。朱子皆以爲屈子自念之詞，非是。好惡，愛憎也。黨，朋也。言天之生人不能無好惡，好惡者，人之情也。人情不同，亦氣禀之常，惟此黨人好惡與性相反爲尤甚也，指下服艾蘇糞壤而棄蘭椒言也。户，謂户户皆然也。艾，蒿類，非芳草也。盈，滿也。珵，美玉名，一曰佩珩也。屈子自喻也。能當，猶言堪任也。蘇，取也。糞壤，臭穢之物也。充，謂緼之於中也。幃，香囊也。瑗按：曰不可佩，曰不芳，互文也。曰草木，總指幽蘭申椒而言也，雙關文法。涉江曰：「接輿髡首兮，桑扈裸行。忠不必用兮，賢不必以。伍子逢殃兮，比干菹醢。」「忠不必用」，指下二人也；「賢不必以」，指上二人也。以中句而貫上下，即此關鍵也。或曰，「蘇糞壤」二句，宜在「不可佩」下，當是錯簡耳，容更詳之。此章蓋言舉世幽昧眩曜，户服家佩，莫非艾蒿糞壤臭惡之物，而反謂蘭椒不芳香不可佩也。此黨人之好惡，所以獨異於人也。夫蘭椒之芳香，艾蒿糞壤之臭惡也昭然矣，此甚易辯也。然黨人反好彼而惡此焉，是覽察草木而猶未得其香臭之别，豈足以堪任辯夫玉之美惡乎？蓋草木易見而至寶難識也。宋人之誇燕石，楚王之棄卞玉可見矣。舊註又謂户服艾二句，爲喻親愛讒佞而憎遠忠直，蘇糞壤二句，爲喻近小人而遠君子。然讒佞即是小人，忠直即是君子，亦不必如此分帖。

欲從靈氛之吉占兮，心猶豫而狐疑。巫咸將夕降兮，懷椒糈而要之。

此章乃屈子自念之詞也。欲從者，謂遠逝也。吉占者，謂兩美必合也。猶豫狐疑者，謂且信且疑，不知苟從其占而果有所遇否也？巫咸，古神巫也，當殷中宗之世。降，下也。椒，香物，所以降神。糈，精米，所以享神。又叙其事，言巫咸將以日夕從天而下，願懷椒糈而要之，使復占此吉凶，以決其疑。上章靈氛告以占之吉，而遠遊必有遇。屈原答以世之闇而遠遊未必得所遇。然因其占之吉，又不能以遽已。而或去，或不去，往來於懷以疑之也。其所以疑之者，蓋以爲欲從靈氛之占而遠去也，則我之前此遠遊歷覽亦遍且久矣，而卒未有所遇也。使我不從靈氛之言而終止也，則其占又吉而神豈欺我也？故再要巫咸以占之，而審其果有所遇不遇，以決其去不去之疑焉。疑字須兼此二意講方是。王逸曰：「言己欲從靈氛勸去之占，則心中狐疑，念楚國也。」五臣曰：「言己欲從靈氛勸去之占，則心中狐疑，不忍去忠直也。」洪氏曰：「靈氛之占於異姓則吉矣，在屈原則不可，故猶豫而狐疑也。」俱非是，詳下文。巫咸告以吉，故之後實嘗遠去。其篇末雖有舊鄉之悲，而亂辭又旋復言，其何必懷乎故都以終之。孰謂屈子無遠去之志哉？孰謂屈子遠去之爲非哉？後世之註楚辭者，不以楚辭註楚辭，而以己意註楚辭。論屈子者，不即屈子之言論屈子，而以己之聞見之言論屈子也。拘拘以同姓言之，其知屈子也亦淺矣，其觀楚辭也亦疏矣。自古同姓之臣，亦嘗有去國者矣。或曰，微子之去國，蓋有人以任責焉故也。箕子之不死，蓋見比干死而强諫之無益焉故也。若屈子之於楚也，將孰委之，烏得不死而去之乎？曰，以是論之，不惟不知屈子，而亦不知「三仁」也。嘗考諸論語，始而去之者微子也，中而囚之者箕子也，終而死之者比干也。括地志亦云：比干見微子去、箕子狂，乃歎曰：主過不諫非忠也，畏死不言非勇也，遂諫而死。夫當微子之先去也，安能必箕子、比干之不去乎？微子雖爲紂兄，庶子也，箕、比，諸父也。庶兄之與諸父其情分一焉而已矣。使微子諫而死，而箕、比去之，以存宗祀亦可也。使微子不諫而死亦不去，則紂未必盡殺之，而武王之入殷也，亦未必不存其後也。是微子之去，固不爲有人之任其責，亦不在乎存宗祀，可以去而去焉，亦曰各行己志云爾。夫箕子爲之奴，甘受其辱而不辭者，豈知比干之必死乎？若以爲己既不死，而比干則必死，是委其禍於人也。若以爲知比干之爲人必諫而死，而己不死焉，是徼其利於己也。可以不死而不死焉，亦曰各行己志云爾。夫比干之死也，又豈因微子之去，箕子之囚而死乎？若以微子既去矣，箕子爲奴矣，而己復不死焉，不可也則比干之死亦出於不得已，而非誠心直道者也。可以死而死焉，亦曰各行己志云爾。其去者，固不能必他人之不去；其不死者，亦不能必他人之必死；其死者，亦非因他人之不死而已死之。三子者自揣本心，各行己志，絶無一毫彼此顧望之意於其間也，故孔子以「三仁」稱之焉。若依後世之論三子，以爲去者爲有人之任其責，其因者爲有人之任其死，死者又因二子之去而不死焉。若交射而有待，暗約而相成者，是末世趨利避害釣名要譽之所爲者也，何足以爲「三仁」？知三子之或去或不去，或死或不死，皆可以謂之仁，則屈子之遠去之不死，俱不必爲之諱矣。嗚呼，微子之於紂，親兄弟也；屈子之於懷、襄，其情之疏戚有間矣。微子之於殷爲太師也；屈子之爲大夫，其責之大小，亦不同矣。屈子固楚之翹也，楚之同姓有屈、景、昭三家焉。使屈子果去，又豈再無一人以任其責乎？後世之論屈子者，拘拘以同姓無可去之義言之，以死之爲賢，是不達乎理之致者也。深知孔子之稱「三仁」者，始可與論屈子矣。或曰，以史記觀之，比干乃死于箕子佯狂之前，何也？曰，非也。當以論語所言之序爲正。若從史記，則箕子之佯狂，又爲見比干剖心而懼之爲也。聖人豈懼死哉？其言不足信也，審矣。

百神翳其備降兮，九疑繽其並迎。皇剡剡其揚靈兮，告余以吉故。

百神，謂天之群神。百者，概言其數之盛也。翳，蔽也。備降，猶言齊來也。上言巫咸，此言百神。巫咸者，百神之所依，言巫咸即言百神也。九疑，楚之山名。此言九疑者，謂九疑山之土神也。繽，盛貌。並迎，猶言齊接也。謂天神來之盛，而已使土神接之盛也。上言將降猶未降，而此言備降則實下來矣。上言要之猶未要，而此言並迎則實來邀之矣。皇，指百神也。

不言神者，承上文也。猶篇首上言「皇考」，而下只言「皇覽揆余于初度也」。剡剡，猶談談，輝光貌。揚，發揚也。靈，神靈也。吉故，謂兩美必合也。不言占卜之事及占兆之詞，而只曰告余以吉故者，承前章也，此亦作文之法。此承上章言天神備降，而已要以迎之，使巫咸復爲余占之，則神顯其靈，又告我以吉占如靈氛之言也。此與上章乃屈子自叙其自念之詞，及命占之事當與前靈氛章相照看，其文彼此互見，而其意自足於言表。有申詳之意，而無輕重大小之説也。洪氏曰：「靈氛之占，筳篿折竹而已。至百神備降，九疑並迎，告我使去，則可以去矣。」其説非是。此使巫咸占卜，未必不用藑茅筳篿，而命靈氛占卜，又未必無椒糈之饗獻也。前言靈氛之占，在異姓則可，在屈原則不可。此又言則可以去矣，亦自相矛盾也。要之屈原實嘗去也。觀此既告以吉故之後，再無疑詞。直曰「歷吉日乎吾將行」，曰「吾將遠逝以自疏」。篇末雖有悲懷舊鄉之語，而隨即曰：「又何懷乎故都？」其詞決其志鋭，屈子之情可以見矣。孰謂屈子之不去乎？或曰，此寓言也。如子之解，不幾於癡人前説夢乎？曰，寓言者，寄己之情也。其言雖寓，而其情則真。吾情欲如是，而人不知之，無以自見。於是乎託之以言也，此之寓言，蓋與莊、列、齊諧志恠等説大不相同。有寓言而虚者，有寓言而實者。如乘龍跨鳳，登天涉雲，扣閶闔，登閬風，邅道崑崙，發軔天津等語，皆寓言而虚者也。如「回朕車以復路」，「退脩吾初服」，「不忍與此終古」，「將遊逝以自疏」，此寓言而實者也。豈可概視之以爲設詞耶？以屈子遠遊之意，皆以爲設詞而初未嘗有去志，是真癡人前不可説夢也。

曰：「勉升降以上下兮，求矩矱之所同。湯、禹嚴而求合兮，摯、臯陶而能調。

曰，巫咸詞也。此下至「百草不芳」四章十六句皆是。王、洪、五臣只以「升降」二句爲巫咸之言，餘爲屈原語，非也。蓋推吉占之意以告屈子，而勸之遠逝者也。自下而上曰升，自上而下曰降。升降上下，重言之也。上下，與前「上下而求索」之「上下」同。言上下，則四方可知矣。矩，所以爲方之器也。矱，度也，所以度長短者也。矩矱，猶言法度。法度之所同，即道之所同也。必道之同也而後求之，苟道之不同也而不强之，古之賢士之進取也類如此。嚴者，敬慎之意也。嚴而求合，人君之求賢，每敬慎其事而不敢苟也。方其求也，嚴以訪之；及其合也，嚴以任之，豈可苟焉而已乎？摯，伊尹名，湯臣也。臯陶，舜士師，後爲禹臣也。調，和合也。其未合也，則嚴以求之；其既合也，則嚴以任之，古之聖君之進賢也類如此。瑗按：上二句言臣之擇君，下二句言君之擇臣。上下所擇，亦惟於其道之同焉而已矣。必矩矱所同而後求之，可謂不輕於進矣；必嚴而求合而後調之，可謂不輕於用矣。非湯、禹不能知摯、陶；非摯、陶亦不足以當湯、禹。若戰國之時，「偭規矩而改錯」，「背繩墨以追曲」，世無湯、禹矣。屈子雖升降上下，又烏能有所合哉？雖然，巫咸之言，雖若不識時世事勢者，然以聖君賢相相求之道以語之，亦可謂知屈子者矣。惜乎遭此闇亂嫉妬之俗，竟不得協其占兆之吉也。或曰，上二句有「兩美其必合」之意，下二句有「孰求美而釋汝」之意。

苟中情其好脩兮，又何必用夫行媒？説操築於傅巖兮，武丁用而不疑。

苟，誠也。中情，猶言中心也。中情好脩，謂求盡道於己也。行媒，喻左右之先容，謂不必借力於人也。説，傅説也。操，持也。築，擣也。謂操杵築土而爲賤役也。傅巖，地名。武丁，殷高宗也。不疑，不以無媒而疑也。或曰，不以賤役爲嫌也，事見尚書説命篇。此章言誠能中心好自脩潔，以期盡道於己，則道之同者勢必合。賢君自當舉而用之，不必須左右薦達也。古之人有行之者，傅説是矣。子又何必以理弱媒拙爲憾乎？又何必以自適不可爲疑乎？但當脩己之道而勉往以求之可也。瑗按：何必用夫行媒，或者言君子之於出處，但當脩道於己，不必往求於人之意。非謂不用行媒而自往求之，君子無求用之理。此説雖善，要非巫咸本意。屈子正憾其理弱媒拙，欲自適而不可，故占之以決疑。巫咸方且勸其上下以求索，而又言不必往求，是沮其遠逝而益滋其疑也。巫咸但言不必借力於人以求之，苟吾道之同，雖自適又何不可乎？此何必用夫行媒之意也。雖然，巫咸之所謂不用行媒而自往求之者，亦曰中情好脩而已矣，矩矱之同而已矣之求之也。其諸異乎人之求之與？不然，何爲以摯、陶、傅説言之邪？三子者聖人也，又豈真嘗自求用於人也哉？古人之言，意各有在，不可拘一也。

呂望之鼓刀兮，遭周文而得舉。甯戚之謳歌兮，齊桓聞以該輔。

呂，封姓也，望，太公望號也。本姓姜，名牙，字子尚。鼓，動也，一曰鳴也。遭，遇也。周，代名也。文，文王也。舉，拔而用之也。太公避紂居東海，聞文王作，往歸之。至朝歌道窮，因鼓刀而屠，遂西釣於渭。文王出獵遇之，遂載歸而用以爲師。言吾先公望子久矣，因號爲太公望。甯，姓，戚，名，衛人也。謳歌，謂自倡其南山之詩也。齊，國名。桓，桓公也。聞，謂聞謳歌之聲也。該，當也。輔，佐也。甯戚脩德不用，退而商賈，飯牛於齊東門，扣牛角而謳歌南山之詩。桓公夜出而聞之，曰：異哉，非常人也。遂載歸而用以爲卿。瑗按：此上三章，一章言道苟同也，則相求必合，而因引湯、禹、摯、陶之事以明之也。二章言道苟脩也，則不必行媒，而因引傅説、武丁之事以明之也。一章先湯、禹者，用在君也。二章先傅説者，脩在己也。能調者，相契之至也。不疑者，相信之深也。三章但引二事以明之而無他説者，承上二章之意也。三章數語，而王霸求士任用之道，聖賢遇合窮通之理，亦可概見矣。傅説、呂望、甯戚三人事實，此解畧從舊説。其餘詳見蒙引。

及年歲之未晏兮，時亦猶其未央。恐鵜鴂之先鳴兮，使夫百草爲之不芳。」

商曰年，周曰歲，皆所以紀時者，其義一也。以其既去者而言也。日入曰晏。黄昏者，一日之晏也。秋冬者，一歲之晏也。老耄者，一生之晏也。此言既去之年紀猶未盡而不至於遽晚也。時即年歲，以其未來者而言也。未央，猶未已也。言將來之時光，尚有餘而不至於卒晏也。曰年歲，曰時，曰未晏，曰未央，一反一正，言之互文也。猶悲回風曰：「歲忽忽其若頽，時亦冉冉而將至」文法，但彼歎其將遲暮，此言其未遲暮耳。鶗鴂，鳥名。即詩所謂「七月鳴鵙」者，應陰氣而鳴也。秋令未來，而陰氣先至，鶗鴂先鳴，而百草隨萎。夫鶗鴂之先鳴，固無與於百草之不芳，而百草之不芳，實由陰氣之漸長。言鶗鴂之先鳴，以見陰氣之已動，而秋令之將來，百草不芳兆於此矣。師曠禽經曰「鶗鴂鳴而草衰」是也。夫歲雖未晏，時雖未央，然氣候迅速遞相催迫。如此，則日月不淹，春秋代序，亦甚易過也，豈可恃其去者未晏，來者未央，而不汲汲及時遠逝以求索乎？上二句言時猶足以有爲，下二句言時不可以輕失。王逸以下二句爲喻讒言之先至，使忠直之士蒙罪過也，非是。二句無他比喻。即如前「惟草木之零落」，後遠遊篇「微霜降而下淪，悼芳草之先零」，意不過借之以嘆時光之易過耳。朱子曰：「巫咸之言止此，亦勉原。使及此身未老，時未過而速行之意。鶗鴂先鳴，以比時一過，則事愈變而愈不可爲也。」得之矣。瑗按：此上四章，前二章蓋參錯成文，而意互見。順解之，本謂勉升降以上下，求矩矱之所同。苟中情其好脩，又何必用夫行媒。而後引伊摯、臯陶、傅說、呂望、甯戚五子之事以明之，以見古人亦嘗勉以求同，但苟中情好脩而又何必媒哉？古人既莫不皆然，則當乘時好脩以求同可也，又何必以爲自適不可，狐疑待媒而坐失事機之會，徒抱崦嵫之嘆哉？此章又與前屈子自嘆「日忽忽其將暮」數語相應。大抵氛、咸二占之詞皆是。即屈子之所言者，而撮其要語以勸之耳。咸之詞亦不過發明氛之意，然比氛則加剴切而又引證明著，故足以決屈子之疑，而終使之遠逝也。此亦作文之要法當然也。前占詞稍含蓄渾淪，而後占方有意味。若前遽發揮太盡，則又無俟於再占矣。再占而再陳之，則冗長而不成文矣。屈子所答之語，亦前畧而後詳，操觚者不可不知也。

何瓊佩之偃蹇兮，衆薆然而蔽之。惟此黨人之不諒兮，恐嫉妬而折之。

此下八章皆屈子荅巫咸之詞也。瓊，美玉名。佩，概指雜佩也，謂以玉爲佩，比己之美德也。偃蹇，盛貌。衆，亦黨也。薆，亦蔽之盛貌也。蔽，掩翳其瓊佩之美也。王逸曰：「言我佩瓊玉，懷美德，偃蹇而盛。衆人薆然而蔽之，傷不得施用也。」諒，信也。不諒，謂不信己瓊佩之美也。或曰，諒，一作亮，古通用。以心度心曰諒，即前「羌内恕己以量人」之意，亦通。舊説謂黨人不尚忠信之行，非是也。折者，挫衄敗毀之意。此章參錯成文，本謂我之瓊佩何其盛矣。若依占遠逝，恐此黨衆不肯相諒，興心嫉妬，終當遭蔽而折之，無有同而合者也。蓋因巫咸再告以吉故，欲去而復疑，言此以詰巫咸之意。黨衆，泛指當世而言，而楚已先在其中，不必言矣。舊説獨指楚國言，非是。屈子遭楚之隱蔽毀折久矣，何爲曰恐乎此？蓋言將遊四方，而慮終無合耳。或曰，衆薆然而蔽之，詞又何其直也？曰，此蓋指帝閽鴆鳩之徒也。自前飲馬咸池，以至篇後「聊假日以愉樂」，皆無及於楚矣。然下二句又不過申上二句之意，而甚言之耳。上二句言己德美之盛而見蔽於人，下二句言人不信其美而欲毁乎己。其蔽、其毁皆嫉妬之心所使也，讀者以意逆志是爲得之。瑗按：前答靈氛以珵美，此答巫咸以瓊佩，皆以玉自況也。前言黨人不知其美，此言黨人蔽毁其美；前言黨人好惡之獨異，此言黨人不諒而嫉妬。其旨意雖同，而情詞益加切矣。

世繽紛以變易兮，又何可以淹留？蘭芷變而不芳兮，荃蕙化而爲茅。何昔日之芳草兮，今直爲此蕭艾也？豈其有他故兮，莫好脩之害也。

世，世俗也。繽紛，亂之盛也。變易，猶變化，謂改節也。該下「蘭芷」四句總而泛言之也。淹，久也。二句言世俗溷濁不可久居，宜速去也。蘭芷荃蕙，以喻當時之君子也。曰變，曰化，承首二句分而詳言之也。茅，惡賤之草，以喻當時之小人也。二句參錯，互文見意。本謂蘭芷荃蕙變化，而爲茅草不芬芳耳，指而斥之之詞。芳草，總承上蘭芷荃蕙也。直者，變易太甚之意，一曰猶但也。蕭艾，茅之醜也，所喻亦同。二句恠而嘆之之詞。昔日固嘗芳而今日不芳，如天帝之蔽壅，虙妃之驕傲皆是也。可見人性初無不善，而人自斲喪之耳。爲善不終者可以鑒矣。他故，別由也。莫，猶不肯也。害，猶弊也。言時人始焉爲君子，中焉而變易者，蓋由於不肯愛自脩潔，無志向上，其弊遂至於如此也。此章首二句，言世俗變易之盛，中四句申言變易之實，末二句推言變易之由，以示巫咸決於行之意也。又按：篇内所言芳草，或以比君，或以比臣，或以比己，或以比人，或以比德，或以比時，或有比者，或有無比者，亦不可一概而漫視之。舊註不知此意，故其解多牽强。脉絡不明，一出焉，一入焉，卒莫能有一定之説也。或曰，蘭芷以下二十二句，申繽紛變易句，和調度四句，申何可淹留句，亦通。

余以蘭爲可恃兮，羌無實而容長。委厥美以從俗兮，苟得列乎衆芳。椒專佞以慢慆兮，樧又欲充夫佩幃。既干進而務入兮，又何芳之能祗？固世俗之流從兮，又孰能無變化？覽椒蘭其猶若兹兮，又况揭車與江離？

可恃，謂始而信其節之不改也。容長，謂徒有外好耳。無實容長，謂無蘭之實，而有蘭之名，九辯曰「何曾華之無實」是也。以喻在位者，無君子之德而有君子之飾也。君子之飾，爵禄軒冕是也。委，棄也。美者，己之所固有者也。從俗，謂趨世俗之所尚也，追逐乎外者也。苟，聊且將就之意。衆芳，謂諸在位者，指縉紳之徒，而言非謂真美君子也。夫爵禄軒冕，本所以待君子，故古之君子必在位也。今則不必有君子之德，反棄己之美，而趨世俗之好。徼取一時之利，得列縉紳之間，則曰吾亦君子而已矣。如爲君者徒擁虚器，爲臣者曠官尸位皆是也。此四句言人之急於爲善而不可恃，其旨甚微婉而有味也。專者，一於此而無他也。佞者，詞色之諂諛也。慢者，容貌之傲惰也。慆者，情性之淫泆也。書曰「無即慆淫」。榝，木名，一名藙，即今之茱萸也，亦惡賤之物。充佩幃，言椒欲變爲此榝而求用於世，使人採之貫累以爲雜佩，矯揉以貯香囊也。或曰，謂所佩之幃，更詳之。干者，求之遍也。務者，事之專也。將入曰進，既進曰入。干進務入，互文而重言之也。祇，敬也。此四句言人之急於爲惡而不足敬，其詞極痛切而可警也。按此上八句，意亦參錯互見。蓋謂椒蘭本爲芳草，可恃其不變易也，豈意有名無實，終於舍己從人，而至於不足敬乎？上章言昔日芳而後乃不芳，此章言昔可敬而後不可敬也。流從，謂隨時變易如水之流，無有窮極而勢不容已。孰能無變化，言世俗盡然也。洪氏曰：「當是時，守死而不變者楚國一人而已，屈子是也。」椒蘭若茲，總承上八句而言也。又況者，推而言之之詞也。揭車、江離雖亦香草，然不若椒蘭之盛。今椒蘭既已變易，如此則二者從可知矣。蓋指天帝之尊嚴，且變而爲蔽壅，虙妃之賢美，且變而爲驕傲。是可恃者，且不足恃矣，又况佚女、二姚之不可恃者乎？或曰，如專佞慢慆干進務入亦可施之君乎？曰，屈子之言多各舉一端，彼此互見。讀者須觀大旨，要其所歸，不可以詞害意也。此即上章之意而申言之，重示巫咸不可久留之意也。上章先言世俗之變易，而因嘆夫君子之改節，以見人之不好脩。此章先言君子之改節，而歸本於世俗之變易，以見勢之不容已。一反一覆而詳言之，總責當世之君子也。夫前言黨人之不諒，而此又專責君子者何也？固互文也，而黨人亦不足言矣。

前此亦責之屢矣，此獨舉世之君子。既皆如此，則不可以淹留也，審矣。又烏得不從巫咸之吉占而遠逝乎？班孟堅曰：痛乎，風俗之移人也。觀此上二章之言，真可喟然而長嘆矣又按：王逸以蘭爲司馬子蘭，椒爲大夫子椒。朱子辯證曰：「比詞之例，以香草比君子，王逸之言是矣。然屈子以世亂俗衰，人多變節，故自前章蘭芷不芳之後，乃更歎其化爲惡物。至於此章，遂深責椒蘭之不可恃以爲誅首，而揭車、江離亦以次而書罪焉。蓋其所感益以深矣。初非以爲實有是人，而以椒蘭爲名字者也。而史遷作屈原傳乃有令尹子蘭之説，班氏古今人表又有令尹子椒之名，既因此章之語而失之，使此詞首尾横斷，意思不活。王逸因之，又訛以爲司馬子蘭、大夫子椒，而不復其香草臭物之論。流誤千載，遂無一人覺其非者，甚可歎也。使其果然，則又當有子車、子離、子椒之儔，蓋不知其幾人矣。」瑗謂朱子之説極爲卓識，足破千載之誤。而或者乃謂班、馬之説當有所據，而屈子亦因己所引喻芳草故，以椒、蘭二子之名混入於其中，欲人莫之易覺，古人亦多戲劇之文。此所謂詭諫，使聞之者不怒，言之者無罪也。不然，則「無實容長」、「委美從俗」、「專佞慢慆」、「干進務入」等語，豈可施之椒蘭之草木乎？曰，非也。此蓋以人物並陳比賦，相興以成文耳。果如其言，則前章芳草又曷嘗真變而爲茅爲蕭艾；又曷嘗真有莫好脩之害也哉？是又當有子芷、子荃、子蕙、子茅、子蕭、子艾之司馬、大夫、令尹矣。由此言之，後思美人篇又當有名薜荔者能爲理，號芙蓉者善爲媒矣。豈不亦可笑哉？要之，蓋因馬遷既誤蘭爲可恃之蘭，以爲人名，於是班固又因其説而推之，則亦當有子椒也。其諸官名，又因相傳屈原遭同列之讒故，或曰大夫，或曰令尹，或曰司馬。輾轉臆度而支離其説，亦自無一定之見也。史遷屈原傳其首讒屈原者上官大夫也。然上官姓耳，其名則莫之考而知也。首讒屈原之最顯著者且不得其名，而他又何其知之悉耶？其爲杜撰之言也明矣。故曰，司馬子長好奇，其斯之類與？

惟茲佩之可貴兮，委厥美而歷茲。芳菲菲其難虧兮，芬至今猶未沬。

茲佩，指前瓊佩也。瓊佩之美，蓋有非椒、蘭之可比者，況茅、蕭、艾、榝之醜耶？此佩之所以可貴，而人則莫之知貴也。豈珵美之能當？不知貴者也。委厥美而歷茲，則揮而擲之矣。洪氏曰：「上云『委厥美以從俗』，言蘭之自棄也。此云『委厥美而歷茲』，言人之見棄也。」是矣。曰芳，曰芬，互言之也。菲菲，猶勃勃也。芳，盛貌。虧，減損也。沬，昏暗也。黨人嫉妬而折之矣，然其芳也方且菲菲然，而曾不爲之有一毫之減損，其不曰堅乎？磨而不磷者也。衆人薆然而蔽之矣，然其芬也猶盛，於至今而曾不爲之有一毫之昏暗，其不曰白乎？涅而不緇者也。此上四句，屈子始終以玉自況，而託椒、蘭以責夫人也。夫人也椒蘭且不足以當之，況可貴之美玉乎？與前瓊佩章相應，意本連屬而横入椒、蘭二章於其中，使人讀之方反覆有味。按：屈子答巫咸，欲從吉占而遠去者。此上四章乃陳世俗之變易與己之操守何也？正以見其不可久留之故，而欲去之速從占之意也。若巫咸者，亦頗爲知己，安得不向之一吐其情實也乎？篇中若重華者，可謂知己之深者矣，屈子所願執鞭者也。靈氛、巫咸亦次之。至於女須之賤，屈子付之一笑而已，烏足與之校哉？

和調度以自娱兮，聊浮游而求女。及余飾之方壯兮，周流觀乎上下。

和，有不剛不柔，不甘不苦，不疾不徐之意。調，猶今人言格調之調。度，猶今人言態度之度。矩矱不改，中情好脩，芳難虧而芬未沫，此屈子之調度也。自娱，猶自樂也。「人生各有所樂」，而「余獨好脩以爲常」也。聊者，不敢必其遇不遇之詞也。浮游而求，言求之非一方，無定在也。女，如前所言，虙妃、佚女、二姚之屬，意猶在於求君也。余飾，謂瓊佩之盛，而前章冠劍佩服之類俱在其中矣。所謂佩繽紛其繁飾是也，言其德也。於此不去，則是自棄其芬芳之美矣。方壯，即巫咸所謂年未晏、時未央之意，而前章欲留靈瑣至勿迫四句之意，亦在其中矣，言其時也。於此不去，則恐鵜鴂之先鳴矣。此句分德與時，從衆。舊説，按：九辯曰「離芳藹之方壯」，則此方壯是即言余飾之方盛耳，無所謂時也。姑誌之以竢後訂。周流上下，即巫咸所謂升降上下，而靈氛所謂遠逝之意亦在其中矣。此章告巫咸，以脩己之矩矱而將遠逝以求同，蓋有不待行媒而誤此年德之方盛者矣，其亦有所感於巫咸之言乎？「何瓊佩」至此，皆屈子答巫咸之詞。朱子但以爲原自序之詞，非是。蓋自叙其所以決行之意以答巫咸，以見己之從其占也。按：「索藑茅」至此爲一大段，承前遠遊諸章而來也。兩占而兩得吉兆，故復遠遊以求之。孔子曰：「道之不行我知之矣」然卒不能自息其轍環之迹者，蓋聖賢行道濟時之心，盡其在我而已，其遇雖不敢必，而其情自有不容已者。屈子知世俗之不可合，而猶從氛、咸之占者，其此意乎？反騷曰：「違靈氛而不從兮，反沈身於江皐。纍既攀夫傅説兮，奚不信而遂行。」今察屈子之言，實從靈氛之占而遂行者也。嗚呼，覽離騷之文而猶未得其肯綮，又何足以知屈子之心事邪？宜後世呶呶之徒而浪喙以濫鳴也。又按：氛、咸兩占之告，及屈子兩答之詞，其旨意亦同，但有詳畧耳。或曰，此一大段，雖承遠遊諸章而來，察其要又似本於「心猶豫而狐疑，欲自適而不可」二句也靈氛之告，專開其猶豫狐疑之意；巫咸之告，專開其自適不可之意。二意雖未嘗不相貫，要之其大畧當如此也。其説亦有理，姑存之。

靈氛既告余以吉占兮，歷吉日乎吾將行。折瓊枝以爲羞兮，精瓊爢以爲粻。爲余駕飛龍兮，雜瑶象以爲車。何離心之可同兮，吾將遠逝以自疏。

上既答巫咸以決去，而此則自念之詞也。曰將逝，蓋欲去而尚未去也。邅道崑崙以下，則序其實去矣。夫屈子之去，蓋因巫咸之占而後決。此獨曰靈氛者，初告之吉者，乃靈氛也。顧猶豫未定，復決於巫咸。巫咸之言與靈氛相同，則是言吉占者，靈氛已先之矣。故獨曰靈氛者，本其初也；不曰巫咸者，舉此以該彼，亦省文耳。歷，遍數而實選也。日，謂甲乙之類。吉日，猶詩言「穀旦」也。瓊枝，瓊樹之枝也。羞，籩豆之實也。精，潔浄細膩之義。靡，屑也。粻，糗糒之屬也。一曰食米也。瓊枝、瓊靡，皆物之珍者。羞、粻，皆日用之需而不可缺者。此言所食之美也。爲余者，命左右侍者之詞也。駕飛龍，謂以飛龍而駕車也。許慎曰：飛龍，有翼者也。雜者，並用之意。象，象牙也。謂並用瑤玉、象牙以飾其車也。洪氏曰：「言以瑤象爲車而駕以飛龍也。」是矣。此言所乘之美也，然皆無所取義。舊註譬喻之説非是。離心，如前「好惡」、「獨異」、「不諒」而嫉妬之事也。疏，猶遠也。言黨人之離心，不可與同。將從吉占遠逝而自疏遠此輩，以別求矩矱之所同者也。此章言其占既吉，不可不從，於是選吉日，備羞糧，命車駕而遠去之，以遠嫉妬繽紛之俗也。由此觀之，則屈子實嘗去矣。洪氏乃曰：「然原固未嘗去也，設詞以自寬耳。」是不然也。吾故曰，其詞雖設，而其情則真也。説已見前，不敢鄭重。若盡以設詞視之，則所謂留心帝閽，託意男女之類，固未嘗有愛君念國之實；而寓情草木寄興瓊佩之類，亦未嘗有懷才抱德之真。徒爲一番醉夢之幻語矣，何取於離騷哉？又按：此篇繼瓊佩、折瓊羞、精瓊糧、愛珵美，所言不一而足，皆以玉自喻之意也。後諸篇所言者尚多，不暇枚舉。羅氏爾雅翼乃曰：「楚辭取象於草木之芳潔者，無所不備。而君子比德於玉乃獨畧焉。」王逸章句曰：「行清潔者佩芳，德仁明者佩玉，能解結者佩觿，能決疑者佩玦，故孔子無所不佩也。」詳屈平之意，蓋以清潔一介自處，自仁明以下，有所不敢居焉。瑗謂屈子自以爲耿然，得中正之道而不詭於聖人。其致意於堯、舜、禹、湯、文、武及伊尹、臯陶、傅説之流久矣。孰謂以聖人自期待者，而不敢以玉比德乎？而肯以一介自處乎？前輩之讀楚辭論屈子者類如此，可勝惜哉！

邅吾道夫崑崙兮，路脩遠以周流。揚雲霓之晻藹兮，鳴玉鸞之啾啾。

邅，轉也。道，亦路也。崑崙，山名，見爾雅，在西北。舉西北則東南可知矣。路脩遠以周流，謂不憚遠勞也。揚，舉也。雲霓，蓋以爲旌旗之屬也。晻藹，猶蓊鬱，陰貌也。蓋旌旗衆多，故紛披蔽日而蓊鬱以陰也。鸞，鸞鳥也，以玉爲之，著於車衡而爲鈴者也。車行則衡動而鈴響，故曰鳴玉鸞也。啾啾，鳴聲之衆而不止也。曰揚，曰鳴，以見周流而邅也。此直承前「索藑茅」以前遠遊諸章而言，蓋謂己既周流四方而無所遇，將欲止矣。今得氛、咸之吉占，而告余以必有所合，於是復轉道崑崙之墟，不憚勞遠而周流以求之焉。是此曰邅者，自前所遊四方之處而轉之者也。中間横入氛、咸之占詞耳。舊説，謂自楚而轉之，非是。不言其有所遇不遇者，其無所遇可知矣。

朝發軔於天津兮，夕余至乎西極。鳳凰翼其承旂兮，高翱翔之翼翼。

天津，析木之津，謂箕、斗之間漢津也，在天之東極。西極，謂天之西極也。舉東西則南北可知矣。翼，敬也。或曰，輔翼之意；或曰，直謂以翅翼承之也，俱通。自下而奉戴之曰承。旂，即指上雲霓旌旗之屬，皆建於車後者也。舉一以見其餘耳。一上一下曰翺，直刺不動曰翔，皆飛貌。翼翼，和也。謂鳳凰敬以承旂高飛，而且和以見其善也。此承上章言邅道崑崙，既無所遇，復周流於天以求之也。不言其有所遇不遇者，亦無所遇可知矣。上章言求索於下，此章言求索於上，猶前章所謂上下而求索是也。按：此上二章下二句，不過承上二句言仗衛之盛行色之速耳，無他義也。王逸取譬之説，俱非是。或曰，此章當在邅道崑崙章之前，未知其審，姑識之。

忽吾行此流沙兮，遵赤水而容與。麾蛟龍以梁津兮，詔西皇使涉予。

流沙，見禹貢。後漢書郡國志曰「西海居延澤」，即古流沙也。遵，循也。赤水，指南方也。赤者，南方之色，如前白水，亦指西方，泛言耳。舊説謂崑崙之水，非也。容與，從容周流貌。發縱指示曰麾。小曰蛟，大曰龍。一曰，有鱗曰蛟龍。梁，橋也。津，濟渡處也。謂麾蛟龍之屬浮水爲橋於津上，而己乘之以渡也。詔，告也。西皇，西方之帝也，謂少皞也。少皞以金德王，白精之君，故曰西皇。此承上章，言在天之西極，忽然又下行於此西方流沙之地，遂循南方而周流以求之，將復涉乎西方也。此言欲涉乎西方而尚未涉，下章則實右轉於西矣。按：此下二句亦參錯文法，本謂詔西皇麾蛟龍以梁津使渡己也。或曰，麾者，屈子自麾之也。詔西皇，使迎己而涉也，亦通。不如前説爲穩順。

路脩遠以多艱兮，騰衆車使徑待。路不周以右轉兮，指西海以爲期。

此「路脩遠以多艱」，與前「路脩遠以周流」意畧不同。前句蓋言不憚勞遠而周流以求之，此句蓋嘆其周流無遇，徒爲備嘗險阻之勞，而倦遊息駕之心興矣。騰，迅速貌。徑待，謂由邪路而先往，以候己也。蓋恐仗衛紛擾之累不能疾行，而亦使之前驅辟除之意也。不周，北方之總名也。右轉，承赤水而言也。謂既行此流沙無所遇矣，遂循乎赤水之南，又無所遇矣。於是又從右轉於東北二方以求之，而將復歸於西方焉。舊作「左轉」，非是。既云指西海以爲期，而左轉之則無由經乎不周之北方矣。字相似而傳寫之訛，釋者又不按方而深察也。舊説據山海經、淮南子謂不周爲西北之山名，非也。淮南子又曰：「立冬曰不周風。」又曰「北門開以納不周之風。」以此推之，則不周爲北方之總名也可知矣，屈子之泛指北方爲不周也可知矣。或曰，北方何名不周也？曰，不，豈不也。天地之氣始於東，既而轉於南，又轉於西，而終於北焉。一歲之氣運，豈不於是而周遍乎？此北方之所以名不周也昭昭矣。以手教人曰指。西海，西方也。曰流沙者，以澤言也；曰西皇者，以帝言也；曰西海者，以海言也。互舉而錯陳之，以變其文耳。期者，約會之詞，言與衆車約會於西海之上也。此章是勅車從先往約會方所之詞，已亦尚未行也。然與上章相承講，猶前章所謂「覽相觀於四極」是也。前二章豎言之也，此二章橫言之也。然此二章言從流沙之西，循乎赤水之南，轉乎不周之北，而不言東者何也？既曰右轉於北，則東方不言可知矣。況曰「路脩遠以多艱」，則所該者廣矣，讀者以意逆志可也。瑗按：此上四章雖爲周流上下四方之詞，然曰「夕余至乎西極」，曰「詔西皇使涉予」，曰「指西海以爲期」，篇中所言上下四方之處，亦多且廣矣。而獨惓惓於西方者，篇中以此結遠遊諸章，而且將爲願息肩弛擔之所者，要不爲無意也。蓋彭咸當殷之亂世，西逝流沙而隱去。屈子此數章之意，雖曰勉承氛、咸吉占以復求，而遁逸之志已見於此矣。不然，胡爲乎獨指西海以爲期哉？一則曰「願依彭咸之遺則」，二則曰「吾將從彭咸之所居」，其意可知也。奈何後世以投水解之哉？朱子辯證曰：王逸、顏師古二家之説以彭咸爲投水而死，然皆不知其何所據也？其不足信也决矣，而屈子未嘗投水而死也，亦審矣。

屯余車其千乘兮，齊玉軑而並馳。駕八龍之蜿蜿兮，載雲旗之委蛇。

屯，聚也，讀如屯田之屯。千乘，甚言其衆也。齊，整也，一曰同也。軑，輨也，轂内之金也。一云，轄也，以玉爲之，故曰玉軑，取其堅而貴也。疾走曰馳，並馳，猶言同發也。蜿蜿，龍行貌。雲旗，以雲爲旗，即前「揚雲霓之晻藹」是也。獨曰雲者，省文耳；而又曰旗者，互文以見也。文選註云：其高至雲，故曰雲旗，非是。委蛇，猶飄揚，謂載之於車，車騰則旗動而飄揚也。此章極言車馬之盛，以見己欲西涉之速也。舊註取譬之説，亦非是。

聊抑志而弭節兮，神高馳之邈邈。奏九歌而舞韶兮，聊假日以愉樂。

抑志，謂按抑其西涉之志也。弭節，謂弭止其旌節之屬也。高馳，謂遠舉之意。少司命篇曰「高馳兮衝天」，東君篇曰「撰余轡兮高馳」，涉江篇曰「吾方高馳而不顧」是也。邈邈，高遠貌。九歌，九德之歌，禹樂也。韶，九韶之舞，舜樂也。上曰歌，下曰舞，互文也。非禹樂獨可歌，而舜樂獨可舞也。然九歌亦可謂之舜樂，詳見前「啓九歌」蒙引條下。假，借也。愉，悦也。「假日以愉樂」，猶悲回風篇所謂「借光景以往來」之意也。此章言己西涉之志，雖欲聊强制之從容，按節以徐行。然身雖在是，其神已高馳而先往，邈邈然不可得而强制也。其西涉之志可謂鋭矣。所以然者，吾將及榮華之未落，余飾之方壯，年歲未晏而時未央，假延日月以樂吾舜、禹之道焉而已矣。又安可混混然而淹留於繽紛之世俗也哉？遠遊篇曰：「悲世俗之迫阨兮，願輕舉而遠遊。」誦此則可以知屈子終於西涉之意矣，其得仲尼浮海居夷之遺法也乎！後之論屈子者，幸毋輕訾之可也。下二句是豫言，既抵西海之後，當以此事爲樂也。

陟升皇之赫曦兮，忽臨睨夫舊鄉。僕夫悲余馬懷兮，蜷局顧而不行。

陟，亦升也。陟升，重言之也。皇，謂皇天也。赫，盛也。曦，輝光也。臨，逼近之意。睨，旁視也。舊鄉，指楚國也。僕夫，侍御也。「悲」「懷」，哀念故鄉也，亦參錯文法，本謂己之僕夫與馬而悲念故鄉也，蓋屈子自謂而託言於僕、馬也。蜷局，詰曲不進貌。回首曰顧，總承僕、馬而言也。此章言己周流天上，正欲西涉之際，忽因天光之赫曦，視見故國而不忍去也。夫上既言抑志弭節而神猶高馳，此又言不忍者，亦人情之所不容自已者也。夫既不忍去矣，而亂詞復云云者，是又終於去也。何哉？蓋不忍去者屈子之至情，而不得不去者，又不得已之故耳，非本心也。去國非本心，以見未嘗真忘乎楚也。舊註皆執此章謂屈子實未嘗去，前遠遊諸章皆爲虛設之詞，是不察上下文勢，而先持己意以解之也。況此但言不忍去，而未嘗言遂不去也。上下文又俱言其實去也。言其實去者之詞，反不足以取信，而但言未忍去者之詞，又泥以爲誠然，是豈知屈子之心者哉？是豈善讀離騷者哉？後遠遊篇其於周流四方之後，雖又言其實嘗還楚，不忍去矣。而篇終復曰「超無爲以至清兮，與泰初而爲鄰」，是亦終言其去耳。蓋此篇無此一章，後篇無復還楚國一段，則是長沮、桀溺果於忘世潔身亂倫者之流矣。惟其有此不忍去之意，而不得遂而後去之，此所以爲賢也，此所以爲屈子也，此所以爲非屈子不能也。契舟膠柱之徒烏足以知之哉？嗚呼，不忍者，仁之至，義之盡也；終於去者，又君子保身之哲，制行之高也。屈子之於去就，可謂仁智並行而不相悖者矣。孰謂屈子未嘗去乎？又何以去國爲嫌而不去爲賢乎？惟此義不明而解離騷者，多牽强其說，而以去國爲諱，反使屈子之心事不能表暴於天下後世。而使雄、固、之推之徒，得以嘵嘵而妄議也。屈子之心蓋真有如青天白日，無纖芥之可疑，磊磊落落，無毫髮之凝滯者，又何嘗以去國爲諱也哉？苟知屈子者，不必爲之曲解也。自靈氛既告吉占以下，至此八章三十六句，皆承和調度以自娱一章而申衍之者耳。

亂曰：已矣哉！國無人莫我知兮，又何懷乎故都。既莫足與爲美政兮，吾將從彭咸之所居。

亂者，總理之意。曰者，更端之詞。下四句即亂辭是也。王逸曰：「亂，理也。所以發理辭指，總撮其要也。屈原舒肆憤懣，極意陳詞，或去或留，文彩紛華，然後結括一言，以明所趣之意也。」洪氏曰：「國語云：『其輯之亂。』輯，成也。凡作篇章既成，撮其大要以爲亂辭也。離騷有亂，有重。亂者，總理一賦之終；重者，情志未申，更作賦也。」瑗按：論語曰「關雎之亂」，註曰：「亂者，樂之卒章也。」樂記曰：「復亂以武，治亂以相。」註曰：「亂者，卒章之節。」

屈子之所謂亂者，蓋昉於此。然既以爲亂者，乃一篇歸宿指要之所在，則此四言者，實離騷之樞紐也。孰謂屈子未嘗不去乎？已矣哉者，絕望慨嘆之詞，猶詩「亦已焉哉」，論語「已矣乎」之類是也。國無人，謂舉國無好脩之人，而多嫉妬之黨，所以無知己者，則道必不行。又何爲戀戀而悲懷故都也乎？此所以己之急於西涉，而雖抑志弭節終不可强制其心也。故都，即上章舊鄉也。此緊承上章「陟升皇」四句而言。「既莫足與爲美政」，言不足相與以有爲也，即申言「國無人莫我知」之句。「吾將從彭咸之所居」，言己决於西涉也，即申言「又何懷乎故都」之句，亦互文也。順言之，本謂國無人而莫我知也，則既無足與爲美政者矣。又何爲懷乎故都乎，吾亦將從彭咸之所居而已矣。或曰，國無人所以責黨人，莫足爲政所以責楚君。亦是，不若渾言之爲善也。或曰，此章亦若託爲曉諭僕夫悲懷故鄉之詞耳。言故鄉既如此矣，又何必悲懷而不行乎？託之以曉諭僕夫，即所以自憪也，亦通。又按：此篇凡二千四百餘言，楚辭中文之最長者也。其間脉絡曲折，畧見逐章之下，而大概篇首至「耿吾既得此中正」爲一截意，「駟玉虬以乘鷖」至「蜷局顧而不行」爲一截意，文之多寡亦畧相當。而亂辭則兼之而撮其要，以决言己志之所在也。讀此篇者，苟能反覆爛熟而從容以涵詠之，沉潛以討論之，不惟見其文章之妙，詞藻之華，該博之富，而屈子所學之正，所守之堅，不輕於去國之心，不終於牽俗之志，可以豁然於胷中而無疑矣。嗚呼，若屈子者，其聖人之徒與？豈特爲楚國之賢而已哉？豈特爲戰國之賢而已哉？

【校勘記】

〔一〕姪仲弘補輯，初刻本爲墨釘一條，以下各卷相同，不復出校。

〔二〕夫媒所以合婦道也，羅願爾雅翼作「夫媒所仰，以合夫婦也」。

〔三〕者，據爾雅翼補。

楚辭集解九歌卷

新安 汪瑗 玉卿 集解
姪 仲弘 補輯

九歌

瑗按：九歌之神，皆當時楚之所祭者也。然亦有當祭者，有不當祭者。當祭而祭者，分也；不當祭而祭者，僭也。春秋戰國諸侯之通弊也。屈子九歌之詞，亦惟借此題目漫寫己之意興，如漢魏樂章、樂府之類。固無暇論其僭與不僭也。後世詩人作樂府者，莫盛於李白。說者譏其漫寫己意，多不合本題之旨。今觀屈子九歌之作，蓋亦有然者。或道享神禮樂之盛，或道神自相贈答之情，或直道己之意興。然即此而歌舞之，亦可以樂神而侑觴矣，奚必規規題目之是拘哉？故千載而下，得詩之趣者惟屈子，得騷之趣者惟李白而已矣，他人蓋不知也。然其文意與君臣諷諫之說全不相關。舊註解者多以致意楚王言之，支離甚矣。九歌之作，安知非平昔所爲者乎？奚必放逐之後之所作也？縱以爲放逐之後之所作，又奚必諷諫君上之云乎？九歌之詞，固不可以爲無意也，亦不可以爲有意也。昔人謂解杜詩者，句句字字爲念君憂國之心，則杜詩掃地矣。瑗亦謂解楚辭者，句句字字爲念君憂國之心，則楚辭亦掃地矣。或曰，子之言是矣。然九章之篇數皆合於九，而兹九歌乃十有一篇，何也？曰：末一篇固前十篇之亂辭也。大司命、少司命固可謂之一篇，如禹、湯、文武謂之三王，而文、武固可爲一人也。東皇太一也，雲中君也，湘君也，湘夫人也，二司命也，東君也，河伯也，山鬼也，國殤也，非九而何？或曰，二司既可爲一篇，則二湘獨不可爲一篇乎？曰：不可也。二司蓋其職相同，猶文、武之其道相同，大可以兼小，猶文、武父可以兼子，固得謂之一篇也。如二湘乃敵體者也，而又有男女陰陽之别，豈可謂之一篇乎？若如此説，則河伯亦二湘之類，國殤亦山鬼之類也，其不然也審矣。篇數雖十一，而其實爲九也，較然矣。又何疑乎？

東皇太一

東皇太一者，天之尊神也。漢書曰：「天神貴者太一」，「古者天子以春秋祭太一東南郊。」又曰：「中宫天極星，其一明者，太一常居也。」淮南子曰：「太微者，太一之庭也。紫宫者，太一之居也。」瑗按：二説所云，則太一之神爲最貴，余嘗求其義而不得也。列子曰：「太一者，數之始也。」則所謂太一，猶太極云耳。兩儀四象生生不已，皆起於太極。十百千萬推衍無窮，皆始於太一。太一者，其造化之權輿乎？故爲天神之至尊至貴也。又曰，東皇太一者，古人以東爲上，故篇内稱上皇。天地之氣始於東，天地之數始於一，既曰東皇，又曰太一。言之重，詞之復，侈極徽號以贊其天神之至尊至貴者也。舊説以爲祠在楚東，以配東帝，故云東皇，非也。

吉日兮辰良，穆將愉兮上皇。

吉、良者，凶惡之反，皆言善也。日，謂甲乙丙丁之屬，統舉一日而言也。辰，謂子丑寅卯之屬，專指一時而言也。穆，敬也。愉，樂也。上皇，猶言上帝，即謂東皇太一也。不曰東者，變文也，又以見東之即爲上也。不曰太一者，省文也，又以見東皇之可以該乎太一也。此言將脩祭祀之典禮，則必遴選吉日良時而肅敬，以樂上皇之神，不敢苟且以從事也。下文皆叙敬樂上皇之事，然「欣欣樂康」一句，又言上皇之歆樂，而餘皆爲脩祭之敬也。

撫長劍兮玉珥，璆鏘鳴兮琳琅。瑤席兮玉瑱，盍將把兮瓊芳。

撫，循也。珥，劍鐔也。玉珥，謂以玉爲之也。璆，璆然也。鏘，鏘然也。皆玉佩之鳴聲也。琳、琅，皆美玉名，所以爲佩者也。劍所以備武事，佩所以昭文德也。席，謂神位所坐茵褥之類。曰瑤席者，美詞也。或曰，以瑤而飾之也。瑱，與鎮同，所以壓神位之席者也。玉瑱，謂以玉爲之。湘夫人篇曰「白玉兮爲鎮」是也。盍，何也。把，持也。芳，泛言香草也。瓊芳，謂芳草之枝可貴如瓊玉者，亦美詞也。王逸即以爲瓊玉之枝，容更詳之。言神之手中果何所持乎？乃瓊芳也。故設爲問答之詞耳。此言敬樂上皇以劍佩坐持之美。蓋劍乃懸之於腰者也，佩乃垂之左右者也，席乃身之所坐者也，芳乃手之所持者也，備言其神被服之美耳。逸註乃以劍、佩、瓊芳爲巫所用之物，而席解又不明白。朱子以劍、佩爲主祭者之用，瓊芳爲巫之用，獨以席爲神之用，俱非是也。

蕙肴蒸兮蘭藉，奠桂酒兮椒漿。揚枹兮拊鼓，疏緩節兮安歌，陳竽瑟兮浩倡。

肴，骨體也。蒸者，奉而進之也。國語「燕有殽蒸」是也。藉，薦也，如易「藉用白茅」之藉。此乃參錯文法。本謂進獻殽饌之物，而以蕙蘭香草而藉之也。奠者，進而置之也。桂酒，切桂以投於酒中也。漿者，周禮四飲之一。椒漿，投椒以漬於漿中也。四者皆取氣味之芬芳以享神也。揚，舉也。枹，與桴同，鼓槌也。拊，擊也。鼓，革屬，樂之器也。禮記曰：「會守拊鼓。」疏者，通而不滯也，如「朱絃而疏越」之疏。緩者，紓而不迫也。禮記曰：「其樂心感者，其聲嘽以緩。」節，謂有節奏而不雜以亂也，如樂記所言「上如抗，下如墜」之類是也。三者形容歌聲之妙，所以爲安歌也。安者，謂歌聲之妙出於自然，而無勉强生澀之患者也。舊説以緩節爲舞，非是。陳，列也。竽，笙類，三十六簧。瑟，琴類，二十五絃。亦皆樂器。記曰「鍾磬竽瑟以和之」是也。浩倡，猶言洪大也，謂樂器陳列而衆聲交作也。獨言竽瑟者，畧舉以見其餘耳。或獨以竽瑟爲言，恐二器不足以當浩倡之義也。此言敬樂上皇以飲食聲音之美。然進奠之後而鼓作，鼓作而歌發，歌發而樂奏，亦言之序也。瑗按：歌韻所協未詳。或三句爲韻，或有脱文，不可考矣。

靈偃蹇兮姣服，芳菲菲兮滿堂。五音紛兮繁會，君欣欣兮樂康。

靈，謂上皇也。偃蹇，美好衆盛貌。滿，盈也。堂，上皇之祠堂也。言上皇之被服鮮豔，充盛於滿堂也。五音，謂宮、商、角、徵、羽也。紛，亦盛貌。繁，衆也。會，聚也，言錯雜也，指上聲音飲食之類而言。獨曰五音者，省文耳，猶遠遊篇極叙妃女歌樂鳥獸等類。而獨以音樂博衍句承之，舉一以見其餘也。君，亦謂上皇也。皇言其美大，靈言其威神，君言其爲民之主，相備而互言也。欣欣，和悦貌。康，安也。樂康，謂神心之樂而且安也。此總結上二章，言敬樂上皇以極盛之禮樂，而上皇亦欣欣然來格來享以安樂之也。前曰敬愉者，言人欲樂乎神之心也。此曰樂康者，言神心樂乎人之敬也。神心之悦，禮樂之盛也。禮樂之盛，誠敬之著也。「神無常享，享于克誠」，其斯之謂歟？瑗按：此篇雖不過八十七字，其文頗短。然亦自有條理法度，有起結次第。首章言卜日以享神，中二章言享神之事，卒章言神之來享也。或曰，「靈偃蹇」至「滿堂」當在「琳琅」之下，此錯簡耳。始焉飾神以被服，次而請神以登位，次而進饌，次而奏樂，終焉而神享，其説亦通。又按：此乃祭天之禮，楚國之典也，非民間之俗也。舊説以爲楚俗信鬼而好祀，失之遠矣。如後祭雲、祭日、祭山河、國殤之類，豈可謂民間之俗乎？或曰，祭天者，天子之事也，楚王安得而祭之？曰：舞八佾，以雍徹，旅泰山，其僭亂之事已紛紛於春秋之際矣，其所從來也久矣，又況戰國之世乎？屈子此篇亦但言其享神以誠敬之道，而無暇於他及也。又王逸皆以爲屈子言己將脩祭祀以宴樂天神，非是。後諸篇倣此。

雲中君

瑗按：前漢書郊祀志上亦有雲中君，蓋昉於此。服虔曰：「雲中君，謂雲神也。」神名豐隆，一曰屏翳，詳見離騷蒙引「求虙妃」章下，玆不贅。然此題亦撮篇中語以爲名者也。

浴蘭湯兮沐芳，華彩衣兮若英。靈連蜷兮既留，爛昭昭兮未央。蹇將憺兮壽宮，與日月兮齊光。龍駕兮帝服，聊翱遊兮周章。

浴，澡身也。蘭，香草名。湯，沸水也。浴蘭湯，謂以香草煎湯而澡其身也。沐，濯髮而靧面也。不言湯者，承上文也。芳，泛指香草而言。一曰承上蘭草而言，亦通。舊説以芳爲白芷，非是。按：楚辭中凡單用芳字，多泛言也。此句亦相錯成文，本謂以芳蘭香草之湯而沐浴也。華彩，言其色之豔麗也。若，如也。英，泛言草木之花也。其色之豔麗者，莫如草木之花，故以之比神之衣也。浴蘭沐芳，言神尊體之香潔。華彩若英，言神盛服之鮮明也。蓋古之祠神，既有宮堂供祀之處所，則必有雕塑之神像以爲之尸，故將祭之時而奉其尸以洗飾之也。朱子註招魂曰：「楚俗，人死則設其形貌於室而祀之也。」由東皇言撫劍佩玉及此沐浴衣飾之事觀之，則諸神皆有所設雕塑之尸，如今俗之所爲者明矣。舊説俱以爲巫祝沐浴而衣也，甚謬。靈，即謂雲神也。上，指其所設之像而言，此指其所降之神而言。舊説以靈爲巫，亦謬。連蜷，留連繾綣之意。連蜷既留，此句言神降下之久也。不言始降者，既曰既留，則既降可知矣。爛，燦然貌。昭昭，猶明明，輝光之至也。未央，猶言無涯也。此句言雲光之明而盛也。蹇，發語詞。一曰難詞，謂神之留連之久而難於去也，亦通。憺，安也。宫者，供神之處也。曰壽宫者，祝贊之美詞也。漢武帝時置壽宫神君，亦此類也。此句言神既留之安也。齊，同也。光，明也。此句言雲光之盛而久也。尚書大傳卿雲歌亦以日月星辰並言之，蓋以類相從也。此上四句相錯成章。若順言之，本謂「靈連蜷兮既留，蹇將憺兮壽宫。爛昭昭兮未央，與日月兮齊光」也。龍駕，以龍引車也。蓋雲本從龍，龍本乘雲，而此又曰雲駕乎龍者，語各有所重也。帝，上帝也。帝服，言雲中君之服可擬天帝，如上云「華彩若英」是也。詩曰：「胡然而天也，胡然而帝也。」蓋服莫盛於天帝，故擬之以極狀其盛也。聊，且也。翱遊，謂翱翔而浮游也。周章，猶周流也。皆徘徊遊戲之意。此二句又總承上數句而本其始來之意。言雲中君駕龍車，服帝服，而聊爾降下，安留遊戲於此也。此段蓋迎神之曲，故極其誇美之詞，欣幸之意也。舊説與分章俱非是。

靈皇皇兮既降，猋遠舉兮雲中。覽冀州兮有餘，横四海兮焉窮。思夫君兮太息，極勞心兮𢡊𢡊。

靈，亦謂雲神也。皇皇，猶煌煌，言雲神來下，煌煌而光明之盛也。此又承上章本其初來而言，以見其將去也。上章言其來，乃先言既留，而後言翱遊。此章言其去，乃先言既降，而後言遠舉。此固立言之法而亦相備互見也。猋，去疾貌。遠舉，猶言高飛也。雲中，猶言天際，以見其猋舉之高遠也。此篇祀雲而言雲中者，蓋又借雲以喻其高遠也。如東君篇祀日，而又言「靈之來兮蔽日」，可見古人作文不拘拘避諱，如後世犯者至於太露，而甚者又如隱語也。舊説雲中者雲神之所居者，猋然遠舉復還其處也，亦通。此二句言其神來之盛而去之速也。覽，望而見之也，言雲神之覽。冀州，猶言中州。淮南子曰：「正中冀州曰中土。」是也。蓋楚在極南，而冀在極北。楚指中州爲冀州，要其面之所極而言之也。有餘，謂所望之遠不止於冀州也。此句言雲光輝照臨之遠也。横，猶充也，放也。焉，安也。窮，極也。横布四海，無有窮極，言雲形勢彌漫之盛也。「覽冀州」句專而直言之也，「横四海」句統而横言之也。二句承「遠舉雲中」而言。思者，言人思之也。夫君，亦謂雲神也。夫，音扶。夫君，猶言此君。如論語「非夫人之慟而誰慟」之夫字。舊引記曰：夫，夫也。亦通。勞心，猶言苦心，謂相思之苦也。𢡊𢡊，心動貌。勞心𢡊𢡊，以見思之之極也。此段蓋送神之曲，故極其高遠之詞，思慕之意也。

此篇上章首二句，蓋即其所設之像而贊其體服之盛。「靈連蜷」以下六句，蓋迎其來。「靈皇皇」以下六句，蓋送其去。相對看以神而言也。舊説此篇言神既降而久留，與人親接，故既去而思之不忘也，足以見臣子慕君之深意。夫屈子忠君愛國之心固無往不在，然如此諸篇，亦但如漢之樂歌及後世之樂府類耳。何必屑屑以慕君解之乎？或曰，然則豈漫然之作而絶無所寓乎？曰：非也。屈原之作固爲後世樂府之類，蓋亦寫己之意而有所寄興焉者也。如「爛昭昭兮未央」，「與日月兮齊光」，「覽冀州兮有餘，横四海兮焉窮」數語，亦不爲無意。悲回風篇曰：「眇遠志之所及兮，憐浮雲之相羊。」此篇解作比己志節之高遠，亦可也。奚必慕君云乎哉？然篇中用字亦頗竊雲字之意而用之，若荀卿子雲賦之作，其昉於此乎？讀者可并觀之。

湘君

此篇蓋託爲湘君以思湘夫人之詞，後篇又託爲湘夫人以思湘君之詞。此篇曰吾、曰余者，湘君自謂也。曰君、曰夫君、曰女、曰下女者，皆謂湘夫人也。後篇曰予、曰余者，湘夫人自謂也。曰帝子、曰公子、曰佳人、曰遠者，皆謂湘君也。湘君則捐玦遺佩而采杜若以遺夫人，夫人則捐袂遺褋而搴杜若以遺湘君。蓋男女各出其所有，以通殷勤而交相致其愛慕之意耳。二篇爲彼此贈答之詞無疑。然湘君者，蓋泛謂湘江之神。湘夫人者，即湘君之夫人，俱無所指其人也。或以爲堯之二女死於湘，有神奇相配焉。湘君，謂奇相也。湘夫人，謂二女也。或以爲湘君謂堯之長女娥皇，爲舜正妃，故稱君；湘夫人謂堯之次女女英，爲舜次妃，自宜降稱夫人。或以爲天帝之二女，俱非是也。瑗按：韓愈黄陵廟碑文於娥皇、女英事亦終疑之而不信。禮記檀弓曰：「舜葬於蒼梧之野，蓋三妃未之從也。」據此，則二妃從舜死於江湘之説可不必信矣。諸家不稽之言又何足取哉？

君不行兮夷猶，蹇誰留兮中洲。美要眇兮宜脩，沛吾乘兮桂舟。令沅湘兮無波，使江水兮安流。望夫君兮未來，吹參差兮誰思。

君者，湘君指湘夫人也。不行，猶不來也。不行，自離彼處而言。不來，自至此處而言耳。夷猶，不行貌。蹇，見雲中君。誰者，不知其何人之詞也。留，謂淹留於彼也。中洲，洲中也，水中可居者曰洲。二句反覆而言，其意一也。蓋謂湘夫人夷猶不行而來此，果爲誰人而淹留於彼處乎？留者，湘夫人自留也，非謂他人而挽留湘夫人也。美，美好也。要，精練之意。眇，微細之意。要眇，猶言精微也。宜脩，謂脩飾得宜也。皆贊湘夫人容飾之麗。此所以因其不來而起己慨慕之情也。沛，水流迅疾貌。吾，湘君自吾也。桂舟，以桂爲舟也。令，亦使也。沅、湘，二水名。無波，無風波之險也。江，即指上沅、湘也。安流，無波則流安也。二句亦反覆而言，其意一也。湘君言己乘舟沛然而行，當使沅、湘之江水無波而安流，往迎湘夫人也。蓋因其不行而往迎之也。夫君，亦謂湘夫人也。參差，洞簫也。誰思者，故爲問詰之詞，以見其思湘夫人，而非他人之思也。二句乃倒文，本謂吾之吹簫果誰思乎？蓋因望湘夫人而不來，故吹簫以思之也。瑗按：首三句言湘夫人淹留不行，而因致其贊美之詞，以見己慨慕之意之所在也。次三句言己乘舟以往迎。末二句言己吹簫而相思。夫因其不行而往迎，迎而望，望而思，非湘夫人要眇宜脩之美，不足以動湘君之若是也。

駕飛龍兮北征，邅吾道兮洞庭。薜荔柏兮蕙綢，蓀橈兮蘭旌。望涔陽兮極浦，橫大江兮揚靈。揚靈兮未極，女嬋媛兮爲余太息。橫流涕兮潺湲，隱思君兮陫側。

駕龍，謂以龍翼舟，欲其速也。北征，謂又復前進而往迎之也。邅，轉也。道，路也。洞庭，太湖名也，在楚之長沙巴陵，非吳姑蘇之洞庭，廣圓五百餘里，日月若出没於其中者也。柏，舊以爲榑飾屋壁之稱，恐未是，當是櫂楫之類也。綢，束縛也。謂其柏既以薜荔繚繞，而復以蕙草縛束之，欲其固也。蓀，香草名。橈，船楫也，今謂之櫂，又謂之桅。蓋以蓀草而縛橈也。旌，旗屬，懸之於橈者也。蘭旌，謂以蘭草而飾旌也。或曰，蘭謂木蘭，蓋以木蘭爲旌干也。涔，地名，其南曰陽。水經云：「涔水出漢中，入沔陽。」今澧州有涔陽浦，或舊有此名，或後人因屈子所言而名之，不可考也。極，遠也。浦，亦洲渚之別名。此蓋言登高而遠望也。横，謂舟横之也。大江，即今之楊子江，非前沅、湘之江也。此蓋出洞庭而南渡大江也。揚靈者，揚其光靈，謂舒發意氣也。凡歌笑慨嘆之意皆是。蓋望湘夫人而不來，故揚靈以自憫也。未極，猶未已也。女，即後所言下女也。或曰，謂下女之能爲媒者。嬋媛，美女嬌態貌。爲余太息，蓋下女見己慕望之切，亦爲之眷戀而嗟嘆之也。横流涕，謂流涕涌溢而出也，横字去聲讀。或曰，人目横生，故曰横流涕也，横字平聲讀。潺湲，涕淚之流如水也。隱，痛也。君，亦謂湘夫人也。陫，隱也，一曰病也。側，不安也。陫側，如詩「展轉反側」之意，言思之切也。此章即前「沛吾乘」以下五句之意，皆承篇首三句而來，而情詞稍加剴切耳。駕飛龍，過洞庭，出大江，益進道而候之，以見其迎之遠也。上涔陽，覽極浦，益登高而眺之，以見其望之至也。至於流涕潺湲、隱思陫側，則慨慕益深、悲感益甚，而無暇吹簫矣。其思之也，又何如其切也哉！

桂櫂兮蘭枻，斲冰兮積雪。採薜荔兮水中，搴芙蓉兮木末。心不同兮媒勞，恩不甚兮輕絶。

櫂者，篙槳之屬，今謂之棹，舊以爲楫者，非是。桂櫂，以桂木爲之也。枻，船旁板也。鼓櫂，則恐其損船，故以枻護之。前言橈，則曰旌。此言櫂，則曰枻。亦各從其類也。蘭枻，謂以木蘭而爲枻也。斵，斫也。冰者，隆冬盛寒而水爲之者也。積雪，謂冰斫紛屑如積雪也。或曰，積雪直以雪言，與冰字皆承斵字言，亦通。二句言乘舟舉櫂鼓枻斫冰而進，不避辛苦往迎湘夫人也。此蓋實紀其時，非比興也。薜荔，緣木而生，而乃採之水中；芙蓉，冒水而生，而乃搴之木末。則求之決無所得。以比湘夫人之心不同、恩不甚，而己雖迎之，終不來也。心不同而媒勞者，初議婚而未成也。恩不甚而輕絶者，議將成而終棄也。二句直以夫婦婚禮言之，非比體也。舊以末句爲結友而言，非是。此章詞旨明白，不煩解説。舊註惟不知其爲湘君以求湘夫人之意，故説多纏繞。然此即前二章之旨，與「沛吾乘」以下五句相應。但斵冰積雪而比無波安流之迎，其事益苦，其志益堅，其求益急矣。

石瀨兮淺淺，飛龍兮翩翩。交不忠兮怨長，期不信兮告余以不閒。

水流沙上曰瀨，亦謂之灘。石瀨者，謂灘上多石也。淺淺，水淺流疾貌。飛龍，即前「駕飛龍」之飛龍。不曰駕者，承上章省文也。翩翩，用力難進貌。灘瀨乃水淺之處，而又多石，則難進可知矣。以飛龍翼舟且翩翩用力而難進，則石灘之險又可知矣。此蓋實紀湘君往迎湘夫人不避道路之艱。舊以爲興體，非也。曰交、曰期，凡五倫皆可以言之，不獨可施之朋友也。交不忠、期不信者，亦謂婚既成而中變者耳，所以責湘夫人也。怨長者，湘君之怨夫人也。告余以不閒者，湘夫人託故以辭湘君也。此即上章之意而申言之，而情詞稍加剴切耳。與「駕飛龍」章相應。但石瀨淺淺而比洞庭大江之迎，其事愈艱，其志愈鋭，其求愈周矣。瑗按：「沛吾乘」以下至此，皆承篇首三句而來。因湘夫人淹留不行而其美可愛，故己往迎之也。「沛吾乘」至「陫側」，叙己往迎不來而因致思望之詞。「桂櫂」至「不閒」，叙己往迎不來而因致怨恨之詞。後二章情詞又深切於前二章。然雖有淺深輕重之意，而大旨皆因湘夫人淹留不行，親身命駕以往迎，往迎雖遠，險阻備嘗，而終不來之意也。

朝騁騖兮江皋，夕弭節兮北渚。鳥次兮屋上，水周兮堂下。捐余玦兮江中，遺余佩兮澧浦。采芳洲兮杜若，將以遺兮下女。時不可兮再得，聊逍遥兮容與。

朝，早也。騁，直馳也。騖，亂馳也。江皋，猶言江岸也。夕，夜也。弭，止也。節，旌節也。渚，小洲也。前言北征，此言北渚，當時必有所指也。蓋因北征以迎湘夫人而不見其來，遂弭北渚以候之。其騁騖江皋，叙其始來耳。非謂騁騖還歸而遂已也。「鳥次」二句，蓋即北渚所見之景而賦之，而比興之意亦在其中。猶言徘徊北渚之上，祇見鳥飛止乎屋上而已矣，水旋繞乎堂下而已矣，而湘夫人則不見其來也。其思望之意，不言可知矣。捐、遺，皆棄也。玦，如環而有缺，玉佩也。佩，雜佩也。澧，水名。或曰，二句互文，總謂捐遺玉佩於澧江之浦中。然以後篇袂、褋照之，則玦、佩亦當有别也。芳洲，香草所生之處也。杜若，香草名。遺、貽同。下女，謂湘夫人之侍女。蓋託侍女以指湘夫人也。逍遥、容與，皆從容遊戲之貌。此章總承上四章而言己迎湘夫人之不來，遂弭節北渚之間，而復捐玦遺佩并採杜若以貽下女，而轉致之於湘夫人以達己殷勤之意、思望之心，而且貽其及時行樂之言也。瑗按：此篇極有規模、條理、次第、法度。首三句言湘夫人淹留不行。「沛吾乘」以下至「不閒」，皆言己往迎湘夫人之事。「朝騁騖」至末，言因迎之不來，而致殷勤之意，蓋欲其行而來也。

湘夫人

此篇乃湘夫人答湘君之詞，大意已見前篇，不復再贅。但結尾一章文體相類，而所贈之物有異有同。蓋玦與佩乃男子之所有事者也，袂與褋乃女子之所被服者也。各隨其所有而贈之，此其所以異也。至若杜若之香草，乃洲中之所生，而湘君、湘夫人皆爲湘江之神，故彼此俱有而所贈之同也。羅鄂州爾雅翼曰：「楚辭所用物各自有旨，不可一概以香草言之。二湘相贈，同用杜若。杜若之爲物，令人不忘。搴采而贈之，以明其不相忘也。」此又一說，讀者亦宜知之。

帝子降兮北渚，目眇眇兮愁予。嫋嫋兮秋風，洞庭波兮木葉下。登白薠兮騁望，與佳期兮夕張。鳥何萃兮蘋中，罾何爲兮木上。

帝子，湘夫人指湘君也。降，下來也。前篇湘君言弭節北渚，故此言帝子降于北渚，亦相應也。目，猶視也。眇眇，猶杳杳也。予，湘夫人自謂也。二句湘夫人言湘君降于北渚以迎己，而己視之杳杳然，遠莫能見，故中心愁悶也。嫋嫋，長弱之貌。秋風起則洞庭生波，而木葉脱落矣，蓋記其時也。前言斫冰積雪，此言嫋嫋秋風，自冬至秋，歲一週矣。其思望愁苦之情，當何如耶？薠，草名，芳於秋者也。蓋生於洲渚之上，故曰登白薠也。騁望，縱目而遠望也。佳期，猶言吉日良辰也。詩曰「如此良夜何」是也。張，陳設也。言向夕洒掃而張施帷幄也。此湘夫人言己與湘君曾約以佳期而爲夕張之歡也。此追思之詞。由此觀之，則前湘君責之以「期不信兮告余以不閒」，非湘夫人之本意也，不得已也。萃，集也。蘋，草名，生於水中者也。罾，魚網也。鳥宜集於木上，罾宜施於水中。二物所施不得其所，以爲己與湘君佳期乖違不得相會之比也。首二句言湘君降於北渚以迎己而已不得往見以愁也。「嫋嫋」以下六句，蓋叙己感時恨别之情，承上二句而來者也。

沅有芷兮澧有蘭，思公子兮未敢言。慌惚兮遠望，觀流水兮潺湲。麋何爲兮庭中，蛟何爲兮水裔。朝馳余馬兮江皋，夕濟兮西澨。

公子，亦指湘君也。但思之於心而未敢言之於口，湘夫人可爲得女子性情之正而不淫矣。不能不思者，發於情也；而又未敢言者，止乎禮義也。朱子曰：「此興體也。」蓋曰沅則有芷矣，澧則有蘭矣，何我之思公子而獨未敢言焉？其起興之例，正猶越人之歌，所謂「山有木兮木有枝，心悦君兮君不知」。而以芷叶子，以蘭叶言，又隔句用韻法也。慌惚，猶渺茫，言望之遠而視不諦也。即前「目眇眇」之意。觀，猶見也。潺湲，水流貌。言遠望公子於北渚之間，而慌惚不睹，但見流水之潺湲而已。麋，獸名。水裔，水之涯也。麋當在山林而反在庭中；蛟當在深淵而反在水裔，亦爲己與湘君不得會合失所之比也。此上六句即前「嫋嫋」六句之意而申言之耳。前先言望而後言思，此先言思而後言望，反覆而言，其意一也。皆承篇首二句而來。澨，亦水涯也。帝子在北渚，而此言西澨者，蓋從西而轉道於北渚也。此二句乃湘夫人思慕之餘，欲水陸並進，往從湘君之迎，下章所謂「將騰駕兮偕逝」是也。此二句乃起下章之意。此篇多有意斷而韻不斷者，故分章最難。或曰，朝馳江皋，夕濟西澨，亦湘夫人叙己始來於西之意。帝子在北渚，而己在西澨，此其所以不相值而相違，彼此思慕之情不容已也，亦通。

聞佳人兮召予，將騰駕兮偕逝。築室兮水中，葺之兮荷蓋。蓀壁兮紫壇，播芳椒兮成堂。桂棟兮蘭橑，辛夷楣兮葯房。罔薜荔兮爲帷，擗蕙櫋兮既張。白玉兮爲鎮，疏石蘭兮爲芳。芷葺兮荷屋，繚之兮杜衡。合百草兮實庭，建芳馨兮廡門。九疑繽兮並迎，靈之來兮如雲。

佳人，亦謂湘君也。湘君而亦謂之佳人者，佳者，贊美之通稱，如言佳士、佳賓，不獨美女可以謂之佳人也。召予，湘夫人謂湘君而召己也。騰駕，欲赴之速也。上章「朝馳」、「夕濟」是也。偕，俱也。逝，往也。言與召己之使者俱往也。一曰言與湘君俱往居於水中也，亦通。築室水中者，二湘俱水神也。葺者，集也，補綴之意。蓋，覆也。承上室字而言，謂以荷葺而蓋之也。紫，紫貝也。壇，中庭也，一曰臺榭之類。謂以蓀飾壁，以貝砌壇也。播，布也。謂布椒於堂之堦陛，使芳香也。成，一作盈，謂播種芳椒盈滿堂前也。棟，屋脊上横梁也。蘭，木蘭。橑，椽頭之横板也，今俗亦謂之橑簷。謂以桂木爲梁，而以木蘭爲橑也。辛夷，木名。楣，門户上小横梁也，今俗謂之門枋。葯，香草名。謂以辛夷爲楣，而以葯飾房也。罔、網同，結也，罣也。在旁曰帷，帳幄之屬也。擗、劈同，析也。櫋，施帷帳之柱也。張，施布之意。謂結薜荔以爲帷帳，而又析蕙草以束櫋而張之，使其帷之高敞。復以白玉爲鎮，而墜之四陲，使其帷之不飄揚也。或曰，薜荔蔓延於木，有帷之象，故取義焉。疏，布陳而栽蒔之也。蘭草生於石上，故曰石蘭。芳，香也。謂蒔蘭草於堂室之間，使芳香也。繚，束縛也。謂以荷蓋屋而以芷葺之，又以杜衡繚之，欲其堅固也。前曰荷蓋，此曰荷屋，互文以見意也。合者，會叙之意。百草，泛指芳草而言，上所言者亦在其中矣。實庭，充牣於庭中也。建，植立之意。馨，芳之遠聞者。芳馨，承上百草而言。廡，堂下周屋也，亦謂之廊屋。門，所以升堂入室而必由者，即大門是也。二句又總結上文而泛言之。「築室」以下十四句，言湘君築水中之室，其美麗芳潔如此，而將召己以居之，此己之所以騰駕而偕逝也。其所言貝玉衆芳，大約多水中之物。雖不盡然，然讀者固不可拘，亦不可不知此意也。其曰室、曰壇、曰堂、曰棟、曰橑、曰楣、曰房、曰帷、曰櫋、曰鎮、曰屋、曰庭、曰廡門，又巨細備言而參錯互見也。九疑，謂九疑山之神也，非指舜也。繽，盛貌。並迎，謂湘君既築室而使九疑之神而來迎己也。靈，亦指湘君也。一曰即指九疑之神，亦通。如雲，言其盛如雲也。上言聞湘君而召己，此二句實言湘君而來迎己，文勢亦相應也。

此承上章言己之所以朝馳夕濟欲去之速者，蓋因湘君降於北渚候己之久。今聞其召我，故騰駕欲赴之速如此也。築室迎己之事，其意已在召予之内，不過申而推言之耳。觀湘夫人思望之切，赴召之速，俱不減於湘君思望迎己之意，其情可知矣。然湘君屢以「心不同」而「恩不甚」、「交不忠」而「期不信」以責之，蓋怨望之至，故爲此憾之之詞耳。彼此之言各得其體，樂而不淫，哀而不傷，而綢繆繾綣之情藹然於言外，非屈子不足以及此。

捐余袂兮江中，遺余褋兮澧浦。搴汀洲兮杜若，將以遺兮遠者。時不可兮驟得，聊逍遥兮容與。

袂，衣袖也。褋，襜襦也。汀洲，渚之别名也。遠者，託從者而言，亦謂湘君也。湘君遠來迎己而在中途，故曰遠者，猶今人相稱曰從者、侍者之意也。驟，猶頻也。前言再得，此言驟得，意同而小異。湘君捐玦遺佩而采杜若以贈之，湘夫人亦捐袂遺褋而搴杜若以答之，而愛芳惜時之意則彼此皆同，而相契之深固不待其形之會合，而已神交於千里之外矣。而凡君臣之遭逢，夫婦之配偶，朋友之交結，其類皆如此。而志乖道違，中道棄捐者，可不知所鑒於此哉。此蓋屈子寓言以垂戒者也。舊註指娥皇、女英之事，固甚謬，而又獨以君臣爲言，亦非也。

大司命

司，主也。命，吾人死生之命也。按：晋書天文志：三台六星，兩兩相比而居。西近文昌二星曰上台，爲司命，主壽。又史記天官書：文昌六星，第四亦曰司命。故有兩司命也。曰大司命者固爲上台之星，而曰少司命者則爲文昌第四星歟？周禮大宗伯：「以槱燎祀司中、司命。」祭法：王立七祀，諸侯立五祀，皆有司命。然則司命之星，天子、諸侯皆得而祀之，其來也久矣。屈子之作，亦託爲二司彼此贈答之詞，思慕之意，而上帝之尊、同寮之協，具見之矣。此篇乃大司命贈少司命者也。凡曰吾、曰予、曰余者，皆大司命自謂也。曰君、曰汝者，皆大司命謂少司命也。篇中不復重出，讀者詳之。

廣開兮天門，紛吾乘兮玄雲。令飄風兮先驅，使凍雨兮灑塵。君廻翔兮以下，踰空桑兮從汝。紛總總兮九州，何壽夭兮在予！

天門，上帝所居，紫微宫門也。紛，盛貌。天玄而地黄，司命本天神，故曰乘玄雲也。飄風，廻風也。先驅，猶言前導也，亦使之掃除氛埃之意。凍雨，暴雨也。灑塵，以清道也。言天門廣開，而己乘雲出入於其中，驅使風雨以從己，以見己爲帝所寵而威權之盛也。廻翔，盤旋貌。下，降也。踰，過也。空桑，地名。山海經曰：「東曰空桑之山。」按：天文，大司命三台星在文昌少司命之東，故借以爲言也。從，隨也，欲少司命之降下，而己轉踰空桑以相隨，庶得以共治而分憂也。曰君者，尊之之詞。至於望彼從容以來下，而己不憚崎嶇以相從，其詞意又謙謹和悦，而非若在上以語在下者之嚴詞峻色也。總總，衆貌，言其人之盛也。九州，言其地之廣也。善終曰壽，短命曰夭。言九州人民之衆，而壽夭之命皆在於己也。曰何者，嘆之之詞。二句見己職任之隆也。此章言己威權之盛，職任之隆，不能以獨擅，故要少司命以共謀也。世之爲相、爲有司之長者，專權而凌下，恃才而妄作，視此亦可愧矣。

高飛兮安翔，乘清氣兮御陰陽。吾與君兮齊速，導帝之兮九坑。靈衣兮被被，玉佩兮陸離。壹陰兮壹陽，衆莫知兮余所爲。

安翔，從容而翺翔也。乘，猶乘車。清氣，謂陰陽輕清之氣也。御，猶御馬。陰陽，則並清濁變化而言也。或曰，參錯成文，本謂乘御陰陽之清氣也。齊速，齊整而疾速也。一曰，齊，並也，亦通。導，奉引也。帝，天帝也。之，適也，往也。九坑，猶言九垓，謂九州也。言己與少司命御氣飛翱，敬奉天帝，而遍察九州之衆，以制壽夭之命也。靈衣、玉佩，指天帝之所服者。被被，美好貌。或以爲大司命自謂，或以爲指少司命，恐未是。一陰一陽，言一陰而又一陽，一陽而又一陰，其變化循環無有窮已也。其語意如易「一陰一陽之謂道」之一陰一陽也。衆，指九州總總之人民也。莫知，猶言不測也。謂使之壽或使之夭也。此章言己與少司命輔帝之勳，機權之密，其盡心於上，同寅於寮，可見矣。夫上章曰壽夭在予，此章曰莫知予爲，大司命既推尊於帝，而又求援於少司命矣。顧復攬之於己，何也？蓋己既爲大司命矣，而爲帝之所委任矣，烏得不任之於己哉？帝之事即吾之事，吾之功即帝之功也。其視世之付君事於不聞，誇己功爲獨有者，不侔矣。然觀「一陰一陽」二句，屈子可謂探造化之妙而善言陰陽者矣。

折疏麻兮瑶華，將以遺兮離居。老冉冉兮既極，不寖近兮愈疏。乘龍兮轔轔，高馳兮衝天。結桂枝兮延佇，羌愈思兮愁人。愁人兮奈何，願若今兮無虧。固人命兮有當，孰離合兮可爲？

此章極叙己與少司命離别之嘆、衰老之苦也。麻，穀名也。其生扶疏，故曰疏麻。瑶華，謂麻花也。麻花色白，比之於瑶，故曰瑶華，猶曰瓊芳，贊美之詞耳。離居，彼此分處也。故折疏麻之瑶華以贈之，而慰此離别之情也。一曰，麻華香，服食可致長年，故以爲美，將以贈遠。

然服食延年之説，又與二司掌人壽夭之説及下句老冉冉之説相合，意頗新奇，未知是否。冉冉，猶漸漸。既極者，深嘆其衰老之詞也。寖，亦漸也。近，親近也。疏，疏遠也。此句詞反而意同，不寖近則愈疏也。遺物而贈之，嘆老以動之，其欲親近之意亦至矣。乘龍，以龍駕車也。轔轔，車聲也，與詩「有車轔轔」字同。衝天，言馳之高也。延佇，徘徊久立也。思者，愁苦之情思也。言己乘龍高馳，結桂延佇，而不見少司命迴翔以下來，此己之所以愁思而愈甚也。愁人，亦大司命自謂也。愁人奈何，故設爲詰之之詞。無虧，謂無離别之嘆與衰老之情也。人命，壽夭之命也。有當，言有一定之數也。孰離合可爲，言人之或離或合，而非人力之所可爲也。此中言愈思愁人之意，言己之所以愈愁者奈何？蓋願己與少司命當如今日之會合安樂而無虧損。奈人生之命或壽或夭，固有一定之數，非但不可容心，而亦不必容心。若人生之或離或合，則一東一西，彼不肯來，我不可去，而非人之所可爲者，奈若何哉！人命固有當，離合不可爲，蓋反詞以甚言其離居之意，而見己慕少司命之極至也。或曰，大司命既與少司命爲同寮，奚有離居之歎？又以爲壽夭在己，奚有衰老之嗟？曰：吾固謂九歌之作如今之樂府然也。屈子不過借此題目寓人事於天道，以寫己之意耳。讀者不以詞害意可也。或曰，天文三台星與文昌星實東西相望而不相比，故致離居之意也，亦通。大抵此篇前二章言己要少司命共脩奉帝之職，後一章因嘆離居之愁也。然少司命亦非真有外大司命之意，特大司命相愛之深，故發相思之嘆耳。

少司命

此篇乃少司命答大司命之詞，餘義見前篇，題下不復鄭重。然曰予、曰余者，皆少司命自謂也。曰君、曰汝、曰蓀、曰孅人者，皆少司命謂大司命者也。篇内不復重出，讀者詳之。

秋蘭兮麋蕪，羅生兮堂下。緑葉兮素枝，芳菲菲兮襲予。夫人兮自有美子，蓀何以兮愁苦。

蘭芳於秋者，曰秋蘭。麋蕪，香草名，即芎藭之葉也。一説二司命主人子孫者也。蘭有國香，人服媚之，古以爲生子之祥。而蘪蕪之根主婦人無子，故少司命首言之，未知是否。羅生堂下，言二物並列而生於堂之下也。堂，指大司命之堂也。蓋當時二司之祀，必有供神之處，故言之也。緑葉素枝，承上二物而言。若下單言蘭，則又曰青青紫莖矣。襲，及也。此少司命言己至大司命之堂，而香草羅生，其氣之菲菲然而及乎己也。蓋亦贊美大司命之意。愛其人以及其物，稱其物以比其德也。夫人，猶言凡人也，指九州之衆人而言。論語曰「非夫人之慟而誰慟」，左傳曰「不能見夫人也」，考工記曰「夫人而能爲鏄也」是已。美子，謂賢子孫也。司命既主人之壽夭，則有生殺之權，而亦掌人之子孫矣。前篇大司命惓惓以九州之壽夭在己，衆莫知己之所爲，及思慕少司命之意，皆以其職重大，不易稱副，故極其愁苦之思也。此少司命安憫大司命之詞，言九州之人自有賢美之子孫，而吾大司命也，何故愁苦之若是乎？然少司命非不註意於民而曠厥職也，蓋以下憫上，理當然耳。大司命勤苦之勞，少司命同寮之好，具見之矣。至於「夫人自有美子」之意，又可見陰陽不測之妙，非司命之所可容心者也。非特司命不可得而容心，雖天帝亦不可得而容心者也。司命能主其壽夭，而莫知其所以壽夭，故曰「衆莫知兮余所爲」。嗚呼！豈特衆人莫知也哉？雖帝與司命亦莫得而知之之意，見於言表矣。然司命每以夫人之不有美子爲愁苦，而夫人之子乃自喪其美而失其天命之性，其得罪於天也，當何如哉？學者可以省矣。

秋蘭兮青青，緑葉兮紫莖。滿堂兮美人，忽獨與余兮目成。

青青，茂盛貌。美人，泛指其寮寀也。此蓋以蘭之盛而興同寮之衆也。司命之官，固不止二人而已。目成，謂以目而通其情好之私也。此少司命言同寮者衆矣，而大司命獨留情於己焉。蓋推恩於大司命之見愛，而私致欣喜幸慶之詞也，可謂善處下寮者矣。上之愛下，亦可見矣。彼世之在上則淩下、在下則援上者，可不深鑒於斯哉！「忽獨與余目成」者，亦自少司命之自言其見愛于上耳。而大司命未必獨私于少司命，而滿堂美人俱不愛也。讀者以意逆之可也。

入不言兮出不辭，乘回風兮載雲旗。悲莫悲兮生別離，樂莫樂兮新相知。荷衣兮蕙帶，儵而來兮忽而逝。夕宿兮帝郊，君誰須兮雲之際。

言，言語也。辭，辭別也。回風雲旗，以見乘載之簡而捷於出入也。別離固可悲，而生別離尤可悲也。相知固可樂，而新相知尤可樂也。少司命之與大司命非新相知者，特言此以見生別離之甚可悲耳。荷衣蕙帶，以見被服之輕而便於往來也。儵忽，皆迅速之詞。逝，往也。儵而來者，即入不言也；忽而逝者，即出不辭也。上先言出入而後言乘載，下先言被服而後言往來，亦錯文也。帝，謂天帝也。野外謂之郊。前篇言導帝之九坑，此言夕宿於帝郊，亦互見也。須，待也。誰須雲之際，故設爲不知之詞，以見大司命乃待天帝而宿於郊也。二句倒語，本謂君誰須兮雲之際，乃夕宿於帝郊也。此承上章言大司命於衆寮之中而獨致意於己，俄頃之間顧乃出入不辭，往來儵忽，使己抱别離之悲者，非棄己也，蓋奉侍天帝勤於其職，故不暇與己言辭耳。上四句與下四句參錯互文，本謂衣荷帶蕙乘風載雲，而往來出入別離無常也。樂府有生別離曲，蓋出於此。

與汝遊兮九河，衝風至兮水揚波。與汝沐兮咸池，晞汝髮兮陽之阿。望孅人兮未來，臨風怳兮浩歌。

九河，天河也。衝風，暴風也。河伯篇有此二句，其文小異。沐，濯髮也。咸池，星名，蓋天池也。晞，乾也。詩曰：「匪陽不晞。」陽，日也。阿，曲隅，日所行也。淮南曰：「日至于曲阿，是謂旦明。」遠遊篇：「朝濯髮於湯谷兮，夕晞余身兮九陽。」孅者，美女之稱。孅人，猶言美人也。怳，惝怳也，失意貌。浩，大也。此承上章言大司命別己而去，思得與之遊戲沐髮以共樂，而望之不來，故臨風怳然而浩歌，以舒其鬱陶之思也。然大司命之不來者，非棄之也，蓋亦宿於帝郊而不遑耳。二司可謂道義兼該，而彼此各盡者矣。按此章首二句，洪氏曰：「王逸無註，古本無此二句。」「此二句，河伯章中語也。」朱子曰：「當刪去。」未知其審，姑載之以竢後之君子。

孔蓋兮翠旌，登九天兮撫慧星。竦長劍兮擁幼艾，蓀獨宜兮爲民正。

孔蓋，以孔雀羽爲車蓋。翠旍，以翡翠羽爲旍旗。言殊飾也。九天，八方中央也。登九天，言所處之高也。九天固爲君位，而大司命導帝九坑，夕宿帝郊，蓋不離乎帝之左右者也。其大臣之職歟？故亦可以謂之登九天也。撫，循持之意，如東皇太一篇「撫長劍」之撫。慧，星名也。左傳曰：「天之有慧以除穢也。」蓋謂大司命循撫其慧星以掃除其穢也。擁，護也。十年曰幼，五十曰艾。有老者安之、少者懷之之意。撫慧星者，所以除天下之惡也。擁幼艾者，所以保天下之善也。此章言大司命所以享殊飾、居高位者，非徒然也。蓋威靈氣燄光輝赫奕，實能誅除凶惡，擁護良善，而宜爲萬民之正以稱其職也。曰獨宜者，以見此位非他人之所得居，此職非他人之所能盡也。曰爲民正者，蓋司命有正有副。副者，少司命也。正者，大司命也。此爲少司命稱大司命之詞，故曰爲民正也。嗚呼！大司命之欲除天下之惡，保天下之善如此，其心雖欲不愁苦也得乎？或曰，司命者，掌人之壽夭者也。此又以掌善惡言之，何也？蓋善者即佑之，使之壽也；惡者即誅之，使之夭也。其壽其大，惟善惟惡，可見司命執心公平，無所阿私也。或曰，今之壽者未必善，夭者未必惡，善者未必壽，惡者未必夭，是又何也？曰：善者必壽，惡者必夭，此事理之常也。反是者，氣數之變也。而況顏子未必不爲壽，盜跖未必不爲夭。此又可與智者道，難與俗人言也，達者當自知之。

東君

按：此日神也。禮曰：天子「朝日於東門之外」。又曰：「王宫，祭日也。」漢書郊祀志亦有東君，漢志之號實昉於此。蓋日出於東方，故曰東君。東言其方，君稱其神也。篇内凡曰吾、曰余者，皆設爲東君自謂也。朱子以爲主祭者自稱，非是。

暾將出兮東方，照吾檻兮扶桑。撫余馬兮安驅，夜皎皎兮既明。

日將出曰暾，將入曰晡。檻，楯也。蓋東君之祀，必有其處，如前曰宫、曰堂是也。此檻者，宫堂之檻也。扶桑，見離騷，乃倒文也。本謂朝暾將出於東方，而其光自扶桑照夫檻耳。淮南曰：「日至悲泉，爰息其馬，是謂懸車。」車，日所乘也。馬，駕車者也。日之東升，未必真有車馬，特設言耳。安驅，從容而馳也。皎皎，明貌。夫日既出東方，則冥冥之夜變而爲皎皎之晝矣。

駕龍輈兮乘雷，載雲旗兮委蛇。長太息兮將上，心低佪兮顧懷。

輈，車轅也。駕龍輈，以龍爲轅而駕之也。朱子曰：「龍形曲似之，故以爲轅。」乘雷，謂以雷爲車輪也。朱子曰：「雷氣轉似輪，故以爲車輪。」載雲旗，謂以雲爲旗而載之於車也。三者亦設言耳。低佪，猶遲疑也。顧懷，顧念懷思也。此章申言上章將出而未遽出，欲明而未遂明之意。今日之將出而登高以觀之，其勢若進若退，而摩盪之間實有如長太息而將上，心低佪而顧懷者矣。非屈子，不足以寫其妙也。

羌聲色兮娛人，觀者憺兮忘歸。緪瑟兮交鼓，簫鍾兮瑤簴。鳴篪兮吹竽，思靈保兮賢姱。翾飛兮翠曾，展詩兮會舞。應律兮合節，靈之來兮蔽日。

羌，語詞。聲色，「緪瑟」以下七句是也。娛，樂也。憺，安也。二句統言之也，下文析言之也。言聲色之美足以樂人，而使觀者安然而忘返也。蓋甚言其聲色之美耳，無他比喻也。上二章蓋迎神之曲，故述其將出之難。此章蓋享神之曲，故述其聲色之盛。而下章則反復窮其出入往來之無已也。緪，急張絃也。交鼓，對擊鼓也。簫，簫管也。簫鍾者，謂鍾與簫相應者也。書曰：「笙鏞以間。」註曰：「鏞，大鍾也。」鍾與笙相應者，曰笙鍾。儀禮有笙磬、笙鍾。周禮笙師：「共其鍾笙之樂。」註云：「鍾笙，與鍾聲相應之笙。」然則簫鍾，與簫聲相應之笙，可以推矣。爾雅曰：「木謂之簴。」簴者，懸鍾磬之木也。瑶簴，以美玉爲簴飾也。鳴者，吹之而響也。篪，以竹爲之，長尺四寸，圍三寸，一孔，上出一寸三分，名翹，横吹之，小者尺一寸。廣雅云八孔，未知其審。詩曰「如塤如篪」是也。瑟，絲聲也。鼓，皮聲也。鍾，金聲也。簫與篪、竽，竹聲也。其八音畧備，詳言之，以見其盛也。保，如傭保之保。靈保，保之善者也，指男子而言。姱，美女之稱。賢姱，姱之賢惠者也，指女子而言。猶後世賽神，而以童男童女歌舞以樂神也，即靈保、賢姱之謂矣。而曰思者，以見保姱易得，而靈與賢者不易得也。故思欲得之，而使之歌舞以樂神也。翾，謂翾然也，輕揚之貌。翠，翡翠，鳥名也。曾，高舉也。此句倒文以協韻耳。本謂靈保賢姱之舞，如翡翠之鳥翾然高飛可愛也。展詩，猶陳詩也。會舞，猶合舞也，謂保姱之衆也。詩言其聲，舞言其容也。律，謂十二律：黄鍾、大吕、大簇、夾鍾、姑洗、仲吕、蕤賓、林鍾、夷則、南吕、無射、應鍾也。作樂者以律和五聲之高下。節，謂節其始終先後疏數疾徐之節也。此句總結上六句，言人之歌舞與樂之律吕節奏皆相應而不乖，相合而不違，此所以爲聲色之妙足以娱人，使觀者憺然而忘歸也。既以娱人，則足以樂神可知矣。靈之來者，言日神之喜悦而來也。蔽日者，言神來而官屬之盛也。此篇祀日神而言蔽日者，借言之也，如雲中君亦謂「遠舉雲中」耳。九歌諸篇，屈子亦多寄興趣，漫寫情懷，固不必拘拘着題，亦不必篇篇諷君也。讀騷者不可不知此意。或曰，「靈之來」，即承前「暾將出」而言耳。暾言形，靈言其神也。首章曰「夜皎皎兮既明」，豫言之而尚未明也。太息將上，低佪顧懷，則漸明矣。靈來蔽日，始大明矣。此亦言之序也。

青雲衣兮白霓裳，舉長矢兮射天狼。操余弧兮反淪降，援北斗兮酌桂漿。撰余轡兮高馳翔，杳冥冥兮以東行。

青，東方之色也。白，西方之色也。青衣白裳，日出東方，入西方，故用其方色以爲上衣下裳之飾也。矢，箭也，天上有矢星。天狼，亦星名。晉書天文志云：「狼一星在東井南，爲野將，主侵掠。」王逸曰：「以喻貪殘。日爲王者，王者受命，必誅貪殘，故曰舉長矢兮[二]射天狼。言君當誅惡也。」瑗按：非真有以射之也。日出而星藏，若有以射之而退也，下皆倣此。操，持也。弧，木弓也，亦星名。上言矢，此言弧，互見也。晉志曰：「弧九星在狼東南，天弓也，主備盜賊。」天文大象賦註云：「弧矢九星，常屬矢而向狼，直狼多盜賊。引滿則天下兵起。」此云操弧，猶言韜其弧也。反，復也。淪，没也。降，下也。言日下而入太陰之中也。成功者退，天狼既射之矣，可不韜持弓矢而復引淪，退處於故處乎？王逸曰：「言日誅惡以後，復遁道而退，下入太陰之中，不伐其功也。」援，引也。斗，酒器也，古人飲酒以斗計也。北斗七星在紫宮南，其杓所建周於十二辰之舍，以定十有二月，斟酌元氣，運乎四時者也。詩曰：「維北有斗，不可以挹酒漿。」詩言「不可以挹酒漿」，而此言「援北斗以酌桂漿」者，取義各有不同也。酌，謂以斗挹而飲之也。漿，酒漿也，指月光而言，故月光謂之玉液金波。桂漿者，月中有桂，故曰桂漿，與他處言桂漿者不同。未知是否。大抵援北斗而酌桂漿者，亦宴樂而享其成功之意也。撰，亦持也。轡，日御也。馳，言其速也。翔，自下而上也。與前撫馬安驅、駕龍乘雷等字俱要活看，不可執泥也。杳，深也。冥冥，幽暗之甚也，指地下之太陰而言。東行，猶言東升也。言日下太陰不見其光，杳杳冥冥，直東行而復上出也。瑗按：自篇首「暾將出兮東方」至「舉長矢兮射天狼」，雖其詞不一，皆言自夜而晝也。「操余弧兮反淪降，援北斗兮酌桂漿」，皆言自晝而夜也。「撰余轡兮高馳翔，杳冥冥兮以東行」，又言自夜而晝也。夜而晝，晝而夜，晦而明，明而晦，往來循環，無有窮已。光陰迅速，莫可淹留。一晝一夜，成功者謝。一夜一晝，當職者走。天道如此，人事亦然。豈可不知所務，及時建立功業，脩明德政，而徒晏安怠惰，縱肆驕傲，以流連光景而虛擲此白日乎？屈子之意深矣遠矣。自是之後，惟李太白烏棲曲得之，他人蓋不知也。烏棲曲曰：「姑蘇臺上烏棲時，吴王宮裹醉西施。」蓋言荒淫之樂已自朝而至暮矣。「吴歌楚舞歡未畢，青山又銜半邊日。」又言自夜而晝，自晝而復夜矣。「銀箭金壺漏水多，起看秋月墜江波，東方漸曙奈爾何。」又言自夜而晝矣。數語之間，而晝夜之輾轉，荒淫之無窮，其諷刺之旨見於言外。可謂得東君篇之深者矣，可謂屈原之佳子弟矣，可謂黑於涅而青於藍矣。

後世樂府有日出日行，或昉於此乎？李太白日出日行曰：「日出東方隅，似從地底來。歷天又入海，六龍所舍安在哉？」亦謂自夜而晝，自晝而夜也。宋景文公曰：「離騷爲詞賦之祖，後人爲之，如至方不能加矩，至圓不能加規矣。」詎不信夫？或曰，末章但言自夜而晝，自晝而夜，無取譬之意。未知其審，姑誌之。

河伯

按：此謂九河之神也。曰伯者，稱美之詞，如稱湘君、東君之類，非如侯伯之伯，爵位等級之稱也。王逸以爲河伯「位視大夫」，屈原「以官相友」，則鑿矣。其神亦泛言耳。山海經以爲冰夷，穆天子傳以爲無夷，淮南子以爲馮遲，莊子、抱朴子以爲馮夷，其言皆荒誕不可稽考，闕之可也。又按：學記曰：「三王之祭川也，皆先河而後海。」是祭河者，先王之典也。諸侯惟祭境内山川耳。今九河在禹貢屬冀州，非楚之所得祭而祭之者，僭也。屈子之作，亦不過借此題目寫己之興趣耳，無暇於他及也。篇内凡曰汝、曰靈、曰子、曰美人，皆指河伯也。曰予者，原自謂也。讀者詳之。

與汝遊兮九河，衝風起兮橫波。乘水車兮荷蓋，駕兩龍兮驂螭。

九河，曰徒駭、曰太史、曰馬頰、曰覆鬴、曰胡蘇、曰簡、曰潔、曰鈎盤、曰鬲津也。禹治河至兖州，分爲九道，以殺其溢。其間相去二百餘里，徒駭最北，鬲津最南。蓋徒駭是河之本道，東南分爲八枝也。衝風，暴風也。橫波，惡波也。或謂衝風而起，橫波而渡也。水車，以水爲車也。水之縈廻流轉似之，故曰水車。或曰，謂駕龍於水曰水車。荷蓋，以荷葉爲車蓋也。荷形似蓋，故曰荷蓋。駕兩龍，謂以兩龍而駕車也。在旁曰驂。驂，兩騑也。兩龍則兩騑矣。螭，如龍而黄，無角。此章乃屈原致意河伯之詞，欲與之遍遊九河，而凌風波、乘車駕以嬉戲也。下三句皆遊九河之事與具也。

登崑崙兮四望，心飛揚兮浩蕩。日將暮兮悵忘歸，惟極浦兮寤懷。

崑崙，山名。四望，回首而遍視四方也。飛揚，不定貌。浩蕩，無涯貌。楚辭中有曰「憺忘歸」、曰「悵忘歸」，二者不同，亦當有別。憺，安也，謂以忘歸爲安，不欲歸也。悵，恨也，謂以忘歸爲恨，尚欲歸也。曰極浦，言其遠也。自崑崙視之，則爲遠浦，所謂「望涔陽兮極浦」是也。託言河伯之所在也。下文曰南浦者，指其方也。自流水之大勢而言，則爲南浦。寤，覺也。

懷，思也。日暮忘歸，故宿於崑崙之上，既寤而猶懷也。悲回風篇曰「忽顧寤以嬋媛」是也。此承上章言己欲與河伯遊戲九河，約之不至，而登高以望之也。四望者，望之周也。忘歸者，候之久也。寤懷者，思之切也。屈子之致意於河伯也至矣。瑗按：此所謂崑崙者，只取登高山以望河伯之意，無取於河源之説也。或曰，遊九河者，統其概也。登崑崙者，泝其源也。遊河渚者，沿其流也。容更詳之。

魚鱗屋兮龍堂，紫貝闕兮珠宮，靈何爲乎水中。

魚鱗屋，謂以魚鱗飾屋也。龍堂，謂以龍鱗飾堂也。不言鱗者，承上文也。或曰，使龍蟠於堂柱也，亦通。貝，蟲名，其色紫，故曰紫貝。闕，門觀也。謂以紫貝飾闕也。珠宮，謂以珠飾宮也。皆言河伯所居之華美也。或曰，魚鱗相比，有似於屋之瓦；龍窟寬敞，有似於堂；紫貝中虛，有似於闕；珠藏於蚌，有似於宮，故各以其似言之也。何爲乎水中者，蓋承上章，因候望不至，復詰而訊之之詞也。孔子曰：「士而懷居，不可以爲士矣。」彼安於宮室之美，而畏風波之險，局於委巷之見，而無四方之志者，其與河伯之沈没而不振也，又何以異哉？此王逸之意，乃言外之旨，亦學者所當知也。洪氏曰：「河伯，水神也。故託魚龍之類，以爲宮室」也。瑗按：言河伯，則述魚龍、珠貝、蠵鼉、水車、荷蓋之屬，皆水中物。言山鬼，則述狸、豹、猨、狖，及諸草木之類，皆山中物也。讀者亦不可不察。

乘白黿兮逐文魚，與汝遊兮河之渚，流澌紛兮將來下。

大鼈爲黿。或曰，「黿老則變而爲白也。逐，從也。文魚，魚有班彩者也。羅鄂州曰：「白黿豐背而有力，乘之以見其安。文魚有翼而善飛，逐之以見其輕。」渚，洲也。流澌，水流涣漫貌。紛，盛貌。來下者，水流自上而下也。蓋水之來下，即靈之來下也。此承上章，因河伯不至而訊之，故復致同遊之意，而河伯卒來相與遊戲也。或曰，屈原欲與河伯駕龍驂螭，乘風破浪，遍遊九河，而河伯卒不至；相與乘黿逐魚，遨遊洲渚之間，則河伯紛然而來下也。是亦小大之辨也。瑗按：此説亦言外之意。

子交手兮東行，送美人兮南浦。波滔滔兮來迎，魚隣隣兮媵予。

交手者，古人將别，則相執手以見不忍相遠之意，晋宋間猶如此也。東行者，順流而東也。既曰子，又曰美人者，重言以稱之也。既曰東行，又曰南浦者，蓋天缺西北，地不滿東南，水之大勢望東南而走也。故曰東行、曰南浦，互言以見之也。滔滔，流而不已也。來迎者，河之衆神遣迎河伯而歸也。隣隣，盛貌也。媵，送也。媵予者，河伯遣魚以送屈原也。此承上章，蓋言己與河伯既已遊畢，遂交手而行，送河伯向東南而去，祇見流波滔滔來迎河伯，而河伯亦遣魚隣隣以送己也。其遊戲之樂、繾綣之情可想見矣。此篇共五章，其言亦自有序。一章乃屈原致意於河伯相約共遊之詞。二章乃相約不至而思望之詞。三章乃因候久不至而訊之之詞。四章乃復申前約而河伯來遊之詞。五章乃既來共遊而相别之詞。讀者幸毋畧焉。或曰，洪氏賢人處非其所之喻，朱子辨之，其説是矣。今觀「靈何爲乎水中」一句，而王逸以河伯之居沈没水中言之，亦似有理。何如曰王逸之説似矣？但讀者不可句句以爲取譬。其大旨又不過屈子因河伯之題而發己樂水遊戲之意，至於君臣之間則無謂也。朱子謂三閭大夫至是而始歎君恩之薄，則非矣。

山鬼

瑗按：諸侯得祭其境内山川，則山鬼者固楚人之所得祠者也。但屈子作此，亦借此題以寫己之意耳，無關於祀事也。謂之山鬼者，何也？論語季路問事鬼神，子曰：「未能事人，焉能事鬼。」蓋鬼、神可以通稱也。此題曰山鬼，猶言山神、山靈云耳。奚必魈、夔、魍、魎、魑、魅之怪異而後謂之鬼哉？此篇大旨，蓋言賢者初慕山林幽深窈窕，雅宜嘯歌，既而厭其寂寞，出仕而不歸者。故託山靈以思賢者，欲招其相與終志隱遁，而賢者卒迷於世途而不復返也。若孔稚圭北山移文、李太白代壽山答孟少府書，皆託山靈以爲言耳。至若淮南小山之招隱士篇，亦如左太冲招隱詩，一也。皆謂當世馳逐於富貴之場，欲招之而隱於山林耳，蓋矯其弊也。惜乎，後之解淮南招隱者，皆謂欲招屈子而出，失其旨矣。後之解此篇者，又多牽强纏繞，而失屈子之本意尤甚。讀者試削除舊説而虚心以諷詠之，則可見矣。

若有人兮山之阿，被薜荔兮帶女蘿。既含睇兮又宜笑，子慕予兮善窈窕。

若有人者，自屈原而謂山鬼也。山鬼非人，而今託人以言之，故曰若有人。或曰，李太白送岑徵君鳴皋歌曰：「若有人兮思鳴皋。」左傳曰：「若而人也。」然若者，亦設詞之通稱也。非必鬼而後謂之若有人也。阿，曲隅也。詩曰：「考槃在阿，碩人之薖。獨寤寐歌，永矢弗過。」

蓋山阿委曲之處而與世途相隔，固宜爲隱者歌笑之樂地也。女蘿，松蘿也，蓋蔓草之附生於松者。薜茘、女蘿二物乃隱者之所宜服，而非黼黻之比也。睇，微眄貌。含睇者，窈窕之見於目者也。宜笑者，窈窕之見於口者也。子者，託山鬼而謂隱者也。予者，山鬼自謂也。窈窕二字雖爲美女閒雅之稱，然亦從上山阿字生來。陶淵明歸去來辭曰「既窈窕以尋壑」是也。此章託山鬼述隱士初愛山林之幽深而隱之，故曰「子慕予兮善窈窕」也。

乘赤豹兮從文狸，辛夷車兮結桂旗。被石蘭兮帶杜衡，折芳馨兮遺所思。余處幽篁兮終不見天，路險難兮獨後來。

豹、狸，皆獸名。蘭生石上者曰石蘭。乘豹從狸，夷車桂旗，被蘭帶衡，其詞雖在此，而其意則在女蘿之下、含睇之上，皆山鬼自叙己之被服車乘之樂也。夫此固非黼黻軒冕之榮，而清脩隱逸之士籍此亦可娛憂而卒歲矣，又何必外慕也哉？芳馨，泛指芳香之草也。遺，詒也。所思，指初慕己之人也。余，山鬼自謂也。幽，深也。篁，竹叢也。終不見天，言己居幽篁之中，而終不改其操以求逐於外也。其詞若自以爲憾，而其意乃嘲隱者之厭寂寞而舍己以去也。路險難，言山路之崎嶇也。獨後來，責隱士畏山路之崎嶇而來之遲也。責其遲來者，蓋猶望其來也。故折芳馨以詒之，其招之也至矣，其諷之也婉矣。

表獨立兮山之上，雲容容兮而在下。杳冥冥兮羌晝晦，東風飄兮神靈雨。留靈脩兮憺忘歸，歲既晏兮孰華予。

表，特也。特然獨立，無與同志故也。上章言處幽篁之中，以其所居而言也。此言獨立山上者，蓋因折芳馨以遺所思，而所思者獨來之遲，故登高以望之。而己所處之高超出世氛之外之意，亦可見矣。容容，雲盛貌。雲反在下，蓋以己立山上而所處之高故也。杳冥晝晦，人立山巔極高之處而俯視山下，則冥冥而晦，若一氣之鴻濛也。非得登山之趣者，不足以寫其妙如此也。東風，春風也，亦謂之谷風。詩曰「習習谷風」是也。靈雨，善雨也。詩曰：「靈雨其零。」既曰靈而又曰神者，重言之也。容容、冥冥二句，言山下之穢濁以見己所處之高也。和風、善雨二句，言山中之清潔以見己所處之樂也。靈脩，即所思之人而昔慕予之窈窕者也。然彼既初慕予之窈窕而來隱，而予亦欲留之共玩此樂以終身，而使彼安然以忘歸也。奈何彼初而慕之，既而忽舍我以去，竟不見其復來。而今歲以晏矣，又孰有華予者乎？華予，猶慕予也。此山鬼之志，甘澹泊而忘毁譽者也，非必欲人之華己。蓋反言以嘲隱者之不終，舍己而去耳。此上三章：一章言隱士初慕己之窈窕而隱之，既而厭其幽險而去之，然猶望其來也。三章則歲已晏矣而終不肯來，無復慕己之心矣。其棄己之心以漸而隆也。甚矣，山林之樂爲難終，而富貴之榮爲易溺也。嗚呼！古今若此者多矣。彼指南山爲捷徑、隱泉石而不終者，聞此亦可愧矣。

采三秀兮於山間，石磊磊兮葛蔓蔓。怨公子兮悵忘歸，君思我兮不得閒。

三秀，謂芝草也。一歲三華，故曰三秀。張衡思玄賦曰「冀一年之三秀」是也。采三秀於山間，亦折芳馨以遺所思之意也。磊磊，石衆貌。葛，草名，可作布者。蔓蔓，葛盛貌。曰公子、曰君，即指所欲留之靈脩也，屢變文以稱之耳。此章備言之，下二章又以君與公子分言之，亦文體也。不得閒者，思之無時而已也。此山鬼言己采三秀於山間，欲以之而遺所思也。然見石葛衆盛，難於采折，不覺怨公子而不歸也。使公子果思我而來歸，則我又安得有此采采之苦乎？雖然，以我思公子之心而忖之，則公子之思我也亦必無時而閒矣。何其處也，必有與也；何其久也，必有以也。山鬼之怨，其容已乎？然公子未必思山鬼也，而山鬼猶以思己不已言之，可謂忠厚之至矣。瑗按：此「悵忘歸」與上章「憺忘歸」不同。上謂欲使隱者安於山中而忘歸於世也。此謂恨隱者逐於世俗而忘歸於山中也。讀者詳之。

山中人兮芳杜若，飲石泉兮蔭松柏。君思我兮然疑作。

山中人，亦鬼自謂也。芳杜若，言己採芳香之草以爲佩也。飲石泉之水，蔭松柏之木，飲食居處動以香潔自脩飾也。三句山鬼自叙其山中清潔之樂事也。然，信也。疑，不信也。至此又知其雖思我而不能無疑信之雜也，而與向之思我不得閒者有間矣。夫其所以思山鬼，而或信或疑交作於胷中者，蓋有時天理之流行，而思山中之清浄，世俗之擾攘，故然之也；有時人欲之發見，而思山中之寂寞，世俗之紛華，故又疑之也。然而或信或疑，終逐於世外而不歸乎山中者，是理不足以制欲，而欲反勝乎理。其道心之微而難養，人心之危而易傾也，有如此哉！嗚呼！松柏之蔭可以棲遲，石泉之飲可以樂飢，而杜若芬芳之佩服，又豈曰無衣乎？如此亦可以卒歲矣。胡爲乎裂薜蘿而毀蘭衡，棄貍豹而擲夷桂，抗塵容而走俗狀，驅馳於黼黻軒冕之榮哉？有志者可不砥礪於此乎？

雷填填兮雨冥冥，猨啾啾兮又夜鳴。風颯颯兮木蕭蕭，思公子兮徒離憂。

填填，雷聲。冥冥，雨貌。雷動則雨興矣。猨，獸名。啾啾，小聲而衆也。曰又夜鳴者，以見雷雨交作於晝者也。颯颯，秋風聲也。蕭蕭，木落聲也。秋風起則木葉落矣。前言東風飄而歲既晏，蓋自春而冬，歲一週矣。此云采三秀而風落木，歲又一週矣。至此而不歸來山中，則終不來也可知矣。此上三章：一章言思我不得閒。二章言思我然疑作。三章不言公子之思我，而言我思公子徒抱離群之憂者，則公子之不思我也可見矣。其思我之情，又以漸而殺也。然山鬼之思公子之心，終無時而已也。可謂忠厚之至，愛人之深，律己之嚴矣。瑗按：此篇六章：前三章言隱士棄己之心以漸而隆；後三章言隱士思己之情以漸而殺。然二者亦相爲表裏也。棄心之漸隆，故思情之漸殺；思情之漸殺，故棄心之漸隆也。嗚呼！始而慕之者，果何心也？終而棄之者，果何心也？世之隱而不終者，可以鑒於斯矣。

國殤

小爾雅曰：「無主之鬼謂之殤。」此曰國殤者，謂死於國事者，固人君之所當祭者也。此篇極叙其忠勇節義之志，讀之令人足以壯浩然之氣而堅確然之守也。後世樂府有從軍行，其或昉於此乎？漢魏而下，雖多能言之士，何足以踰之。

操吴戈兮被犀甲，車錯轂兮短兵接。旌蔽日兮敵若雲，矢交墜兮士争先。

操，謂持之於手也。吴謂吴國。戈，平頭戟也。蓋吴人善爲戈，故效吴人所爲之戈，如考工記云「吴粤之劒」是也。被，服之於身也。犀，水獸名。甲，鎧也。謂以犀革爲甲，取其堅也。

考工記曰：「犀甲壽百年。」車，戎車也。錯，交錯。短兵，刀劍之屬也。言戎車相迫，輪轂交錯，長兵不施，故用刀劍以相接而擊也。接，如孟子「兵刃既接」之接，非「接續」之接也。司馬法曰：「弓矢圍，殳矛守，戈戟助，凡五兵。長以衛短，短以救長。此戰鬪之法也。」上言吴戈，乃長兵也。長短備言，先長後短，二句可謂得立言之序而知兵法之深者矣。旌，敵人之旌也。蔽日、若雲，言其盛也。矢交墜，謂敵人衆多而矢交墜以射我軍也。非謂兩軍相射，彼此流矢相交而墜也。我軍非不射也，蓋言敵人之盛，鋒鋭難當。而我三軍之士，猶奮怒争先而不畏怯以退也。其敢於敵愾可見矣。此章吴戈犀甲，言器械堅且利也。車錯兵接，言兩軍戰而鬪也。蔽日如雲，言彼衆而此寡也。交墜争先，言彼雖盛而此不怯也。嗚呼！敵矢齊發，劇不可禦，雖有堅甲利兵不足以當之。而士方且争先，其勇當何如哉！非真有親上死長之心素積於平日者不能也。

凌余陣兮躐余行，左驂殪兮右刃傷。埋兩輪兮縶四馬，援玉枹兮擊鳴鼓。天時懟兮威靈怒，嚴殺盡兮棄原野。

凌，犯而亂也。余，屈原代國殤而余也。陣，陣勢，統言之也。躐，越而踐也。行，行伍，析言之也。殪，死也。曰驂、曰刃，互文也。言左右驂騑皆爲敵人兵刃所傷而死也。既爲所傷殪，則車馬不能用，故埋而縶之也。玉枹，以玉飾枹也。援枹擊鼓，言志愈厲、氣愈盛，不因爲敵所傷敗而遂餒也。懟，怨也。威靈，即謂天之威靈。此句辭對而意互，本謂天時威而懟怒，以狀敵人威勢之盛也。嚴，威厲也。嚴殺，猶言鏖戰痛殺也。盡者，無孑遺之意也。言敵人殺我軍而盡也。廣平曰原，牧外曰野。棄原野，謂骸骨棄原野而不得葬也。夫陣勢行伍俱，爲敵所亂，左驂右騑俱爲敵所傷，非不勇也，彼軍蔽日如雲，寡不能敵衆耳。然猶埋輪縶馬，以示必死，援枹擊鼓，徒步而戰。敵威方盛，殺戮無遺。然我方甘死原野，棄而不顧，其勇又當何如哉！上章言接戰之初，不畏其衆而争先。此章言既敗之後，不畏其威而樂死。俱以見其勇也。天時懟、威靈怒，蓋言敵勢威風之壯盛，如天神憤怒，實可惴恐。而我方且戮力赴鬭，雖被彼痛殺，三軍盡死，骸骨暴棄，所不惜也。嚴殺盡、棄原野，猶言拼着都被敵人殺戮無遺，抛棄原野，終不肯休也。非所謂既勇又以武，剛强不可凌者乎？然此章即上章敵衆争先之意。而末二句尤見「勇士不忘喪其元」之志也。

出不入兮往不返，平原忽兮路超遠。帶長劍兮挾秦弓，首雖離兮心不懲。誠既勇兮又以武，終剛强兮不可凌。身既死兮神以靈，魂魄毅兮爲鬼雄。

出不入往不返，易水之歌其意蓋如此。此句表壯士從軍之初心，自誓之志便若是也。故能生則勇武赴鬭，雖死不悔；死則魂魄神靈，毅爲鬼雄，以享國家之祭也。平原超忽，謂不憚道路之遠也。秦弓，義如吴戈之説。帶劒挾弓，不忘所有事也。離，斷也。懲，創艾也。首雖離而心不悔，亦追述其初自誓之詞，非謂已戰而死也。勇，言其氣也。武，言其藝也。剛，不柔也。强，不弱也。曰誠者，可見其出於中心。曰終者，可見其不變也。不可凌，總承勇武剛强不可犯而言也。此六句乃表國殤在生之素志。舊説承上章「棄原野」而言其魂神如此，恐未是也。身既死，則言其已死矣。故上曰「首雖離」。「雖」之與「既」，二字文勢亦自不同也。神以靈，言國殤之死而其神魂必能威靈而不泯滅也。韓退之曰：「小人身死，其鬼不靈。」誠哉是言也。魂魄，則神靈之謂也。毅爲鬼雄者，謂毅然爲百鬼之雄傑也。此篇三章：上二章言士之敢於争先，敵愾而不畏死。末一章又表其出於誠心也。惟首雖離而終不悔，故能身既死而神猶靈。惟生爲士之先，故能死爲鬼之雄也。非勇武剛强之至而忠貞節義之積於平日也，曷足以當之而不撓哉？此古忠臣烈士莫不皆然。而非屈子抱忠烈之心者，又不能言之曲盡其妙也。雖然，父母妻子，人皆有之，好生惡死，人之常情也。吾每讀「出不入兮往不返」之句，未嘗不三復而悲之。後世之爲人臣子者，固不可不存此志；而爲人君上者，尤不可不知此慘也。故曰：兵，凶器也；戰，危事也。聖人不得已而用之耳。唐人詩曰：「憑君莫話對侯事，一將功成萬骨枯。」是道也，不獨爲人君者不可不知，而世之爲將帥者亦不可不知也。

禮魂

禮，一作祀。或曰，禮魂，謂以禮善終者，俱非是。蓋魂猶神也，禮魂者，謂以禮而祭其神也。即章首「成禮」之禮字。一作祀者，祀與俗礼字相似而訛也。蓋此篇乃前十篇之亂辭，故總以「禮魂」題之。前十篇祭神之時，歌以侑觴。而每篇歌後，當續以此歌也。後世不知此篇爲九歌之亂辭，故釋題義者多不明也。或曰，九歌十篇豈可總爲一亂辭乎？曰：東方朔七諫、王褒九懷、王逸九思，蓋皆於諸篇之後而總爲一亂辭，即其例也。或曰，此篇當有「亂曰」二字。而今「禮魂」二字，蓋因此篇之首句有「禮」字，前篇之末句有「魂」字，而傳寫之誤也。未知其審，姑識其疑。而此篇爲亂辭，則可以自信而不惑矣。讀者細玩此篇之旨，而遍考東方朔及二王之作，當自得之也。

成禮兮會鼓，傳芭兮代舞，姱女倡兮容與。春蘭兮秋菊，長無絶兮終古。

成禮，謂祀事將終也。會者，翕聚之意，如前「五音繁會」、「展詩會舞」之會字。會鼓者，謂祀事將終而急疾擊鼓翕聚以止之也。傳者，或已授之於人，或人授之於己也。芭，香草名，所以相傳者，此物也。或曰，芭與葩同，謂草木之花也，亦通。代舞者，謂更相替代而持香草以舞也。持以舞訖，復傳與人，更用之也。柳子厚詩曰「楚舞舊傳芭」是也。惟其相傳，故相代也。姱女，謂美好之女也，猶言孅人、姣人、佳人、美人也。倡，倡首也。蓋歌舞亦必有一人以爲之倡，而衆方隨以和之也。王逸謂「使童稚好女先倡而舞」是矣。朱子以「女倡」二字相連看，謂「女子爲倡優」者，非是。享天地山川之神，不應用倡優女子。况「姱女」二字相連，騷中往往有之。容與，從容貌，謂有態度也。芭者，言持舞之物。姱女者，言所舞之人。容與者，言所舞之善也。祀事將終，繁然擊鼓，一人先倡，傳芭而舞，轉相傳授更代，而態度亦且容與可觀，此禮之所以成也。古語曰，春蘭秋菊，各一時之秀也。此蓋錯舉四時之物，以見寒暑之變遷也。舊註謂春祀以蘭，秋祀以菊，即所傳之芭也，非是。長無絕，謂祀事永久不斷也。終古，見離騷。所以申言長無絕之義也，即與天地齊壽、與日月齊光之意。夫春蘭秋菊，暑往寒來，草木變衰，四時代序，不知其幾千萬年。而神之享此祀事，樂此歌舞，則與天地相爲永久，終古而長不絕也。猗與盛哉！非真有功德於民者，曷能如是乎？或曰，今俗行酒有催花擊鼓之戲，即傳芭代舞之遺風也。

【校勘記】

［一］兮，洪興祖楚辭補註無。

天問註補

天問註補引

語有之，史擅三長，詩破萬卷，蓋言詩史之難也。楚辭二十五章，人知爲辭林正鵠。然聲律而叙興廢，則詩中史，紀述而叶宫商，則史中詩。兩者兼之，歌風簪筆之儔，望而震焉久矣。其天問一篇，意固有屬，奇踪異蹟，世多未聞。劉向、楊雄援引傳記以解説之，亦未能悉，況其下者。余伯父學富天人，才工詩史，凌霄有志，强仕無聞，以生平傺侘之衷，窺屈氏抑鬱之志，拮其全簡，顯微闡幽。天問尤發其奥，直駕揚，劉，以爲汨羅知己。奈精藴盡闡，造物所呵；玉樹蚤摧，鴻寶失守。天問全註莫知所攘，建鼓而求，終莫能返。從兄英恐存者久復散軼，副墨以公於人，於所缺註，取考亭氏以足之。帖括雖全，而於一家之言終爲未備。弘承先教，慨未親炙伯父之休。謝墅阮竹，大誼實爲相關；秘笈家珍，素心更切向慕。今兹缺簡補綴成編，固余事也，余衷也，而責有不容諉者矣。因忘陋愚，采輯群註。爰效司馬索隱，篇末各綴韻言。專對不煩，諮諏微寓。亦以人心險側，世路崎嶇，於穆微皇詰問無術，假茲外問世，內問心云爾。顧余於詩、史，學未半豹，於家註狂任續貂，心且自歉，又何以謝世乎？尤而罪我，其甘之。

凡例六條

一分章

天問一篇，屈子隨其所見，錯舉雜詢。文雖鮮次，脉自支分。今據篇內所問，分爲一十二章。天地陰陽，古今得失，各以類從，共釋顧諟明命之意。分則旨異，合則義融，同歸殊途，一覽便徹。匪敢逞臆，妄爲割裂也。

一繪圖

事關天地陰陽，非圖不顯。自設卦觀象，以至河洛呈祥圖書之説，有自來矣。篇內所問，圜則方輿、二曜列星，不爲圖以明之，即巧曆不能析其精。顧其書藏自靈臺，非草野之所獲見。今即保章之所頒佈，與群書之所繪行明以示人者，共分十圖，倣以繪之。或原圖有説，亦採以附。其稗官野史之説、讖緯術數之學，非高良鴻碩之所傳者不敢載入。以示罔敢妄干昭代之明禁云爾。

一 採輯

諸家專爲楚詞註者，博採無論已，其經傳子史，於篇内文義相關者，間亦旁輯，俾與本文相發明。蕪雜或有未芟，而心力罔有不竭耳。蓋楚騷一書爲詞林鼻祖，而天問諸語，尤多韞含。歷代諸名家如石林詩話唐皇甫冉問李二司直云：「門外水流何處？天邊樹遶誰家？山絶東西多少？朝朝幾度雲遮？」又如宋王荆公勘會賀蘭山主云：「賀蘭山下幾株松？南北東西共幾峰？買得往來今幾日？尋常誰與坐從容？」二詩全用其意。詩如此類，難以盡舉。至於漢策諸生，當代試士，純效其體，文有攸關，採輯不得不博耳。

一 考異

前代諸書，左、國異問，史、漢方駕，二書合刻，參其同而證其異，以示行文之殊。今篇内字句本各不同，文出一人之手，可使自相岐乎？因索其異，共列于編。其文義增減，屬在疑似者存之，謬戾者不具載。

一叶韻

遂古載籍率多韻言，羲經一書已可槩見，毛詩三百篇更無言不韻已。騷經繼詩而作，矢口韻成。第韻有正有叶。叶韻云者，旁韻協助以成章也。古詩、賦多此體，篇内韻當叶者，因表出之。

一音釋

字學失傳，誦讀多舛。不惟宫商莫辨，抑且臘獵無分。間有指示，類多以翻切釋之。而切字之傳，知者復寡，世無子雲誰從問奇乎？兹據本音，按中州韻直爲之註，庶免「讀書難字過」，重致杜陵之咏乎！

邗山嘉樹軒主人　汪仲弘識

天問註補卷之上

新安　汪仲弘　畸人甫　補註
秣陵　焦　竑　弱侯甫　裁定
門姪　汪猶龍　季玄甫　參校

天問者，屈原之所作也。何不言問天？天尊不可問，故曰天問也。屈原放逐，憂心愁悴，彷徨山澤，經歷陵陸，嗟號旻昊，仰天嘆息。見楚有先王之廟及公卿祠堂，圖畫天地山川神靈，琦瑋僪佹，及古賢聖怪物行事，周流罷倦，休息其下。仰見圖畫，因書其壁，呵而問之，以渫憤懣〔一〕，舒瀉愁思。楚人哀惜屈原，因共論述，故其文義不次序云爾。

右據王叔師本載入，朱考亭本無「何不言問天」及「憂心愁悴」等語。是雖後人所識，不妨删除。然於初旨終爲缺畧，今併入之。篇内論述謂出楚人，文因鮮次。然屈子孤身旅逐，萬事憂傷，即其自述，惟知呼天籲帝，豈期順理成章？鮮次何足爲屈子病乎？矧今所問天地山川神靈琦瑋及古賢聖怪物，井井條分，鮮次中未嘗無次也。但所問在天，然天之道一言可盡？既曰「皇天集命」，又曰「天命反側」，天何言哉？問胡爲是諄諄者。蓋天無顯言而有默命，問無專指而意有獨存。篇内一千五百餘言，摠所以明天命之一言。一百五十餘問，摠所以明命不于常之一問。當其問也，雖非盡知，亦非盡無知。而後之答問者，雖非盡無知，要非盡知，知與不知之間，當自知之而無自諱之。苟不知其事而謂知之以理，此僞學欺世之言耳。善乎考亭氏之言問天也，學未聞道，而以誇多之意强解其間，讀之愈抱遺恨。聞道固聞天道也。多識如賜，尚謂性與天道不可聞。天果易知乎哉？愚不自揆，妄裒諸註，僭補其亡。舊本朱多闕文，王多牽合，諸家又多理蹇而詞蕪。簡錯者正之，句舛者辨之，字古通用者參證之。意相屬者，詞若斷而聯之，事相岐者，韻未終而截出之。不敢棄舊，亦不敢徇舊，與爲闕疑，毋寧爲傳疑。節解不殊，支分迥異，庶幾少繼伯父之志，以闡汨羅之志云爾。至云事事可曉，博覽有裨，則又非補輯之初意也。

曰：遂古之初，誰傳道之？上下未形，何由考之？

曰者，屈子發問之詞。遂，深邃也。又，往也。初，始也。遂古之初，老氏所謂「天地之始」，「象帝之先」也。誰，上古之人也。彼此授受曰傳，言語論述曰道。上下，謂天地。形，質也。由，因也。考，稽核也。上二句泛言天地萬物，下二句專言天地也。此問往古之始，未有天地，尚未有人，誰從其問，傳述其事？何所因由得以考據乎？一説屈子之學洞見本原，道之大原出於天，故問天而首言傳道。傳道，即傳古今共由之道，羲、黄以來相傳者是也。若云羲、黄以前，此道誰傳也？上下未形，易曰：「形而上者謂之道，形而下者謂之器。」言道器未形，理與書皆未備，後人何所因由考證乎？亦通。傳者，述古以示乎今，以人言；考者，由今以遡之古，以事言。屈子當年孤忠獨抱，舉世莫知。離騷諸篇怨之情少，慕之情多，後世竟以淺衷隘度訾之。即兹篇首數語，揮霍兩儀，睥睨千古。前無作者，後無聞人。意氣何等昂藏，眼界何等軒豁，非胸包今古、識超鴻濛者疇能之？至其篇中所詰，慷慨興亡，哽咽善敗，固皆睠念宗國之心，發於忠義而不能已者，非戚戚怨天尤人者比也。

冥昭瞢闇，誰能極之？馮翼惟像，何以識之？

冥，幽也。昭，明也。日之升沉，月之晦朔，晝夜之晨昏是也。瞢，目不明也。闇，暗同。瞢闇，言欲明不明，冥昭未分也。極者，窮而致之之謂。窮極，幽明之理及其未分之先也。馮，讀作憑，馬行疾也。翼，羽翼也。馮翼，氣機氤氲浮動之貌。言如馬之馳鳥之飛也。易曰：「象者像也。」見乃謂之象，隱見有無之間，惟像者僅有其像也。上言未形，此言惟像。像輕清而形重濁，氣與質之别也。淮南子云：「天地未形，馮馮翼翼。」又云：「未有天地，惟像無形。

窈窈冥冥，莫知其門。」義取諸此。識，知之精也。此問幽明未分之時，二氣氤氳之際，欲極而誰則能之，欲識而何所從乎？言今人莫能稽古也。易曰「仰以觀于天文，俯以察于地理」，是故知幽明之故。後世楊雄、洛下閎、僧一行、郭守敬、許衡諸家推步星曆，巧於制作，知幽明也。宋儒程、朱諸賢析極理氣性命之説，知幽明之故也。知幽明者知其然，知幽明之故者，知其所以然也。知其然者，未必知其所以然，知所以然者，亦未必知其然。知其然者知其術，知其所以然者知其道也。今屈子所問曰極，則無細微之不到，曰識，則無毫末之不知。是欲知其然，又知其所以然，合道術精粗而一貫耳。

明明闇闇，惟時何爲？陰陽三合，何本何化？

明闇承上文而言。舊本此條另自爲一章，今併入之。明闇，晝夜陰陽之分也。明明闇闇，晝夜相代，陰陽之合也。時，是也。三，與參同，古字通用。謂陰陽二氣參錯會合也。本，猶根也。化者，變之成。本，化物之終始也。此問一明一闇，遞代不已，是必有爲之推遷，主宰者果何物之所爲乎？陰陽會合，萬彙生成，何者爲本？何者爲化乎？三合，舊本謂天地人三合成物，固爲無據。朱註又引穀梁子：「獨陰不生，獨陽不生，獨天不生，三合然後生。」謂天與陰陽並立而爲三。天與陰陽對，固爲未妥。又以天字訓作理字。謂爲陰陽之本而其循環不已者，爲之化焉，則陰陽二字亦當訓作氣字。理與氣止兩端，亦不得言三合，此皆泥三字之跡，强勉以湊數耳。招魂篇曰：「參目虎首。」荀子勸學篇曰：「君子博學而日參省于己。」易曰：「參伍以變。」本義云「參，三數之也。」是其證也。前二條四問，朱荅之曰：「開闢之初，其事雖不可知，其理則具於吾心，固可反求而默識。非如傳記雜書謬妄之說，必誕者而後傳，如柳子之所譏也。」後一條二問，朱荅之曰：「天地之化，陰陽而已。其動静晦朔，往來寒暑，皆陰陽之所爲，而非有爲之者。然穀梁言天而不以地對，則所謂天者，理而已矣，是爲陰陽之本。而其兩端循環不已者，爲之化焉。周子曰：『無極而太極，太極動而生陽，動極而静，静而生陰。静極復動，一動一静，互爲其根。分陰分陽，兩儀立焉。』正謂此也。然所謂太極，亦理而已矣。」

本章三條六問擬讚以對：

混沌初啟，太極未儀。俯仰無象，觀察何稽。先天一竅，橐籥靡遺。今古合照，道器兼知。由近測遠，緣顯通迷。無俟傳説，能自得師。陰陽代禪，明暗互移。卷舒任運，開闔惟時。爲而不宰，行盡如馳。自本自化，始斯終斯。誠能參贊，位育我司。

圜則九重，孰營度之？惟茲何功，孰初作之？

圜，圓同。天形圓也。則，規則，即治曆明時之法也。九，陽數之極，故謂九天。營，謀爲也。度，稱量也。茲，指圜則而言。何功，何等之功，言大也。此何字與篇内諸何字異。諸何字皆詰詞，此矜詞也。此問天圓而九重，誰經營而量度，爲是推步之法，以明四時而成歲功。即此之功何其廣大，孰能開天以制作乎？

弘考伏羲畫卦，著象以制曆，體天法地。命大撓作甲子，定曆數。黄帝復作壬遯以推時變。少昊命鳳鳴氏司曆，玄鳥氏司分，伯趙氏司至，青鳥氏司啟，丹鳳氏司閉。位至五鳩、九雁、九雉之上，此皆古聖之制曆者也。

又考上古以來逐朝曆名：黄帝起元用辛卯曆；顓頊用乙卯曆；虞用戊午曆；夏用丙寅曆；成湯用甲寅曆；周用丁巳曆；魯用庚子曆；秦用乙卯曆；漢用太初曆、四分曆、三統曆；魏用黄初曆、景初曆；晉用正始曆、合元萬分曆；宋用大明曆、元嘉曆；齊用天保曆、同章曆、正象曆；後魏用興和曆、正元曆、正象曆；梁用大同曆、乾象曆、永昌曆；後周用天和曆、丙寅曆、明元曆；隋用甲子曆、開皇曆、皇極曆、大業曆；唐用戊寅曆、麟德曆、神龍曆、大衍曆、元和觀象曆、長慶宣明曆、寶應曆、正元曆、景福崇元曆；晋天福用調元曆；周顯德用欽天曆；宋用應天曆、乾元曆、宜天曆、崇天曆、明天曆。自三代至元，歷朝用曆不同。三代之曆，少至四百年，多至八百年而一變。漢曆率百年而一變，唐曆百年三變，宋曆百年六變。靖康之後，治曆器象俱亡。至元郭守敬、許衡諸人作簡儀、仰儀及諸儀表。謂昔人以管窺天，餘分未當，以二線測餘分，以十七所測日景。而我朝因之爲大統曆，至今未有改也。法窮而變，此其時矣。屈子所問在上古，而歷朝圜則不同，故併及之。

又考史册，天皇氏始制干支之名，以定歲之所在。地皇氏爰定三辰，是分晝夜，以三十日爲一月。伏羲作甲曆。黄帝時始有星官之書，命大撓作甲子，命容成作蓋天及調歷。是圜則雖備於羲、黄，而歲月干支古已有之，史册要非盡誕，存之。

第一重天，自東而西。

圜則九重圖

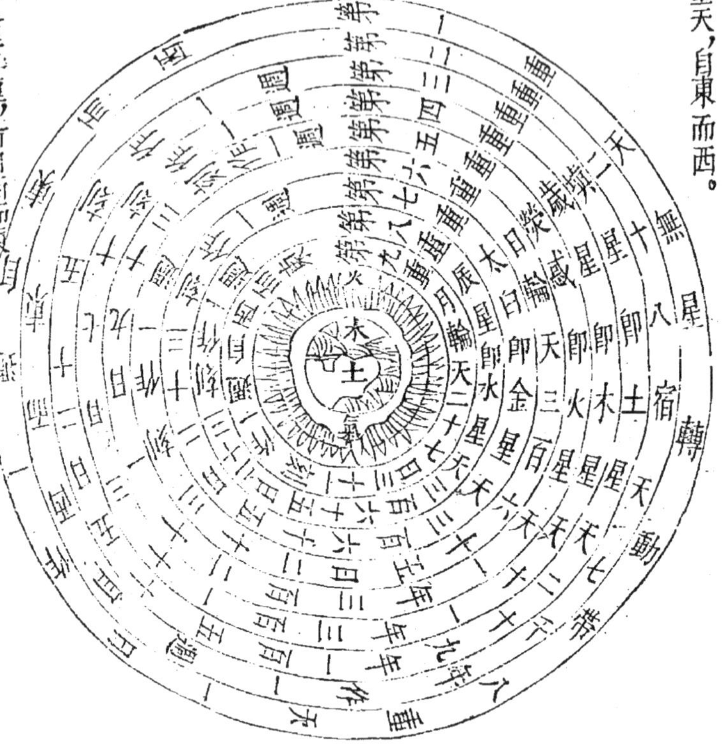

第二重至九重，皆自西而東。

自昔言天者，以天爲陽數之極，類以九稱之。其稱九重也，從無九層隔别之說，亦無各重稱謂之名。自利山人以西庠天文傳于中國，喜異者爲之繪圖以行。然古有回回九執曆，亦入靈臺。而耶律諸人，亦自夷産，則此西庠所傳，或一道也。因依式繕圖，附其說于後。

利山人圖説云：余嘗留心量天地法，從大西庠天文諸士討論已久，茲述名數以便覽。或問，地球比九重天之星遠大幾何？曰：地球既每度二百五十里，則知三百六十度爲地一週九萬里。計地面至中心，隔一萬四千三百一十八里零十八丈。地心至第九重月輪天四十八萬二千五百二十餘里，至第八重天九十一萬八千七百五十餘里，至第七重天二百四十萬零六百八十一[二]餘里，至第六重日輪天一千六百零五萬五千六百九十餘里，至第五重天二千七百四十一萬二千一百餘里，至第四重天一萬二千六百七十六萬九千五百八十四餘里，至第三重天二萬五百七十七萬零五百六十四餘里，至第二重天三萬二千二百七十六萬九千八百四十五餘里，至第一重謂崇[三]動天六萬四千七百三十三萬八千六百九十餘里。此九層相包如葱頭，皮皆硬堅。而日月星辰[四]定在其體内，如木節在板，因天而動。第天體明無色，則能通透光，如琉璃之類。若二十八宿星之上等，每各大于地球一百零六倍又六分之一。其二等各星，大于地球八十九倍又八分之一。其三等各星，大七十一倍又三分之一。其四等星大五十三倍又十二分之一。其五等星大三十五倍又八分之一。其六等星大十一倍又十分之一。夫此六等皆在第二重天也。土星大于地球九十倍又八分之一，木星大于地球九十四倍又一半分，火星大于地球半倍。日輪大一百六十五倍又八分之三。地球大于金星三十六倍又二十七分之一，大于水星二萬一千九百五十一倍，大于月輪三十八倍又三分之一。則日大于月六千五百三十八倍又五分之一。古無此説，其言創聞，今附之。

徐整曆紀曰：「天地混沌如雞子，盤古生其中。」「一日九變，神於天，聖於地。天日高一丈，地日厚一丈，盤古日長一丈。如此萬八千歲，天極高，地極厚，盤古極長。後乃有三皇數起於一，立於三，成於五，盛於七，處於九，故天去地九萬里。九重，九萬之謂也。」歷稽諸說不同，考之於經。易曰：「乾爲天，爲圜。」又曰「乾元用九」，乃見天則。是天之爲圜，圜之爲九，九之有則也，易詳之矣。又曰：「庖羲氏觀象於天，觀法於地，始作八卦。」是圜則自乾發之，而乾又自庖羲畫之，是皆營度初作之證也。說天莫辨于易，信矣。

幹維焉繫？天極焉加？八柱何當？東南何虧？

幹，一作筦，管同。說文曰：轂，端沓，則是也。車轂之内以金爲筦，而受軸者也。維，繫物之縻也。焉繫，何所繫屬也。極，謂南北極。北極出地三十六度，南極入地三十六度。北極在天，南極在地。天極，謂北極也。群曜旋遶，貳極不動，天之樞紐，猶車之軸也，加置于其上也。大凡物之運者，必轂有所繫而後軸有所加。此問天之幹維繫于何所，而天極之軸加于何處乎？河圖言「崑崙者，地之中也。地下有八柱。」「互相牽制。名山大川孔穴相通。」中原地形西北高，東南下。今百川所湊東之滄海污下處多，若有虧也。又問八柱何所當植，東南何所虧闕乎？一說此四問實二意。幹維焉繫，無所繫也，而二極何所加乎？八柱何當，既有當矣，而東南又何虧乎？亦通。

南北二極圖

弘考：南北二極所以定子午之位。曆家因二極而立赤道，所以定卯酉之位。北極，瓜之蒂也；南極，瓜之攢花處也；赤道，瓜之腰圍也。指南針所以通二極之氣也。二極中等之處，謂之赤道，即天之腰圍也。日行之處，謂之黄道。圖内載節候者是也。

天極處穹窿之中，一星恒見而不隱，旋轉不出。一度之外名曰北極，一曰紐星。地極處窈冥之中，隱而不見名曰南極。拱極列星，昏刻在東者，及曉漸没於西。昏刻，星有未見者，夜則漸升於東。北方之星如車轂，轉運密湊，故不入地下。南方之星如車輻，轉運寬濶，故東出而西入也。

九天之際，安放安屬？隅隈多有，孰知其數？

九天，東方皞天，東南方陽天，南方赤天，西南方朱天，西方成天，西北方幽天，北方玄天，東北方變天，中央鈞天。又古稱九天，曰中天、羨天、從天、更天、晬天、廓天、咸天、沈天、成天。二各不同，存以備考。際，邊也。王註以爲際會之際，非是。放，至也。放于琅邪之放。屬，讀作註，附也。黄帝書曰：「天在地外，水在天外，水浮天而載地者也。」隅，角也。隈，水涯也。此問九天邊際，直置何所，附麗何地？方隅水曲，其數衆多，誰則知之？此二條，上二句俱以天言，下二句俱以地言。

右三條八問。朱荅之曰：邵子言天依形，地附氣，天地自相依附。其形也有涯，其氣也無涯。「詳味此言，屈子所問，昭然若發矇矣。但天之形，圓[五]如彈丸，朝夜運轉。其南北兩端，後高前下，乃其樞軸不動之處。其運轉者，亦無形質，但如勁風之旋。當晝，則自左旋而向右；向夕，則自前降而歸後；當夜，則自右轉而復左；將旦，則自後升而趍前。旋轉無窮，升降不息，是爲天體，而實非有體也。地則氣之渣滓，聚成形質者。但以其束於勁風旋轉之中，故得以兀然浮空，甚久而不墜耳。黄帝問於岐伯曰『地有憑乎』？岐伯曰『大氣舉之』。亦謂此也。其曰九重，則自地之外，氣之旋轉，益遠益大，益清益剛。究陽之數而至於九，則極清極剛，而無復有涯矣。豈有營度而造作之者，先以斡維繫于一處，而後以軸加之，以柱承之，而後天地乃定位哉。且曰其氣無涯，則其邊際放屬，隅隈多少，固無得而言者。[六]東南之虧乃專以地形言之，初無與乎天也。

弘按：邵子之説固是，但天地自相依附之外，又何所倚附耶？其氣無涯，而無涯之外又何如耶？宋儒徒以理言，亦不能使人昭然也。非獨不能使人昭然，吾恐宋儒徒能言之於口，亦未能飛出乾坤之外以親覽之，又安能豁然於心也。周、孔未嘗一言以及於此，亦以其不可論也。俗儒動輒以理斷之，而自謂昭然於心者，亦妄而已矣。

又按：廣雅云：九天之際曰九垠，九天之外，次曰九垓，若爲天之所放屬也。然六合以外，漆園猶然不論，况吾儒乎？弟斯世之廣，不能以身知之，亦不當度外置之。彼長安之日，大行之雲，魏牟宫闕之視，文正江湖之憂，其心有所寄，豈徒浮慕已哉？

山海輿地全圖

空即天也。自地而上皆空也，則皆天也。觀地之所至，可以知九大之際所放屬矣。

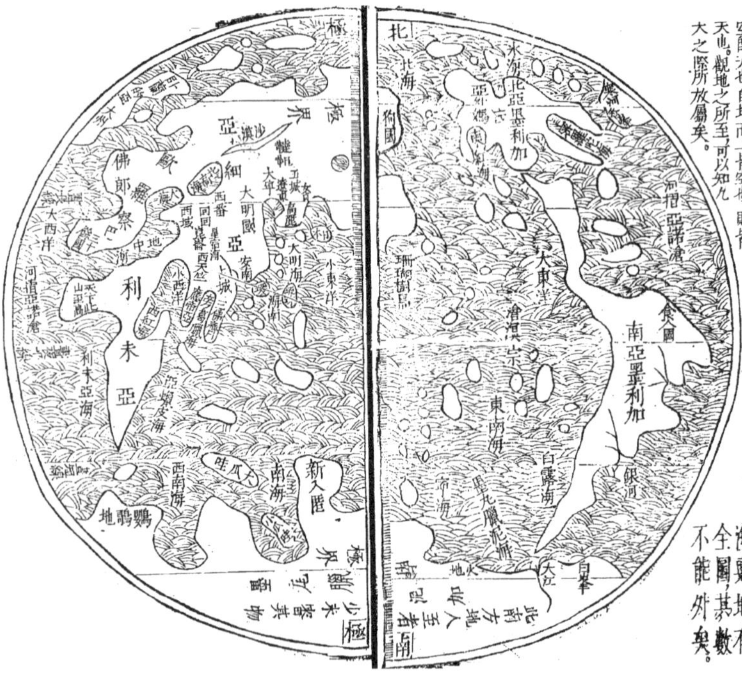

隈隅雖多，統於地。山海輿地有全圖，其數不能外矣。

山海輿地全圖之説

地與海本是圓形，而同爲一球。居天球之中，如雞子黄在青内。有謂地爲方者，乃語其定而不移之性，非語其形體也。天既包地，則彼此相應，故天有南北二極，地亦有之。天分三百六十度，地亦同之。天中有赤道，自赤道而南二十三度半爲北道。據中國在北道之北，日行赤道，則晝夜平，行南道則晝短，行北道則晝長，故天球有晝夜平圈列于中。晝短晝長二圈列于南北，以著日行之界。地球亦有三圈對于下。但天包地外爲甚大，其度廣；地處天中爲甚小，其度狹。查得直行北方者，每路二百五十里，覺北極出高一度，南極入低一度。直行南方者，每路二百五十里，覺北極入低一度，南極出高一度，則不特審地形果圓，而並徵地每度廣二百五十里，則地之東西南北各一週，有九萬里實數也。是南北與東西數相等不異。夫地厚二萬八千六百三十六里零三十六丈，上下四旁皆生齒所居，渾淪一球，原無上下。蓋在天之内，何瞻非天？總六合内，凡足所貯[七]即爲下，凡首所向即爲上，不專以身之所居分上下也。予自太西浮海入中國，至晝夜平線已見南北二極皆在平地，略無高低。道轉而南過大浪山，已見南極出地三十二度，則太[八]浪山與中國上下相爲對待矣。以天勢分山海，自北而南爲五帶。一在晝長晝短二圈之間，其地甚熱，帶近日輪故也；二在北極圈之内，三在南極圈之内，此二處地俱甚冷，帶遠日輪故也；四在北極、晝長二圈之間，五在南極、晝短二圈之間。此二地皆謂之正帶，不甚冷熱，日輪不遠不近故也。又以地勢分輿地爲六大州，曰歐邏巴，曰利未亞，曰亞細亞，曰北亞墨利加，曰南亞墨利加，曰墨瓦臘泥加。

天何所沓？十二焉分？日月安屬？列星安敶？

沓，合也，又重疊也。十二，自子至亥辰也。日，陽精。月，陰精。屬，繫也。列星，衆星也。安，何也。敶，列也。此問天與地相接之處何所會合，十二辰何所分別，衆星安所陳布，日月安所繫屬也。

此條朱荅之曰「天周地外」，「非沓乎地之上也」。「十二云者」，「左傳曰：『日月所會，是謂辰。』註云：『一歲日月十二會，所會爲辰。』正月辰在亥，娵訾之次。每月逆數，十二月辰在子，玄枵之次是也。然此特在天之位耳。若以地而言之，十二辰則分野之謂也。」「但在地之位，一定不易，而在天之象運轉不停。惟天之鶉火，加於地之午位，乃與地而合，得天運之正耳。蓋周天三百六十五度四分度之一」，「以天繞地，則一晝一夜，適周一匝，而又超一度。日月五星，亦隨天以遶地，而惟日之行。一日一周，無餘無欠，其餘則皆有遲速之差焉。然其懸也，固非綴屬而居。其運也，亦非推挽而行，但當其氣之盛處，精神光耀，自然發越，而又各自有次第耳。列子曰：『天積氣耳。日月星辰，亦積氣中之有光耀者。』張衡靈憲曰：『星也者，體生於地，精成於天，列居錯峙，各有攸屬。』此言皆得之矣。」

弘玫物理論曰：「水土之氣升而爲天。」靈憲經曰：「太素之前，惟虚惟無，不可爲象，道之根也。由無生有，太素始萌，斯謂厖洪，道之幹也。道幹既育，剛柔始分，清濁異位，道之實也。夫天爲水土之氣，爲象不可，何有于沓？天象無定，又何於分乎？」兩儀詩曰：「兩儀始分，元氣上清。列宿垂象，六位時成。日月正邁，流景東征。悠悠萬物，殊品齊名。聖人憂世，實念群生。」此之謂也。

十二支宮屬分野宿度圖

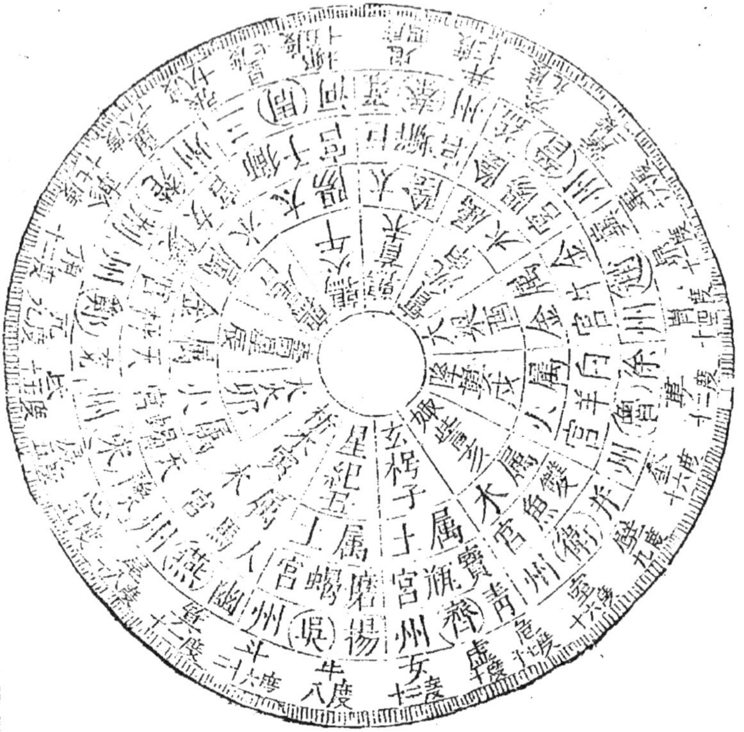

周禮：「保章氏掌天星」，「以星土辨九州之地所封。封域皆有分星，以觀妖祥。」議者謂周在中土，而星之應在南，魯在東，而星之應在西，齊在東，而星之應在北，似無可考。睹傳記所載，十二國災祥之應，又皆驗可徵。

淮南子：「中央曰鈞天，其星角、亢、氐。韓、鄭分野。東方曰蒼天，其星房、心、尾。東北曰變天，陽氣始作，萬物萌芽，故曰變天。其星箕、斗、牽牛。尾、箕，析木，燕之分野。斗，吴之分野。牽牛、星紀，越之分野。北方曰玄天，其星須女、虚、危、營室。虚、危，玄枵，齊之分野。西北方曰幽天，幽，陰也。其星東璧、奎、婁。營室，東璧。一名承委，衛之分野。奎婁一名降婁，魯之分野。西方曰皓天，皓，白金色。或作昊。其星胃、昴、畢。昴、畢，大梁，趙之分野。西南方曰朱天，朱，陽也，少陽也。其星觜巂、參、東井，觜巂、參，實沈，晉之分野。南方曰炎天，其星輿鬼、柳、七星。柳、七星，張，鶉火，周之分野。東南方曰陽天，純乾故曰陽。其星張、異、軫。鶉尾，楚分。」

星經：二十八宿音夙。分佈周天。天無體，以二十八宿爲體，謂之經。分之三百六十有五度四分度之一。角、亢在辰，氐一在辰，氐二過卯。房、心在卯，尾二在卯，三過寅。箕在寅，斗三在寅，四過丑。牛在丑，女一在丑，二過子。虚在子，危十二在子，十三過亥。室璧在亥，奎一在亥，二過戌。婁在戌，胃三在戌，四過酉。昴在酉，畢六在酉，七過申。觜參在申，井八在申，九過未。鬼在未，柳三在未，四過午。星在午，張十四在午，十五過巳。翼軫在巳，軫十過辰。

分野，晉志：「角、亢、氐，鄭，兖州：東郡入角一度，東平、任城、山陰入角六度，泰山入角十二度，濟北、陳留入亢五度，濟陰入氐一度，東平入氐七度。房、心，宋，豫州：潁川入房一度，汝南入房二度，沛郡入房四度，梁國入房五度，淮陽入心一度，魯國入心三度，楚國入心四度。尾、箕，燕，幽州：上谷入尾一度，漁陽入尾三度，右北平入尾七度，西河、上郡、北地、遼西東入尾十度，涿郡入尾十六度，渤海入箕一度，樂浪入箕三度，玄菟入箕六度，廣陽入箕九度，涼入箕十度。　斗、牽牛、須女，吴，越[九]，揚州：　九江入斗一度，廬江入斗六度，豫章入斗十度，丹陽入斗十六度，會稽入牛一度，臨淮入牛四度，廣陵入牛八度，泗水入女一度，六安入女六度。　虚、危，齊，青州：　齊國入虚六度，北海入虚九度，濟南入危一度，樂安入危四度，東萊入危九度，平原入危十一度，淄川入危十四度。　營室、東壁，衛，并州：　安定入營室一度，隴西入營室四度，天水入營室八度，酒泉入營室十一度，張掖入營室十二度，武都入東壁一度，金城入東壁四度，武威入東壁六度，敦煌入東壁八度。　奎、婁、胃，魯，徐州：　東海入奎一度，瑯琊入奎六度，高密入婁一度，城陽入婁九度，膠東入胃一度。

昴、畢，趙，冀州：　魏郡入昴一度，鉅鹿入昴三度，常山入昴五度，廣平入昴七度，中山入昴八度，清河入昴九度，信都入畢三度，趙郡入畢八度，安平入畢四度，河間入畢十度，真定入畢十三度。　觜、參，魏[一〇]，益州：　廣漢入觜一度，越巂入觜三度，蜀郡入參一度，犍爲入參三度，牂牁入參五度，益州入參七度，巴郡入參八度，漢中入參九度。　東井、輿鬼，秦，雍州：　雲中入東井一度，定襄入東井八度，鴈門入東井十六度，岱郡入東井二十八度，太原入東井二十九度，上黨入輿鬼二度。　柳、七星、張，周，三輔：　弘農入柳一度，河南入七星三度，河東入張一度，河内入張九度。　翼、軫，楚，荆州：　南陽入翼六度，南郡入翼十度，江夏入翼十二度，零陵入軫十一度，桂陽入軫六度，武陵入軫十度，長沙入軫十六度。」弘按：　星分野之説，周禮不應有土星之辨，

日月五星周天圖

日

太陽之精順天左旋。天行一日常過三百六十五度四分度之一，仍過一度。日亦一日一周，而比天不及一度，積三百六十五日四分日之一而與天會。

月

太陰之精亦順天左旋。一日常不及天十三度有奇，不及日十二度有奇。積二十七日有奇而與天會，積二十九日有奇而與日會。

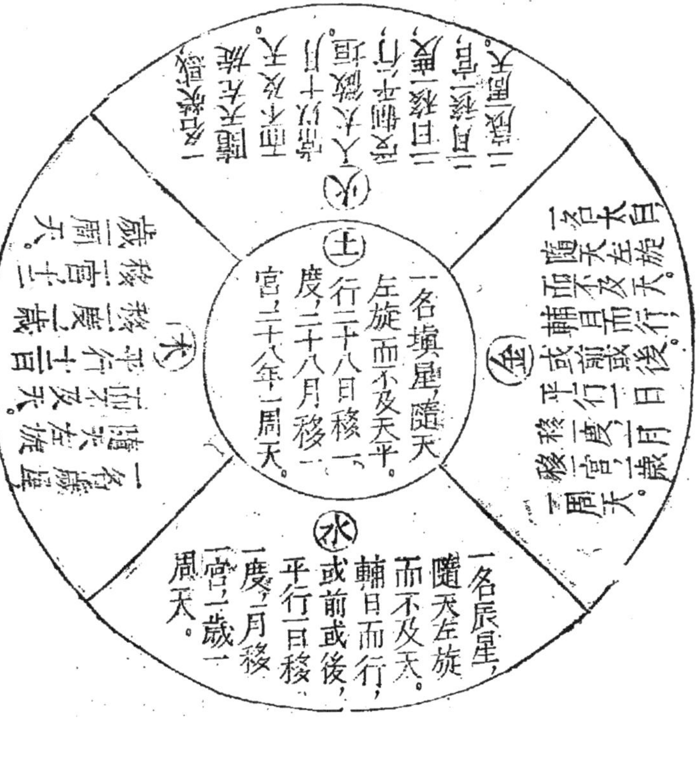

太陽中道之圖

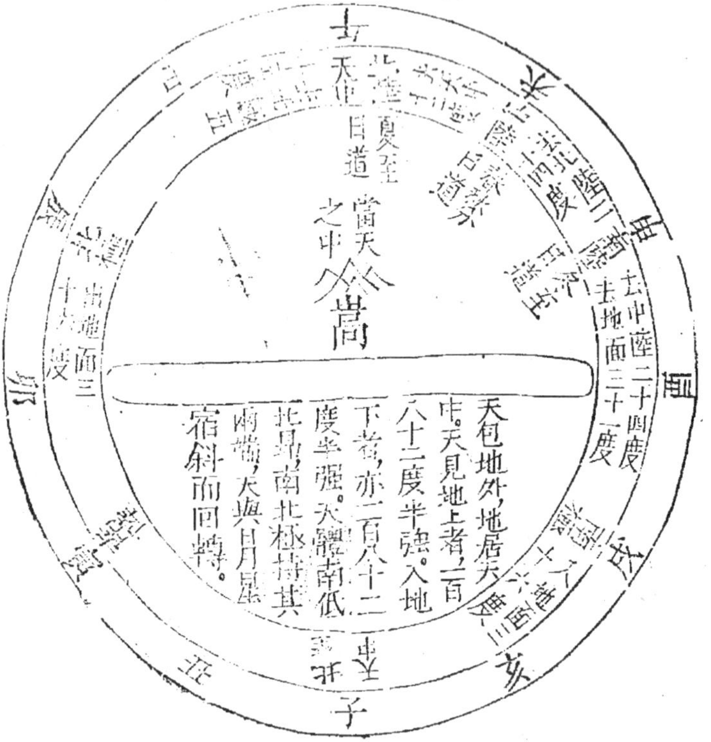

中陸去南北極各九十一度半强。春分，日行中陸，自春分而夏至，漸行至北陸，爲夏至之日道。自夏至而秋分，由北陸而轉中陸，爲秋分之日道。自秋分而冬至，漸行至南陸，爲冬至之日道。自冬至而春分，由南陸而轉中陸，爲春分之日道。

拘分野之説，左氏不應有傅會之誣。惟一行認山河脉絡爲兩界，識雲漢升沉于四隅，參以古漢郡國，似爲盡善。其言曰：「懸象在天，其本在地，星之與土以精氣相屬，而不主于方隅。其占測以山河爲限，而不分于州國，有分星，無分土，占國者不可盡泥。」信哉，千古卓論也。

陸象山曰：「南北二極中等之處，謂之赤道，去南北極各九十一度强[一二]。春分日行赤道，從此漸北。夏至行赤道之北二十四度，去北極六十七度，去南極一百一[一三]十五度。從夏至以後，日漸南。至秋分還行赤道，與春分同。冬至行赤道之南，二十四度。[一三]去南極六十七度，去北極一百一[一四]十五度，其日之行處，謂之黃道。又有月行之道，與日相近，交路而過，半在日道之裏，半在日道之表。其當交則兩道相合，去極遠處兩道相去六度，此日月行道大畧也。」

日有中道，月有九行。中道者黃道。九行者，黑道二出黃道北，赤道二出黃道南，白道二出黃道西，青道二出黃道東。

日循黃道東行，一日一夜，行一度三百六十五日有奇而周天。行東陸謂之春，南陸夏，西陸秋，北陸冬，以成寒暑之節。

又考：日有永短，由地有升降。春、秋分時，地適當天之中，其日出卯入酉，且行中陸，故長短勻。由春分而夏至，陽日升地，日降而下，其日出寅入戌，且行北陸，故永。由秋分而冬至，陽日降地，日升而上，其日出辰入申，且行南陸，故短。是亦一説，存之。

太陰九道之圖

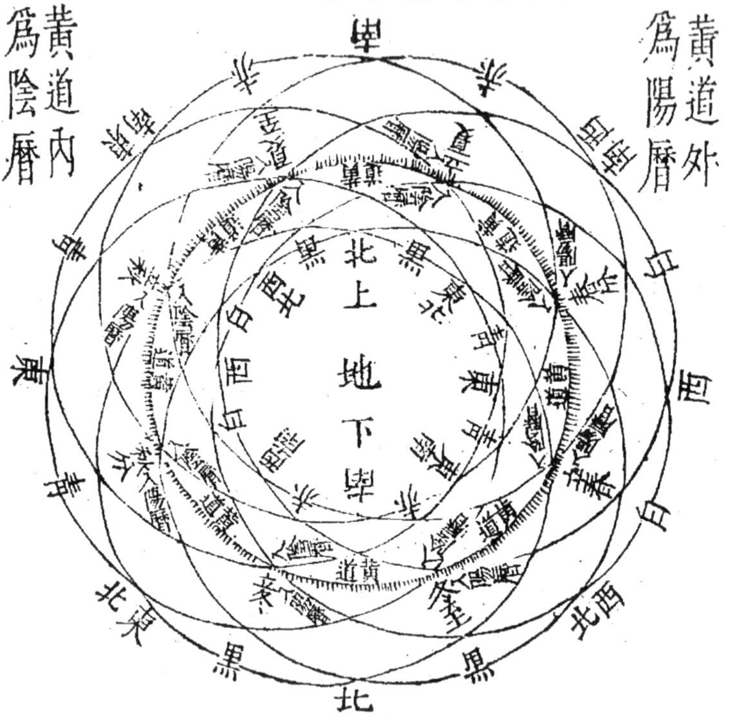

四序離爲八節，八節各爲九限。每限五日。凡月行合朔所交，與黃道相會出外爲陽曆，入内爲陰曆，是名九道。

冬在陰曆，夏在陽曆。月行青道，冬在陽曆，夏在陰曆。月行白道，春在陽曆，秋在陰曆。月行赤道，春在陰曆，秋在陽曆。月行黑道。

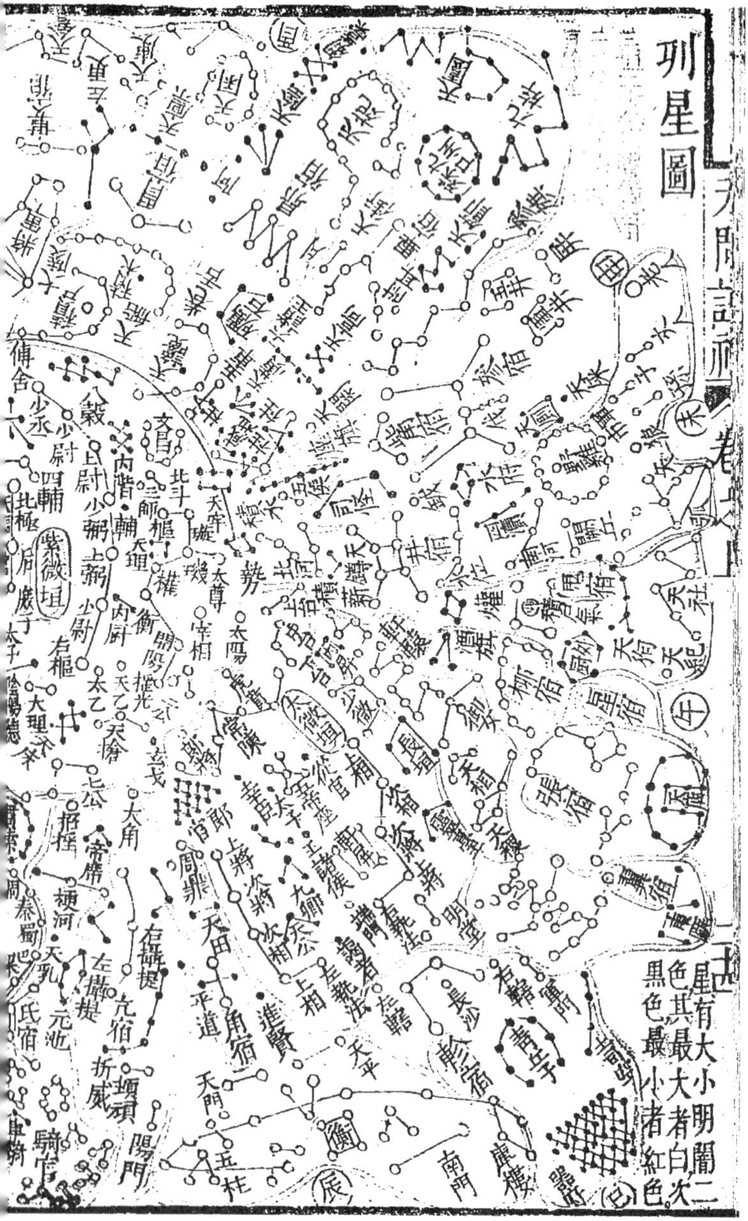
列星圖
星有大小明闇二色其最大者白次黑色最小者紅色
紫微垣
太微垣
北極
四輔
少尉
上尉
少弼
上弼
內階
輔
天牢
太尊
宰相
太乙
天乙
搖光
開陽
右樞
大理
陰德
文昌
內廚
七公
大角
帝席
招搖
梗河
右攝提
左攝提
天乳
亢宿
元池
氐宿
折威
頓頑
陽門
騎官
角宿
平道
進賢
天田
周鼎
郎官
天門
五柱
南門
庫樓
衡
長沙
軫宿
左轄
右轄
青邱
器府
翼宿
張宿
星宿
柳宿
鬼宿
天狗
天社
天記
井宿
南河
北河
積薪
五諸侯
天尊
傅舍
八穀

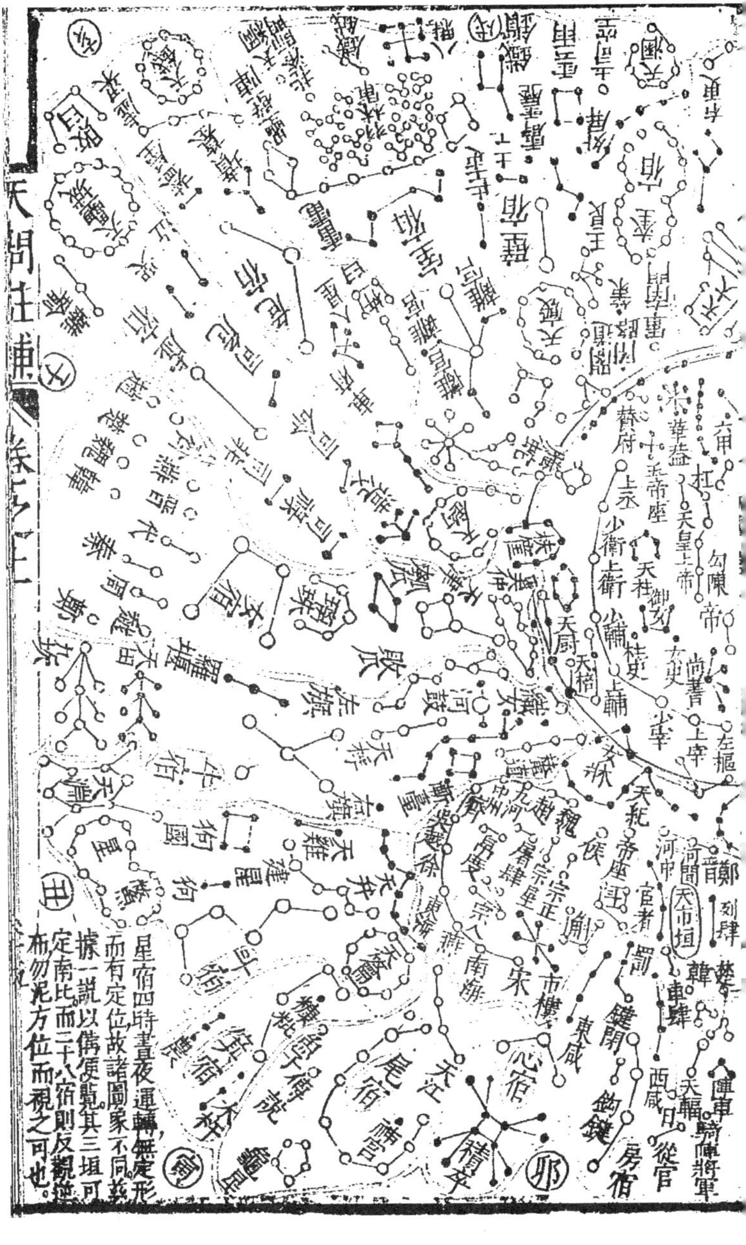

星宿四時晝夜運轉無定形而有定位故諸圖象不同茲據一說以備便覽其三垣可定南北而二十八宿則反觀逆布勿泥方位而視之可也

步天歌

上垣天廷太微宫，昭昭列象布蒼穹。端門只是門之中，左右執法門西東[一五]。門左皂衣一謁者，以次即是烏天公。三黑九卿公背旁，五黑諸侯卿後行。四箇門西主軒屏，五帝内坐於中正。幸臣太子并從官，烏列帝後從東安[一六]。郎位虎賁居左右，常陳郎將居其後。常陳七星不相杜[一七]，郎位陳東一十五。兩面星垣十星布，左右執法是其數。宫外明堂布政宫，二箇靈臺候雲雨。少微四星西南隅，長垣雙雙微西居。北門西南接三台，與垣相對無兵災。

中垣北極紫微宫，北極五星在其中。大帝之座第二珠，第三之星庶子居。第一號曰爲太子，四爲后宫五天樞。左右四星是四輔，天乙太乙當右户[一八]。左樞右樞夾南門，兩面營衛長短佈[一九]。東蕃左樞連上宰，少宰上輔次少輔。上衛少衛八上丞，後門東邊大贊府。西蕃右樞次少尉，上弼少弼四相視。上尉少尉七少丞，以次却向後[二〇]門數。陰德門裏兩黄聚，尚書以次其位五。女史柱史各一烏[二一]，御女四星五天柱。大理兩黄陰德邊，勾陳尾指北極巔，勾陳六星六甲前。天皇獨在勾陳裏，五帝内坐後門是。華蓋并杠十六星，杠作柄象華蓋形。蓋上連連九箇星，名曰傳舍如連丁。垣外左右各六珠，右是内街左天厨。階前八星名八穀，厨下五箇天棓宿。天床六星左樞内[二二]，内厨二星右樞[二三]對。文昌斗上半月形，稀疏分明六箇星。文昌之下曰三師，天尊[二四]只向三公明。天牢六星太尊邊，太陽之首四勢前。一箇宰相太陽側，更有三公相西偏。杓下玄戈一星燦[二五]，天理四星斗裏暗。輔星近着暗陽淡。北斗之宿七星明，第一主帝名樞星。第二第三璇璣是，第四名權第五衡。開陽摇光六七名。摇光左三天槍紅[二六]。

下垣一宮名天市，兩扇垣墻二十二。當門六角黑市樓，門左兩黄是車肆。兩箇宗正四宗人，宗星一雙亦依明[二七]。帛度兩星屠肆前，睺[二八]星還在帝座邊。帝座一星常光明，四箇微茫宦者星。以次兩星名列肆，斗斛帝前依其次。斗是五星斛是四。垣北九箇貫索星，索口横着七公成。天紀恰似七公形，數着分明多兩星。紀北三星名女床，此坐還依織女旁。三垣之象無相侵，二十八宿隨其陰。水火木土并與金，以次列有五行吟。

二十八宿列星分屬歌：

角：兩星南北正直懸[二九]，中有平[三〇]道上天田。總是黑星兩相連，别有一烏名進賢。平道右畔獨淵然。最上三星周鼎形，角下天門左平星。雙雙横于庫樓上，庫樓十星屈曲明。樓中五柱十五星，三三相似如鼎形。其中四星别名衡，南門樓外兩星横。**亢**：四星恰似彎弓狀，大角一星明直上[三一]。折威七子亢下横，大角左右攝提星，三三相似如鼎形。折威下左頓頑星，兩箇斜安黄色精。頑下二星號陽門，色若頓頑直下存。**氐**：四星似斗側量米，氐上[三二]一星名天乳。[三三]一箇招摇梗河上，梗河横列三星狀。帝席三黑河之西，亢池六皂近攝提。氐下衆星騎官出，騎官之衆二十七。三三相連十欠一。陣車氐下騎官次，騎官下三車騎位。天輻兩星立陣旁。將軍陣裏鎮威霜。**房**：四星直下主明堂，鍵閉一星房東黃[三四]。鉤鈐兩箇近房[三五]旁。罰有三星直鍵上，兩咸夾罰似房狀。房西一星號爲日，從官兩星日下出。**心**：三星中央色最深，下頭積卒共十二。二[三六]三相聚星下是。**尾**：九星如鉤尾雙岐[三七]，下頭五點星爲龜[三八]。尾上天江四橫緋[三九]。尾東一箇名傅說，傅說東畔魚子列[四〇]。尾西一星是神宮，所以列在后妃中。**箕**：四星形狀如簸箕。箕下三星如木杵，箕前一黑是糠粃。**斗**：六星其狀似北斗，魁上建星六紅守[四一]。天弁建上丹還[四二]九。斗下圓安十四星，雖然名鼈貫索形。天雞建背雙黑子[四三]。天籥柄前八黃精。狗國四方雞下涅[四四]，天淵十星東隣鼈[四五]。更有兩狗斗魁前，農家大人斗下眠。天淵十黃狗色玄。**牛**：六星近在河岸邊[四六]，牛下九黑是天田。田下三三九坎連。牛上直建三河鼓，鼓上三星號織女。左旗右旗各九星，河鼓兩旁右邊明。更有四黃名天桴，河鼓直下如連珠，羅堰三烏牛東居。漸臺四星似口形，輦道東足連五丁。輦道漸臺在何許，欲得見時近織女。**女**：四星如箕主嫁娶，十二諸國在下聚[四七]。先從越國向東論，東西兩周次二秦。雍州南下雙鴈門，代國向西一晉申。韓魏各一晉北論，楚國一星魏西屯。楚城南畔獨燕軍，燕西一郡是齊鄰。齊北兩邑平原君，欲知鄭在越下存。十六黃星細區分，五箇離珠女上星。敗瓜珠上瓠瓜生，兩瓜各五瓠瓜明。天津九箇彈弓形，兩星入牛河中橫。四箇奚仲天津上，七箇仲側扶筐星。**虛**：上下各一連珠狀，命祿危非連虛上[四八]。虛危之下哭泣星，哭泣雙雙下壘城。天壘團圓十三星，敗臼四星城下橫。臼西三箇離瑜明。**危**∴三星不直似弓形[四九]，危上五黑號人星。人畔三四杵臼明，人上七烏號車府。府上天鈎九黄組[五〇]，鈎下五鵶字造父。危下四星號墳墓，墓下四星斜虚梁，十箇天錢梁下黄。墓旁兩星能蓋屋，身着皂衣危下宿。**室**∴兩星上有離宫循[五一]，遶室三雙有六星。下頭六箇雷電形，壘壁陣次十二星。十二兩頭方[五二]似井，陣下分明羽林軍。四十五卒三爲羣，軍西四下多難論。仔細歷歷看區分，三粒黄金爲鐵鉞，一顆真珠北落門。門東八魁九箇子，門西一宿天綱是。電旁兩黑土工吏，螣蛇室上二十二。**壁**∴兩星下頭是霹靂，霹靂五星横着覺[五三]。雲雨之次曰四方，壁上天廄十員黄。鐵鑕五星羽林旁，土工兩黑壁下藏。**奎**∴腰細頭尖破鞋形，一十六星遶鞋生。外屏七烏奎下横，屏下七星天溷明。司空左畔土之精，奎上一宿軍南門。河中六箇閣道形，附路一星道旁榮。五箇吐花王良星，良星近上一策名。**婁**∴三星不匀近一頭，左更右更烏夾婁。天倉六箇婁下頭，天庾三星倉陳脚。婁上十一將軍侯。**胃**∴三星鼎足河濱[五四]次，天廩胃下斜四星，天囷十三如乙形。河中八星爲太陵，陵北九箇天船名，陵中積屍一箇星。積水船中一黑精。**昴**∴七星一藂實不明[五五]，阿西月東各一星。阿下五黄天陰名，陰下六烏芻藁營。營南十六天苑形，河中六星名卷舌。舌中黑點天讒星，礪石舌半斜四丁。**畢**∴畢似丫叉八星丹[五六]，附耳畢股一星光。天街兩星畢背旁，天節耳下八烏幢。畢上横列六諸王，王下四皂天高藏[五七]，節下團圓九州城，畢口斜對五車門[五八]。車有三柱光[五九]縱横，車中五箇天潢精。潢畔咸池三玄成[六〇]，天關一星車脚安[六一]。參旗九箇參脚間，旗下直建九斿連。斿下十三烏天園，九斿天園參脚邊。**觜**：三星相近作參肩[六二]，觜上座旗直指天。尊卑之位九相連，司怪曲立座旗邊。四烏更[六三]近井越前。**參**：總看七星工字形[六四]，兩肩雙足三爲心。伐有三星足裏深，三井四星右足陰。屏星兩扇井兩襟，軍井四星屏上吟。左足下四天厠臨，厠下一物天屎沉。**井**：八星横列河中静，一星名越井邊定[六五]。兩河各三南北正，天罇天星井上頭。罇上横列五諸侯，侯上北河西積水。欲覓積薪東畔是，越下四星名水府。水位東邊四星序，四瀆横列南河裏。南河下頭是軍市，軍市團圓十三星，中有一箇野雞精。孫子丈人市下列，各立兩星從東説。闕丘兩星南河東，丘下一狼光蓬茸。左畔九箇彎弧弓，一矢直射頑狼胸。有箇老人南極中，春秋出入壽無窮。**鬼**：四星隱隱[六六]似木櫃，中央白者積屍氣。鬼上四星是爟位，天狗七星鬼下是。外厨六間柳星次，天社六星弧東倚，社東一星名天紀。**柳**：八星曲頭垂似柳，近上三星號爲酒。享宴大酺五星守。**星**：七星如鋤[六七]柳下生，星上十七軒轅形。軒轅東頭四内評[六八]，平丁三箇名天相，相下稷星横五靈。**張**：六星似梭[六九]在星旁，張下只是天廟藏[七〇]。十四之星册四方，長垣少微雖向上。星數欹在太微旁，太尊一星真上黄。**翼**：二十二星大難識，上五下五横着覺[七一]。中央六箇恰似張，更有六星分兩旁[七二]。三三相連張畔附，必若不能分處所。更請向前看軫[七三]取，五箇黑星翼下頭，欲知名字是東甌。**軫**：四星似張翼相邇[七四]，中央一箇長沙子。左轄右轄附兩耳[七五]，軍門兩黄近翼東[七六]門。西四箇土司空，門東七烏青丘子。青丘之下名器府，器府之星三十二。以上皆是大微宫，黄道向上看取是。星野。

者，以子爲之首也。劉伯温曰：「晉志十二次分野始角亢者，以東方蒼龍爲之首也。唐志十二次始女、虚、危

石氏曰：東方青帝，其精蒼龍。七宿，其象角、亢、氐、房、心、尾、箕，氐胸房腹，箕所糞也。司春，司木，司岱嶽，司東方，司麟蟲三百有六十。西方白帝，其精白虎。爲七宿：奎象白虎，婁、胃、昴象虎三子，畢象虎，觜、參象麟，觜首參身也。司秋，司金，司西岳，司西海，司西方，司毛蟲三百六十。南方赤帝，其精朱鳥。爲七宿：井首，鬼目，柳喙，星頸，張嗉，翼翮，軫尾。司夏，司火，司南岳，司南海，司南方，司羽蟲三百有六十。北方黑帝，其精玄武。爲七宿，有龜蛇蟠結之象。牛，蛇象。女，龜象。虚、危、室、壁皆龜蛇蟠蚪之象。司冬，司水，司北岳，司北方，司介蟲三百有六十。

五星：

歲星曰攝提，曰重華，曰經星、紀星。東方青帝靈威仰之使，蒼龍之神，木德之精。歲行一次十二年一周天，與太歲相應，故曰歲星。歲星主道德，主春，甲乙、寅卯，震。司天下人君諸侯。又主農官五福，所居爲福。熒惑曰赤星，曰罰星，曰執法。南方赤帝赤熛怒之使，朱雀之神，火之精也。其行無常，出則兵起。主夏、火，丙丁、巳午，離卦。主死喪，司天下羣臣過惡。填星曰地侯，中央含樞紐之使，勾陳之神，土之精也。常晨出東方，夕伏西方，共成二十

八宿而一周天，歲填一宿，故曰填星。主四季，其日戊巳、辰戌、丑未，艮、坤。所在有福，主司天下女主之過。　太白曰殷星，曰太正，曰營星、明星。晨見東方，曰啟明，夕見西方，曰長庚。西方白帝白招矩之使，白虎之神，金之精也。大而色白，故曰太白。秋令傷金氣則罰，見之主兵。其日庚辛、申酉，乾、兑。出以辰戌，入以丑未，主威斷割殺，故用兵必占之。　辰星曰能星，曰鉤星，曰司農。北方黑帝叶光紀之使，玄武之神，水之精也。辰星之出常在四仲出以辰戌，入以丑未，二旬而入。晨，候之東方；夕，候之西方。附日而行出入不違其時。辛相之象，又爲廷尉。主刑罰，主冬令，壬癸、亥子，坎。所在有權智，失，一時不出，其時不和；四時不出，天下大饑。

凡五星，木近日則遲，遠日則疾。火星近日則疾，遠日則遲。土平行無太遲疾，金、水附日而行，此大槩也。

凡五星，東行爲順，西行爲逆，趨舍而前爲盈，退舍而後爲縮。光而明滅不定曰動，光明出而生鋒曰芒，芒長四出曰角，長而偏出曰彗，同舍曰合，同宿曰聚。

凡天文在圖籍昭昭可知者，經星常宿。中外官凡百一十八名，積數七百八十三，星皆有州國、官宫、物類之象。其伏見早晚、邪正、存亡、虚實、濶陿。及五星所行，合散犯守，陵歷鬭食，彗孛飛流，此皆陰陽之精，其本在地，而上發于天者。

天惟北辰星不動，垂耀建極，形運機授，度張百精。三階九列二十七大夫，八十一元士，斗衡、太微、攝提之屬百二十官。二十八宿各布列，下應十二子。天地設位，星辰之象備矣。

衆星列布，其以神著有五列焉，是共三十五名。一居中央，謂之北斗，動變周流，回環拱極，四布于方爲二十八宿。日月運行，歷示吉凶，五緯經次，用告禍福。

中外之官常明者百二十有四，可名者三百二十，爲星二千五百。南極在地者未存焉，微星之數蓋萬一千五百二十。庶物蠢蠢，咸得繫命。神守精存，麗職宣明。及其衰也，神歇精斁，于是乎有隕星焉。

出自湯谷，次於蒙汜。自明及晦，所行幾里？

湯，一作暘。書云「宅嵎夷，曰暘谷」，即湯谷也。次，舍也。汜，水涯也。爾雅云「西至日，所入爲太蒙」，即蒙汜也。自明及晦，日出時至日入時也，所指日而言。幾里，幾何里數也。此問日平旦而出湯谷之中，日暮而入太蒙之涯，所行歷之處，合計幾何里道乎？

此條朱荅之曰：「湯谷、蒙汜，固無其所。然日月出水，乃昇於天，乃其西下，又入於水。故其出入，似有處所。而所行里數，曆家以爲周天赤道一百七萬四千里，日一晝夜而一周，春秋二分晝夜，各行其半，而夏長冬短，一進一退，又各以其什之一焉。」

夜光何德，死則又育？厥利維何，而顧菟在腹？

皇甫謐年曆曰：「月，羣陰之宗，光内日影以宵耀，名曰夜光。」何德，光明之德也。釋名曰「晦，灰也」。月死爲灰，月光盡也。「朔，蘇也。月死復蘇生也。」晦而月見西方，謂之朓；朔而月見東方，謂之朒，亦謂之側匿。易乾鑿度曰：「月三日成魄，八日成光。」蟾蜍體就，穴鼻始明。穴，缺也，謂兔也。厥利，濟物之利也。菟，作兔。五經通義曰：「月中有兔與蟾蜍者何？兔，陰也，蟾蜍，陽也，而與兔並明，陰係陽也。」顧，却望也。腹，月之腹也。此問月有何德，死而復育？月有何利，而顧望之兔常居其腹乎？顧望若貪見其利也。

此條朱荅之曰：「夫月本無光？猶一銀丸，日耀之乃光耳。光之初生，日在其傍，故光側而所見纔如鈎。日漸遠，則斜照而光稍滿，大抵如一彈丸。以紛塗其半，側視之，則紛處如鈎，對視之，則正圓也。」「以此觀之，則知月光常滿，但自人所立處視之，有偏有正，故見其光有盈有虧，非既死而復生也。若顧菟在腹之間，則世俗桂樹、蟾、兔之傳，其惑久矣。或者以爲日月在天，如兩鏡相照，而地居其中，四旁皆空水也。故月中微黑之處，乃鏡中大地之影，畧有形似，而非真有是物也。斯言近理，足破羣疑矣。」

弘按：陽精本火，陰精本水。火則發光於外，水則含影於内。「顧免在腹」者，月含影也。月當日則光圓，就日則光盡。與日同度爲朔，邇一遐三爲弦，衡分天中爲望，光盡體魄爲晦，黄道、白道相結爲交，月體相遇爲會。黄、白二道交會，出入不過六度，當交會而相盪者，食也。日食于朔，月體掩日光也。月食於望，日月相對，地球居中遮隔，月無從受光也。

明魄魄朔弦望圖

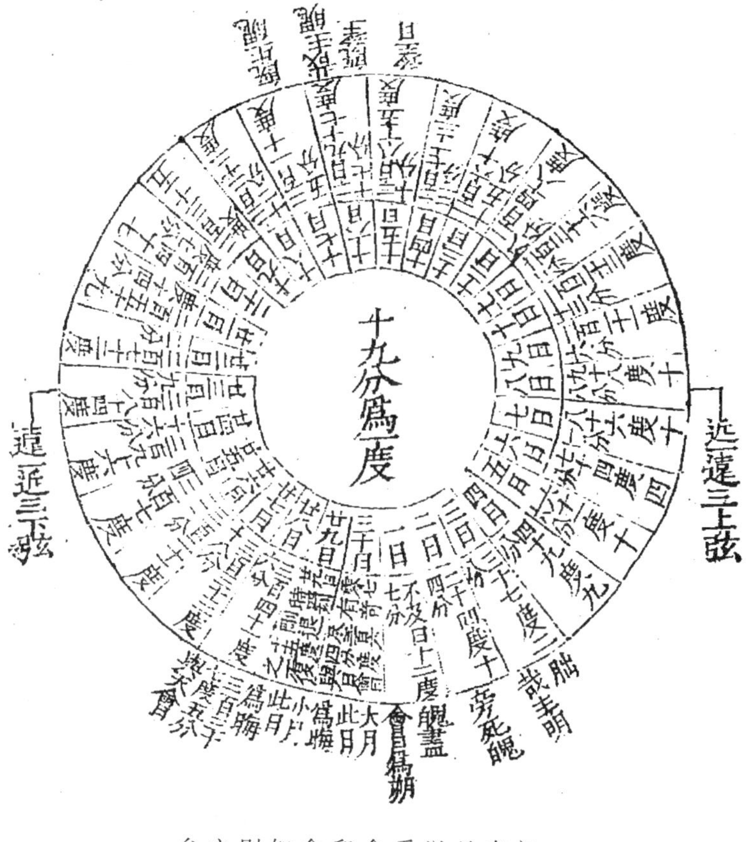

日月相會，必在初一日，日月相望，或在十五、十六、十七日。如在初一日卯時以前相會，則十五日爲望；酉時以後相會，則十七日爲望；卯時以後酉時以前相會，則十六日爲望。知望日之或先或後，則月之大小與上下弦之或先或後，亦可知矣。

女岐無合，夫焉取九子？伯强何處，惠氣安在？

女岐，神女，無夫而生九子。伯强，大厲疫鬼也，所至傷人。惠，順也。惠氣，和氣也。言陰陽調和則惠氣行，不和則厲鬼興。此二者當何所在乎？

此條三問。朱苔之曰：「夫乾道成男，坤道成女，凝體於造化之初，二氣交感，化生萬物。流行於造化之後者，理之常也。若姜嫄、簡狄之生稷、契，則又不可以先後言矣，此理之變也。女岐之事無所經見，無以考其實。然以理之變而觀之，則恐其或有是也。但此篇下文復有女岐易首之問，則又未知其果何如耳？釋氏書有九子母之説，疑即謂此。」「惠者，氣之順也。厲者，氣之逆也，以其强暴傷人，故爲之名字，以著其惡耳，初非實有是人也。氣之流行充塞宇宙，其爲順逆，有以天時水土之所值，有以人事物情之所感，萬變不同，亦未嘗有定在也。」

何闔而晦？何開而明？角宿未旦，曜靈安藏？

闔，閉也。開，闢也。角宿，東方星。旦，曉也。廣雅曰：「日名朱明，一名曜靈。」此問何所開闔而爲晦明，且東方未明之時，而日安所藏其精光乎？

此條朱苔之曰：晦明者，「陰陽消息之所爲」，「陽息而闢，則日出而明；陰息而闔，則日入而暗。又何疑乎？角宿固爲東方之宿，然隨天運轉，不常在東。」「日之所出，乃地之東方。未旦則固已行於地中，特未出地面之上耳。」

此上十一條，皆問天道。雖無次第，頗有條理，非樊然淆亂也。女岐條，或疑錯簡。然物之化生，氣之順逆，亦天道也。

本章八條二十問，擬讚以對：

覆載有象，俯仰無垠。軒轅造曆，大撓創辰。九重冥漠，圜則盡神。二曜軌順，五緯繩循。斡不待維，極轉若輪。列星拱峙，隈隅環陳。羲馭攬轡，一息絶塵。嵎夷朝隮，濛谷夕淪。程安測識，度可瀰綸？夜光朓朒，三五亨屯。圓璧清影，顧兔匪真。方輿盈縮，灝氣屈伸。陰陽開闔，明晦是因。天地絪緼，無合亦娠。淑惠時播，災沴自湮。角宿吐耀，旦旦當新。一身參兩，寔惟吾人。

【校勘記】

［一］瀌，原作「儦」，據洪興祖楚辭補註改。

［二］一，據馮應京月令廣義補。

〔三〕崇，月令廣義作「宗」。

〔四〕星辰，月令廣義作「辰星」。

〔五〕圓，原作「元」，據朱熹楚辭集註改。

〔六〕下脱「亦不待辨説而可知其妄矣」。

〔七〕貯，月令廣義作「竚」。

〔八〕太，月令廣義作「大」。

〔九〕越，原作「城」，據房玄齡晉書改。

〔一〇〕魏，原作「晉」，據晉書改。

〔一一〕强，陸象山集無。

〔一二〕一，據陸象山集補。

〔一三〕二十四度，據陸象山集補。

〔一四〕一，據陸象山集補。

〔一五〕西東，美國會本作「東西」。

〔一六〕安，美國會本作「定」。

〔一七〕杜，美國會本作「悞」。

〔一八〕右户，美國會本作「門路」。

〔一九〕長短佈，美國會本作「一十五」。

〔二〇〕後，美國會本作「前」。

〔二一〕烏，美國會本作「户」。

〔二二〕左樞內，美國會本作「在左樞」。

〔二三〕樞，美國會本作「厨」。

〔二四〕尊，美國會本作「槍」。

〔二五〕燦，美國會本作「圓」。

〔二六〕摇光左三天槍紅，美國會本作「紫宫之次是諸尾」。

〔二七〕明，美國會本作「次」。

〔二八〕睺，美國會本作「侯」。

〔二九〕懸，美國會本作「着」。

〔三〇〕平，美國會本爛字，上部作「里」，下部筆畫不清。

〔三一〕明直止，美國會本作「直上明」。

〔三二〕「氐上」，美國會本「氐」上有「天乳」，「上」下有「黑」字。

〔三三〕「名天乳」句，美國會本作「世人不識稱無名」。

〔三四〕一星房東黃，美國會本作「一黃斜向上」。

[三五] 房，美國會本作「其」。

[三六] 二，美國會本作「三」。

[三七] 尾雙岐，美國會本作「蒼龍尾」。

[三八] 星爲龜，美國會本作「號龜星」。

[三九] 緋，美國會本作「是」。

[四〇] 魚子列，美國會本作「一魚子」。

[四一] 六紅守，美國會本作「三相對」。

[四二] 丹還，美國會本作「三三」。

[四三] 子，美國會本作「星」。

[四四] 涅，美國會本作「生」。

[四五] 東隣鼈，美國會本作「鼈東邊」。

[四六] 邊，美國會本作「頭」。

[四七] 聚，美國會本作「陳」。

[四八] 連虛上，美國會本作「虛上星」。

[四九] 似弓形，美國會本作「舊先知」。

[五〇] 組，美國會本作「星」。

〔五一〕循，美國會本作「出」。

〔五二〕方，美國會本作「大」。

〔五三〕覺，美國會本作「行」。

〔五四〕濱，美國會本作「之」。

〔五五〕藂，明，美國會本作「聚」、「少」。

〔五六〕丹，美國會本作「出」。

〔五七〕藏，美國會本作「星」。

〔五八〕門，美國會本作「星」。

〔五九〕光，美國會本作「任」。

〔六〇〕三玄成，美國會本作「三黑星」。

〔六一〕安，美國會本作「邊」。

〔六二〕肩，美國會本作「蘂」。

〔六三〕更，美國會本作「大」。

〔六四〕總看七星工字形，美國會本作「總有七星觜相侵」。

〔六五〕定，美國會本作「安」。

〔六六〕隱隱，美國會本作「册方」。

〔六七〕鋤，美國會本作「鈎」。
〔六八〕評，美國會本作「屏」。
〔六九〕梭，美國會本作「軫」。
〔七〇〕天廟藏，美國會本作「有天廟」。
〔七一〕覺，美國會本作「行」。
〔七二〕分兩旁，美國會本作「在何處」。
〔七三〕軫，美國會本作「野」。
〔七四〕邇，美國會本作「近」。
〔七五〕耳，美國會本作「星」。
〔七六〕東，美國會本作「是」。

天問註補卷之下

新安　汪仲弘　畸人甫　補註
秣陵　焦　竑　弱侯甫　裁定
諸孫　汪景星　含譽甫　參校

不任汩鴻，師何以尚之？僉曰「何憂」，何不課而行之？

汩，治也。鴻，洪同，洪水也。師，衆也。尚，舉也。易曰：「尚賓也。」課，工課，日省、月試是也。行之，行治水之事也。此問鯀才不能勝任治水之職，衆人何所見而舉之？堯既知其不能，即衆曰何憂，何不立定課程漸以試之，而遽專任之乎？

此條朱荅之曰：「鯀之才可任治水，當時無過之者，故衆舉之。堯固知其方命圮族而不可用矣，四岳又請姑且試之，故堯不得已而用之耳。」

鴟龜曳御，鯀何聽焉？順欲成功，帝何刑焉？

舊説謂鯀治水績用不成，帝乃放之于羽山，飛鳥、水蟲曳銜而食之。何聽者，言鯀君相之命且不聽，而胡聽此鼀曳而鴟銜也？設使鯀不方命而能順帝與衆人之欲，則汩鴻之功成矣，而帝又何以刑加之而殲于羽山乎？帝，舊謂堯，以孟子攷之，當謂舜。此條朱謂誕而無荅。

永遏在羽山，夫何三年不施？伯禹腹鯀，夫何以變化？

永，長也。遏，禁止也。羽山在東海中。施，謂刑殺之也。左傳曰：「乃施邢侯。」腹，抱也。詩曰：「出入腹我。」此問鯀績不成，何但禁止之於羽山，而不施以刑乎？且禹爲鯀子，宜囿于其類，何以能變化而有聖德乎？

此條二問，朱荅之曰：「舜之四罪，皆未嘗殺也。」「聖人用刑之寬，例如此，非獨於鯀爲然也。若禹之聖德，則其所稟於天者，清明而純粹，豈習於不善所能變乎？」

纂就前緒，遂成考功。何續初繼業，而厥謀不同？

纂，集也。緒，業也。父死曰考。初，指鯀而言，謂治水之任，自鯀初行也。此問禹能纂鯀緒而成父功，何繼續其初任治水之業，而謀爲不相符乎？

此條朱荅之曰：「鮌、禹治水之不同，事見洪範。蓋鮌不順五行之性，築隄以障潤下之水，故無成。禹則順水之性，而導之使下，故有功。書所謂『决九州，距四海，濬畎澮，距川。』孟子所謂『禹之行水，得水之道，而行其所無事』是也。程子曰：『今河北有鮌隄而無禹隄。』亦一證也。」

洪泉極深，何以窴之？地方九則，何以墳之？

洪泉，即洪水也。「泉」疑作「淵」，唐避高宗諱耳。窴，與填同。九，則謂九州之界，即前「圜則九重」之則也。墳，高土也。此問洪水汎濫，禹用何填塞而平之？九州之域何以隆其土而高之乎？

此條二問。朱荅之曰：「禹之治水，行之而已，無事於窴也。水既下流，則平土自高，而可宮可田矣。若曰必窴之而後平，則是使禹復爲鮌而父子爲戮矣。柳子對曰：『行鴻下隤，厥丘乃降，烏填絶淵，然後夷於土。』此言是也。」

應龍何畫？河海何歷？鮌何所營？禹何所成？

有鱗曰蛟龍，有翼曰應龍。歷，過也。山海經曰禹治水，有應龍以尾畫地，即泉水流通，禹因而治之。鯀何所營而三載罔績，禹何所爲而功能有成？

此條柳對之曰：「胡聖爲不足，反謀龍知。畚鍤究勤，而欺畫厥尾。」此言得之矣。

此上六條，言鯀、禹之事。下二條言地理，蓋地平天成，非禹莫能也。

本章六條十四問，擬讚以對：

祖自顓頊，伯封於崇。涬水示儆，鯀任汩鴻。四岳僉薦，三載罔功。羽山永遏，父瑕子攻。天生神禹，出類亢宗。續初繼業，克纘司空。三江既導，九州以同。八年胼胝，百穀豐隆。力盡溝洫，詎資應龍。鯀營在塞，禹成在道。行所無事，利播無窮。

康回馮怒，墜何故以東南傾？

康回，共工名。憑，盛滿也。列子曰：「共工氏與顓頊争爲帝，怒而觸不周之山。天柱折，地維絶，而天傾西北，日月星辰就焉。地不滿東南，百川水潦歸焉。」朱子以爲無稽而不荅。然此猶舊史氏所傳者，使盡有稽，屈子亦不之問矣。

舊本此二句屬「禹何所成」句下，以韻之同也。但篇内自「不任汩鴻」至「何所成」，盡言鯀、禹治水事，當自爲一章，不應以共工事插入。如不察其義斷而衹以韻聯，是貴耳而賤目也。且篇内韻同而義異者甚多，難盡贅綴，覽者辨之。

九州安錯？川谷何洿？東流不溢，孰知其故？

顔峻始學篇曰：「人皇氏兄弟九頭，依山川土地之勢，裁度爲九州，各居其一方，即古中國之九州：荆、梁、雍、豫、徐、揚、青、兖、冀也」錯，置也。洿，叶作户，深也。水註海曰川，註川曰谿，註谿曰谷。溢，氾濫横行也。此問九州土宇何所錯置，川谷亦地，何獨洿深東流，混混晝夜不息，終無盈滿？此必有故，孰能知之？

此條三問。朱荅之曰：「九州所錯，天地之中也。川谷之洿，衆流之會也。不溢之故則列子曰：『渤海之東，不知幾億萬里，有大壑焉，實惟無底之谷，名曰歸墟。八紘九野之水，天漢之流，莫不註之，而無增無減焉。』莊子曰：『天下之水莫大於海，萬川歸之，不知何時止而不盈；尾閭泄之，不知何時已而不虚。』柳子曰：『東窮歸墟，又環西盈。脉穴土區，而濁濁清清。墳壚燥疏，滲渴而升。充融有餘，泄漏復行。器運滶滶，又何益焉？』二子之言遞相祖述，而柳又明歸墟之泄，非出之天地之外也。但水入於東而復遶於西，又滲縮而升，乃復出於高原，而下流於東耳。此其説亦近似矣。然以理驗之，則天地之化，往者消而來者息，非以往者之消復爲來者之息也。水流東極，氣盡而散，如沃焦釜，無有遺餘。故歸墟、尾閭亦有沃焦之號。非如未盡之水，山澤通氣而流注不窮也。」

前問「九天之際，安放安屬」，故繪山海輿圖以對。此問「九州安錯」，復考中國州域圖附之，廣狹不同。

古今州域新舊河道輿圖

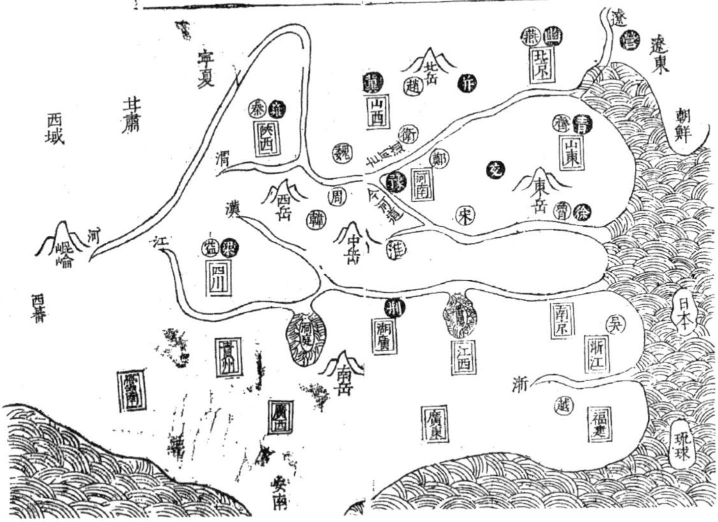

篇内前問「地方九則，何以墳之」，故五嶽載焉。又問「九州安錯」，「十二焉分」，故古今州域詳焉。又問「河海何歷」，故古今河通〔一〕附焉。

東西南北，其脩孰多？南北順隋，其衍幾何？

脩，長也。隋，一作墮，狹而長也。衍，餘也。此問四方長短若何？若謂南北狹而長，則其長處所餘，又計多少也？

此條二問。朱荅之曰：「地之形量固當有窮，但既非人力所能遍歷，筭術所能推知，而書傳臆說又不足知。唯靈憲所言八極之廣，原於歷筭，若有依據，然非專言地之廣狹也。柳對直謂『其極無方』，則又過矣。」

崑崙縣圃，其尻安在？增城九重，其高幾里？四方之門，其誰從焉？西北闢啟，何氣通焉？

河圖曰：「崑崙之墟，五城十二樓，河水出焉。」大荒西經曰「赤水之後，黑水之前，有大山名崑崙」，在西域，一名阿耨達山，河水發源之處。元常遣使窮河源，親歷崑崙之墟，見泉泉飛瀑，自巔而下，沫光如星，名星宿海，世傳此山非妄也。巔曰縣圃，上通於天。葛仙公傳云：「崑崙一曰玄圃，一曰檳石，一曰浪風臺，一曰華蓋，一曰天柱，仙人之所居也。」淮南子云：崑崙之山九重，「其高萬一千里」，四方虛，旁各有其門。其西北獨常開啟，以納不周之氣。朱註以爲未可深信，未爲之荅。

日安不到，燭龍何照？羲和之未揚，若華何光？

舊註謂天之西北有日不到之國，有龍銜燭而照之。廣雅云：「日御曰羲和。」山海經曰：東南海之水，甘泉之間，有一國之女曰羲和，爲帝俊之妻。其生十日，常浴日於甘泉。日爲羲和之子，故堯立羲和之官以主四時。淮南子曰：「若木在建木西，末有十日，其華照地。」高誘註云：「末，端也。若木端有十日，狀如連珠，華光照其下地。」又問其有日處，日未出時，有若木赤華照地，以助之光。朱註謂「日光瀰天，其行匝地」，無有不到之處，所問「尤爲兒戲」。一說此四句乃斷之之詞，非詰問之詞。言豈日而有不到之處？豈龍而能銜燭之理？豈若華而能代之光？屈子明闢世傳之非，于義亦通。但通篇文意，俱屬問難，不應此四句獨異，當更詳之。

何所冬煖？何所夏寒？焉有石林？

南方近日故冬煖，北方日遠故多寒。粤南燕北兩地已然，推之愈遠益可知矣。石林，石峙如林也，無所經見。然泰山有石閭，華山有石室，廬山有石囷、石梁，天都峯下有石笋，岡山有石帆、石鼓、石門，皆此類也。此上六條十六問，專言地理。自篇首至此，兼言天地。而中以禹之治水言之者，禹爲平成天地之人也，孰謂天問之章鮮次乎？

本章六條十六問，擬讚以對：

大塊一撮，彈丸天中。何脩何短，若隱若隆。九州蟻蛭，萬川溟濛。百谷匪下，群望匪崇。東南傾敧，何與共工？倬彼崑崙，高峙西戎。增城縣圃，化人之宫。四隅户啟，不周風通。勝地空傳，側身誰逢？日麗雲漢，八荒發曚。寒暄或異，顯晦宜同。若華草屬，龍亦鱗蟲。詎從借耀，以助玄功。何方林麓，怪石龍嵸。願向託跡，仰謝冥鴻。

何獸能言？焉有龍虬，負熊以游？雄虺九首，儵忽焉在？

禽之能言者多，獸之能言者寡。禮記曰：「鸚鵡能言，不離飛鳥。猩猩能言，不離禽獸。」言猩猩而兼禽獸，則此問獸而禽亦在其中矣。有角曰龍，無角曰虬。熊，獸名，山居冬蟄。言焉有水中之龍虬負山中之獸以游戲乎？虺，蛇屬。爾雅云：「虺，博三寸，首大如擘。」儵忽，急疾貌。招魂篇南方之害，「雄虺九首。往來儵忽」，正謂此也。舊註謂儵忽電光也，言雄虺一身有九頭，速及電光，皆何所在？又莊子應帝王篇言「南海之帝爲儵，北海之帝爲忽」，於此亦合。揔之，不若前説以楚詞釋楚詞之爲妥也。

何所不死？長人何守？

不死之人，淮南子與山海經屢言之。俗傳山中有人，年老不死，子孫藏之鷄窩之中，亦或有之。長人，則國語所謂禹會諸侯，防風氏後至，于是使守封禺之山，其地今在湖州武康縣。

靡蓱九衢？枲華安居？靈蛇吞象，厥大何如？

靡，散也。舊註：「九交道曰衢。」蓱，與萍同。言寧有以蓱草生于水中，無根乃蔓衍于九交之道？又有枲麻垂華，何所有此物乎？朱註言：九衢謂「其枝九出耳。山海經有四衢、五衢之語是也。枲，麻之有子者。山海經云『浮山有草，其葉如枲』。」其説與前異，並存之。安居，生何所也？「山海經又云：『南海内有巴蛇[二]，身長百尋，其色青黄赤黑，食象，三年而出其骨。』」又「南方有蚺蛇，亦吞鹿。消盡，乃自絞于樹，腹中骨皆穿鱗甲間出。」今其地時有之，亦此類也。

黑水玄趾，三危安在？延年不死，壽何所止？

黑水見上，崑崙山有五彩之雲氣，五色之流水。趾，一作沚。玄沚、三危皆山名，在西域。素問曰：「真人壽敝天地，無有終時。」「至人益其壽命」，而究「亦歸於真人。聖人形體不敝，精神不散，亦可以百數。」

鯪魚何所？鬿堆焉處？羿焉彃日，烏焉解羽？

鯪魚，鯉也。一云陵鯉也。有四足，形似鼉而短小，出南方。山海經曰：西海中近列姑射山，有「陵魚，人面，人手，魚身」，見則風濤起。「北號山有鳥，狀如雞，而白首鼠足」，名曰鬿雀，食人。彃，射也。淮南言：「堯時十日並出，草木焦枯，堯命羿仰射十日，中其九日，日中九烏皆死。墮其羽翼，故留其一日也。」春秋元命苞：踆烏者，「三足烏，陽精也。」柳云：「山海經曰：『大澤方千里，群鳥之所生及所解。』穆天子傳曰：『北至曠原之野，飛鳥之所解其羽。』」烏，當作鳥。舊説非是。按：今惟鯪鯉人所共識，其餘則有無不可知，而彃日之説尤怪妄不足辯。解羽如柳説，則別是一事，顧亦無足辯耳。

此上皆述世俗所傳鳥獸草木之異，而以人與地參問之。不死則性命之異，長則形體之異，黑水、玄趾則土風之異，所謂山川神靈儵倐是也。

本章五條十四問，擬讚以對：

嗟彼塵俗，怪誕紛馳。德宜守正，物不貴奇。丈夫七尺，長亦何裨？脩身以俟，苟生胡爲？曹交原攘，聖賢所嗤。飛龍在天，奚負熊羆？象精樞光，寧飼虺飢？獸縱能言，異類未離。身宅中夏，羞稱三危。梟華不實，衢萍終靡。天無二日，弧矢安施？鯪鯉鬿雀，有無未知。目前魚鳥，樂可忘疲。

禹之力獻功，降省下土方。焉得彼嵞山女，而通之於台桑？

力，勤作也。獻，進也。以勞定國曰功。降省，俯察也。下土方，天下四方也。易曰「君子以省方觀民設教」是也。嵞山，地名，在壽春東北濠州。通，和暢之意，通夫婦之道也。台桑，亦地名。此問禹以勤力進獻其功，堯因使省視下土四方。當此之時，汩鴻之任方殷，何遑娶彼嵞山氏之女而通夫婦之道於台桑之地乎？書曰：「娶於塗山，辛壬癸甲。」春秋曰：「禹娶塗山氏女，不以私害公。自辛至甲四日，復往治水。」

閔妃匹合，厥身是繼。胡爲嗜不同味，而快鼂飽？

閔，憂也。妃，嬪，御之次於后者，諸侯之妻也。匹，配也。合，完也。繼，嗣續也。言禹所以憂無妃匹，道娶盦山氏者，欲爲此身得嗣續也。蓋禹自顓頊以來，爵膺帶礪，職纘司空，家難方殷，父愆未蓋。體國，固當竭胼胝之力，顧祖，亦宜爲蒸嘗之謀。道偕伉儷，禹已穩籌，有不得不然者。嗜，好也。快，厭也，足也。鼂，朝同。言使禹娶而爲嗜欲，則當相戀而圖久聚，如饑者之求飽矣。胡爲四日即别而快一朝之飽乎？食、色，性也。取譬親切。

啟代益作后，卒然離蠥。何啟惟憂，而能拘是達？皆歸射鞫，而無害厥躬。何后益作革，而禹播降？

啟，禹之子。益，禹賢臣。禹所薦於天，使主天下者。作，爲也。后，君也。離，遭也。蠥，孽同。躬，行也。鞫，窮也。革，更也。播，種也。降，讀作洪，下也。此言禹以天下禪益，是天下已爲益有。益避啟於箕山，天下去益而歸啟。是啟代益作后也。當啟踐位之初，有扈不服，啟遂與之戰於甘，非卒然逢此意外之患乎？自堯、舜以來，天下拘於禪賢，此有扈之所以弗服。今啟何能思惟憂勤之心，而破拘攣之見，通達嗣君紹統之義乎？其故有二：一則以有扈氏所行皆歸於窮惡，故啟誅之，得以無害於其身；一則以禹平水土，百姓得以下種百穀，故能更革傳賢爲傳子，而代益爲君也。此自問自荅之詞，另出變體，行文之玅法也。

啟棘賓商，九辯九歌。何勤子屠母，而死分竟地？

棘，陳也。賓，列也。九辯、九歌，啟所作樂也。屠，裂剥也。言啟能脩明前業，陳列宫商，脩其禮樂也。朱註謂「『棘』當作『夢』，『商』當作『天』，疑古篆文形似之誤。」「謂啟夢上賓於天，而得聞帝樂以歸。如列子、史記所言，周穆王、秦穆公、趙簡子夢之帝所，聞鈞天廣樂、九奏萬舞之類耳。」屠母，舊謂禹裂母背而生。子有憂勤之德，而母何以受其害？事既無徵，且上言啟而下問禹，文義不合。據淮南子云「禹治水時，自化爲熊以通轘轅之道，塗山氏見之而慚，遂化爲石。時方娠啟。禹曰：『歸我子。』於是石裂北方而啟生」。其石在嵩山，竟地，即化石也。見漢書註。

帝降夷羿，革孽夏民。胡射夫河伯，而妻彼雒嬪？

帝，天帝也。篇中最重帝字，至此方露帝降者，言萬事皆宰于帝，憑帝而畀也。夷羿，諸侯，弑夏后相者也。革，更。孽，憂也。言羿荒淫田獵，變易夏道，爲民憂患。雒水神謂宓妃也。河伯化爲白龍，游於水旁，羿見射之，眇其左目。羿又夢與雒水神宓妃交，言神人皆被其憂患也。

馮珧利決，封豨是射。何獻蒸肉之膏，而后帝不若？

馮，滿也，言引滿也。珧，弓名也。爾雅云弓「以蜃者謂之珧」。珧，蜃甲也。射禮有決註云：「決，猶闓也。以象骨爲之」，著右大擘指以鈎弦闓體也。后帝，天帝也。若，順也。言羿獵射封豨，以其肉膏祭天帝，天帝猶不順羿之所爲也。柳子對曰：「夸夫快殺，鼎豨以慮飽。馨膏腴帝，叛德恣力。胡肥台舌喉，而濫厥福。」

浞娶純狐〔三〕，眩妻爰謀。何羿之射革，而交吞揆之？

眩，惑也。爰，於也。言浞娶於純狐〔四〕氏女，眩惑愛〔五〕之，遂與浞謀殺羿也。射革，禮所謂「貫革之射」，左傳所謂「蹲甲而射之，徹七札焉者」也，言有力也。吞，滅也。揆，謀度也。言何羿之射藝勇力，而其衆乃交進而吞謀之乎？此即騷經所謂「淫游佚畋」而「亂流鮮終」者也。

阻窮西征，巖何越焉？化爲黄熊，巫何活焉？

此又言鯀事。阻，險也。窮，困也。羽山，在東裔。言西征，西爲陰方，言其向死地不能復陽也。越，度也。度越水巖之險，因墮羽淵而死。左傳謂「鯀化爲黃熊」，國語謂「化爲黃能」。按：熊，山獸；能，三足鱉也。説者謂熊非入水之物，墮淵而死，或是能也。説文云「能，熊屬，足似鹿」，益不可曉。或云，今東海人祭禹廟不用熊白及鱉爲饌，豈鯀真化爲二物乎？巫者爲人祈祝，言即禱於神不得而活也。

咸播秬黍，莆雚是營。何由并投，而鯀疾脩盈？

咸，皆也。秬黍，黑黍也。説文云：「黍，禾屬。」莆，蒲同，水草也。雚，萑同。左傳所謂「萑苻之澤」是也。疾，惡也。脩，長也。盈，滿也。言禹平治水土，萬民皆得耕種嘉禾，萑苻之澤皆營爲良田也。設使舜不殛鯀，則禹不得嗣興，民何由得耕種乎？愚按：「并」當作「迸」，諸四夷之迸。言民之得耕種者，咸由于鯀之迸投四裔也。何因而迸投之？以鯀惡長久而滿盈，與衆棄之也。説似明便。

此章專言夏事。啟爲繼世之令主，益，夏賢臣，羿、浞，夏叛臣。嵞山、台桑志地也。播降、秬黍志功也。白龍、黃熊志怪也。有夏開國之初，善敗互異，興替遞殊，屈子有慨於中，故屢及之。

本章七條八問，擬讚以對：

浲洞薦沴，普天待濟。未蓋父慾，奚遑道妻？羽山西征，先緒日替。正內鮮匹，厥身誰繼？念切珪璋，心匪伉儷。四日分携，八年乘檋。力竭下方，功垂萬世。私不害公，簡在上帝。啟賢代益，謳歌心繫。離嶭旋平，爰作甘誓。既畀以啟，胡降浞羿？河伯雒嬪，逞淫肆厲。射豨獻膏，帝怒罔霽。赫赫禹功，百禩宜貰。栖栖巖阿，黃熊夜唳。子也九重，父也四裔。倚伏難分，天人之際。

白蜺嬰茀，胡爲此堂？安得夫良藥，不能固臧？天式縱橫，陽離爰死。大鳥何鳴？夫焉喪厥體？

蜺，雲之有色，似龍者也。爾雅云：「凡虹雙出，色鮮盛者爲雄，雄曰虹；闇者爲雌，雌曰蜺。」茀，白雲委蛇若蛇者也。嬰，攖同。言此有蜺、茀，氣委蛇相嬰，何爲在此堂乎？蓋屈子所見祠堂，偶有此也。臧，善也。列仙傳云：「崔文子學仙于王子僑，子僑化爲白蜺嬰茀，持藥與之。文子驚怪，引戈擊蜺，因墮其藥，俯而視之，子僑之尸也。」言其得藥不善也。式，法也。爰，於也。言天法有陰陽縱橫之術。愚聞之師云：一毫陰氣不絕不成仙，一毫陽氣不絶不成鬼。言人失陽氣則死。今子僑之死，真陽固完，文子雖取其尸置之室中，覆之以筐篚，須臾則化爲大鳥而鳴，開而視之，翻飛而去。文子焉能亡子僑之身，子僑亦何嘗死乎？

蓱號起雨，何以興之？撰體脅鹿，何以膺之？

舊註蓱翳雨師也。號，呼也。今考雨師曰并翳，亦曰號并，非呼號也。興，起也。言雨師興則雲起而雨下獨何以興之乎？膺，受也。言天撰十二神鹿，一身八足、兩頭，獨何膺受此形體乎？

鼇戴山抃，何以安之？釋舟陵行，何以遷之？

鼇，大龜也。擊手曰抃。列仙傳曰：「有巨靈之鼇，背負蓬萊之山，抃戲滄海之中，獨何以安之乎？」言龜所以能負山若舟行者，以其在水中也。若龜舍水而陵行，何能遷徙山乎？福地記云：「終南山有水神，常乘舟追之不及。山中猶見有故漆舡。」今武夷山亦有舡半峰中，皆仙蹟也。遷，謂舟遷于山也，存之以備參考。

此章屈子因「白蜺嬰茀」而起游仙之思，冀得良藥以葆真陽，以無喪厥體。鼀、鹿皆善運息而長生者，故思及之。即前「延年不死，壽何所止」意也。

本章三條七問，擬讚以對：

瞻彼華堂，素蜺呈光。若龍若虺，白雲帝鄉。憶昔崔文，學道師王。蜺現授藥，震竦反傷。應戈而斃，化鳥以翔。俗情雲雨，世路滄桑。至人航世，世弗自航。飛昇有式，退陰進陽。蠢彼鼀鹿，算亦無疆。至靈惟人，胡然自戕。安得萍號，爲濯俗腸。緣舟登岸，永駐玄黃。

惟澆在户，何求於嫂？何少康逐犬，而顛隕厥首？女岐縫裳，而館同爰止。何顛易厥首，而親以逢殆？

澆，浞之子，多勇力，「奡盪舟」是也。澆無義，淫佚其嫂。往至其户，佯有所求，因與淫亂。夏少康因田獵放犬逐獸，遂襲殺澆而斷其頭。顛，倒也。隕，墜也。女岐，澆嫂也。言女岐與澆淫泆，爲之縫裳，於是共舍而宿止。少康夜襲，得女岐頭以爲澆，因斷之。易首不知何據？

湯謀易旅，何以厚之？覆舟斟尋，何道取之？

湯與上句過澆、下句斟尋事不相涉，疑「康」字之誤，謂少康也。斟尋，國名也。杜預云：斟灌、斟尋，夏同姓諸侯。「相失國，依於二斟，爲澆所滅」。相后緡，有仍國君之女，方娠，奔歸有仍，生少康，爲仍牧正。澆使椒求之，奔有虞爲之庖正。虞君思娶之二姚，而邑諸綸。有田一成，有衆一旅。能布其德而兆其謀，以收夏衆而撫其官職。舊臣靡自有鬲氏收二斟之衆，滅寒浞而立。滅澆於過，祀夏配天，不失舊物。一旅五百人，一成十里也。覆舟，言夏后相已傾覆于斟潯之國，猶云覆車當戒之意。何以厚之，謂康收其夏衆，必有圖回謀慮，大有曲折深厚之道，而後能取澆以有爲也。

桀伐蒙山，何所得焉？妹嬉何肆，湯何殛焉？

桀伐蒙山之國而得妹嬉，因此肆其情意，故爲湯所殛，放之南巢也。按史，桀伐有施氏，施以妹嬉女之。有寵，所言皆從。爲瓊宮、瑤臺、肉山、脯林、酒池，可以運舡，糟隄可以望十里，一鼓而牛飲者三千人。妹嬉以樂，又鑿池爲夜宮，男女雜處。

舜閔在家，父何以鱞？堯不姚告，二女何親？

閔，憂也。無妻曰鱞。姚，舜姓也。問舜孝如此，父何以不爲娶乎？堯妻舜而不告其父母，二女何自而與之相親乎？程子曰：「舜不告而娶，固不可。堯命瞍使舜娶，舜雖不告，堯固告之矣。堯之告也，以君治之而已。」

厥萌在初，何所意焉？璜臺十成，誰所極焉？

屈子此篇之問，欲人下克私萌，上聽天命。萌念有善敗，而天命之罰佑因之。愚者臨境而不覺，智者見始而知終，意者，心之發念之初萌處也。何所意者，言意當歸于至善之地，不可落方所也。此屈子慎獨之學，見道之言。舊註以「意」爲「億則屢中」之億，非是。璜，石次玉者。初紂成，重也。言紂作象箸而因爲玉杯，又思遠方珍怪之物以寔之，輿馬宫望之漸自此始矣。初紂伐有蘇氏，蘇以妲己女之。有寵，因厚賦税以實鹿臺之財，盈鉅橋之粟，酒池肉林爲長夜之飲，作玉臺十重以快游觀。又爲炮烙之刑，膏銅柱下，加之炭，令罪者行之輒墮炭中，以博妲己之笑。惟其萌意之不善，以至此極也。誰，何也。非伊誰使之極也？

此章言國之興亡關於内德。逢殆、隕首者毋足言矣。夏之亡也，有施氏之妹嬉；商之亡也，有蘇氏之妲己。舜與少康之興，一則有仍氏之母儀敦，一則二姚之媍道正，故能交儆以有成。易曰：「女正信乎内，男正信乎外，男女正，天地之大義也。」垂戒深矣。

本章五條十問，擬讚以對：

宫闈正位，嬪御列陳。淑慝或異，治亂是因。嗟彼澆浞，毁義瀆倫。縫裳逢殆，逐犬殞身。當其肆虐，相后方娠。虞歸二女，受邑於綸。一成一旅，夏道以新。若妹若妲，喪癸亡辛。璜臺高峙，築怨斂嚬。二姚妻舜，不告而姻。蒼梧芳軌，萬古莫臻。柔情易狎，錦薦繡茵。初萌不慎，百度俱淪。陰教大義，内則爲珍。

登立爲帝，孰道尚之？女媧有體，孰匠制之？

伏羲始畫八卦，脩行道德，萬民登以爲帝。誰開道而尊尚之乎？傳言女媧人首蛇身，一日七十化。其體如此，誰所制匠而圖之乎？上句雖無伏羲字，然五帝首伏羲，兹曰登者，崇也。道者，開先也。即此當指伏羲而言。

舜服厥弟，終焉爲害？何肆犬豖，而厥身不危敗？

服，事也。厥，其也，言舜事。象施行無道，舜猶服而事之。然象終欲害舜，肆其犬豖之心，焚廩浚井，無毒不加，終不能危殆舜身也。

吴獲迄古，南嶽是止。孰期去斯，得兩男子？

獲，得也。迄，至也。古，謂古公亶父也。言吴國得賢君，非自今日，仰遡而至于古公亶父之時。而泰伯三以天下讓，偕仲雍託名採藥，遁跡南方，至于南嶽，萃止而不還焉。孰期，猶云不意也。去斯，去古公所封之國也。男子，丈夫之稱。泰伯、仲雍至吴，吴人立以爲君，創業垂統。上以體父祖傳位之志，下不失撫有宗社之圖。是豈尋常之人所能及？在吴可謂得兩男子矣。

緣鵠飾玉，后帝是饗？何承謀夏桀，終以滅喪？

后帝，謂殷湯也。言伊尹始仕，因緣烹鵠鳥之羹，脩玉鼎以事湯。湯賢之，遂以爲相，承用其謀而伐夏桀，終以滅桀也。此即孟子所辯「割烹要湯」之説。蓋戰國遊士謬妄之言也。

帝乃降觀，下逢伊摯。何條放致罰，而黎服大説？

帝，謂湯也。摯，伊尹名也。條，鳴條也。黎，衆也。言湯觀風俗而逢伊尹，遂用其謀伐桀於鳴條，而放之南巢，天下衆民大喜悦也。致罰，即湯誥所謂「致天之罰」也。

簡狄在臺，嚳何宜？玄鳥致貽，女何喜？

簡狄，帝嚳之妃也。宜，即「宜其家人」之宜。玄鳥，燕也。貽，遺也。言簡狄侍帝嚳於臺上，有飛燕墮遺其卵，喜而吞之，因生契也。

該秉季德，厥父之臧。胡終弊於有扈，牧夫牛羊？

該，包也。秉，持也。季，末也。臧，善也。舊説：言啟兼秉禹之末德，而禹善之授以天下。有扈以堯、舜與賢而禹獨與子，因之不服。狎忤五行，怠棄三正。啟伐而滅之，有扈遂爲牧豎。本文無啟字，牧夫牛羊，又少康事。以啟言者，該字與啟字形體相似，故就啟言耳。

干協時舞，何以懷之？平脅曼膚，何以肥之？

干，盾也。協，合也。時，是也。舊説：言舜以干羽合是舞於兩階，有苗格，茲何不效舜以懷有扈乎？平脇曼膚，肥澤之貌。言紂爲無道，天下乖離，當懷憂癯瘦，何反肥盛若此乎？二事不相似，時相去又遠，未必然，説見下文。

有扈牧豎，云何而逢？擊牀先出，其命何從？

豎，童僕之未冠者。舊説：有扈氏本牧豎之人耳，因何逢遇而得爲諸侯乎？啟攻有扈之時，親於其牀上擊而殺之，其命何所從出乎？

恒秉季德，焉得夫朴牛？何往營班禄，不但還來？

舊説：朴，大也。言湯常能秉持契之末德，出獵而得大牛之瑞。其往獵也，不但驅馳往來而已，還輒以所獲得禽獸，遍施惠禄於百姓也。此篇言秉季德者，再該秉者，全秉之也。恒秉者，永秉之也，義各不同。

昏微遵迹，有狄不寧。何繁鳥萃棘，負子肆情？

舊説：人循闇微之道，爲戎狄之行者，不可以安其身。謂晉大夫解居父聘吴過陳之墓門，見婦人負其子，欲與之淫泆，婦人則引詩刺之曰：「墓門有棘，有鴞萃止。」言雖無人，棘上猶有鴞，汝獨不愧也？

以上五條，各註互異，而朱折衷之。今雖存其説，似未甚妥。弘按：此五條當爲一章，俱當以啟與有扈而言。厥父是臧，言禹之德善也，啟宜秉之。禹以揖遜而有天下，啟胡以征誅而伐有扈，使之失國而牧夫牛羊也？次條言舜舞干羽于兩階，而有苗格，啟何不以舜之道懷有扈乎？有扈之牧夫牛羊，又皆平脅曼膚，非得芻牧之職，何以能使之肥？如孔子之爲乘田也，牛羊茁壯長而已矣。第三條言有扈以牧豎而爲諸侯，原乃卑下無知之人也。牀，卑下之意。易曰「巽在牀下」是也。凡用兵者，敵加于己，不得已而應之。今有扈以傳子之故不服，啟遂先出兵以伐之，將何以爲出師之命乎？命，出師之詞也。第四條言啟能永秉禹德，有扈當長爲諸侯，焉致復爲牧豎而得乎朴牛乎？朴，大也，肥也，即前平脅曼膚之意。且往者既爲有扈營謀，班其爵禄使爲諸侯，朝覲聘問之禮與之往來，今胡遽伐而滅其國也？不但還來，言其往來非一也。第五條「昏微遵跡」者，言有扈其心原昏昧，其人原卑微，循讓賢之跡也。狄，敵同，古通用。寧，安也。言有扈不安于啟之化，欲與之爲敵也。繁鳥，羽翼之多，萃棘，防衛之固。「負子肆情」，負任在背，親愛之深也。言禹私其子，肆一己之情，不以天下爲公也。此有扈不服之故也。摠之，屈子以有扈之罪不過習見讓賢之跡，非有叛逆之愆，頓遭兵戈之禍，故篇内爲之三復致意云。五條内兩言「秉季德」，前後意已照應，而牛羊牧豎肥之等語，行文又復相關。「昏微遵跡」，「負子肆情」又與啟、扈當時之事相合，斷當從兹所釋，不當泥舊註。各條各爲之解，毫無意趣，又無實證，徒失當年發問之旨耳。

眩弟並淫，危害厥兄。何變化以作詐，而後嗣逢長？

眩弟，惑亂之弟也。問象何欲殺舜，變化作詐？而舜爲天子，反封象於有庳，使其後嗣子孫長爲諸侯乎？孟子云：「仁人之於弟」，「不藏怒，不宿怨」，「封之有庳，富貴之也」。知此則知其説矣。

成湯東巡，有莘爰極。何乞彼小臣，而吉妃是得？

有莘，國名。極，至也。小臣，謂伊尹也。言湯東巡至於有莘，乞匄伊尹，因得吉善之妃，以爲内輔也。史記曰「阿衡欲干湯而無由，乃爲有莘氏媵臣」，謂此也然以孟子觀之，則爲此説者妄也。

水濱之木，得彼小子。夫何惡之，媵有莘之婦？

舊説：小子，謂伊尹。媵，送也。言伊尹母妊身，夢神女告之曰：白竈生鼃，亟去無顧。居無幾何，曰竈中生鼃，母去東走，顧視其邑，盡爲大水。母因溺水化爲空桑之木。水乾之後，有小兒啼水涯，人取養之。既長大有殊才。有莘惡其從木中出，因以送女。

湯出重泉，夫何辠尤？不勝心伐帝，夫誰使挑之？

重泉，地名，在馮翊郡。史記所謂夏臺也。言桀拘湯於此而復出之，何用刑之不審也？湯既得出，遂不勝衆人之心而以伐桀。是誰使桀先拘湯以挑之乎？

此章上自羲皇下迄成湯，錯舉聖君賢相，雜詢互稽。其間仁之于父子如禹、啟；義之於君臣如湯、伊；親愛之于兄弟如舜、象；放伐如啟與湯；揖遜如吴之兩男子，是皆五典攸繫，而風化攸關者也。至于有扈以昏微而循舊跡，致干天討。跡若不軌，心則可原而亦未可深尤者。至謂有扈狎忤五行，怠棄三正，則後人加之罪耳。此孟氏有「盡信書」之嘆也。

本章十五條二十問，擬讚以對：

皇風永播，帝道常新。世有升降，運隨亨屯。粤稽邃古，羲媧御宸。開天立教，導世惇醇。歷山有庳，惟愛惟親。怨固不宿，恩亦相泯。伊摯五就，爰弔萬民。自負先覺，詎甘媵臣，祚興玄鳥，安藉鼎珍。有扈泥跡，傳子妄嗔。三正未棄，六師是陳。始叨斑禄，終厄負薪。日之夕矣，牛羊爲隣。揖遜美事，征誅惟人。南巢一放，萬國咸賓。詎云代帝，代至不仁？亶父有裔，南嶽隱淪。吴兩男子，至德絶塵。從古開國，道不相循。

會鼂争盟，何踐吾期？蒼鳥群飛，孰使萃之？

武王將伐紂，紂使膠鬲視武王師。膠鬲問曰：「欲以何日行師？」武王曰：「以甲子日。」膠鬲還報紂。會天大雨，道難行，武王晝夜行。或諫曰：「雨甚，軍士苦之，請且休息。」武王曰：「吾許膠鬲以甲子日至殷，今報紂矣。吾甲子日不到，紂必殺之。吾故不敢休息，欲救賢者之死也。」遂以甲子日朝誅紂，不失期也。蒼鳥，鷹也。言將帥勇猛如鷹鳥群飛，惟武王能聚之。詩曰：「惟師尚父，時惟鷹揚」是也。

列擊紂躬，叔旦不嘉。何親揆發，定周之命以咨嗟？授殷天下，其位安施？反成乃亡，其罪伊何？

叔旦，武王弟周公也。嘉，善也。揆，度也。猶言帝度其心。發，武王名。史記言武王至紂死所，射之三發，以黄鉞斬其頭，懸之太白之旗。此所謂「列擊紂躬」也。然未見周公不喜，與其咨嗟以揆武王使定周命之事。舊註：言武王始至孟津，八百諸侯不期而會。皆曰：「紂可伐也。」白魚入于王舟，群臣咸曰：「休哉。」周公曰「雖休勿休」，故曰叔旦不嘉也。此問周公既不喜列擊紂躬，何爲又教武王使定周命乎？蓋周公但不喜親斬紂頭之事耳，固未嘗不欲定周之命，而王天下以傳子孫也。後四句似謂天既授殷以天下，當其在位之時，果何所施行乎？至今惟反其所以成者，是以至於滅亡，而其爲罪，果何事耶？

争遣伐器，何以行之？並驅擊翼，何以將之？

伐器，攻伐之器也。言武王發遣干戈攻伐之器，軍士争先在前，何以使之踴躍而行也。擊翼，六韜曰：「翼其兩旁，疾擊其後。」言武王之軍，人人樂戰，前歌後舞，並驅而進，何以將率之也？

昭后成遊，南土爰底。厥利維何，逢彼白雉？

昭后，成王孫昭王瑕也。成，猶遂也。底，至也。昭王南遊至楚，楚人鑿其船而沈之，遂不還也。杜預云：「昭王南巡狩，涉漢船壞而溺。」二説不同。「白雉」事無所見。舊註：謂周公時，越裳氏嘗獻之昭王，何所利益于天下，德不能致，而欲親往逢迎之也。

穆王巧梅，夫何周流？環理天下，夫何索求？

梅，貪也。環，旋也。言穆王巧于辭令，貪好攻伐，遠征犬戎，得四白狼、四白鹿以歸。自是荒服不至，諸侯不朝，穆王乃更巧調周流而往説之，欲以懷求也。又言王者當脩道德，來四方。穆王何爲周流天下而求索之也？史記曰：周穆王「得騏驥、温驪、驊騮、騄耳之駟，西巡狩，樂而忘歸。徐偃王作亂，造父爲穆王御長驅歸周，以救亂」。左傳云：「穆王欲肆其心，周行天下，將必有車轍馬跡焉。祭公謀父作祈招之詩以止王心。王是以獲没於祇宮。」

妖夫曳衒，何號於市？周幽誰誅，焉得夫褒姒？

褒姒，周幽王之嬖妾也。昔夏后氏之衰也，有二龍止於夏庭，而言曰：「余褒之二君也。」夏后布幣糈而告之，龍亡而漦在櫝而藏之，傳三代莫敢發。至厲王之末發而觀之，漦流于庭，化爲玄黿，入王後宮。後宮處妾遇之而孕，無夫而生女，懼而棄之。先時有童謠曰：「檿弧箕服，實亡周國。」後有夫婦相牽引，行賣是器於市者，以爲妖怪。執而戮之，夜得亡去。聞所棄女啼聲哀而收之，遂奔褒。褒人後有罪，乃入此女以贖罪，是爲褒姒。幽王惑而愛之，爲廢申后及太子宜臼而立以爲后，遂爲申侯、犬戎所殺也。

此章宜與上章通合爲一，惟以問皆周事，故另爲一章，以見屈子尊崇昭代之意。始言周之所以興，末言周之所以亡，中言昭穆之黷武遊觀，而周之所以不振。興替各異，炯鑒昭然，莫非忠義之發。易曰：「湯、武革命，順乎天而應乎人。」剋紂而叔旦不嘉者，紂自伐也，非利商而代之也。興師而争遺伐器者，人共伐之也，非强人而伐之也。周以順天應人開國，信矣。

本章六條十二問，擬讚以對：

商辛播虐，視民不恍。武也世胄，旦兮元寮。義旗爰舉，踐期會鼂。周命雖定，功何敢翹？豐鎬化洽，昭穆宣驕。南征耀武，不返征舠。八駿如電，空逐荒要。龍漦櫝啟，檿弧童謠。申侯之刃，妖姒爲招。當武遣伐，赳赳征鑣。威夷身弑，曾不崇朝。湯昔在宥，業亦孔昭。邪媚一入，君子道消。女謁有戒，殷鑒不遥。

天命反側，何罰何佑？齊桓九合，卒然身殺？

言天以命與人，反側無定，善者佑之，惡者罰之。此二句乃一章之大旨，即康誥所謂「命不于常」。善則得，不善則失也。伏羲爲五帝之首，夏禹爲三王之首，俱已及之。齊桓爲五伯之首，當時崇尚伯功，故「天命反側」之下，首即舉以爲言。若曰齊桓當九合之時，舉世望而畏之，誰敢以矢相加？當其任管仲，用得其人，故伯業以興。及其任豎刁、易牙，用失其人，天奪其魄而死，子孫争殺，蟲流出户。一人之身，一佑一罰，天命何反側乎？甚言善惡之當分，罰佑有自致，天命之不可狎也。

彼王紂之躬，孰使亂惑？何惡輔弼，諂讒是服？比干何逆，而抑沈之？雷開何順，而賜封之？何聖人之一德，卒其異方？梅伯受醢，箕子詳狂。

惑紂者，內則妲己，外則飛廉、惡來之徒也。服，事也。言紂憎輔弼，不用忠直之人，而專用讒諂之人也。比干，紂諸父，諫紂，怒而殺之而剖其心。雷開，佞人也。順于紂乃賜之金玉而封爵之。聖人，泛指而言。方，術也。梅伯，紂諸侯。忠直諫紂，怒而殺之，葅醢其身。箕子見之，欲去不忍，乃披髮佯狂爲奴。二人德同而術異也。王註：「聖人謂文王。卒，終也。言文王仁聖，能純一其德，則天下異方，終皆歸之。」與文義不相串，非是。梅、箕雖不足以當聖人，然夷以清聖，尹以任聖，惠以和聖，此二人獨不當以忠聖乎？與其强就文王而言，於義不合，莫若就二人言之爲親切也。

稷維元子，帝何竺之？投之於冰上，鳥何燠之？

元，大也。稷，帝嚳之子，棄也。帝，即嚳也。竺，義或曰厚也，或曰篤也。稷事見詩大雅及史記。按：后稷名棄，其母有邰氏女，曰姜嫄，爲帝嚳元妃。出野，見巨人跡，説而踐之，遂身動如孕者，居期而生子。姜嫄以無父而生，棄之於冰上。有鳥以翼覆薦温之，以爲神乃取而養之。詩曰「先生如達」，是首生之子也，故曰元子。既是元子，則帝當愛之矣，何爲而竺之耶？棄之冰上，則人惡之矣。鳥何爲而燠之耶？以此言之，則「竺」字當爲「天祝予」之「祝」，或爲「天夭是椓」之「椓」，以聲近而訛耳。王註：「帝謂天帝」，非是。

何馮弓挾矢，殊能將之？既驚帝切激，何逢長之？

馮，引弓持滿也。言后稷長大，引弓持箭，桀然有殊異，將相之能也。帝，謂嚳也。言稷無父而生，既已驚嚳。激切，甚怒也，謂棄之冰上也。何所逢迎，而後世胤嗣綿遠而長永乎？舊註：帝，謂武王，非是。

伯昌號衰，秉鞭作牧。何令徹彼岐社，命有殷國？

伯昌，謂周文王。初爲西伯，而名昌也。號衰，號令於殷世衰微之際也。秉鞭，策牧者之事也。言服事殷而爲之執鞭，以作六州之牧也。徹，通也。岐社，大王所立岐，周之社也。武王既有殷國，遂通岐周之社於天下，以爲大社，猶漢初令民立漢社稷也。

遷藏就岐，何能依？殷有惑婦，何所譏？

言太王始與百姓徙其寶藏來就岐下，何能使其民依倚而隨之？惑婦，謂妲己也。言紂已爲妲己所惑，不可復譏諫也。

受賜茲醢，西伯上告。何親就上帝罰，殷之命以不救？

茲，此也。西伯，謂文王也。言紂醢梅伯以賜諸侯，文王受之，以告祭于上天，上帝，即上天。言天親致紂之罪罰，故殷之命不可復救也。

師望在肆，昌何識？鼓刀揚聲，后何喜？

師望，太師呂望，謂太公也。昌，文王也。言太公在市肆而屠，文王何以識知之乎？后，亦謂文王也。呂望鼓刀在列肆，文王親往問之。呂望對曰：「下屠屠牛，上屠屠國。」文王喜載與俱歸。此問，從何聞其鼓刀之聲，而親往問之乎？

武發殺殷，何所悒？載尸集戰，何所急？

言武王發欲誅紂，何所悁悒而不能少忍也？尸，主也。集，會也。言伐紂載文王木主，稱太子發急于行者，奉行天誅，爲民除害也。下句即申上句之意。

伯林雉經，維其何故？何感天抑墬，夫誰畏懼？

伯，長，林，君也。言太子申生爲後母驪姬所譖，遂雉經而自殺也。姬既譖殺申生，又譖逐諸公子，何所畏懼乎？感天抑墬者，上人爲其贊所動，下人爲其贊所厭，所謂入宮見妬，蛾眉不肯讓人；袖手工譖，狐媚偏能惑主是也。

此章之首「天命反側」二句，非但爲本章之要言，實通篇發問之大旨，余序中已首揭之。讀天問者知此爲綱，則篇中各問，譬之念佛，珠外雖離離分截，中實一脉貫通，無復紛亂鮮次之患矣。人主凝命，以得士爲要，而去讒遠色，又得士之要。文、武得師望諸人，則天佑之而興；紂失比干諸人，則天罰之而亡；齊桓前得人，後失人，則以一身兼佑罰而備興亡。徵應不爽，豎觀炯然，峻命不易，信矣。

本章十條二十問，擬讚以對：

穆穆維皇，豎觀莫測。傾覆栽培，萬古不忒。緊我文武，禮賢重德。渭水鼓刀，載列槐棘。始也秉鞭，終焉建極。紂殄三仁，醢梅賜食。嬖色崇讒，萬邦作慝。天殛獨夫，奚容假息？奉主陳師，救民孔亟。文武聖仁，齊桓詐力。九合功高，溘死誰逼？伯林雉經，元子鳥翼。此振彼僵，莫匪天則。明命靡常，願言顧諟。

皇天集命，惟何戒之？受禮天下，又使至代之？

言皇天集禄命以與王者，而王者何不常存戒懼以凝天命？王者既承天之命，以受天下朝覲聘問之禮，當自脩其德以保有天下，何爲至使他人易姓受命乎？其警戒時君世主之意，至此始明言之。

初湯臣摯，後茲承輔。何卒官湯，尊食宗緒？

言湯初舉伊尹，以爲凡臣耳，後知其賢，乃以傅凝。承輔，翼也。官，如官鄉之適之官。言終使湯爲天子，尊其先人，以王者禮樂祭祀，緒業流於子孫也。

勳闔夢生，少離散亡。何壯武厲，能流厥嚴？

勳，功也。闔，吴王闔廬也。夢，闔廬祖父壽夢也。夢卒，太子諸樊立，諸樊卒，傳弟余祭，余祭卒，傳弟夷昧，夷昧卒，當傳弟札。札不受，夷昧之子王僚立。闔廬，諸樊之長子。次及不得爲王，少離散亡，放逐在外，乃使專諸刺王僚，代爲吴王。以伍子胥爲將，破楚入郢，是能壯其猛厲勇武，而流其威嚴也。

彭鏗斟雉，帝何饗？受壽永多，夫何長？

彭鏗，彭祖也。帝，謂天帝。舊註：帝，謂堯，非是。此言鏗好和滋味，以雉羹饗天帝，而錫之以壽考至八百歲。莊子「以爲上及有虞，下及五伯」是也。祖壽至八百，猶自悔不壽，恨枕高而眠遠也。

中央共牧，后何怒？螽蛾微命，力何固？

舊說：牧，草名也。后，君也。言中國有岐首之蛇，争共食牧草之實。自相啄嚙，以喻夷狄相與忿争，君上何故怒之乎？螽蛾，有蠚毒之蟲，爲物雖微，受命于天，負力堅固，喻夷狄自相毒蠚，固其常也。當指秦、吴耳。朱註闕文。愚意此二句當以君臣爲言。謂此中國之民，君作之牧，當加軫卹，何怒而殘虐之？且下民之命如螽蛾之微，生殺由我，其力何敢固執而與上抗言？當垂憐憫，即有故，不足較也。

驚女采薇，鹿何祐？北至回水，萃何喜？兄有噬犬，弟何欲？易之以百兩，卒無禄。

朱註俱闕。舊說：昔有女子采薇，爲鹿所驚，北走至於回水之上而得鹿。其家遂昌熾，蒙天祐之也。兄，謂秦伯也。噬犬，嚙犬也。弟，秦伯弟鍼也。言秦伯有噬犬，弟鍼欲之，秦伯不允，鹹以車百兩易之而又不聽。秦伯因逐鍼，而奪其爵禄也。此事質之左傳，亦不盡合。愚謂采薇驚鹿，因而得福，以車易犬，竟以取禍。此皆順逆倚伏之機，事理之不可詰者，不必究求其人與事也。

薄暮雷電，歸何憂？厥嚴不奉，帝何求？伏匿穴處，爰何云？荆勳作師，夫何長？悟過更改，我又何言？

此下朱註以爲皆不可曉。愚按：屈子書壁，所問畧訖，日暮欲去，而時大雨雷電交作。易曰：「洊雷震，君子以恐懼脩省。」屈子省身無過，歸何憂乎？嚴，謂君也。言大君在上，已不能積忱以感悟而侍奉之，敢向窈冥之中希求天帝之福乎？又言已將退於隱僻巖穴之地，以自韜晦，身將隱矣，焉用文之？復何所云乎？夫苟世欲用我荆楚之地，思立功勳以我而作之師，夫誰有長於我者？言己之才，猶可以建勳佐主也。既而思之，世之用我已無望矣。但得我之諫諍，上通于君，而君悔悟，更改其前日之非，則我之志願足矣，我又何所言乎？憂之深，望之切。篇末數語，字字含辛者。荆勳句，舊言：楚邊邑處女與吴邊邑處女争，采桑于境上相傷，二家怒而相攻。楚爲興師攻滅吴之邊邑。屈子言我先不直，不可久長也，似非。

吴光争國，久余是勝。何環穿自閭社丘陵，爰出子文？

光，闔廬名也。言吴與楚相伐，至光時，吴兵入郢都，昭王出奔，故曰：「吴光争國，久余是勝。」言人勝我國也。子文，楚之令尹鬭穀於菟也。左傳曰：「若敖娶于䢵，生鬭伯比。若敖卒，從其母，畜于䢵。」旋穿閭社，通于丘陵，淫于䢵子之女，生穀於菟，棄之，有虎乳之，以爲神異，收而養之。楚人謂「乳」爲「穀」，謂「虎」爲「於菟」，鬭其本姓也，故名鬭穀於菟。字子文，有賢能之才，夫子稱其忠者是也。此撫今追昔，言楚國今無子文之賢也。

吾告堵敖以不長，何試上自予，忠名彌彰？

堵敖，楚賢人也。屈原放時，語堵敖曰：楚國將衰，吾將以身報之，不復能久長也。告之不長者，知己談心，自露忱悃，何敢嘗試君上，自號忠直之名，以希顯彰後世乎？朱註言楚人謂未知君而死曰敖。堵敖者，楚文王子成王兄也。按史：堵敖囏爲王五年，爲弟惲所殺，惲即成王也。夫立既五年，乃曰未知君而死，恐非。又按楚世家：熊儀立二十年，爲若敖，熊坎立六年，爲霄敖；員立三年，爲郟敖。如以熊囏立五年，歷祚尚淺，爲未知君。則儀立二十年，不爲不久，亦可曰不知君乎？如以爲不得其死，則霄又未爲人所弑，何亦稱敖？索隱曰號若敖，其説或近。舊説：又謂試、弑同，予，與也。自予，自取也。謂惲弑其君而自立，而當時有以忠名之者，故屈子問之，此説更非。全篇文雖鮮次，意有獨存。屈子仰天詰問薄暮，言旋雷電，適逢憂患自遣，既曰何云，又曰何言，寧復侈口時事哉？而末仍及吴光、子文者，以國耻未復，君側無賢，抱恨一生。惟此二事，即欲遣憂，而憂有不能忘，故不覺復及之天。既曰吾告，又曰自予，屈子自道無疑矣。説者謂指惲弑威王之事，夫弑逆大故也。使屈子興念至此，篇内首當正言斥之，詎俟暑盡景欹，問窮顥禿而後乃及之哉？

上章言天命，止言其罰佑之反側，此則直以戒懼提醒人心。自古聖哲憂勤惕厲，戒之一字盡之。伊摯官湯，闔、夢耀武，斟雉增算，獲鹿延禧，事或不經，要皆克謹天戒，而後多福備膺。否則同室相尤，車捐百兩，兄靳一麥，爵禄之奪且及之。凛凛維皇，細行必燭。矧君臣事使，分誼攸關；進退、死生，名節是繫，可苟焉塞責，冒焉貪生，矯然以沽忠藎之名，而炫俗欺天哉？屈子以天道之雲行雨施，望君以地道之無成有終自勵，不敢自處于佞，尤不敢自翹其忠。以故離騷諸篇旁喻曲證，書壁諸問，念聖悲狂，惟冀君心萬一之能悟，以成大人格心之功。卒之隱衷莫副，伏匿穴處，聊託於經瀆投淵者之列，莫非藏名愛君之心爲之。噫，古人舍生以取義，屈子逃世以避名，噫，亦可悼矣。

本章九條十三問，擬讚以對：

造物有定，難緣巧營。曆祚靡常，詎能力爭？克謹祐篤，罔念運傾。阿衡造亳，斟雉長庚。求犬失禄，采薇萃禎。勛闔武著，牧后怒平。怵然爲戒，君子道亨。三閭放逐，誼屬維城。虎尾載履，逆鱗時攖。有隱無犯，不戒而貞。雷電交作，歸路何怦？如有用我，策勳於荆。永棄弗録，棲遲於蘅。身將隱矣，堅白何鳴？吴光入郢，國耻匪輕。子文不作，天柱誰擎？百罹可贖，二事關情。流俗罔覺，疑樹芳名。身且弗靳，何有於聲。千載遠隔，莫挹靈英。高風不泯，電掣雷轟。

【校勘記】

〔一〕通，疑當作「道」。

〔二〕蛇，原作「海」，據朱熹楚辭集註改。

〔三〕狐，原作「孤」，據王逸楚辭章句改。

〔四〕狐，原作「孤」，據楚辭集註改。

〔五〕愛，原作「受」，據楚辭集註改。

考異

冥昭瞢闇。闇，作一暗。　幹維焉繫。幹，作一筦。　出自湯谷。湯，作一陽。　顧菟在腹。菟，作一兔。　師何以尚之。師，一作鯀。非是。或上句不字上有「鯀」字。曰，一作荅。　永遏在羽山，夫何三年不施，伯禹腹鯀，夫何以變化。一無山字，施，一作弛，腹，一作復。何字下有一「故」字。　地方九則，何以墳之。則，一作州。墳，一作僨，非是。　應龍何畫，河海何歷。一作河海應龍，何畫何歷。　墜何故以東南傾。墜，一作地，古地字。一無「以」字。　九州安錯。安，一作何。　南北順隳。隳，一作隋，一作墮。　崑崙縣圃。縣，一作玄。　西北辟啟。辟，一作闢，一作開。　焉有龍虬。虬，或在龍字上，以韻叶之，非是。　羲和之未揚。揚，作一陽。　儵忽焉在。儵與倏同。　何所不死。死，一作老。　靡蓱九衢。蓱，一作萍。　靈蛇吞象，厥大何如？靈，一作一。大，一作骨。　黑水玄趾。趾，一作沚，一作阯。　鯪魚何所。鯪，一作陵。　羿焉彃日。彃，一作斃。　烏焉解羽。柳云：烏當作鳥。　降省下土方。土下或有「四」字，洪云：或並無「四方」二字。今按：下土方蓋用商頌語。「四」字之衍，明甚。然若並無「方」字，則又無韻矣。焉，一作安，一之字在山字下。盉，一作涂。　胡爲嗜不同味，而快鼂飽？一本嗜下有欲字。一本快下有「一」字。一本「爲」作「維」，「不」作「欲」。「鼂」一作晁，一作朝。　卒然離蠥。蠥，一作孽，一作孼，即孽。　皆歸射鞫，而無害厥躬。躬，一作射。⿱竹鞫，一作鞫。死分竟地。地，一作墜，與地同。胡䠶夫河伯。胡下一有羿字。䠶，一作射，下字同。何獻蒸肉之膏。蒸，一作烝。何羿之䠶革？一無革字。化爲黃熊。化下一有而字。莆雚是營。莆，一作黃。雚，一作藋。安得夫良藥。得下一有失字。蓱號起雨。蓱，一作并，一作萍。體下一有叶字，而鹿字屬下句，又無以字，一作何鹿以膺之。鼇戴山抃。戴，一作載。顛易厥首。易上一有隕字。親以逢殆。殆上一有天，一有大字，妹嬉何肆。妹嬉，一作末喜。殛，一作極。孰制匠之？匠，一作匹，非是。何肆犬豕。一作何得肆其犬豕。豕，一作體。孰期去斯。去，一作失。何承謀夏桀。一無「夏」字。終以滅喪。喪，一作𠷔。帝乃降觀。乃，一作力，一作之力。簡狄在臺，嚳何宜？玄鳥致貽，女何喜？臺下，或有「帝」字。貽，一作詒，喜，一作善。非是。平脅曼膚。脅，一作受。其命何從？命、何，一作何、所。昏微遵迹，有狄不寧。遵，一作遁。有，一作佚。危害厥兄。害，一作虞。而變化以作詐。而，一在嗣字下。得彼小子。一無彼字。會鼂爭盟。一作會鼂請盟。蒼鳥群飛。蒼，一作會。列擊紂躬。列，一作到，躬，一作射，俱非是。何親揆發，定周之命以咨嗟。一無何字。定，一作足，屬上句，非是。一無「之以」二字。穆王巧挴，夫何周流。挴字從手。或從木，或從王者，俱非。周上一有「爲」字。齊桓九合，卒然身殺。九，一作會。殺，一作弑。讒諂是服。諂，一作讇。雷開何順，而賜封之。何，一作巧，非是。之一作金。箕子詳狂。詳，一作佯。帝何竺之。竺，一作篤。帝何燠之。燠，一作懊。一無二「之」字。何馮弓挾矢。挾，一作接。既驚帝切激。驚，一作敬。切，一作功。伯昌衰號。號，一作号。何親就上帝罰，殷之命以不救。帝下一有「之」字。何感天抑墜。一無何字，墜見上。何卒官湯。卒，一作萃。受壽永多，夫何長？長上一有「久」字。中央共牧，后何怒？蠭蛾微命，力何固？牧，一作收，一作枚。蠭，一作𧒒，一作蠭。哦，古蟻字。荆勳作師，夫何長？長下一有「先」字，非是。悟過改更，我又何言？悟一作寤，一無「我」字，非是。何環穿自閭社丘陵。此七字一作環閭穿社以及丘陵，是淫是蕩十二字。何試上自予，忠名彌彰？弑，一作議，予，一作與，非是。彰，一作章。

叶韻

道，上聲，音討。與考叶。化，音灰，與爲叶。度，音鐸，與作叶。加，音基，與虧叶。屬，音註，與數叶。沓，音壇，本音荅。分，音煩，與沓叶。汜，音似，上聲，與里叶。在，音紫，下皆同，與子叶。明，音芒。與臧叶。尚，音常。行，音杭，二字相叶。聽，平聲，與刑叶。施，音奢，一如字。化，音灰，二字雖叶，不同韻。墳，音煩，與賓叶。畫，音或。歷，音勒，二字相叶。錯，叶措。洿，音户，二字相叶，音烏，非。照，音罩，與到叶。在，音紫，與死叶。雄虺四句「在」與「死」叶，「首」與「守」叶，如詩家隔句對體也。下「黑水」四句亦然。處，平聲，與羽叶。功，音光，與方叶。飽，飽與繼叶，宜有脩音。　降，音洪，與躬叶。　歌，音鷄。　地，音低，二字相叶。　𨈖，音邵，與若叶。　謀，音枚，與揆叶。　安，音煙，與遷叶。　殆，音邸，與止叶。　厚，音朽。　取，音草，與厚字雖叶，不同韻。　得，音的，與殛叶，不叶亦同韻。　鯀，音矜，與親叶。　饗，音向。　喪，去聲，二字相叶。　摯、説，摯，如字，説，音稅，摯音哲，説音悅。　臺，音啼，與宜叶。　喜，音嬉，與貽叶。　此二句本句自叶，如詩家就句對體也。　懷，音回，與肥叶。　牛，音倪。　來，音奇，二字舊謂相叶，古韻無此。　兄，音香，南方有此韻，與長叶。　得，音的，與極叶。　又如字，亦本韻。　婦，音甫，與子叶。　尤，音移，見韻括，與「之」叶。　期音幾，與「之」叶。　此四句以尤、期、實字叶二「之」虛字，又一體也。　何，音依，與上施叶，施如字。　行，音杭，與將叶。　底，音指。　雉，音止，二字並叶。　佑，音巨。　殺，音弑，二字並叶。　封，音仍，一本「之」作「金」，以韻叶之，良是，宜更。　救，音悼，與告叶。　喜，音戲，與識叶。　饗，音香，與長叶。　祐，音意。　喜，見上，二字並叶。　言，音銀。　勝，平聲，二字並叶。　嚴，音芒，與亡叶。

音釋

瞢，蒙同。　馮，音憑。　度，音鐸。　幹，音管。　焉，音燕，平聲，篇內並同。　放，上聲。　屬，音註。　湯，音暘。　夫，音扶。　宿，音秀。　臧，藏同。　汩，音骨。　窴，音填。　橢，音妥。　縣，音玄。　尻，居同。　辟，闢同。　臬，音徙。　鯪，音陵。　鬿，音祈。　蹕，音畢。

畬，涂同。　鼂，朝同。　蠥，孽同。　鞠，音菊。　䠶，音亦，下同。　妻，音娶。　馮，音憑。

珧，音遥。　豨，音喜。　秬，音巨。　藋，音丸。　茀，音拂。　喪，上聲。　蓱，音瓶。　號，平聲。　鰲，音敖。　抃，音弁。　澆，五弔反，音要。　璜，音黄。　曼，音萬。　底，音指。

梅，音免。　詳，音佯。　燠，音郁。　識，音志。　悒，音邑。　蠭，音風。　噬，音筮。

兩，音亮。　更，音庚。　予，如字。

補音

僑，音菊。　佹，音圭，庋也。　憊，音敗，病也。　娵，音疽，少也。　巂，音髓，越巂，郡名。　犍，音堅，犍爲，郡名。　牂牁，音莊哥，郡名。　喙，音卉，易曰：「爲黔喙之屬。」　嗉，音素，受食者也。　朓，桃，去聲，疾也。　朒，音訥，縮不伸貌。　熛，音標，火飛也。　鉤，音勾。　熮，音操，燒也，爛也。　滲，音生，去聲，漉也。　浟，音攸。　踆，音逡，退也。　禺，音魚，獸似獮猴，又封禺，山名。　轘，喚、還二音，車裂也。　闓，音慨，開也。　夸，誇、區二音，奢也。　匄，音郭，乞也。　漦，音蚩，龍吐珠也。　檿，音厭。　悁，音寃，憂忿也。　椓，音卓，擊也。　嚙，音咬。　惲，音藴，謀議也。　蠚，音綽，虫行毒也，又音喝，螫也。

楚辭集解九章卷

新安 汪瑗 玉卿 集解
姪 仲弘 補輯

九章

惜誦

此篇極陳己事君不貳之忠，公爾忘私，國爾忘家，真可對越神明。宜見知於君，見容於衆。然反叢罪謗，使側身而無所，欲去而不能，其情亦可悲矣。而猶堅守素志，不肯少變，可謂獨立不懼，確乎其不可拔者也。大抵此篇作於讒人交構、楚王造怒之際，故多危懼之詞。然尚未遭放逐也，故末二章又有隱遁遠去之志。然盡忠而不變者，固屈子事君之本心，而亦不使讒人之終害者，又屈子見幾之明決。詩曰：「夙興夜寐，以事一人。」又曰：「既明且哲，以保其身。」屈子兼得之矣。楊雄、班固咸謂其過於高潔，而以不智譏之。後世之號爲知屈子者，又不過曲爲之説以解之。夫屈子曷嘗不智，曷嘗無去楚之心，曷嘗真欲沉流而不寤哉？徧以楚辭熟讀而詳考之，斯可見矣。夫讀楚辭，論屈子者，不於其書而稽之，而顧援引他説以證之，不亦偵乎？嗚呼，讀六經者，不尊經而信傳，多援傳以解經，其來久矣，豈獨楚辭也哉？吾於是乎深有所感也夫。

惜誦以致愍兮，發憤以舒情。所作忠而言之兮，指蒼天以爲正。令五帝以折中兮，戒六神以嚮服。俾山川以備御兮，命臯陶以聽直。

惜，歎惜也。誦，頌、訟古通用。詩曰：「吉甫作頌。」論語曰：「吾未見能見其過而内自訟者也。」大抵古人指己所作之文，自省之言，皆謂之誦。此所謂惜誦，謂己歎惜而作此篇之文也。王逸曰：「言己作此辭賦，陳列利害，渫己情思以諷諫君也。」得之矣。致，猶易「鈎深致遠」之致，謂推而極之也。愍，憂也。憤，懣也。抒，紓、舒古亦通用，渫也。朱子讀作去聲，謂挹而出之也，亦通。發憤抒情與致愍平看，無輕重先後意。楚辭之文，意同而語異，如此類甚多。此謂己之所以歎息而作此誦者，蓋欲推致己之憂愍，發揚己之憤懣，抒渫己之情愫也。

愍，言其幽隱之思；憤，言其不平之氣；情，言其衷曲之忱也。或以二句相承看，又曰憤甚於愍，情深於憤也，亦通。要之二句以「惜誦」二字爲主，下三者皆本作誦而來也。所作忠，謂己所爲忠君之事，如下「竭忠誠而事君」至「迷不知寵之門」二十句皆是。故下文又曰「吾聞作忠以造怨」。朱子以「作」爲「非」字，且深辨作「作」者爲誤，特知兩章文意爲不明，而不知於通篇大旨，尤欠穩也，恐未之深思耳。「言之」即申指己所作之誦也，謂己所爲忠君之事，而今鋪陳以作此誦，而自歎者，可使神聖以爲證明也。蒼，天之正色也。莊子曰：「天之蒼蒼，其正色邪。」爾雅曰：「春爲蒼天。」正，證同。王逸曰「平也」。朱子仍之，亦通。五帝，謂五方之神也。東方太皞，西方少皞，南方炎帝，北方顓頊，中央黃帝是也。詳見月令。折中，或作折衷，或作質中，其義一也，謂執事理是非可否之兩端而折中之，如以物從兩頭而屈折之於中間，則長短均平也，若史記所謂「六藝折中於夫子」，法言所謂「衆言淆亂折諸聖」是也。戒，飭也。六神，王逸引尚書「禋於六宗」以解之，以六宗爲六神，似矣。然說六宗者亦無的論，或以爲星辰、風伯、雨師、司中、司命，或以爲乾坤六子，或以爲天地四時，或以爲三昭三穆，或以爲天宗三日、月、星辰，地宗三太山、河、海，或以爲六爲地數，祭地也。或以爲天地間游神也，或以爲六氣之宗：謂太極、冲和之氣。蘇子由曰：「舍祭法不用而以意立說，未可信也。」故蔡氏註尚書朱子註楚辭皆用祭法之說。然瑗按：祭法有曰祭天也，祭地也，祭時也，祭寒暑也，祭日也，祭月也，祭星也，祭水旱也，祭四方也，祭百神也。此上十祭連爲一段說話，則不止六宗矣。前除天地，後除四方百神，而以中六者爲六宗，蓋出於孔叢子。朱子嘗謂孔叢子鄙陋之甚，理既無足取，而詞亦不足觀，突出於東漢之時，前人未嘗有道及者，其爲僞書無疑矣。又何足據以爲信乎？蘇子由但知其當依祭法，而不知祭法所言不止於六，而又未嘗明言其爲六宗也。雖朱子、蔡氏、蘇氏從之，愚意實有所未安，姑誌其疑以竢後之君子。嚮，對也。服，服罪之詞，書所謂「五刑有服」者也。俾，使也。山川，名山大川之神。書曰：「望於山川」是也。御，侍也。皋陶，古聖人姓名，舜士師，能明五刑者也。書曰：「徧於群神」，蔡氏註曰：「群神謂丘陵墳衍，古昔聖賢之類。」屈子之引皋陶者，亦以爲神歟？如遠遊篇之引傅說爲仙也。聽直，聽其説之曲直也。「指蒼天」、「令五帝」、「戒六神」、「俾山川」、「命皋陶」，不一而足，重復惓惓而不已者。蓋下文將以鋪陳乎己所爲忠君之事，故極援天引神以深明己之所言，出於實而非誣，欲人之信之而不疑也。詩曰：「神之聽之，終和且平。」孔子曰：「知我者其天乎？」又曰：「予有所否者，天厭之，天厭之。」蓋古之聖賢每託天以自誓，以爲人既不我知，而求天以自知。而知聖賢之心者，實惟天而已矣。屈子之援天引神者，其亦不得已之至情乎！瑗按：篇首三言乃一篇之綱領，而下所言者不過推演所作之忠憤慇之情耳。又按：書曰：「類於上帝，禋於六宗，望於山川，徧於群神。」屈子所誓之詞實倣此序。楚辭中用經書之語，而不用其意者甚多，熟讀而徧考之自見。亦可見屈子所學之博雅也，不惟爲辭賦之宗，而實足以繼三百篇之末者，豈徒然哉？其學亦有所本矣。故韓退之作文每喜模擬六經，遂自謂足以傳道，然其辭旨實勝諸家。

後之綴文之士其可不知讀六經也哉？六經不熟，而自謂曰能文者，吾不知之矣。

竭忠誠而事君兮，反離群而贅疣。忘儇媚以背衆兮，待明君其知之。

竭，極盡無餘之詞。盡心曰忠，以實曰誠。離群，爲黨人所擯棄也。贅疣，瘻瘤之屬，體外無用之餘肉也。莊子所謂「附贅懸疣」是也。言己竭忠誠以事君，宜爲人之愛慕推重，一體同心，若背膂之不可胖也，今乃反爲黨人擯棄，視之若贅疣，無所用而有害，亟欲割而去之者，何也？儇，輕利也。媚，柔佞也，與忠誠相反。背衆，猶離群也。言己之竭忠誠之心而忘儇媚之態，甘於離群背衆而爲贅疣者，豈樂爲是哉？以爲黨人雖不能容而猶有所恃者，欲須明君之見知耳。嗚呼！群衆既不足恃，而所恃者君之明也。其君又復壅蔽之盛，聽信讒言，而所恃者亦不足恃，則將何以爲懷哉？烏得不深歎息？作爲此誦以致吾之愍，發吾之憤，抒吾之情哉！

言與行其可迹兮，情與貌其不變。故相臣莫若君兮，所以證之不遠。

言，出諸口者也。行，措諸身者也。可迹，言言行皆有踪跡，明白可據而考也，其與詿言詭行而神出鬼没者異矣。情，蓄於内者也。貌，形於外者也。不變，言情貌表裏如一，而始終不變也，其與厚貌深情而朝更暮改者殊矣。此屈子自言己之事君，其忠誠如此相察也。證，驗也。不遠，謂即其言行情貌而可驗其忠佞也。夫人君日以其身親與臣接，則察臣之忠佞者無如君，而其所以驗之者，又不在于深遠而難知也。若屈子之言行情貌果忠誠歟，果儇媚歟？試一驗之則瞭然矣。顧乃不察乎此？而徒聽信讒人而齋怒焉，而造怨焉，何其不審之甚哉？夫屈子竭忠誠忘儇媚，冒然離群背衆以事君者，蓋欲須明君以知之耳。而君又不察而驗之焉，則所以須明君其知之之心益孤矣。左傳曰：「知子莫若父，知臣莫若君。」若屈子之心炳若丹青，昭若日月，楚王非真不知之也。自古正道難容，讒言易入，惡蹇蹇，而喜諾諾，壅君之大都也。嗚呼，前有讒而不見，後有賊而不知，猶之可也。見其讒而信之，知其賊而近之，安其危而利其菑，樂其所以亡者，如此又烏可與言哉？其國家又烏得而不淪胥以敗哉？

吾義先君而後身兮，羌衆人之所仇也。專惟君而無他兮，又衆兆之所讎也。

先君後身，猶論語「先難後獲」之先後。又曰「敬其事而後食」，先君後身之意也。怨耦曰仇。惟，亦專詞也，舊註曰思念也，亦通。百萬爲兆，交怨爲讎。言己明人臣之大義，先君而後身，國爾忘家也。專於事君而無他意，公爾忘私也。其盡道如此，當見取於衆可也，而群衆顧反視之以爲仇讎焉，何哉？蓋邪正不並立，忠佞不同謀，若苗之有莠，若粟之有秕，理勢之必然也。王逸曰：「言在位之臣，營私爲家，己獨先君後身，無有他志[一]。不與衆同趨[二]，故爲衆所仇讎[三]也。」瑗按：先君後身猶有身也，至於專惟君而無他，則不有其身矣。兆，又衆於人矣。讎，又甚於仇矣。

壹心而不豫兮，羌不可保也。疾親君而無他兮，有招禍之道也。

不豫，言壹心果決不待猶豫也，與上「專惟君而無他」之語同，而旨益加明矣。不可保，言爲衆所害也。疾，猶力也，有汲汲不遑之意。「疾親君而無他」與「壹心而不豫」之語同，而詞益加切矣。力於親君而無私交，固有招禍之理也。曰不可保，猶爲緩詞，曰招禍，則明言之矣。瑗按：此并上章蓋言其忠愈盛，而其禍愈深。詞旨雖同，而有淺深輕重之異，讀者不可不知也。

思君其莫我忠兮，忽忘身之賤貧。事君而不貳兮，迷不知寵之門。

思君，謂念念不忘乎君也。此即所以爲忠，而惟能忘賤貧絕寵利，然後能思君也。下文厲神曰「君可思而不可恃」，蓋即此言而勸之也。忽者，易詞也。忘賤貧，謂處下位受薄禄而能安之，故不覺其忽然而忘之也。謂之曰忘，則不惟無計較之私而已。不貳，即壹心也。迷，瞢也。瞢然不知寵利之門，則不媚權貴以求進可知矣。蓋惟忘賤貧，故能絶寵利，惟絶寵利，故能忘賤貧，二者實相爲表裏也。夫忘賤貧絶寵利，惟事一盡忠以求事君而不貳焉，則楚廷之臣其竭忠誠以事君者，孰有復過於屈子者乎？夫忠之過而反爲禍之招，此又事理之不可推者也。懷沙曰：「世溷濁莫吾知，人心不可謂兮。」誠然乎哉！瑗按：此上五章，凡二十句，皆反覆詳言己之事君之忠，以終篇首「所作忠而言之」一句之意，誠所謂建諸天地而不悖，質諸鬼神而無疑，百世以俟聖人而不惑者也。屈子之心事磊磊落落，如青天白日，如此其所以援天而引神者，真可以對越在上而無愧於心矣。豈徒託爲虛無之説以誑人也哉？若漢息夫躬之絶命詞，仰高天而自列，招上帝而我察。不惟誑人，適以自誑。天豈可欺乎哉？上三節皆承「吾義」二字，言先君後身，親君無他，事君不貳，以事言也。惟君無他，壹心不豫，思君莫我，以心言也。

忠何辜以遇罰兮，亦非余之所志也。行不群以顛越兮，又衆兆之所咍也。

忠，即上五章所陳者。罰，凡君加以怨怒之意皆是，不必放逐貶謫而後謂之罰也。志者，心之所之。所志，猶所期也。行，指己之素行而言，而忠在其中矣。不群，言行之高潔不同於衆，如上言離群背衆亦是。顛越，隕墜也。咍，訕笑之意，猶嗤、哂也。此承上五章，言己盡忠如此，本無罪過。初欲待明君之知以蒙賞，而今反遭罰，是豈余本心之所期望於君者哉？特以己之素行高潔不合于時俗，故致顛越狼狽如此。然彼黨人覩予之顛越，不惟不爲憐之，方且享富貴固寵利，自以爲得志而竊笑於傍也。上二句言得罪於君，下二句言見笑於衆，亦相承講。言己之所以遇罰者，又由讒人之嫉妬也。瑗按：咍字，王逸註曰：「楚人謂相啁笑曰咍。」朱子亦從之曰：「咍，啁笑，楚語也。」夫咍之爲啁笑，通稱也，豈獨楚人哉？然則夫子之哂由也，又豈魯人謂啁笑爲哂乎？楚辭中凡曰楚人謂某爲某者，皆王逸之陋見，不當從之。他倣此。

紛逢尤以離謗兮，謇不可釋也。情沉抑而不達兮，又蔽而莫之白也。

紛，衆亂貌，言尤謗之多也。逢，遇。尤，過也。離，遭。謗，毁也。謇，難詞。釋，解也。咍但笑其行之不群耳，尤則加之過矣，謗則毁其行矣。至於紛然而起，謇然而不可解釋而脱也，其見嫉於讒人也甚矣。情，謂盡忠被讒之情。沉，没也。抑，按也。不達，不能達之於君也。蔽，謂讒人壅蔽也。白，明辯也。此章承上，言己被讒之深，而寃情莫能致之於君上也。下二句王逸曰：「言己懷忠真[四]之情，沉没胷臆，不得自[五]達，左右壅蔽，無肯爲白[六]己心也。」洪氏曰：「情沉抑而不達，人君不知其用心也。又：蔽而莫之白，群臣莫肯明己所存也。」

或曰，「逢尤」，指上遇罰以君言，「離謗」，指上衆咍以讒人言。下二句又申言蹇不可釋，俱通。

忳鬱邑余侘傺兮，又莫察余之中情。固煩言不可結而詒兮，願陳志而無路。

忳，憂貌。鬱邑，愁苦不伸貌。侘傺，傍偟失志貌。此句亦見離騷。煩言，朱子曰：「煩亂之言。左傳曰：『嘖有煩言』，是也。」瑗按：朱子引左傳爲證，固有據。然此所謂「煩言」，與左傳字同而旨異，謂詳細委曲之言耳。蓋欲丁寧煩悉其辭，以自道達，非謂煩亂之言，不可遺之於君也。屈子此字未必用左傳，設用之，亦斷章取義，非用其意也。結，謂葺其詞也。詒，謂致之於君也。洪氏曰：「詒，贈言也。」王逸曰：「言己積思累日，其言煩多，不可結續以遺於君，欲見君陳己志，又無道路也。」得之矣。此承上章末二句而申言之耳。然此章不協韻。朱子曰：「中情」當作「善惡」，惡又以「去聲讀」。瑗按：中情、善惡二者俱見離騷，但此處作中情字穩當，特不知韻之所協耳。

退靜默而莫余知兮，進號呼又莫余聞。申侘傺之煩惑兮，中悶瞀之忳忳。

靜默，謂安居而無言也。號，大呼也。號呼，謂鳴其寃情於君也。靜默自守即爲退，號呼自鳴即爲進，二字要看得活。舊註謂退爲放棄於幽遠也，非是。申，重也。煩惑，煩悶而惑亂也。中，中心也。悶瞀，猶煩惑也。忳忳，忳而又忳，憂之甚也。二句一意，亦須活看。此承上三章而總結之。言退而不言此情，顧君上之不知；進而欲陳此志，乃壅蔽之無路。進退維谷，語默兩難，此所以益使己之中心而煩悶無已也。瑗按：此段以上直至篇首，皆反覆詳言己事君之至忠，深爲黨人所讒蔽，以致己得罪於君，欲達此情於君而不能也，其惜誦之意已畧盡矣。後段至末，設爲占夢問答之詞，不過申言此志之不忍變，而亦將避禍以遠去而已矣。中間詞旨雖若重復，而熟讀詳玩，其鋪叙甚有條理，脉絡首尾相應，非漫作者，覽者幸無畧焉。

昔余夢登天兮，魂中道而無航。吾使厲神占之兮，曰有志極而無旁。終危獨以離異兮，曰君可思而不可恃。故衆口其鑠金兮，初若是而逢殆。

昔，夜也。禮記孔子曰：「吾疇昔夢奠兩楹之間。」大招曰：「以娱昔只。」皆謂昔爲夜也。夢，人寐而遊魂所爲者也。登天，上天也。中道，半路也。航，舟也，所以濟渡道路之不通者也。厲神，謂巫祝能占卜者也，蓋厲神殤魂也。殤鬼精氣未滅，能服生人以發泄其靈，巫祝多服之以神其術，故可稱巫祝爲厲神，猶離騷稱靈氛也。蓋氛者，天地間之游氣，而厲氣者，天地間之殤魂也。曰靈、曰神者，亦欲美其名耳。占，卜其吉凶也。夢魂二字互文也。此三句乃屈子自述己嘗於疇昔之夜，其魂夢登於天，至中道險阻，遂無舟航可以濟渡而返。未知其兆爲何如，乃命巫祝爲我占之以卜其吉凶焉。上曰者，乃厲神既占畢，得其兆而告屈子之詞。下二句兆詞也。下曰者，乃厲神復因其兆而勸屈子之詞。下十五句皆勸詞也。朱子及舊註，只以「有志極而無旁」一句爲厲神占夢之言，餘皆爲屈子自叙，甚謬矣。楚辭中韻屬下而辭旨屬上，韻屬上而辭旨屬下者，往往而是。讀者熟誦而詳味之自見也。無旁，猶言無邊際也。有志極而無旁，言其立志太高，廣大浩蕩，茫無涯岸也，此爲夢登於天之兆。危，無與爲援也。獨，無與爲伴也。離異，謂離心異路也，此爲魂中道而無航之兆。此二句乃厲神告屈子，即其所夢而占之。其兆當爲志極廣大，而無成有害也。「君可思而不可恃」，王逸曰：「言君誠可思念，爲竭忠謀，顧不可怙恃。能實任己與否[七]也。」朱子曰：「君可思者，臣子之義也。不可恃者，其明暗賢否，所遇有不同也。」瑗按：屈子壹心而不豫，疾親君而無他者，蓋以相臣莫若君，而將以待明君其知之耳。而卒爲黨衆所仇讎以招禍者，是傷於所恃也。夫自古忠臣義士欲成其志者，未有不恃乎君者。不恃乎君而恃其衆，則私交之黨結而人君之勢孤矣，屈子不忍爲也。屈子之恃未爲太過，而不幸遭昏暗之君，得罪過之不意也。衆口，謂黨人讒謗之多也。鑠，銷也。金，天下之至堅剛者也。雖有天下至堅至剛之物，而盛火煉之，未有不銷鑠者也。雖有天下至高至潔之行，而衆口讒之，未有不危殆者也。衆口鑠金，以人物參錯而成文，則兩意俱見。顔師古謂「美金見毀，衆共疑之，數被燒煉，以至銷鑠。」是以衆口爲毀，其金之不美，非是。殆，危也。朱子曰：「言初以君爲可恃，故被衆毀而遭危殆也。」是以初若是爲恃君，逢殆爲遭衆口之鑠，其意亦是。瑗按：此三句乃厲神總承上所夢及兆詞，而勸屈子不可立志太高而傷於所恃以取禍也。大抵君可思而不可恃，在亂世昏君則然。若逢太平之盛、聖明之君，則固可思而亦可恃也。厲神可謂知其一，不知其二矣。嗚呼，爲人君者，幸無使忠臣失其所恃哉！

懲於羹者而吹齏兮，何不變此志也？欲釋階而登天兮，猶有曩之態也。

懲，警戒之意。羹，古人糝米而和菜肉以爲之者也。吹，以口噓之，使令冷也。齏，細切葅菜而爲之者也。凡醢醬所和及擣薑蒜辛酸之物皆是。蓋羹熱物也，齏冷物也。言人有歠羹而誤中其熱，其心遂常懲艾。雖見冷齏，亦恐其爲熱所炙，而吹之使冷，以喻人經患難者，多有所警戒而不復輕動也。所謂傷弓之鳥高飛，驚餌之魚遠逝是也。屈子被衆讒而遭危殆，而此極至無旁之志，猶不忍變，豈非不知懲於羹者而吹齏之説乎？此蓋厲神以爲屈子不變此志之喻，舊説失之，故解意多牽强也。釋，去也。階，梯也，猶孟子所謂捐階。曩態，猶嚴子陵所謂狂奴故態也。存之於中則爲志，形之於外則爲態。猶有曩態，即不變此志也。二句參錯倒文耳。言不知懲羹吹齏之戒，不變此志而猶存曩態，如此而欲得君行道，豈不猶欲登天而釋去其階梯乎？釋階登天，必無之理也。不變此志，猶有曩態，而欲得君行道，必無之事也。欲釋階而登天，本謂欲登天而釋階也，楚辭中多此句法。此四句是厲神言屈子既遭禍患，猶不知懲而改之，必不能得君也。蓋即昔夢登天，及有志極而無旁之兆詞以勸之也。瑗按：埤雅及柳集所引，皆作懲於羹者而吹齏，是也。王逸及洪本皆同，朱子乃辯其是非而作「懲熱羹而吹齏」。夫言羹自知其爲熱物，言齏自知其爲冷物，作熱羹不惟欠文雅，亦又當作熱羹而吹冷齏也。不然何獨上言熱而下不言冷耶？然「懲羹吹齏」、「釋階登天」亦是當時諺語，屈子引之而加文耳。書傳中如此類甚多，如論語中「吾豈匏瓜也哉」皆是。學者不可不知也。

衆駭遽以離心兮，又何以爲此伴也？同極而異路兮，又何以爲此援也？

衆，指黨人也。駭遽，驚惶貌。伴，侣也。極，至也。援，引也。言衆人見屈子所存之志所爲之態，過於廣大高遠，則莫不驚駭惶遽以離心，又孰肯有與之爲同伴侣而不遠去者乎？與衆人同事一君，而所志所爲若此。其與衆人同至一處，而顧乃别行一路，不與之偕，則中道雖有險阻之患，又孰有爲之援引而並濟者乎？此言屈子之行不合於世俗，故不容於衆也。下二句即是申喻上句之意。此蓋厲神即「魂中道而無航」，及「終危獨以離異」之兆詞而勸之也。上章是言其難得乎君，此章是言其難容於衆。

晉申生之孝子兮，父信讒而不好。行婞直而不豫兮，鮌功用而不就。

申生，晉獻公之世子也。獻公信驪姬之讒欲殺之，或勸其奔之他國。申生恐傷父心，遂自經而死，事見左傳魯僖公四年及檀弓上篇。不好，不愛也。父子天性，而不可解於心者也，然且信讒而殺之，況君臣之際乎？婞直，謂剛狠徑情也。不豫，謂不從容而用壯、用罔也，與他所言不豫不同。鮌，禹之父，堯之臣也。堯欲治水，九載績用弗成，於是殛之於羽山，事見尚書二典。用，猶由也。不就，不成也。言以鮌之才遭聖堯之君，委任之久，苟其行之婞直不豫，尚且不能成其功，況其餘乎？瑗按：尚書言「鮌方命圮族」，其婞直不豫可知。但屈子之專壹不豫，非鮌之不豫也；屈子之忠貞正直，非鮌之婞直也。疑似之間不啻千里，其道之不同有如此，非析理之精者不能辨之。離騷女須亦以「鮌婞直以忘身」詈之，蓋屈子之忠直，當時必多以鮌目之，故屈子屢設言以明之耳。然厲神之言皆優柔勸喻之辭非女須罵詈之比。至于以父子信讒之事曉之，其懇切惻怛之情藹然見於言表，而視女須下賤之流相去遠矣。然謂之愛屈子則可，謂之知屈子則未也。嗚呼，女須無足道也。然占之靈氛，靈氛不知；占之厲神，厲神不知；卜之詹尹，詹尹不知。雖以漁父之隱者，而亦當時一世之高士，亦不知之也。況其下者乎？環楚國而屈子一人也，其不見容於衆也，不亦宜乎？東方朔作七諫以哀之，有曰：「伯牙之絶弦兮，無鍾子期而聽之。和氏抱璞而泣血兮，安得良工而剖之？」可謂知言者矣。

吾聞作忠以造怨兮，忽謂之過言。九折臂而成醫兮，吾至今乃知其信然。

此下至末，蓋屈子聞厲神之言，若有所感而將悔者，然卒又明其已志之決不肯改也。作忠造怨蓋古語也，其意即前半篇所陳者是也。忽者，易而畧之之意。過言，謂所言之過甚也。臂，肱也。九折臂，謂遭斷折九次也。良，善也。言人九折臂，更歷方藥乃成善醫，以喻人必屢遭挫衂，更歷世故乃成美德也。此亦古語。左傳曰：「三折肱知爲良醫。」即此意。曰九曰三，各人所傳之不同耳。信然，謂始信作忠造怨之言，不爲過也。屈子自言已聞作忠造怨之言，往日乃忽畧之不介於意，蓋以其言過甚，不足取信。及至今日，而已竭忠誠以事君，顧乃遭顛越，來仇讎，遇罰見咍，逢尤離謗，紛然而不可釋，始知往日所聞之言爲誠然而非過。使不更歷世故之久，亦不能知也。瑗按：屈子之言固爲有所激而云者，然人君之於忠臣，既不爲之施恩，而反爲之造怨，苟非桀紂之昏不爲也。是屈子向以爲過言者，乃事理之常，而今信以爲然者，乃事理之變也。

矰弋機而在上兮，罻羅張而在下。設張闢以娛君兮，願側身而無所。

矰，射鳥短矢也。弋，以生絲繫矢繳而射之也。機，謂張其機牙以待發也。此「機」字虛看，與下「張而」之「張」字相對。罻、羅，皆掩捕鳥獸之網也。張，展而布之於杙也。言上下則四旁可知。設，設施也。張、闢，皆開也。設張闢指上二句也。娭，樂也。側身，斜避也。屈子言上有矰弋之機，下有罻羅之張，使飛鳥走獸動無所逃。以喻讒賊之人陰設機械，巧張密布，中傷良善以樂君心，使己危殆不安，欲側身以避之而無其所也。夫屈子之作忠造怨於君，而衆兆不爲之解脱，已爲甚矣，而復逢君之意以中傷之，使至於側身無所，不亦譖人太甚矣乎？詩曰：「人之云亡，邦國殄瘁。」而人君每以殺害忠良爲樂者，是誠何心哉？嗚呼，文王囚，比干剖，其來久矣。然非大無道之君不忍爲也，而况樂之哉？惟人君以是爲樂，此讒賊之徒始得以騁其奸也。使懷、襄悟此，則又安得相繼客死於外，而楚郢忽焉而亡哉？

欲儃佪以干傺兮，恐重患而離尤。欲高飛而遠集兮，君罔謂汝何之？

儃佪，徘徊不去貌。干傺，謂少求傍偟於君側也。重，增益也。離，遭也。言己欲徘徊不去，少求傍偟於君側，以竭吾區區忠誠之心，則恐重得禍患逢罪過也。高飛遠集，謂人之高舉遠遁，猶鳥之高飛於此，而遠集於彼也。罔，無也。汝，屈原設爲君以指己也。之，往也。言己欲去君而不仕，則又恐君得無謂汝欲遠去我，果將何所往乎？欲留則有禍，欲去又不能，此所謂進退維谷者也。使忠臣至此，其情亦可悲矣，其世道亦可知矣。上章言造怨於讒賊，此章言造怨於人君。

欲横奔而失路兮，蓋堅志而不忍。背膺牉以交痛兮，心鬱結而紆軫。

横奔失路，妄行違道之譬也。背，在後者也。膺，胷也，在前者也。牉，中半而分也。二者本相待以成體，可相合而不可相離者也。苟牉而分之，則背膺之交痛當何如哉？鬱，如草之屯而不舒也。結，如繩之束而不解也。紆，如絲之縈而不理也。軫，如車之動而不定也。四者狀憤懣之極也。上二句言己欲妄行違道而變節以從俗，則吾此志久已堅確，不忍易初而屈志也。承上二章而言。下二句，朱子通上三章而言，是也。瑗按：此上四章，蓋因厲神之言而答之者也。但厲神勸己變志，而答以志已堅而不忍變；勸以勿行異路，而答以不欲横奔而失路。其餘所謂危獨離異以下數語，若深以爲然者。屈子其亦以厲神頗爲愛己者，故直以衷情而悉訴之也歟？

擣木蘭以矯蕙兮，糳申椒以爲糧。播江離與滋菊兮，願春日以爲糗芳。

木蘭、蕙、申椒、江離、菊五者，草木之芳香者也，參錯而言之耳。擣，舂也。矯，揉也。糳，精細米也。播，種也。滋，灌溉也，一曰蒔也。五者亦參錯言之耳。非必此方可擣，而彼方可矯。此方可糳，而彼方可播且滋也。糧、糗，皆乾糒飯屑也。今北方猶謂之乾糧，亦參錯而言之耳。芳，言氣味之馨香也，總承上諸物而言也。此章承上章，言己作忠造怨而至于無所容，如此則世無知己者。亦將豫備此芳香之糗糧，而願於來春之日，終於高飛遠去而已耳，又安能久鬱鬱於此，而中彼殘賊之禍哉？瑗按：此與下涉江作於一時，蓋在秋冬之間也。故「願春日以爲糗芳」，欲待來春從容而去，猶孔子「遲遲吾行」之意也。至於涉江復叙秋冬之風景，若將即日而引去者，其因禍患之迫切，而危殆不安之甚，故有不待來春者矣。此章所言香草固爲比喻，而所謂春日遠遁之志，蓋實録也，不可概以託詞視之。

恐情質之不信兮，故重著以自明。撟茲媚以私處兮，願曾思而遠身。

質，如字。朱子謂猶交質之質，音致。非是。屈子多以情質對言，如「懷情抱質」，「情與質信可保」，不一而足。蓋單言情者，乃情寃之意。而此對言者，又當有内外體用之分。王逸曰：「情，志也。質，性也。」似矣。莊子曰：「性者，生之質也。」孔子之後宋儒以前而以質爲性也，久矣。不信，承上欲隱之志而言，恐不足取信於後也。重，申也。著，作也，謂作此篇之文也。言己備蓄糗糧，而遠隱之志恐後或變易，而情質之不足以取信，故重著此文以極陳利害，道忠誠以自明己志，而決於隱去無疑也。或曰，重，再也。蓋前此嘗有所作以道去志，恐情質或遷於寵利，或怵於禍患，而不足以取信，故再著此文以自明也。但屈子所作不止于今之所傳者，而特無所考耳。亦通。撟，舉也。兹，此也。媚，愛也，謂所愛之道所守之節也，與前儇媚之媚不同。私處，謂隱居以自娱也。曾思遠身，猶言深思高舉。所以熟思審處，而欲奉身遠遁以避害也。此二句言隱居樂道，而歛德避難，不可榮以禄也，至此則得以優游卒歲。而讒賊雖欲害之，將見名可得聞，而身不可得見矣。楊子雲所謂「鴻飛冥冥，弋人何慕焉」是也。則彼讒賊雖有矰弋罻羅之機械，又將安所施乎？故涉江曰「迷不知吾所如」，曰「余將董道而不豫」，其籌之久矣。孰謂屈子無明哲保身之道耶？孰謂屈子肯自沉流而死耶？後世不解此意，故解此二章與涉江之篇多牽强支離也。二帝三王之書，孔子之所删者也。孟子乃曰：「盡信書，不如無書。吾於武成取二三策而已矣。」故學者觀書，貴有真知獨見。不可不求諸心，而徒傍人籬壁拾人涕吐也。吾之於楚辭也，不敢求異也。屈子投汨羅之事相傳千載，而予獨斷斷然不信者，亦惟執屈子之書求屈子之意以折中而已矣。其出於他説者，蓋不敢盡信也。嗚呼！太史公之作列傳而屈子之事已不得其詳而甚畧，徒以涉江、懷沙二賦雜之以成傳耳。蓋屈子僻在楚隅，當時又無知者，況其死未久而楚遂亡。楚亡未幾，而秦、項紛紛矣，其事又孰傳而孰道之耶？其所謂投汨羅而死者，又安知非因楚辭中所言赴淵之説，而不察其爲反辭而遂附會之耶？杜少陵思李白詩有「騎鯨」之語，而後世遂謂李太白於采石江捉月投水而死。又有騎鯨上天之説，至今采石有冢有祠。嗚呼！太白果死於江耶，不死於江耶？註楚辭者，俱謂屈原投汨羅而死，以女須爲姊。且謂汨縣皆有原廟及女須廟，安知非太白類耶？雖有古迹，吾不之信矣。瑗最好古者，非不信也，吾信屈子之所自言者而已矣。

楚辭集解九章卷

新安 汪瑗 玉卿 集解
姪 仲弘 補輯

涉江

瑗按：此篇言己行義之高潔，哀濁世而莫我知也，欲將渡湘沅，入林之密，入山之深，寧甘愁苦以終窮，而終不能變心以從俗，故以涉江名之。蓋謂將涉江而遠去耳，末又援引古人以自慰。其詞和，其氣平，其文簡而潔，無一語及壅君讒人之怨恨，其作於遭讒人之始未放之先歟？與惜誦相表裏，皆一時之作。惜誦叙己事君之忠已畧盡矣。特末二章言其欲隱之志，故此但决其隱之之志耳。舊説謂原既被放，渡江之初之所作，恐非是。篇内曰「旦余將濟乎江、湘」，曰「余將董道而不豫」，曰「忽乎吾將行」，皆是自欲遁去之意。此時其志雖决，然欲去而尚未去，故重著此以自明也，故屢曰將也。將者，未然之詞，但不能考其爲何年之作。然謂之曰「年既老而不衰」，其在頃襄王之時歟？觀此則屈子亦未嘗縻戀於朝，忿懟不容也。其所以惓惓不忘乎懷、襄者，蓋傷其信讒放己，使小人之日得，覩國家之將亡，故不能無責數君相自明己志之詞。此又天理人倫之至，而忠臣義士之不容自已焉者也，非過也。班固譏其露才揚己，强非其人，愁神苦思，乏大雅之明哲，競乎危國群小之間，亦妄焉而已矣。

余幼好此奇服兮，年既老而不衰。帶長鋏之陸離兮，冠切雲之崔嵬，被明月兮佩寶璐。世溷濁而莫余知兮，吾方高馳而不顧。駕青虬兮驂白螭，吾與重華遊兮瑶之圃。登崑崙兮食玉英，吾與天地兮比壽，與日月兮齊光。

幼，少年也。好，愛也。奇服，偉麗美好之服飾也。下文長鋏、高冠、明珠、寶璐皆是矣，以喻己高潔之行。老，耄年也，對幼而言。不衰，猶言不懈怠也。言己好此奇服之心，雖年已老耄而猶不懈怠也。觀此二句，屈子可謂聞道之早而守道之篤矣。帶，謂懸之於腰也。鋏，劍也。或曰劍把，或曰刀身劍鋒，大抵鋏亦劍之别名也。史記馮驩彈劍而歌曰「長鋏歸來乎」，蓋古有長鋏、短鋏。意者長鋏乃君子烈士之所佩，而短鋏乃刺客之流之所用者乎？陸離，光輝貌。冠，如字，舊讀作去聲，非是。切雲，王逸曰：「其高切青雲也」，是矣。蓋甚言其冠之高，可以上切雲耳。五臣曰：「切雲，冠名。」朱子亦曰：「當時高冠之名」，非是。後世有名切雲冠者，自是倣屈子之言而取義耳。崔嵬，高貌。此二句對偶極精巧，以冠對帶，實對虛也；以切雲對長鋏，假對真也。此非大義，亦屈子用心筆刀變化之妙處。雖不拘拘求於文字之間，要亦非漫言也。被、佩皆泛言佩服之意。王逸曰「在背曰被」，在腰曰佩，男子不應服其珠於背也。蓋屈子奇服之好，非特寓言，而冠劍珠玉，實當時之所喜好佩服者也。此蓋賦體而有比意，非全比也。明月，珠名，以其夜能光輝有似明月，故以爲名。淮南曰「明月之珠，不能無類」是也。然亦稱夜光之珠，其義一也，蓋美珠也。寶，猶貴也。璐，美玉名。寶璐，謂玉之至貴者也。或曰，冠者男子之服，劍者男子之所有事，而玉者君子無故不去身者也。屈子佩之宜也。而又佩明珠者，未之前聞也。瑗曰：古之君子無所不佩，隨人之所喜好而有所比德者，皆可佩也。故孔子劍玉之外，又佩象環五寸，可見古人於玉之比德，劍之衛身，必不可去之。外而他所佩者，由夫人也。自古道衰微，日趨苟簡，遂指珠玉爲婦人女子之飾，鄙長劍爲武夫之事，訕高冠爲恠異之流，而聖賢垂世立教養德養身之意，抑荒矣。以屈子好古之心獨行之志，烏能見容於溷濁之世哉？吾於是深有所感矣。溷，不潔也。濁，不清也。莫余知，不知己所好奇服之美也。高馳，猶言高蹈也。不顧，不慮也。言己方勇往直前。徑行高步，從吾所好，而不暇顧慮世俗之知不知也。豈因溷濁之世不能知我，而遂變其所守哉？其年既老，而不衰之志可見矣。虬、螭，皆龍屬。重華，舜號。瑤，玉名。或曰，瑤圃謂懸圃也。崑崙，山名，見離騷。玉英，謂玉之英華也。朱子曰：「登崑崙，言所至之高；食玉英，言所養之潔。」瑗按：壽比天地，光齊日月，是又推言居移氣、養移體之效驗也。此章言己所好服飾之奇異於世俗，而世俗溷濁無知己者，亦不因之而少有所變也。方將乘靈物，從聖帝，遊寶所，益期所居所養之高潔也。夫屈子求知於古之聖人，而不求世俗之知者，非絶俗也。彼世俗但知服艾以盈腰，蘇糞壤以充幃，而此奇服則不知也。不知而求知之，是狥俗也；而强使知之，是邀名也。雖然，屈子所好之奇服，乃古聖人之常服也。自溷濁之世而觀之以爲奇耳，是豈驚世駭俗詭異之奇哉？又按：與天地比壽，與日月齊光，非謂生而不死也，其綿綿之壽與天地相比，炯炯之光與日月争齊者，亦惟吾道而已矣。彼世俗之庸庸碌碌，混混然與蠛蠓同起伏，與草木同朽腐，又豈能知清脩之士體道之人芳名姱節，真可與天地並悠久，日月並照臨哉。此可與智者道，而不可與俗人語也。淮南曰：「推此志也，雖與日月争光可也。」李白曰：「屈平辭賦懸日月，楚王臺榭空山丘。」可謂知言矣。「駕清虯」以下至「日月齊光」，皆承上二句一氣講下，所謂高馳而不顧是也。登崑崙，食玉英，與遊瑶圃並看，皆承吾與重華句來。此章大旨在實璐截。上言奇服之好，自少至老而不變；下言不求知於世俗，而求知於聖人也。朱子分章皆非是。

哀南夷之莫吾知兮，旦余將濟乎江、湘。

上「世溷濁而莫余知」，泛舉一世而言。此「哀南夷之莫吾知」，專指楚國而言。直至「重昏而終身」爲一段，皆一氣講下，不過反覆言己好此奇服。而楚人既莫我知，亦惟隱去而已矣。決不能變心以從俗也。旦，早朝也。猶言明日遂行耳，甚言欲去之速也。濟，渡也。江湘，二水名。曰湘、沅，曰鄂渚，曰辰陽等語，皆豫道其所經之路。曰車馬，曰舲船，皆豫道其所乘之具。意謂吾將由此道乘此具，從此而遠去矣。

乘鄂渚而反顧兮，欸秋冬之緒風。步余馬兮山皐，邸余車兮方林。

乘，猶登也。鄂，地名，今鄂州是也。小洲曰渚，以鄂渚爲名者後世也，洪氏曰自隋始。反顧，回視也。欸，音哀，歎也。朱子引史、漢「亞父曰唉」，與欵同。又謂唐人用「欵乃」，皆此字。柳子厚詩曰「欵乃一聲山水緑」是也。洪氏又引方言云：「南楚凡言然者，曰欵。」朱子亦引以爲證，則然者非歎也，義又不同，非是。瑗按：楊雄法言曰：「始皇方獵六國，而翦牙欵。」晋李軌註曰：「欸者」，「歎聲」，吴秘註曰「怒聲」，司馬光曰：「欸，烏開反」，是漢人已用欸字矣。唐人所用「欵乃」之欵音襖，乃音藹，蓋歌聲非歎聲。方言所云，蓋然詞非歎詞，今當以法言爲證。蓋謂始皇方獵六國，而王翦又且爲之磨牙吮吻，嘆其不足，以肆其噬嗑之酷，而助其暴虐也。朱子所引史、漢亦通。蓋字之偏旁，口與欠亦多通用，如嘆歎是也。則唉、欸亦可相通，明矣。或曰，還當作惆欸之欸字。欸者，叩也。有感觸之義，未知其審。緒，餘也。步，行也。邸，王逸曰：「舍也」是矣。朱子曰「至也」，亦是。蓋邸、抵可通用。洪氏曰：「邸無舍義。」引風賦曰：「邸華葉而振氣。」註曰：「邸，觸也。」未之思矣。夫邸、抵、觝，古多通用，而古人名所居之處爲邸舍久矣，孰謂邸無舍義也？一又作低，朱子謂如招魂「軒輬既低」之低，非是。二句蓋謂行於此而止於彼，如離騷「步余馬於蘭皐，馳椒丘焉止息」之意也。方林，猶言廣林也。舊解爲地名，非是。以上山皐照之，可見也。或曰，爾雅曰「野外曰林」，亦通。上曰步，下曰邸；上曰馬，下曰車；上曰山，下曰林，參差互文耳。蓋謂乘此車馬，驅馳於山林之道間也。楚辭此類甚多，讀者須以意會。此承上章既渡江、湘而言。王逸曰：「言己登鄂渚高岸，還望楚國，向秋冬北風，愁而長歎，心中憂思也。」瑗按：南夷莫吾知，而屈子長往之志決矣。又復回顧而太息，若不忍去者何也？既不忍去矣，又馳車馬而不少息者何也？蓋不忍去者，屈子之本心，忠厚之至也，而決去者，不得已之至情，保身之哲也。二者固並行而不背也。上章言江、湘由水路而進，此章言車馬由陸路而進。上二句還屬上章意。或曰，「乘鄂渚而反顧」二句，謂己徘徊江上，有感於道路風景之殊，歎其不見知於世俗耳，無不忍去國之意。不忍去者，固屈子之本心。而此篇方道其隱遁之決，而通篇絶無一句留戀之意。古人作文篇各有旨，奚必拘拘於此？前人謂註杜詩者篇篇句句字字解爲忠君愛國之意，則杜詩掃地矣，楚辭亦然。瑗按：或人之説亦甚有理，故附録之。

乘舲船余上沅兮，齊吴榜而擊汰。船容與而不進兮，淹回水而凝滯。朝發枉渚兮，夕宿辰陽。苟余心之端直兮，雖僻遠其何傷。

乘，載也。舲船，船有窻牖者，或曰小船也。上，謂泝流而逆上也。沅，水名。齊，整也，謂整理其櫂也。朱子曰：「齊時並舉也。」瑗按：哀郢曰：「楫齊揚以容與」，則解作齊時並舉爲切。而此只云「齊榜」當解作整理之義爲順，不必拘一也。吴，國名。榜，櫂也。朱子曰：「蓋效吴人所爲之櫂，如云越舲蜀艇也。」洪氏曰：疑與艅同。艅船也，見字書。或曰，「吴」恐當作「吾」，屈子每以余、吾對言，聲相同而誤也。瑗按：九歌稱吴戈秦弓，此作吴爲是。汰，水波回紋也。蓋舉櫂擊水而生波紋，而櫂又復撓之，故曰擊汰。容與，不進貌。淹，凝滯貌。回、洄通，古文省耳。逆流而上曰泝洄，言齊榜擊汰，可謂用力矣。然船猶容與不進者，蓋以淹留於回水而逆上之，故凝滯也。三句皆承上「上沅」二字言之，以見逆流之難耳。舊俱解作眷戀故鄉之意，恐未必然。枉渚、辰陽皆地名。前漢武陵郡有辰陽。水經云：「沅水東逕辰陽縣，東南合辰水」，又東歷小灣，謂之枉渚。按水經，則此二句又順流而下矣。朝發枉渚，夕宿辰陽，可見順流舟行之速也。大抵「旦余將濟乎江、湘」至此十餘句，皆實紀道路之曲折，非泛語也。旦濟江、湘，謂横渡江、湘之水而西上也，車馬之乘又由陸路而東走矣，故下以「上沅」字別之。乘船上沅，又西泝沅、江之水矣。而朝發枉渚，夕宿辰陽又順流而東下矣。地勢之紆曲，水陸而並進，情景之蕭索，數十字之間具見之矣。下文但言入漵浦居山林，而不復舉其地名者，屈子此時，其志殆將隱於武陵乎？故至今人談山水之幽者，尚稱武陵源焉？又按後漢書郡國志，南郡秭歸，本國屬武陵。註云：縣北百里有屈原故宅，則屈原武人也。涉江之作，其孔子「歸與，歸與」之嘆乎？此上數十字若泛泛而讀之，不惟只見其語之顛倒重復爲可厭，而亦爲無謂之詞，諷誦之間吾見其嚼蠟矣。端，正也。直，不曲也。皆指心言。易曰：「敬以直内」。僻，幽也。二句結上起下之詞，其意蓋謂吾道之苟是，而吾身雖晦亦無妨也。

入漵浦余儃佪兮，迷不知吾之所如。深林杳以冥冥兮，乃猨狖之所居。山峻高以蔽日兮，下幽晦以多雨。霰雪紛其無垠兮，雲霏霏其承宇。哀吾生之無樂兮，幽獨處乎山中。吾不能變心以從俗兮，固將愁苦而終窮。

此承上章末二句而言。五臣曰：「漵亦浦類。」蓋漵浦皆水中可居者，洲渚之别名耳。舊解爲地名，非是。儃佪，徘佪自得之意。五臣解作邅轉廻旋、紆曲深奧之意，亦通。如，往也。迷不知吾所如，言己隱入漵浦之深徘佪自樂，而世俗之人蓋有迷不知吾之所往者矣。夫且不知其所往矣，則彼讒人又烏得而害之哉？下文林之密，山之深，亦皆承此句而發揮之耳。杳冥冥，皆深晦之意。猨狖，獸名，見九歌。一句言入林之深，與猨狖同居也，蓋大舜與木石居，與鹿豕游之意，舊註解爲非賢智所處，謬矣。屈子方且欲使世人不知其所如也，又奚厭乎深眇哉？至於下文哀其無樂，而幽獨愁苦而終窮者，是又甚言其山中之寂寞，而非人之所堪，而已則甘之不能變心以從俗也。所謂人不堪憂，回也不改其樂之意，讀者須會作者之意可也。峻，亦高也。蔽日，甚言其山之高也。下，山之下也。霰雨，凍如珠將爲雪而先落者也。詩曰：「如彼雨雪，先集維霰。」紛，盛貌。垠，畔岸也。無垠，言霰雪之漫漫無涯也。霏霏，雲盛貌。宇，屋簷也。蓋山高則宇高，故雲氣反在下而承之也。雲、日，言山上之峻高。雨、雪，言山下之幽晦。林木猨狖，又言山中之深隩也。其無樂可知矣，其幽獨可知矣，其愁苦可知矣。屈子寧甘於終窮，而終不能變心以從俗者，其志又可知矣，豈以寂寞而悲怨乎哉？讀者以意逆志可也。嗚呼！其與矰弋機而在上，罻羅張而在下，願側身而無所者，又優游而可樂矣。此屈子所以決於隱而不疑也，此所以旦欲濟乎江、湘也，此所以世人迷不知所如也。而彼讒人者，方且鼓如簧之口而呶呶不已，何哉？其亦不量屈子之心矣。瑗按：上言秋冬緒風，此言雲雨霰雪，此蓋實紀其時也，而王逸俱解爲取譬之説，大謬矣。

接輿髡首兮，桑户贏行。忠不必用兮，賢不必以。伍子逢殃兮，比干菹醢。與前世而皆然兮，吾又何怨乎今之人？余將董道而不豫兮，固將重昏而終身。

接輿，楚狂也，見論語，歌鳳衰以譏孔子者也。髡，去髮也。髡首，謂剔去其頭之髮也。法言曰：「狂接輿之被其髮也。」蓋初被髮佯狂，後乃自髡避世不仕也，故或稱被髮或稱髡首。桑扈，亦隱士也。即莊子所謂「嗟來桑户乎」，是也。户、扈通用，或從省也。臝行，謂赤體而行也。朱子疑論語所謂子桑伯子，亦是此人。蓋夫子稱其簡，家語又云「伯子不衣冠而處」，夫子譏其欲同人道於牛馬，即此臝行之證也。以，亦用也。伍子，吴相伍員子胥也。諫夫差令伐越，不聽，賜劒自死，盛以鴟夷而浮之江，故曰逢殃。逢殃，遭禍也。見左傳、史記及莊子、鄒陽書，諸傳多有之。比干，紂之諸父，一曰紂之庶兄，聖人也。紂惑妲己，作糟丘酒池，長夜之飲，斮朝涉，刳孕婦，比干正諫。紂怒曰：吾聞聖人之心有七竅，於是乃殺比干，剖其心而觀之，故曰葅醢。葅，淹菜。醢，肉醬也。亦見離騷、天問。忠不必用，言伍子、比干也。賢不必以，言接輿、桑扈也。以忠賢二句横入四子之中，楚辭多有此體。前世皆然，指上四子。今之人指南夷也，壅君讒黨在其中矣。蓋謂處暗世遇亂君，賢者屈伏，忠臣見害，自前古而已盡然矣。而我今之遭讒被怒，又何獨怨乎？蓋援引往昔以自寬慰，深明己之無怨也。五臣曰：「此自抑之詞」，是矣。董，督也。道，謂前途之道路也。不豫，不猶豫而狐疑也，決之之辭。重昏，言山中杳冥幽晦也。重昏終身，即上愁苦終窮之意。二句言因歷觀自古前賢，皆不能得行其道而多被患害，故已深有所感，催督上道，而决於隱去無疑。甘處深山，杳冥幽晦以終身也。董道不豫，謂自湘而鄂，自鄂而沅，自沅而辰陽，决於隱去也。應上「旦余將濟乎江湘」以下十餘句，有易「見幾而作」、「介於石，不終日」之意，舊註董道爲正身直行，非是。重昏終身，應上「入溆浦」以下十餘句，有大舜飯糗茹草，若將終身焉之意。大抵此篇極明白整齊，有脉絡條理。篇首「奇服」至「寶璐」一段是頭腦，言己之所好尚如此。「世溷濁莫余知」與「哀南夷莫余知」提起對看，皆承奇服説來。世溷濁是泛舉一世而言，至日月齊光爲一段，故其詞爲輕舉遠遊之意。「哀南夷」是專指楚國而言，至重昏終身爲一段，故其詞爲隱遁山林之意。上段是託言而遣興，下段是紀其實而有所指，非復比興寄託之言。與上段稍不同，讀者不可不察。然下段又有三小段，意「旦余將濟乎江湘」至「僻遠何傷」是一段，叙隱去之道路；「入溆浦」至「愁苦終窮」是一段，叙隱居之處所及山林之幽晦，亦承僻遠何傷而來也；「接輿髡首」至「重昏終身」是一段，以自寬其憂，决其志，總承上二段而來也。

亂曰：鸞鳥鳳凰，日以遠兮。燕雀烏鵲，巢堂壇兮。露申辛夷，死林薄兮。腥臊並御，芳不得薄兮。陰陽易位，時不當兮。懷信侘傺，忽乎吾將行兮。

鸞與鳳、凰三者，皆神俊之鳥，治世則見，亂世則隱。日以遠，謂當時世亂而遠去也。燕，玄鳥也。雀，鷽鷚之類。烏，鵶也。鵲，乾鵲。四者皆凡庸之鳥。巢，鳥窠也。王逸曰：「高殿敞揚爲堂，平場廣坦爲壇。」又「中庭爲壇」。瑗按：尚書金縢註曰「築土曰壇」，禮記祭法註曰：「起土曰壇」，是壇乃起土而築之者也。此所謂壇者，蓋指臺觀之類歟？朱子以此上四句比仁賢遠去，而讒佞見親也。露申，朱子曰未詳。辛夷，香草也。死，謂枯槁也。叢木曰林，草木交錯曰薄。王逸曰：「露，暴也。申，重也。言重積辛夷露而暴之，使死於林薄之中，猶言取賢明君子，棄之山野，使之顛墜也。」瑗按：王解露申亦爲牽强，詳本文正意。則露申似亦是香草之名，離騷及惜誦凡三言申椒，所謂申者或指露申歟？他無所據，未考其審，姑缺之。此二句只言香草死林薄，則薋菉葹以盈室，服艾以盈腰，蘇糞壤以充幃可知矣。腥臊，膻臭之惡味也。御，用也。並御，謂兼收並蓄而不舍之意。芳，香味也，指椒蘭薑桂之屬。薄，附也。左傳曰：「薄而觀之」。薄，迫也，逼近之意，與上林薄之薄音同而義異。朱子以此上四句比污賤並進，而芳潔不容也。陰陽易位時不當，如春夏行秋冬之令，秋冬行春夏之令，皆是時不當位而變易也。瑗疑此二句又似自從易小象來。大抵此上十句，或以動物，或以植物，或以人事，或以天時，喻君子小人之失常。下言己所以懷信侘傺，而忽乎吾將行以遠隱者爲此故也。懷信，舊説謂己懷忠信之道不合於衆，故悵然而遠行也。或曰，惜誦云：「恐情質之不信兮，故重著以自明。」故此云懷信，謂不忘前日之言也。前篇已有隱之之意，至此則隱之之意决矣。瑗按：此篇在惜誦之後，而此篇又不過發明前篇篇末二章之旨。前篇其詞危，此篇其詞平。前篇其志悲，此篇其志肆。大抵涉江之作欲隱而去，故從容冲雅，怨而不怒，哀而不傷。有甘貧苦安淡薄，若將終身焉之意。可謂善於處窮，能於避讒而從容乎退以義者矣。世俗不深考究，遂謂屈平一遭放逐，不勝鬱鬱無聊之意，自投水死，何其議人之疏，而觀書之畧也。前篇雖多怨詞，大抵皆關於君國者，而自歎之詞又多和平雅淡，讀者不可不知也。朱子曰：「此篇多以余、吾並稱，詳其文意余平而吾倨也。」瑗按：余、吾他篇亦屢屢言之，細味此篇之旨，朱子之説未必盡然。曰「世溷濁而莫余知」，曰「旦余將濟乎江、湘」，亦未見其平也。曰「吾與重華遊兮瑶之圃」，「吾與天地兮比壽」，亦未見其倨也。洪氏曰：「此篇言己佩服殊異，抗志高遠，國無人知之者，徘徊江之上，嘆小人在位，而君子遇害也。」得之矣。

楚辭集解九章卷

新安　汪瑗　玉卿　集解
姪　仲弘　補輯

哀郢

瑗按：史記楚世家：周成王時，封楚熊繹於丹陽，及楚文王自丹陽徙都江陵，謂之郢。後九世，平王城之。楚頃襄王之子爲考烈王，考烈王二十二年徙都壽春，命曰東郢。屈平當考烈王徙壽春之時，死已久矣。此郢乃指江陵之郢，頃襄王時事也。又按秦世家，秦昭王時，比年攻伐，列國赦罪人而遷之。二十七八年間，連三攻楚，拔黔中，取鄢、鄧，赦楚罪人，遷之南陽。二十九年，當頃襄王之二十一年，又攻楚而拔之，遂取郢。更東至竟陵以爲南郡，燒墓夷陵。襄王兵散敗走，遂不復戰，東北退保於陳城，而江陵之郢不復爲楚所有矣。秦又赦楚罪人而遷之東方，屈原亦在罪人赦遷之中。悲故都之云亡，傷主上之敗辱，而感己去終古之所居，遭讒妬之永廢，此哀郢之所由作也。其曰「方仲春而東遷」，曰「今逍遥而來東」，其遷於東方無疑。但過夏浦，上洞庭，渡大江，不知其實爲東方之何郡邑也？舊註謂屈原被楚王遷己於江南所作，非也。朱子又謂原被放時，適會凶荒，人民離散，而原亦在行中。夫所謂「何百姓之震愆」，「民離散而相失」者，乃指國亡君敗，百姓被秦遷徙，即史記之所謂「襄王兵散，遂不復戰」，而東走是也。朱子謂離散爲凶荒，絶無所據，失其旨矣。

皇天之不純命兮，何百姓之震愆。民離散而相失兮，方仲春而東遷。

純命，謂天命不雜而有常也。今楚之失國，則雜亂而無常矣。瑗按：詩、書叙喪亂之故，多歸之天命。太史公曰：「人窮則反本，故勞苦倦極，未嘗不呼天也」，是矣。震愆，驚惶失錯也。離散而相失，猶孟子所謂「父子不相見，兄弟妻子離散」也，即承上句而申言之耳。仲春，二月也，此特紀其時爾。朱子從王逸之説而推衍之，謂二月陰陽之中，沖和之氣，人民和樂之時也，其説精矣。恐當時屈子本無此意，不然下文曰「甲之朝吾以行」，又將何以解之耶？昔秦昭王遣將白起攻楚，遂拔郢，赦罪人而遷之於東。屈原久遭罪廢，亦在行中。閔其流離，因以自傷，無所歸咎，而歎恨皇天之不純其命，不能祐我國家相協民居，而使國亡君敗，民遭此流離之苦也。此下十一節，皆承東遷而言。

去故鄉而就遠兮，遵江夏以流亡。出國門而軫懷兮，甲之朝吾以行。

故鄉，指郢都也。就遠，謂東遷也。遵，循也。江、夏，二水名。此句總言之下八節，又以江與夏分言之。第十一節「曰江與夏之不可涉」，又總言以結之也。流亡，謂爲罪人而遷徙也。王逸曰：「言己東行，循江、夏之水而遂流亡，無還鄉之期也。」軫，痛也。甲，日也。朝，旦也。言以甲日朝旦而啓行也。瑗按：上章紀其時，此章紀其日。史記載拔郢之歲不紀時日，觀此可以推矣。豈獨少陵爲詩史哉？人但知少陵之詩可以考唐之亂，而不知屈子之騷尤可以徵楚國之敗也。

發郢都而去閭兮，怊荒忽其焉極。楫齊揚以容與兮，哀見君而不再得。

郢都，即指漢南郡江陵縣也。閭，里門也。怊，悵然貌。慌惚，不定貌。焉極，猶言無窮也。楫，船櫂也。齊揚，衆舟同舉也。容與，徘徊貌，不忍遽離故鄉也。上章言行猶未行也，此則發舟而長逝矣。瑗按：「何百里之震愆」，「民離散而相失」，「楫齊揚以容與」，則可以知東遷者，非只屈原一人也。而篇内之所謂「去故鄉而就遠」，「發郢都而去閭」，「望長楸而歎息」，「哀州土之平樂」，其所叙流離等語，非獨述一己之懷也。蓋將以衆人之憂而爲憂也。至於「哀見君而不再得」，「曾不知夏之爲丘，孰兩東門之可蕪」，「至今九年而不復」，則其愁思之所在，微意之所存，衆人有不得而知者矣。

望長楸而太息兮，涕淫淫其若霰。過夏首而西浮兮，顧龍門而不見。

楸，梓也。長楸，所謂故國之喬木，而古人多於墳墓上種之，故後世亦指墳墓爲松楸。望而太息，謂瞻望弗及，令人痛傷也。淫淫，不止貌。霰，雨雪雜下也，字見詩與爾雅。淫淫若霰，涕泣之甚也。始而望焉，既而太息焉，既而涕泣焉，其情之愈哀愈甚者。蓋古人去國則哭于墓而後行，哀墓之無主也。柳子厚曰：「每遇寒食，皂隸庸丐皆得上父母丘墓。馬醫夏畦之鬼，無不受子孫之養者。」今此東遷終無反國之期，而丘壟之永無主矣，能不哀哉？橫渡水曰過。夏首，夏水口也。西浮，謂西向而流也。回首曰顧。龍門，王逸及水經皆謂郢城之東門，是也。前所出國門而軫懷，即出此門也。江陵記以爲楚南門，朱子從之，非是。上云「遵江夏以流亡」，蓋自郢都而東行也。此云「過夏首而西浮」，是又橫過夏口而向西浮。故回首顧望，而不見都門，則其悲愈甚矣。瑗按：此上三章，初言去故鄉，次言去閭里，次言去墳墓，其叙事以漸而愈切。初言軫懷，次言恍惚，次言涕泣，其叙情以漸而愈甚。讀者須知此意，而庶乎不見其爲重複之可厭也。

心嬋媛而傷懷兮，眇不知其所蹠。順風波而流從兮，焉洋洋而爲客。

嬋媛，顧戀留連之意。眇，猶遠也。蹠，踐也。水東流爲順。流從，順流而從也。此云順風波而流從，則又從西而轉之於東矣。焉，音煙，洪氏如字讀，非是。洋洋，無所歸貌。此承上章，而言已顧視龍門，不可得見，則心戀懷傷，眇然不知其所踐矣。且今順此風波，縱其漂流而洋洋乎，果將安所而爲客邪？蓋故設爲無所歸止之詞，以見去故鄉而就遠也。下章「忽翱翔之焉薄」，意倣此。或曰，戰國之時，其徙都遷民固其常事，然罪人倉卒被驅，逐吏而行，實未有的知其果遷於何所者，非特設言耳。蓋不使之知者，恐其豫防生變，而敵國邀擊之也。其說亦通。

淩陽侯之氾濫兮，忽翱翔之焉薄。心絓結而不解兮，思蹇産而不釋。

淩，憑淩也。其舟楫之簸盪乎水，若憑淩之耳。舊註曰乘也。陽侯，水神也。戰國策曰：「塞漏舟而輕陽侯之波，則舟覆矣。」淮南曰：「陽侯之波逆流而擊」，註云：「陽侯，陵陽國侯也。其國近水，溺死於水。其神能爲大波，因謂之陽侯之波也。」氾濫，大水貌。薄，止也。翱翔焉薄，言人之漂泊而行不知所歸，猶鳥之翱翔而飛不知所止也。絓，懸也。蹇産，詰曲貌。洪氏曰：「山曲曰巎嵼。」蹇産，古省文耳。絓結，言憂心如繩之絓結而約束不可解。蹇産，言憂思如山之蹇産而局促，不能開豁也。此承上章而申言之耳。「淩陽侯之氾濫」，即「順風波而流從」也。「忽翱翔之焉薄」，即「眇不知其所蹠」，「焉洋洋而爲客」也。「心絓結而不解」二句，即「心嬋媛而傷懷」也。

將運舟而下浮兮，上洞庭而下江。去終古之所居兮，今逍遥而來東。

運，回轉也。地勢以東爲下，下浮，謂順流而下浮也，即上順風波而流從之意。前言過夏首而西浮也，今又將運舟而東浮矣。方將運舟而東浮也，則又將上洞庭逆流而泝矣。方且逆流而泝也，則又將順流而下江矣。二句之間，其道里之縈紆，遷客之顛沛，具見之矣。然謂之曰下江，則此時蓋已過夏水而入大江矣。終古之居，謂先人自古居於此土，而子孫百世不遷者也。今則失之，漂揺而來東矣。瑗按：此上三章，初言不知其所蹠，次言翱翔之焉薄，設爲無所歸止之詞。終言逍遥而來東，卒指其所向之方以實之也。詩經多有此體。又按：逍遥，本優游行樂之意，今又當解作漂摇流落之意，故讀古書者，不可以詞害意也。或曰，首二句言道里之縈紆，第三句言故鄉之日遠，末句言遷謫之流離。

羌靈魂之欲歸兮，何須臾而忘返。背夏浦而西思兮，哀故都之日遠。

靈魂，猶今言魂靈謂人之精神夢想也。王逸曰：「精神夢遊，還故居也。」是矣。須臾，頃刻也。返，猶還也，謂還故都也。二句言夢寐之思故都，無頃刻而忘之，其眷戀之情可知矣。浦，水中之沙洲也。背夏浦，謂己過夏浦而在己背後也。西思，謂漸近所遷之東方，而郢都又在於西矣，故曰背夏浦而西思。思者，默念深想之意，非回首顧望之謂也。此時蓋已過夏水，出洞庭入大江久矣。故都之日遠矣，故哀思之深而夢寐之不忘也。朱子曰：「時未過夏浦，故皆之而回首西向，以思郢也。」非是。或曰，上二句言夢寐之頻，下二句言思歸之甚。惟其思之甚，故夢之頻也。

登大墳以遠望兮，聊以舒吾憂心。哀州土之平樂兮，悲江介之遺風。

水中高者爲墳，詩曰「遵彼汝墳」是也。大墳則可以望遠矣。遠望，遥瞻郢都也。上章言思之，此則言望之矣。州土，謂郢都之風土也。平樂，謂地寬平而人饒富也。江，謂大江也。蓋此時夏水雖盡，而大江猶未過也。介，間也，與界同。一正作界。遺風，猶言緒風也。此章言己登大墳以回望故都，本欲聊以舒吾之憂心。然故都平樂之風土日邈以遠，而漂泊於此大江之介，感風景之殊，使吾之心益哀而悲焉。朱子解遺風爲「故家遺俗之善也」，非是。

當陵陽之焉至兮，淼南渡之焉如？曾不知夏之爲丘兮，孰兩東門之可蕪？

陵陽，朱子曰未詳。瑗按：洪氏解前陽侯，引淮南註曰：「陽侯，陵陽國侯也。」則此陵陽即陽侯也，明矣。陽侯兼稱其爵，陵陽專稱其國耳。洪氏解此又引仙人陵陽子爲説，是亦過求之弊也。當陵陽之「當」，如兩雄力相當之當，謂陵陽之波起而舟以當之也，其義與前陵字相近。焉至，猶言何所歸也。淼，渺同，滉漾無涯貌。渡，濟也。於是始南過大江，而迫近所遷之地矣。焉如，猶言何所往也。此二句互文而重言之耳。蓋言己乘此陵陽之波，淼然南渡大江矣，果將何所歸而何所往耶？實反言以深見遷客之流離，故都之日遠也。上言「方仲春而東遷」，「今逍遥而來東」，則當時所遷之地乃在東方。而此云南渡者，蓋南渡大江者，所由之路，而所遷之方，又將從南而轉歸於東也。或曰，當時所遷之地恐在東南之方，而非正東也，未知其審。大抵此上所言經由之道，自郢至東皆係水路，其大勢雖不過沿江、夏二水之間。然或東，或西，或南，或上，或下，其水勢之曲折縈迴。叙述最詳，非嘗遠遊經歷者不知此意。嚴滄浪曰：「九歌不如九章，九章哀郢尤妙。」蓋指此也。如以詞而已矣，未見其勝諸篇也。瑗嘗謂此文似一篇遊山之記，蓋有得乎禹貢紀事之法，但脱胎换骨，極爲妙手，非後世規規模擬者比也。其所叙憂愁之情者，特欲雜之以成章耳。不知者，鮮不以爲重複可厭也。但今瑗所註者，特按文畫圖以意推測而言之，未知其果是否也？嘗欲裹粻，直至郢都，遵江、夏以遨遊，而遍歷其地，親訪遺迹，則此文之妙，當有出於想像之外者矣。惜乎此時未暇，且姑依文以釋之，尚竢親歷而更訂焉。夏，大屋也。丘，荒墟也，夏之爲丘指宫殿而言。孰，誰也。兩東門，郢都東關有二門也。蕪，穢也，東門之蕪指城郭而言。瑗按：秦將拔郢之時，而城郭宫殿其燬者多矣。史記獨載燒墓夷陵者，舉其重者而言也。吾故曰，離騷足以徵楚國之敗者，此類是也。或曰，屈子備言宫殿城郭，而不言燒墓何也？曰「望長楸而太息」，蓋已先言之矣。此騷之可以爲史也。然夏屋已丘墟矣，而襄王曾不知之城門已蕪穢矣。而曾不知先王所設以守國者不可廢也，非真不知也。安於敗亡甘受困辱，而無恢復之志。若付之不知也，則襄王之不足以有爲可知矣。屈子之責襄王者深矣。又按：此上三節，初言故都之日遠，次言州土之平樂，次言城郭宫殿之丘蕪。其叙事以漸而切，而情亦因之矣。

心不怡之長久兮，憂與憂其相接。惟郢路之遼遠兮，江與夏之不可涉。

怡，樂也。憂憂相接，言憂心如連環不斷絶也。朱子曰：「首尾如一，繼續無已也。」此句即申言「心不怡之長久」。然其所以憂而不樂之意，蓋悲遷流於東，而郢路遼遠，故都云亡，江與夏之不可復涉矣。江與夏之不可涉，謂從此再不得復涉江、夏而歸郢都耳。瑗按：此篇乃是東遷既至於其所，而追思途中之情所經之道而作者。故叙道路之曲折，詳細始終具備如此焉。此上十一節，皆述去國之悲及所經之道也。此下四節，蓋悲己之久放，遭讒之嫉妬也。亂辭則兼此二意。

忽若去而不信兮，至今九年而不復。慘鬱鬱而不通兮，蹇侘傺而含慼。

忽若去，猶言忽若遺也。不信，不信任也。不復，不召還也。按秦拔郢在頃襄王二十一年，今曰九年不復，則見廢當在頃襄王十三年矣。但無所考其因何事而廢耳。朱子解「夏之爲丘」「東門之蕪」，曰不知在拔郢後幾年也。又曰：「此云九年不復，不知的在何時也？」夫夏之丘、門之蕪，即爲秦將白起拔郢燒陵之事無疑矣。又曰「不知在此後幾年」，惟其不以此篇爲拔郢之時所作，故不知所廢之年，是皆未之深思也。慘，感傷貌。不通，言憤懣之氣填塞於胷也。

侘傺，猶傍偟也，失志貌。蹙，促也。含蹙，言心中之局促也。此章言己廢斥之久，而憂思之深也。

外承歡之汋約兮，諶荏弱而難持。忠湛湛而願進兮，妬披離而鄣之。

外，外貌也，以見中心之不然。承，奉也。承歡，承奉君之歡心也。汋約，謟媚態，與他所用汋約字不同。諶，誠也。荏，亦弱也。論語曰：「色厲而内荏。」詩曰：「荏染柔木。」瑗按：弱、蒻同。招魂曰：「蒻阿拂壁。」蓋荏蒻皆柔軟之木。此雖無係大義，觀此亦可見古人之用字皆有來歷，而學者不可不知也。難持，不能自主也。二句言佞人之害深，而君心之易溺也。湛湛，澄清貌。忠貞之澄清，與讒諛之溷濁而相反也。願進，欲告之於君也。妬者，忌人之有也。披離，亂雜貌。故花之將敗，草之將衰，皆謂之披離，謂紛披而離散也。舊解爲衆盛貌，蓋以亂雜解之，則衆盛在其中矣。鄣，壅也。此二句言己欲進思盡忠，而讒人妬忌，披離以鄣壅之也。此章承上言黨人之佞，足以傾人君之心，而阻忠臣之進，以見己久廢不復之由也。朱子曰：「言小人外爲諛悦，以奉君之歡適，情態美好，誠使人心意軟弱而不能自持。是以懷忠而願進者，皆爲所嫉妬，而壅蔽不得進也。此章形容邪佞之態最爲精切，讀者宜深味之。則知佞人之所以殆，又信此語與孔聖之言實相發明也。」

彼堯舜之抗行兮，瞭杳杳其薄天。衆讒人之嫉妬兮，被以不慈之僞名。

離騷言茂行，此言抗行。茂言其盛，抗言其高也。瞭，目明也。杳杳，廣遠高大貌，猶論語之所謂「巍巍蕩蕩」也。薄天，所謂「唯天爲大，唯堯則之」也。嫉者，惡人之有也。被，猶加也。不慈，不愛其子也。堯、舜皆以天下與賢，而不與子，故有不慈之名。莊子曰：「堯不慈，舜不孝」，蓋戰國時流俗有此語也。僞名，非實有是事而妄受虚名也。此承上章「妬披離而障之」之句而言，以責讒人也。堯、舜之德行杳杳薄天，可以瞭然無疑，而讒人猶紛紛嫉妬以毀謗之，而僞加之以不慈之名，何其不知量也。嗚呼！堯、舜之行不以讒人嫉妬而有損，則屈子之忠又豈因讒人嫉妬而有所泯哉？吾見讒人之用心日勞日拙，而聖賢之心事愈拭愈明。浮雲之點綴，又何傷於日月之明乎？上官大夫之徒亦可以自省矣。

憎慍惀之脩美兮，好夫人之忼慨。衆踥蹀而日進兮，美超遠而踰邁。

此承上章「諶荏弱而難持」之句而言，以責人君也。憎，惡也。慍，含怒意。惀，怨恨也。惡而至於怒，怒而至於恨，言疾之之甚也。憎慍惀之脩美，猶離騷「覽相觀於四極」之文法，既言覽，又言相，又言觀，以三字相連爲意，古人多有此文法。洪氏解慍爲「心所蘊積也」。思求曉知謂之倫，倫固訓思也，然以慍爲藴，非是。論語曰「人不知而不慍」，此用其字也。又曰「屢憎於人倫」。字雖無所考，以上二字推之，當從予解爲是。吾故曰，解吾人之書當以意會，不可盡以説文爲拘也。脩美，猶言長才也。好，愛也。夫人，指讒人也。忼慨，激烈軒昂之意，本大丈夫之事，非不美也，但讒佞之人外貌故爲此忼慨之態，而其中實懷承歡汋約之心，而人君遂不深察而好之耳。必如屈子之離愍不遷，知死不讓，而後足以謂之忼慨也。故曰「好夫人之忼慨」，以見不知好君子大丈夫之忼慨也。嗚呼！君子之脩美，外若迂闊而其實可大用也，而人君則疾之；小人之忼慨，外若可喜而其實可深惡也，而人君則愛之，此所謂變白以爲黑，倒上以爲下者也。夫白黑上下，兒童之所能辨也；君子小人，庸主之所能知也。然而每每變亂而倒置者，固讒人鄣壅蔽隱之害，而亦由人君之心意軟弱不能自持，樂其承歡汋約之態。故雖明明知其爲君子，而蹇蹇然不能用；明明知其爲小人，而戀戀然不忍舍也，是豈真不知君子小人之分哉？知人則哲，惟帝其難，是固然也。然知之而不能决之者，往古如此者抑又多矣。後世人君之用臣也，可不知慎所愛憎哉。衆，指忼慨之徒。踥蹀，衆進貌。日進，進而不已也。美，指君子之流。超遠，謂超然遠去也。踰邁，猶言遁逸也。惟人君好夫人之忼慨，此所以黨衆之小人紛然而日進也。惟人君憎慍惀之脩美，此所以脩美之君子超然而遠遁也。惟黨衆之小人踥蹀而日進，此所以脩美之君子超然而踰邁也。固有見幾而作，不待遷黜而放逐者矣。嗚呼，小人之進，君子之退也。君子、小人之一進一退，係於君心一念。好惡之微，而國家之治亂存亡隨之矣，可不知所謹哉。下二句承上二句而言，朱子以美超遠而踰邁亦貼小人講，非是。

亂曰：曼余目以流觀兮，冀壹反之何時。鳥飛反故鄉兮，狐死必首丘。信非吾罪而棄逐兮，何日夜而忘之。

曼目，謂引目遠視也。流觀，謂周流徧觀也。冀，期望之意。一反何時，謂意欲期望一還郢都，不知其果於何時而得歸也，蓋甚言其無反國之期耳。鳥反故鄉，思舊巢也。狐死首丘，念舊窟也。首丘，謂以首枕丘而死，不忘其所自生也。禮曰：天地之間，凡有血氣之屬必有知，有知則莫不愛其類。故大鳥獸以至啁噍之微，喪其群匹，越月踰時則必反巡，過其故鄉而鳴號躑躅焉。又曰：「樂樂其所自生，禮不忘其本。古人有言曰，狐死正首丘，仁也。」淮南曰：「鳥飛反鄉，狐死首丘，各哀其所生也。」蓋襲此語。信非吾罪而棄逐，蓋言己之遭放，誠非實有罪過，特以讒人之妬君之不明耳。忘，謂忘其故鄉也。何日夜而忘之，即上「何須臾而忘反」之意。瑗按：此時郢都已破，宮城之毁，陵墓之焚，君上之敗走，百姓之離散，而故國爲荒涼草莽之丘墟矣。屈子猶拳拳欲歸故都者，亦謂得如鳥獸之死于舊巢舊窟足矣。可謂仁之至義之盡矣。自謂重仁襲義，「謹厚以爲豐」者，非虚語也。然懷王客死於秦鄙，襄王旅斃於陳城，竟不以故都爲念。曾不知夏之爲丘，孰兩東門之可蕪也，是誠何心哉？夫郢自楚文王遷都以來，至懷、襄幾四百年，而祖宗舊物一旦爲暴秦所奪，曾不知一思及之。方且卑卑然與之會盟講和，入子爲質，其不足與有爲而無耻也甚矣。獨屈子抱區區之忠，雖無日夜須臾而忘之，亦將奈之何哉。屈子曰「信非吾罪而棄逐」者，非急急于自表暴乎己也，蓋深責襄王之棄賢而亡國也。使襄王聞屈子之言而深悔之，復召還屈子，與之共謀國政，訓練所收十萬之東兵，猶足以馳騁乎天下矣。況區區之郢都，又豈有不可復者哉？嗚呼哀郢之作，而以讒人之嫉妬，用賢之倒置終之，豈無意乎？襄王迷而不悟，懦而無爲，使屈子之志竟莫能伸，而千古之恨至今誦之，令人太息不已。故太史公讀哀郢而悲其志焉。

楚辭集解九章卷

新安　汪瑗　玉卿　集解
姪　仲弘　補輯

抽思

哀郢曰「方仲春而東遷」，懷沙曰「滔滔孟夏」，抽思曰「悲秋風之動容」，可以考其所作之時矣。洪氏曰：「屈原以仲春去國，以孟夏徂南土。」則抽思其作於是年之秋歟？作於是年之秋，則序當在懷沙之後矣，是頃襄王時所作。王逸以爲指懷王，非是也。或曰，抽思作於哀郢之後，在頃襄王之時，是矣。然抽思尚多愁嘆苦神之語，猶望「覽民尤以自鎮」，「結微情以陳辭」。而懷沙乃多舒憂娱哀之言，寃屈而自抑，抑心而自强而已耳。其氣漸平，其怨稍殺，意者抽思作於東遷之秋，懷沙作於次年之夏者也，今按其説亦通。未知其審，不敢輙自移易，姑從舊序。因綴其説於題下，以竢後之君子有所考據而訂證。云其篇内大旨，則因秋夜有感，述己思君念民，流離遷謫，夢歸故鄉之情之所作也。其間何極而不至，遠聞而難虧，善不由外來，名不可虚作數語，又深有得乎吾儒性理之學切實之功，而非宋、景、鄒、枚之徒之所能窺其萬一者也。戰國之時，孟子之外一人而已，豈特楚之巨擘而已哉。

心鬱鬱之憂思兮，獨永歎乎增傷。思蹇産之不釋兮，曼遭夜之方長。悲秋風之動容兮，何回極之浮浮。數惟蓀之多怒兮，傷余心之懮懮。

鬱鬱，鬱而又鬱，憂思之甚也。永歎增傷，申言憂之甚也。蹇産不釋，申言思之甚也。曼，亦長也。謂之曰遭夜方長，則孟秋之夜也。此上四句海虞吴訥以爲比體，大謬矣。秋風動容，謂寒氣中人，使人顔容蕭索而變易也。動容，猶言變色改容耳。舊説俱謂秋風起而草木變色，非是。回如悲回風之回，言風之旋轉不舍也。極，盛也。浮浮，猶飄飄也。言秋風之浮浮然回旋飄轉，極盛而不止，故其氣之慘凄凛冽，足以傷懷而損容也。王逸訓極爲中，言楚王爲回邪之政不合道中，則其化浮浮流行，群下皆效。洪氏訓極爲至，言回邪盛行，猶秋風之摇落萬物也。訓極爲至，似矣，而意又依王説。朱子疑回極指天極回旋之樞軸，浮浮言其運轉之速而不可常，皆非是也。此句即應上秋風字而言之，亦文順而意穩矣，又何必析而斷之，以他求説邪。

數，音朔，頻也，舊作上聲讀。蓀，香草，以喻君也，後倣此。多怒，怒而無節也。懮懮，痛傷貌。此章言己之所以憂思者，因感秋夜之長，秋風之厲，已鬱鬱於懷矣。而復憶楚王之爲人，數數然多怒而無節，有如秋風之浮浮然，回旋而不舍，益使己心之懮懮然而痛傷也。屈子愛君之心，可謂無往而不在矣。瑗按：悲秋之説實昉於此。而後世詞客皆謂宋玉悲秋，而不知屈子已先之久矣。王十朋又謂詩人之用故事，多舍祖而取孫，是何言哉。瑗每嘆世人讀書多不揣其本而齊其末，雖博雅君子不能無此病，故附其説耳。

願遥赴而横奔兮，覽民尤以自鎮。結微情以陳辭兮，矯以遺夫美人。

此下至少歌，皆承上章惟蓀多怒而言。願，欲也。遥赴，不憚遠勞也。横奔，不暇從容也。或曰，遥赴，直言之；横奔，横言之，亦通。大抵急於救民親君故也。覽，猶省察也。罪自外至曰尤。楚王多怒，性暴無常，則民之獲罪，有非其所自取者矣。鎮，謂安撫之也。結微情以陳辭，謂摶結此微情以爲辭而陳之也。情者，辭之藴；辭者，情之著。下倣此。矯，舉也。美人，亦指君也，後倣此。此章言己欲急於救民者，蓋見民之遭怒多非其罪，而己欲往一安撫之以慰民心，遂將此情以告之於君，使知有所改而息其怒也。然言卒有不可結而詒者，故感秋風之起，而思君憂國之情有不能忘者焉。覽民尤一句，欲救民也。結微情二句，欲匡君也。然匡君者又所以爲救民之本也。

昔君與我成言兮，曰黄昏以爲期。羌中道而回畔兮，反既有此他志。

昔，謂往日也。成言，謂君昔日委任之時，相約共謀國政而有一定之言也。如春秋平成之成，謂戰國君臣多有盟誓之事。觀此語，屈子屢述其意，或當時亦有約言，而後倍之者也。曰者，叙君始約成言之詞，黄昏以爲期是也。黄昏，日没之時，喻晚節也。淮南子曰：「日薄於虞淵，是謂黄昏。」黄昏者一日之終，喻人一身之終也。言楚王昔日與己相約之成言，曾以終身爲期而毋許變易也。中道回畔，此又以行路而喻成言之不終也。戰國策曰：「行百里者，半於九十。」言末路之難也。反，復也。他志，謂生别意，而皆昔日之成言也。王逸曰「信用讒人」，「謂己不忠，遂外疏也」，是矣。此章言君與己始親而終疏，已合而復離。有言而不信，蓋亦多怒無常之所使然也。前解黄昏是從王、洪之説，甚爲明白。朱子以婚禮釋之，頗覺迂濶，非是。

憍吾以其美好兮，覽余以其脩姱。與余言而不信兮，蓋爲余而造怒。

憍，驕同，矜也。莊子曰：「虛憍而盛氣。」荀子曰：「憍泄者，人之殃也。」覽，猶示也。脩姱，亦美好也。美好脩姱，喻才能也。此章言楚王自恃其才能，驕矜誇示於己，故畔成言而怒逐己也。瑗按：當是時，懷王已客死於外，而己又失郢都，正當卧薪嘗膽，延攬英雄，相與共治以圖報讎之舉。顧乃聽信奸佞，怒逐忠良，方且箕踞自恣回畔成言，是誠何心也？夫國家可以一人有，而不可以一人理；可與君子共，而不可使小人參也，久矣。又況介於秦、齊强暴之間，侵伐多事之際，父讎未報之日，社稷燬敗之餘，其可恬然而安，磬然而肆乎？匹夫有怨，尚欲報之，以萬乘而坐受困辱，宜爲射者之所不取也，況屈子又安能恝然於懷乎？嗚呼！拔郢燒陵之慘，東走陳城之辱，頃襄王之所自取，無足責也。然而國亡君敗，正忠臣志士勠力王室之秋。而以屈子之精誠才能，曾不得效犬馬於其間，而爲大厦將顛之一木，可慨也夫。

願承間而自察兮，心震悼而不敢。悲夷猶而冀進兮，心怛傷之憺憺。

間，閒暇也。莊子曰「今日宴間」是也。察，明也。震悼，猶言戰慄也。不敢，不敢進而自明也。或曰，前結微情以陳辭，將以言而致之君也；此云承間自察，則欲面諫之矣。其情愈切而其事愈難，其心愈悲矣。夷猶，遲回之意。所謂足將進而趦趄是也。怛傷，惻怛而傷感也。憺憺，怛傷貌。洪氏解爲安静，非是。九辯曰「心煩憺兮忘食事」，是憺不獨解爲恬憺之憺。讀古人書要當以意會，隨其章旨而解之，不可執一定之訓詁説文也。下二句即申言上二句之意。大都謂己欲乘間冀進，而自明其情。然心復悼傷，而不敢進者，恐君之多怒，不惟其言之不聽，而反重得罪故也。朱子之解又多一轉折，非是。至曰：「觀此則知屈原事君惓惓之意，蓋極深厚，豈樂以悻直犯上而取名者哉？」則其説深得屈子之心，而足以表章千載沉鬱之旨。顔之推病其「顯暴君過」，班孟堅譏其「責數懷王」，其妄誣之非，可以不攻而自破矣。或謂承間爲乘其間隙之時。間，去聲讀，其意亦相通也。瑗按：此上四章，言今日之所欲陳，下四章，追述昔日之所已陳者也。

歷茲情以陳辭兮，蓀佯聾而不聞。固切人之不媚兮，衆果以我爲患。

歷，猶列也。茲，此也。佯，詐也。佯聾不聞，謂己所歷之情所陳之辭，雖實聞之，而詐爲聾態，若未嘗聞之也。忠言逆耳，不欲聞之故耳。齊宣王聞孟子四境不治之言，特佯顧左右而言他，即此意也。切人不媚，言忠誠懇切之人，不能爲阿諛諂媚之事，原自謂也。衆，指黨人也。此章追述往日進諫之忠，上不見納于君，而下復見嫉于衆也。屈子讒謗之囮，遷怒之媒，其懇切不媚之所基乎？嗚呼，直道之不行於世也久矣。有志者讀此，能不爲之掩卷而太息也哉。

初吾所陳之耿著兮，豈不至今其庸亡？何獨樂斯之蹇蹇兮，願蓀美之可完。

初，謂往日成言之時也。耿著，言己所陳之辭，乃光明正大昭彰宣朗之道，而非卑汙隱僻愚君之説也。豈不至今其庸亡，謂其辭雖至今尚在而未滅也。王逸曰：「文辭尚在，可求索也。」是矣。朱子曰：「庸，何用也。左傳曰：『晋其庸可冀乎！』言昔吾所陳之言，明白如此，豈不至今猶可覆視，而何用乃亡之邪？」瑗按：朱子之解又多以轉折，不如前解平直。讀離騷者，以意逆志可也，以辭害意不可也。又按：屈子所陳之辭，今不可得而聞其詳，然下二章之所言，其王道之大，聖學之純，亦可以得其概矣。雖至於貶謫遷逐，九年不復，歷年離慜阽於死亡而不變，又可以驗其所陳於君者，乃己平日躬行心得之實，非徒責難於君而已也。其視戰國遊説之徒，初以三皇五帝之道誑其君，而卒以縱横闔押慘礉刑名之術售其能者，不亦霄壤也哉？朱子謂屈子千載一人，信夫。蹇蹇，忠直貌。願蓀美之可完，言欲君德之全備也。朱子曰：「然吾非獨樂爲此蹇蹇，而不樂爲順從也。但以願君之德美猶可復全，是以不得已而爲此耳。所謂尚幸君之一寤者，如此其志切矣。」此上二句，追言昔日直道之害，而因表己盡忠之心也。

望三五以爲像兮，指彭咸以爲儀。夫何極而不至兮，故遠聞而難虧。

三五，三皇五帝也。彭咸，殷賢大夫也。望，仰而慕之也。指，期而的之也。像、儀，皆法也。極，義理旨趣之妙處也。何極不至，造詣之深也。遠聞難虧，聲譽之隆也。此下二章啓人君之法古，并示其功而歆其效也。亦承上章「願蓀美之可完」而言，言必如此而後君德可完也。必先何極而不至，然後遠聞而難虧也。屈子此言可爲以片長寸善自足者誡，干譽釣采自欺者警矣，學者宜深味之。或謂三五句勉之君者，彭咸句勉之己者，亦通。

善不由外來兮，名不可以虚作。孰無施而有報兮，孰不實而有穫？

承上章末二句而言。善者，吾性之所固有而人心之所同具者也，非外鑠我者也。孔子曰：「君子去仁，惡乎成名？」此名不可以虚作也。下二句又以報施之禮、耕穫之道申喻之也。或曰，先施而後有報，是報非由外來，乃由内出者也，喻善不由外來也。苗而不秀，秀而不實，皆無所穫也。是有實而後有穫，非空穗之能有所得也，喻名不可虚作也。瑗按：分帖亦通，總承亦可。但朱子疑「實」字當作「殖」字，瑗謂不若實字有味。朱子曰：「此四語者，明白親切，不煩解説。雖前聖格言不過如此，不可但以辭賦讀之也。」

少歌曰：與美人之抽思兮，并日夜而無正。憍吾以其美好兮，傲朕辭而不聽。

少，如字，謂小歌耳，故只四句猶後世所謂短歌行也。一正作小字。荀子佹詩亦有小歌，即此類也。舊作去聲讀，亦小字之義。王逸曰：「小吟謳謠，以樂志也。」是矣。朱子解爲樂章音節之名，更詳之。抽思，猶言盡心也。言己昔日爲君圖謀政治，兼并日夜，勞心焦思而不休息，君反不能平正其是非，顧乃自多其能而爲余造怒，倨我之言而不采聽也。此與下章倡言，猶佹詩之所謂反詞，總論前意反覆説之也。瑗按：并日夜而無正，猶言并日夜而不止之意。朱子謂「無正，無與平其是非也」。哀時命有曰「懷瑶象而握瓊兮，願陳列而無正」，則無正又似當解爲無由之意。朱子亦解爲言無人能知己之賢，而平其是非也。瑗嘗謂解古人之書當隨文會意，不當以詞害意。且古人用字實有一二與今不同，學者不可不知。前解未有證據，姑從朱子并附鄙見，以竢後之君子云。又按：詩雨無正、韓詩作「雨無極」，是正字古或有極字之義，此作并日夜而無極止之意方明白，更詳之。

倡曰：有鳥自南兮，來集漢北。好姱佳麗兮，牉獨處此異域。既惸獨而不群兮，又無良媒在其側。道卓遠而日忘兮，願自申而不得。望北山而流涕兮，臨流水而太息。

倡亦如字，大也。不言歌者，承上少歌而省文耳。倡歌，猶後世之所謂長歌行也。此章十句皆是歌詞。洪氏讀爲倡和之唱，朱子從之，解曰：「亦歌之音節，所謂發歌句者也。」容更詳之。鳥，屈原託以自喻也。南，指郢都也。漢北，指當時所遷之地也。屈原所遷之地，其在鄢、郢之南江漢之北乎？故下文曰「南指月與列星」。又謂郢都爲南，狂顧南行，又謂漢北爲南，讀者要以意會可也。朱子謂屈原生於夔峽而仕於鄢、郢，是自南而集於漢北也，非是。此章是述集南而遷於漢北之地，下文所謂異域者，即指漢北也。鄢、郢，乃楚王之都邑，宗廟之所在，而己又來仕於其國，豈可謂之異域邪？其非是也，審矣。好姱佳麗，亦託言鳥之美也。牉，離散貌。惸，亦獨也。不群，不同於衆也。無良媒在側，謂無知己同志者在君之側。孟子曰：「昔者魯繆公無人乎子思之側，則不能安子思；泄柳、申詳無人乎繆公之側，則不能安其身。」是也。道卓遠日忘，謂己遠遷於此，而君不念之也。願自申不得，謂己欲進，而歷情陳辭不可得也，皆無良媒在君側故也。望，眺望也。北山，即指漢北之山，一作南山，非是。言己處此異域而不得還都，故登山臨水之際，舉目有風景之殊，不覺深爲流涕太息也。瑗按：少歌言己盡心於君國，而君不納其謀。此歌言己遠遷於異域，而君不召其還也。

望孟夏之短夜兮，何晦明之若歲。惟郢都之遼遠兮，魂一夕而九逝。

此下三章，言夢歸郢都之情，哀郢曰：「羌靈魂之欲歸兮，何須臾而忘反。」是也。按抽思畧有一二句與哀郢辭旨相同，而鬱鬱之懷與哀郢並盛，其作於東遷之秋無疑也。篇首苦秋夜之方長，憂不能寐，而此望孟夏之短夜，冀其易曉而憂稍殺也。晦明若歲，言秋夜之長自晦至明，如歲之永，未易曉也。晦明二字須以意會，不可平看。遼，亦遠也。一夕，一夜也。九逝，謂夢魂歸郢都九次也。夫夜既長路又遠，思歸又切，一夕九逝，魂勞甚矣，此所以望夏夜之短也。朱子曰：「晦明若歲，夜未短也，一夕九逝，思之切也。」瑗按：此時郢都已爲秦所拔矣，夷陵已爲秦所燒矣，頃襄王已東走於陳城矣，而屈子猶惓惓不忘郢者，豈特不忘故鄉之情而已哉？蓋將欲襄王之恢復舊物，報秦仇讎而後已，此屈子思郢之微意也。是時襄王收東地兵得十餘萬，復西取秦所拔江旁十五邑以爲郡，距秦使。由此而退小人，進君子，委任屈原。苦身戮力，如勾踐之於范蠡，則燒墓之辱不足報，而郢可復矣。奈何未幾復與秦平，而入太子爲質，甘於僻守一隅坐受困辱，是何心哉，是何心哉！吾見屈子之夢魂徒勞，而思歸之心孤矣，悲夫！

曾不知路之曲直兮，南指月與列星。願徑逝而不得兮，魂識路之營營。

路，郢路也。謂郢路遼遠而夢中茫昧，曾不知其曲直之可行，但南指星月，隨其方角而往耳。朱子言「初不識路，後以月星而知向背」，是也。下二句即申上二句之意。徑逝，直歸也。

言不知路之曲直，所以欲徑逝而不得也。識路，猶俗言認路也。言魂營營然，南指星月而認路覓歸也。瑗按：此四句極盡夢歸之情狀，必嘗實有此情此夢者，而後知其妙也。彼漫然而視之，孰能味乎其言哉？柳子厚夢歸賦世稱其妙，而不知其昉於此也。若柳子厚者，可謂屈原之佳子弟矣。

何靈魂之信直兮，人之心不與吾心同。理弱而媒不通兮，尚不知余之從容。

朱子曰：「言靈魂忠信而質直，不知人之心異於我，故雖得歸，亦無與左右而道達之者。彼又安能知我之閒暇而不變所守乎？」洪氏曰：「言尚不知己志，況能召我也？」或曰，此四句乃通有鳥自南而申結之，自此以上皆倡歌也。瑗按：或人之說甚爲有理，故附之。

亂曰：長瀨湍流，泝江、潭兮。狂顧南行，聊以娱心兮。

瀨，水淺處，即所謂灘也。文選註曰：「水流沙上曰瀨。」是也。湍，波流瀠廻之處。孟子曰「性猶湍水」是也。王逸曰：「湍，亦瀨也。」得其意矣。蓋湍與瀨字並看。俗語又謂高灘之下必有深湍，蓋灘高水峻，衝激而爲湍耳。曰湍流者，倒文也。逆流而上曰泝。江、潭，二水名。舊解潭爲水深之淵，非是，即今之潭州也。狂顧，猶狼狽之意。朱子曰：「憂懼而驚視也。」是矣。南行，謂南遷也。朱子曰：「自江入湖，自湖入湘，皆泝流而南行也。」此章言己經湍瀨，泝江、潭，冒涉險阻，狼狽南遷而不辭者，聊以娛己之心志耳。夫遷謫之苦，人以爲憂，而屈子以爲樂者，蓋以爲吾道之果是，吾心之所安也，何流離顛沛之足患乎？然則屈子之鬱鬱而憂思者，其意蓋有所在矣，豈爲一己之困窮也哉？

軫石崴嵬，蹇吾願兮。超回志度，行隱進兮。

軫，轉動也。崴嵬，巨石貌。詩曰：「我心匪石，不可轉也。」則石之可轉動也久矣。回，猶過也。超回，謂超而過之，猶言超越也。度，度量也。隱進，猶言潛滋暗長耳。君子之爲善，未嘗皎皎使人知也。此章言己不能變心以從俗，而爲人之所嫉也深矣。己非不欲從俗耳，使吾之心能如石之可轉，不遭讒妬之禍，亦吾之願也。然奈志度之超越，德行之進脩，而不能易初而屈志，何哉？蓋反言以見己志之終不可變，雖遭遷謫亦其心之所樂也。瑗按：屈子法古聖賢，造詣精粗且知，善不由外來，名不可虛作。方且守確然不拔之志，拓廓然無涯之量，使吾之德行隱然而進，直欲並三五而邁彭咸之不暇也，又奚暇計較區區之出處，而遷謫之細故何足以芥蔕於其心胷哉？遭憂患而不忘進脩，屢黜逐而不變心志，可謂壁立千仞者矣。非有學有守者，烏可勉强於悠久也哉？又按：此章詞旨甚明白。説文曰：「軫，動也。」舊解爲方也，非是。朱子又謂「超回隱進，亦不可曉」，豈未之深思邪？

低佪夷猶，宿北姑兮。煩冤瞀容，實沛徂兮。

低佪夷猶，留滯之意。北姑，漢北中之地名。屈子當時必遷居於此處也。煩，惱悶也。冤，屈枉也。瞀容，朱子曰：「瞀亂之意見於容貌也。」瑗按：瞀容雖由於煩冤，蓋亦秋風蕭颯之使然歟。沛，水疾流貌。徂，去也，喻時光之迅。容貌之衰，誠有如水之沛然而逝，不可返者矣。舊説但言誠欲沛然如水之流去，詞不别白，不知所指者何也。此章因己留滯於江南，而嘆衰老之將至，不得申其志也。上章言德行之潛脩，此章言功業之不建。

愁嘆苦神，靈遥思兮。路遠幽處，又無行媒兮。

苦神，猶言傷神也。上云煩冤瞀容，言煩冤之足以損容，此言愁嘆之足以損神也。靈，靈魂也。遥思，思郢都也。王逸曰：「思舊鄉而神勞也。」路遠處幽，所謂惟郢路之遥遠，哀見君而不再得也。又無行媒，即上又無良媒在其側之意。良媒，喻其常存好賢之心。行媒，喻其不憚舉賢之勞也。此章言己思歸不得歸也。王逸曰：道遠處僻，而無介紹也，是矣。

道思作頌，聊以自救兮。憂心不遂，斯言誰告兮。

道，達也。思，憂思也。頌，即指此篇之文也。救，解也。不遂，不遂其歸郢見君之心也。斯言誰告，人之心不與吾心同也。此章言己欲道達憂思之心，故作爲此文聊以自解，使不至於瞀容苦神之甚。所以然者，蓋以此心之不遂，而世無知己之可與晤言者耳。亂辭五章：一章言遷謫之遠；二章言志行之堅；三章言留滯之久；四章言不歸之由；五章言作頌之故，然意亦皆相承也。瑗按：前半篇其憂思之情已畧道盡，少歌以下皆總申言前篇之意。少歌之不足，故倡歌之，倡歌之不足，故亂歌之。有正文，有少歌，有倡言，有亂辭，此又文體之奇特者也。離騷與遠遊，楚辭中文之最長者也，不過設爲靈氛之占，以重曰更端而已耳，讀者不可不知。洪氏曰：「此篇[八]有少歌，有倡，有亂。少歌之不足，則又發其意而爲倡。獨倡而無與和也，則總理一賦之終，以爲亂辭云耳。」又曰：「此篇[九]言己所以多憂者，以君信諛而自聖，眩於名實，昧於報施[一〇]，己雖忠直，無所赴愬，故反覆其辭，以泄憂思也。」

楚辭集解九章卷

新安 汪瑗 玉卿 集解
姪 仲弘 補輯

懷沙

瑗按：世傳屈原自投汨羅而死。汨羅在今長沙府，此云懷沙者，蓋原遷至長沙，因土地之沮洳，草木之幽蔽，有感於懷而作此篇，故題之曰懷沙。懷者，感也，沙指長沙，題懷沙云者，猶哀郢之類也。屈原之死自秦之前無所考，而賈誼作弔屈原賦曰：「側聞先生兮，自沉汨羅。」東方朔作沉江之篇曰：「懷沙礫以自沉。」太史公亦曰：「屈原作懷沙之賦，抱石自投汨羅以死。」蓋東方朔誤解懷沙爲懷抱沙礫以自沉，而太史公又承其譌而莫之正也。洪氏曰：哀郢云「方仲春而東遷，此云滔滔孟夏者，屈原以仲春去國，以孟夏徂南土也」。又曰：「原所以死，見於此賦，故太史公獨載之。」瑗詳：哀郢有曰：「至今九年而不復」，又曰：「冀一反之何時。」夫自南遷之時，已放逐九年之久，而臨行猶方且望其還也，豈有迄孟夏至南土而遽抱石以自沉者乎？況思美人曰：「獨歷年而離愍。」蓋思美人作於哀郢、懷沙之後，則屈原至南土，又嘗多歷年所矣。是孟夏實未嘗死也。又曰「寧隱閔而壽考」，則有隱忍不死優游卒歲之心，豈肯爲抱石自沉之事邪？悲回風曰：「浮江淮而入海兮，從子胥而自適。望大河之洲渚兮，悲申徒之抗迹。驟諫君而不聽兮，任重石之何益？」屈子於此，思之審而籌之熟矣，則不肯負石以自沉也決矣。其諸所言欲赴淵而沉流者，蓋皆設言其欲死，而深見其不必死耳。此篇所言不愛其死者，亦以己之謫居長沙。長沙卑濕，自以爲壽不得長，乃作此篇以自廣其意，聊憪其心，如賈誼之所爲也。觀賈誼之傳，則長沙之卑濕也久矣，水土不習而能損人之壽也，審矣。載觀此篇，篇首四句則因長沙卑濕，恐傷壽命而作也無疑矣。至篇中所述多自得之辭，篇終之亂有確然之見，真有得於朝聞夕死之實。其視賈誼服賦，徒拾列禦寇、莊周之常言而爲傷悼，無聊之故而籍之以自誑者，不亦大有逕庭也哉？然太史公讀服賦，謂其同生死、輕去就，至爽然自失。而於離騷諸篇獨垂涕，想見其爲人而已。顧不能研窮其辭之旨趣，剖析其事之有無，亦疏矣。不知想見其爲人，則將謂屈子果爲何如人也？莊子曰：「將欲究其實，而不既其文者，欺也。」誠然乎哉！九章中，此篇文字更簡潔可誦。

滔滔孟夏兮，草木莽莽。傷懷永哀兮，汩徂南土。

滔滔，猶漫漫也，水大貌。孟夏，紀時也。洪氏謂哀郢以仲春去國，此以孟夏至南土，是也。但郢都至南土，雖過夏首上洞庭，淼然而南渡，其道里之遠恐亦不必兩月之期，豈既至南土月餘之所作邪？然又曰「汩徂南土」，曰「進路北次」，似又在途中之所作者，未知其審。惟夭曰草，惟喬曰木。莽莽，謂茂盛而蔽翳也。傷，哀之過而害於和者也。懷，謂胷次也，猶今人所謂襟懷、懷抱之懷。永哀，哀之久也，此所以爲傷也。孔子謂關雎哀而不傷，然則離騷其哀而傷乎？其孔子之所不取乎？曰非也。屈子以同姓之君臣，覩國家之將亡，遭讒而遠謫，其念君憂國之義不得不傷也，非文王之思后妃處常者之可比也。班固以關雎哀周道而不傷譏之，真無異妾婦兒童之見矣。汩，疾流貌。徂，往也。徂南土，朱子曰：「泝江、湘也。」然則此篇作於途中也。王逸曰：「言己獨汩然放流，往居江南之土僻遠之處，故心傷而長悲思也。」似又言既至南土而作也。讀者詳之，餘義見題解下。瑗按：「傷懷永哀，汩徂南土」二句，乃懷沙二字之義之所由起也。南土，指長沙也。或曰「徂」當作「沮」，謂汩没沮洳於南土也，抽思沛徂之徂同此義，亦通。

眴杳杳兮，孔静幽默。鬱結紆軫兮，離慜而長鞠。撫情效志兮，寃屈而自抑。

眴，頻視貌。洪氏曰：「與瞬同。」杳杳，深冥貌，無所見也。孔，甚也。孔靜幽默，言寂然無所聞也，承上滔滔草木莽莽而言也。王逸曰：「言江南山高澤深，視之冥冥，野甚清浄，漠無人聲。」是矣。離，遭也。愍，憂也。長，永也。鞠，窮也，言憂愁窮苦之久也。王逸曰：「言己愁思困苦，「恐不能自全也。」是矣。蓋憂長沙之卑濕，承上「傷懷永哀，汨徂南土」而言也。撫，安也。效，放也，如易「效天下之動也」之效。冤屈，言枉而不伸也。抑，猶排遣也。言己安其性情，放其心志，自排遣其冤屈，而不使至於過傷也。此又自憫之意，總承上四句并首章而言也。瑗按：首章至此凡十句，初四句述江南風土之惡，次四句述望鄉不見之愁，又次二句則善乎自寬者也。孰謂其有負石自沉之事乎？

刓方以爲圓兮，常度永替。易初本迪兮，君子所鄙。章畫志墨兮，前圖未改。內厚質正兮，大人所盛。巧倕不劉兮，孰察其揆正。

刓，削也。常度，謂工師授受之常法，規矩繩墨之類也。永替，長廢也。永，諸本作未，非是。此以削方以爲圓，而棄工師授受之常法，以喻變節以從俗，而棄君子守身之常法也。易，變也。初，初心也。本，常也。迪，道也。鄙，賤惡也。變易其行己之初心本然之常道，此刓方爲圓常度永替者，乃爲君子之所賤惡者也。王逸曰：「言人遭世不偶[一二]，變易初行，違離常道，賢人君子之所耻，不忍爲也。」是矣。章，明也。畫，言所指示之法也。志，念也，或曰誌，通，謂不忘也，其説亦可相通。墨，謂規矩繩墨之屬，獨言墨者，省文耳。前圖，謂古人授受之法度，即上畫墨是也。未改，守常不變也。此言工人明於所畫，念其繩墨，脩前人之法，不易其道，以喻不易初而屈志之君子也。内厚，言其心志之忠厚也。質正，言其形體之端正也。所盛，所盛美也。王逸曰：「言人質性忠[三]厚，心志正直，行無過失，則大人君子所盛美也。」是矣。倕，舜臣名，有巧思，善作百工之物，故曰巧倕，舜命以作共工者也。見今舜典，倕正作垂。莊子曰：「攦工倕之指。」又曰：「工倕旋而蓋規矩。」淮南子曰：「周鼎著倕，使御其指。」是也。斲，斫也。巧倕不斲，以喻聖人之不作也。孰，誰也。察，審也。揆，度也。言巧匠不斫，則世雖有章畫之良工，無有審而度之以知其守法之正也，以喻聖人不作，則世雖内厚質正之君子，無有審而度之以知其守道之正也。揆，舊作撥。或曰，如詩「本實先撥」之撥，言廢常法者，正言守前圖者，當總結上，亦通。瑗按：刓方爲圜，天下之賤工也。章畫志墨，天下之良工也。巧倕不斲，孰從而察之乎？鮮有不以賤工爲能，以良工爲拘矣。易初本廸，天下之小人也。内厚質正，天下之君子也。聖人不作，孰從而察之乎？鮮有不以小人爲通，以君子爲迂矣。惟其不知察之也，是故以玄文爲不章，以微睇爲不明。亂白黑而倒上下，囚鳳凰而舞雞鶩，同糅玉石而一概相量也。噫，此黨人鄙固之甚矣！世無大人君子矣。慨重華而慕湯禹之心，屈子其容已乎？瑗按：篇首至此，即洪氏所謂：「己雖放逐，不以窮困易其行也。」是矣。

玄文處幽兮，矇瞍謂之不章。離婁微睇兮，瞽以爲無明。

玄文，謂太素白賁自然之文也，如玄酒味方淡之玄。處幽，猶言用晦也。有眸子而無見曰矇，無眸子曰瞍，皆瞽者也。詩曰「矇瞍奏工」是也。離婁，古之明目者，黄帝時人，能見百步之外秋毫之末。孟子曰「離婁之明」，淮南曰「離朱之明」，離朱即離婁也。微睇，小視也。瞽，盲者也。夫玄文自然之妙，已非紅紫艷麗之色，又不炫燿於顯地，而自處乎幽晦之所，則益闇然矣。使世之有目者視之，且不能察其美，又況以矇瞍視之，則謂其無文章之可觀也，不亦宜乎。若離婁之微睇，是以規矩方圓之間，睘一眄之，遂得其正，不待如世之瞀者，睁睁然正明目視之而後得也。使世之有目者立其側，且將譏其爲近覷也，又況以瞽者視之，則其謂之無明也，不亦宜乎？是玄文非真不章也，乃天下之至文也；微睇非真無明也，乃未嘗盡用其明也。彼君子之美在其中不自暴於外，而時或不得已少出其緒餘，未盡展其底藴者，世俗遂從而譏之，其與矇瞽何以異哉？淳于髡諷孟子曰：「魯繆公之時，公儀子爲政，子柳、子思爲臣，魯之削也滋甚，若是乎，賢者之無益於國也。」且曰，「是故無賢者，有則髡必識之。」嗚呼，髡之無目久矣，又烏足以識孟子之賢乎？夫髡號戰國之智士也，且不知孟子之賢，則彼黨人之鄙，固又烏足以知屈子哉？

變白以爲黑兮，倒上以爲下。鳳凰在笯兮，雞鶩翔舞。同糅玉石兮，一概而相量。夫惟黨人之鄙固兮，羌不知余之所藏。

白黑，喻善惡之混淆也，上下，喻爵位之錯亂也。笯，籠也。鳳凰、雞鶩，喻賢愚之反常也。糅，雜也。概，平斗斛之器也。同糅玉石，喻貴賤之無別也。此章并上章，皆承孰察其揆正而言也。黨人，謂懷阿比之心，而相助匿非者也，指上官之徒。鄙，庸惡陋劣之意。固，堅僻專恣之意。余，屈子自謂也。所藏，謂己之所藴蓄者，下文所言是也。藏，一作臧，古通用。或曰，臧，善也，謂不知己之善也，亦通。瑗按：黨人二句，結上起下之語。自玄文處幽，至下莫知予之所有，皆謂黨人之鄙固，不知余之所藏也。或分黨人之鄙固一句結上文，不知余之所藏一句起下文。容更詳之。

任重載盛兮，陷滯而不濟。懷瑾握瑜兮，窮不知所示。

以牛馬負物曰任，以舟車乘物曰載。盛，多也。言所任者重，所載者多也。陷，没之深也。滯，溺之久也。濟，渡水也。此以車馬任重載盛陷，滯於泥濘而不得渡爲喻也。王逸曰：「言己才力盛壯，可任重載盛，而身放棄，陷没沉溺〔一三〕，不得成其本志。」是矣。按屈子實有引重致遠積中不敗之才，顧乃棄之而不用，使之濡其尾，曳其輪，而竟不得濟也，悲夫！在衣曰懷，在手曰握。瑾瑜，美玉也。傳曰：「鍾山之玉，瑾瑜爲良。」窮，謂己之困窮也。不知所示，謂不自誇示於人也。此以美玉之良，喻己之德，雖不爲世所用，至於困窮，亦必不肯枉道以從人，衒玉而求售也。屈子可謂得孔子韞匵而藏待價而沽之道矣。楊雄乃譏其「如玉如瑩，爰變丹青」，班固譏其「露才揚己，競乎危〔一四〕群小之間」，其誣原也甚矣。雖然，屈子非故懷其寶而迷其邦者，蓋見楚王同糅玉石一概而相量，不知珍重之，所以卷而懷之也。嗚呼！瑾瑜則不知貴矣，彼黨人之衒玉而賈石，而逞其狙詐之術者，楚王乃十襲而藏之，雖欲楚之不亡，不可得矣。按上二句，喻己之有才而不用於世也，下二句喻己之有德而無求於世也，然意亦串講。

邑犬群吠兮，吠所怪也。非俊疑傑兮，固庸態也。

邑犬，邑中之犬也。群，衆也。吠，犬聲也。怪，異也。非，毁也。疑，不信君子之道爲可用也。尹文子曰：「千人才曰俊，萬人曰傑。」淮南子曰：「智過萬人謂之英，千人謂之俊，百人謂之豪，十人謂之傑。」王逸曰：「千人才曰〔一五〕俊，一國高爲傑。」朱子從淮南之説。瑗按：俊解無異，惟傑不一，是蓋各人所傳之不同，未知其審，大抵皆才智過人之稱也。庸態，謂世俗之常態也。王逸曰：「庸，厮賤之人也。」「德高者不合於衆，行異者不合於俗」，故爲衆人之所訕也。此章以邑犬群吠所怪，喻庸態非疑俊傑也。瑗按：柳子厚答韋中立書曰：「屈子賦曰：『邑犬群吠，吠所怪也。』僕往聞庸、蜀之南，恒雨少日，日出則犬吠，予以爲過言。前六七年，僕來南。二年冬，幸大雪踰嶺被南越中，數州之犬皆蒼黄吠噬，狂走者累日，至無雪乃已，然後始信前所聞者。」柳子蜀日越雪之説，亦足以證屈子吠怪之意，故併附之。

文質疏内兮，衆不知余之異采。材朴委積兮，莫知余之所有。

文，即上所言玄文也。質，不豔也。疏，通理也。内，謂藏之於内而不衒耀也。此所以爲殊異之文采，而非世之紅紫豔麗之色之所比，而庸衆豈足以知之哉？其謂之不章也宜矣。王逸謂能文能質，内以疏達，是以文質二字並看也，亦通。材，木之中用者也。朴，未斲之質也。委積，言其多有，惟所用之，而世莫之知也，不言衆者承上文也。夫内厚質正者，惟大人之所盛美，而庸衆又烏足以知之哉？王逸曰：「條直爲材，壯大爲朴。」説文又曰：「朴，木皮也。」是以材、朴二字並看也，亦通。瑗按：自任重載盛至此，皆承不知余之所藏而言也。又按：玄文處幽至此，即洪氏所謂小人蔽賢，群起而攻之，舉世之人無知我者，是矣。

重仁襲義兮，謹厚以爲豐。重華不可遻兮，孰知余之從容。

重襲，皆積累之意。易曰：「立人之道，仁與義。」是也。謹厚，不放肆輕狂也。豐，猶富足也。王逸曰：「廣大也。」謹厚以爲豐，即上所謂内厚正直，文質疏内，材朴委積是也。王逸曰：「言衆人雖不知己，猶復重累仁義，脩行謹善，以自廣大也。」得之矣。遻，逢也。從容，舉動自得之意，言不變其所守，而汲汲以求進也。

古固有不並兮，豈知其何故也？湯、禹久遠兮，邈而不可慕也。

不並，謂或有君而無臣，或有臣而無君也。洪氏謂：「聖賢有不並時而生者，故重華不可遻，湯、禹不可慕也。」亦是。故，由也。言此事自古皆然，竟不知其由也，怪而歎之之詞。邈，遼遠也。王逸曰：「言殷湯、夏禹聖德之君，明於知人，然去久遠，不可思慕而得事之也。」此并上章皆承上庸衆不知己而言。夫庸衆既不知己，而知己者惟古之聖人也。今又不可相遇而憪其思慕之心，其何以爲情乎？此上二章，即洪氏所謂思古人而不得見者也。

懲違改忿兮，抑心而自强。離慜而不遷兮，願志之有像。

背理曰違，不平曰忿。自强，自勉也。像，法也。此章總結通篇而言，謂己改去憤懑之心，勉於爲善，不以憂患而變其節，欲使其志之可爲法於天下，可傳於後世也。屈子之制心立志，可謂浩乎其無涯，確乎其不可拔者矣。或曰，懲違改忿如易「懲忿窒欲」，左傳「昭德塞違」之意。君子脩身之功莫切於此，克己之功莫難於此。孔、孟之後，知此者鮮，而屈子能以之自勵，其殆庶幾乎。抑心，如書「克自抑畏」之意，謂謙謹畏慎，不敢縱肆怠荒矜誇，而無忌憚也。自强，有自强不息之意。離慜不遷，有獨立不懼，立不易方之意。願志有像，有反身脩德，致命遂志之意。屈子之所以欲就重華慕湯、禹者，豈徒漫爲大言，以自誇者哉？其聖學之功，蓋亦嘗講之熟，見之真，履之素者矣。此篇中立不倚之操，用心爲己之功，重仁襲義之學，學者可不朝夕諷誦，孰讀而詳味之，而漫然以辭人之賦視之，是摭其華而不食其實也，又何益哉？或曰，此一節與前第二節下四句相照應。

進路北次兮，日昧昧其將暮。舒憂娱哀兮，限之以大故。

次，舍也。昧昧，昏暗貌。瑗按：此二句似紀行之語。又嘗疑此篇乃屈子遷居南土之時，或於孟夏有所他適，而途中之所作者。舊説以屈子南遷郢都在北，屈子思念楚國，冀得北歸郢都，而日又將暮，不得前進也。於是將欲舒憂以娛哀，而念人生幾何，死期將至，其限有不可得而越也。蓋謂大故爲死亡，引孟子「不幸至於大故」以證之，故以日暮爲喻遲暮年老之意。嘗謂上二句乃紀行之語，非譬喻也。下二句乃寫情之語，以喚轉上章，非謂死亡也。大故，如論語「故舊無大故，則不棄」之大故，豈必死亡而後謂之大故哉？其意蓋謂己之所以游衍自適，以舒憂娛哀者，非樂於閒曠而無志於當世也，因己之罪大惡逆，有觸君上之怒，放置於此，限制而不得事君以行道故耳。夫既得罪於君矣，世既無知己矣，古人又不可得而並矣，故聊自舒憂娛哀，優游卒歲，而勉強爲善以堅己志，使可爲法於天下後世而已，此則屈子立言之意也。若以北次爲郢都，而屈子思望北歸，則哀郢之作乃因秦將白起拔郢燒墓，頃襄王已東走於陳，而郢都已爲丘墟矣。故曰「曾不知夏之爲丘，孰兩東門之可蕪」。然則此時，頃襄王已在陳而不在郢矣，則所謂進路北次，非指郢都也明矣。或曰，然則所謂「汩徂南土」者何也？曰汩徂南土者，蓋泛指己之遷於南土。而所謂進路北次者，是指當時所適之道路，亦南土之北耳，不出乎江、湘之間也。故亂曰：「浩浩沅、湘，分流汩兮。脩路幽蔽，道遠忽兮。」此亦泛賦南土之寂寞，而見己之限於大故，不得仕於朝耳，非比興之體也。凡此類固有比興體，亦有紀實者，豈可概視爲寓言邪？顧朱子亦不能考證而深詳之。朱子嘗曰：「王書之所取舍，與其題號離合之間，多可議者，而洪皆不能有所是正。至其大議，則又皆未嘗沉潛反覆嗟嘆詠歌，以尋其文義指意之所出，而遽欲取喻立説，旁引曲證，以强附於其事之已然。」嗚呼！朱子之言則然矣。瑗嘗取王、洪、朱子之書而並閲之矣。朱子之書不過聊據王、洪之書而粗加櫽括之耳。其離合之間，文義之出，雖爲分章辨證，而所謂題號之所擬，指意之所歸，亦未嘗有所發明。而二家之猶有可頗採者，又皆棄之不取，不知其何故也。嘗考朱子年譜，此書之成，年已六十二矣，其著書之功當益精密，而反疏畧之甚，豈終以爲辭賦之流而不加之意耶？豈當時或命門人草創，而已稍是正邪？嘗聞之師曰：綱目之書，乃朱子命門人各成數册，而已特總裁之耳，故其間書法，至今猶有一二可議者。朱子之序自以爲足繼獲麟，然則此書其或然歟？姑誌私疑。不知忌諱，觀者幸恕其僭妄焉。

亂曰：浩浩沅、湘，分流汩兮。脩路幽蔽，道遠忽兮。懷質抱情，獨無匹兮。伯樂既殁，驥焉程兮。

浩浩，廣大貌。沅、湘，二水名。分流，亂流也，或曰枝流也。言所進之路北次之處，乃沅、湘所分之枝流也，亦通。言沅、湘之水浩浩乎其廣大，亂流之涌汩汩然其疾逝也，此即其所見者而賦之也。脩，長也。路，即進路北次之路也。幽，僻也。蔽，翳也。道，亦路也。遠即謂脩路，忽即謂幽蔽也，此即其所經者而賦之也。王逸曰：「匹，雙也。言己懷敦篤之質，抱忠信之情，不與衆同，故孤煢獨行，無有雙匹也。」伯樂，孫陽也，善相馬，事秦繆公。殁，死也。驥，良馬也。焉，安也。程，量也，一曰式也，物之準也。言伯樂既死，則世雖有良馬，無有能知之者，將安所程量其才力邪？以言賢臣不遇明君，則無所施其智能也。此章因行役之勞，述己放逐於寬閒寂寞之濱，抱道自守，而世無知己者。然上四句亦申篇首滔滔、莽莽、杳杳數句之意，下四句總申後數章之意也。

人生稟命，各有所錯兮。定心廣慮，余何畏懼兮。增傷爰哀，永嘆喟兮。世溷濁莫吾知，人心不可謂兮。知死不可讓，願勿愛兮。明告君子，吾將以爲類兮。

錯，置也。類，法也。此章言人之生受命於天之初，其富貴貧賤壽夭窮達，已有一定之分，而非人之智巧所能移者。余嘗有見於此，故定心廣慮，無所畏懼，雖離愍困窮，亦不遷其所守也。然而猶增傷永嘆者，蓋因斯世斯人常度永替，喜圓刓方，玄文微睇，反譏不明。白黑上下，顛倒變常，同糅玉石，舞雞囚凰，不知其果何如其爲心也。是以爲是傷時之嘆耳。若夫人之有生必有死，此必不可辭者，自古皆然。吾曷嘗獨愛其死乎？不愛其死，吾誠足以爲法，而世之君子又何疑余於其間哉？觀此則屈子之本心可見矣。而篇首之嘆，豈真爲南土之幽蔽而如賈誼之傷悼，其不得以永壽爲情哉？嗚呼！死生之際，出處之分，屈子見之真而守之固矣。其君子小人反常失序，使國敗君亡，而已獨不得以效犬馬之智，以匡救扶持於萬一。又烏能恝然無慨於其中哉？是增傷永嘆者，仁之至，義之盡，知君臣之分無所逃於天地之間者也。其舒憂娱哀者，乃保身之智，樂天之誠，而知人之禀命蓋有一定而不可移者也。其憂樂之情，固有並行而不相背者矣。而後世讀離騷者，遂謂其句句爲無聊之詞，而謂屈子終身爲愁神苦思之人、憔悴枯槁之客，不亦誤乎？嗚呼！屈子之後，似其人者，惟陶靖節乎？其餘他輩，憂則出於無聊，樂則出於勉强，不足以語此也。朱子曰：「言民之生，莫不禀命於天，而隨其氣之短長厚薄，以爲夭壽窮通之分，固各有置之之所而不可易矣。吉者不能使之凶，凶者不能使之吉也，是以君子之處患難，必定其心而不使爲外物所摇動，必廣其志而不使爲細故所陜隘，則無所畏懼而能安於所遇矣。」洪氏曰：「屈子以爲知死之不可讓，則舍生而取義可也。所惡有甚於死者，豈復愛七尺之軀哉？」瑗按：朱子、洪氏之説，深得屈子立言之意。但不愛其死者，屈子之所能也；懷沙礫以自沉者，屈子之所不爲也。遭放而遂自死，自死而復沉淵，是豈舍生而取義哉？是豈定心而廣慮者哉？是豈知乎天命者哉？或曰，然則屈子之爲此言者何謂也？曰：屈子之悲愁久矣，其爲讒人壅君故也。其遷於南土也，而悲愁亦復甚焉。南土之卑濕損壽也久矣。屈子恐人之疑己之悲愁，不在於君國而在於己身也，故發爲此論以明己之心以曉人。且使壅君讒人倘一聞之，而有察於己之忠誠戀戀不忘之心，萬一召而還之，憐而收之，使得以竭智盡忠於君國，而不至於速亡疾敗，未可知也，此屈子拳拳之本心也。嗚呼！安得起屈子於九京之下，而與之論離騷哉？

楚辭集解九章卷

新安　汪瑗　玉卿　集解
姪　仲弘　補輯

思美人

思，念也。美人，謂美好之婦人，蓋託詞而寄意於君也。詩曰：「云誰之思，西方美人。」蓋亦賢者託言以思西州之盛王也。王逸解此思美人爲屈子思念懷王。瑗按：篇内曰「遵江、夏以娱憂」，曰「獨煢煢而南行」，與哀郢、抽思、懷沙諸篇内一二語旨意相類。哀郢乃作於楚襄王二十一年，況哀郢曰：「至今九年而不復」，又曰：「冀一反之何時」。蓋年猶可紀，而尚望其還也。此則云「獨歷年而離愍」，曰「寧隱閔而壽考」，曰「命則處幽，吾將罷兮」。蓋歷年永久，非復可紀，安於優游卒歲，而無復望還之心矣。是此篇作於哀郢之後無疑也。雖不可考其所作之年，要之在襄王之時，而非懷王之時則可必也。其文嚴整潔净，雅淡冲和，文之精粹者也。豈年垂老，其氣漸平，而所養益純也歟？洪氏曰：「此篇〔一六〕言己思念其君，不能自達，然反觀初志，不可變易，益自脩飾，死而後已也。」得之矣。又按：取篇首三字名篇，然作之之意實在於此，故既以之發端，而遂因取之以名篇耳。

思美人兮，攬涕而佇眙。媒絶路阻兮，言不可結而詒。

攬，拉而揮之也。自鼻出曰涕，哀泣則有之。佇，久立也。眙，直視也。攬涕佇眙，即詩「瞻望弗及，佇立以泣」之意。媒，所以約婚姻者也。絶，斷絶也。媒絶，以喻己之寡合也。路，所以通往來者也。阻，險阻也。路阻，以喻己之遭讒也。結言，猶今人所謂搏詞續文之意。朱子疑古者以言寄意，必以物結而致之，如結繩之謂也，恐非是。詒，遺同。此章言己思望楚王極爲急切，悲哀之情不能自已。然而貞潔寡合，遭讒嫉妬，竟無由而得以通其情也。上二句述己思君之情，下二句述己被讒之害。

蹇蹇之煩寃兮，陷滯而不發。申旦以舒中情兮，沉菀而不達。

此承上章路阻而言，以見言不可結而詒之由也。蹇蹇，擁塞不通貌。煩，繁同。寃，枉也。

煩寃，謂所枉者衆多也，猶言甚屈耳。陷，没之深也。滯，溺之久也。不發，謂不能振起而前進也。陷滯不發，言路阻也。申，重也，如易「重巽以申命」之申。旦，天將曉也。申旦，猶言累日也。朱子曰：「今日已暮，明日復旦也。」王逸曰：「誠欲日日陳己心也。」情，被誣之情。屈子每以情寃並言之也。菀、鬱同，積也，字見禮記。沉菀不達，猶陷滯不發也。然則上章所以詒言者，蓋欲訴己之寃情耳。此章言己寃不能發，情不能達，以見終不得結言以詒美人也。

願寄言於浮雲兮，遇豐隆而不將。因歸鳥而致辭兮，羌迅高而難當。

此承首章媒絶而言，亦以見言不可結而詒之由也。本以媒絶喻寡合，而又以雲鳥喻媒絶也。朱子曰承上章而言，恐非是。願，欲也。寄，附託也。浮雲，不定之雲。豐隆，雲神名。將，奉承也。歸鳥，疾飛之鳥，蓋鳥歸巢則飛尤疾也。致辭，猶寄言也。迅，言飛之速也。高，言飛之遠也。當，值也，言欲因浮雲而寄言於美人，則雲師雖相遇，而乃徑逝莫我承也。欲因歸鳥而致辭於美人，則歸鳥飛速，而又高不易相值也。夫相遇者既莫我承，而歸鳥迅高又不易值，則此言何時可結而詒邪？嘗謂浮雲之游歸鳥之便，爲附詒言亦甚易事，而雲鳥竟不之許者，亦嫉妒之心使然也。嗚呼！美人既不可得而見矣，然媒又絶焉，路又阻焉，言又不可結而詒焉，其能恝然於心乎？此所以攬涕佇眙，而哀思瞻望之不容已也。或曰，上章申言媒絶路阻，此章申言言不可結而詒也，容更詳之。瑗按：此上三章，即洪氏所謂思念其君，不能自達是也。

高辛之靈盛兮，遭玄鳥而致詒。欲變節以從俗兮，愧易初而屈志。

高辛，帝嚳也，舊指高辛之德而言。靈盛，猶言福隆也。玄鳥，燕也。玄鳥致詒，言嚳妃簡狄吞燕卵以生契，而有聖德以事堯也。天問亦言之，而其事則本諸商頌。此因上章歸鳥難當，而遂有感於高辛玄鳥之事，以見己遭亂世，不得如契遇明時事聖君也。又承言己雖生不逢時，然亦不肯因世亂君昏，而遂變其所守以趨時好也。慨古傷今之情，悲俗勵身之志具見之矣。

獨歷年而離愍兮，羌馮心猶未化。寧隱閔而壽考兮，何變易之可爲。

此下三章，皆承上章末二句而言。歷年離愍，謂遭放憂傷之久也。馮，充積盈滿之意。未化，不變也。馮心未化，言己之道義節氣，充積盈滿於心，雖遭放逐之久，而猶不能變其所守也。隱閔，猶隱忍也。壽考，善終也。朱子曰：「隱閔壽考，優游卒歲也。」王逸曰：「懷智佯愚，終年命也。」二説得之矣。觀此則屈子誠得箕子明夷用晦之道，實嘗以壽考而善終也。世稱其投水自死，是亦未之深考耳。若曰「羌憑心猶未化，何變易之可爲」。則易所謂「箕子之貞，明不可息也」，「内難而能正其志」，屈子以之。此章言己雖放逐之久，隱忍不死，而此心之所得者，則終不能變化也。嗚呼！潮陽一行，遂欲改心事主，視此不亦愧乎。瑗按：羌憑心猶未化，何變易之可爲，特一正一反而言之耳，其意一也。楚辭中此類甚多，讀者須以意會之可也。

知前轍之不遂兮，未改此度也。車既覆而馬顛兮，蹇獨懷此異路也。

前轍，猶俗前程、前途云耳。遂，成也。度，君子立身行己之法度也，後倣此。屈子已知前轍之不遂其志矣，而猶未改度者，蓋道之用不用在人，而所以脩不脩在己。君子亦盡其在己者而已矣，豈肯因人而遽變其所守哉？故荀子曰：「君子道其常，小人計其功。」車覆馬顛，喻遭放逐而困窮也。異路，喻古道也。言衆人之所不由而己獨由之，所以有顛覆之禍也。朱子曰：「知直道之不可行，而不能改其度，雖至於車傾馬仆，而猶獨懷其所由之道，不肯同於衆人也。」是矣。惜誦曰：「同極而異路兮，又何以爲此援也？」異路無援，而顛覆之患其能免乎？雖然，屈子之好被奇服，行異路，是豈索隱行怪者哉？在俗人則以爲奇異，在君子則以爲尋常也。瑗按：前轍，或解作往古之迹，言古之忠臣義士鮮有成其志者，亦通。

勒騏驥而更駕兮，造父爲我操之。遷逡次而勿驅兮，聊假日以須時。指嶓冢之西隈兮，與纁黄以爲期。

勒，控御之意。騏驥，駿馬也。更，重復整頓之意。駕，謂車也。勒馬更駕，言不以顛覆之故而遂止也。造父，周穆王時善御者也。操之，執轡也。遷，謂遷徙更進之意。逡，謂逡巡從容之意。次，謂路次也。勿驅，謂不束縛之馳驟之，此所以爲善御也。車既覆矣，馬既顛矣，猶勒而更之，復遷徙逡巡於異路之次而善進焉，其不易初而屈志可見矣。假日，借日也。須時，待時也，即前優游卒歲之意。嶓冢，山名，見禹貢。隈，山隩也。西隈，日所入處也。洪氏曰：「指嶓冢之西隈，言日薄於西山。」是也。纁，淺絳也，日將入時則色纁且黄，蓋黄昏之時，喻人之年老也。指嶓冢之西隈，與纁黄以爲期，蓋自誓此心，終身而不改耳。自「欲變節以從俗」至此，即洪所謂「反觀初志，不可變易，益自脩飾，死而後已」是也。曾子曰：「士不可以不弘毅」，屈原庶幾乎此矣。朱子釋爲知世路之不可由，而欲遠去以俟命也，失之矣。

開春發歲兮，白日出之悠悠。吾將蕩志而愉樂兮，遵江、夏以娱憂。

開春發歲，謂春初歲首也。白日，晴日也。悠悠，長貌。入春則日漸長，故曰「白日出之悠悠」。蕩志，謂開豁其心志也。愉，悦也。遵，循也。江、夏，二水名。哀郢曰「江與夏之不可涉」，是也。娱憂，猶言消愁也。此章言乘此清明之候，取樂以忘憂也。瑗按：此章似發端之辭，與上章雖若絶不相蒙，而其實承「聊假日以須時」而來也。大抵此篇文字作兩平看。前七章是一意，後六章是一意，篇末一章則總結通篇之意也。前一半言其所得者不可變易，後一半言其所得者足以自樂也。又按：此章首二句，則此篇之文，乃因春日游衍之際，觸景興懷，有所感於中而作者。海虞吴訥乃謂此篇皆比而賦體，此章又兼興義，以章首二句爲興，大誤矣。屈原之大節雖見於史記，而中心之委曲，行事之始終，興趣之幽眇，人品之佚宕，其詳則不可得聞矣。尚賴楚辭諸篇考見其一二，而可概視之以爲託言邪？嗚呼！此可與智者語，難與拘儒道也。

攬大薄之芳茝兮。搴長洲之宿莽。惜吾不及古之人兮，吾誰與玩此芳草？

大薄，大叢也。不及古人，謂不得與古之君子並生其時也。玩，弄也。芳草，指上二物，喻道德之美也。此章言己採取芳草以爲佩飾，而因嘆俗人既不知此，古人又不可及，則將誰可與玩賞此芳草者乎？蓋深憾濁世知己者之希也。夫屈子已知前轍之不遂矣，車既覆而馬既顛矣，而猶眷眷思及古人焉，可謂愈挫而愈鋭者矣。瑗按：此亦承上章而言，夫遵江、夏以娱憂者，亦欲採取芳草以爲玩飾耳。是豈無益之遊，而費此青春白日，以恣淫樂也哉？

解蔦薄與雜菜兮，備以爲交佩。佩繽紛以繚轉兮，遂萎絶而離異。吾且儃佪以娛憂兮，觀南人之變態。竊快在其中心兮，揚厥憑而不竢。芳與澤其雜糅兮，羌芳華自中出。

解，折而取之也。蔦，蔦蓄也。蔦薄，謂蔦蓄之成叢者。備，具也，謂以蔦薄雜菜兼收而並用也。交佩，左右佩也。繽紛，盛貌。繚轉，繞而又繞也。遂，易詞也。萎絶離異，謂枯槁斷爛，不耐久也，如悲回風槁而節離之意。蔦蓄雜菜皆非芳香久固之物，此言南夷俗人之所喜佩者也。下文所謂觀南人之變態者，指此也。吾且儃佪以娛憂者，指上二章也。竊快在其中心，言己獨得之樂而南人不知也。揚厥憑而不竢，言己發揚其中心之所得者，而無待於外也。芳澤雜糅，謂佩飾之盛也，指上章芳草而言。芳華，言其氣之香色之麗也。芳華自中出，有諸中者則形諸外也。易曰：「美在其中而暢於四肢，發於事業，美之至也。」此芳華自中出之意也。觀此二言，則屈子之所得者深而進於道矣，豈後世詞人墨客無所得，而漫爲是言者比哉？嗚呼！屈子則攬芳茝、宿莽以爲佩矣，南人則解蔦薄雜菜以爲佩矣。其意趣不同如此，雖欲强之以從己，不亦難乎？故南人萎絶而離異者，無所得故也。屈子羌芳華自中出者，有所得故也。

南人本無所得如此，雖又使之不萎絶而離異也，其可得乎？朱子曰：「且復優游忘憂以觀世變，又樂其所得於中者，以舒憤懣而無待於外，則其芬芳自從中出，初不借於外物也。」此上分章是依朱子本。瑗按：攬大薄之芳茝四句，屈子言己之所佩，解萹薄與雜菜四句，言南人之所佩。吾且儃佪以娱憂二句，申上八句而結言之也。竊怏在其中心四句，雖承上言當分爲别章以屬下文也。楚辭中每有意斷而韻不斷，韻斷而意不斷者，讀者幸詳焉。或曰，此章首四句亦屈子之自言，言己解去萹蓄雜菜，而備芳茝宿莽以爲交佩，而佩之繽紛繚轉，其芬菲之盛如此，顧乃爲世所棄，遂至萎絶離異也，亦通。

紛郁郁其遠烝兮，滿内而外揚。情與質信可保兮，羌居蔽而聞章。

此亦承上章而言。郁郁，香盛貌。遠烝，謂香氣薰烝襲人之遠聞也，承上章芳與澤雜糅而言。滿内外揚，積於中者深，故發於外者盛也，承上章芳華自中出而言。情發於外者，質存諸中者。信，誠也。可保，猶言可必也。惟其所得者深，故其所守者固也。瑗按：情亦可訓爲實，今對質而言，又自有内外之分也。王逸曰：「言行相副，無表裏也。」是矣。情與質信可保，則與南人之變態異矣。居，處也。蔽，障蔽也。如易所謂「豐其屋，蔀其家，闚其户，闃其無人，三歲不覿」之意也。言讒人之蔽隱，人君之鄣壅，而放己於藪幽也。聞，聲聞也。章，著也。居蔽聞章，可謂遏之而愈光，抑之而愈揚者矣，是豈遂萎絶而離異者可比邪？王逸曰：「雖在山澤，名宣布也。」是矣。下二句又申上二句而推言之也。朱子曰：「此承上章芳華自中出，遂言其郁郁遠蒸，皆由情質誠實可保，故所居雖蔽而其名聞自章也。」瑗按：朱子之説亦是。但以誠實釋信字，與情質二字並看，非是。又按屈子之郁郁遠烝，其芬芳可謂極其盛矣，而楚之君臣舉不能有所薰陶漸染而畧變化者，何哉？豈非穢德蔽固之深乎？

令薜荔以爲理兮，憚舉趾而緣木。因芙蓉以爲媒兮，憚褰裳而濡足。

薜荔，生於木者，芙蓉，生於水者。憚，畏難也。屈子思美人之情，可謂急矣，媒絶路阻，言不可結而詒矣。此令薜荔以爲理，因芙蓉以爲媒，特一舉手一投足之勞，則言可結而詒矣，媒不絶而路不阻矣，美人可得而見矣，顧以爲憚而不爲者。朱子曰「内美既足，耻因介紹以爲先容，而託以有憚也」。是此憚者，非不能也，不爲也。觀此，則前諸篇屢屢以理弱媒拙自恨者，豈誠然哉？特反言以責讒人之嫉己，人君之不察耳。此所謂憚者，乃其不肯變節以從俗，易初而屈志之本心也。故曰，情與質信可保兮。則上章所言者，豈欺我哉？瑗按：王逸曰：「意欲升高，事貴戚也。誠難抗足，屈蹺蹋也。意欲下求，從風俗也。又恐汙泥，被垢濁也。」是蓋以緣木爲升高，濡足爲下求，亦自一説，不可不知。或曰，趾當作指。

登高吾不悦兮，入下吾不能。固朕形之不服兮，然容與而狐疑。

此承上章而言。登高不悦，入下不能，言不能與世浮沉也。朕形不服，言己身之倔强也。朱子曰：「形偃蹇而不服，心耿介而使然也。」得之矣。然又自以爲疑者，猶孔子曰「吾道非邪」之意，蓋反言以見吾道之爲是耳。屈子豈真遂有所疑於其心哉？王逸曰：「事上得位，我不好也。隨俗榮顯，非所樂也。」其説似又以登高申緣木，入下申濡足也，亦通。

廣遂前畫兮，未改此度也。命則處幽，吾將罷兮，願及白日之未暮也，獨煢煢而南行兮，思彭咸之故也。

廣，擴而充之也。遂，必欲成之也。畫，謀也。前畫，言初心之所謀也。孔子曰：「君子謀道不謀食。」凡人之欲有所爲者，皆謂之謀也。與懷沙章畫之畫同。前畫，存諸心而欲有所爲。此度，措諸躬而已有所行者也。或曰，前畫猶上前轍也。命，如「道之將行也與，命也；道之將廢也與，命也」之命。處幽，謂遭放逐，而不顯用於時也。罷，如字，休也。吾將罷兮，猶吾已矣夫之意，言道之不行也。舊註讀作疲，謂身勞苦也。非是。白日未暮，猶言此身尚未死耳，欲及時脩德立行也，唤上廣遂前畫二句。 煢煢，獨行貌。 南行，謂遭放逐於江南也。 楚國爲南方，而沅、湘之間又楚國之南也，故曰南行。 彭咸，古之賢人，當殷之末世，遭亂而西逝流沙者也。 言己之所以煢煢南行，獨甘爲此隱忍而不死者，非貪生也。 蓋思古人遭亂，亦嘗遁逸遠去以全身，而己亦欲竊比於我彭也。 然則屈子寧隱忍而壽考，遵江、夏以娱憂。 雖歷年離愍，車覆馬顛，而竟不能屈服其志，哀傷其心變易其節者，亦有所真見則未易惑，有所真得則未易移矣。 是豈胷中無物而漫爲此言以誑人者哉？嗚呼！屈子之於道可謂有矣。

楚辭集解九章卷

新安　汪瑗　玉卿　集解
姪　仲弘　補輯

惜往日

瑗按：史記屈原傳：原「爲楚懷王左徒，博聞彊志，明於治亂，嫺於辭令。入則與王圖議國事，以出號令；出則接遇賓客，應對諸侯。王甚任之。上官大夫與之同列，争寵而心害其能。懷王使屈原造爲憲令，屬草稾未定，上官大夫見而欲奪之。原不與，因讒之曰：王使屈平爲令，衆莫不知，每一令出，平伐其功曰：『非我莫能爲也。』王怒而疏屈平。」洪氏補註、朱子集註皆援此以證篇内之所言是也。洪氏又考原初被放在懷王十六年，然則此篇其作於此時歟？朱子以爲臨絶之音，非也。瑗按：史記楚世家懷王十六年，秦欲伐齊，齊與楚從親，惠王患之，乃令張儀佯去秦事楚。説懷王曰：「楚誠能閉關絶齊，願獻故秦所分商、於之地六百里。」懷王大悦，乃相張儀，日與置酒。宣言復得吾商、於之地。

群臣皆賀，而陳軫獨弔。懷王弗聽，遂絶齊交，後果見欺於張儀。屈原其或亦諫此事，有觸王怒，而王遷之歟？取篇首三字以名篇。

惜往日之曾信兮，受命詔以昭詩。奉先功以照下兮，明法度之嫌疑。

惜，歎也。往日，指向任用之時也。曾，嘗也。命，君命。詔，君命臣之詞，即詔誥之詔，今亦言誥命，命詔倒文耳。昭，明也。詩，指楚先王之法度也。王逸曰：「君命[一七]屈原，明典文也。」得之矣。詩、文古之通稱也。下二句不過申言昭詩二字耳。先功，謂楚先王之功烈，法度之所在，功烈之所在也。照，猶示也。法，刑法。度，制度，即史記之所謂憲令也。嫌疑，謂法度之有同異而可疑者。嫌疑之際，苟不昭明之，則法無一定之規，而民莫知適從矣。此章屈子追歎往日，嘗見信任於王，而受王詔命，昭明一代之憲章，以植國紀。宣承先王之功烈，以示下民；明白法度之嫌疑，以爲畫一。使下有所遵守，知所趨避，而不敢惑世以誣民也。瑗按：史記謂懷王使原造爲憲令，觀此則亦不過因先王之法度而昭明之耳。屈子推功於先王，固得立言之體，而其才能之美亦自不容揜也。史記但知懷王使原造令，而不知其爲先王之令也。世稱杜集爲詩史，而不知楚辭已先之矣。

國富强而法立兮，屬貞臣而日娭。秘密事之載心兮，雖過失猶弗治。

貨財足曰富，甲兵盛曰强。法立，謂法度彰明，民不敢犯也。獨言法者，省文耳。富强法立，則教養兼盡，而外侮日消矣。屬，付也。貞臣，廉潔正直之臣，原自謂也。日娭，謂人君終日無事而游息，所謂逸於得人也。秘，不泄也。密事，幾密之事。易曰：「幾事不密則害成。」夫事固當密，而密事自古有之，君子慎之。蓋戰國之時，征伐會盟，從横游説之徒往來列國，曾無虚日，而密事更多，尤所當慎者，故屈子特言之，使造憲令是一事也。載心，藏之於心也。無心曰過，意外曰失。弗治，不加之罪也。此章承上言己初見信任，致治有效，君享其成，時有密事秘不敢泄，其盡心於國如此。故君亦知其忠誠，雖或有過失，且寬而宥之，不加之罪也。此上二章述己往日得君之專。

心純龎而不泄兮，遭讒人而嫉之。君含怒以待臣兮，不清澄其然否。

純，專一也。龎，敦厚也。泄，漏也。王逸曰：「素性忠厚，慎語言也。」得之矣。懷沙篇曰「文質疏内」，又曰「材朴委積」，又曰「謹厚以爲豐」，則屈子之爲人可知矣。讒人，巧言之人。古所謂壬人、憸人、佞人是也，指上官大夫也。嫉，惡人之有也，史記之所謂争寵而心害其能是也。含，蓄也。怒，心不平也。清澄，猶鑑察也。譬如水之清澄則可以鑑物，而溷濁則不能也。然，是也。否，非也。此章承上言己忠誠之心專壹敦厚，國之密事未嘗敢泄。不幸遭讒人嫉己之功而妄愬，懷王遂不鑑察其是非，而深信之，含蓄憤怒以待己也。或曰，屈子之純龎不泄如此，而上官之讒佞，屈子非不知之。懷王命造憲令，胡爲使上官見之，豈非幾事不密則害成乎？瑗曰：此説非也。所謂不泄者，蓋不泄之於外人與鄰國耳，豈有同列而不與之共謀國事者乎？此益足以見屈子之心光明正大，平生無纖芥可疑者。或曰，然則上官欲奪之而原不與，何也？曰：憲令，國法也，懷王使造，君命也，豈得而與之乎？同列而不與之，見屈子不爲也；欲奪之而遂輕與之，屈子不敢也。

蔽晦君之聰明兮，虛惑誤又以欺。弗參驗以考實兮，遠遷臣而弗思。信讒諛之溷濁兮，盛氣志而過之。

蔽，壅其聰也。晦，鄣其明也。虛，本無是事而空言也，下所謂讒人之虛辭是也。惑，亂其君之心志也，論語曰「夫子固有惑志於公伯寮」是也。誤，謂使君用舍倒置，舉動錯謬也。欺，罔也。子路問事君，子曰：「勿欺也。」是人臣之罪莫大於欺，讒人騁虛誕之浮説，惑人君之心志，誤人君之政事，甘爲欺罔而不辭，何哉？朱子曰：虛惑誤，「然猶畏之也，至於欺，則公肆誣罔而無所憚矣」。此二句責讒人之欺君，以申上章遭讒人而嫉之一句之意。參，謂反覆相參也，如易「參伍以變」之參。驗，證也。考實，謂考察其事情之果有無也。韓非曰：「省同異之言，以知朋黨之分。偶參伍之驗，以責陳言之實。」即參驗考實之説也。屈子嘗自許曰：「言與行其可迹，情與貌其不變。」懷王苟一參驗以考實，則屈子之忠見，而讒人之欺得矣，其如懷王之不寤何？遠，謂久遠也。遷，絀而放之也。弗思，謂不念往日之好也。瑗按：此篇作於初放之時。洪氏謂懷王十八年復召用之，有使齊諫誅張儀之事，則此遷未爲遠也。屈子遽以遠遷弗思而望懷王何也？蓋孔子三月無君，則皇皇如也。屈子愛君憂國之心，實未嘗有一日而忘乎楚懷者矣。故才一遷放遂，以爲君忘乎己，其孟子「王庶幾改之，予日望之」之心乎？屈子之忠，於是乎爲至矣。毁人之善曰讒，媚人之意曰諛。溷，不潔也。濁，不清也。惟人君之不能清澄其然否，此讒諛之溷濁得以入之也。盛氣志，謂怒之甚也。過之，謂罪之也，漢書曰「聞將軍有意督過之」是也。或曰，過之，謂過於怒也，亦通。此四句言懷王輕於信讒而怒遷乎己。以申上章君含怒以待臣二句之意。上章猶言讒人之嫉乎己也，此則責其虛惑誤以欺君矣。上章猶言懷王含怒以待己，尚未至於暴也；此則言其盛氣志而過之，加之以罪矣。此上二章述己遭讒之禍。

何貞臣之無罪兮，被讟謗而見尤。慙光景之誠信兮，身幽隱而備之。

讟謗，猶誹訕也。罪自外至曰尤。慙，愧也。景，亦光也。光景，猶言光輝也，誠信之見於外者也。不僞曰誠，以實曰信。光景誠信，猶易之所謂「篤實光輝」者也。幽隱，謂僻居而晦處也。備，豫防也。無罪見尤，固被讒人之害。然而光景誠信，屈子可行不愧影，寢不愧衾矣。顧以爲慙者，正不慙也，正所以慙小人也。其意若謂吾之事君竭智盡忠如此，反遭讒遠遷，回顧光景得無慙乎？蓋實反言以深表己之誠信，以見小人愧己之不能，而遂嫉妬以讟謗之，其由正在此也。洪氏曰：「言己誠信甚著，小人所慙也。」朱子曰：「無罪見尤，慙見光景，故竄身於幽隱，然亦不敢不爲之備也。」必合二説而意始盡。至於身幽隱而備之，又若不使誠信之光景復見於外，蓋懼讒人之窺伺人君之不察，而禍殃之有再也。是亦反言以見己誠信之不改，而小人害君子之心無時而已也，其情亦可悲矣。嗚呼！往日得君之專，雖過失而猶弗治。一遭讒人之嫉，雖無罪而乃見尤。君臣之反覆，邪正之相傾可畏哉。瑗按：身幽隱而備之，王逸曰：「雖處草野，行彌篤也。」洪氏：「曰身被放棄，多讒謗也。」二説亦通。王意是以下二句串講，俱申明無罪之意。洪意是以下二句分帖上二句。

臨沅、湘之玄淵兮，遂自忍而沉流。卒没身而絕名兮，惜壅君之不昭。

沅、湘，二水名。玄，黑色。淵，水深之處也。水深而色玄，故曰玄淵。自忍沉流，蓋死者人情之所不忍，今言欲投淵而死，故曰自忍沉流。卒，終也，或曰猶徒也。没身，喪其身也。絶名，滅其名也。壅，如淤泥之壅塞不通也。壅君不昭，謂君之聰明蔽晦，信讒不察也。此章承上言己無罪見尤，誠可忿恚，遂欲臨淵而沉，不立於惡人之朝，終亦喪身滅名而已矣。壅君不明，情寃無與之伸者，則死又何益哉？屈子嘗曰「知死不可讓，願勿愛兮」，則死非屈子之所難也。而爲此言者，非愛其死也，蓋謂死有益於人君，有益於身名，則死可也。今人君不察，情寃莫伸，徒使身喪名滅與草木同腐，又奚以死爲乎？此屈子立言之意也。上二句是極推己之惡惡之心，不欲與讒人並生於世，蓋反言以見其欲死也。下二句是明己之遭君不明，死爲無益，又正言其不必死也。後世不深詳其文意，俱解爲實欲臨淵自沉，誤矣。瑗按：惜壅君之不昭，是指懷王非指讒人也。王逸曰：「懷王壅蔽，不覺悟也。」得之矣。朱子乃曰：「沉流之後，没身絶名，不足深惜，但惜此讒人壅君之罪遂不昭著耳。」不責懷王而責讒人，其意善矣。但照本文，詞理不順，似爲牽强曲解，非屈子本意也。篇末惜壅君之不識放此。

君無度而弗察兮，使芳草爲藪幽。焉舒情而抽信兮，恬死亡而不聊。獨鄣壅而蔽隱兮，使貞臣爲無由。

無度弗察，王逸曰：「上無檢押，以知下也。」記曰：「無節於内者，其察物弗省矣。」此之謂也。藪，大澤也。幽，暗也。本謂幽藪而言藪幽，倒文以協韻耳。芳草宜殖於階庭，而今反棄之於幽暗之藪澤，以喻君子當立於朝廷，而今乃放之於寂寞之江濱也。或曰，喻上章没身而絶名也。言苟徒死，則壅君不明，不能旌表善人。身没名絶，如芳草之萎於幽暗之藪澤，無有知之者，是甘與草木同朽也，亦通。大抵此章與上章俱反覆言其死爲無益，而已不必死耳。情，被讒之由也。信，事君之忠也。恬，安也。初終曰死，既葬曰亡。聊，苟且之意。言安於死亡亦甚易事，但不欲苟死耳。臨淵自沉，身没名絶是苟死也，孰謂屈子爲之哉？洪氏解爲不欲苟生，誤矣。苟生固屈子之所不爲，而苟死尤屈子之所不爲也。故曰：死有輕於鴻毛，亦有重於泰山。屈子審之久矣，講之熟矣。一遭放逐而遂沉流，何以爲屈子？鄣壅蔽隱，甚言其君之不明也。無由，謂無罪而被謗見尤也。此章承上壅君不昭而言，君之無度弗察，致使君子失所，情信莫達，無故被遷也。或曰，無由，謂讒人壅蔽君之聰明，使貞臣無由而舒情抽信也。王逸曰：「欲竭忠節，靡其道也。」朱子曰：「無路可行也。」二説似又謂無由而行其道也，俱通。瑗按：自「惜往日之曾信」，至「盛氣志而過之」，是述己有功而遭放。自「何貞臣之無罪」，至「使貞臣爲無由」，是明己無罪而見尤，皆由於讒人之蔽晦，人君之不察也。然人君之不察，又由於讒人之蔽晦；讒人之蔽晦，又乘夫人君之不察。二者相爲終始，輾轉固結而不可解。此所以君子一遭放紲，而遂情莫能伸，身不復返矣。嗚呼！貞臣之與讒人，其邪正之不能相容也如此。

聞百里之爲虜兮，伊尹烹於庖厨。呂望屠於朝歌兮，甯戚歌而飯牛。不逢湯武與桓繆兮，世孰云而知之？

百里，姓，名奚，虞臣也。虜，俘囚也。晋獻公虜虞君與其大夫百里奚，以奚爲秦繆公夫人媵。奚亡走宛，楚鄙人執之。繆公聞其賢，以五羖羊皮贖之。釋其囚，與語，大悦，授以國政，號五羖大夫。瑗按：五羖大夫猶三閭大夫，或當時秦之官名耳，後世好事者因而實其事也。伊尹，名摯，湯臣。烹，調和飲食之味也。庖，廚烹調宰殺之所。伊尹烹庖之事，天問有「緣鵠飾玉」之説，孟子有「割烹」之説，史記、淮南有「負鼎」之説，孟子已辯之矣。呂望，姓姜名牙。呂，從封姓，太公望，其號也。歸文王，後佐武王以伐商，故離騷、天問皆以爲文王舉之。此又曰武王，可通用也。屠，謂宰割也。朝歌，地名，其事史記及諸傳多有之，但稍異同耳。甯，姓，戚，名，衛人。脩德不用，退商於齊，宿郭門外，飯牛車下。擊牛角而爲商聲，謳南山之歌。桓公過而聞之曰：異哉！歌者非常人也。召與語，大悦，遂舉而用之。孰云，猶言誰謂也。此章言古賢聖之才德，非遇賢聖之君舉而用之，則四人者不過烹屠商虜之賤耳，誰謂世俗之溷濁能知之也哉？慨想四人之遭遇，以見己之不逢時也。傷今思古，其志亦可悲矣。或從王逸、朱子無由之説，謂此四臣逢此四君，得由而行其道者也。承上而言，亦通。一言此段王逸無註，恐原本無之。未知其審，姑存之，以竢後世君子有所考焉。

吴信讒而弗味兮，子胥死而後憂。介子忠而立枯兮，文君寤而追求。封介山而爲之禁兮，報大德之優游。思久故之親身兮，因縞素而哭之。

吴，指吴王夫差也。信讒，謂聽宰嚭之言也。味，蓋言事必參驗，而後知其虚實，譬之食物必細咀嚼，而後審其美惡也。子胥，夫差相伍員也。後憂，猶言後悔也。子胥諫夫差滅越，不聽，後賜劍自殺。及越之滅吴，夫差悔不用子胥之言，遂自剄死，屈子之言指此事也。介子，名推。立枯，謂抱樹而燒死也。或曰，謂割股以食晉文君也，股肉割則血枯，足所以立者，故曰立枯。寤，覺也。優游，言其德之大也。思，念也。久，舊也。遠游曰：「思舊故以想像。」親身，言不離左右也。文君出亡十九年，而子推從之，故曰思久故之親身。縞素，白緻繒也。諸説載文公爲公子時，遭讒出奔，子推從行。道乏食，子推割股以食文公。文公得國，賞從行者，失亡子推。子推逃入綿山，文公後覺而求之，子推不出。因焚其山，子推抱樹燒死。文公遂封綿山曰介山，禁民樵採，使奉子推祭祀，以報其德。又變服而哭之，屈子之言似指此也。洪氏據左傳、史記而不信燒死割股之事。朱子曰：此詞明言立枯，又云縞素而哭。莊子亦有抱木而燔之説，固不可以一説而盡疑之也。瑗嘗謂割股之事不可必其有無，而焚山之事甚爲迂闊，姑從諸説，以竢後之君子云。此章引子胥事，見無罪而見殺；引介子事，見有功而不賞，不得如上四人之遭逢也。嗚呼！子胥死而夫差猶悔之，介子枯而文公猶報之。乃若一遭放逐，而懷王竟弗後憂，竟弗思久故之親身。明法之功反爲讒人之媒，日嬉之樂反爲盛氣之怒，此又屈原之不得如二子之遭逢，所以慨想之深也。二子可謂不幸中之幸，而原則不幸中之尤不幸者也。

瑗按：思久故之親身，蓋謂文公思念介子往日相從出亡之久，而故舊親愛之情不能恝然，故既封之而又哭之，而割股之事自在其中矣，洪氏之説爲是。王逸解親身爲割股，朱子仍之，今詳文意不甚穩順，姑從洪説。又按子胥事只兩句，介子事乃六句。下五句鋪陳文公報德之事，故又以介子句倒上，此亦作文之法，不可不知。或曰，此蓋言君之報臣，故介子事有可陳者，而子胥則無之曰非也。子胥事亦儘有可言者，若亦鋪陳數句則冗矣。只以信讒弗味死而後憂八字該之，則子胥之寃，宰嚭之讒，國家之敗亡，夫差之悔恨，俱見於言表矣。夫既曰後憂，則夫差爲越所滅臨死之悔，蓋欲如文公之報介子有不能矣。是夫差之憂，又不得如文公之寤也。雖然，子胥之賜劍而死，責在君也，不得已也。子推之抱木而燔，爲已甚矣。其得已乎，其不得已乎。二子之死亦自不同，因併及之。

或忠信而死節兮，或訑謾而不疑。弗省察而按實兮，聽讒人之虚辭。芳與澤其雜糅兮，孰申旦而别之。

盡心曰忠，實踐曰信。死節不變其所守，忠信之道也。訑謾，皆欺也。不疑，人君信其欺而不疑也。省，亦察也。按，猶考也。弗省察而按實，即上「弗參驗而考實」之意也。此二句申言訑謾而不疑也。芳，言其氣之芬芳也，澤，言其質之潤澤也，指蘭玉佩屬而言。糅，亦雜也。雜糅，言參錯而並陳也。芳澤雜糅，喻君子之備道全美而悉有衆善也。旦，明也。如詩「昊天曰旦」之旦。此二句申言忠信而死節也。此章直結至篇首，通古今而泛言之，謂君子、小人之事君，有誠僞之不同。而人君則每售其僞而仇其誠。小人之讒佞，則信之而不疑，君子之節義，則不肯爲申明而別異之也。嗚呼！後世人君可不知所鑑於此哉？瑗按：不疑，或作論語「居之不疑」之不疑，言小人之行欺詐肆然，自以爲得計而無所忌憚也，亦通。王逸以爲指張儀欺詐之事，非是也。

何芳草之早殀兮，微霜降而下戒。諒聰不明而蔽壅兮，使讒諛而日得。自前世之嫉賢兮，謂蕙若其不可佩。妒佳冶之芬芳兮，嫫母姣而自好。雖有西施之美容兮，讒妒入以自代。

早殀，謂望秋而先零也。霜，露之所凝結也。從上而墜曰降，降而至地曰下。戒，如戒道之戒。微霜降而芳草殀，喻讒言入而君子殺也。觀微霜，則知讒言之入亦甚詭矣；觀早殀，則知君子之殺不待辱矣。諒，信也。聰不明，一作不聰明，非是。易噬嗑上九象曰：「何校滅耳，聰不明也。」夬九四象曰：「聞言不信，聰不明也。」楚辭用此，如「經營四方」「周流六漠」之類，或用全句，或易一二字，往往喜用經語。此雖末事，亦可見屈子之所學也。前言虛惑誤又以欺，故并聰明而言之。此則專罪其聽之不聰，而使讒諛日以得志也。上二句責讒人之肆害，下二句責人君之信讒。蕙、若，二香草名。謂蕙、若不可佩，喻小人讒君子之無益於人國，不可用也，若淳于髡之譏孟子是也。妬者，忌人之有也。佳冶，謂容貌之美。芬芳，謂服飾之盛。言美人也，申嫉賢之意。或曰，佳冶指下西施，芬芳指上蕙、若，楚辭每參錯成文，此類甚多。嫫母，醜婦也。或曰，黄帝妻，荀卿子佹詩亦言之。姣，妖媚態。好，如字。洪氏音耗，朱子仍之，非是。自好，自以爲美也。申言謂蕙、若其不可佩之意。西施，越之美女，句踐得之以獻吴王者也。自代，謂醜婦奪美女之寵也。醜婦自以爲美而謂美人之不美，喻小人自以爲賢而謂賢人之不賢，是以讒妬入而得以自代也。此二句又總申上四句。此章承上言小人之害君子人君之信讒言，自古皆然，理勢之所必至者，豈獨今日乃爾哉？蓋屈子自憫之詞也。瑗按：西施之美，人皆知之，而醜婦得以代之者，妖媚故也。君子之賢，人皆知之，而小人得以代之者，讒諛故也。小人之害君子，起於嫉妬其賢能；小人之進讒言，乘於人君之蔽壅。嫉君子之賢能，則自以爲好矣；乘人君之蔽壅，則得以肆志矣。自以爲好，則君子之類盡矣；得以肆志，則小人之黨興矣。如是而欲國之不亡，不可得也。嗚呼！若以蕙、若爲可佩，則君子無由而退矣。若不自以爲好，則己身無由而進矣。此章曲盡小人之心術情狀，爲人君者可不深察乎此哉。董子有言：「爲人君者不可以不知春秋，前有讒而不見，後有賊而不知。」吾嘗謂春秋之旨微而奥，又不若楚辭之文明而切也。朱子曰：「誠能使人朝夕諷誦不離於其側，如衛武公之抑戒，則所以入耳而著心者，豈但廣狹細旃明師勸戒之益而已哉！」離騷足以當之矣，六經之外，其餘蓋不足以語此。

願陳情以白行兮，得罪過之不意。情冤見之日明兮，如列宿之錯置。

願，欲也。陳，列也。情，今日誣枉之情也。白，明也。行，平生正直之行也。過，如前「盛氣志而過之」之過。不意，出於意外之變，不期而至者也。謂今日之被怒遠，遷出於意料之所不及，蓋謂無罪見尤而遭讒之嫉，隱然於言表矣。畧行而言情，固爲省文。而今日之所以汲汲欲辯者，莫先於此情也。冤，枉屈也。本謂冤枉之情，而曰情冤者倒文耳。朱子謂情實與冤枉猶言曲直也，亦通。見，謂冤枉之情畢露而無遺，讒諛不得蔽晦之也。日明，猶俗言一日明於一日。蓋君子真實正大之情，雖參驗考覈，愈究愈明，所謂萬變而不可蓋者，豈若小人之虛僞而不可長也哉？嗚呼！小人惟恐人君之考驗，而屈子則欲求一考驗而不得也，君子小人之情於是乎辯矣。列宿，衆星也。錯置，謂燦然而布也。蓋衆星之錯置於天，自有確然之度數，一定而不可易，燦然之光輝明白而不可揜，懸象著明，更歷萬古，而不可磨滅者也。人君苟一考驗之，則屈子之情冤，豈有不畢見而日明之，如衆星之錯置於天也哉？此章言己爲讒人所嫉以致得罪於君，欲一自暴其中情之冤枉，使人君洞達其忠佞之辯而無由也。

乘騏驥而馳騁兮，無轡銜而自載。乘汜泭以下流兮，無舟楫而自備。背法度而心治兮，譬與此其無異。

騏驥，駿馬也。王逸解作駑馬，非是。馳騁，疾走也。轡，馬韁。銜，馬勒，所以控御乎馬，使不得奔逸者也。載，亦乘也，言人乘駿馬而馳騁之，又無轡銜以控御，而鮮有不顛仆者矣。汜泭，編竹木以渡水者也。下流，則水勢順而湍流急也。舟，巨航也，穩於汜泭，而楫又所以櫂舟者也。言人乘汜泭之小筏以渡，順流之急水，又無舟楫以豫備之，而鮮有不覆溺者矣。背，畔也。法度，即篇首所言傳之於先王而昭明於屈原者也。心治，任己之私心而爲治也，此指上二事也。騏驥、汜泭，譬國家也。轡銜、舟楫，譬法度也。背畔法度而任己私心以爲治，其與無轡銜而乘騏驥，無舟楫而乘汜泭又何以異乎？吾見用舍不當，賞罰不公，庶事叢脞。倀倀焉，貿貿焉，莫知所之，而鮮有不淪胥以亡者矣。屈子之言可謂善譬，而警懷王之意亦深切矣。嗚呼！昔者明法度而國治君安，今者背法度而國亂君危。是屈子之去留，係國家之治亂，人君之安危，豈可聽讒而遠遷，遂弗思以還之也耶？不數十年而國遂滅於秦，其背法度棄賢人故也。屈子之言豈不驗哉？使懷王信任屈原，委之終始，急誅張儀之欺，不赴武關之會，脩明法度，進用賢人，則國雖至今存可也，秦雖虎狼，安能噬予哉？此章歎今日背法度之失，與篇首二章相應。或曰亦承上章而言，上言己欲見君一明其寃，而人君終棄之不可得見，然棄己即所以棄法度也。蓋法度非屈子不能明，不能明而妄用之，與背之同也，亦通。瑗按：承汜泭以下流。王逸曰：「乘舟汜船而涉渡也。編竹木曰泭。楚人曰柎，秦人曰撥也。」又一本正作柎。爾雅曰：「舫，泭也。」又曰：「庶人乘柎。」王逸是從爾雅以舟船解泭，以汜屬上，并乘字爲義也。朱子曰：「汜泭，編竹木以渡水者也。」是又以汜屬下，并泭字爲義也。二説未知孰是，瑗嘗疑其俱非也。蓋汜、泛通，泭、浮通。汜泭謂水也，對上騏驥而言。乘馬必須轡銜，渡水必須舟楫，如此解則詞順理明。若以汜泭爲編竹木之濟具，則下言舟楫又不通矣。朱子亦悟其不通，故疑舟楫宜改作維楫。若編竹木之汜泭，又安用維楫也？蓋爾雅本作柎，後人誤以楚辭之泭解爲柎，故刊爾雅者遂改柎爲泭，而刊楚辭者又改泭爲柎，輾轉相謬，卒莫之正也。然無所考據不敢自是，前解姑從朱子之説，而因附鄙見於此，以竢後之君子云。

寧溘死而流亡兮，恐禍殃之有再。不畢辭而赴淵兮，惜壅君之不識。

溘死，謂爲水所淹溺。流亡，謂爲水所漂浮，言自沉也。恐，懼也。禍殃有再，王逸曰：「罪及父母與親屬也。」得之矣。朱子謂「不死，則恐邦其淪喪辱爲臣僕」，頗覺牽强，非是。有，古又通用。再，復也，言又復加之罪也。或曰，有如字。本謂再有而曰有再者，倒文以協韻耳，亦通。畢辭，猶言盡言也，即指此篇之文也。識，如字，音志者非是。不識，猶不昭也。此章設言己之遭讒被遷，情寃莫訴，苟不作文以極言己之衷曲，以表己之素行，而徒赴淵自沉，則壅君不能察識，鮮有不信昔日讒人之言以爲實事，怒今日自沉之死以爲懟君矣。既信其讒怒其死，能不復加之罪乎？此理勢之所必至者也。是屈子之不死者，懼其既死而讒人復躡其後，壅君不察其情而有莫大之禍也。觀此則屈子之本心可見，而實未嘗自沉也彰彰矣。後世不深考其旨意之所歸，遂謂其真投水死，其亦不詳之甚也。瑗按：前「惜壅君之不昭」，但謂己死則壅君不明其故，不能旌表其志節，徒使身没名絶，寂寞無聞，與草木同腐耳。此惜壅君之不識，則又懼其禍殃之有再，不但一己之身名而已。詞愈切而情愈悲矣。夫介子之死，文公猶封之。乃曰以記吾過，且旌善人。屈子欲死，乃懼其没身絶名禍殃有再，是則楚懷又晉文之罪人也。嗚呼！有功而不念，無罪而見尤，已可悲矣。而欲死則恐其没身而絶名，不亦重可悲乎？身没而名絶重可悲矣，斯亦已矣。而又懼其禍殃之有再，不亦尤可悲乎？徒生則獨受其謗，欲死則不能自明，使非自畢其辭作爲此篇，以陳其情，以白其行，以明其寃，則天下後世，又孰從而知其忠誠之至，讒妬之深如此哉？此章與臨沅、湘之玄淵二章相應。瑗按：此篇大旨言己始見信而終疏，法既立而復廢，國既治而復亂。有功不伐，無罪見尤，情不能達，寃不能伸，小人之欺君誤國，人君之信讒不察也。嗚呼！以貞臣事壅君遭讒人，欲始終信任而不放逐也難矣哉。

洪氏曰：「此篇[一八]言己初見信任，楚國幾於治矣。而懷王不知君子小人之情狀，以忠爲邪，以譖爲信，卒見放逐，無以自明也。」

楚辭集解九章卷

新安　汪瑗　玉卿　集解
姪　仲弘　補輯

橘頌

橘，樹名也。頌者，詩大序所謂「美盛德之形容」也。洪氏曰：「美橘之有是德，故曰頌。」其説是矣。篇内之語皆形容橘之盛德，故屈子以橘頌題之，後世詠物之作其昉於此乎。夫屈子之作離騷，其所取草木多矣，而獨於橘焉頌之，何也？蓋物之受命不遷，誠無有如橘者，故取以爲喻而自託也。非泛然感物而賦焉者比也，故篇内言之重，詞之複，蓋不覺其反覆詠嘆淫泆之深也，其亦有當於其心也乎？或曰，考工記云：「橘踰淮而北爲枳。」是橘生南國，踰淮而北則化爲枳。其物之易變者無如橘也，安得謂之受命不遷乎？曰可以南不可以北，此正可見其獨立不遷也。若在此則生於此，在彼則生於彼，則非深固難徙、不流不淫者矣，故屈子獨於橘焉頌之也。但此篇乃平日所作，未必放逐之後之所作者也。

或曰，九章餘八篇皆言放逐之事，而獨以此篇爲平日所作，何也？曰九章云者，亦後人收拾屈子之文得此九篇，故總題之曰九章，非必屈子所命所編者也，又安得以此篇爲放逐之作乎？細觀其辭而玩其旨可見矣。或曰，此云行比伯夷，後悲回風篇曰「見伯夷之放迹」，其辭抑何同也？曰此正可見屈子幼而學之者此也，壯而行之者此也。窮不失義，達不離道，屈子有之矣，安得以伯夷所引之人偶同，而遽爲放逐之作乎？自孔子發歲寒之嘆而後松柏之節著，自屈子作不遷之説而後橘樹之德彰也。讀者可不深警於心而自勗之也哉！若徒以辭焉而視之，則屈子垂教之志荒矣。

后皇嘉樹，橘來服兮。受命不遷，生南國兮。

后，后土也。皇，皇天也。嘉，美也。后皇嘉樹，謂橘樹乃天地間之至美者也。服，習也。受命，謂稟天地之氣以生也。遷，徙也。受命不遷，即記所謂「橘踰淮而北爲枳」也之意。南國，謂楚國也。楚國在江之南，故謂楚國爲南國。漢書江陵千樹橘，是楚地正産橘也。或曰，南國泛指江南，則楚自在其中，亦通。此章文意當串看，本謂橘者乃天地所生之美樹，而來服習南土，不可移徙也。「嘉樹」二字，一篇之綱領。篇内皆頌其道德志行之可嘉，而其所以可嘉者，又在乎受命不遷也，故不遷之意一篇之中三致意焉。莊子曰：「受命於地，唯松柏獨也，在冬夏青青。受命於天，唯舜獨也。」正其論與屈子受命不遷之意同。瑗按：上二句還從王逸之説爲是。朱子曰：「后皇，指楚王也。嘉，喜好也。言楚王喜好草木之樹，而橘生其土也。」其説頗覺迂闊而亦無所據也。禹貢：「淮海維楊州，厥包橘柚錫貢。」是南國之有橘也久矣，豈因楚王好草木之樹而後橘來服此南國哉？來服云者，即受命不遷之意。王逸所謂「服習南土，便其風氣」是矣。來字須活看，非謂自彼處而移來此處也。且楚王喜好草木之樹，亦德政之荒也。屈子不能諫之而反頌之，何以爲屈子？況使楚王果能知喜好此受命不遷之嘉樹，則必知喜好屈子之爲人矣，又豈肯放而逐之也哉？讀者詳之。

深固難徙，更壹志兮。緑葉素榮，紛其可喜兮。

深固，謂深根固蔕也。徙，猶遷也。壹，專一而不二也。朱子曰：「以其受命獨生南國，故壹志而難徙也。」夫橘踰淮而北爲枳，誠難徙也。然以樹而謂之曰志者，學者當以意會不可泥也，篇内意皆放此。素榮，白華也。爾雅：「草謂之榮，木謂之華。」若對舉則當分，而單言亦可通稱也。可喜，猶言可愛也。言橘葉緑華白，紛然盛茂，誠可愛也。上二句言根株，下二句言華葉。

曾枝剡棘，圜果摶兮。青黄雜糅，文章爛兮。

曾、層同，重纍也。一曰增同，謂高也，並通。剡，利也。棘，枝之刺也。枝棘，果之所著者也。果，草木之實可食者也。今俗作菓，其形圓，故謂之圜果。摶與團同，圜貌也。或曰，此句錯文，本謂橘實其形團圓耳。或曰，摶，聚也，附着也。謂橘摶生於枝棘之間耳，亦通。青，果未熟時色也。黄，果已熟時色也。雜糅，猶言參錯，謂果色之或青或黄，先後生熟之不同也。文章，謂青黄之色相間，雜而成文章也。易曰：「物相雜故曰文。」又曰：故易「六位而成章。」此青黄雜糅之所以爲文章也。爛，光輝鮮明貌。上一句言枝棘，下三句言果實。

精色内白，類任道兮。紛緼宜脩，姱而不醜兮。

此章承上果實而言。精色，言外皮色之精明也。内白，言内瓤色之潔白也。所謂金衣素裏，班理内充是矣。類，猶似也。天下之道，莫貴於精明潔白，故橘之外精内白，似有道也。紛縕，盛貌。宜脩，謂脩飾之得宜也。湘君曰「美要眇兮宜脩」是也。姱，美好也。不醜，不惡陋也。此句即申言宜脩之意，宜脩二字又承精色内白而來也。瑗按：王逸曰：「橘實赤黄，其色精明，内懷潔白。」其説未善。蓋精色内白青黄皆有之，青者自有青之精白也。洪氏曰：「青黄雜糅，言其外之文；精色内白，言其中之質也。」以精色内白俱作内講，亦通。但俱作内講，則紛縕二句又當總承圓果以下五句而言，讀者詳之。又按篇首至此，或總言樹之嘉，或泛言樹之性，或言根株，或言華葉，或言枝棘，或言果實，或言其外，或言其内，其詞悉備而其意互見也。皆發橘樹之所以爲嘉而可嘉之義，自喻之意自見之矣。曰志，曰行，曰道，曰德，其旨趣亦自明白而不煩解説矣。王逸以深固句爲比己志之忠信，華葉句爲比己行之清白，枝棘以象武，圓果以象文，餘皆倣此，不能盡出。其説頗覺支離，穿鑿太甚，不必從之，讀者幸以意會可也。

嗟爾幼志，有以異兮。獨立不遷，豈不可喜兮？

嗟，嘆詞也。爾，指橘而言。幼志，謂不遷之志，自受命之初而已有此志，蓋其本性然也。有以異，謂與衆木不同也。洪氏曰：「自此以下，申前義，以明己志。」其説是矣。瑗按：前四章其嘉樹之可喜者，亦以畧盡。此下三章蓋即前義而復申明之，若反歌之類是也。末二章乃結言之，以明己效法之意，若亂辭之類是也。其文雖短少，而體裁亦秩然而完也。又按：嗟爾幼志，王逸以爲指衆臣女少小之人，其志易徙，有以異於橘也。獨立以下，爲屈子直陳己之志行，非是。

深固難徙，廓其無求兮。蘇世獨立，横而不流兮。

廓，寥廓也，落落難合之意。蘇，王逸曰「寤也」。洪氏曰：「死而復[一九]生曰蘇。魏都賦曰：『非蘇世而居正。』」字本於此。瑗按：蘇猶醒也，俗語亦謂之蘇醒。蘇世獨立，猶舉世皆濁我獨清，衆人皆醉我獨醒之意。或曰，蘇，疏也。謂與世相疏遠也。橘樹之扶疏而不偏倚，有似乎君子之獨立於世也。或曰，蘇與疏或古通用，或聲相近而訛也。或曰，蘇，取也。即離騷「蘇糞壤以充幃」之蘇，謂不見取容於世而獨立也。劉向九歎逢紛篇曰：「吸精粹而吐氛濁兮，横邪世而不取容。」是也。其説亦通，容更詳之。横，如横逆之横，謂惡俗也。洪氏曰：「凡與世遷徙者，皆有求也。吾之志舉世莫得而傾之者，無求於彼故也。」瑗謂惟其無求故難徙，惟其獨立故不流。詩曰：「不忮不求，何用不臧。」易曰：「君子以獨立不懼，遯世無悶。」又曰：「旁行而不流。」記曰：「君子和而不流，强哉。」矯橘樹似之矣，屈子有之矣。嗚呼！當戰國之世，環天下皆横政之所出，横民之所止，雖有聰明智巧之士，鮮不靡靡詭隨，而垂涎乎富貴者。屈子之生於其時，獨廓然無求，不遷不流，確乎其不可拔，而獨立乎萬物之上，豈非中流之砥柱也哉？泰山巖巖之氣象，孟子不得擅於其時矣。或曰，横，古衡，通用，平也。如水之平而不流也，更詳之。瑗按：此章承上獨立不遷而言，上二句申言不遷，下二句申言獨遷也。

閉心自慎，終不過失兮。秉德無私，參天地兮。

記曰：「如松柏之有心也。」凡草木之中實者，皆謂之心。橘樹并果之密緻，而無蟲蠹損害於其内，即閉心自慎終不過失之意也。其人之或與或取，樹果初非有意於擇人而施之，即秉德無私參天地之意也。獨立至此，皆發明幼志有異之義。其辭非若前四章之顯切，讀者須以意會，不可以辭害意也。如以辭而已矣，此王逸之所以直爲屈子自陳己志而不指橘言也。

願歲并謝，與長友兮。淑離不淫，梗其有理兮。

并，猶盡也。謝，猶去也。歲并謝，猶言没齒終身云耳。朱子曰：「并謝，猶永謝也。歲并謝而長與友，則是終身友之矣。」其説是矣。洪氏曰：「言己年雖與歲月俱逝，願長與橘爲友也。」瑗按：此二句一意，本謂願終身長與爲友也。洪氏解歲并謝處與前稍異，容更詳之。淑，善也。離，如離立，言樹之孤特也。不淫，猶前不遷不流之意。梗，强也。有理，不亂也。惟其梗而有理，所以淑離而不淫也。此二句又總括通篇所言之旨而頌之。凡不遷不流，不醜不過，可嘉可喜，無私無求之意，俱在其中矣。所以可友之者此也，所以可師之者此也，所以可比伯夷者此也。或曰，離謂其實離離然，稀疏而不淫也，梗謂枝梗有文理而不亂也，亦通。又按：與長友句倒文耳，本謂長與爲友也。

年歲雖少，可師長兮。行比伯夷，置以爲像兮。

年歲雖少，亦言橘也。此等句須以意會，言橘之年歲雖小於己而其道德志行則可以爲己之師長也。朱子曰：「年歲雖少，亦言其本性自少而然，非積習勉强。」其意與嗟爾幼志句同，恐未是。行，謂橘之德行也。伯夷，孤竹君之長子也，其爲人詳見史記及論、孟諸書。孟子曰：「伯夷，聖之清也。」韓愈曰：「伯夷者特立獨行，亘萬世而不顧者也。」觀二子之言，其爲人之大概可知矣。夫橘之行，誠可以比之伯夷而無愧，而伯夷之行欲遠取諸物，苟舍橘而亦莫與之京者矣。置，猶植立也。像，法也。置以爲像，願終身師友之也。朱子曰：「言橘之高潔可比伯夷，宜立以爲像而傚法之，亦因以自託也。」此上二章，初而友之，既而師之，既而置以爲像，固言之序也。然頌之之意愈推而愈尊，法之之心愈久而愈隆，亦可見矣。或曰，通篇大旨，首章四句總言之也。深固難徙以下至「不醜」三章，發明「后皇嘉樹」二句之意。「嗟爾幼志」以下至「參天地」三章，發明「受命不遷」二句之意。末二章又總結之，以見己作頌之本意也，其說亦通。王逸曰：「周武王伐紂」，伯夷扣馬而諫，「遂不食周粟而餓死」。「屈原亦自以脩飾潔白之行，不容於世，將餓死[二〇]而終，故曰以伯夷爲法也。」瑗按：伯夷之清雖於餓死而後見，使伯夷之不餓死，而亦不失爲聖之清。屈子所引之本意，要在於伯夷素履之志行，而不在於餓死之一節也，奈何後世註楚辭者，遇屈子所引伯夷、伍子、申屠狄之類，遂以餓死投水解之，以爲屈原亦欲餓死而投水。然所引古之聖賢最多，而尤拳拳致意於重華焉，又何不解屈子爲有志於晞舜耶？嗚呼！昔人謂知己者希，誠哉。瑗獨悲屈子既不見知於當時，故作離騷以明己志，而冀後世庶幾有知己者一嘆惜之，則亦足以慰其心矣。不意千載之下而其不見知也，又復甚於當時。其不知者，則深訾之無足恠也。其知者，亦不過一憐之而已，猶不知也。泯泯至今，呶呶不已。故瑗每每爲發奮一道之，以明其制行之中，以尊其學術之正，以暴白其人品心事之磊磊。非敢好異也，不得已也。亦惟欲求知於屈子於九原之下，而不敢必斯世之知我也。嗚呼！苟世有屈子，則讀吾之書以求離騷之旨，當莞爾而笑矣。

楚辭集解九章卷

新安 汪瑗 玉卿 集解
姪 仲弘 補輯

悲回風

瑗按：此篇因秋夜愁不能寐，感回風之起，凋傷萬物，而蘭茝獨芳，有似乎古之君子，遭亂世而不變其志者，遂託爲遠遊訪古之辭，以發泄其憤懣之情。然而徧遊天地之間，愈求而愈遠，其同志者終不可得一遇焉，故心思之沉抑而竟不能已也。其辭旨畧與後遠遊篇一二相類。然觀篇末「驟諫君而不聽，任重石之何益」二言，又足以徵屈子之實未嘗投水而死也明矣。後世之論屈子者，奚爲不信楚辭而信他説也邪？不惟不信，而又反援他説牽强以解之，使楚辭之旨湮鬱千載而不明，屈子之爲人沉晦千載而不白。徒令後世呶呶者之攻其癖而摭其過焉，可勝嘆哉！此篇詞氣渾雄悲壯，驟而讀之雖若稠疊可厭，而熟讀詳玩之餘，則旨意實各有攸歸，條理脉絡燦然明白，真作手也。嘗聞之師曰，此篇議論幽眇，詞調鏗鏘，體裁齊整，奇偉佚宕，如洪濤巨浪奔騰，湧湧春撞，如汪洋大海之間，視之令人魄奪目眩，莫可端倪。非規規然從事於尋常筆墨蹊徑間者，所可得而彷彿其萬一也。朱子乃以爲臨絶之音，以故顛倒重複，倔强疏鹵，尤憤懣而極悲哀，其亦未之深思歟？海虞吴訥亦謂此篇臨終之作，出於瞀亂迷惑之際，詞混淆而情哀傷，無復如昔雍容整暇矣。是亦拾人之涕吐者也，曷嘗深考其文而爲自得之言乎？謂之曰憤懣哀傷是矣，然視諸篇亦未見其甚也。且涉江、懷沙之篇，舊説俱指爲臨淵沉流之作，是則當爲屈子之絶筆也。然今觀之，雖其亂辭有死不可讓之説，而篇内則優柔冲淡，規矩精緻而爲和平之音。抑又何也？是皆不考屈子實未嘗自死，故解説楚辭者多牽强附會，其意雖和平之音，亦視之爲憤懣之詞。假令屈子之果死也，是亦自欲死耳，非人君之强迫也。既非鐲鏤之賜，亦非犴狴之囚，又非刳剖之慘，又奚至於瞀亂迷惑而顛倒錯謬也哉，其不然也審矣。後之讀楚辭者，幸反覆詳玩，究其始終，要其通篇言之所指，意之所歸，而不尋章摘句以立説，執詞泥字以害意，拂去舊見，而獨據楚辭本文，朝夕諷誦之久，則自有妙悟，自有神解。方知屈子之實未嘗自死，屈子之辭不爲盡怨，而予之所言不爲妄也。

悲回風之搖蕙兮，心寃結而內傷。物有微而隕性兮，聲有隱而先倡。

陽薄陰則繞而爲風。回風者，謂旋轉之風也。爾雅曰：「回風爲飄。」回風亦謂之飄風，下文曰隨飄風之所仍是也。搖，謂搖落也。九辯曰：「悲哉秋之爲氣也」，「草木搖落而變衰」，亦此意也。王逸曰：「言飄風動搖芳草，使不得安。以言讒人亦別離忠直，使得罪過也。」其說亦是。但以「物有微而隕性」句照之，則搖不只謂搖動之義。寃結，謂寃枉之情絓結於心而不可解也。傷，痛也。微物，指蕙也。隕，落也。性，猶命也。王逸曰：「言芳草爲物，其性微眇，易以隕落。以言賢者用志精微，亦易傷害也。」聲，回風之聲。風本無形，故只稱其聲，又曰隱也。先倡言風雖無形，而實能先爲之倡，以撓萬物，故回風起而蕙遂搖落也。讒人之踪跡詭密，中傷君子，猶風無形而能殞物也。此章首句爲冒頭，次句申言其悲也，第三句申言其搖蕙也，第四句申言回風也。然蕙之搖落，由回風先爲之倡，而心之悲傷，又因蕙之搖落也。朱子曰：「言秋令已行，微物凋隕。風雖無形，而實先爲之倡也。世之治亂，道之興廢，亦猶是矣。」瑗按：此章王逸專以讒人害賢者言，朱子之說又推廣其意，亦相通也。大抵此章以蕙比君子之身，下章蘭茝比君子之志也。蕙之品雖不如蘭，其盛衰亦不甚相遠。當蕙搖落之時，而蘭茝恐亦將披離不得獨芳矣。不過參錯起興。言回風既起，蕙雖殞落，而蘭茝獨芳猶讒人既興，而忠直之士身雖可殺，而志終不可奪也。非真劣蕙而優蘭茝，讀者當以意逆志可也。彼天下之事有倡則有和，如回風一起而草隨之披靡，若風爲之倡而草爲之和者。故孔子言感應之機曰：「草上之風必偃。」然小人之倡害君子，而君子豈亦有所和哉？今以風先倡而物殞性，以比小人興而君子害者，須以意會，不可執其詞也。

鳥獸名以號群兮，草苴比而不芳。魚葺鱗以自別兮，蛟龍隱其文章。故荼薺不同畝兮，蘭茝幽而獨芳。

凡翼曰鳥，凡蹄曰獸，若單言則彼此可通，而對舉則當分也。號群，呼其類也。生曰草，枯曰苴，若單言則彼此可通，而對舉亦當分也。比，連彙合併之意。葺，王逸曰「累也」，朱子曰「整治也」。瑗按：魚鱗之排列重襲，次第儼然，若有所積累而整治也，合二意始備。近曰離，遠曰別。自別，謂魚因風起寒生，亦葺鱗而遠遁也。有鱗曰蛟龍，又蛟亦別爲一物。隱，匿也。文章，謂鱗甲之光彩也。瑗按：龍秋分而降，則蟄寢於淵。酈元水經曰：「魚龍以秋日爲夜。」蓋魚龍生於水者也，至秋則水涸，而非淺瀨之所能容，故自然而隱去，若因秋風而然耳。至於鳥獸草苴，則産於山者也，蓋實因秋風起而草木蕭疏，鳥獸之巢窟無所蔭蔽，故長鳴以號群也。荼，苦菜也。薺，甘菜也。蘭茝幽而獨芳，以喻君子處窮而不變其志也。本以蘭茝之不爲秋風變其芳，以喻君子之不爲小人變其志，而又以荼薺之不同畝，以喻蘭茝之異於衆芳，所謂比中之比也。王逸直以忠佞不同朝解之，其意雖是，而詞則欠體帖也。此承上章言回風既起，秋冬向寒，不特蕙微而隕性，而萬物莫不皆然。以言乎鳥獸，則鳴號以求其群匹矣；以言乎草苴，則連彙變衰而不茂矣；以言乎魚龍，則亦將葺其鱗甲而遠遁晦其文章而隱藏矣。而蘭茝則生於幽谷之中而獨秀焉，不因秋風而蕭瑟也。君子之遭亂世也，蓋亦如此此。與上章要相照應看。屈子立言之意不在乎隕其性，乃在乎幽而獨芳也。蓋蘭蕙之所隕者，性也，而不能泯者，芳也。今觀蘭蕙雖枯槁摧折，而氣愈馨遠達可見矣，此君子之所以比德也。君子之所以擯棄者，身也，而不能屈者，志也。今觀君子雖貶絀殺戮，而操愈堅剛不撓可見矣，此屈子之所以自恃也。下文曰「介眇志之所感兮，竊賦詩之所明」。明此志而已矣。瑗按：此章上四句平看爲是。王逸謂鳥獸鳴，則草苴比而不芳，魚自別則蛟龍隱以避之，以鳥獸與魚比小人，以草苴蛟龍比君子，朱子從之，甚非也。

夫何彭咸之造思兮，暨志介而不忘。萬變其情豈可蓋兮，孰虛僞之可長？

此簡舊在首章之後，今按宜在此，蓋承上章末句而言也。彭咸，古之賢人，當殷亂世西遁流沙。屈子之所遭類之，故屢稱之，而此篇則極道其慨慕之心也。造，設也。造思，猶言設心也。暨、及同字，見尚書。及志，承上造字而言也。介，如易「介於石」之介。忘，猶失也。介者守之堅也，不忘者介之久也。言彭咸之設心與立志，當殷衰亂之世昏暗之君，而能以中正自守，確乎不拔而不爲世俗所汩溺也。亦猶蘭茝，雖當回風凋隕萬物之時，不以幽僻而變其芳也。萬變，反覆無常也。情，即虛僞之情也。蓋，掩也。虛，不實也。僞，不誠也。長，久也。與上二句正相反，言小人之設心立志，千轉萬變，反覆無常。而虛僞之情，雖欲徼取一時之名利，而其情狀態度自有不可揜者。人之視己如見其肺肝然，孰有虛僞之事而可長久者哉？若彭咸者，則所謂誠於中形於外者也，固未嘗揜其不善而自無不善也。其旨與大學「誠意」章相合，屈子可謂進於道矣。此承上章蘭茝不以幽而變其芳，因感古人不以窮而變其操。然古人之操，乃有真知真見真守者方能持之於悠久，而非虛僞之小人所可僥倖於萬一者也。孰虛僞之可長，即是申言上其情不可揜句。王逸曰：「言讒人長於巧詐，情意萬變，轉易其詞[三二]。前後反覆，如明君察之，則知其態也。」其意固是。但此章以彭咸之設心立志，非小人之所能及而泛言之。則屈子自寓之意，讒人虛僞之情，自隱然見於言表矣，不必拘拘以讒人實之也。朱子曰：「因回風之有實而搖蕙，遂感彭咸之志，雖萬變而不可易也，亦以有其實也。若涉虛僞則已不能久矣。」以「萬變其情豈可蓋」句屬彭咸講，固欠穩當，而又以回風比彭咸，失其旨矣。非是。

惟佳人之永都兮，更統世以自貺。介眇志之所及兮，憐浮雲之相羊。介眇志之所感兮，竊賦詩之所明。

佳，美也。佳人，猶言君子，美好之通稱耳，故有謂之佳士、佳賓，非必美女而後謂之佳人也。佳人，原自謂也。或曰，蓋指彭咸，而因借以自寓也。永，恒久也。都，亦美也。永都，指德行而言，蓋謂君子德行之美，恒久而不變也，即上所謂介而不忘是也。更，歷也。統世，猶言歷世也。貺，與也。自與，猶自許也。言君子之美雖歷屢世，而特立之操足以自許其不變也，猶今言歷萬世而無弊之意。王逸以爲楚王長居世統，朱子以爲屈原得續其官職，失之遠矣。思美人篇曰：「情與質信可保兮，居重蔽而聞章。」即此意也。所及，謂志之所之其高遠，直與浮雲齊也。謂之曰憐者，蓋亦自憐其志之高遠，而不能有合於世也。謂之曰浮雲者，蓋浮雲輕則愈高遠也。相羊，共徘徊貌。更統世以自貺，可久之志也；浮雲共相羊，可大之志也。可久可大，此所以爲永都也。有所觸於心曰感，謂見回風起而思及彭咸，故遂賦詩以明己之志也。其即孔子竊比於我老彭之意歟？上言造思及志，而此獨言志者，舉此可以該彼，亦省文耳。夫志一而已矣。然曰介志，曰遠志，曰眇志，何也？介言其堅確也，遠言其高大也，眇言其幽深也。不幽深則淺陋，不高大則卑小，不堅確則頹敗。其與小人虛僞之情相去無幾矣，故必遠以期之，眇以窮之，介以守之。三者備而後可以言君子之志矣，始可與蘭茝幽而獨芳者比矣，始可以昭彭咸之所聞，而託彭咸之所居矣。瑗按：言不忘則曰介志，言及浮雲則曰遠志，言所感則曰眇志。其用字極在斟酌，非漫然而作者可同日而語也。又按：「感一作惑，朱子從之，非是。賦詩即指己所作此篇之文也。」洪氏謂「古詩之所明者與今所遇同，故屈原賦之」，亦非是。

惟佳人之獨懷兮，折芳椒以自處。增歔欷之嗟嗟兮，獨隱伏而思慮。涕泣交而悽悽兮，思不眠以至曙。終長夜之曼曼兮，掩此哀而不去。

此章首句與上章首句提起對看，皆頂彭咸章來，然意亦相承也。上章憐己立志之高遠，此章傷己高遠之志隱伏而無所用也。懷，思念也，如論語「君子懷德」之懷。下七句皆申言獨懷之意也。折芳椒以自處，喻取善行以自居也。上章永都之志亦是。增，申重之意。歔，氣之呼也，欷，氣之吸也，皆嘆息之聲。嗟嗟，嗟而又嗟，嘆之甚也。詩曰：「嗟嗟臣工。」隱者潛而不見也，伏者屈而不伸也，二字亦承自處而來。思者念之切也，慮者憂之深也。自鼻出曰涕，自目出曰泣，涕泣者歔欷之深也。交，謂涕泣並下也。悽悽，慘傷貌，嗟嗟之甚也。思不眠，謂思慮慘傷之極不能着寐也。獨言思者，舉此可以該彼，亦省文耳。曙，天明也。長夜，秋日晝短而夜長也。終長夜，謂至曙也。黃昏者，夜之始，天曙者，夜之終也。曼曼，夜長貌。掩，揮也。此哀，總承嗟嗟悽悽而言也。掩哀，猶所謂排悶遣懷也。言此獨懷之哀，雖揮斥之而不能去也，以見哀之之甚。此蓋秋夜有感於回風而獨懷不寐，故悲回風之所以作也。或曰，上章「憐浮雲之相羊」有所感於晝者也。此章「思不眠以至曙」有所感於夜者也。下章「寤從容以周流」，又所以感於晝者也。「依風穴以自息」，又所以感於夜者也。「忽傾寤以嬋媛」，又所以感於晝者也。而回風總言耳，言回風一起景物蕭索，令人傷感而晝夜輾轉於無己也，其説亦甚是。瑗按：此章上二句爲冒頭，中四句並承上獨懷來，末二句又總結之意，雖同而有淺深也。學者讀古書而不以此法求之，則如詩之「參差荇菜」三章，以及「南有樛木」，「采采芣苢」，「維鵲有巢」，「殷其靁」諸篇，不亦稠疊重複之甚哉？朱子精於詩者也，而所註之書亦莫有如詩之精者。楚辭乃公晚年所註，視王、洪舊註益加畧焉，豈終以辭賦之流待之而不重加之意邪？抑亦旨趣尚淺近，而學者讀之當自悟邪。屈子平生心事之苦楚，學問之優長，才華之精妙，獨賴此篇之存。歷千餘載無有能解其意而註之善者，幸遇我文公爲一顧盻，可謂得所遭矣。然精義大旨雖多表章，而細微曲折之詳，又不得爲倒廩傾囷一開發之，使其燦然復明，與三百篇並傳以惠後學，可勝歎哉！

寤從容以周流兮，聊逍遥以自恃。傷太息之愍憐兮，氣於邑而不可止。

寤，覺也。從容，優游貌。周，遍也。流，游也。流與游古通用，故史傳言上流皆作上游。逍遥，行樂意。自恃，猶自娱也。蓋謂身雖見讒於小人，見黜於人君，而其道之在己者猶有可恃，足以自娱也，何爲哀苦至此乎？下文所謂不忍此心之常愁是也。二句乃自憪之詞。此章承上言哀思之深，夜既不寐，幸而至旦，已覺寤矣。將欲從容遠遊，聊尋樂以自娱。又復感傷太息慇憐，以至於氣之於邑而不可止焉。方自憪而復自悲，以見終不能釋然於懷也。夫夜既掩此哀而不去，晝又氣於邑而不可止。其所以然者，亦欲志彭咸之所志也，豈徒哀傷乎己之不遇而已哉？屈子所以作此篇之大意實在於此。故篇内於彭咸三致意焉，讀者不可不知。故此章所以遠遊者，蓋將欲尋訪彭咸也。直至下文「泮張弛之信期」皆此意。

糺思心以爲纕兮，編愁苦以爲膺。折若木以蔽光兮，隨飄風之所仍。

糺編，皆結也。纕，佩帶也。膺，胷也，謂絡胷者也。纕膺之佩無日而可去，以喻思心愁苦無時而可釋也。折若木，見離騷篇。蔽，遮覆也。光，日光也。飄風，即回風，但無取義，與前所用不同。仍，因就之意。隨飄風之所仍，猶所謂馭風而行也。此章言己思心愁苦無時可釋，將折取若木之枝以爲蓋，而遮蔽其杲杲之日光。乘此飄風之所止，或冀彭咸之一遇，以爲知己之遭，庶幾少憪此懷也。上章言因欲遠遊而復悲傷之甚，此章言因悲傷之甚而復欲遠遊。下二句即離騷篇「折若木以拂日，聊逍遥以相羊」之意。王逸以飄風比小人，言因隨群小而遊戲也，非是。朱子以爲言欲自晦而隨俗也，是用惜往日篇「慚光景之誠信，身幽隱而備之」之意，亦非是。詳玩上下文意，還是欲遠遊訪彭咸之意。蓋言折此若木以蔽日光，隨飄風以往就彭咸也，乃寄託之詞無比喻之意，讀者更詳之。

存髣髴而不見兮，心踊躍其若湯。撫佩衽以按志兮，超惘惘而遂行。

存，在也。髣髴，謂如見其形似也。不見，又復不在也，即詩所謂「將予就之，繼猶判涣」。論語所謂「瞻之在前，忽焉在後」之意也。蓋指彭咸也，朱子曰「指君而言」，非是。踊躍，鋭意往進貌。湯，沸熱之物，以爲不得往進而熱中之喻，所謂欲罷不能是也。撫，捫也。佩，雜佩也。衽，裳際也。按志，抑弭其志不使躁急也，應上「心踊躍其若湯」而言。超，遠舉貌。惘惘，猶茫茫。蓋不知其定在方所，而將周流以求之也。遂，猶速也。論語曰：「明日遂行。」此承上二章而言，言己隨飄風所仍以求彭咸時，或髣髴而得其形似之所在。已而又復不見，將以爲或遇邪則忽焉不見；將以爲不遇邪，則又髣髴而存。若在若亡，莫知定在，此心之所以踊躍而不能已也。惟此心終不能已，故復從容而按志，超然而遂行，將以周流乎天地之間，以冀其終當獲遇而後已焉。上二章言或行或悲，意猶未定，至此則决於行矣。瑗按：此篇所謂遠遊之説，雖若託爲求訪彭咸之所在，然其意實寓乎求道之心。觀此章所言，其意與顔淵喟然嘆曰章相類。後章嘆老之將至，及下文愈求愈遠之説，其微詞奥旨實有所在也。上章之所言志者，豈徒然哉？或曰彭咸之所在，即道之所在也，亦是。

歲忽忽其若頽兮，時亦冉冉而將至。薠蘅槁而節離兮，芳已歇而不比。

此承上章而嘆己之將老，此所以急於行而求古人也。曰歲曰時互文耳。或曰，歲者，時之積也，時者，歲之分也。歲指一歲而言，時指四時而言，亦通。忽忽，去之速也。土崩水逝皆曰頽，易詞也。冉冉，來之迫也。忽忽而若頽，言既往之歲也。王逸曰：「年歲轉去，而流没也。」冉冉而將至，言將來之時也。王逸曰：「春秋更到，與老會也。」所謂去日苦多，來日苦短是也。槁，枯也。節離，草枯則節處斷落也。或曰，謂節節而離斷也。歇，銷也。不比，謂不連彙茂盛也。下句即申接上句之意，承上歲時而喻年老也。王逸以薠蘅枯喻年衰，節離喻齒落，芳歇喻志意智慮而盡闕。或又以上句喻年紀之衰，下句喻才華之退，似太支離。瑗按：大禹有惜陰之勤，孔子有愛日之志，楊雄有競辰之心，屈原往往有遲暮之歎，蓋有聖賢汲汲皇皇之意矣。但篇内所言者有二意，有行道之嘆，有求道之嘆，此則蓋歎其欲急於求道也。或曰，自此章至末，皆承「超惘惘而遂行」之句而推衍之耳，亦通。

憐思心之不可懲兮，證此言之不可聊。寧溘死而流亡兮，不忍此心之常愁。

有所警誡而悔改之曰懲，此言指前更統世以自貺，竊賦詩之所明，及往日以忠貞清白自誓自許之言，皆是。聊，苟也，言此心之不改者，蓋欲證此言之不可苟也。王逸曰：「明己之詞〔三〕，不空設也。」是矣。此承上章言己年已老矣，功業莫建，道德無聞，脩名不立。既憐此心之不可變，又誓此言之不可苟，又不忍此心之常愁，而反己自省愁嘆無益，又安能鬱鬱於此，而不爲遠遊之行，求知己之遇，一渫其憤懣之情，而徒以讒人芥蒂於胷中也哉？寧溘死而流亡是喚起下句，甚言其不忍此心常愁之意，而見遠遊之志決也。

孤子吟而抆淚兮，放子出而不還。孰能思而不隱兮，昭彭咸之所聞。

幼而無父曰孤。吟，呻吟也，哀痛之聲。抆，拭也。吟而抆淚，自傷煢獨，無所依歸也。放，棄逐也。記曰：「子放婦出而不表，禮焉。」出而不還，擯絶之深，不復收録也。隱，痛也。孤子之哀，放子之苦，誰有能思念之而不爲之傷痛者乎？於此而不痛者，是無人心者也。屈子太息而流涕，永嘆而增傷，其哀吟也甚矣。九年而不復，歷年而離愍，其不還也久矣，楚王獨不一思而痛之，何心哉？曰昭彭咸之所聞者，又將遠去而求知己，以渫其憤懣之心也。此章言昭所聞者，謂尊所聞。下曰託所居者，行所知也。反覆申言直欲以古人自期，古道自處，豈徒付之空言而已哉。瑗按：惜誦篇援引申生孝子之事，此又以人子之孤放而自比之，其恩義固有不容以遽去者。所謂君親一體，忠孝一道，屈子知之深矣。後世吊屈原者，若楊雄反騷固無足道，至於賈誼亦曰：「班紛紛其罹此尤兮，亦夫子之故也。歷九州而相其君兮，何必懷此都也。」雖不若反騷譏刺之甚，然以罹尤之故，不責讒人與楚王，而乃歸罪於原，其旨與雄相去幾何？吾嘗怪世人獨恕誼而詆雄也。楊雄法言曰：「或問屈原智乎？曰如玉如瑩，爰變丹青。如其智，如其智。」此蓋言屈原之德堅白如玉，而雖有讒言丹青之變，不能損其質也。何爲不智乎？知丹青之不能變玉，則讒言之不能變屈原可知矣。如孔子稱管仲「如其仁，如其仁」之語，蓋深許其智也。反騷者，或雄少年之作，而法言乃晚年進道之言。故嘗自言曰：「雕蟲篆刻，壯夫不爲也。」則反騷爲少作無疑矣。後世解法言者，乃謂雄譏原不智。蘇子瞻吊屈原亦曰「變丹青於玉瑩兮，雄[三三]乃謂子爲非智」，豈非惡而不知其美而恕誼者，豈非好而不知其惡歟？吾覩柳子厚與蘇子由之賦獨有所取焉。子厚曰：「仲尼去魯兮，曰吾行之遲遲。柳下惠之直道兮，又焉往而可施。今夫世之議夫子兮，曰胡隱忍而懷斯。惟達人之卓軌兮，固僻陋之所疑。委故都以從利兮，吾知先生之不忍。立而視其覆墜兮，又非先生之所志。窮與達固不渝兮，夫唯服道以守義。矧先生之悃愊兮，滔大故而不貳。」子由曰：「宗國隕而不救兮，夫子舍是而安去。予將質以重華兮，蹇將語而出涕。」此數語也，可謂知屈子之爲人，而深得乎其心矣。或曰，然則離騷、惜誦、涉江及此與遠遊諸篇，又往往述其隱遁之志何也？瑗曰：不去者屈子之本心，欲去者不得已之至情也。事君之忠保身之哲，二者固有並行而不相悖者矣。君子之於人也，豈可以執一而論哉。如孔子嘗欲浮海居夷，而卒未嘗去也。嘗欲赴弗擾、佛肸之召，而卒未嘗往也。使執前言而論之，則爲沮、溺之流；使執後言而論之，則亦由、求之類矣。屈子固非其倫。然今觀其所言，一篇之中或仕或隱，或去或不去，或死或不死，非無一定之見也。而臣子處人倫之變，其顛踣困頓之情，而其所言自然有此二者而不容以僞爲也。其於去就死生之間，若執一定之見以處人倫之變，又何難乎？此所以三仁之中，而先儒謂箕子尤處其難者。苟非析道之精而嘗遭人倫之變者，不知此意也。惜誦曰：「欲儃佪以干傺兮，恐重患而離尤。欲高飛而遠集兮，君罔謂汝何之。」嗚呼，觀此則可以知屈子之所遭矣。

登石巒以遠望兮，路眇眇之默默。入景響之無應兮，聞省想而不可得。

自平地而上山曰登。山小而鋭曰巒。石巒，則無草木蔽翳可遠望也。望，望彭咸也。路，登石巒之徑路也。眇眇，幽深貌。默默，寂寞貌。總言道路僻陋而無人聲也。舊註分帖，非是。深造曰入，蓋言登高既無所見，故復深入以尋訪也。景，古影字。響，聲響也。無應，猶言不答也。省想，亦猶景響也，如今俗言絶不聞消息之意。此等字當以意會，難明解也。洪氏曰：「省，察也，審也。」朱子曰：「省想，聞見所不能接，而但可省記思想者也。」然以察審記想釋之，詳照本文之意亦不穩順。王逸曰：「目視耳聽，歎寂寞也。」意雖是，而於省想二字亦滑突欠明白也。瑗按：有所望者則有所見，有所感者則有所應，有所求者則有所得。今登高入深極其搜覔，顧乃眇眇焉默默焉，而景響省想之無所遇焉，能不令人鬱鬱而愁哉？無應以在人而言，不可得以在己而言，二句一意，曰入曰聞互文也。本謂深入尋訪而絶無所聞耳，景響無應，省想不得，所以極狀其無聞也。或曰，上二句言登高無所見，下二句言入深無所聞。或曰，下二句俱承眇眇默默而申言之。按二説皆通。但彭咸乃古人，必無可遇之理。屈子特設言以見，惟彭咸爲知己。而今世求如彭咸者既不可有，而思古之彭咸又不可及，而此心之常愁將何時而已邪？蓋託詞以渫其憤懣之情耳。此段至下「翩冥冥之不可娱」，皆承上章昭彭咸之所聞一句而言。然謂之曰「昭彭咸之所聞者」，蓋彭咸之道乃聞之於古者，而己之道又聞之於彭咸者。今爲守之而不忍變者，所以欲昭明其彭咸之所聞於古者也。嗚呼，其道自古相傳，由彭咸以至於己，其責任亦重矣。又安肯一旦而壞之哉？可以觀屈子之志矣。下託彭咸之所居，其意倣此。但此以知言，彼以行言。

愁鬱鬱之無快兮，居戚戚而不可解。心鞿羈而不開兮，氣繚轉而自締。

此承上章，言求彭咸之知己而不可得，故極其愁也。鬱鬱，不舒暢也。無快，不樂也。居，居然也。或作退居，非是。蓋此時正在石巒之上也。或作居石巒之上，如後「處雌蜺之標巔，依風穴以自息」之意，亦通。戚戚，迫蹙急切之意。解，除也。鞿羈，見離騷，所以絡馬者也。心有愁戚不能開豁，猶馬有鞿羈則不能放逸也。繚，纏縛也。轉，既繚而復繚之也。締，結不解也。言鬱結之氣如繩之輾轉繚繞，而自相糾結不可解脱也。上句以馬喻心，此句以繩喻氣，而四句不過反覆言其愁之甚也。但始而鬱鬱，既而戚戚，既而鞿羈而繚轉；始而無快，既而不解，既而不開而自締，其詞意又自有淺深之序，讀者不可不知也。

穆眇眇之無垠兮，莽芒芒之無儀。聲有隱而相感兮，物有純而不可爲。

此章承上入石巒之深，而有感於其中風景之蕭索而言也。穆，深微貌。無垠，無邊際也。此句言丘壑之遼僻。莽，茂盛貌。芒芒，廣大貌。儀、倪通用。無儀，猶無垠也。此句言草木之蔽晦。懷沙篇曰「草木莽莽」是也。聲有隱而相感，猶聲有隱而先倡也，指飄風而言倡感，其義一也。蓋有所倡者有所和，而亦有不和者，蘭茝幽而獨芳是也。有所感者有所應，而亦有不應者，物有純而不可爲是也。但前物有微而隕性，物字專承蕙言。此物字乃泛言，而亦暗指蘭茝以自喻也。王逸獨指松柏，意是而詞隘矣。純而不可爲，謂受氣之渾厚而不可變化也。化字與爲字古書及古韻多通用，如訛字亦作譌，則化與爲通用可知。但不能求其説。而易曰變化云爲，則其義相通者久矣。莊子曰：「受命於地，惟松柏獨也，在冬夏青青。受命於天，惟舜獨也。」正此即「物有純而不可爲」之意也。

邈漫漫之不可量兮，縹綿綿之不可紆。愁悄悄之常悲兮，翩冥冥之不可娱。凌大波而流風兮，託彭咸之所居。

此章又承上言，復出幽谷之中而登石巒以遠望，有感於天地山川之曠蕩，石巒不可以爲娱，將渡大江上高巖，以尋訪彭咸之所居也。邈，遠也。漫漫，猶茫茫也。不可量，謂不可以丈尺量度而筭計也，此句言天地之寥廓。縹，猶縹緲，與綿綿皆遠意也。舊註俱解爲微細也，非是。古人用字多不拘，如窈窕，詩言淑女，而後世言山之深奥者亦稱之。淜滂本謂水，而宋玉風賦亦用之，此類甚多，不可枚舉，學者當以意會可也。紆，屈曲之義，此當解作縮也。不可紆，言不可縮也。此句猶後世所謂「安得縮地術，與君相晤言」之意，蓋指山川之迢遞也。悄悄，憂貌，詩曰「憂心悄悄」是也。既言愁悄悄，又言常悲，如上文既言愁鬱鬱，又言無快，楚辭中此類極多。古人文章非如後世之拘拘，不可以爲病也。詩曰「亦既見止」，又曰「亦既覯止」；既曰「何辜於天」，又曰「我罪伊何」；既曰「昊天已威，予慎無罪」，又曰「昊天泰憮，予慎無辜」。使今人作之，豈不爲重複可笑。古人未嘗以重複爲嫌，而亦自有淺深輕重之不同。古今文章之重複者無如此篇，然其意皆有所屬，而其指各有攸歸也。學者不深究詳考，而朱子且以顛倒重複言之，况其他乎？翩，翩翻貌，猶所謂心摇摇如懸旌是也。冥冥不可娱，蓋言山中之幽晦不可久樂也。二句又總結登石巒以下十四句，以起下文也。昭彭咸之所聞至此，當爲一段之意。凌，乘也。流，猶隨也。凌大波而流風，猶哀郢篇所謂「順風波而流從」之意，言乘舟而濟渡也。託彭咸之所居，猶託彭咸之所在也，設詞耳，後世遂以自沈解之。上文所謂「孰能思而不隱兮，昭彭咸之所聞」，則彭咸又豈嘗爲孤子放子耶？離騷所謂「濟沅、湘以南征，就重華而陳詞。」則重華又豈嘗沉江、湘以死，而屈子往從之邪？遠遊篇所謂「順凱風以從遊，至南巢而一息。見王子而宿之，審一氣之和德」，則屈子又豈嘗真至南巢而從王喬以升仙去邪？故後世以屈原爲投水而死者，皆是因楚辭中此等語而附會之者也。

上高巖之峭岸兮，處雌蜺之標巔。據青冥而攄虹兮，遂儵忽而捫天。吸湛露之浮涼兮，漱凝霜之雰雰。依風穴以自息兮，忽傾寤以嬋媛。

此承上言登石巒小山以訪彭咸既不可遇，復上高巖峭岸以求之也。峭，峻也。岸，巖畔也。處，居也。蜺，虹屬，蜺雌而虹雄也。標，杪也。或曰，古人稱山頂曰山椒，椒字義不可解，或當與標字通用，或聲相近而訛也。顛，頂也，山頂亦謂之冢。據，憑也。青冥，近天輕清高遠之氣也。攄，舒也。攄虹，蓋謂拂去其虹而將以捫天也。儵忽，迅速貌。捫，撫也。儵忽而捫天，蓋謂天非真可捫，而所處之高若有所捫耳。下條忽二字甚妙。四句言所陟攀之高，而曰處雌蜺、據青冥、攄虹捫天者，亦以形容巖岸之高峻，他無所取義也。吸，吞也。湛，清也。漢儒皆解作厚也，詩曰「湛湛露斯」亦然，朱子從之，非是。浮涼，謂露之清澈，其光若浮而味涼也。漱，以水蕩口也。凝，謂聚而厚也。霜，露之所結者也。雰雰，皎潔貌，一曰分散貌。依，傍也。穴者，巢窟之處也。蓋風從地出，而又出於地之虛處，故曰虛，則生風又曰空穴來風。凡風所從出之處，皆曰風穴。如莊子所謂大塊之竅，宋玉所謂土囊之口是也。自息，獨宿也。傾寤，謂假寐輾轉之間，忽然傾側而覺寤也，是亦獨懷不眠之意。王逸曰：「心覺自傷，又痛惻也。」得其意矣。但以嬋媛爲痛惻，非是。嬋媛，美好嬌態貌。人之乍寤欠伸而起，其體軟弱，不能自持若嬌態也。此二字楚辭凡四見：離騷曰「女須之嬋媛」，湘君曰「女嬋媛兮爲余太息」，哀郢曰「心嬋媛而傷懷」。此三處，王註皆云猶牽引也。朱子曰：「王註意近而語疏，蓋顧戀留連之意也。」夫哀郢之嬋媛解爲顧戀留連之意，而餘三處當從予解爲是，而顧戀留連之意自在其中矣。若直以顧戀留連解之，雖得其意，而於二字之義亦未甚明也。四句言食息之潔。夫古之高潔之士莫如彭咸，而屈子自言其居處飲食之高潔如此，此所以爲託彭咸之所居也。然忽傾寤以嬋媛，蓋又傷彭咸之不可遇，而不能忘情於懷，又將登崑崙、岷山極高極遠之處，而尋訪之以期必得也。瑗按：依風穴以自息者，特謂伏匿於窟穴之中而託宿耳。曰風穴者本無所取義，蓋以此篇因悲回風而作，故曰隨飄風之所仍。曰聲有隱而相感，或取其義或用其字，間或拈出題目一二，使不離其題而亦不屑屑以着題也，此所謂大方家大作手，無意於工而自工也。若後世賦雪詩，而通篇絕不道雪字以爲奇，其不然者，又皆粘皮着骨而太甚焉，其可以語此哉？

憑崑崙以瞰霧兮，隱岷山以清江。憚涌湍之礚礚兮，聽波聲之洶洶。紛容容之無經兮，罔芒芒之無紀。軋洋洋之無從兮，馳委移之焉止。

憑、隱，皆依據也，如憑軾之憑、隱几之隱。崑崙，見離騷。岷山在蜀郡，大江所出也，二山名。瞰霧，清霧也，舊解昏濁之氣，非是。是知其有霧而不知其有瞰霧也。瞰，一作瞰，亦非是。此二句着以字者，蓋謂憑崑崙以望清瞰之霧氣，隱岷山以望清澈之江流也。若下二之字，便無望字之義。此與上章「上高巖之峭岸」並不言遠望者，蓋承上登石巒以遠望而來也。憚，畏也。水瀉瀨而爲湍，湍水回流而復湧，故曰湧湍也。礚礚，水石相激聲。水得風而爲波。洶洶，風水相蕩聲。此二句言風波之惡，蓋因上言欲凌大波而流風以訪彭咸之居，既上高巖久處亦無所遇，而今復上崑、岷遠望，而風波之惡又不可渡也，蓋託言彭咸之不能尋訪耳，無取義也。二句亦互文，蓋謂在崑、岷之上以望江中，但見其波湍聲勢極爲洶湧，令人心有所畏憚耳。此等句法須以意會，不可泥也。或曰，上句言所見，下句言所聞，恐未必然。容容，紛亂貌。直曰經。罔，罔然也，猶所謂倀倀、貿貿之意。芒芒，即茫茫，古通用。橫曰紀。或曰，大綱曰經，萬目曰紀，亦通。此二句言山川之渺茫曠蕩也。軋，車輿咿啞之聲。洋洋，無所歸貌。馳，馬騎奔騰之貌。此二句總承上六句言也，蓋言高巖獨宿，絶無所得，而既覺寤之後，復上崑、岷之山以遠望，欲審其所從止，將以求彭咸之所在。但見風波之凶惡而可畏，山川之渺茫而難尋如此，則吾之車馬又將何所自而進，何所馳而歸邪？二句亦互文，言無從而止耳。此章總見無所尋訪彭咸之所在之意。其言澂霧、清江、波湍、經紀皆無所取義，舊註取譬之説皆非是。夫屈子獨懷之情常愁之苦，世既無知之者矣。然而求其同志，惟彭咸一人而已，故不得不遠遊以尋訪之也。然隨飄風之所仍，則又存髣髴而不見；登石巒以遠望，則又入影響之無應；上高巖以久處，則又獨寤寐而無得；憑崑、岷以遠望，則又無從而所止。愈高而愈無所得，愈遠而愈不可窮，彭咸果安在哉？眇志徒感而歲月如流，又將誰可與語此獨懷耶？誰可與共玩此遺芳耶？

飄翻翻其上下兮，翼遥遥其左右。汜潏潏其前後兮，牉張弛之信期。

此章直從前「寤從容以周流」以下而總結之。飄翻翻，言旌旗之屬。翼遥遥，言車馬之屬。汜潏潏，言舟舲之屬。車馬由陸而進者，舟舲由水而進者，旌旗又所以載之於舟車者也。上下左右前後，謂或上或下而求之，或左或右而求之，或前或後而求之，言求之無定，在以見己遠遊尋訪之周遍也。拌、畔同。張弛，如弓之或張或弛，無一定之體，以喻人無一定之信也。相約曰期，相期不畔曰信。彭咸乃古人，而屈子未嘗與之期，而今且曰信期而責彭咸或張或弛以背畔之何也？猶後人弔古詩曰「千載共襟期」，韓昌黎曰「士有曠百世而相感者」，孔子曰「百世以俟聖人而不惑」，孟子曰「聖人復起必從吾言矣」，楊子雲曰「後世有楊雄者出，則吾太玄必不廢也」。此類甚多，皆是古人相期之語。苟其志同其道同，雖一生於千百載之上，一生於千百載之下，一生於東海之東，一生於西海之西，皆可以謂之相期之知己，奚必並生於世，邂逅面晤而後謂之相期也哉！此章甚言己求彭咸之急欲踐其信期，而彭咸竟背畔之而不我遇也。蓋設言以見當世無知己者，而知己者惟彭咸耳，惜乎其不並生於世也。其詞若憾其畔期，而其實乃所以深表其慨慕之心也。此篇似是專爲慕彭咸而作，故極騁其詞以渫其憤懣耳。若下文之四子，是又不得已而思其次者也。後世註此篇者，多不深考其旨意，而苟且以釋之。如眇眇、芒芒、漫漫、綿綿、翻翻、容容、遥遥、潏潏等字，皆各有所指，舊俱釋爲憂愁悲感反覆不定之意，故祇見其顛倒重複而可厭也，惜哉！

觀炎氣之相仍兮，窺煙液之所積。悲霜之俱下兮，聽潮聲之相擊。借光景以往來兮，施黄棘之枉策。求介子之所存兮，見伯夷之放迹。心調度而弗去兮，刻着志之無適。

正視曰觀，邪視曰窺。炎，燄也。書曰火「炎上」。炎氣，言南方火氣也。煙液者，火氣鬱而爲煙，煙之所著，又凝而爲液也。露結而爲霜，雨凍而爲雪。俱下，齊降也。海水逆湧爲潮。朝曰潮，夕曰汐，單言則可以該之。以月加子午之時，一日而再至者也。舉一歲而言之，獨盛於二月、八月之望日。先儒論潮之説雖詳而辨，要之此物亦莫知其所以然，而理之難推者也。六經言潮者絶少，蓋因中原無之，故當時未有舉以詢聖人也。觀枚乘七發則知楚之多潮，故屈子言之。相擊，相衝激也。瑗按：炎煙者，火氣之所成而盛於夏者也。霜雪者，水氣之所結而盛於冬者也。潮水相擊，則盛於仲春、仲秋二季者也。各舉四時之盛者而言之，此四時之光景也。曰觀，曰窺，曰悲，曰聽，參錯之文耳。蓋謂四時之光景，其聲色之觸於目，入乎耳而感乎心，不勝其日月如流之嘆也。即「歲忽忽其若頹，時亦冉冉而將至」之意，故欲借四時之光景，而急乘時以往來而周流，以求古之知己者。借光景以往來，猶假日以消憂之意。施，加也。棘，有刺之木也。然觀書傳，有言黄棘者，有言青棘者，有言赤棘者，隨人所道耳。或曰，黄取中色，非是。若以取譬言之，則枉策亦取其曲矣。策，馬鞭也。以棘爲策，既有芒刺而又不直，則馬傷深而行速，蓋欲急進以求子推、伯夷之故迹也。所存，所在也。見，猶覽也。放迹，猶言放逸之迹也，非放逐之放。調度，見離騷。刻，如刀之刻木而所入之深也。着志，如物有所附着而不能離也，故安土重遷者曰着土。無適，猶不去也。言心乎二子之調度而不忍去，刻爲二子之明志而無他適也。一句一意而有淺深，總見己學古之志專而切也。蓋因上文遍求彭咸之不可得，故不得已而思其次也。然二子與彭咸未暇論其優劣，但屈子之意以爲不得於彼，必得於此，以見己之信而好古之志，無時可懈耳。然亦特如此設言之，實亦未嘗遇介子與伯夷也。故下文又嘆曰：「吾怨往昔之所冀兮，悼來者之逖逖。」是也。瑗按：「借光景以往來」，是總承上四句而言，蓋恐時光易過，欲急於追古之意。王註以爲願借神光電影飛註往來，非是。洪註以爲假延日月往來天地之間，似矣。而其指意又無所歸着，故炎潮霜雪四句特爲留連光景之詞，而上下皆不知其所屬也。又按：觀炎氣之相仍以下五句，足以該括遠遊篇「經營四方，周流六漠」一篇之意，讀者亦不可不知。

曰吾怨往昔之所冀兮，悼來者之逖逖。浮江、淮而入海兮，從子胥而自適。望大河之洲渚兮，悲申徒之抗迹。驟諫君而不聽兮，任重石之何益。心絓結而不解兮，思蹇產而不釋。

此又結通篇之意，故以曰字更端之，若亂辭是也。或云，上當脱一亂字，未知其審。怨者，有求而不遂，悵憾之意也。往昔，往古也。冀，期望也。言往古如彭咸與子推、伯夷，皆尋訪而不遇，故怨之也。悼，傷感也。來者，來世也。逖逖，遼遠貌，言來世遼遠不能相待，故傷悼之也。二句即遠遊篇「往者余弗及，來者吾不聞」之意。但彼乃嘆其欲及時行樂之意，此則嘆其知己者之不可遇故也。江、淮，二水名。海，江、淮之所聚者也。自適，猶自得也。子胥諫夫差，夫差不聽，賜劍而死。乘以鴟夷之皮而浮之江，既浮之江則必歸於海，故曰「浮江、淮而入海」。大河，即指今之黄河也。水中可居者曰洲，小洲曰渚。申徒，姓，名狄，諫紂不聽，負石沉於河，事見莊子。抗迹，高踪也。曰浮，曰望，曰從，曰悲，曰自適，曰抗迹，亦互文也。言本欲望江、河而浮泛，以從子胥、申徒二子以自適，不使此心之常愁也。然又悲二子之迹高抗太甚，非人之所能從者也。夫驟而諫君，已失從容之道矣，而其君不聽斯亦已矣。又負重石以自沉，果何益於君國？果何益於身名耶？獨言負石者，舉此以見彼，二句蓋總責二子自處之不善也。故屈子一則曰「孰知余之從容」，二則曰「尚不知余之從容」，則屈子之未嘗强非其人，忿懟不容可知矣。二子之不爲屈子所取，則未嘗懷沙而投淵也審矣。任，負也。石，即沙石之石。或謂石百二十斤，非是。末二句又總結之：夫彭咸既不可遇矣，於是而思其次，其次又不可遇矣，於是而又思其次，若子胥、申徒是又其次者也，而非中道之可爲者也。而屈子又不忍爲之，此所以「心絓結而不解」，「思蹇産而不釋」也。

【校勘記】

［一］無有他志，洪興祖楚辭補註作「其義相反」。

［二］不與衆同趨，楚辭補註無。

〔三〕讎，楚辭補註作「怨」。

〔四〕真，楚辭補註作「貞」。

〔五〕自，楚辭補註作「白」。

〔六〕爲白，楚辭補註作「白達」。

〔七〕否，楚辭補註作「不」。

〔八〕篇，楚辭補註作「章」。

〔九〕篇，楚辭補註作「章」。

〔一〇〕報施，楚辭補註作「施報」。

〔一一〕不偶，楚辭補註作「遇」。

〔一二〕忠，楚辭補註作「敦」。

〔一三〕溺，楚辭補註作「滯」。

〔一四〕危下脱「國」，據班固漢書補。

〔一五〕曰，楚辭補註作「爲」。

〔一六〕篇，楚辭補註作「章」。

〔一七〕命，楚辭補註作「告」。

〔一八〕篇，楚辭補註作「章」。

〔一九〕復，楚辭補註作「更」。
〔二〇〕死，楚辭補註作「餒」。
〔二一〕詞，楚辭補註作「辭」。
〔二二〕詞，楚辭補註作「媒」。
〔二三〕雄，蘇軾屈原廟賦作「彼」。

楚辭集解遠遊卷

新安　汪瑗　玉卿　集解
姪　仲弘　補輯

遠遊

此篇大旨，蓋悲末世惡陋之俗而欲遠遊以遁去耳，後世遊仙之詩昉於此。此蓋其平日所作，以叙己高潔之志，未必遭讒以後之所作者也。觀篇内絶無一言及壅君黨人之意可見矣。其間極有規矩、有條理，惜乎舊註訓詁雖詳，而脉絡欠分明也。今爲顯其微而闡其幽，一覽可洞然矣。學者常諷詠之，亦足以消鄙陋庸俗之意也。取首章二字名篇。

悲世俗之迫阨兮，願輕舉而遠遊。質菲薄而無因兮，焉託乘而上浮。

悲，傷也。世俗，當世之風俗也。迫，局促也。阨，與隘通用，卑狹也。願，欲也。輕，易也。輕舉，謂得道身輕而易舉，猶言高飛也。遠遊，猶言長往也。菲薄，劣弱也。因，由也。焉，安也，何也。託，附也。乘，驂駕也。上浮，猶上征，下文曰「掩浮雲而上征」是矣，謂昇天也。屈子悲傷當世風俗之局促卑狹，不可與處，而欲高飛長往以離人群，復自恨其質之劣弱，無由附託而上升也。此章「悲世俗之迫阨」一句，乃一篇之大旨。屈子其所以願輕舉遠遊之本意實在於此。下文「遭沉濁而汙穢」，「超氛埃而淑尤」，「免衆患而不懼」，皆申言世俗迫阨之意，而情詞益加切矣。其諸訪求神仙、經營四方之説，亦不過推衍輕舉遠遊之意耳。是此章首二句乃一篇之綱領，而首句又爲次句之根柢也。知此則屈子之極言遠遊之樂者，非真有意於遠遊，而實悲世俗之迫阨，亦欲去之而不能，特假設之詞聊舒其憤懣耳。王逸曰「屈原履方直之行，不容於世。上爲讒佞所譖毁，下爲俗人所困極」，是可哀也已。

遭沉濁而汙穢兮，獨鬱結其誰語！夜耿耿而不寐兮，魂營營而至曙。

遭，逢也。沉，溺而不振也。濁，溷而不清也。汙，言其涅而緇也。穢，言其積之臭也。言世俗之迫阨，如泥塗之沉濁、糞壤之汙穢也。鬱，如草之鬱而不能伸也。結，如繩之結而不可解也。誰，不知其何人之詞也。語，告也。耿耿，猶儆儆不寐貌。詩曰：「耿耿不寐。」寐，睡着也。魂，説見下文。營營，猶擾擾也。蓋耿耿之義如火之明而不熄，營營之義若有所爲而不休也。朱子曰「營營，猶[一]熒熒，亦耿耿之意也」，亦通。曙，天將曉也。「夜耿耿而不寐」二句，詞雖分而意則串。屈子蓋謂遭逢惡俗，悲心鬱結，無所告訴，故自夜達旦，而精魂耿耿然，營營然，不能少寐也，以見鬱結之甚也。嗚呼！欲事遠遊而卒無所託，欲陳懷抱而復無可與言者，何其所遭之不幸也如此？夫其悲曷可既哉！

惟天地之無窮兮，哀人生之長勤。往者余不及兮，來者吾不聞。

惟，獨也。純陽之氣輕清上浮而爲天，純陰之氣重濁下凝而爲地。無窮，猶言不已也。謂天地之轉運而生生不已也。哀，憐憫也。人生，謂人生於斯世也。勤，苦也。長勤，猶言終歲勤動也。莊子所謂「形勞而不休」、「精用而不已」是也。往者，謂往世之人事也。來者，謂來世之人事也。往世不及見，來世不得聞，正見今來古往天地無窮，而人生一世光景有限，何爲蹶蹶然長自勤苦耶？蓋獨天地爲無涯，而人生則有涯，以有涯之生，而競於無涯之中，惟夢幻泡影耳。如朝菌蟪蛄耳，須臾而生，須臾而死，須臾而起，須臾而滅，百歲韶華曾不頃刻，胡乃自苦如是邪？人生既不能與天地並久，則不必長自勤苦矣。既不必長自勤苦，又何必悲傷之甚，以至於達旦不寐乎？又何必與世俗爲仇乎？又何不惜神養氣，以求長生乎？故下文「步徙倚而遥思」六言，乃屈子述己自苦之狀。而此乃承上章，先設爲自慰之詞，而爲下文求仙之張本也。朱子曰：「此章四言，乃此篇所以作之本意也。夫神仙度世之説，無是理而不可期也，審矣。屈子於此乃獨眷眷而不忘者，何哉？正以往者之不可及，來者之不得聞，而欲久生以俟之耳。然往者之不可及，則已末如之何矣。獨來者之不得聞，則夫世之惠迪而未吉、縱逆而未凶者，吾皆不得以須其反覆熟爛，而睹夫天定勝人之所極，是則安能使人不爲没世無涯之悲耶[二]？此屈子所以願少須臾無死，而僥倖萬一於神仙度世之不可期也。嗚呼，遠矣，是豈易與俗人言哉？」瑗按：朱子之論，極爲感慨，是亦有激而云然也。遂以此四言爲此篇所以作之本意，畧有未善。蓋屈子此篇，以遠遊名題，是雖意在於遠遊，而求其所以欲遠遊之故，實謂遭逢惡俗不可與處，故欲高飛長往以離人群也。是此篇所以作之本意，乃在「願輕舉而遠遊」一句，而所以願輕舉遠遊之本意，乃在「悲世俗之迫阨」之一句，而不在此章之四言也。此章四言，大意已解在前，不復再贅。其訪求神仙之説，不過裝演輕舉遠遊字樣耳，曷嘗有僥倖萬一於神仙度世之説之意哉？讀遠遊篇者，幸反覆熟讀而詳審之，方知予言之不妄，而屈子遠遊之論爲設詞，非真有意於求神仙之樂也。

步徙倚而遥思兮，怊惝怳而永懷。意慌惚而流蕩兮，心愁悽而增悲。神倏忽而不返兮，形枯槁而獨留。内惟省以端操兮，求正氣之所由。

步，謂開步而延佇也。徙，移也。倚，憑也。徙倚，不安貌。遥，遠也。遥思，指地之遠近，横言之也。怊，惆悵貌。惝怳，猶惆悵也。永，久也。永懷，指時之久暫，竪言之也。謂開步徙倚之間，怊然惝怳之際，而懷思之情忽興起也。或曰，思者，撫己而有所思於人，自此以及彼之詞。懷者，感人而有所懷於己，因彼以及此之詞。意者，念慮之動也。慌惚，不定貌。流蕩，慌惚之極也。慌惚流蕩，發揚於外者也。心者，神靈之舍也。愁，悶也。悽，痛也。增，加也。悲，哀而傷也。增悲，猶言蓄憤積怨，愁悽之深也。愁悽增悲，翕聚於内者也。或曰，遥思乃觸發於意，而永懷蓋沉匿於心者也。神，謂精魂也。倏忽，迅速貌。不返，不復也。形，謂體魄也。枯槁，僵瘦貌。獨留，謂魂散而惟魄在也。倏忽不返，瞥然而亡也。枯槁獨留，塊然獨存也。魂魄相離，悲傷之極之所致也。按：此數句，其語意自有次第，非辭人之漫言者可比也。始初開步之際，而悲俗哀傷之情忽悵然觸於思而興於懷也。已而發於意而不可遏，已而泥於心而不可解，已而遂至於黯銷魂神散不復，而衹存形質而已。其悲哀之情由淺以及深也。初但徙倚惝怳而已，既而慌惚而流蕩，既而愁悽而增悲，既而倏忽而不返，而所存者，枯槁之形容而已，其悲哀之苦自輕以至重也。觀此六言，逐句有淺深輕重，總之又有淺深輕重，精微奥妙，條理燦然。惜乎，覽者不察，而但以爲重複可厭也。惟，語詞。或解作思念也，非是。省，察也。端，正也。操，守也。由，自也。内惟省，蓋言惟内省，倒語耳。此承上章而言，天地無窮，人生有限，何乃悲哀自苦以至於此乎？亦惟内自省察，以正己之所守，而不爲世俗所變可也。

此亦自慰之詞也。此章以上，皆反覆參錯，言世俗之可厭，嘆己身之所遭，哀人生之長苦，欲去之而不能，徒悲之而無益，亦惟守己之志，求仙之由以自適耳。蓋足篇首「悲世俗之迫阨」一句之意也。朱子曰：「知愁嘆之無益而有損，乃能反自循省，而求其本初也。」得之矣。瑗按：正氣，謂吾真元之氣。下文漠然虛静，澹然無爲，保清澄而除粗穢吐納等説，此屈子之所謂正氣，而欲求其由，以事脩鍊者也。脩養家皆祖其説，而其原則昉於老子。是非吾儒之所謂正氣，而孟子之所謂浩然者也。學者亦不可不辯。

漠虛静以恬愉兮，澹無爲而自得。聞赤松之清塵兮，願承風乎遺則。

漠，不動貌。虛，無礙也。静，不擾也。恬，安也。愉，樂也，言其心也。澹、淡同，不嗜貌。無爲，謂不涉世故也。自得，自適也，言其身也。赤松，古仙人之號，見列仙傳張良欲從赤松子遊，即此也。聞其清塵，猶所謂踵其芳塵，步其後塵云耳。塵，猶跡也。承，繼也。風，謂流風餘韻也。遺、貽同，則法也，謂隱遁脩鍊之法也。漠然虛静而恬愉，澹然無爲而自得，無世俗之悲，無人生之苦，此赤松子之清塵，而屈子聞之於千載之下，猶欲繼其風而守其所傳之法術也。此下歷言神仙之樂矣。按：赤松子乃神農時人，而漢張良欲從之遊，其人未必在也，蓋託言耳。觀屈子此言并下四章，可謂善言神仙者矣。

貴真人之休德兮，美往世之登仙。與化去而不見兮，名聲著而日延。

貴，尊重之意。古謂得仙道者爲真人，指赤松子也。或曰，泛言也。休，美也。美，羨慕之意。登，升也。化去，即謂升仙也。此承上章而言，真人休美之德爲可貴重，而往世升仙之樂爲可羨美。雖其身化去，不長在於世，而人不可得而見，而清高之名聲則章著不泯，而延綿不絶也。

奇傅説之託辰星兮，羨韓衆之得一形。穆穆以浸遠兮，離人群而遁逸。

奇，驚偉駭嘆之意。傅，姓，説，名，武丁之相，起於版築，詳見書經説命篇。辰星，房星也，亦曰心尾箕之星，東方之宿，蒼龍之體，所謂大辰也，見太史公天官書并爾雅。莊子曰：「傅説得之，以相武丁，奄有天下，乘車維，騎箕尾，而比於列星。」音義曰「今尾上有傅説星」是也。相傳傅説死後，精化爲星而懸著於箕、尾之間，按天文圖有之。羨，念慕也。韓衆，古仙姓名，一作韓終。終、衆聲相近而誤，未知孰是。亦見列仙傳。一、壹同，謂壹氣也，如下文所謂「壹氣和德」、「壹氣孔神」是也。即上文所謂正氣。正，言其無濁穢之邪。一，言其精純不雜也。形，形體也。穆穆，杳冥貌。浸遠，漸遠也。朱子曰：「形浸遠，即上文『與化去』之意。」「離人群而遁逸」，謂遠去世俗而隱身以遺世也。張良曰「願棄人間事，與赤松子遊」，即此意也。言二仙得道化去，雖其形體漸遠，不可得見，而遁逸以離人群，則無世俗之悲、人生之苦矣。嗚呼！託辰星而不朽，得一氣之孔神，不亦可奇而可羨乎？

因氣變而遂曾舉兮，忽神奔而鬼恠。時髣髴以遥見兮，精皎皎以往來。

氣變，謂錬氣而變化也。曾舉，高飛也。神奔鬼恠，言仙之化去，非如世人可常見也。時，暫時也。髣髴，見不諟也。精，精靈也。皎皎，不泯也。此承上章，言神仙錬氣變化，而遂能高飛，不可測度，不可邂逅，而形體穆穆以浸遠矣。但有時彷彿遥見其精靈皎皎，以往來於空虚中耳。朱子曰：「此亦上文化去形遠之意。」「丹經所謂『服食三載，輕舉遠遊，入火不焦，入水不濡，能存能亡，長樂無憂者』，此也。」

超氛埃而淑尤兮，終不返其故都。免衆患而不懼兮，世莫知其所如。

此總承上四章而結言諸仙也。自下躍上，謂之超。氛，昏濁之氣。埃，坌垢也。淑，清淑之氣。尤，絶美也。「超氛埃而淑尤」，猶言去塵世而至仙境也。返，還也。故都，舊鄉也。衆患，世俗之悲、人生之苦也。不懼，猶言無累也。如，往也。觀此以上「與化去而不見」、「形穆穆以浸遠」、「時髣髴以遥見」等語，屈子豈真以神仙爲實有哉？至曰「神奔鬼恠」，則明言其無矣。特取其離人群，超氛埃，免衆患，而隱遁之樂，名聲之久耳。然則古之所謂神仙者，或因禍患而求免，或厭世俗而不居，故高飛遠舉，託神仙以遁去耳，曷嘗有長生不死者哉？以上五章而屈子所言神仙之理，反覆明白，不誕不迂，最爲近理。其下飡氣之説，屈子亦是飲墜露、飡落英之意，未必欲直行其術也。其術世雖相傳，而古之真人遊仙者亦各有所託，而其本意要不在此也。其本意以神仙爲真有而服食者，則是妄人而已矣，烏得謂之真人也哉？王逸曰「自此以上，皆美仙人超世離俗，免脱患難。屈原想慕其道，以自慰緩」也。可謂得屈子之心矣。

恐天時之代序兮，燿靈曄而西征。微霜降而下淪兮，悼芳草之先零。聊仿佯而逍遥兮，永歷年而無成。誰可與玩此遺芳兮，長向風而舒情。高陽邈以遠兮，余將焉所程。

天時代序，謂春夏秋冬四時以序，相代而遞運也。燿靈，日也，一作曜，一作燿，三字古通用，見天問。王逸以靈曄屬句，謂爲雷電之貌，且引詩「曄曄震雷」爲證，何其不考之甚也。瑗按：耀靈之義，耀謂其光輝，靈謂其神明。耀者本其體，而靈者尊其稱也。又嘗考：日、月謂之二曜，太陽、太陰、金、木、水、火、土、炁星、太乙星謂之九曜。是日月星辰之有光輝者，皆謂之曜。以曜靈爲日者，考諸天問當作日也。後世遂以曜靈爲日專稱，古或爲日月星辰之通稱，亦未可知也。曅，光閃貌，言行之速也。征，行也。日道左旋，故曰西征也。言天時代序而獨指日者，蓋積日以成月，積月以成歲，言日行之速以足天時代序之意也。微，薄也。自上而下曰降，降而著地曰淪。淪，沉也。下淪，猶言下墜於地也。四序獨言霜降者，蓋霜降九月節，草木零落之時，則歲暮可知矣。「曜靈曅而西征」，舉日以見月也。「微霜降而下淪」，舉月以見歲也。零，落也。悼，傷也。草經霜降則枯槁而落，喻人至衰老則枯槁而死也。仿佯、逍遥，謂遨遊以行樂也。「永歷年而無成」，謂日月云邁，歲不我與，而年紀衰暮，而志業竟無所成就也。玩，賞也。遺芳，比餘年也。謂既往之年無所成就則亦已矣，而將來餘年猶可及時脩省，顧無可與共賞而惜之者，寧免臨風長嘆乎？高陽，即帝顓頊也，古之得道之君，若軒轅是也。如傳說，屈子亦引爲神仙，但今列仙傳不載，無所考耳。屈原，高陽之苗裔，見離騷篇。此之所引，蓋慕其道耳，無取苗裔之義也。邈，遼遠貌。程，法也，又曰式也，物之準也。言高陽去已世遠言湮，而已無所取法也。此章傷歲月之易過，事業之無成，而世無知己共惜餘年。因思古人，又不可見，其情當何如耶？此上六章皆反覆參差，言神仙化去之樂，因自嘆其將老，而恐其學之不及，以足篇首「願輕舉而遠遊」一句之意也。瑗嘗謂篇首至此，一篇完然，意思周密，詞旨痛快，議論平正，可歌可咏，飄飄然令人有凌雲之志、遺世之心也。至於「重曰」以下，則多孟浪之言矣。讀者不可不知。

重曰：春秋忽其不淹兮，奚久留此故居？軒轅不可攀援兮，吾將從王喬而娛戲。飡六氣而飲沆瀣兮，漱正陽而含朝霞。保神明之清澄兮，精氣入而粗穢除。

此章以上，遠遊之意已畧盡矣。此下至末，不過反覆推衍而極言之耳，故以「重曰」起之。重者，複也，再也。春秋，錯舉四時而言之也。忽，忽然，言易過也。淹，久也。奚，何也。故居，故鄉也。二句即承上二章而申言之也。其意蓋謂古之仙人皆超氛埃而去故都，以求免憂患如彼。然而春秋代序，忽然不久，而已歷年無成矣，又何必留此故居，不事遠遊而求仙問道乎？軒轅，黄帝名，姓公孫。王喬，周靈王太子晋也。俱見列仙傳。二句非謂軒轅不可攀援，而王喬真可從遊也。蓋謂高陽邈以遠矣，軒轅不可攀矣，而王喬庶幾或將遇之而從之娛戲也。蓋不得於彼，或得於此之意耳，讀者不以詞害意可也。六氣者，陵陽子明經言「春食朝霞，日始欲出赤黄氣也」，「秋食淪陰，日没以後赤黄氣也」，「冬飲沆瀣，北方夜半氣也」，「夏食正陽，南方日中氣也」，「并天地玄黄之氣，是爲六氣也」。又曰「日入爲飛泉」，下文「吸飛泉之微液」是也。是六氣者，總舉而泛言之也。沆瀣、正陽、朝霞者，悉舉而畧言之也。神明，指心也。清澄，即指上六氣也。謂既飲食之，則當保守不失也。精氣，亦指上所言者。粗穢，昏濁之氣也。精氣入則粗穢之氣銷矣，脩養家所謂吐故納新之術也。或曰，粗，物不精也。穢，物不清也。精氣入則粗氣除，保清澄則穢氣除。「粗穢除」總承上而言也。此章屈子言已遠遊求仙之志欲如此，而尚未行也，故曰「吾將從」也。下文則歷言遇仙得道，氣變升天，經營四方之所在。蓋始於南，過乎東，轉於西，遊於北，因懷故鄉，復自北而南還，以見不忍遽去故鄉之心。而篇末復言「超無爲以至清，與泰初而爲鄰」以結之，又見遠遊離俗之意不終已也。後世註遠遊者，獨執下「忽臨睨夫舊鄉」一段，以爲屈子不忍離故都，實未嘗去楚，是不深考其書之過也。大意詳見離騷篇，兹不贅。

順凱風以從遊兮，至南巢而壹息。見王子而宿之兮，審壹氣之和德。

南風曰凱風，詩曰「凱風自南」。順風從遊，猶所謂御風而行，泠然善也。南巢，猶言南方也。巢，指其所居耳，非湯放桀之南巢。舊説以爲南方鳳鳥之巢，亦非是。息，憩也。王子，指上王喬也。宿，謂歇宿。朱子曰「宿與肅通」，容更詳之。審，究問也。壹氣，説見上文。和德，言正氣之中和也。一，言其無駁雜。和，言其無乖戾。既曰氣而又曰德者，可見理、氣二者，元不相離也。上章言將從王喬道其志也，此則述親見王子之事矣，亦設詞耳。

曰：道可受兮，不可傳。其小無内兮，其大無垠。毋滑而魂兮，彼將自然。壹氣孔神兮，於中夜存。虛以待之兮，無爲之先。庶類以成兮，此德之門。

曰，設爲王子之言也。受，心受也。傳，言傳也。猶吾儒所謂下學可以言傳，上達必由心悟也。孟子曰：「梓匠輪輿能與人規矩，不能使人巧。」蓋謂道可受而不可傳也。莊子又曰：「道可傳而不可受。」傳、受二字，讀者以意逆志可也。無内，無間隙也。無垠，無邊際也。小無内，大無垠，言道無所不在也。其言與中庸「語大，天下莫能載焉；語小，天下莫能破焉」相類。毋，無同。滑，亂也。而，汝也。莊子稱汝多作而。魂，謂人之精神也。彼，即指魂也。自然，即不滑亂也，一反一正之謂耳。言不滑亂，其精神則無爲而自得，有天然之妙也。孔神，猶言甚妙也。中夜，夜半也。虛，無心也。無爲之先，謂未與物接之時。此四言與孟子所言夜氣相類。庶類，猶言萬物也。此德，指一氣之和德，言萬物皆由一氣而成也。此章上四句先言道之高妙，未可易傳，而下文云云乃所以傳之也。嘗謂毋滑而魂，彼將自然，此老聃、列禦寇之常談，人皆知之。至於壹氣之神妙，存息於夜半之時，而虛心以涵養於未接事物之先，此陰陽動靜之機，理欲消長之介，聖狂王霸之關，皆判於此。此時此際，誠由心悟，而非他人之所能與力者，是豈可以言語傳哉？非平日潛心體認乎此者，未易語此也。所謂道可受而不可傳，豈欺余哉？庶類以成此德之門，可見小無内而大無垠也。朱子曰：「此言道妙如此，人能無滑亂其魂，則身心自然，而氣之甚神者，當中夜虛静之時，自存於己而不相離矣。如此，則於應世之務，皆虛以待之於無爲之先，而庶類自成，萬化自出。蓋廣成子之告黄帝，不過如此，實神仙之要訣也。」又曰「其所設王子之詞」，「雖曰寓言」，「苟能充之，實長生久視之要訣也」。瑗按：神仙長生久視之要訣，雖所未知，而獨喜其言之精妙，非特拾老、列之緒餘者比也。廣成子告黄帝之言，具載莊子在宥篇，今可考見。而究其指歸，「毋滑而魂，彼將自然」二句盡之矣。其餘數語，正精意妙道之所在，而廣成子則不知也。其旨畧與汲、孟相合。按：屈子與孟子、莊子同時，亦非竊取二子者，屈子可謂進於道矣。後世詞賦之流，烏能仿彿其萬一哉？

聞至貴而遂徂兮，忽乎吾將行。仍羽人於丹丘兮，留不死之舊鄉。

至貴，猶言至妙也。指上章王子之詞爲至妙之言，而其貴無敵也。徂，往也。仍，因依也。羽人，飛仙也。山海經有羽人之國、不死之民。或曰，人得道則生毛羽也。如秦皇宫人流入山中，遇仙教之服食，而形體遂生毛，故謂之毛女云。丹，南方之色也。丘，土之高者也。上自「順凱風以從遊」，下至「掩浮雲而上征」，皆遠遊南方之境，故曰「至南巢而壹息」，曰「仍羽人於丹丘」，曰「嘉南州之炎德」。巢言其居，丹言其色，南方以火德旺，故曰炎也。或曰，丹丘謂鍊丹之丘。王逸曰「丹丘，晝夜常明」之處也。「九懷曰：『夕宿乎明光。』明光，即丹丘也。」恐未是。不死之鄉，仙靈之窟宅也。曰「舊鄉」者，楚爲南方之國，而此乃述遊南方，故以爲舊鄉也。此章屈子言聞王子至妙之言，故遂往行而復依仙侶以留止，將試王子之言，而行脩鍊之術，以期不死也。蓋師事王子而友處羽人也歟？

朝濯髮於湯谷兮，夕晞余身乎九陽。吸飛泉之微液兮，懷琬琰之華英。

濯，洗也。湯，一作暘，通用。天問曰「出自湯谷」，淮南子曰「日出湯谷」，書經曰「宅嵎夷曰暘谷」，是也。王逸曰：湯谷，温泉也。容更詳之。晞，曝日也。濯曰髮而晞曰身者，互文也。九陽，九者陽數之極也。九陽，猶言太陽、純陽、盛陽，謂日也。舊説謂湯谷上有扶木，九日居下枝，一日居上枝，亦寓言耳。王逸曰「九陽，天地之涯」也，亦無所據。吸，吞也。飛泉，舊説已見上。瑗曰：飛泉，猶言流水也。微，細也。液，滋也。其所飲如此。懷，藏也。琬琰，玉名。華英，玉之精也。其所食如此。此章言洗曝之潔白，服食之精微，蓋將脩鍊以期不死也。上章所謂「保神明之清澄」是已。張平子思玄賦曰：「旦余沐於清源兮，晞余髮於朝陽。漱飛泉之瀝液兮，咀石菌之流英。」其語意皆襲諸此者。

玉色頩以脕顔兮，精醇粹而始壯。質銷鑠以汋約兮，神要眇以淫放。

玉色，謂色之温潤如玉也。頩，鮮豔也，一曰斂容貌。脕，光澤也。精，真元之氣也。不漓曰醇，不雜曰粹。壯，盛也。銷鑠，謂融化也。朱子曰：「所謂形銷解化也。」汋約，柔弱貌。莊子曰：「汋約若處子。」要眇，美好貌。眇、妙同。湘君篇曰：「美要眇兮宜脩。」淫，縱也。放，發揚之意。淫放，謂精神有餘也。此承上章言洗曝服食之後，而顔色精神形質遂至美好而不醜陋，壯盛而不衰老也。可見王子之言其妙如此。其言亦與前「步徙倚」章相應，以見非復向日愁苦之形狀矣。

嘉南州之炎德兮，麗桂樹之冬榮。山蕭條而無獸兮，野寂寞其無人。載營魄而登霞兮，掩浮雲而上征。

嘉，美也。南州，概指南方也。炎德，説見上。麗，光彩貌。榮，華也。言南方炎德暄暖，而桂樹當冬亦且榮華，光彩不至凋枯，其德可尚也。蕭條無獸，謂無患害之慮也。寂寞無人，謂無世氛之擾也。此四句言境物幽美，可爲脩鍊之地也。載，猶戴也。營，猶經營之營，謂脩鍊也。營魄，謂所脩鍊之體魄也。登，猶登位、登座、登庸之登，踐履之意。莊子曰：「黄帝得之，以登雲天。」霞，猶雲也。掩，遮覆也。掩雲，謂出於其上而乘之，若遮覆也。上征，升天也。脩養家言，古之仙人有尸解而去者，有戴魄而升者，并其肉身而去者，最難得也。此二句蓋承上言脩鍊之至，遂并戴其營魄而登霞，掩雲以升天也。王逸曰：「抱我靈魄[三]而上升也。」是矣。朱子曰：「上四句記時物也。下二句言以此時升仙而去也。」但載營魄而登霞之説，雖極精妙，然如前説亦自明白坦易，無害於義。余別有辯，詳見蒙引，兹不復贅。

命天閽其開關兮，排閶闔而望予。召豐隆使先導兮，問太微之所居。集重陽入帝宮兮，造旬始而觀清都。朝發軔於太儀兮，夕使臨乎於微閭。

命，使也。天閽，謂守天關之隸也。開，啓也。排，列也，朱子曰「推也」。閶闔，天關之名。望予，須我之來也。謂諸仙排列立於閶闔之間，而待我之至也。召，招也。導，引也。問，訪也。朱子曰太微宮垣「在翼、軫北」。瑗按：太微爲衡星，太史公天官書曰：「衡，太微，三光之庭。」蓋天帝南宮也。然有曰太微者，有曰少微者，有曰紫微者。太者，尊之之詞，謂天帝所居也。少者，卑之之詞，謂士大夫也，亦謂處士爲少微星。紫之言此也，言天神運動，陰陽開閉皆在此中也。然則下之所謂於微者，亦必有説也，惜今無可考矣。集，猶孟子集義之集，謂積襲也。重陽，猶言純陽也，謂己脩鍊純陽之身，故能升天而入帝宮也。帝宮，即指太微也。朱子曰：「重陽者，積陽爲天。天有九重，故曰重陽。」旬始，王逸曰「皇天名也」，朱子曰「星名」，未知孰是。清都，列子以爲「帝之所居」也。太儀，天帝之庭也。王逸曰「習威儀之處」所也，恐無所據。蓋天地亦謂之二儀。儀者，象也。此曰太儀，謂陽儀也。或天之總名，或星宿之名，未可知也。於微閭，一作微毋閭。王逸引爾雅曰：「東方之美者，有醫無閭之珣玗〔四〕琪焉。」朱子引周禮曰：「東北曰幽州，其山鎮曰醫無閭。」是二家皆以於微閭爲醫無閭之山也。瑗竊疑之，恐未必是。蓋此承上數章而言，已聞王子至妙之言以後，遂往就仙侶，倏鍊變化，乘雲升天，而得遍遊天都也。曰太微居、曰旬始、曰清都、曰太儀、曰於微閭，皆歷數天都之勝境，而已得以遍觀之以見神仙之樂也，不應末句獨指東北之山。其作微毋閭者，毋與無通，是又因引爲醫無閭而訛之也。「朝發軔於太儀」而「夕始臨乎於微閭」，以見天都之勝境，未易遍觀也。自「順凱風以從遊」至此，蓋推衍遠遊之樂而始於南方者也。

屯余車之萬乘兮，紛容與而並馳。駕八龍之婉婉兮，載雲旂之逶蛇。建雄虹之采旄兮，五色雜而炫燿。服偃蹇以低昂兮，驂連蜷以驕驁。騎膠葛以雜亂兮，班漫衍而方行。撰余轡而正策兮，吾將過乎句芒。

屯，聚也，讀如屯營、屯田之屯。乘，車數也。萬乘，甚言其多也。紛，衆多貌。容與，言舒徐也。並馳，競進也。八龍，亦言其多也。婉婉，龍行委曲貌。雲旗，以雲爲旗也。逶蛇，搖動貌。建，立也。虹，霓類也，皆天地之淫氣，五色炫燿可觀，但虹爲雄而雌爲霓耳。采、彩同。

旍，以牛尾註於旗干之首者。詩曰：「干旍孑孑。」書曰：「右秉白旍以麾。」傳云：「旍，軍中指白則見遠。」虹旍，以虹爲旍也。蓋龍所以駕車，而旗旍樹之於車上者也。炫燿，燦爛貌。服，衡下夾轅兩馬也，故曰在轅爲服。偃蹇，低昂貌。低昂者，謂馬之馳驟，而首或低或昂也。驂，衡外挽靷兩馬也，故曰外騑爲驂。連蜷，朱子曰：「句蹄也。」按：雲中君篇「靈連蜷兮既留」，朱子曰：「連蜷，長曲貌。」蓋楚辭用字如此類甚多，讀者各因其本章文義而意會之，不可執一也。驕驁，馬行縱恣也。仙人以龍爲馬，駕車前，曰八龍，蓋兩服兩驂也。騎，總言車馬也。轇轕，雜亂貌，一曰猶交加也。班，分布貌。易曰：「乘馬班如。」漫衍，朱子曰：「無極貌。」蓋言騎之分布廣遠也。方行，並行也。言萬乘之車馬，班然分布而並進也。撰，執持也。轡，所以繫馬者也。詩曰：「六轡在手。」「撰余轡」三字，又見東君篇。或曰，撰猶總也，「總余轡」見離騷。正，整頓也。策，所以鞭馬者也。撰轡正策，欲將行之狀也。句芒，東方之神也。此章極陳車馬旗旍之盛，蓋將乘之，自南方而遠遊乎東方也。曰「將過」者，欲行尚未行也。下文曰「歷太皓以右轉」，則實踐乎東方矣。

歷太皓以右轉兮，前飛廉以啓路。陽杲杲其未光兮，凌天地以徑度。

歷，踐履也。皓、皞同。太皓，東方之帝也。自南方而北面視之，則東方在右，故曰右轉。

前，先導也。飛廉，風伯也。或曰，飛廉，神鳥，出則風隨之，故謂風伯爲飛廉也。啓，開也。開路，即下文所謂「氛埃辟而清涼」是也。陽，謂日也。杲杲，日出輝光貌。詩曰：「杲杲出日。」未光，未明也。凌，憑也。徑，直也。言使風伯開路，乘此日尚未出清涼之時，憑凌天地，而直度乎東方以遨遊也。蓋足上章「吾將過乎句芒」之意。或曰，「吾將過乎句芒」、「歷太皓以右轉」二句，是言自南方而遊東方，下三句是言將自東方而遊西方也。自南而東乃曲行，故曰右轉。自東而西乃直行，故曰徑度。下文「風伯爲余先驅，氛埃辟而清涼」即申「前飛廉以啓路，陽杲杲其未光」二句之意耳。其説亦通。

風伯爲余先驅兮，氛埃辟而清涼。鳳凰翼其承旂兮，遇蓐收乎西皇。

風伯，即飛廉也。先驅，使之前導開路也。氛，昏濁之氣。埃，塵坌之垢也。辟，除也。氛埃辟除，則道路清涼矣。鳳凰，靈鳥也。翼，輔也，翊戴之意，朱子曰「敬也」。以下而託上曰承。交龍爲旂，所謂左青龍也，言使靈鳥翼然夾輔其旂也。不期而見曰遇。蓐收，西方之神也。左傳曰：「金正曰蓐收。」皇，帝也。西皇，指西方之帝，謂少皞也。既曰蓐收而又曰西皇，猶上文既言句芒而又言太皞，下文既言炎帝而又言祝融，既言顓頊而又言玄冥也，以神與帝並舉而對言。瑗按：此篇所言四時之帝與神，具見禮記月令篇，可考，兹不暇詳釋云。此又承上章言自東方而遠遊乎西方也。

攬彗星以爲旍兮，舉斗柄以爲麾。叛陸離其上下兮，遊驚霧之流波。時曖曃其曭莽兮，召玄武而奔屬。後文昌使掌行兮，選署衆神以並轂。

彗星，即孛星也，一名掃星，所以除舊布新也。朱子曰：「彗星，妖星，光芒偏指如彗者也。」瑗按：天官書註云彗星：「小者數寸長，長或竟天。而體無光。假日之光，故夕見則東指，晨見則西指。若日南北，皆隨日光而指。」春秋文公十四年：「有星[五]入於北斗。」説者曰，星謂孛星也。昭公十七年：「有星孛於大辰。」哀公十三年：「有星孛於東方。」説者曰，孛，彗也。瑗按：孛當讀作拂，此可見彗星之所指，初無定在。而此所言彗星，則指其見於北方者也。旍，析翟羽而設於旗干之首也，謂以彗星爲旍也。斗柄，北斗之柄，所謂杓也。天官書曰：「斗爲帝車，運於中央，臨制四鄉。分陰陽，建四時，均五行，移節度，定諸紀，皆繫於斗。」是斗之所指，亦無定在也。麾，旌屬，所以指揮左右，使遠者能見也，謂以斗柄爲麾也。叛，言旍麾繚隸分散之貌。陸離，燦爛貌。以星斗爲旍麾，故燦爛而光輝也。上下，猶低昂也。謂旍麾繚隸分散，而其勢或低或昂也。驚霧，猶言怒濤駭浪，謂大霧也。流波，流水也。霧乃水氣所蒸者，北方以水德旺，故以驚霧流波言之也。曖曃，暗昧也。曭，日不明也。莽，曠蕩杳冥貌。北方其色黑，故以曖曃曭莽言之也。玄武，北方七宿，謂龜蛇也，位在北方，故曰玄。玄，黑色也。身有鱗甲故曰武。武，指龜蛇也。玄言其色，武言其物，合而言之爲北方七宿之稱也。或曰，玄，水之色；武，水之物也。亦通。奔，走也。屬，隸也。謂召玄武以爲奔走之隸，備使令也。後，相隨於後也。文昌，星名。王逸曰：「天有三宫，謂紫宫、太微、文昌也。」文昌中宫，「顧命中宫，勑百官也。」朱子曰：「文昌在紫微宫北斗魁前，六星，如匡形。」瑗按：天官書曰：「斗魁戴匡六星曰文昌宫。」晋灼曰：「似戴，故曰戴匡。」文耀鉤曰：「文昌宫爲天府。」孝經援神契曰：「文者精所聚，昌者揚天紀。」輔拂並居，以成天象，故曰文昌宫也。備觀其説，則可見文昌乃在中宫，掌文書府之星也，故使之掌行。掌行，謂掌其行事也。古有左史記言，右史記事之官，欲使文昌爲此官，以記己遠遊之跡也。選，擇其尤也。署，委其任也。衆神，泛言群靈，見其扈衛之多也。轂，在車輪之中，外持輻，内受軸，長三尺二寸，徑一尺。並轂，夾輔之意，謂扈衛也。或曰，並音傍去聲，亦通。此章蓋言旌麾之美，役使之良，自西方而遠遊乎北方也。此上言經營四方已周遍矣。

路曼曼其脩遠兮，徐弭節而高厲。左雨師使徑待兮，右雷公而爲衛。欲度世以忘歸兮，意恣睢以担撟。内欣欣而自美兮，聊愉娱以淫樂。涉青雲以泛濫遊兮，忽臨睨夫舊鄉。僕夫懷余心悲兮，邊馬顧而不行。思舊故以想像兮，長太息而掩涕。泛容與而遐舉兮，聊抑志而自弭。

曼曼，悠遠貌。脩，長也。徐，緩也。弭，止也。節，旌節也。厲，憑陵之意。高厲，猶言高邁、高蹈也。「徐弭節而高厲」與下「泛容與而遐舉」文法相同。徑待，朱子曰：「使由徑路先過而相待。」瑗按：徑，直也。此言欲自北而往南，故曰徑待。徑待，謂使之直往前途以相候也。衛，扈從也。度世，謂度越塵世而仙去也。忘歸，終不返其故都也。恣睢，放肆也。担撟，軒舉也。欣欣，美悅意。聊，且也。愉、娛，皆樂也。淫樂，樂之深也。莊子曰「孰居無事，淫樂而勸」是也。攝衣度水曰涉。青雲，雲氣輕清而近天，則色青青然也。泛濫，猶汗漫也。睨，旁視也。舊鄉，指楚國也。僕夫，謂從者。懷，思念也。余心，屈子自謂也。悲，傷別也。邊，旁也，謂兩驂也。顧而不行，謂顧眄舊鄉而躊躕不進也。禮記三年問言鳥獸「越月踰時」，「過其故鄉」，必「鳴號」，「蹢躅焉」。蓋天地之間有血氣之屬必有知，有知則莫不愛其類，況僕夫乎？況屈子乎？舊故，謂平日相與之親族朋友也。想像，凝思貌。長太息，其所感者深，故其嘆也長。莊子言越之流人曰「去人滋久，思人滋深」，此之謂也。容與，猶夷猶也。遐，遠也。抑志自弭，謂遠遊之志，聊且强自按抑而止也。此章總承遠遊四方之後，方且嘆其道路悠遠，而徐徐然令左右候衛度世忘歸，任意以取樂。而遊衍之間，忽然旁見故鄉，而僕馬之懷顧，舊故之悲思，此心此情有不容自已者。蓋述其所以思歸之至，願欲將自北而南還也。古詩曰：「胡馬依北風，越鳥巢南枝。」蓋言物性不忘本，以喻游子之不能忘情於故鄉也。屈子之臨睨故鄉而悲思者，豈爲過歟？豈爲矯歟？瑗嘗謂漢高以布衣得天下，富貴極矣，然猶思沛、豐而墮淚。李白，曠達之才，猶曰：「錦城雖云樂，不如早還家。」況其他乎？以是知懷土者，固小人之私，而聖人之所不取，其亦出乎其性者哉，要不可深以爲非也。

指炎帝而直馳兮，吾將往乎南疑。覽方外之慌惚兮，沛潤瀁而自浮。祝融戒而蹕御兮，騰告鸞鳥迎虙妃。張咸池奏承雲兮，二女御九韶歌。使湘靈鼓瑟兮，令海若舞馮夷。玄螭蟲象並出進兮，形蟉虯而委蛇。雌蜺便娟以增撓兮，鸞鳥軒翥而翔飛。音樂博衍無終極兮，焉乃逝以徘徊。

炎帝，南方之帝也。直馳，欲歸之速也。自北而南，故曰直馳，猶徑度也。疑，指九疑山也。楚國在南方，故曰南疑，猶滄溟亦謂之北溟云。覽，遍觀也。方外，謂四方之表也。慌惚，無極貌。沛，泛流貌。潤瀁，猶盪漾，水盛貌。自浮，謂漂泊不定也。謂遊覽四方之外，慌惚眩目，而使人若泛泛於水中，漂泊不定，無足以爲樂也。祝融，南方之神也。戒，飭也。蹕，止行人也。御、禦通，止也。天子出遊，有蹕御，亦謂之警蹕。謂戒飭祝融之神，以爲警蹕，而禦止行人，俾可直馳而速歸也。曰「祝融戒」者，倒文耳。騰，飛也。騰告，猶今之所謂飛報也。虙妃，神女也，見離騷，但非如離騷之比賢君耳。謂飛報鸞鳥以往迎虙妃，而速來待己也。張者，設而陳之也。咸池，王逸、朱子皆註爲「堯樂」。奏者，舉而作之也。承雲，王逸曰：「即雲門，黄帝樂也。」又曰：顓頊樂。又曰有虞氏之樂。朱子亦莫能考定也。瑗按：禮記註曰：黄帝樂名咸池，堯樂名大章，舜樂名韶，禹樂名夏，湯樂名大濩，武樂名大武。與此又不同，未知孰是。二女，娥皇、女英，堯之女，舜之妃也。御，侍也。九韶，即舜樂。歌，歌咏也。言使二女侍側，以歌咏九韶之樂章也。離騷曰「舞韶」，此曰「歌韶」者，蓋樂有歌有舞。單言之者，蓋舉此以知彼，而文互見也。湘靈，湘水之神也。上既言二女，此又言湘靈，可見九歌之所謂湘君、湘夫人者，乃泛指湘江之神，而非指娥皇、女英也明矣。鼓，彈也。瑟，樂器名。令，亦使也。海若，海神之號，莊子有北海若。馮夷，河伯也，一曰水仙也。莊子曰：「馮夷得之，以游大川。」淮南子亦曰：「馮夷得道，以潛於大川。」蓋海若尊而馮夷卑，故令海若而命馮夷舞也。或曰，本謂令海若、馮夷舞耳，曰「令海若舞馮夷」，錯文以成章也。此上言聲色之樂。玄，黑色。螭，龍屬。蟲，泛指水中之蟲也。象，罔象，國語所謂「水之恠龍、罔象」是也，皆指水中神物也。進，猶没也。並出進，謂齊出没於水中也。或曰，謂齊出水中而進舞於己前也。蟉虯，盤曲貌。逶蛇，蠕動貌。謂玄螭蟲象齊出没於水中，而形蟉虯逶蛇可愛也。蜺、霓，同虹屬，虹雄而霓雌也，説見上。王逸以爲神女，恐非是。蓋謂玄螭蟲象之蟉虯逶蛇，如雌霓之纏繞可愛也。便娟，輕麗貌。撓、繞通，纏繚之意。增撓，謂重疊纏繚也。軒，昂也。翥，舉也。軒翥翔飛，謂遠舉高飛而輕捷可愛也。此上言蟲鳥之樂。音樂，緫承上文也。獨言音樂者，省文耳。博衍，謂廣博敷衍，可樂者多也。朱子曰：「寬平之意。」無終極，謂無窮盡也，言可樂之久也。逝，謂遠遊也。徘徊，淹留也。此章蓋言遠遊方外，適足以慌惚眩目，蕩人心志。而南方聲色鳥獸之樂博衍無窮也，如此又何必遠逝浮游而淹留以忘歸也。甚言遠遊之不可娱，而歸故鄉之可樂也。是雖設詞，古人謂興盡則悲來，樂極則哀生，其斯之謂乎？二魂之作，蓋昉於此而拓充之者耳。其文體雖佳，而雜以淫侈褻狎之辭，可謂不善學者矣，寧免效顰。

舒并節以馳騖兮，逴絶垠乎寒門。軼迅風於清源兮，從顓頊乎增冰。歷玄冥以邪徑兮，乘間維以反顧。召黔嬴而見之兮，爲余先乎平路。

舒，縱舍也。并，合而緫之也。節，旌節也。蓋欲歸之速，無暇於載旗建旄，撰轡正策，故合并其旌節之類，而縱舍之以馳騖也。王逸曰：「縱舍銜轡[六]而長驅也。」得之矣。逴，超越之意。絶垠，天之邊際也。寒門，北極之門也。軼，從後出前也。迅，疾也。水之淵深處曰源，北方屬水，故曰清源。從，自也。顓頊，北方之帝也。增，厚積也。北方地寒而多水，故四時常有增積之冰。歷，經歷也。玄冥，北方之神。邪徑，猶言間道也。間維，舊註引孝經緯曰：「天有六間。」瑗按：天有四正、四隅，間維謂北隅也。承上邪徑而言，欲乘北隅間道以召黔羸也。反顧，猶言回首也。黔羸，史記作含靁，漢書作黔靁。舊説天上造化神名，或曰水神。朱子曰：「皆怪妄之説，不可考也。」瑗按：黔，黑色。羸，弱也。字義於水爲切。此章皆叙北方之境，水神是也。黔與含，羸與靁，聲相近，而史、漢訛也。平路，猶言除道也。召黔羸相見，使之先導而除道，俾無阻也。曰舒并節，曰逴絶垠，曰軼迅風，曰歷邪徑，曰乘間維，曰先平路，皆欲歸之速之甚也。此言自北而南，還於故鄉也。王逸曰：「屈原謂脩身念道，得遇仙人，託與俱遊，周歷萬方，升天乘雲，役使百神，而非所樂，猶思楚國，念故舊」，「精誠之至，德義之厚也。」

經營四方兮，周流六漠。上至列缺兮，降望大壑。下峥嶸而無地兮，上寥廓而無天。視倏忽而無見兮，聽惝怳而無聞。超無爲以至清兮，與泰初而爲鄰。

經營四方，全句見詩北山篇，但取義小異。經，經歷也。營，營爲也。王逸九歎怨思篇註曰：「南北爲經，東西爲營。」亦通。如訪仙問道，鍊氣升天，皆其所經歷之處，營爲之事也。四方，東、西、南、北也。周，遍也。流，游也。六漠，六合也，四方并上下爲六合。易曰：「周流六虚。」屈子亦是本此斷章取義，變「虚」言「漠」耳。列缺，王逸曰「窺天間隙」也。朱子曰：「天隙電照也。」張衡思玄賦曰：「豐隆軯其震霆兮，列缺爗其照夜。」註曰：「電也。」瑗嘗即本文字義并下句「降望大壑」照之，當從王説爲是。列、裂通，凡物邊縫之際則裂缺也。「上至列缺」，猶俗言直到天邊耳。降望，俯視也。大壑，朱子註曰：「在渤海東，實惟無底之谷，名曰歸墟。」此蓋出列子，而屈子所言，恐義不在此。蓋謂上至天際而下望，天地如一大壑耳。大壑，猶言大地也，非獨指東海之歸墟也。峥嶸，言其勢之參差而深遠也。寥廓，言其象之空虚而廣遠也。倏忽，見不諟也。惝怳，耳不諦也。列子曰：「泰初者，氣之始也。」莊子曰：「泰初有無，無有無名。」曰無爲，曰泰初，亦寓言耳。王逸曰「與道并也」，近之矣。此承上文而申結通篇之意。上八句所謂覺方外之慌惚是也。下二句之意，蓋謂方外之遊既不可久，而世俗迫阨終不可居，故將超無爲之境，以至清脩之處，而與泰初之仙卜爲鄰也。即所謂「漠虚静以恬愉，澹無爲而自得」是矣。觀此則知屈子雖不肯事乎荒唐之遊，亦不忍混於汙濁之俗，亦惟内自省察，以端己之操焉而已耳。洪氏曰：「余觀自古忠臣義士，慨然發憤，不顧其死，特立獨行，自信而不回者，其英烈之氣，豈與身俱亡哉！仍羽人於丹丘，留不死之舊鄉，超無爲以至清，與泰初而爲鄰，此遠遊之所以作，而難爲淺見寡聞者道也。」又曰：「離騷二十五篇，多憂世之語。獨遠遊曰：『道可受兮，不可傳。其小無内兮，其大無垠。毋滑而魂兮，彼將自然。壹氣孔神兮，於中夜存。虚以待之兮，無爲之先。』此老、莊、孟子所以大過人者，而原獨知之。司馬相如作大人賦，宏放高妙，讀者有凌雲之意。然其語多出於此。至其妙處，相如莫能識也。」朱子曰：「屈子本以來者不聞爲憂，而願爲方仙之道，至此則真可以後天不老，而凋三光矣。下視人世，甕盎之間，百千蚊蚋，須臾之頃，萬起萬滅，何足道哉！何足道哉！司馬相如作大人賦，多襲其語。然屈子所到，非相如所能窺其萬一也。」瑗按：此篇之作，矩度森嚴，條理明白。首叙其遠遊之意，中叙其遠遊之方。始於南，轉於東，又轉於西，又轉於北，又自北而轉歸於南，又總以結之。有間架，有照應，非苟作者。惜乎，千載之下，讀者徒耽其詞華，不尋其脉絡。而展卷之間，祗見其詞之重複可厭，如歷遊四方之詞，使不別其條貫，但以遠遊之詞混而觀之，豈不真爲稠疊而冗雜也哉？蓋朱子集註之時，亦畧發其義理之趣，而詳審其比興之體，無暇論其文章之妙，故意不及此也。此篇有十數句與離騷相出入，予嘗謂此篇猶爲和平之音，離騷多渫憂憤之語。離騷當作於遠遊之後，蓋詞雖同而旨則異。離騷之遠遊，因其道不行而欲遍訪賢君，以行其道。此篇之遠遊，因俗之迫阨，而欲追隨仙人以離其俗。讀者不可不參考，而亦不可不察其意之各有攸歸也。又按：此篇方外之遊，其本意非以來者不聞爲憂，已畧辯於前矣。及洪氏「仍羽人於丹丘，留不死之舊鄉」之説，雖非屈原本旨，可謂得屈子言外之意而善讀離騷者矣。君子之生末世，遭處沉濁汙穢之間，試一誦之，而當世俗迫阨之來，可一笑而遣矣。何足悲哉？但大人賦非獨不能窺屈子之所到，而文章之妙亦未能闖其門也，況升堂入室乎？其所述遠遊，雜亂靡統，而又剽襲太多，此相如所作之陋者也。讀者有凌雲之意，蓋未嘗讀楚辭故也。使武帝曾讀楚辭，則讀相如之賦如嚼蠟耳。吾見其昏昏然，惟恐其卧之不暇也，安得有飄飄凌雲之意乎？若張衡思玄賦，其命意措詞，文體間架，是全篇學夫遠遊者也。蓋不過深取其意，特加擴而充之，反而正之耳，詩家所謂脱胎换骨。而心氣之和平，議論之正大，又不爲詞人靡麗淫泆之説，可謂青於藍而寒於冰矣，可謂屈原之佳弟子矣。古今論遠遊者，未有及此，故表而出之。

【校勘記】

［一］朱熹楚辭集註「猶」下有「曰」。

［二］耶，楚辭集註作「恨」。

［三］魄，王逸楚辭章句作「魂」。

［四］珏，楚辭章句作「玕」。

［五］春秋文公十四年「星」下有「孛」。

［六］衡轡，楚辭章句作「轡衡」。

楚辭集解卜居卷

新安　汪瑗　玉卿　集解
姪　仲弘　補輯

卜居

卜，謂卜占也。居，猶處也。謂占卜其所處事務吉凶之宜也，蓋撮通篇之大旨以立題名。王逸曰屈原「念讒佞之臣，承君順非，而蒙富貴。己執忠直而身放棄，心迷意惑，不知所爲。乃往至太卜之家，稽問神明」，「卜己居世何所宜行」，「以定嫌疑。故曰卜居」。朱子曰：「屈原閔[一]當世之人習安邪佞，違背正道[二]，故陽爲不知二者之是非可否，而將假蓍龜以決之，遂爲此詞。發其取舍之端，以警世俗。說者乃謂原實未能無疑於此，而始將問諸卜人，則亦誤矣。」祝氏曰：「此原陽爲不知善惡之所在，假託蓍龜以決之。居，謂立身所安之地。」洪景盧云：「自屈原假爲漁父、卜居問答之後，後人悉見規倣。司馬相如子虛、上林以子虛、烏有先生、亡是公，楊子雲長楊賦以翰林主人、子墨客卿，班孟堅兩都賦以西都賓、東都主人，張平子兩京賦以馮虛公子、安處先生，左太冲三都賦以西蜀公子、東吴王孫、魏國先生，皆蹈襲一律。觀此，則知詞賦之作，莫不祖騷矣。」瑗按：此篇王逸以爲實有是事，朱子而下以爲實無是事，俱未盡善。瑗嘗反覆熟讀，玩味指歸而竊評之，以爲屈子於是非可否二者之間無疑於心，而必不卜之於神明，其説尚矣。今觀太卜氏姓名具載，非若烏有先生、亡是公懸空假託之類也，亦明矣。夫所謂鄭詹尹者，其或當時之隱君子，如嚴君平之儔歟？觀屈子所問之詞，似以詹尹爲知己者。而詹尹所謝之詞，似亦爲知屈子者。其或當時尋訪談論之間，偶及此事，而屈子遂述其問答之意，以成此篇也。若以詹尹比之於子虛、上林等號，恐非也。嗚呼！詹尹得附楚辭之末而流傳千載，幸亦大矣。

屈原既放，三年不得復見。竭智盡忠，而蔽鄣於讒。心煩意亂，不知所從。

屈，姓也。楚武王子瑕食采於屈，因氏焉，與昭、景三家皆楚之族。原，名也。太史公屈原傳曰名平而字原。瑗按：此與後漁父篇屈原皆自稱曰原。蓋古人質直，多自稱名，未有自稱字者，則名原而字平也審矣。詳見離騷蒙引，兹不復贅。放，流也，置也。放流，安置於此，使不得去也。三年者，紀其時以見放之久也。見，謂見君也。竭，亦盡也。竭智者，效其才力也。盡忠者，輸其誠懇也。蔽鄣於讒，謂君之聰明爲讒人所蔽鄣，而竭盡之心不得上達，此所以一放而遂三年不得復見也。煩，憒懣也。亂，眩惑也。此段首二句言見放之久，次二句言見放之由，末二句又承上四句言欲往見太卜之意也，皆爲屈子自述之詞，以爲下文往見太卜問答之張本，非對太卜而言者也。

乃往見太卜鄭詹尹曰：「余有所疑，願因先生決之。」

太卜，掌卜筮之官名也。周禮有太卜氏，蓋以此官名推稱其人耳，未必實爲是官也。鄭，姓也。詹尹，名也，或曰字也。屈原既以先生稱之，不當斥其名也，其説亦通。今無所考其人矣。曰，屈原詞也。余，原自謂也。有所疑，泛言之，指下八反之事也。先生者，學士齒德俱尊之稱，指詹尹也。決者，斷其疑也。此段乃屈原既見太卜而求卜之詞也。

詹尹乃端策拂龜曰：「君將何以教之？」

端，正其櫝也。策，謂蓍莖神草也，正之將以爲筮也。拂，拭其塵也。龜，謂殼板靈物也，拭之將以爲卜也。曲禮曰：「龜爲卜，策爲筮。」古人大事則蓍龜相襲，亦先筮而後卜也。此並言蓍龜，而題只云卜居者，蓋對舉則當分，而單言亦可該也。曰者，詹尹辭也。君，謂原也。何以教者，蓋詰其卜筮之事也。此段乃詹尹承屈原之告，故敬其事以盡職，而究其故以行事也。瑗按：原稱尹爲先生，尊之之詞也。尹稱原爲君者，親之之詞也。一問一答，姓名著而稱謂明，非若烏有先生、亡是公之比也，可見矣。安得謂實無是人，而擬之以子虛、上林之作乎？故謂原之實無疑於其心可也，謂詹尹之實無是人不可也。

屈原曰：「吾寧悃悃欵欵朴以忠乎？將送往勞來斯無窮乎？

此下至「誰知吾之廉貞」，皆屈原承詹尹之問而告之故者也。曰寧、曰將者，設爲兩端不決之詞也。乎者，亦疑詞也，下倣此。悃悃，朴質貌。欵欵，忠誠意。朴者，言乎外之悃悃也。忠者，言乎中之欵欵也。勞，猶慰也。往來，謂賓客之往來也。無窮，猶言不已也。送往迎來，亦治國之大經，而屈子鄙之者，蓋謂專事逢迎者言之也。讀者不可以詞害意。此段言存誠、作僞者之相反，疑而不能决者也。夫忠厚乃長者之風，而不失爲古君子；逢迎乃趨媚小人之尤者，其心術邪正之不同亦昭昭矣，又何疑乎？然世之忠厚長者恒以直道，致忤姦雄之意而受禍；

趨媚小人每以諛佞，而得權勢之歡心以享福。孰吉孰凶，何去何從，此又事理之不可推者也。太史公作伯夷傳而深疑天道報施之謬戾，亦屈子卜居之意也。志士幽人千古同憤，豈特悲一己之私而已哉？嗚呼！使世之猿謟狐媚之徒，倘讀此篇，莫不汗流浹背，面赭如醺，而庶乎有以發其羞惡之良心，少變其奴顏婢膝之態，此屈子立言垂教之本意也。五臣曰：「以此二事，問其所宜，以下類此。」洪氏曰：「上句皆原所從也，下句皆原所去也。卜以決疑，不疑何卜。而以問詹尹何哉？世[三]之人，去其所當從，從其所當去，其所謂吉，乃吾所謂凶也。此卜居所以作也。」

寧誅鋤草茅以力耕乎？將游大人以成名乎？

誅，猶斬也。鋤，猶耘也。皆去穢助苗之名。鋤，非農器名也。草茅者，稂莠蒿菅之類，害苗者也。力耕，謂竭力耕田而非惰農也。誅鋤草茅，乃力耕之事。游，遍謁也。大人，王逸曰「貴戚也」，五臣曰謂「君之貴幸者」，朱子曰「猶貴人也」，要皆指在位有權勢者言，非謂有德之大人也。成名，謂謀延虛譽以資進取也，非「君子去仁，烏乎成名」之成名也。游說大人，乃成名之事。此段言務本、逐末之相反，疑而不能決者也。夫力耕者恒餒在其中，饑餓不能出門户；而宦游者每得美譽而享高爵，重禄以肥榮。此又事理之不可推者也。嗚呼！禹、稷躬稼而有天下，蘇、張、范、蔡之徒終受裂尸折脅之苦，有志者幸毋疑焉。苟能於此篇常常諷誦而玩味之，將見正大光明之心，當如火燃泉達，逌然而自生，而魑魅魍魎之念，亦且冰消雪化，涣然而潛釋矣。

寧正言不諱以危身乎？將從俗富貴以偷生乎？

正言，正大之言，如孟子所謂「非堯舜之道，不敢以陳於王前」是也。諱，忌也。忠言逆耳，人多忌聞，守正君子則冒天下之諱而不顧也。危身，謂因貶刑戮之事。貨財饒曰富，爵禄崇曰貴。此段言捐軀、畏死之相反，疑而不能决者也。嗚呼！繩愆糾謬而匡君愛國者，恒遭遷謫放逐刀鋸鼎鑊之慘，而與世浮湛；逢君之惡者，每安享富貴以終天年。此又事理之不可推者也。離騷曰：「阽余身而危死兮，覽余初其猶未悔。」屈子之無疑於此也决矣，讀者詳之。

寧超然高舉以保真乎？將哫訾粟斯，喔咿儒兒，以事婦人乎？

超然，無所顧慮之意。高舉，猶遠去也。保真，謂保全吾之天真，而不貪饕於功名富貴，以決性命之情也。呢訾粟斯，言語瑣碎貌。喔咿儒兒，勉强笑噱貌。二句謂以詞色求媚於人也，曲盡小人之情狀。事婦人，蓋以男子求媚於婦人之憐愛，以比小人求媚於權貴之眷顧也。朱子謂指鄭袖，非是。五臣曰謂「謟君之所寵者」，意亦未盡。大抵此與下一節，俱承上三段而總言之，謟君自在其中矣。或曰，豈可比人君於婦人乎？曰：孟子曰：「君之視臣如土芥，則臣視君如寇讎。」孟子且以寇讎比君，屈子之言又況爲泛論之詞，而非直指君也，抑何傷乎？此段言遺榮、固寵之相反，疑而不能決者也。吉凶從違之意，倣前不贅，後段亦皆隨文會意可也。

寧廉潔正直以自清乎？將突梯滑稽，如脂如韋，以潔楹乎？

廉潔，不貪污也。正直，不邪曲也。自清，承上四德而言。突梯，滑澾貌。滑稽，圓轉貌。脂，肥澤也。韋，柔軟也。潔楹，王逸曰「順滑澤也」，五臣曰「同謟諛也」，意雖是而訓詁未詳。朱子曰：或疑潔作絜，「如大學『絜矩』之絜，謂圍束之也。楹，屋柱，亦圓物，又以脂灌韋而絜之，是以突梯滑稽而無所止也。」瑗按：此三句字頗難解，姑從舊説。或是當時楚之方言耳。嘗聞之師曰：三句蓋以油漆匠爲喻也。潔楹，謂粉飾其屋宇，舉楹以見餘也，乃油漆匠之事；梯稽脂韋，乃油漆匠所用之器物也。突者，高撑之貌。梯，即今俗所用之階梯，欲潔楹之高處則用之也。突梯潔楹，非手脚利便、身體輕翾者不能也。滑，如字，謂滑瀏也。舊音骨，非是。

稽，即匠氏所用油漆之刷名，或以樹皮爲之，或以鬃髮爲之，或以皮革爲之。脂，熟油也，指油漆之類。韋，熟皮也，即所以爲刷者也。瑗謂此說雖近鄙淺，却於字義穩順明白，而舊說皆求之於遠，故解多揣其意而失其詳也。聊附所聞，以竢博雅者訂焉。此段言清脩、汙濁之相反，疑而不能決者也。又按：能朴忠者、能力耕者、能正言者，則爲保全清貞之士矣。善逢迎者、善宦游者、善從俗者，則爲事婦潔楹之流矣。有志向上者，其於二者之間，可不慎其所從違，而以一時之吉凶禍福遂失其守哉？

寧昂昂若千里之駒乎？將氾氾若水中之鳧，與波上下，偷以全吾軀乎？寧與騏驥抗軛乎？將隨駑馬之迹乎？寧與黄鵠並翼乎？將與雞鶩争食乎？

昂昂，出群貌。駒，馬子也。千里駒，謂雖未壯而可致千里，以見才力之殊絶也。漢武帝謂劉德爲「千里駒」，語本諸此。氾氾，不定貌。鳧，野鴨也。上下，猶浮沉也。全軀，亦指鳧而言。騏驥，駿馬名。孔子曰：「驥不稱其力，稱其德也。」抗，高舉貌。軛，車轅前衡也。駑馬，謂駑駘之庸馬也。迹，蹄跡也。鵠，俊鳥名，其色黄，故曰黄鵠。陳勝曰：「燕雀安知鴻鵠之志哉。」翼，翅翎也。雞鶩，凡鳥名。鶩，即今人所養之鴨也。此三段又即物之相反者，以申喻前五段之意也。爲士者，苟能朴忠、能力耕、能正言，而保全清真之德，則爲千里駒、爲騏驥、爲黄鶪也；苟善逢迎、善宦游、善從俗，而務作爲事婦絜楹之態，則爲水中鳧、爲駑馬、爲鷄鶩也。孰吉孰凶，何去何從，必有能辯之者。學者勉之慎之。

此孰吉孰凶，何去何從？

朱子曰：「此結上八條，正問卜之詞也。」瑗按：此上八條相反之語，若天地之四方而不可易，若黑白之易明而無可疑者也，又何吉凶從違之不可决乎？欲必就詹尹以卜之乎？嗚呼！屈子非真有所疑於此而不能决也，有所激而設言之耳。蓋悲憤之中，假此戲劇之文以自憫也歟？讀者幸毋泥焉可也。

世溷濁而不清，蟬翼爲重，千鈞爲輕。黄鍾毁棄，瓦釜雷鳴。讒人高張，賢士無名。吁嗟默默兮，誰知吾之廉貞！」

此段述世俗顛倒錯亂之弊，而因以自嘆之詞也。蟬，蟲名。蟬翼至薄，其輕可知矣。三十斤爲鈞，五權之最重者也。千鈞得三萬斤，其重可知矣。鐘，樂器名。黄鍾，謂鐘之律中黄鍾者，器極大而聲最閎，其貴可知矣。毀，謂擊而碎之也。棄，猶擲也。無足曰釜，鍋屬也。以瓦爲之，其賤可知矣。或曰，釜當作缶，聲相近而訛也，亦通。雷鳴，謂拊而擊之，其聲之鳴如雷也，亦設言耳。朱子謂「妖怪而作聲如雷鳴也」，則以爲實如雷鳴矣，恐非是。張，自侈大也。左傳曰：「隨張必棄大國。」讒人高張，謂小人得志在位，而妄自尊大也。賢士無名，謂君子不用，而屈伏巖穴也。吁嗟者，嘅嘆之深也。默默者，無言之至也。皆不自得意之詞。此段屈子既述己之所疑，而因自太息，溷濁之世，莫知輕重貴賤，小人顯而君子晦，故無知己之操守者也。嗚呼！問卜之詞未畢，而濁世之嘆隨興。然則屈子豈真有所疑，而不能自決其從違也哉？或曰，屈子之無疑於是也久矣，而此猶云云者，其亦不平之鳴歟？何其隘也！曰：是不然。孔子之於莫我知而道不行也，猶屢致意焉。蓋古之聖賢之立心，要非世俗汲汲於富貴，戚戚於貧賤，而爲一身一家之計者比也，又何嫌乎？詩曰：「知我者，謂我心憂。不知我者，謂我何求？」聖賢行道濟時之本心，而常情烏足以測識之也哉？公山欲往，子路不悅。去齊弗豫，充虞致疑，況望其他耶？仲尼曰：「知我者其天乎？」屈子之心事，舍彼蒼蒼，又誰足以知之？

詹尹乃釋策而謝曰：「夫尺有所短，寸有所長。物有所不足，智有所不明。數有所不逮，神有所不通。用君之心，行君之意。龜策誠不能知此事。」

釋，舍也。獨言策者，省文耳。蓋古人大事先筮而後卜，言釋策，則龜可知矣。謝，辭也。「有所」六句，泛言也，須以意會。只是能於此者，或不能於彼之意，以明龜策雖神靈，而足以冒天下之道，斷天下之疑，然亦不能知屈原所問之事，故但勉之，以直行己志可也。夫屈子卜之於心，而不待假之蓍龜也審矣。其蓍龜之枯莖朽殼，而不能知屈子之心事也必矣。但詹尹辭謝之言，微婉可愛，而且勸屈子之不必變易所守，其與漁父教之以「與世推移」也，不亦大相遠乎？嗚呼！詹尹亦賢矣哉。或曰，「用君之心」二句，應前「心煩意亂」、「數」「神」二句，暗指龜策，亦通。

【校勘記】

［一］朱熹楚辭集註「惘」上有「哀」。

［二］道，楚辭集註作「直」。

［三］世，洪興祖楚辭補註作「時」。

楚辭集解漁父卷

新安　汪瑗　玉卿　集解
姪　仲弘　補輯

漁父

取魚之人謂之漁。父、甫同，男子之通稱。漁父者，猶言樵子、牧兒、獵師、農夫之號耳。題曰漁父，蓋以人名篇也。或曰，當時隱遁之士。或曰，屈原假設之詞。瑗嘗讀論語憲問、微子篇，觀其備載晨門、荷蕢、楚狂、沮、溺、荷篠丈人之事，因思前代往往實有是人，亦足以證此篇非特屈子之寓言也。若人也，其亦楚狂、荷蕢之流歟？惜乎，姓字不傳於世，而今獨賴此篇，猶能使千載之下得以想見其爲人。漁父何以得此乎？今觀其言詞不迫切而意已獨至，若知愛重屈原者，漁父之於道可謂有矣。莊子雜篇亦有漁父，雖其格調不同，而一問一答，綽有條理。瑗按：莊子與屈子同時，要非倣此而作之者，但未必如此之實有是事與是人也。蓋屈原本誠慤之士，而莊周乃荒唐之流，觀其人可以知其文，讀古書者不可一概而相量也。文章辨體曰：「格軼與前篇同。」

屈原既放，游於江潭，行吟澤畔，顔色憔悴，形容枯槁。

卜居篇云「既放三年」，哀郢篇云「至今九年而不復」，此但云「既放」，不紀歲時，蓋被放之初之所作歟？太史公曰「上官大夫短屈原於頃襄王，頃襄王怒而遷之。屈原至於江濱，被髮行吟澤畔」，「漁父見而問之」，亦足以證其爲初放之作也。然觀此則可以知諸篇非一時之所作，而讀者尤不可不考其時之先後也，不敢輕移次第，姑仍舊序，讀者詳之。江潭，泛指江南耳。今湖、湘、漢、沔之間，皆可謂之江潭。蓋楚本水國，故既曰江潭，又曰澤畔。水之所聚曰澤。或曰地名，指雲夢也。畔，岸也。行吟，且行且吟也。顔色，見於面者。憔悴，黧黑貌。形容，舉身而言。枯槁，瘦瘠貌。屈原既被放流於江南，故遨遊吟咏於寬閒寂寞之濱，聊欲攄其憤懣耳。然而念君憂國之心自不容已，故遂至於憔悴枯槁之甚也。此屈子自叙，以爲下章漁父見而問之之張本云。

漁父見而問之，曰：「子非三閭大夫與？何故至於斯？」

見而問之，蓋漁父時遇屈原於野，覩其羸憊，因恠而訊焉。子，指屈原。三閭大夫，官名也，其職掌王族姓，序其譜屬，率其賢良，以厲國士。有昭、屈、景三姓，故曰三閭大夫。三閭，言三族也。與，驚疑之詞。故，由也。斯，此也。至於斯，言野處而身憊也。漁父詰問屈原既爲三閭大夫，乃有官守爵禄者，當在於朝矣，何由放逐困窮而至於此乎？漁父非知之而故問也。蓋漁父，隱者也，理亂不知，黜陟不聞，故見屈原而驚問焉。然則何以知其爲屈原也？蓋屈原乃楚國之豪傑，漁父亦嘗慕之。若孔子周流四方，遇之者鮮不以爲孔丘也。蓋君子之與俗流，其必有以異者矣，又何足怪也？雖然，非漁父又曷足以識之乎？

屈原曰：「舉世皆濁我獨清，衆人皆醉我獨醒，是以見放。」

此屈子因漁父問而自述其見放之由也。清，比己之潔；而濁，比世之穢也。醒，比己之明；而醉，比人之昏也。清、濁不同流，醉、醒不同趣，邪、正不並立，忠、佞不相容。以屈子之獨操，而仕壅君、處亂朝，安得而不見放乎？漁父恠而問焉，其惜之之意深矣。瑗嘗謂孔子去魯，尚假於膰，孟子去齊，不斥其故。今屈子見放，乃不引慝自負，而顧歸咎於人，且多憤詞。

若將舉一世而不足與處，有高飛遠舉，願棄人間之意，何其隘也。雖然，人之所禀不同，立志各異。夷、齊餓死，奚益於君？比干剖心，何補於國？亦各行己志焉耳。若屈原者，律之以聖人之道，雖不敢謂一一脗合，然迹其行事，察其存心，豈非一世之高士，千載之偉人歟？其文章之妙，特緒餘土苴耳。雖然，若無此編，則原之心事不得白於天下後世，而盛名亦不能如是赫赫，膾炙人口，歷萬古而不磨也。孔子四教，以文爲先。周公元聖，多兼材藝。文章雖一小技，於道未爲尊也，又豈可少乎哉？後世有孔子删詩，則離騷必不忍廢矣，學者宜熟玩焉。

漁父曰：「聖人不凝滯於物，而能與世推移。舉世皆濁，何不淈其泥而揚其波？衆人皆醉，何不餔其糟而歠其釃？何故深思遠舉，自令放爲？」

此漁父見屈子歸咎於世人，而因諷其爲自取也。凝滯，固執也。推移，圓轉也。淈，汩之也。揚，撓之也。淈泥揚波，欲其與世混濁而不必獨清也。餔，食也。歠，飲也。糟，酒滓也。釃，薄酒也。餔糟歠釃，欲與衆同醉而不必獨醒也。深思，言其用心太過也。遠舉，言其遠離人群也。自令，猶言自取也。皆反上章屈子之言。瑗按：漁父雖引聖人以進屈子，要其本意，蓋欲屈子和光同塵，與世浮沉而已，非聖人應物無滯，處世行權之妙用也。夫漁父者，亦清脩隱逸之士，又豈肯爲此哉？蓋知屈子獨行之志，固結而不可解，特言此以寬之，誘其明哲以保身耳。嗚呼！漁父愛惜屈子之心，於是乎益切矣。

屈原曰：「吾聞之，新沐者必彈冠，新浴者必振衣，安能以身之察察，受物之汶汶者乎？

此屈子承漁父見諷之言，而因直表其志必不能變也。「沐浴」二句，古有是語，屈子述之以起下文，故曰「吾聞之」，謂聞之於古也。沐，濯髮也。以指輕擊之曰彈。浴，澡身也。以手急拂之曰振。新沐浴畢，冠必彈而後戴，衣必振而被，此人之常態，理之所必然。蓋欲祛其坌氛而潔净耳，非作意而爲之也。古人此語，蓋亦比人之自新者，不可不脩飾也。察察，明之至也。汶汶，昏之極也。然則屈子以自新之身，其不肯受外物之汙也必矣，安得不彈而振之乎？是屈子之深思高舉，非立異也，自脩之宜也。其所以獨清而獨醒者，非不能與世推移而凝滯於物也，蓋不欲受物之汶汶而浼己也。其所以見放者，非自取也，理勢之所必至者也。若屈原者，其得伯夷之清歟？湯之盤銘曰：「苟日新，日日新，又日新。」今觀屈子察察之明、皓皓之白，不肯少相假借而蒙世俗一毫之塵埃，可謂得之矣。瑗又按：樂府遺聲有沐浴子曲，雖或本於此篇之言，亦足以證前二句爲古語也。李太白沐浴子詞曰：「沐芳莫彈冠，浴蘭莫振衣。處世忌太潔，至人貴藏輝。滄浪有釣叟，吾與爾同歸。」是全檃括屈子之詞而反之。説者以爲此太白涉難之後之所作者，故深有味乎漁父之言也。嗚呼！屈子之時，猶欲直行其道，而太白之世，至欲深藏其輝，亦可以觀世變矣。荀子不苟篇云：「新浴者振其衣，新沐者彈其冠，人之情也。其誰能以己之僬僬[一]，受人之掝掝[二]者哉？」韓詩外傳曰：「故新沐者必彈冠，新浴者必振衣。莫能以己之皭皭，容人之混污然。」見第一卷，語皆倣諸此。

寧赴湘流，葬於江魚之腹中，又安能以皓皓之白，而蒙世俗之塵埃乎？」

赴，往也。湘，江名。人爲魚所食，猶葬於魚腹中也。皓皓，潔白之至也。蒙，冒也。塵埃，污穢也。淈泥揚波而混濁，餔糟歠醨而酗醉者，此世俗之混混於塵埃之中者也。屈子又言，寧往投水而死，爲魚所食，亦所不恤。必不肯以清白之身而冒彼世俗之汙穢，使浼己也。嗚呼！屈子死且不恤，而況放乎？而況憔悴枯槁乎？此章即申言上章之旨，詞加厲而志愈堅剛，意獨至而情益悲矣。其不肯與世推移也決矣。瑗按：此語即孔子與其死於臣之手，寧死於道路之意。蓋古人自誓之詞每每如此，非真欲赴水而死也。

漁父莞爾而笑，鼓枻而去，歌曰：「滄浪之水清兮，可以濯吾纓。滄浪之水濁兮，可以濯吾足。」遂去，不復與言。

莞，微笑貌，全句見論語陽貨篇。鼓，動也。枻，船旁板也，所以護船使不損壞也。舉櫂刺船則板動，故曰鼓枻。或曰，鼓，扣也，謂扣枻以節歌也。滄浪，水名，在漢、沔之間。纓，冠系也。遂去，屈子申紀漁父歌罷遂鼓枻遠去，而已不復得與之言也。或曰，蓋屈子自言已別漁父而去，不復與之言也。漁父因上章屈子之言，而知獨行之志決不肯變，故不復再言，於是笑歌而去，自適其適也。屈子之意亦自謂各行其志云耳，復何言哉！夫漁父獨歌滄浪之曲者，何也？瑗按：滄浪之歌，詳見孟子離婁上篇，其來遠矣，其旨明矣。蓋諷屈子見放實自取之也。其所以諷其自取者，非諷其自取見放也。諷其既見放矣，道既不行矣，則容與山林可也，浮游江湖可也，又何必抑鬱無聊之甚，以至憔悴枯槁其身哉！此則漁父之意也。雖然，漁父之意未可盡非，而實出於愛惜屈子之至情。要之，屈子念君憂國之心有不容自已者，其心事之幽深微婉，固非漁父之所能到，亦非漁父之所能知也。嗚呼！觀漁父遇屈子之初，始則恠而問之，中則寬以解之，終則歌以諷之，眷戀懇切而不忍遽去，其愛屈子之心亦已至矣。屈子既答其由，再表其志，而又申言其詳，從容反覆而不肯輕扼，其待漁父之意亦已厚矣。洪氏曰：「藝文志云：屈原賦二十五篇。然則自離騷[三]至漁父，皆賦也。後之作者苟得其一體，可以名家矣。而梁蕭統作文選，自離騷、卜居、漁父之外，九歌去其五，九章去其八。然司馬相如大人賦率用遠遊之語，史記屈原傳獨載懷沙之賦，楊雄作伴牢愁亦旁惜誦至懷沙。統所去取，未必當也。自漢以來，靡麗之賦，勸百而諷一，無復惻隱古詩之義。故子雲有曲終奏雅之譏，而統乃以屈子與後世詞人同日而論，其識如此，則其文可知矣。」瑗按：洪氏所論雖爲文章而設，無繫此篇之旨，可見屈子文章爲詞賦之祖，其妙處後世且不能窺見其一二，況其義之奧乎？因採附於此，亦覽者所當知也。

【校勘記】

〔一〕僬僬，荀子作「潐潐」。

〔二〕棫棫，荀子作「掝掝」。

〔三〕離騷，洪興祖楚辭補註作「騷經」。

離騷蒙引

離騷蒙引目録

卷之上

名字計六條

能

紉

佩

搴、攬

宿莽

草木零落

遲暮

棄穢

三后

衆芳

在、茝

猖披

幽昧險隘

奔走先後

荃

内美

扈

秋蘭

汩余若將不及二句

阰

日月、春秋

美人

撫壯

此度

純粹

申椒、菌桂

遵道得路

黨人

憚殃敗績

踵武

齌

蹇蹇
九天
靈脩
羌
他、化
量人
老
朝飲夕餐
顑頷何傷
落蘂
蹇
彭咸
屈原投水辯 附説
民
朝誶夕替
謠諑

舍
正
黄昏二句
成言
九畹、百畆、畦
索、妬
脩名
落英
木根結茝
矯
非世俗之所服
彭咸辯 附説
涕
艱、替
人心
偭規矩而改錯二句

追　錯、度
忳鬱邑　侘傺
溘死流亡　時、態
攘詬　前聖所厚
悔相道章　椒丘
陸離　芳澤
昭質　往觀四荒
人生各有所樂　好脩以爲常
女嬃　嬋媛
申申　鮌
姱節　節中
憑歷　沅湘
南征　重華
陳詞　啓
九辯、九歌計三條　夏康娛以自縱
五子　縱、巷

卷之下

靈瑣
咸池
逍遥相羊
雷師
夜、御
高丘無女
豐隆辯
屏翳辯
蹇脩
緯繣
四極
鴆
鴆鳩取喻
鳳凰受詒
理弱
閨中二句

羲和
若木
望舒、飛廉等號
霓
閬風
佩、詒
虙妃
結言
在、理
窮石、洧盤
佚女
鳩
猶豫
二姚
蔽美稱惡
懷朕情二句

甯戚
鵜鴂
蔽、折
茅、蕭艾
余以蘭爲可恃以下十二句
化、離
沬
求女
周流觀乎上下
歷吉日
羞
靡
崑崙
玉鸞
旍
赤水

未央
偃蹇
蘭芷變而荃蕙化
莫好脩之害
委厥美而歷茲
和調度
余飾方壯
靈氛既告余以吉占
瓊枝之屬
精
粻
雲霓
天津
流沙
麾

不周

指

屯

九歌、九韶

陟陞皇一章

左轉

待、期

軑

假日

亂

楚辭蒙引離騷卷之上

新安 汪瑗 玉卿 集解
姪 仲弘 補輯

離騷篇

題名

史記曰：「屈平疾王聽之不聰也，讒諂之蔽明也，邪正〔一〕之害公也，方正之不容也，故憂愁幽思而作離騷。離騷者，猶離憂也。」王逸曰：「屈原執履忠貞而被讒邪，憂心煩亂，不知所愬，乃作離騷經。離，別也。騷，愁也。經，徑也。言已放逐離別，中心愁思，猶依道徑以諷諫君也。」班固曰：「屈原以忠信見疑，憂愁幽思而作離騷。離，猶遭也。騷，憂也。明己遭憂作辭也。」應劭註史記曰：「離，遭也。騷，憂也。」顔師古註漢書曰：「離，遭也，擾動曰騷。」洪氏曰：「古人引離騷未有言經者，蓋後世之士祖述其詞，尊之爲經耳。非屈原意也，逸説非是。」朱子辯證曰：「離騷經之所以名，王逸之説非是。史遷、班固、顔師古之説得之矣。」瑗按：釋文舊本無經字，經字爲後人所增無疑。洪氏之説是也。至若離騷二字，則王逸之説得屈子命題之意，而顔、應二家皆承班固之説。班固之説非也，朱子取之，未之深思耳。詳史遷之意，亦但以「憂」字訓「騷」字，而「離」字未嘗訓詁。瑗考其所以，蓋離憂二字，乃出於山鬼篇曰「思公子兮徒離憂」。史遷是借彼以釋此。然山鬼篇之意，亦是言思公子離别之憂耳。五臣及朱子并山鬼篇，亦解作遭罹之意，皆執乎班固之説故也。是史遷亦解作離别之意，而解作遭罹之意者，自班固始也。楚辭中如「進不入以離尤」，「恐重患而離尤」，屈子未嘗不用遭罹之意，而此離騷之「離」則非也。今考舊説，自離騷至漁父二十五篇，皆爲屈原所作，其命題之意，曷有不本於篇中之説者乎？此篇中曰：「余既不難夫離别兮，傷靈脩之數化。」此「離騷」二字之所以由名者也，不亦明白之甚乎？又何必旁取而深求之也哉？若謂明己遭憂而作此辭，則二十五篇爲遭憂之所作者多矣，而總稱之曰離騷可也，又奚必篇各有題名乎？至今世總名楚辭爲離騷者，亦自後人始也，非原本意也。或舉首篇亦可以該之耳，猶孔子亦曰「師摯之始，關雎之亂」，是亦以關雎稱全詩也。稱楚辭爲離騷者，不可不知此意。

譬喻

朱子辯證曰：「王逸曰：『離騷之文依詩取興，引類譬喻。故善鳥香草，以配忠貞；惡禽臭物，以比讒佞；靈脩美人，以媲於君；虙妃佚女，以譬賢臣；虬龍鸞鳳，以託君子；飄風雲霓，以爲小人。』今按：逸此言有得有失，其言配忠貞，比讒佞，靈脩美人者，得之，蓋即詩所謂比也。若虙妃佚女則便是美人，虬龍鸞鳳則亦善鳥之類耳，不當别出一條，更立他義也。飄風雲霓亦非小人之比，逸説皆誤。其辯當詳説於後云。」瑗按：凡楚辭中所言草木鳥獸，誠有所取譬者，亦有無所取譬者。王逸一概盡求其義，則失之鑿矣，朱子此辯甚是。讀者尤不可不知也。

帝

程子曰：「以形體言之謂之天，以主宰言之謂之帝。」是帝者本天之號也，人君爲天下之主宰，故亦謂之帝。王逸曰「德合天地稱帝」，是又推本於德而兼地言之，其説深而閎矣。然上古聖人之取此義，建此名也，蓋欲人君之顧名思義，體天地之心，以主宰乎天下耳，豈特爲侈大誇詡之詞而已哉？故後世雖爲王天下者之通稱，而履帝位者不可不知此義也。

高陽

皇甫謐曰：「高陽都帝丘，今東郡濮陽是也。」張晏曰：「高陽，所興之地名也。」蓋高陽本地名，顓頊氏由此發跡建都，故遂以爲有天下之號也。如高辛氏、唐虞氏皆然。此雖無繫大義，讀書者亦不可不知其所自。

苗裔

王逸曰：「苗，胤也。裔，末也。」意雖是而二字之義欠明。且獨以苗爲胤也，詞亦支離，何不曰苗裔胤末也，總釋之爲善。朱子曰：「苗裔，遠孫也。苗者，草之莖葉，根所生也。裔者，衣裾之末，衣之餘也，故以爲遠末子孫之稱也。」其説精矣。蓋古人取字必有義，意必有來歷，讀書者不可不尋究其本源。若只識大義奚爲不可，然必知此而後有味也。又嘗聞之師曰：苗者，凡草木之萌芽皆是。是苗者，草木之杪也，有根蔕而後有杪。裔者，凡衣裳之邊際皆是，是裔者衣裳之末也。有本領而後有末，猶人有祖宗而後有子孫。子孫之於祖宗，其世相去遠矣；杪之於根蔕，末之於本領，其形相去遠矣，故以爲遠胤後嗣，而世代不可卒數者之通稱也。瑗按：爾雅：「子之子爲孫，孫之子爲曾孫，曾孫之子爲玄孫，玄孫之子爲來孫，來孫之子爲晜孫，晜孫之子爲仍孫，仍孫之子爲雲孫。」而雲、仍以後，不可復名矣，今人亦以雲仍通爲遠末子孫之稱。然則所謂苗裔者，蓋自雲仍之後，雖千百世皆可通之也。

朕

瑗按：楚辭諸篇其自稱之辭曰朕，曰余，曰吾，曰予，曰我，五字參錯互舉，所稱非一。然稱朕者頗少，蓋不過因其文從字順而隨所言之耳，無異義也。蔡邕獨斷曰：「朕，我也，古者尊卑共之，貴賤不嫌，則可同號之義也。堯曰『朕在位七十載』，臯陶與帝舜言曰『朕言惠，可底行』，屈原曰『朕皇考』，此其義也。至秦，天子獨以爲稱，漢因而不改也。」瑗嘗因蔡邕之説，至秦始皇乃獨以爲帝王之尊稱，後遂因之，迨今不變。考之戰國以前諸書誠然，然亦足見古人之朴實，而末世之彌濫也。嗚呼！自漢以來，襲亡秦之故事者多矣，豈獨此哉？此雖一字之微，讀書者亦不可不知其世變也。

皇考

詩周頌曰「假哉皇考」，曰「於乎皇考」，曰「休矣皇考」，所稱不一而足。王逸註乃獨引「既右烈考」一句以證之。雖曰「烈考」猶「皇考」也，然不應舍皇而援烈，此則王逸之疏也。王逸曰：「皇，美也。」朱子詩註曰「大也」，或兼曰「美也」。瑗按：詩曰假者，言其大也，曰休者，言其美也，皇字必兼此二義始備。然亦不獨考可稱皇，曰皇天，曰皇祖，曰皇王，曰皇后等項皆稱之。大抵皇乃贊美之通詞。夫詩稱文武之君爲皇考，而屈子亦以之稱其父也，可見古者亦上下共之，而今則爲人君先帝之專稱矣，其亦始於秦歟？禮曰「生曰父」，「死曰考」，故父死稱考。考者老而壽之稱，謂父得壽考以善終也。洪範曰「考終命」是矣。瑗又按：書曰：「大傷厥考心。」易曰：「有子考無咎。」似又於父之生時，亦可稱考也。然則「生曰父」「死曰考」者，豈周公制禮時所定歟？故禮可以別嫌明微，此類亦是也。又按：屈子作離騷時稱皇考，則父已死而已之年亦既老矣，故篇内及諸篇往往嘆日月而嗟春秋，亦見屈子之仕當不在少年。晚而出仕，仁而不達，世無知己，志屈道窮，此離騷之作所以不容已也。此説雖無關於此章之義，然讀書之法須當要此等會悟處，方有商量。

伯庸

王逸以伯庸爲屈原父字，五臣以爲屈原父名。洪氏辯之曰：「原爲人子，忍斥其父名乎？」

瑗按：原父之名雖無所考，以理揆之，要以爲字者是也。古人以子字父，以弟子字師，非必推尊之意，以爲諱其名足矣，亦可以見其質也。今人平交相稱以字，猶以爲褻焉，況父、師乎？又可以觀世變矣。

攝提

朱子辯證曰：「王逸以太歲在寅曰攝提格，遂以爲屈子生於寅年寅月寅日，得陰陽之正中。補註因之爲説，援據甚廣。以今考之，月日雖寅，而歲則未必寅也。蓋攝提自是星名，即劉向所言『攝提失方，孟陬無紀』，而註謂『攝提之星，隨斗柄以指十二辰』者也。其曰『攝提貞於孟陬』，乃謂斗柄正指寅位之月耳，非太歲在寅之名也。必爲歲名，則其下少一格字，而貞於二字亦爲衍文矣。故今正之。劉向本引用古語，見大戴禮註云：『攝提左右六星，與斗柄相直，恒指中氣。』」瑗按：朱子之説援據甚精，然攝提格，爾雅及太史公天官書曆書皆有之。天官書曰：「大角者，天王帝庭。其兩旁各有三星，鼎足勾之，曰攝提。攝提者，直斗柄[二]所指，以建時節，故曰『攝提格』。」然則所謂攝提格者，亦因攝提之星而名其歲者也。曆書亦有「閏餘乖次，孟陬殄滅，攝提無紀，曆數失序」之文。索隱所補三皇紀曰：「天地初立，有天皇氏，澹泊無所施爲，而俗自化。以木德王，歲起攝提。」索隱亦是採集衆書，非出臆説。由此觀之，可見古人之用歲名也，亦有去格字而言之者矣。近代大學士王守谿曰：「逸之註亦豈盡逸之説哉？無亦因諸家之説會粹而成之。蓋自淮南王安、班固、賈逵之屬轉相傳授，其來遠矣。」然則王逸之説當時亦必有據，而況閏失歲差，愈久而愈不可窮也。朱子謂以今考之，歲未必寅，恐亦不足以證之。但據屈子本文解之可也。然今據本文而觀之，又似可以兩通焉。瑗又按：「攝提格」三字之義，説者多欠明白。太史公之意是謂大角兩旁各有三星，如鼎足内曲，共相勾攝，故名之曰攝提也。元命苞曰：「攝提之爲[三]提攜也。言能[四]提斗攜角以接於下也。」此以解提字則可，而大角乃天王帝坐廷也，攝提之星豈可攜之云乎？其説不可以爲訓也。古人雖一字之微，而取之必有深義，義必當理而可以垂訓也，故曰名之必可言也，言之必可行也。此類亦是也。正義曰：「大角一星，在兩攝提間，人君之象也。」「攝提六星，夾大角，大臣之象」也。其説得之矣。夫以人君大臣之象而取義，豈可名之而不可言，言之而不可行乎？李巡曰「格，起也」，「言萬物承陽而起」，亦非是。索隱曰「格，至也。言攝提隨月建至，故云格也」，似矣而未盡也。蓋攝如舜攝堯，周公攝成王之攝，論語「官事不攝」之攝。提如今言提調之提，有左右之意。格者，至也，正也，蓋謂六星夾輔大角之兩旁，大角則居其所而不動，而六星兼攝而用事以提調乎衆星，常當斗柄之所向，以建立四時八節，而成歲功。所謂恒指中氣而不失其至正者也，此「攝提格」之所以名也。攝兼乎上，提調乎下，格正乎己，而大臣之道備矣。惜乎諸家之解失其義。而太史公又獨以形象言之，瑗故深發其意，而覽者幸毋厭其煩也。雖然，因是而觀離騷之「貞」字，又似代「格」字而言之矣。索隱知引離騷以證曆書，而又不知貞之爲格也。若是，則朱子謂「以攝提爲歲名，則其下少一格字，而貞於二字亦爲衍文矣」，其果然乎？鄙見如此，未敢遽信。故瑗於集解姑從朱子之説，而復存王説及余説於此，以竢後之君子尚有所考云。或曰，吴草廬解易經「貞」字俱作「主」字之義，今以之解「貞於」之「貞」亦可，未知其審，因併附之。

惟維唯

此三字楚辭中多參錯通用，不可枚舉。朱子辯證間舉其例以示人曰：「『惟庚寅吾以降』，『豈維紉夫蕙茝』，『夫唯捷徑以窘步』。據字書，惟從心者思也，維從系者繫也，皆語詞也。唯從口者專詞也，應詞也。三字不同，用各有當。然古書多通用之，此亦然也。後倣此。」瑗按：朱子之説，讀楚辭者不可不知。抑嘗考之，書經俱作惟字，詩經俱作維字，易經維繫之維從維，而唯、惟二字又多通用。今之學者用此三字亦多如易也。夫三字既各有本義，而所謂語詞、專詞者，要皆假借之詞也，宜乎可以通用無疑矣。

庚寅

王逸曰：「寅爲陽正，故男始生而立於寅。庚爲陰正，故女始生而立於庚。言己以太歲在寅，正月始春，庚寅之日，下母之體而生，得陰陽之正中也。」洪氏曰：「說文云：元氣起於子。男左行三十，女右行二十，俱立於巳，爲夫婦。褭妊於巳，巳爲子，十月而生。男起巳至寅，女起巳至申。故男年始寅，女年始申也。淮南子註同。」瑗按：屈子此章雖叙所生月日之良，亦只如今俗言好箇時辰日子耳，未必如王、洪二家之說，覽者幸毋爲其所惑。

降

降與庸爲韻。洪氏曰叶「乎攻反」，海虞吴訥文章辯體直叶音「洪」，是也。或曰，降何以音洪也？瑗嘗思之，彼洚水之洚亦曰洪水，絳色之絳亦作紅解，虹蜺之虹亦可虹音絳。讀。蓋共音恭，共、工、夆偏旁俱可相叶也，則降之音洪也明矣。又如江海之江，杠鼎之杠，與山峰之峰，劍鋒之鋒，古韻多通用。相逢之逢，亦可讀作逢音龐。姓之逢。觀虹、逢二字，不易一畫而可兩音，則洚、洪、絳、紅，或其音亦可更相兩讀，不特其義之可以相通而已。此類不可勝數，覽者當以意會。嗚呼，六書之學今人以爲不必究，而棄之不習焉者也。瑗則以爲此窮理之根本，儒者之先務，而決不可不習焉者也。惜乎六書八體，今古殊形，而蒼頡本來面目久不相似，無從而得其真也。雖然，學者苟留心於此，尚可十得四五，通其所可通者，不强其所不可通者而穿鑿之，斯可矣。一切擯棄而不習，固非也。如必欲穿鑿附會而求盡通其説者，亦非也。有志好古者，幸相與勉之。

初度

王逸曰：「言父伯庸觀我始生年時，度其日月，皆合天地之正中」，故思善應，而錫我以美名，「名我爲平以法天，字我爲原以法地」，「以表其德，觀其志也」。五臣曰：「言父觀我初生時日法度，能正法則，善平理，故思善應而名之，以表其德。」朱子曰：「初度之度，猶言時節也。」瑗按：朱子之説是矣。蓋初度之度，猶度世之度，度津之度，其義猶過也。此所謂初度即初生也，謂初度此世而生也。王逸以天地正中解初度之度字，五臣又以爲法度之度字，故下文正則、靈均名字之美，皆謂伯庸由此初度之度字上取之，甚無謂也，當從朱子之説爲是。

正則、靈均

瑗按：古人質直，恒自稱名，非獨君父師長之前，雖對平交亦然也。屈子去聖人未遠，且自謂「重仁襲義，謹厚以爲豐」者也。然漁父、卜居二篇皆自稱屈原，則原者名也。太史公作屈原傳乃曰名平字原，未知其何所據而云也。諸家皆從之。吾嘗疑太史公，或以此篇「名余曰正則，字余曰靈均」而擬議以成之者也。王逸註曰「正，平也。則，法也」，以釋名平之義似矣。曰「靈，神也。均，調也」，以釋原字之義則未也。又曰：「平正[五]可法則者，莫過於天；養物均調者，莫神於地。」故伯庸名屈子爲平以法天，字屈子爲原以法地。言上之能安君，下之能養民也。其說迂矣。夫名所以爲諱，字所以表名，必其義可相通而後足以表之也。如孔丘字仲尼，雖本於尼丘之山名，而山之所以名尼者，蓋尼與泥古通用也。顏回字子淵，蓋回即古之洄字也。他如名耕而字牛，名由而字路，名予而字我，不可勝數，曷嘗有字不貫名者乎？若王逸之說，則是以地而釋天矣，字與名不相貫矣。且以正爲天，靈均爲地，則爲法天法地，其說繚繞，甚不別白。嘗考其自，蓋本於劉向九歎之文，王逸覽失其旨，而遂移誤於此也。九歎首篇曰：「原生受命於貞節兮，鴻永路有嘉名。齊名字於天地兮，並光明於列星。」劉向之意蓋謂屈原稟受貞節，能不失其性命之理，故鴻大永久之美名，可以齊天地，並列星，而傳播於無窮耳。嘉名二字，亦借用而泛言之，或偶相同也。非如屈子之自叙，實指其原、平二字也。雖作貞節之名亦可也。王逸於「齊名字於天地」句下乃註曰「謂名平」而「字原也」。何其陋哉。五臣以正則爲釋原名，靈均爲釋平字，其說善矣，其見卓矣。天下之理，古今之書，固有失之前而得之於後者，多矣。洪氏非之曰：「史記：屈原名平。文選以平爲字，誤矣。正則以釋平字[六]之義，靈均以釋原字[七]

之義。名有五，屈原以德命也。」蓋亦執史記之說，溺於聞見之習而不悟者也。今以正則釋原義，靈均釋平義，奚爲不可？不惟其可，而且更覺穩當，且合於屈子之自言也。爾雅曰：「廣平曰原，一曰高平曰原。」其意謂田地寬平之處而謂之原也。平字虛，原字實，屈子名字之義不過取諸此。蓋古者井田、井地之法，其阡陌溝澮縱横曲直，皆齊齊整整，有條理法則而不苟且，可以爲大中至正之道也。詩曰：「畇畇原隰，曾孫田之。我疆我理，東南［八］其畝。」又曰：「迺左迺右，迺疆迺理。迺宣迺畝，自西徂東。」又曰：「度其隰原，徹田爲糧。」凡此之類，大抵皆爲墾闢田地，有一定之法則，至正之規模，而不可苟焉以從事者也。以正則釋原字，不亦明白矣乎？靈者，善也。均者，匀也。其原野之制既合於正法，則無此多彼少之患，無豪强兼併之虞，所謂裒多益寡，稱物平施之善道也。以靈均釋平字，不尤切乎？屈子之名字雖取原、平二字，而己所言正則靈均四字，又深一層以釋之，取此正大道理，以見其爲嘉名也。或以正則釋原字當深一層講，而均即爾雅「廣平」之平字，謂必美善寬平之地，而後可以行此井田之法則也，亦通。孟子曰：「經界不正，井地不均，穀禄不平，是故暴君汙吏必慢其經界。經界既正，分田制禄，可坐而定也。」此言原野之田地，有法則則均平，無法則則不均平也。蓋平正與均平之字，常言又多兩通，故太史公誤以正則爲平，靈均爲原也。要之，以正則釋平猶可，以靈均釋原則不甚切。此王逸之説所以迂遠而支離也。如今謂孔子名尼字仲丘，顔子名淵字子回，又何不可？但非其真耳。屈子之文既自稱屈原矣，又豈可承太史公之訛而使之失其真乎？故余斷斷乎以原爲名，平爲字者，非故從五臣而不信太史公也。五臣實先得我心之同然耳。吾信乎屈子之自言者耳，他尚遑恤哉？舍太史公而信五臣，固不可。舍屈子而信太史公，又可乎哉？嗚呼！所謂正則之原，靈均之平，惟三代井田之制足以當之。秦漢而下，不識此道久矣，此所以昧乎正則靈均之説也。朱子亦從之而莫知釐正者，蓋以爲無係大義而未之深思耳。又嘗聞之師曰：此章「覽揆」、「嘉名」等字要當輕看，如今俗言父親見我初生時，替我取箇好名字耳。王逸曰：「觀我始生年時，度其日月，皆合天地之正中，故賜我以美善之名也。」皆是因看得「覽揆」字樣太重了，故其説太深而不切。又按：劉向九歎曰：「兆出名曰正則兮，卦發字曰靈均。」古人雖重卜筮，而屈子自叙則未嘗有卦兆之意，不知劉向之言其亦別有所據邪？其或漫言之邪？豈非以「覽揆」二字爲卜筮之説乎？若無所據而漫言之，亦甚無味。蓋兆謂龜兆也。王逸曰：「言己生有形兆，伯庸名[九]爲正則以法天。筮而卜之，卦得坤，字[一〇]爲靈均以法地。」其説益支離矣。劉向卦兆之言已不足信，王逸又實以得坤卦爲靈均，則正則當爲乾卦矣，又安得以名取諸形兆，字取諸卜筮邪？王逸形兆之説，蓋謂生得月日之良耳。要之，劉向是以「覽揆」二字爲觀度卦兆之意，王逸又從而實之，皆非屈子本旨也。讀者苟非自有張主，此説甚爲惑人，令胷中擾攘不決。

名字

洪氏曰：「禮曰：『子生三月，父親名之，二十則使賓友[一一]冠而字之。』」又曰：「三月之末，父執子之右手，咳而名之。」又曰：「既冠以字之，成人之道也。」又曰：「賓字之曰：昭告爾字，爰字孔嘉。」是「字雖朋友之職，亦父命也」。故屈子俱歸之皇考之錫也，其知所重矣。瑗按：士冠禮賓字之詞曰「昭告爾字，爰字孔嘉」，則嘉名之尚，其來久矣。然子生三月，父親名之，此可謂之初度也。若字則至既冠而後有。屈子乃曰「皇覽揆余於初度，肇錫以嘉名」，而下文并字言之。可見讀書者以意逆志可也，以詞害意不可也。或曰，「字余曰靈均」句是因帶言之，恐未必然。

吳草廬曰：「鴻濛以來，幾千萬年。有君有臣，其人杳不可聞也。名且無之，而況於字乎？自天皇氏、燧人氏，以逮於羲、農氏，黄、皡氏，頊、嚳氏，堯、舜氏，禹、湯氏，人始各有稱號，然其稱號也，己以是自名，人亦以是名己，初無名與字之别也。至周而彌文，於是乎有名焉，有字焉。字也者，所以倅其名也。人之名與字，何以謂之字？猶文字之字。然書之文與字，何以謂之字？猶字育之字。蓋謂因生而後有也。獨體爲文，合體爲字。字者，文所生也。三月而名，既冠而字。字者，名所生也。譬之字育生息而繁滋，故曰字。上古有名而無字，質也。中古有名而有字，文也。」

又曰：「子生而父名之，以别於人云耳。冠而字之，成人之道也。奚而爲成人之道也？成人則貴其所以成人，而不敢名之，於是乎命以字之，字之爲有可貴焉。孔子作春秋，記人之行事，或名之，或字之，皆因其行事之善惡而貴賤之。二百四十二年之間，字而不名者，十二人而已。人有可貴而不失其所以貴，乃爾其少也。」瑗曰：使屈子生於孔子之前，則其字當得大書、特書、屢書，不一而已也。

又曰：「名者，己之所以自稱；字者，人之所以稱己也。古人之名、之字無所取義，近世有說其名與字之義以寓訓戒者，非古也。然而不害於教，是以君子亦無訾焉。」瑗曰：首二句所言，又足以證漁父、卜居二篇其曰屈原者，爲屈子之自稱其名也，決矣。

又曰：「古者，丈夫之冠也，賓字之，祝之以辭。後世因是乃有說其字之義以寓教戒者。」

又曰：「古之冠者，賓字之，有辭以致祝頌，載在儀禮。後世因此或別作字說，以寓規戒焉。然必出於所師尊之人而後可。非冠之賓而祝頌，諂也；非教之師而規戒，瀆也。」瑗按：吴幼清以上五條，叙名字之源流頗詳，故採之漫附於此，亦學者所當知也。但以今之作字說本於禮經祝頌之辭，恐未然也。嘗考禮經初加之辭曰：「令月吉日，始加元服。棄爾幼志，順爾成德。壽考維祺，介爾景福。」再加曰：「吉日令辰，乃申爾服。敬爾威儀，淑慎爾德。眉壽萬年，永受胡[三]福。」三加曰：「以歲之正，以月之令，咸加爾服。兄弟具在，以成厥德。黄耇無疆，受天之慶。」皆規戒其成德，祝頌其福壽之辭，無關於名與字義之說也。若離騷正則、靈均之釋，蓋真如後世名字之說矣。後世之作其昉於離騷乎？漢唐以來絶少，至宋元始紛紛矣。然名說亦少，僅得蘇老泉爲軾、轍二子名說，而字說則人人有之。迨今又有標號之詩，懸扁之記。上至公卿大夫，下至庸夫賤隸，家懸巨扁，人標美號。邂逅之間，動以尊號爲問，而名與字至有相交歲年而莫之知，亦莫敢詢者。其流風之弊，可勝嘆哉！

内美

此章曰「紛吾既有此内美」。紛，盛貌。内美，總言上二章祖父世家之美，日月生時之美，所取名字之美，故曰紛，言其盛也。王逸曰：「言己之生，内含天地之美[三]。」朱子曰：「生得日月之良，是天賦我美質於内也。」二説獨指日月所生之美而言，非是。内美，「内」字要看得活，不過是言我之自家既有此許多好處，又加之以「脩能」，愈見得好耳。「内美」是得之祖父與天者，「脩能」是勉之於己者。下文扈蘺芷、佩秋蘭，即是比喻自家「脩能」。蓋能者，才美之通稱，故被服香草，博取衆善，亦可謂之才能也。「能」字亦要活看。五臣以内美爲「忠貞」，王逸以脩能爲「謀足以安社稷，智足以解國患，威能制强禦，仁能懷遠人也」，是又以「内美」、「脩能」推開泛言，絶無承上起下之意。詳其文勢，還恐有承起意，容更詳之。

能

王逸曰：能，乃代反。朱子曰「孥代反」。朱子辯證曰：「古音能，孥代協，又乃代。蓋於篇首發此一端，以見篇内凡韻皆協，非謂獨此字爲然，而他韻皆不必協也。故洪本載歐陽公、蘇子容、孫莘老本於『多艱』、『夕替』下註：『徐鉉曰：古之字音多與今異，如皂亦音香，乃亦音仍，他皆倣此。蓋古今失傳，不可詳究。如艱與替之類，亦應協，但失其傳耳。』夫騷韻於俗音不協者多，而三家之本獨於此字立説，則是他字皆可類推，而獨此爲未合也。黄長睿乃謂『或韻或否爲楚聲』，其考之亦不詳矣。近世吴棫才老始究其説，作補音、補韻，援據根源，甚精且博。而余故友黄子厚及古田蔣全甫祖其遺説，亦各有所論著，今皆已附於註矣。讀者詳之。」瑗按：洪氏曰：「能，本獸名，熊屬，多力[一四]，故有絶人之才者，謂之能。此讀若耐，協韻。」洪氏協能爲耐音，是矣，而又欠考證也。蓋能字即古耐字，通用，見禮記。故加心而爲態者，以耐音轉之也。天官書三台星之台字，亦作三能，是能亦有台音。台又有怡音，故後章態與時字爲韻，又以怡音轉之也。六書假借、轉註之學，可不知乎？又按：韓昌黎和張十一憶昨行用開字韻中一聯云：「近者三姦悉破碎，羽窟無底幽黄能。」朱子考異曰：「集註能有兩音。奴來切者，三足鼈也。奴登切者，熊屬，足似鹿者也。」左傳：「堯殛鮌於羽山，其神化爲黄熊，以入於羽淵。」國語作「黄能」，音賢能之能。東海人祭禹廟，不用熊白及鼈爲饌，蓋疑鮌化爲二物，則兩音亦可通用。由此觀之，則能字古有數音：有賢能之能音，有熊羆之熊音，有三台之台音，有耐煩之耐音，有怡悦之怡音。故罷從能而通作疲，態亦可與時爲韻也，三足鼈之能字與台同聲也。學者苟知此説，則古韻無不可通者矣。一曰，三足之能下當從三點，熊羆之熊下當從四點，非是。大抵古人直以能字而轉讀之，故後人不知鯀的變爲何物，而併熊與鼈以去之，非鯀化爲此二物也。然既曰「入於羽淵」，則是化爲水物而爲鼈也，明矣。後人蓋獨疑其能字可兩通，而未嘗深思之耳。又按：洪本、歐、蘇等説，今註無之，不知在何書也。而艱、替亦自可協，見後本章。

扈

王逸曰：「扈，被也。楚人名被爲扈。」五臣云：「扈，披也。」洪氏曰：「扈，音户。左傳云：『九扈爲九農正，扈民無淫者也。』扈，止也。」瑗按：洪氏所引左傳，左昭公十七年註曰：「扈，正也。」今洪氏作止，既曰爲九農正，作正爲是。三家所説，五臣近之而意欠明。蓋古人所用扈字，與護義通。故天子之警蹕，人臣之騶從，皆可謂之扈衛。君子蓋以芳草爲扈衛者也。此扈字當虚看，被服之意也。王逸曰「楚人名被爲扈」，謂屈子「取江蘺、辟芷以爲衣被，紉秋蘭以爲佩飾」是以扈字與佩字相對實看，非也。此二句乃參錯之文耳。本謂採取蘺、芷、秋蘭諸香草，紉之以爲雜佩，而被服之以扈衛乎身也。讀者當以意會。

紉

王逸曰：「紉，女陳反[一五]。索也。」蓋解作「宵爾索綯」之索。洪氏曰：「女鄰切。方言曰：『續，楚謂之紉。』說文云：『繟繩也。』」朱子反切從王逸，訓解從方言。瑗按：方言是也。當作去聲，如認讀，連屬彌縫之意。今穿鍼謂之紉鍼。南方人多曰穿鍼，北方人多曰紉鍼，豈獨楚人而謂之紉哉？吾嘗謂解古人之書，必先體帖於今之世俗，今之世俗即古之世俗也。求之於世俗而不得，而後求之古可也。古人之文蓋即其所常言者而直書之耳，豈如今之文人而必探賾索隱之爲哉？古人之言語文字，又豈盡與今人而絶不同哉？學者執余說而徵諸書可見矣。或曰，紉作平聲讀，亦可。蓋字本一，而人聲有緩急之不同，故字有平仄之異也，亦通。又按：内則曰：「衣裳綻裂，紉箴請補綴。」紉亦叶女陳反，註曰「以線貫箴爲紉」，是矣。箴與鍼、針通用。

秋蘭

楚辭有曰秋蘭、春蘭、石蘭、幽蘭。芳於秋者曰秋蘭，芳於春者曰春蘭，生於石上者曰石蘭，生於幽僻之處者曰幽蘭，隨其所舉耳，無異義也。

佩

此字諸家不言所協，是如字讀也。瑗按：能字既讀作耐音，則佩當讀作派音方是。或曰，能，如字讀。佩字中有巾字，當轉協作銀音，與上均、名、降、庸爲一韻也。或曰，詩「青青子佩」，與思、來二韻協。此以能字或音三台之台，或音怡悦之怡，而佩字俱可相協也。其説亦通。未知其審，姑誌之以俟採韻者詳焉。或曰，佩中有巾字，豈可遂以之而協韻？曰楊雄反騷捷與足協，蓋以二字下爲疋。疋，古語急讀則爲瞥，故捷之所以爲捷，而足可以協捷也。試持此説以考他協韻可見矣。王逸曰「佩，飾也，所以象德」也。「故行清潔者佩芳，德光明者佩玉，能解結者佩觿，能決疑者佩玦，故孔子無所不佩也。」屈原「言己脩身清潔，乃取江蘺、辟芷，以爲衣被；紉索秋蘭，以爲佩飾；博採衆善，以自約束也」。王逸之説固是，屈子之取芳草，恐亦是泛言，不獨指清潔之一端也。下文言「三后之純粹」，亦以衆芳言之可見矣。苟以孑孑一端之清潔而言之，而屈子之所以自待者，亦淺且狹矣。何爲遽慕堯、舜，思禹、湯，希皋陶、伊、傅而不已乎？即屈子所學之人，則知屈子之自任者矣。至於法彭咸，比伯夷，及子推、伍胥、申徒狄之屬，則又以數子之遭亂世逢闇君，有類乎己也。故亦惓惓致意耳。讀者以意逆志可也。惟不深究此旨，故遂目屈子爲一節之士，而使屈子平生之所學所任者，歷千載而不白。吾於是乎有慨焉。

汩余若將不及二句

王逸曰：「汩，去貌，疾若水流也。」方言云：「疾行也。」朱子曰「水流去疾之貌」，是融會二家之説而釋之。蓋汩謂汩汩然，猶汲汲然也。王逸曰「心中汲汲，常若不及」，是矣。而又曰念我「年命汩然流去」。五臣云：「歲月行疾。」年歲之意，自屬下句。此句只言己汲汲自脩之意。恐，猶懼也，慮也。洪氏解作「疑也」，非是。夏曰歲，周曰年，後世通稱也。下句申上句之意，言己之所以汲汲於自脩，常若追亡而不及者，蓋恐光陰易過，不我相待，義理無窮，不易得也。孔子曰「學如不及，猶恐失之」，屈子有之矣。或問楊雄曰：「人羡久生，將以學也，可謂好學矣乎？」楊雄曰：「未之好也，學不羡。」此言非是。大禹之惜寸陰，孔子有「假我數年」之嘆，孰謂學不羡乎？故吾嘗謂「朝聞夕死」是一説也，「假我數年」又一説也。聖人之言，非特一端而已也。好學之士，真有羡長生者矣。淮南子原道訓下篇曰：「夫日回而月周，時不與人遊。故聖人不貴尺之璧，而重寸之陰，時難得而易失也。禹之趨時也，履遺而弗取，冠掛而弗顧，非爭其先也，而争其得時也。」有智者當自知之，當自勉之。年歲不吾與，如日月逝矣，歲不我與之意。

搴、攬

王逸曰「搴，取也」，「攬，採也」，是矣。洪氏又引説文曰：「攓[一六]，拔取也」，「攬，取也」，註頗支離。大抵搴、攬二字俱是以手採取之意，何必深究？莊子曰：「攓蓬而指。」搴與攓同。易曰：「拔茅茹以其彙。」凡謂拔者，有連根拔取之意。而木蘭之樹，宿莽之木，非可以手而連根拔取者也。故余註渾解之曰「搴、攬，皆採取之意」，或爲得之。又，搴當音作牽，如「褰裳濡之」之褰，音義並同也。亦有音作蹇者，聲之緩急不同，非有異義也。

阰

王逸註曰：「阰，山名。」洪氏曰：「山在楚南。」瑗曰：非也。阰與坒同，亦作坒，音陛，地之相次而比者也，對下句洲字而言可見。楚南之「阰山」，未考其果有否。設有之，安知其非偶同乎？安知其非阰爲山之通稱乎？又安知其非因屈子之言而襲之者乎？六經之字，往往亦有古書之不能盡解者，讀者當以意會也。或曰，阰何以爲坒也？曰如隄之與堤，睹之與堵，阝與土旁，如此之類，其通用者多矣，又何疑乎？或讀作毗者，聲之不同耳。以爲楚之山名者，非也。

宿莽

瑗按：莽，木名也，見本草木部。似石楠，凌冬不凋，故曰宿莽。舊解以爲蓍葹草，非是。雖然，亦可爲草木之通稱也。要之，屈子所言者，指木也。上章言草，此章言木，下章言草木，言之序也。或曰，子之言是矣，願聞草木通稱之說。曰：孟子曰：「在野曰草莽之臣。」莊子曰：「過乎蒼莽之野。」蓋莽雖爲野草之通稱，然望秋而先零，微霜降而百草爲之不芳者，多矣。此曰宿莽者，謂莽草之經冬不死者皆是也，無所專指也。歲寒然後知松柏之後凋，經冬然後知宿莽之獨秀也。王逸曰「草冬生不死者，楚人名曰宿莽」，得之矣。洪氏引爾雅蓍葹草解之，非是矣。按：爾雅曰「莽數節」，數音朔。註曰：「竹類也，節間促。」註非是。夫草亦多有節，豈獨竹乎？九章曰「蘋蘅槁而節離」是也。爾雅又曰「蓍葹草拔心不死」，註曰：「宿莽也，離騷云。」蓋見有「拔心不死」之說，而郭璞遂以爲離騷之宿莽也。爾雅前有「莽數節」之說，後有「蓍葹草拔心不死」之說，又可以知其爲二物，而莽非蓍葹也明矣。南越志曰：「寧鄉草多蓍葹，拔心不死，江淮間謂之宿莽。」蓋宿莽者，草經冬不死之通稱，而因以稱菤葹耳，非獨謂菤葹名宿莽也。又安知南越志非承郭璞之誤乎？王逸，漢人也。郭璞，晉人也。舍王而從郭璞，洪氏非是。但王逸又謂楚人名草冬生不死者爲宿莽，豈獨楚人哉？莽之爲草，其來遠矣。宿之爲義，其來久矣。爾雅翼曰：「案宿莽稱宿者，蓋以經歲爲名，猶其稱宿麥、宿草也。然遇冬不枯，在草木尚多有之。」是矣。蓋人以一夜爲一宿，草木以一年爲一宿。故禮謂「朋友之墓，有宿草則不哭矣」，謂隔一年也。然則宿莽之稱，豈獨楚人哉？莽之爲説，草之别號耳，又豈獨菤葹哉？惟其不知此義，遂因王逸「木蘭去皮不死」之説，以「菤葹拔心不死」之説相爲表裏。吾見其説日新，其義日精，而大旨日益晦矣。吾常恠古今之註楚辭者，不解其大旨，而常喜求細義也。夫三百篇之所取草木鳥獸者衆矣，又豈必物物而有意義之可解哉？朱子曰木蘭、宿莽「言所採取皆芳香久固之物」，其言渾融而明白矣。王逸曰：「言己旦起陞山採木蘭，上事太陽，承天度一作慶。也；夕入洲澤採取宿莽，下奉太陰，順地數也。動以神祇自勑誨也。」其説迂遠支離之甚。朝夕二字，不過言己汲汲自脩，朝夕不忘所有事之意耳。奚必如此之深求而穿鑿也哉？

日月、春秋

日月，即指天象之日月。春秋，指四時也。錯舉二時以見其餘耳。二句平看，如易「日月運行，一寒一暑」之意。或曰，日舉一日而言，月舉一月而言，春秋舉一歲而言。二句相承，講日月忽然不停留者，所以爲四時之代序也，亦通。不如前説爲穩。日月不淹，見光陰之迅速，春秋代序，見歲年之相催。相承兩平，意自然俱有不相妨也。

草木零落

書曰：「厥草惟繇，厥木惟條。」繇，茂也。條，長也。又曰：「厥草惟夭，厥木惟喬。」少長曰夭。喬，高也。繇與夭義相近，條與喬義相近。又曰：「草木漸苞。」漸，漸進而浸長也。如易所謂「山上有木漸」，楊雄所謂「止於下而漸於上者，其木也哉」。言其日進於茂而不已也，草木皆有之。包、苞同，叢生也。如詩所謂「如竹苞矣」，「浸彼苞蓍」。言其叢生而積也，草木皆有之。是草木單言之，則彼此可以相該；而對舉，則當有別也。零，一作苓，一作蘦，古通用。王逸曰：「零、落，皆墮也。」朱子曰：「皆墜也。」皆凋隕之意，其義一也。「草曰零，木曰落」，若單言可相該，而對舉則當有別也。

美人

五臣曰「美人謂君也」，得之矣。王逸曰「美人謂懷王也」，恐亦未必然。瑗按：懷王之世，屈原雖見疏，然猶用之，其謀猶聽信之。如諫殺張儀，懷王猶悔而追之。武關之會，屈原尚諫阻之。其言雖不聽，可見此時猶在位也。武關之會，懷王遂不復返矣。是屈子在懷王時，其志雖不能盡行，而懷王雖不如昔日之寵任，猶知用之也。至襄王時，則九年而不復，歷年而罹愍矣。屈子之遷黜，實襄王也。不可使懷王獨受其惡，此關繫亦大，不可不辯於此。可見懷、襄之優劣，而國家之存亡也。故吾嘗謂九歌、橘頌、天問、遠遊皆屈子平日之作，無關於君也。惜往日據史記屈原傳當作懷王。或曰，史記造憲令、屬草藁之説，因惜往日篇「受命詔以昭詩」、「明法度之嫌疑」等句，而附會之者也。然今無所考，姑從史記，而餘皆爲襄王放逐久遷之後之所作者，則無疑也。王逸每每獨指斥懷王，要之非是。不若五臣只曰喻君也。其詞渾融，而懷、襄俱在其中矣。又，美人謂婦人容色之美好耳。王逸謂「服飾美好，故言美人也」，非是。朱子辯之，詳見後「靈脩」條下。又洪氏曰：「屈原有以美人慕[一七]君者，『恐美人之遲暮』是也；有喻善人者，『滿堂兮美人』是也；有自喻者，『送美人兮南浦』是也。」瑗按：「恐美人之遲暮」以爲喻君，是矣。「滿堂美人」乃是少司命指喻大司命也。「送美人南浦」乃是屈原喻河伯也。舊説惟不求本章之旨意，故皆以爲屈子喻君之説耳，學者詳之。又按：漁父者，襄王初放之所作也。卜居者，既放三年之所作也。哀郢者，既放九年之所作也。餘則不可考矣。此又學者不可不知也，因併附之。

遲暮

王逸曰：「遲，晚也。」諸家因之，而暮字不註。瑗按：暮，亦晚也。一日之終謂之暮，故一歲之終亦謂之暮。詩云「歲云暮矣」是也。人生一身之終亦謂之暮，俱是借日暮之暮字而用之耳。遲對速言，暮對早言，皆人衰老之喻也。

撫壯

撫字舊俱不註，獨五臣註曰：「持也。言持壯盛之年，廢棄道德，用讒邪之言，爲穢惡之行。」洪氏曰：「不撫壯而棄穢者，謂其君不肯當年德盛壯之時，棄遠讒佞也。五臣註誤。」朱子曰：「言君何不及此年德壯盛之時，棄去惡行。」瑗按：五臣解撫爲持，欠穩當。而餘説意雖是，亦欠明白。蓋撫字有捫己自省之意，故曰「撫壯」。此等字須以意會，不可執也。王逸曰：「年德盛曰壯。」朱子曰：「三十曰壯。」朱子之説見禮記。大抵此壯字是泛論年富力强足以有爲之時，對上「遲暮」而言，不必依禮記説。而王逸又兼德字言，洪氏、朱子皆從之，非是。獨五臣惟以「壯盛之年」爲言，得之矣。洪氏譏其誤，非是。蓋五臣之言，是反其意以解之。屈子本謂人君當此壯盛之年，不肯循己省脩，棄去穢惡之行而爲道德之美，反廢棄道德之美而爲穢惡之行也。五臣之意是而詞畧欠明耳。壯者，年之盛也。穢者，惡之極也。

棄穢

王逸曰：「棄，去也。穢，行之惡也。」其説是矣。又復曰：「以喻讒邪。百草爲稼穡之穢，讒佞亦爲忠直之害也。」五臣有「用讒邪之言」，洪氏謂「棄遠讒佞」，皆非是。此方論人君之脩德，不必及讒佞而讒佞自在其中。故朱子但以「棄去惡行」爲言，意方渾融，合屈子之旨。後章「惟黨人之偷樂」以下自論讒佞，此處不必言也。故上壯字當從五臣，去「德盛」而言爲是。此穢字當從朱子，去「讒佞」而言爲是。

此度

度，態度之度。篇末曰：「和調度以自娱。」悲回風曰：「心調度而弗去。」朱子曰：「調，猶今人言格調之調。度，法度也。」其意亦是。大抵所謂度者，猶今俗言像態也。言此等像態不好，當速改之可也。此度之此字，即指穢行而言。上句是直責其不去惡，此句是諷其何不改此舊態，故爲詰而問之之詞。其語緩，其意婉，二句皆一意而反覆言之耳。又按：思美人曰「知前轍之不遂兮，未改此度」也。又曰：「廣遂前畫兮，未改此度也。」此又是好像態。故「此度」二字是泛言者，可以爲美，可以爲惡。有虛位而無定名也，隨人所用耳。讀者亦不可不知。

三后

王逸曰：「后，君也。」古者人君之通稱。皇帝、皇后之分，自後世始也。三后，王逸曰夏禹、殷湯、周之文、武也。朱子集註因之。辯證又曰：「三后，若果如舊説，不應其下方言堯、舜。疑謂三皇，或少昊、顓頊、高辛也。」王逸曰：「夫先三后者，據近以及遠，明道德同也。」洪氏曰：「上言三后，下言堯、舜，謂三后遵堯、舜之道以得路也。」瑗嘗疑其俱非是。此只言三后而不著其名者，蓋指楚之先君耳。先言楚之先君，而後及堯、舜，在屈子則得立言之序也。朱子疑爲少昊、顓頊、高辛，固皆是黄帝之子孫，而少昊、高辛又爲楚先人之别派也。吾嘗謂顓頊高陽氏爲楚之鼻祖矣。其餘如祝融氏、季連氏、鬻熊氏，及熊繹爲受封之始，熊通爲稱王之始，熊貲爲遷都之始，皆楚之先君有功德所當法焉者也。但不知其何所指耳。昔夔不祀祝融、鬻熊，而楚成王滅之，則二氏爲楚之尊敬也久矣。然此所謂三后者，以理揆之，當指祝融、鬻熊、熊繹也。昔周成王「舉文、武勤勞之後嗣，而封熊繹於楚蠻，封以子男之田」，則是熊繹爲楚之始祖，其必祀也無疑矣。今亦無所考證，姑誌其疑，以竢君子。而指楚之先君，則決然也。詩大雅下武曰「三后在天」，即指周之太王、王季、文王耳。

純粹

王逸曰：「至美曰純，齊同曰粹。」朱子因之。朱子易本義曰：「純者不雜於陰柔，粹者不雜於邪惡。」此二字亦有作淳粹通用者。漢書張衡思玄賦注曰：「不澆曰淳，不雜曰粹。」大抵純粹二字，皆無駁雜之意也。此等字亦無甚分別。

衆芳

王逸曰「衆芳，喻群賢」也。言三后所以有純粹之德者，以舉用衆賢輔成之也，非是。「衆芳之所在」，即喻衆善之所在也。衆善即在純粹之内，純粹二字總言之，下又申言之耳。言三后純粹之德，固衆善之所在，而後王所當法者也。此上章併論人君之當脩德，未論及用賢意，用賢意亦自在其中，不必專指用賢一端而言也。此章「衆芳」併上章「騏驥」，舊俱作任賢説，甚非。

申椒、菌桂

申字諸説紛紛，未有的據。王逸曰：「申，重也。椒，香木也。其芳小，重之乃香。」朱子曰：「申，或地名，或其美名耳。」五臣曰：「雜，非一也。申，用也。」或曰，申即下文「又申之以攬茝」之申。雜申，重言之也。或曰，申亦草木之名。涉江曰：「露申辛夷，死林薄兮。」此申即謂露申，特未知其爲何物耳。瑗按：楚辭中椒凡十見：言申椒者三，言芳椒者二，其餘曰椒丘、椒蘭、椒糈、椒漿、椒專佞以慆慢，皆單用之也。蓋芳言其氣之香馥，申言其形之重纍相備也。諸説皆有理，不若王説明白，姑從之。但曰「其芳小，重之乃香」，又是謂人重纍之以爲佩也，非也。蓋椒之生，無一枝一粒者，恒多叢簇，纍纍而生，纂纂而垂，故曰申椒。因其本形而名之也。猶言辟芷也，辟言其幽，申言其重。蓋椒實多重生，而芷每生於幽僻之處故也。或曰，劉向九歎惜賢篇曰「握申椒與杜若」，以申椒對杜若而言，則申椒似是香草名，而以申字作虚字看者，非也。

容更詳之。菌，王逸曰「薰也。葉曰蕙，根曰薰」也。朱子解此章，但曰「桂，木名。蕙，草名。本草云：『薰草也』」，而菌字獨不註。偶遺之邪？豈從王說邪？未知其審。五臣以菌桂爲一物。洪氏又詳言之曰：「菌，音窘。博雅云：『菌，薰也。其葉謂之蕙。』則菌與蕙一種也。下文別言蕙茝，又云『矯菌桂以紉蕙』，則菌桂自是一物。本草有菌桂，花白蕊黄，正圓如竹。菌，一作箘，其字從竹。五臣以爲香木是矣，其以申爲用則非也。」瑗按：嵇含南方草木狀云：「桂有三種，葉如柏葉皮赤者爲丹桂，葉似柿葉者爲菌桂，其葉似枇杷葉者爲牡。」又本草亦有菌桂，當從洪說爲是。或曰，申，露申也。椒，木實之香者。菌從草，則芝類也；從竹，則箘類也，竹名。荆貢箘簵，楚之有箘久矣。桂，冬榮之桂樹也。曰申，曰椒，曰箘，曰桂，曰蕙，曰茝，草木大小兼收而兼蓄，此「衆芳之所在」也。猶君子之取諸人以爲善，合併以爲公，所以成純粹之德也，其說亦通。大抵此章「純粹」二字該下三句，「衆芳」二字又該下三句。又按：竹譜曰：「桂竹高四五丈，大者二尺圍，闊節大葉，狀如甘竹而皮赤，南康以南所饒也。」山海經云：「靈源桂竹，傷人則死。」是桂竹有二種，名同實異，其形未詳。然則屈子之所謂箘桂者，或即謂桂竹，顧變文而倒之，如延胡索遂謂之胡繩耶？

在、茝

茝，音采，與在爲韻，則不待協。然茝一本作芷，若作芷則在字又當協矣。夫在可與芷協者，蓋上爲乂字，如友、有二字與采協。采，協此禮反。是皆以乂爲協也。或曰，除上一畫又爲仕字，故亦可與芷協也。古之協韻多類此，而往往有直以偏傍讀之者，考之自見。

遵道得路

此等字要活看，遵道即是得路。但遵與得字有先後意，言人依此正大道路行將去，不由旁谿曲徑而求捷，則自然得路不迷，無他岐之惑，無窘步之虞矣。

猖披

王逸曰：「衣不帶之貌。」謂桀、紂「施行惶遽，衣不及帶」。洪氏引博雅曰：「𥚃被，不帶也。」言「桀、紂之亂，若披衣不帶者」。夫以爲比喻之言似矣，若直作「衣不及帶」則非是也。五臣曰：「猖披，謂亂也。」蓋古人用字各有來歷，而博雅者不可不知。但此處直解作亂貌可也，若耿亦謂如火之光，介亦謂如石之確也。讀書須考其來歷，但不可拘滯也。

黨人

屈子此篇於黨人三致意焉。論語曰：「君子群而不黨。」又曰：「吾聞君子不黨。」朱子釋之曰：「和以處衆曰群，然無阿比之意，故不黨。」又曰：「相助匿非曰黨。」瑗按：阿比之意與相助匿非相爲表裏，而屈子所謂黨人者，實兼此二意。夫「路幽昧以險隘」，黨人何以偷樂也？蓋惟人君處乎幽昧險隘之途，則黨人得以相助匿非而彼此阿比，始得以保禄位，享富貴，固寵愛也。若人君居乎光明正大之域，則黨人無所用其計矣，又安得偷樂於其間哉？嗚呼！後世固有指君子爲黨者矣。孔子曰：「人之過也，各於其黨，觀過，斯知仁矣。」是君子亦不能無黨，但與小人有邪正之不同，歐陽子朋黨之論其説詳矣，學者不可不觀也。

幽昧險隘

四字平看，幽昧言道路不光明，險隘言道路不平正。王逸以幽昧喻君道不明，險隘喻國將傾危，非是。洪氏曰：「小人朋黨，偷爲逸樂，則中正之路塞矣。」此亦言外之意。

憚殃敗績

王逸曰：「憚，難也。殃，咎也。」「言我欲諫諍者，非難身之被殃咎也，但恐君國傾危，以敗先王之功也。」五臣曰：「言我所以不難殃咎諫諍者，恐君行事之失。」朱子集註因之，然解「豈余之憚殃」句，皆詞旨不甚明白。蓋「豈余身之憚殃」句，即承上二句而言。言黨人之偷樂，唯喜君行乎幽昧險隘之路。雖捷徑以窘步，皇輿之敗績，有所不顧也。是行於幽昧險隘之路，必有顛仆錯跌之禍。而我之所以不肯行於幽昧險隘之路，必欲君行於光明正大之地，如堯、舜之遵道而得路者，豈爲我一身顛躓之禍也哉？蓋恐皇輿行於幽昧不明之處，險隘危迫之中必敗績耳。必如此解，則「豈余身之憚殃」方明白。言己不行幽昧險隘之路者，非爲己身之畏禍也，蓋爲皇輿之敗績也。敗績即指顛仆傾危而言。王註以爲「敗先王之功」，非是。嗚呼！幽昧險隘之路，黨人以爲可以偷樂，而君子則以爲憚殃，忠臣則恐皇輿之敗績，而壅君方且安於捷徑以窘步也。王逸曰：「讒人相與朋黨，嫉怨[一八]忠直，苟且偷樂，不知君道不明，國將傾危以及其身也。」其説雖非本旨，可謂得屈子言外之意矣。彼君行於幽昧險隘之路，則國將傾危而禍及其身也，又安暇於偷樂耶？是所以爲樂者，適所以爲殃之基也。後世小人之黨，可以自省矣。

奔走先後

此四字見詩大雅緜篇曰「予曰有先後，予曰有奔奏」。奏與走同。朱子註曰：「相導前後曰先後，喻德宣意曰奔奏。」註此又曰「言所以奔走以趨君之所向，而或出其前，或追其後，以相導之」，是解「先後」二字與詩同，「奔走」二字與詩異。屈子此四字亦不過斷章取用，當從此解爲是。但四字當平看，朱子又是串講。王逸曰「奔走先後，四輔之職也」，「言己急欲奔走先後，以輔翼君」也，得之矣。又按：此句言奔走先後，疑當從急字爲是。或曰，忽字言急欲奔走先後，有不暇安詳之意，急字之意自在其中，故且從忽解。

踵武

王逸曰：「踵，繼也。」朱子曰：「足跟也。」朱子之説爲是。武，迹也。詩曰「繩其祖武」，又曰「履帝武敏歆」。踵、武二字，猶今俗言脚迹云耳。「及前王之踵武」，猶今俗言踏着前人之脚迹也。

荃

王逸曰：「荃，香草，以喻君也。人君被服芬香，故以香草爲喻。惡數指斥尊者，故變言荃也。」朱子曰：「荃與蓀同。」「時人以爲彼此相謂之通稱，此又借以寓意於君也。」辯證又曰：「荃以喻君，疑當時之俗。或以香草更相稱謂之詞，非君臣之君也。此又借以寄意於君，非直以小草喻至尊也。舊註云：『人君被服芳香，故以名之。』尤爲謬說。」瑗按：王逸解前「美人」爲服飾美好，解「荃」爲被服芬香，誠謬，朱子之說爲是。但王逸荃以喻君之君，即指君臣之君也，朱子之疑非是。後言蓀者，其說倣此。

齌

王逸曰：「齌，疾也。」洪氏曰：「炊餔疾也。」瑗按：古謂火毬爲火齌，此謂怒氣之盛，燄爍可畏，如火齌也，當從濟音。朱子曰字「從火齊聲，在詣反」，是矣。讀作平聲者，非是。

謇謇　王逸本作謇謇

王逸曰：「謇謇，忠貞貌。」「言己知忠言謇謇諫君之過，必爲身患，然中心不能自止而不言也。」又引易「王臣謇謇，匪躬之故」以證之。洪氏曰：「今易作蹇蹇，先儒引經多如此，蓋古今本或不同耳。」朱子曰：「謇，難於言也。蹇，難於行也。」此謇謇，「難於言也。直詞進諫，己所難言，而君亦難聽。故其言之出有不易者，如謇吃然也」。瑗按：屈子此章之義，本諸易蹇卦六二爻詞而來，明白無疑。且易以艮遇坎爲蹇。孔子曰：「蹇，難也，險在前也。」當作蹇蹇爲是。王逸獨以進諫一端爲言，故作謇謇，非是。蓋忠臣之事君，凡所當爲而不避險難者，皆是蹇蹇，豈獨言哉？况屈子之所以得罪於君，見讒於黨人者，亦不獨在於言也。今當依易作「蹇蹇」爲是。而凡楚辭中作難詞者，皆當作「蹇」。朱子從王逸之説，非是。

舍

王逸曰：「舍，止也。」洪氏引顏師古云「舍，尸夜切，訓止息」也。「人之屋舍，及星辰次舍，其義皆同。論語曰『不舍晝夜』，謂曉夕不息耳。」今人或音捨者，非是也。朱子辯證載洪氏之說，而集註又從師古之切，是作去聲讀也。而今四書集註於「不舍晝夜」下又音上聲，是又讀作捨也。蓋楚辭集註乃朱子晚年之書，四書亦當依此音爲是。以此可見四書，朱子亦多未定之言，而晚年未暇釐革改正之也。

九天

王逸曰：「九天，謂中央八方也。」「淮南子九天：中央鈞天，東方蒼天，東北變天，北方玄天，西北幽天，西方昊天，西南朱天，南方炎天，東南陽天。又廣雅九天：東方皞天，南方赤天，西方成天，餘同。」五臣曰：「九，陽數，謂天也。」朱子曰：「九天，天有九重也。」辯證曰：「九天之說，已見天問註。以中央八方言之，誤矣。」瑗按：天問九天之說，屈子方且疑之，又安得遽用之邪？以理揆之，五臣之說近是。姑備其說，以竢君子擇而採之也。

正

正，古與証通用，如此解更明白。王逸訓作「平也」，謂使九天平正之也。朱子從之，似覺又多一轉折費解，不如作證義直截，後倣此。

靈脩

王逸曰：「靈，神也。脩，遠也。能神明遠見者，君德也，故以喻君。」五臣曰：「靈脩，言有神明長久之道者，君德也。」朱子集註曰：「靈脩，言其有明智而善脩飾，蓋婦悅其夫之稱，亦託詞以寓意於君也。」辯證曰：「離騷以靈脩、美人目君，蓋託爲男女之辭而寓意於君，非以是直指而名之也。靈脩，言其秀慧而脩飾，以婦悅夫之名也。美人，直謂美好之人，以男悅女之號也。今王逸輩乃直以指君，而又訓靈脩爲『神明遠見』，釋美人爲『服飾美好』，失之遠矣。」瑗按：王逸「神明遠見」、「服飾美好」之訓釋，固不能無失，而所謂以是直指君言，亦無妨也。觀篇内言三后、堯、舜、皇輿、前王等字，是明以人君之事言之矣。則曰美人，曰荃、蓀，曰靈脩，又何嫌於指君乎？彼古者，人君稱朕，人臣亦稱朕，而盛世君臣吁咈都俞於一堂之上，且相爾汝之如家人父子然矣。豈若末世之拘忌也哉？又靈脩亦美好之通稱，不必謂爲「以婦悅夫之名」也。而所謂美人、佳人云者，固美好婦人之義，其來歷實本於此。要之亦借以爲男女之通稱，如後世之所謂美士、佳士云者，奚必爲「以男悅女之號」哉？故吾嘗謂楚辭所言美人、荃、蓀、靈脩，皆當時平交贊美之通詞，而可共稱之於上下者也。故曰「蹇吾法夫前脩」，則君子之稱脩也久矣。

黄昏二句

朱子曰：「黄昏者，古人親迎之期，儀禮所謂『初昏』也。」「中道而改路，則女將行而見棄，正君臣之契已合而復離之比也。」王、洪二家此條俱無註，解見九章抽思篇。王逸曰：「且待日没閒静時也。」洪氏曰：「淮南曰：日薄於虞淵，是謂黄昏。黄昏者，喻晚節也。戰國策曰：行百里者，半於九十。此言末路之難。」瑗按：當從洪説爲是，朱子之解頗涉新奇深巧也。蓋朱子見後有求處妃，見佚女，留二姚之類，遂欲從前都解作男女求合之詞，如美人、靈脩是也。看來亦不必如此。又按：洪氏疑此二句後人所增，是也。九章曰：「昔君與我成言兮，曰黄昏以爲期。」「曰黄昏以爲期」者，承上句「成言」而來也。或曰，此下句「初既與余成言」二句，又承上「曰黄昏以爲期」句而來，又何不可？曰是固然也。要之，此篇二千餘言，皆四句爲韻爲章。今以四四而數之，似長此二句，且王逸無註，而下文始釋「羌」字之義，則原無此二句無疑矣。後人因九章之語而誤也。

羌

王逸曰：「羌，楚人語詞也，猶言卿何爲也。」洪氏曰：「楚人發語端也。」文選註云：「羌，乃也。一云嘆聲也。」朱子曰：「楚人發語端之詞，猶言卿何爲也。」瑗按：此字本西戎之稱，餘義不見於經。楚辭中所言者，亦只數處。竊疑文選之説爲是，亦未知其所據也。朱子則用王、洪二家之註而合解之。然直解作語詞可也，「卿何爲也」之意，以後所言「羌」者參之，亦不甚切。

成言

王逸曰「成，平也」，是矣。意如春秋「平成」之成，相與盟誓之稱也。言者，即所成之詞也。王逸曰：言，議也。言「與我平議國政」，意近是，而語則非也。

他、化

瑗按：此二韻可兩協。「他」如字讀，則「化」音花也。「他」音馱，則「化」又協作訛音也。

九畹、百畝、畦

王逸曰：「十二畝曰畹，或曰田之長爲畹也。」洪氏引説文曰：「三十畝曰畹。」王逸曰：「二百四十步爲畝。」洪氏曰：「司馬法六尺爲步，步百爲畝。秦孝公之制，二百四十步爲畝。畹或曰十二畝，或曰三十畝，九畝蓋多於百畝矣。然則種蘭多於蕙也。此古人貴蘭之意。」爾雅翼又從而推其説曰：「以王逸章句言之，十二畝曰畹，二百四十步曰畝，五十畝曰畦，則蘭得一百八畝，蕙百畝，留夷、揭車合百畝，則多少亦不相遠矣。若以説文言之，田三十畝曰畹，則蘭得二百七十畝，多於蕙兩倍，留夷、揭車各五十畝，多於兩草一倍，亦多少之差。蘭九畹，蕙百畝，以是知楚人賤蕙而貴蘭矣。」瑗按：楚辭言蘭誠多於蕙，然亦恐無貴賤之分。曰九畹，曰百畝，曰畦，曰雜，或亦泛言其多耳。若以「田之長爲畹」言之，則九畹又不及百畝多矣。朱子曰：「畦，隴種也。」王逸曰：「共呼種之名。」若畦以此二説言之，則又不可以數計之，其多抑又甚矣。爾雅亦言「留夷、揭車各五十畝」，亦非是。若以五十畝爲畦推之，蓋謂種留夷、揭車於畦，而又雜之以杜衡、芳芷，是四物共一畦也。或曰，雖以五十畝爲畦言之，而畦不言九，不言百，安知其非千萬畦乎？不言其數者，是不勝計其數也。其説亦通。然以畦字對雜字而言，當從「隴種」、「呼種」之訓爲切。而此章是總參錯言其盛，恐無多少之别也。然畦、町亦爲疆界之通稱。姑誌其疑，以竢知者。又按：「滋蘭」至「蕪穢」八句，不過言己積累衆善而不見用耳。王逸又言「宜蓄[一九]衆賢，以時進用」，「而遂斥棄，則使衆賢志士失其所也」。以衆芳喻衆賢志士，亦非是。

量人

王逸曰：「言在位之臣，心皆貪婪，内以其志恕度他人，謂與己不同，則各生嫉妒之心，推棄清潔，使不得用也。故外傳曰『太山之鴟，鳴嚇鴛雛』，此之謂也。」五臣曰：「貪婪之人，乃内恕於己，以量度他人，謂與己同[二〇]。若否，則各生嫉妒之心，讒毁[二一]之，使不得進用」也。洪氏曰：「貪婪之人，不知其非，自恕以度人。謂君子亦有競進求索之意[二二]，故各興心而嫉妒也。」瑗按：王逸以「量人」謂與己不同，非是。五臣似是而未盡也。洪氏之説，得其本旨，而其詞且直截痛快可觀。

索、妬

朱子辯證曰：「索與妬協，即索音素。」洪氏曰：「書序曰『八卦之説，謂之八索』，徐邈讀作蘇故切，則索亦有素音。」瑗按：中庸「素隱行怪」，朱子曰：「素，按漢書當作索，蓋字之誤也。」嘗疑索、素二字音義，或併可通用，非誤也。今此韻若以妬爲主，則索當協素音；若以索爲主，則妬當協作石音；若索讀作「宵爾索綯」之索音，則妬又當協時若反。一韻可三協也。

老

王逸曰：「七十曰老。」瑗按：老者，泛言其老耳。不必引曲禮「七十曰老」而拘其數也。

脩名

洪氏曰「脩名，脩潔之名也」，是矣。朱子曰「長名」，恐未善。

朝飲夕餐

王逸曰：「言己旦飲香木之墜露，吸正陽之津液；暮食芳菊之落華，吞正陰之精蕋。」瑗按：所言朝夕，不過謂己動以香潔常自潤澤耳。所謂循行仁義，勤身勉力，朝暮不倦是也。無取於陰陽之義。凡篇中所言朝夕字，王逸俱以陰陽言之，非是。五臣曰「飲香木之露，食秋菊之花者，取其香潔以合己之德」，是矣。又按：飲當音作引，洪氏音作蔭，亦非是。

落英

洪氏曰：「秋花無自落者，當讀如『我落其實而取其華』之落。」玉露曰：「落，始也。如詩訪落之落，謂初英也。以落爲萌，如以亂爲治，以臭爲香，古人語多如此。」瑗按：其説雖好，然對上墜露而言，下又有落蘂之文，則不得通矣。夫落者，不必自落而後謂之落。採而取之，脱於其枝即可謂之落。如取露於木蘭之上，亦可謂之墜也。若果謂墜之於地，則露豈可飲乎？故曰「説詩者不可以文害詞，不可以詞害意也」。爾雅翼亦曰菊花：「終不飄落，故説者疑離騷『落英』之語。或以爲爾雅『落，始也』。然與『墜露』相配爲文，不當爲始。靈均蓋自有意。」羅鄂州以「落英」對「墜露」看，極是。又謂靈均「蓋自有意」，而不言其所以然。瑗嘗深思之而不得其説。靈均之意，不過謂飲露飡花以香潔自脩爲喻而已，於墜落二字恐亦無他義也。鄂州豈真有所見耶？抑求「落英」之説而不得，或漫言之邪？洪氏又引魏文帝云：「芳菊含乾坤之純和，體芬芳之淑氣。故屈原悲冉冉之將老，思餐秋菊之落英，輔體延年，莫斯之貴。」按：此數語雖非屈原本旨，然以此下一章承上「老冉冉」二句而來，亦是。蓋偶得而暗合者也。

顑頷何傷

王逸曰：「言己飲食清潔，誠欲使我形貌信而美好，中心簡練，而合於道要，雖長顑頷，饑而不飽，亦何所傷病也。何者？衆人苟欲飽於財利，己獨欲飽於仁義也。」洪氏曰：「言我中情實美，又擇道要而行，雖顔色憔悴，形容枯槁，亦何傷乎？彼先口體而後仁義，豈知要者。或曰，有道者，雖貧賤，而容貌不枯，屈原何爲其顑頷也？曰，當是時，國削而君辱，原獨得不憂乎？」瑗按：二説雖好，非盡屈子本旨，然亦不可不知此意，屈原不過謂己身雖困而道則亨之意。其衆人飽於財利，國削君辱之憂，本章立言之旨恐無之也。又「信姱」，洪氏即以爲「中情實美」，是也。王逸謂「欲使形貌信美」，甚謬。又「練要」二字平看。朱子曰「言所脩精練，所守要約」，是也。五臣、洪氏皆以擇訓練字，獨以要爲道要，亦非也。王逸獨以「練」字屬心，亦非也。「信姱」、「練要」四字，皆宜承「中情」二字講。「中情」，猶中心也。又「顑頷」二字，王逸曰「不飽貌」，洪氏曰「食不飽，面黄貌」，朱子從洪氏。

木根結茝

王逸曰：「根以喻本。」洪氏曰：「荀子云：『蘭槐之根，是爲芷。』註云：『苗名蘭槐，根爲芷。』然則木根與茝皆喻本也。」瑗按：二家取譬之説，非是。不過謂採取香木之根，以紉茝而爲佩耳。曷嘗有喻本之意哉？以此推之，則下所云數物又何喻也？

落蘂

五臣曰：「蘂，花心也。言我採[二三]木之根，佩結香草，拾其花心，以表己之忠信。」洪氏曰：「花外曰萼，内曰蘂。蘂，花心[二四]頭點也。」朱子曰：「蘂，花萼鬚粉粲粲然者也。」瑗按：蘂字從心，上三説俱是。但五臣以「貫」字爲拾也，非是。王逸乃以「蘂」爲花之實也，言「累香草之實，執持忠信，不爲華實[二五]之行也」。惟其以上木根爲喻本，故又以此爲喻實，其説非也。以「貫」字訓累也，似之矣。

矯

王逸曰「矯，直也」，五臣曰「矯，舉也」，朱子從五臣，俱非是。矯是矯揉之意，謂以手矯揉，使其柔軟而易紉耳。九章惜誦篇曰「擣木蘭以矯蕙」，又是謂矯揉之，使碎而以爲糧也。

謇

王逸曰：「言我忠信謇謇者，乃上法前世遠賢，固非今時俗人之所服行也。一云，謇，難也。言己服飾雖爲難法，我倣前賢以自脩潔，非本今世俗人之所服佩。」五臣曰：「謇，難也。」「服，用也。言我所以遭難者，吾法前脩道德之人，故不爲世俗所用」也。洪氏曰：「謇，又訓難易之難，非蹇難之難字也。」瑗按：洪氏訓難易之難是矣，五臣作蹇亦是矣。但以爲險難之難訓，非也。

奚必謇可訓難易之難，而謇獨不可訓難易之難也哉？蓋此曰謇者，難詞也。謂己法前脩而不畏其難，蹇蹇然勉强勤勞，雖顛踣困苦極其萬狀，亦不休息，亦不悔怨。此所以爲謇法前脩，畏之意也。前説俱非。又按：亦倒文耳，本謂余謇法夫前脩也。

非世俗之所服

洪氏曰：「世所傳楚辭惟王逸本最古，凡諸本異同，皆當以此爲正。又李善註本有以世爲時爲代，以民爲人之類，皆避唐諱，當從舊本。」朱子辯證亦取其説，曰：「今當正之。」璦按：唐太宗諱世民，洪説固是。然王逸本亦未必盡善，况人字亦多有原本作人者，今盡反之，似覺未當。讀者當參取其所長可也。奚必王逸本古之拘哉？

彭咸

王逸曰：「彭咸，殷賢大夫」也，「諫其君不聽，自投水而死」。洪氏引顏師古云：「彭咸，殷之介士，不得其志，投江而死。」朱子辯證曰：「彭咸，洪引顏師古以爲『殷之介士，不得其志，而投江以死。』與王逸異。然二説皆不知其所據也。」瑗按：一以爲大夫，一以爲介士，則其人之出處且不得其詳，又安知其死生之實也。朱子以爲二説無據，是矣。蓋因後世誤傳屈原投汨羅而死，見屈子急稱其人，故附會其説耳。而不知所謂彭咸者，即孔子竊比之老彭也。瑗有辯可考，玆不再贅。洪氏又曰：「按屈原死於頃襄之世，當懷王時作離騷，已云『願依彭咸之遺則』。又曰『吾將從彭咸之所居』。蓋其志先定，非一時忿懟而自沉也。反離騷曰『棄由、聃之所珍兮，摭彭咸之所遺』，豈知屈子之心哉！」屈原未嘗自沈，瑗亦有辨，玆不復贅。然洪氏之説雖甚善，要之離騷之作亦不能必其爲懷王之世也。皆無明證，不足深信。又安知其非頃襄之時之所作邪？今之楚辭未必屈子之所自編次者，離騷之篇安能必其爲前所作邪？要之頃襄王廢棄遷絀屈原之意甚於懷王，瑗已辨於前，不復喋喋。

彭咸辯

余讀離騷，覩其稱道往昔聖賢神仙，援引非一，而獨於所謂彭咸者屢致意焉。王逸註曰：「彭咸，殷賢大夫，諫其君不聽，自投水而死。」洪氏補註曰：「顏師古云：『彭咸，殷之介士，不得其志，投江而死。』」朱子辯證曰：「彭咸，洪引顏師古以爲『殷之介士，不得其志，而投江以死。』

與王逸異。然二説皆不知其所據也。」朱子於集註雖仍王註，而二家之説終不能無疑焉。瑗按：劉向九歎靈懷篇曰：「九年之中不吾反兮，思彭咸之水遊。」王逸之説或本之劉向，而顔師古或本之王逸者，但不知劉向何所考據而云然也。蓋嘗讀太史公世家有曰彭祖者，乃帝高陽顓頊氏之玄孫陸終之第三子也。虞翻註曰：彭祖名翦，封於彭城，爲彭姓。神仙傳云：「彭祖者，殷賢大夫也。姓籛名鏗。」系本亦云：「籛鏗，是爲彭祖。」又按：大戴禮虞德篇有「商老彭」之語。包氏註曰：「商賢大夫。」論語述而篇有「竊比老彭」之語。朱子註亦曰「商賢大夫」。考其德而論其世，稽其姓而辯其名，則曰彭咸，曰彭鏗，曰彭翦，曰彭祖，曰老彭，曰籛鏗，其實爲一人也明矣。或者問曰，史傳以爲鏗而離騷以爲咸，何也？瑗曰：鏗與咸聲相近而誤也。或者曰，然則又以爲名翦，何也？豈亦聲相近而誤乎？曰然。蓋籛字舊俱音作翦，而王翦之翦又有音作籛者，是古人語有緩急之殊，故讀有平仄之異耳。虞翻因以彭爲姓，而誤以籛作名，又轉籛作翦也。如廉頗之頗本上聲，亦有讀作平聲者。如列仙傳韓終，楚辭遠遊篇亦作韓衆也。是咸也，鏗也，翦也，其實一也。或曰，孰爲誤？曰：相傳歲久，莫可經證，雖未知其爲孰誤，而可以知其爲一人也的矣。如左氏、公羊、穀梁三傳之中，其人名、地名彼此實一，而音同字異者，亦多矣。蓋古人授受，但以口傳，南北聲音語言各别，故多錯誤也。或曰，一以爲彭姓，一以爲籛姓，何也？曰籛乃所賜之姓，而彭乃所封之國也。稱籛者，述其本姓；而稱彭者，後人因以國氏氏之焉耳。猶今人或稱孔仲尼，或稱魯仲尼云。或曰，一以爲彭祖，一以爲老彭，又有喪四十九妻、五十四子之説，抑又何也？曰：祖之與老，皆後人慕其壽考而推尊形容之辭，故神仙傳一以爲至殷末年七百六十七歲而不衰老，遂逝流沙之西；一以爲歷夏至殷八百餘歲。莊子以爲上及有虞，下及五霸。今人相傳，亦言彭祖八萬七千春，或多或少，不可盡信。大抵彭祖乃古之有德有壽之隱君子也。或曰，然則以爲自投水死者，非邪？曰：非也。意者後世因其有「西逝流沙」之語，故誤以爲投水。而又不知屈原實未嘗赴淵自沉，見編内亟稱其人，遂附會其説焉。若以屈原慕彭咸爲欲自投水死，則孔子竊比之意，豈亦欲自沉乎？嗚呼！孔子嘗欲浮海矣，嘗欲居夷矣。使無上文「述而不作，信而好古」之語，又安知後世不援引浮海、居夷之説，亦以孔子爲欲投水耶？蓋孔子竊比之意，實指删述六經，而老彭當年亦必有所著作。惜乎世遠言湮，莫之考也。屈原之亟慕彭咸者，又安知非指己之所作離騷，而擬其好古之心乎？或曰，不於周、孔、曾、伋之是慕，而獨於彭咸屢致意焉，何也？曰：孔子且慨慕之矣，況屈原乎？又彭咸者，乃屈原之遠祖。而彭咸且當殷之末世，悼其喪亂，遂遁流沙。遭壅君，處亂世，與屈原實相類焉。此所以拳拳遐想，而慨慕者也。余怪後世不詳考彭咸之爲誰，而深察屈原竊比之微意，故不得不辯。或曰，天問篇自有「彭鏗斟雉，帝何饗？受壽永多，夫何長」之文，又何不作彭咸也？曰：此正足以發明彭咸屢見於諸篇，而彭鏗獨一見於天問，蓋因下有「受壽永多」之文，而後人遂書爲彭鏗。安知當時本不作咸也？況篇内既稱嚳，又稱高辛；既稱舜，又稱重華；既稱伊摯，又稱伊尹。其名號之更見互出者，不可勝數，又何嫌邪？

附説

瑗按：楚辭中言彭咸者凡七見。離騷曰：「雖不周於今之人兮，願依彭咸之遺則。」又曰：「既莫足與爲美政兮，吾將從彭咸之所居。」抽思曰：「望三五以爲像兮，指彭咸以爲儀。」思美人曰：「獨煢煢而南行兮，思彭咸之故也。」悲回風曰：「夫何彭咸之造思兮，暨志介而不忘。」又曰：「孰能思而不隱兮，昭彭咸之所聞。」又曰：「凌大波而流風兮，託彭咸之所居。」詳玩此數語，亦未見彭咸爲投水之人。其所謂「凌大波而流風」，猶哀郢「凌陽侯之氾濫」，「順風波而流從」之意耳。洪氏亦但曰：「言乘風波而流行也。」朱子乃推王逸之言曰：「凌波隨風而從彭咸，又自沉之意也。」以朱子註書之精妙亦如此解，況望其他乎？豈非溺於投水之説之過邪？然辯證又疑王逸與顔師古二家之説無所據，是亦不能釋然於心也。蓋辯證乃作於楚辭集註既成之後者，解楚辭者要當據辯證而直斥二説之非，可也。朱子集註仍之者，或當時刊板已定，而不欲改之。或因相傳既久，而不輕改之。今雖無所考，而致疑於二家之説，則不以爲然可知矣。夫彭咸果投水之人，屈原又安得輕與三皇五帝而並言邪？「凌大波而流風」之語，果以爲自沉之意，則「濟沅湘以南征，就重華而陳詞」，是重華亦嘗投沅湘而死矣。故曰「説詩者無以文害詞，無以詞害志可也」。

屈原投水辯

屈原投水而死之説，世俗至今傳道之。余嘗考之，不知其所始。及讀離騷觀屈子之所自言，蓋不能無疑焉。其所自言者，雖或有投水而死之説，然或設言，或反言耳。徐而察之，實未嘗真有自沉之意也。賈誼曰：「側聞先生兮，自沉汨羅。」東方朔曰：「懷沙礫而自沉兮，不忍見君之蔽壅。」莊忌曰：「子胥死而成義兮，屈原沉於汨羅。」王褒曰：「伍胥兮浮江，屈子兮沉湘。」劉向曰：「惜師延之浮渚兮，赴汨羅之長流。」自是之後，皆相祖述。其説固不必論，是自漢初諸君子已言之矣。漢初與屈子相去未遠也，宜得其真。而亦不得其真者，有以也。蓋聖賢之事，亦必有紀載，經品題，而後其説真，其傳信也。戰國之世，史官久失其職，而無記言記事之書。屈子雖與孟子、莊子同時，然孟子未嘗至楚，而莊子又方且曳尾於塗中，肆荒唐之言，與屈子殊趨，故不爲孟、莊所稱道。況屈子既死之後，僅三十餘年而楚滅於秦矣。楊子雲曰：「嬴政二十六載，天下擅秦。秦十五載而楚，楚五載而漢，五十載之間而天下三擅。」是屈子之死以至漢初，雖無百年，然其間多事紛紛。而聰明智巧之士，皆馳騖於游説戰鬭之場，而文學之流亦鮮矣。孰有操尺牘秉史筆而爲屈子一言者乎？是屈子自沉之事，漢初諸君子亦得之於傳聞者耳。非楚有文獻足徵信以傳信之言也。屈子投水而死之説果足信乎？嗚呼！堯幽囚，舜野死，孔子不知父，孟軻曾被弑，其大聖大賢之無纖毫可疑者，其見於經傳者尚有此説，又況傳聞之説乎？又況屈子乎？或曰，子不信諸家之説，而信屈子之自言，是也。子以「寧赴湘流，葬於江魚之腹中」之類，以爲設言，亦是也。子以「寧溘死而流亡，余不忍爲此態」、「寧溘死而流亡，不忍此心之常愁」之類，及「雖九死其猶未悔」、「伏清白以死直」之類，皆以爲反言，亦是也。然則懷沙篇曰「舒憂娱哀兮，限之以大故」，其説何也？曰：此蓋謂己遭讒含冤，不得伸訴，欲一見君，渫其枉屈之情，以舒憂娱哀。爲得罪於君者重大，遠被遷謫，有所制而不得見也。此所以憂哀之懷，終不得一舒且娱也。「大故」即論語「故舊無大故，則不棄」之大故。屈子負罪引慝之詞，非謂死期將至，其限有不可得而越也。或曰，然則亂辭所謂「人生禀命，各有所錯兮。定心廣志，余何畏懼兮。知死不可讓，願勿愛兮。明告君子，吾將以爲類兮」，其説何也？曰：此蓋曉黨人之詞也。當時黨人之讒毁交搆，其欲害屈子者亟矣。惜誦篇曰「矰弋機而在上兮，罻羅張而在下。設張闢以娱君兮，願側身而無所」，觀此可見矣。屈子故言此以曉之，蓋謂人之死生，各有一定之命，非人之智力之所能移。而吾已「定心廣志，無所畏懼」，而不貪生於此也久矣。爾黨人也，又何以此而危余乎？此則屈子之意也。杜少陵詠李太白曰：「世人皆欲殺，吾意獨憐才。」小人之傾君子，自古皆如此。故屈子編内往往言甘死亡而不悔者，蓋當時讒言交搆之害，其事勢實欲置之於死地。故屈子言寧死而不變其所守也，非因君之放逐而遂欲死也。苟因君之放逐而遽欲死亡，又何其不自重而迂濶之甚邪？先儒謂議論人物，須設身以處其地，想當時事勢是如何樣，方可褒貶，此確論也。後世惟不知此意，論屈子者多不察其時勢。故楊雄、班固、顔之推極詆毀之。知屈子者莫如朱子，亦謂「其志行過於中庸，而不可以爲法」，是皆不足其遭放而欲死，投水而自沉也。嗚呼！屈子之欲死，曷嘗因其放乎？又曷嘗死於水乎？若果因君之放逐而欲死，死而又投水，則楊、班之譏猶爲恕之，雖謂千載之罪人可也，豈特不可爲法而已哉！或曰，然則惜往日篇曰：「臨沅湘之玄淵兮，遂自忍而沉流。卒没身而絶名兮，惜壅君之不昭。」又曰：「寧溘死而流亡兮，恐禍殃之有再。不畢辭以赴淵兮，惜壅君之不識。」其説又何也？然則亦將爲反言乎？曰：然也。離騷言死亡者不一，而惟此數語爲自沉之意。然此數語正所以明己之不死，而後人必欲曲解以爲欲死也。其意蓋謂「臨沅湘之玄淵，遂自忍而沉流」，此易事也。然吾死之後，徒爲身没名絶，而壅君不明，不知省察，又何以死爲乎？此明言君之壅蔽不明，徒死無益。舊註言：「沉流之後，没身絶名不足深惜，但惜此讒人壅君之罪，遂不昭著耳，此原所以忍死而有言也。」上二句乃是喚下二句之語，解者俱以上二句爲正言，故下二句多牽强其説也。至若懼禍殃之有再，則其詞益明白。王逸曰：「罪及父母與親屬也。」其意得矣。「不畢詞以赴淵」，其意重。「畢詞」二字，言己苟不盡言以明其志，而徒赴淵自沉，則壅君亦不識也。識，如字。不識，猶不昭也。如此解亦未必不可。舊註又曰：「不死則恐邦其淪喪，而辱爲臣僕，故曰『禍殃有再』。箕子之憂，蓋如此。識，記也。設若不盡其詞，而閔然[二六]以死，則上官、靳尚之徒壅君之罪，誰當記之邪？」其解頗覺迂闊。然此處解以爲欲死，解以爲不欲死猶可，兩通也。悲回風篇曰：「浮江淮而入海兮，從子胥而自適。望大河之洲渚兮，悲申徒之抗迹。驟諫君而不聽兮，任重石之何益。」上四句亦是喚下二句，此蓋明譏二子之徒死無益，而已之必不負石而自沉也可見矣。舊註亦支離其說而曲解之，謂欲從子胥、申徒而死也，何其不審之甚也。何不即屈子之自言以信屈子，而反信他人之説以解屈子之言也？甚矣，其雅道之難明，而俗説之易惑也如此！或曰，太史公之博學亦謂「作懷沙之賦」，「於是懷石，遂自投汨羅以死」，何也？曰：太史公蓋踵賈誼、東方朔之説而成之者也。蓋東方朔「懷沙礫以自沉」句，是亦泛言屈子抱石以自沉耳。其「懷沙」二字，偶與屈子懷沙篇目相同，而太史公誤解東方朔之意，遂以懷沙篇爲屈子絶筆，大謬矣。不然，是亦東方朔之誤解懷沙篇耳。今觀懷沙篇，詞氣平淡和緩，不似臨絶之音。其篇末數語，已辯於前矣，學者試取讀之可見也。朱子亦謂太史公去屈原未遠，已不得其詳也。夫漢初賈誼之流已失其真矣，又况太史公邪？故太史公作屈原傳，亦只有諫誅張儀、阻會武關二事，而漫抄漁父、懷沙二賦以足其傳。而上官大夫之最讒屈子者，已不得其名也。其畧也可知矣。其無載籍之可考，而得之於傳聞也可見矣。太史公雖博學，而屈原事實，楚無史録，如前所云是也。雖欲學之，烏從而學之邪？嗚呼！屈原以椒蘭之香草比君子，初非實有是人而以椒蘭爲名字者也。而史遷作屈原傳乃有令尹子蘭之説，班氏古今人表又有令尹子椒之説，王逸因之，又訛以爲司馬子蘭、大夫子椒之説。前輩之讀楚辭也類如此，况文義疑似之間邪？

附說

或曰，後世相傳，五月五日龍舟之戲，以爲爲救屈原而起，角黍之饋，以爲爲食屈原而設也。然則亦不足信乎？曰：不足信也。此二事，至今天下皆然，蓋古之遺俗而莫究其所始者也。端午之龍舟，猶元宵之鰲山；端午之角黍，猶重陽之餻餌。民間以此爲戲，以此爲饋，蓋起於樂太平而通情好之作乎？豈可以爲肇自屈原也。又豈可獨以爲楚俗也。且屈原之在當時，楚之君臣舉怒之矣。屈原方且惴惴焉，以身後禍殃之有再也，爲懼其死也，又孰敢喧然而競弔之乎？楚縱弔之，則屈原者特楚之賢也，無恩德以及於秦、齊、燕、趙、韓、魏之民也。不惟無恩德以及六國之民，而屈原之在楚也，實六國之敵也。屈原在位而楚存，屈原去位而楚亡。彼六國者，方且幸其死之是急，又胡爲乎而肯悲而弔之邪？今觀龍舟之戲、角黍之饋，自中原以至於吳、越、甌、閩，莫不皆然。以此可以決知其爲古之遺俗，而非肇自屈原，亦非獨楚俗爲然也。後人莫究其始，遂附會以爲屈原之事耳。至若以絲絡粔而投江以食之，尤爲鄙陋可笑，而褻瀆屈原也甚矣。夫屈原者，飲露飡英，雖顑頷而不以傷者也。烏肯食此物邪？或曰，子以二事爲古之遺俗，是矣。要之屈原當死於是日，故後人遂因其俗，以寓弔屈原之意，雖以肇自屈原，可也。曰：屈原之死於是日，不死於是日，今無所考。若必欲解以爲弔屈原之事，則元宵鰲山火樹之戲，以爲弔介子推抱樹而焚枯，重陽餻餌餦餭之饋，以爲食夷、齊採薇而餓死，又何不可乎？蓋深知屈原者，不在此也。此説也，皆因後世謂屈原之死於溺也，故好事者遂從而附會之。在智者自不足惑，而博雅君子亦不當信也，於是乎辨。

洟

詩曰：「潸焉出涕。」易經萃卦上六爻詞曰：「齎咨涕洟。」鄭氏箋註曰：「自目出曰涕，自鼻出曰洟。」馮氏曰：「涕洟，悲泣也。」字書又曰：「涕，目汁也，一曰鼻液也。」二説不同，今以詩、易之註爲正。

民

「哀人生之多艱」與「終不察夫人心」，人字是屈原自謂也，一作民字。舊註謂指萬民百姓而言，非是。又「鞿羈」，舊説爲讒人所鞿羈而係累也，亦非是。

艱、替

朱子曰：「替與艱叶，未詳。或云：艱，居垠反。替，它因反。」瑗謂：此叶甚明，朱子偶未之思耳。替加水則爲潛，加竹則爲簪，加虫則爲蠶，是替音古自與艱叶也。但古今失傳，而無以考其源流耳。朱子之説見前「能」字條下。

朝誶夕替

瑗按：誶與訊同。樂記曰：「治亂以相，訊疾以雅。」註曰：「訊亦治也。」替，廢也。廢，興也，興起振作之意。以廢爲興，如以亂爲治，以臭爲香也。「朝訊夕替」句，正應上「好脩姱以鞿羈」句。舊解作「朝諫於君而夕見廢」，於此句亦通。但於下「既替余以蕙纕」二句，不甚穩順。王逸曰：言君所以廢己者，以余帶佩衆香故也。朱子曰：「言君之廢我，以蕙茝爲賜而遣之，如待放之臣，與之以玦，然後去也。」瑗按：若作朝諫夕廢解，不如從王説爲善。但詳「又申之以攬茝」句，還依瑗解爲是。「既替余」本謂余既替也，倒文耳。楚辭如此類極多。

人心

瑗按：人心亦原自謂也。王逸曰「不察[二七]萬人善惡」，五臣曰「不察衆人悲苦」，俱非文意。

謡諑

王逸曰：「謡，謂毁也。諑，猶譖也。」五臣曰：「謡諑，謂譖毁也。」其説是矣。洪氏曰：「爾雅『徒歌謂之謡』，謂謡言也。方言云：『諑，愬也，楚以南謂之諑。』言衆女競爲謡言，以譖愬」也。瑗按：謡諑二字當平看。若從洪解，則二字是串講。朱子從洪説，瑗謂從王説爲善。朱子辯證曰：「諑音卓，則當從豕。又許穢反，則當從喙耳[二八]。」

偭規矩而改錯二句

朱子辯證曰：「洪氏曰：『偭規矩而改錯者，反常而妄作。背繩墨以追曲者，枉道以從時。』論楊雄作反騷，言『恐重華之不纍與』而曰：『余恐重華與沉江而死，不與投閣而生也。』又釋懷沙曰：『知死之不可讓，則舍生而取義可也。所惡有甚於死者，豈復愛七尺之軀哉！』其言偉然，可立懦夫之氣。此所以忤檜相而卒貶死也，可悲也哉！近歲以來，風俗頹壞，士大夫間遂不復聞有道此等語者，此又深可畏云。」瑗按：洪氏之言，朱子於集註既引之於各章之下，而於辯證復表而出之，蓋深有所感於其言，而警世俗之意至矣。又按：此二句即申言世俗之工巧。王逸以「工巧」爲「佞臣巧於言語」，「偭規矩」爲「背違先聖之法」，「背繩墨」爲「不脩仁義之道」，取譬支離，非是。

追

王逸曰：「追，猶隨也。」朱子集註因之，是矣。又引洪氏曰：「追，古隨字。」瑗按：今自有隨字，而古書以追作隨者頗少，還讀作如字爲是。

錯、度

瑗按：錯、度二韻可兩協。若以錯爲主而讀如字，則度當協作鐸字；若以度爲主而讀如字，則錯當協作醋音。

忳鬱邑

洪氏曰：下文云：「增歔欷余鬱邑兮。」五臣以忳鬱爲句絶，誤矣。瑗按：洪氏之説是。

侘傺

王逸曰：「侘傺，失志貌。」其説是矣。又曰：「侘，猶堂堂，立貌也。傺，猶住也。楚人名住曰傺。」恐無所據。瑗按：侘傺，當如彷徨、徘徊之意，直解作失志貌可也。洪氏曰：「方言云：『傺，逗也，南楚謂之傺。』郭璞云：『逗，即今住字。』」瑗按：方言「逗也」，謂逗留之義，其意解作徘徊、徬徨之義，未爲不可，奚必住立云乎哉？

溘死流亡

溘字，離騷篇凡三見。曰「寧溘死而流亡」，曰「溘埃風余上征」，曰「溘吾遊此春宮」。王逸於上下二句俱解作猶「奄」也，於中句又解作猶「掩」也。洪氏辯其非是。洪氏解上中二句俱作「奄忽」之義，於下句又曰「溘，一作壒[二九]。壒，塵也，無奄忽義」。朱子辯證曰：「溘字，補註兩處皆已解爲『奄忽』之義，至『溘吾遊此春宮』乃云『無奄忽之義』，不知何故自爲矛盾如此。」瑗按：洪氏於下句之溘，蓋作壒字，從土旁，上二句從水旁。明壒與溘不同義耳，非矛盾也。大抵此三句要皆從水旁爲是，而有二義。下句溘字當解作奄忽迅速之義。楚辭凡言「溘死而流亡」之溘字，又當與流字對看，解作漂泊之意可也。如汩字，既解作汩没之義，又解作去疾之義。要當隨文訓詁，庶不失作者立言之意，不可執一説也。

時、態

態與時協，其説詳見前能字韻下。

攘詬

王逸曰：「攘，除也。詬，耻也。言己所以能屈按心志，含忍罪過而不去者，欲以除去耻辱，誅讒佞之人，如孔子誅少正卯也。」洪氏曰：「禮記曰：『以儒相詬病。』詬病，耻辱也。」朱子辯證曰：「舊註以『攘詬』爲『除去耻辱，誅讒佞之人』，非也。彼方遭時用事，而吾以罪戾廢逐，苟得免於後咎餘責，則已幸矣，又何彼之能除哉？爲此説者，雖若不識事勢，然其志亦深可憐云。」朱子集註改之曰：「言與世已不同矣，則但可屈心而抑志，雖或見尤於人，亦當一切隱忍而不與之校，雖所遭者或有耻辱，亦當以理解遣，若攘却之而不受於懷。」瑗按：屈心、抑志、忍尤、攘詬，四者平看。王逸以「攘詬」承上三者講，固非是。而朱子又解爲「攘却之而不受於懷」，以「忍尤」照之，亦非是。蓋此攘字，如孟子「日攘鄰雞」之攘。朱子註曰：「攘，物自來而取之也。」此言耻辱自來而受之，猶物自來而取之。程子曰：「罪自外至，曰尤。」可見尤、詬皆非屈子之所致，而乃自外來，猶易所謂「無妄之災」。故屈子屈心抑志，忍而攘之，不與之校也。作「攘除」之義，非是。

前聖所厚

厚，篤厚之意。所厚，猶言爲古之聖人之所取，不爲所鄙薄賤惡而棄也。此亦泛言以見「伏清白以死直」，其道義志行有合於古之聖人耳。舊註以比干諫而死，武王封其墓，孔子稱其仁，及表商容之閭之類爲厚之也，非是。此厚字要活看，不可實實作真有所加厚於己之事也。只言己之道必爲聖人之所取，不爲聖人之所棄便是。讀者詳之。

悔相道章

此章屈子是以道路取譬，言昔日相視道路，未能明察，故致迷惑。然尚行之未遠，故猶可回車復還歸耳。以比昔日初出筮仕，輕犯世患，以致遭讒狼狽，然尚及此，猶可引身而退耳。下文「復脩初服」等語，皆謂隱也。王、洪二註皆謂屈子初欲去楚，復悔其非事君之義，故中道復還楚國，以終事君之志，失之遠矣。洪氏解「延佇乎吾將反」曰：「異姓事君，不合則去；同姓事君，有死而已。屈原去之，則是不察於同姓事君之道，故悔而欲反也。」王逸解「及行迷之未遠」曰：

「言乃旋我之車，以反故道，及己迷誤欲去之路，尚未甚遠也。同姓無相去之義，故屈原遵道行義，欲還歸也。」朱子辯證曰：「『延佇將反』，洪以同姓之義言之，亦非文意。王逸行迷之義〔三〇〕，亦然。」瑗按：朱子闢之甚是，而集註之説得其旨矣。大抵古人解書，不即本文以釋意，而恒執己意以解文，故多牽强支離之説，而註楚辭者尤甚。屈子楚辭往往言其欲去楚之意，而諸家必欲解爲不去楚也；往往言其不欲自沉之心，而諸家必欲解其爲實自沉也。吾不知其何所見而云然。嗚呼！屈子心事千載不明，吾又何暇自恤忌諱，而不爲之一表白於世哉吾！亦非敢立異也，但據楚辭之書，即屈子之言而釋之耳。

椒丘

王逸曰：「土高四墮曰椒丘。」詞亦欠明白。五臣曰：「椒丘，丘上有椒也。行息依蘭椒，不忘芳香以自潔也。」司馬相如賦云：「椒丘之闕。」服虔云：「丘名。」如淳云：「丘多椒也。」洪氏曰「按椒，山顛也。此以椒丘對蘭皋，則宜從如淳、五臣之説」焉，是矣。瑗又按：蘭皋，王逸引招魂「皋蘭被徑」以證之。蓋此言蘭皋，意在於皋；彼言皋蘭，意在於蘭也。讀者須知立言之意可也。

陸離

王逸曰：「陸離，猶參差[三]，衆貌也。」洪引許慎云「美好貌」，顔師古云「分散也」。朱子曰：「美好分散之貌。」瑗按：上三家各得其一字之義，而朱子合二説而解之是矣，但稍倒耳。蓋陸者，猶今言陸續之陸。故曰參差，曰分散，得陸字之義也。離者，麗也。謂華麗之麗，非附麗之麗。古人用字，多假借之類。是有光輝燦爛之意，故曰美好，得離字之義也。故瑗謂三家各得一字之義，而朱子之解稍倒耳。余以參差美好之貌釋之，庶幾得其意乎。此雖細義，讀書者不可不知也。又按：劉向九歎逢紛篇曰：「薜荔飾而陸離薦兮，魚鱗衣而白蜺裳。」王逸註曰：「陸離，美玉也。」未詳所出。

芳澤

王逸曰：「芳，德之臭也。易曰：『其臭如蘭。』澤，質之潤也。玉堅而有潤澤。」「言我外有芬芳之德，内有玉澤之質，二美雜會，兼在於己。」朱子曰：「芳，謂以香物爲衣裳。澤，謂玉佩有潤澤也。」瑗按：「芳與澤其雜糅」，此句凡三見。思美人句似指上文芳茝、宿莽而言，惜往日句似指下文芳草、蕙若而言，是不獨玉可以謂之澤也。此章之句雖承上芰荷、芙蓉、冠佩而言，然「長余佩之陸離」，佩字是泛指劍、玉、蘭、蕙之類而言，「佩繽紛其繁飾」，佩字是又總芰荷、芙蓉、冠佩而言。王逸獨指芳爲芳草，澤爲玉佩，「長余佩」、「佩繽紛」之二佩字，亦俱專指玉佩而言。朱子因之，恐未是。前章曰「紉秋蘭以爲佩」，是又不獨玉可以謂之佩也。大招曰：「粉白黛黑，施芳澤。」王逸註曰：「又施芳澤，其芳香鬱渥也。」朱子曰：「芳澤，芳香之膏澤也。」又列子曰：「施芳澤，正蛾眉。」淳于髡曰：「羅襦襟解，微聞薌澤。」由此觀之，古人用芳澤字甚多。而楚辭之所言芳與澤者，當合芳草、玉佩而言之，不必分芳爲草、澤爲玉也。芳言其氣之芳薌，澤言其色之潤澤耳。或曰，芳草可謂之澤矣，玉佩可謂之芳乎？曰：古謂香玉，其來久矣，獨不可謂之芳邪？薌，古香字，通用。

昭質

王逸曰：「獨保明其身，無有虧歇而已。所謂道行則兼善天下，不用則獨善其身。」五臣曰：「唯獨守其明潔之質，猶未爲自虧損也。」朱子曰：「言獨此光明之質，有退藏而無虧缺，所謂道行則兼善天下，不用則獨善其身也。」瑗按：此「唯昭質其未虧」，唯字固專詞也，亦語詞也，古字多通用。王逸看得唯字太深，解作獨也，質字又解作形體之質，故有獨保明其身之説。復引「道行則兼善天下，不用則獨善其身」之語以發明之。然詳玩本文，此二句之意實無着落。王逸是以唯爲獨，質爲身，故有此説。朱子因之，非是。蓋質者，質性之質。莊子、荀子皆曰：「性者，生之質也。」孔子之後，宋儒以前，以質爲性也久矣，況今人猶有質性之説。此所謂昭質者，謂昭明其質性耳。如易「君子以自昭明德」，大學「在明明德」之意。五臣、朱子之解，似以爲質性之説矣，而又以昭字連質字爲説，如「明德」字樣看，亦非是。昭，謂明之也。言己芳澤雜糅，而佩服之盛如此者，蓋以昭明其質性之無虧欠耳。然所謂芳澤雜糅者，喻己之備道全美，悉有衆善也。苟有一之未盡，則吾質之有虧矣。若屈子者，其知道者乎？其能盡性者乎？讀離騷者，其可以詞賦視之乎？吾嘗謂周末顯、靚之間，而孟子、屈子、莊子並生於一時。其道理之純粹，莊子雖不可與孟、屈同日而語，而文章之妙，於二子則不多讓也。嗚呼！周末極衰極弱之際，而文章之盛猶如此，周之多才，可見矣。

往觀四荒

王逸曰：「往觀四荒之外，以求賢君也。」五臣曰：「往觀四荒之外，以求知己者。」洪氏曰：

「爾雅『觚竹、北户、西王母、日下謂之四荒』，皆四方昏虛〔三〕之國。禮失而求諸野，當是時國無人，莫我知者，故欲觀乎四荒，以求同志，此孔子浮海居夷之意。然原初未嘗去楚者，同姓無可去之義故也。賈誼弔屈原云『瞝九州而相其君兮，何必懷此都』，失之矣。」朱子曰：「言雖已回車反服，而猶未能頓忘此世，故復反顧而將往觀乎四方絶遠之國，庶幾一遇賢君，以行其道。」或曰，諸家之説各有得失。然求賢君之説，不若求知己之説爲渾融，而求賢君之意自在其中矣。瑗嘗反復而詳玩之，直以求賢君解之，亦自無妨也。又洪氏譏賈誼之失，實先得我心之同然。然謂「此孔子浮海居夷之意」，是矣。而又以四荒爲四夷，謂「往觀四荒」乃「禮失而求諸野」也。孔子浮海居夷之意，豈禮失而求諸野之意乎？此説甚迂。至若同姓之義，朱子已辨其非矣。但此章之旨，屈原實因君「信讒而齌怒」，其道不行，其禍將及，欲隱去而避此世也。朱子又謂「猶未能頓忘此世，故復反顧而將往觀乎四方絶遠之國」，蓋反顧二字，猶言回首而視耳，當與游目字並輕看。朱子看得反字太重，故有「不能頓忘此世」之説。屈子方欲製芰荷，集芙蓉，戴高冠，垂長佩，脩吾初服，聊且止息，優游於蘭皐椒丘之間，使吾情之信芳，昭吾質之無虧之不暇，而不使進入以離尤也。又何暇戀戀於溷濁之世哉？孔子亦嘗數去乎魯矣。苟吾道之果是，固不在乎去不去也。苟吾道之當去，固不在乎同姓與不同姓也。屈子去楚之意，實欲隱遁耳。考之惜誦、涉江及此「脩吾初服」數章可見。而此篇後歷訪聖帝、求賢女之説，特設言以見舉世而無一人以爲知己者耳，非謂欲求賢君而事之也。縱使屈子欲去楚而求賢君以事，蓋亦欲行其道耳，非戰國儀、秦游説之徒之可比也。嗚呼！微子、箕子嘗抱祭器而歸周矣，孰謂同姓無可去之義乎？但聖賢之去國，非欺君賣國者所可同。蓋以爲道在吾，不可自我而絶也。聖賢固不苟生，亦不苟死也。如此，孰謂屈子之未嘗去楚乎？孰謂屈子之果投江而死乎？雖然，屈子之去楚者，亦去楚廷、離黨人，而隱於山林耳，又未嘗去楚而事於他邦也。論屈子者，不可謂其不去，不可謂其去也。所謂「可與智者言，難與俗人道」者，此類是也。又按：四荒，只作四方字看便是，荒字不必重看。

人生各有所樂

王逸曰：「言萬民稟天命而生，各有所樂，或樂諂佞，或樂貪淫，我獨好脩正直以爲常行也。」朱子曰：「言人生各隨氣習，有所好惡[三]，或邪或正，或清或濁，種種不同，而我獨好脩潔以爲常。」或曰，人或有樂富貴者，或有樂功名者，或有樂道德者。屈子「好脩以爲常」，蓋以道德爲樂者也。上官大夫之徒，蓋以富貴爲樂者也。道德之於富貴，其存心相去遠矣。孟子曰：「雞鳴而起，孳孳爲善者，舜之徒也；雞鳴而起，孳孳爲利者，跖之徒也。」然而爲善爲利之心雖不同，其雞鳴而起，孳孳不舍者，其迹則同也。故黨人見屈子汩乎若將不及，忽奔走以先後，以爲即己之馳騖以追逐，競進以貪婪也。遂内恕己以量人，各興心而嫉妬焉。嗚呼！微生畝且譏孔子爲栖栖而佞也，况屈子乎？以小人之腹而度聖賢之心，其來也久矣，孰知所樂有不同哉？瑗按：王逸以「人生各有所樂」句，俱就黨人不好邊説，對下「余獨好脩以爲常」句看，朱子、或説是。並邪正泛講，當從朱子、或説爲是。又按：樂字，洪氏讀作論語「益者三樂」、「損者三樂」之樂字，瑗謂直讀作洛音亦好，不必從也。

好脩以爲常

洪氏曰：「下文云：『汝何博謇而好脩。』又曰：『苟中情其好脩。』皆言好自脩潔也。」瑗按：前「余雖好脩姱以鞿羈」，又曰「苟余情其信姱以練要」，後曰「紛獨有此姱節」，又曰「孰信脩而慕之」，又曰「苟中情其好脩」，又曰「莫好脩之害也」。或單言脩，或單言姱，或以脩姱並言，則脩字之義可見矣。然篇内所謂靈脩、前脩、脩能、脩名之脩字，亦宜如此脩姱之脩義也。雖然，好脩者，人或能也；好脩以爲常人，人不可能也。故蘭芷變而不芳，荃蕙化而爲茅者，非不好脩也，不能好脩以爲常耳。嗚呼！世俗之工巧，能使君子變而爲小人也。如此，欲使上官之徒化而爲君子也，不亦難乎？然蘭芷荃蕙變化而爲茅與蕭艾，則有之矣。茅與蕭艾而變化爲蘭芷荃蕙，末之有也。又按：此章「余獨好脩以爲常」與前「余雖好脩姱以鞿羈」章相應，「雖體解吾猶未變」與前「雖九死其猶未悔」章相應。可見自「長太息」以下至此十三章，當爲一大段也。

女嬃

王逸曰：「女嬃，屈原姊也。」洪氏曰：「説文云：嬃，女字也，音須。賈侍中説：楚人謂女曰嬃，前漢有吕須，取此爲名。」水經引袁崧云：屈原有賢姊，聞原放逐，來歸喻之，令自寬全，冀其見從。鄉人因名其地曰秭歸。後又因以爲縣。縣北有原故宅，宅之東北有女嬃廟，擣衣石尚存。秭與姊同。朱子辯證亦載之。瑗按：説文與賈侍中之説似矣，餘説非也。易曰：「歸妹以須。」朱子曰「須，女之賤者」，是矣。説文謂須爲女字，蓋字賤女爲須也，特詞欠明白耳。夫須何以謂爲女之賤也？蓋嘗考之，天官書天文有織女三星，婺女四星。織女，天女孫也，女之至貴者也。婺女，賤妾之稱，婦職之卑者。爾雅曰：「須女謂之婺女。」婺，又一作務。是婺星之爲須女，須女之爲賤女也明矣。故女須者，謂女之至賤者也。嬃，正作須。女傍者，後人所增耳。豈特楚人謂女爲嬃哉？豈可謂女須爲原姊哉？柳子厚山水記曰：「其鳥多秭歸。」秭歸，即子規鳥也。蓋因其縣之多子規鳥而名之也。秭從禾者，謂栽禾之時而此鳥來歸，故名耳。秭者，禾之別名也。詩曰「萬億及秭」，又禾數之多稱也。豈可謂秭與姊同乎？至於女嬃廟、擣衣石，皆因註楚辭者錯誤，而後人遂附會其事也。若果爲原姊，豈可罵其弟乎？以屈原之清白正直而女須罵之，豈可謂之賢姊乎？不得謂之賢姊，又豈可廟祀於百世乎？王逸、袁崧乃無稽之言，其不足信也審矣。朱子從之，蓋偶未之思耳，或以其相傳既久，而不欲辯也。東方朔七諫哀命篇曰：「念女嬃之嬋媛兮，涕泣流乎於悒。」是以女嬃爲原姊，其來也遠矣。要皆不考而傅會之者也。

嬋媛

此二字，楚辭凡四見：離騷曰「女嬃之嬋媛」，湘君曰「女嬋媛兮爲余太息」，哀郢曰「心嬋媛而傷懷」。三處王逸皆註云：「猶牽引也。」悲回風曰「忽傾寤以嬋媛」，王逸註曰：「心覺自傷，又痛惻也。」朱子辯證曰：「詳此二字，蓋顧戀留連之意。王註意近而語疏也。」集註又謂「眷戀牽持之意。」瑗按：詩「邦之媛也」，註曰：「美女曰媛。」蓋嬋媛猶娟妍也，本美女嬌媚美好之稱，亦可以爲妖嬈邪淫之稱。如「康娛」二字，本安樂之好稱也。篇後曰「日康娛以淫遊」，又以爲逸豫驕傲之意。「逍遥」二字，亦本優游行樂之好稱也。哀郢曰「今逍遥而來東」，又以爲漂泊流落之意。蓋古人用字多假借，固不嫌於兩用也。湘君以下三者，當從美好之稱。若離騷「女須之嬋媛」，則爲邪淫之稱也。其義詳見各章本文之下，兹不贅。又按：王逸「牽引」二字，若謂牽衣引袂，不忍舍去之義，即朱子「顧戀留連」之意也，特詞欠明白耳。五臣解「申申詈予」句，乃謂「牽引古事而罵詈」，是蓋以申申即爲嬋媛之意，而又以援引古事爲牽引，失之遠矣。「牽引古事」，因下引鮌事而云也，甚謬甚謬。

申申

王逸曰：「申申，重也。」其意是矣。洪氏引論語「申申如也」以證之，謂「和舒之貌」。朱子曰：「舒緩貌。」俱非是。「申申詈予」，蓋謂罵之不已也，從王説爲是。又按：洪氏曰：「女須詈原，有親親之意焉。」又曰「女須之意，蓋欲原爲甯武子之愚，不欲爲史魚之直耳」，非責其不能爲上官之徒，以狥楚王之意也。「而王逸謂女須罵原以不與衆合，不承君意，誤矣。」朱子辯證曰：「此説甚善。」瑗按：朱子善洪氏之説，非是。此章明言罵之也，烏得謂爲勸喻之意乎？吾未聞以罵詈爲勸喻者也。又明以鮌比之矣，又烏可舍鮌不言，而别引甯武子、史魚之事乎？吾未聞鮌之直如史魚之直也。又明言其好偹姱節，而不服薋菉葹矣，又烏得謂非責其不能爲上官之徒乎？吾未聞不偹姱節而服薋菉葹焉，可以爲甯武子之愚也。此皆不察本文之意，而誤以女須爲原姊故。執己意以立説，而曲解如此，蓋欲爲原姊回護耳。要之，女須當從余解，而罵原之意當從王説爲是。

鮌

洪氏曰：「鮌遷羽山，三年然後死，事見天問。左傳曰：『其神化爲黄能，入於羽淵。』」又引東坡曰：「史記『殛鮌於羽山，以變東夷』，楚辭『鮌悻直以亡身』，則鮌蓋剛而犯上者耳。若小人也，安能以變四夷之俗哉？如左氏之言，皆後世流傳之過。」瑗按：東坡之論非是。史記之意，蓋謂誅一人而千萬人懼耳。若以東坡之論言之，是謂殛鮌者，又欲變四夷之俗，以復爲鮌也。其論之新奇，雖有救於鮌，而以之斷史記之説，斯失其旨矣。

姱節

王逸曰：「姱異之節。」五臣曰：「姱大之行。」洪氏曰：「姱，好也。」瑗按：姱乃美好之意，與脩美之脩同説，已見前。王逸、五臣以姱異、姱大解之，非是。視前解俱失其故步也。

節中

王逸曰：「依前世聖人之法，節其中和。」其説是矣。又曰「節，度」也，詞贅而不明白。五臣又曰：「中，用[三四]也。言我依前代聖賢節度，而不得用。」以節字連上解，固爲支離。而以中爲用也，又無據而甚謬。蓋「依前聖」，即言法前聖也。朱子解易節卦曰：「節者，有限而止也。」此節字是謂有節制界限之意，要解作法度之度字，亦通。但當虚看，不可作實字看。

憑歷

憑字，舊俱解作憤懣恚怒之意。按：左傳、列子、莊子、方言固多如舊説，而天問亦以「康回憑怒」言之。蓋嘗考所謂憑怒、憑凌、憑據諸説，亦皆是極盛之意。淮南子曰：「天地未分，憑憑翼翼。」蓋是言天地之氣未曾分判，而充塞盈滿於兩間耳。則此「憑心」當承上「依前聖以節中」而言。言己所得於心者，極其盛耳。以此所得者極其盛，而反遭此罵詈，此所以可歎也。又何嫌於兩用乎？又按：歷字，王逸解作「數也」，謂「歷數前世成敗之道」。五臣解作「行也」，謂「歎息憤懣，而行此澤畔」。皆非是。洪氏曰：「歷，猶逢也。」『喟憑心而歷茲』者，歎逢時之不幸也。」「下文『委厥美而歷茲』，意與此同。」朱子曰：「歷，經歷之意。」二説意俱是。但洪説欠别白，而朱子亦欠發明。蓋「歷茲」者，謂遭此詈辱也。指上女須之詈詞而言耳。

沅湘

洪氏曰：「沅，音元。山海經云：『湘水出帝舜葬，東入洞庭下。』『沅水出象郡鐔城西，東註江，合洞庭中。』後漢志：武陵郡有臨沅縣，南臨沅水，水源出牂牁且蘭縣，至郡界分爲五谿。又零陵郡陽朔山，湘水出。水經云：『沅水下註洞庭』，『方會於江。』湘中記云：『湘水之出於陽朔，則觴爲之舟，至洞庭，則日月若出入其中。』」此補註所載，雖無關於文義，然亦不可不知。

南征

王逸曰「征，行也」，是矣。易升卦曰：「勿恤，南征吉。」朱子本義曰：「南征，前進也。」然則此所謂「濟沅湘而南征」，猶云渡江而去耳。王逸謂「舜葬於九疑山，在沅、湘之南」，「故欲渡沅、湘之水而南行」。夫南固指其方，而不必謂舜葬於九疑山，其南亦不可專指九疑也。涉江篇曰：「吾與重華遊兮瑤之圃。」然則舜又豈嘗至瑤圃乎？上曰「將往觀乎四荒」，此曰「濟沅湘以南征」，下曰「溘埃風余上征」，皆所以爲下遠遊諸章起也。

重華

王逸曰：「重華，舜名也。帝繫曰：『瞽瞍生重華，是爲帝舜。』」洪氏曰：「先儒以重華爲舜名。按書云『有鰥在下曰虞舜』，與帝之咨禹一也，則舜非謚也，名也。又曰『若稽古帝舜，曰重華』，與堯曰放勳一也，則重華非名也，號也。群臣稱帝不稱堯，則堯爲名；帝稱禹不稱文命，則文命爲號。伊尹稱尹躬暨湯，則湯號也。湯自稱予小子履，則履名也。楚辭屢言堯、舜、禹、湯，今辯於此。」瑗按：朱子註孟子曰：「放勳本史臣贊堯之詞，孟子因以爲堯號也。」註此又依洪氏曰：「重華，舜號也。」然則重華亦史臣贊舜之詞，屈子因以爲舜號乎？故蔡氏註尚書，解放勳、重華、文命皆爲贊美之詞，而不謂爲堯、舜、禹之名號，其説非也。詳尚書之文勢書法，而放勳、重華、文命之爲三聖之號也審矣，豈可謂孟子因以爲號乎？或曰，大禹謨，蘇氏謂以文命爲禹名，則敷於四海者爲何事邪？曰：安知其非闕文邪？安得以其一而廢其二邪？既謂之曰號，則必本其德業而號之矣，而贊美之意不待言矣。或曰，若是則皋陶謨之「允迪」，亦爲皋陶號邪？曰：堯、舜、禹，君也，故當時臣民推戴而加之以尊號。皋陶，臣也，故無從而號之，非若後世之得以請謚於朝也。不然，則以「厥德謨明弼諧」爲句，亦無不可。又按：史傳曰，堯姓伊祁，祁或作耆，名放勳，勳或作勛。謚法：「翊善傳聖曰堯。」初爲唐侯，後爲天子，都陶，故號陶唐氏。舜姓姚，名重華。謚法：「仁聖盛明曰舜。」起於虞，故號有虞氏。蔡氏又謂姓虞名舜也。禹姓姒，名文命。謚法：「受禪成功曰禹。」起於夏，故號夏后氏。瑗按：史以唐、虞、夏爲地名，是矣。餘説不如洪氏之説爲有據。竊謂堯、舜、禹，名也。放勳、重華、文命，當時之謚號，而史臣因以稱之也。伊祁、姚、姒，姓也。書謂「有鰥在下曰虞舜」，不稱姚舜而曰虞舜者，蓋師錫稱於帝前，而姚與堯名同音，故諱之曰虞舜，以地名之也。湯、文、武者，亦號也。後世稱堯、舜、禹、湯、文、武者，上三聖舉其名，下三聖舉其號，蓋因原來相傳稱呼如此，口熟字順，故不改耳。亦可見上古之質直多稱名，中古之文盛每稱號也。其所謂唐、虞、夏、商、周者，俱本所興之地名，而因以爲一代有天下之號也。故後世論其人者，每以堯、舜、禹、湯、文、武爲言；論其世者，每以唐、虞、夏、商、周爲言云。瑗因洪氏之説，故漫綴於此，亦學者所當知也。

陳詞

王逸「言己依聖王法而行，不容於世」，故欲就舜陳詞自説，「稽疑聖帝，冀聞秘要，以自開悟也。」按：王説是以爲「就」有道而正焉之意，非是。蓋屈子以爲己得大中至正之道，世無人知而用之，故往見聖人，以爲知己者，一道以渫其憤懣之情耳。下文曰「耿吾既得此中正」是也。非謂因人之讒毀，其道不行，而有疑於己也。洪氏曰：「天下明德，皆自虞帝始，其於君臣之際詳矣。故原欲就之而陳詞也。」今觀下文所陳，蓋泛舉歷代治亂成敗之迹，不獨指君臣一端而言也。朱子集註取之，亦未盡善。二家之説意雖是，而詞太拘也。瑗按：此曰：「濟沅湘以南征兮，就重華而陳詞。」涉江曰：「吾與重華遊兮瑶之圃。」懷沙曰：「重華不可遌兮，孰知余之從容。」雖各見於他篇，而非出於一處。然始而欲就之而陳詞，既而欲與之而同遊，既而嘆其終不可遇，其意亦互見也。

啓

五臣曰「啓，開也」，是矣。天問曰：「西北辟啓，何氣通焉？」則屈子以啓爲開字之義也審矣。但此之啓者，蓋謂開陳其詞，以告之於舜者也。乃承上章「就重華而陳詞」句，更端發語之意也。五臣以爲「禹開樹此樂」，則謬矣。王逸以爲禹之子名，洪氏、朱子仍之，且闢五臣之謬，非是。五臣解作「禹開樹此樂」，則謬。而以啓爲開義，則是也。此啓字，即上文「陳詞」之陳字也。不言陳而言啓者，變文耳。惟其不以爲開義而以爲禹子名，故解九辯、九歌多牽滯不通。或以爲啓之樂，或以爲啓脩禹樂也。或曰，天問云：「啓棘賓商，九辯、九歌。」又何如也？曰：無傷也。天問之啓，自爲禹子名。而離騷之啓，自爲開義。蓋偶用啓字與天問相同，故後人遂執泥不通也。如「夏康娛以自縱」，康娛二字本相連屬，而康字偶與太康之名同，而文意又實指太康，故説者亦以夏之太康爲解，甚非也。况天問之言，屈子方乃斥其誣也，而此處豈肯用之邪？或曰，「崑崙懸圃，其居安在」，天問亦斥之矣，此篇又用之，何也？曰：此篇所用崑崙懸圃，蓋如馭風雲、乘鸞鳳之説，寄興假設之詞耳。若此段陳舜之詞，雖亦設言，而其事實則欲叙歷代人君之得失，國家之治亂，而賢否褒貶於是乎概見，非寄興之言之可比也。故説詩者不可以文害詞，以詞害意也。以啓爲禹子者，皆執天問之文故也。前章「依前聖以節中」至後「耿吾既得此中正」爲一串意。讀者虚心平氣而熟誦詳玩之，勿以天問之言先横於胷中，則啓之爲開，其義自見，而且使此篇之文有脉絡接换之妙。若以爲禹子名，不惟九辯、九歌牽强不通，而此章起句亦覺突然矣。

九辯、九歌

王逸曰：「九辯、九歌，禹樂也。言禹平治水土，以有天下，啓能承先志，纘叙其業，育養品類，故九州之物，皆可辯數，九功之德，皆有次序，而可歌也。左氏傳曰：『六府三事，謂之九功。九功之德，皆可歌也，謂之九歌。水、火、金、木、土、穀，謂之六府；正德、利用、厚生，謂之三事。』」下章註曰，夏王太康「不遵禹、啓之樂」。天問「啓棘賓商，九辯、九歌」，註曰：「九歌，啓所作樂也。言啓能脩明禹業，陳列宫商之音，備其禮樂也。」瑗按：王逸以爲禹樂，是矣。其下又曰「啓能承先志」云云，天問又以爲「啓所作樂」，又以爲「啓能脩明禹業」云云。或以爲禹樂，或以爲啓樂，或以爲禹、啓之樂，何其自相矛盾，牽强支離之甚乎？夫九州之物，皆可辯數，九功之德，皆可歌詠。自禹之時，已九功惟叙，九叙惟歌，而被之筦絃矣。禹蓋親覩其盛矣，豈待啓而後然乎？啓之賢，亦僅能守成父業，而優於朱均耳。又豈能有脩明禹業，而充拓之也乎？啓之得天下，亦以禹之功德之餘蔭，而天下歸之，非啓之賢之足以繫天下之心也。禹死而功德正洋洋如也，又豈待啓之纘叙脩明而後可辯可歌也乎？其不然也審矣。是蓋以啓字爲禹子之名，故莫能有一定之説，而自相矛盾也如此。

洪氏曰：「山海經云：『夏后上三嬪於天，得九辯與九歌以下。』註云：『皆天帝樂名，啓登天而竊以下用之。』天問亦云：『啓棘賓商，九辯、九歌。』王逸不見山海經，故以爲禹樂。五臣又云：『啓，開也。言禹開樹此樂。』誤矣。離騷、天問多用山海經，而劉勰辨騷以康回傾地、夷羿彃日爲譎怪之談，異乎經典。如高宗夢得説，姜嫄履帝敏之類，皆見於詩、書，豈誣也哉？」瑗按：洪氏引山海經之説，自當用之於天問，而此則以爲禹樂是也。朱子辯證悉矣。

朱子辯證曰：「九辯不見於經傳，不可考。而九歌著於虞書、周禮、左氏春秋，其爲舜、禹之樂無疑。至屈子爲離騷，乃有『啓九辯九歌』之説，則其爲誤亦無疑。王逸雖不見古文尚書，然據左氏爲説，則不誤矣。顧以不敢斥屈子之非，遂以啓脩禹樂爲解，則又誤也。至洪氏爲補註，正當據經傳以破二誤，而不唯不能，顧乃反引山海經三嬪之説以爲證，則又大爲妖妄，而其誤益以甚矣。然爲山海經者，本據此書而傅會之，其於此條，蓋又得其誤本。若他謬妄之可驗者亦非一，而古今諸儒，皆不之覺，反謂屈原多用其語，尤爲可笑。今當於天問言之，此未暇論也。五臣以啓爲開，其説尤謬。王逸於下文又謂太康不用啓樂，更[三五]作淫聲。今詳本文，亦初無此意。若謂啓有此樂，而太康樂之太過，則差近之。然經傳所無，則自不必論也。」瑗按：朱子既謂九辯、九歌爲舜、禹之樂無疑，又謂王逸以啓脩禹樂爲誤，又謂洪氏不能據經傳以破其誤，而引山海經之爲妖妄矣。然註離騷集註又用王逸啓能承先志之説，天問之集註又竊山海經之意以爲解，亦何其自相矛盾也！是皆執天問之文，而以啓爲禹子名，不以爲開陳之義，故其説不通，而自爲支離之言，不能爲一定之説也。要之，天問當用山海經之言，而此啓字，當作開陳之義爲是。直以九辯、九歌爲禹樂，削其餘説，則庶乎不失作者立言之旨也。夫禹之樂，誠不可以爲啓之樂，其説是矣。朱子並譏屈子，指作啓樂爲誤。夫屈子曷嘗以九辯、九歌爲啓樂哉？啓之爲開，其義甚明。以上下文照之，其文甚順。而因其用啓字偶與天問相類，遂斷斷然執其説而不變，不亦膠柱契舟之甚乎？朱子又謂九辯不見於經傳，是亦未之深思也。瑗嘗考蔡氏尚書

「九功惟叙」、「九叙惟歌」，註曰：「叙者，言九者各順其理，而不汨陳以亂其常也。歌者，以九功之叙而詠之歌也。」此所謂辯者，蓋亦謂其有條理可辯，而非亂雜之無統也。辯之於叙，其義一而已矣，是「九辯」即「九叙」也。不言叙而言辯者，變文耳。又以明叙之之義爲辯也。如詩之雨無正，韓詩作雨無極。書之「今失厥道」，左氏作「今失其行」。古人引書用事，如此類甚多，留心考之自見。至若天問之篇，乃屈子窮理之言。蓋欲正人心，息邪説，距詖行，放淫詞。當與孟子距楊、墨，韓子排佛、老同功。而後世反譏其怪誕，而謂屈子之不能無疑於心也。何其不察作者之意之甚哉？詳見本篇，兹不及贅。

夏康娛以自縱

舊註皆謂上句啓字爲禹子，此夏康爲啓子太康也，俱非是。觀下文曰「日康娛而自忘」，又曰「日康娛以淫遊」。則「康娛」二字當相連講無疑。况既曰夏，又曰康娛以自縱，則不待言而可以知其爲太康矣。猶舉九辯、九歌，則不待言而可以知其爲禹樂也。或曰，書言九叙九歌，禹蓋嘗推之於舜，故朱子據書、禮、春秋謂爲舜、禹之樂無疑。此蓋設爲陳舜之詞，屈子之意蓋謂此九辯、九歌雖禹之功德，亦舜之事業。舜親見其盛者，今則自夏之子孫而亂之。故曰夏者，舉一代之號，而別之以陳於舜也，其説亦甚有理。知此意亦可以破「夏康」二字，不必相連以爲解矣。

五子

五子者，太康之弟也。惟仲康即帝位，見於經傳，餘子之名未詳。今按：古文尚書五子之歌，其詞旨憂愁鬱悒，慷慨感勵，推其亡國敗家之由，皆原於荒棄皇祖之訓，則五子誠賢子也。屈原責之以失家巷何也？要之，當以楚辭爲正，又足以徵古文尚書之非真者也。大抵此章九辯、九歌言禹德業之盛也，次二句責太康也，末句責五子也。言禹德業之盛而後人不能守，以見楚之先君創業垂統，而懷、襄之不能繼也。或曰，下三句不必分。「夏康娱」二句，亦所以責五子。而曰五子，則太康自在其中。互文以見意耳，亦通。

縱、巷

巷，一作衖，音義並同，古通用也。朱子協乎貢反。或一切作鬨，或一切作弄。蓋以巷之上爲共，衖之中爲共。蓋以共字協之，可與縱而爲韻也。

羿

左傳曰「有窮后羿」，又曰「在帝夷羿」。天問曰「帝降夷羿」。説者曰，窮，國名也。羿自鉏遷於窮石。窮石，山名也。蓋因山名以名其國耳。后，君也，謂爲有窮之諸侯也。嘗簒夏帝相位，故亦稱帝。夷，羿之氏也。後人稱窮羿者，兼其國號，而稱羿者，本其姓氏也。或曰，羿者何謂也？蓋羿者，善射之稱，先王因以爲射官之官名，而或者以爲有窮后之名字。帝王紀云「帝羿有窮氏，未聞其姓何先[三六]」，是又以有窮爲姓氏，俱非也。王逸不詳所以。洪氏引説文曰羿：「帝嚳射官也，夏少康滅之。」賈逵云：「羿之先祖也，爲先王射官。帝嚳時有羿，堯時亦有羿，羿是善射之號。此羿，商時[三七]有窮后羿也。」瑗按：論語「羿善射，奡盪舟」，孟子「逢蒙學射於羿」，朱子皆註爲有窮之羿。夫以羿與奡對言，逢蒙乃寒浞之家臣，朱子之説是也。又按：淮南子言：「堯時，十日並出，草木焦枯，堯命羿仰射十日，中其九。」又曰：「羿除天下之害，死而爲宗布。」天問曰：「羿焉彃日。」歸藏易曰：「羿彃十日。」此皆謂堯時之羿也。又按：山海經曰：「帝俊賜羿彤弓素矰，以扶下國。羿是始去恤下地之百艱。」見山海經第十八卷。帝王紀曰帝羿有窮，「帝嚳以上，世掌射正。至嚳，賜以彤弓素矢，封之於鉏，爲帝司射，歷虞、夏。羿學射於吉甫，其臂長，故以善射聞。及夏之衰，自鉏遷於窮石」，因夏民以篡位。是山海經謂帝嚳之羿，而帝王紀又統論之者也。由此觀之，則夷氏之羿，羿之爲號其來也遠，非始於帝嚳也。但自帝嚳以前爲射官，帝嚳以後爲諸侯。自夏以前爲鉏國，自夏以後爲窮國。嚳、堯之羿爲民除害，夏后之羿因國作亂，故見滅於少康，而其爵國遂絶也，要非一人。而史傳稱善射者，多以羿名之，覽者不可不知。郭璞註山海經言：「有窮后羿，慕羿射，故號此名也。」或者又謂有窮后好射，故人因以羿目之，俱非是。蓋其官職之本號耳。或曰，羿何以爲善射之號也？瑗嘗思之，羿字上從兩手，俱爲左向，若人射之狀。下爲廾，若一絃而貫雙矢。又，羿一作𢏚，此其所以爲善射之名而義亦章章矣。字書又上從羽，謂以羽箭而射也，亦通。

浞

浞，寒浞也，羿之相也。或曰，羿之嬖臣也。蓋初爲嬖幸之臣，而後因以爲相歟。左傳曰：「寒浞，伯明氏之讒子弟也。伯明后寒棄之，夷羿收之，信而使之，以爲己相。」註曰：「寒，國名。浞，人名。伯明，寒國君名。寒浞乃伯明氏好讒之子弟，伯明之君惡其好讒，寒棄之而不用。羿善其好讒，收録以爲己用。」或又曰，寒，姓也。瑗按：史記正義曰：「寒國，在北海平壽縣東，寒亭也。伯明，其君也。」則寒非姓也，國也。詳左傳正文，則伯明又似以爲姓氏也，非名也。其曰「伯明后寒棄之」，似又謂伯明之后曰寒者，棄其浞也。帝王紀云：「寒浞，伯明氏之讒子，伯明后以讒棄之。」以此推之，文理頗順。則左傳「寒棄」之寒，似又當作讒字，因其聲近而誤耳。詞皆不別白，未知其審。或後人因寒姓以名其國，或寒本國名而稱寒浞者，如窮羿之稱，史失其本姓，或伯明亦可爲姓氏，皆無所考，而不可知其詳矣。

貪夫厥家

據此，則羿爲寒浞貪其家所殺。據孟子，則羿又爲逄蒙忌其業所殺。按：逄蒙乃浞之家臣，左傳亦言家衆殺而烹之。蓋謀而主之者寒浞也，殺而烹之者衆人也。逄蒙雖學射於羿，而後爲寒浞所寵，本又實嘗懷忌其藝之心，故因寒浞之命而乘其亂以殺之也。孟子之意，蓋謂逄蒙既學射於羿矣，而羿之善射，非逄蒙不足以殺之，故於家衆之中獨罪逄蒙焉。而又獨以忌藝之事言之，此亦春秋誅心之法。君子立言，意各有在，孟子非恕寒浞，而屈子非舍逄蒙也。嗚呼！以言取人，失之宰我；以貌取人，失之子羽。當逄蒙學射之時，羿固不能逆知其爲殺己之人也。至若寒浞之讒，伯明已棄之矣。羿既已知之矣，人固棄之，我固取之。不惟收而使之，又從信而相之。而其殺身之禍，實始於寒浞焉。則羿之罪不特薄乎云耳。

狐、家

家，叶古胡反，讀作姑，漢之時有曹大家。瑗按：古韻，家亦與華爲韻。若以家爲主而如字讀，則狐旁爲瓜，亦可從家叶也。

羿、澆之事

左傳襄公四年魏莊子曰：「昔有夏之方衰也，后羿自鉏遷於窮石，因夏民以代夏政。恃其射也，不脩民事，而淫於原獸。棄武羅、伯因、熊髡、尨圉，而用寒浞。寒浞，伯明氏之讒子弟也。伯明后寒棄之，夷羿收之，信而使之，以爲己相。浞行媚於内，而施賂於外，愚弄其民。而虞羿於田，樹之詐力[三八]，以取其國家，外内咸服。羿猶不悛，將歸自田，家衆殺而烹之，以食其子。其子不忍食諸，死於窮門。靡奔有鬲氏。浞因羿室，生澆及豷，恃其讒慝詐僞，而不德於民。使澆用師，滅斟灌及斟鄩氏。處澆於過，處豷於戈。靡自有鬲氏收二國之燼，以滅浞而立少康。

少康滅澆於過，后杼滅豷於戈。有窮由是遂亡，失人故也。」左傳哀公元年伍員曰：「昔有過澆，殺斟灌以伐斟鄩，滅夏后相。后緡方娠，逃出自竇。歸於有仍，生少康焉，爲仍牧正，惎澆能戒之。澆使椒求之，逃奔有虞，爲之庖正，以除其害。虞思於是妻之以二姚，邑諸綸。有田一成，有衆一旅。能布其德，而兆其謀，以收夏衆，撫其官職。使女艾諜澆，使季杼誘豷，遂滅過、戈，復禹之績，祀夏配天，不失舊物。」洪氏曰：「論語兼義云：羿逐后相自立，相依二斟，夏祚猶尚未滅。及寒浞殺羿，因羿室而生澆，澆長大，自能用師，始滅后相。相死之後，始生少康，少康生杼，杼又年長，始堪誘豷，方始滅浞而立少康。計太康失邦，及少康紹國，向有百載乃滅有窮。而夏本紀云仲康崩，子相立，相崩，子少康立，都不言羿、浞之事，是馬遷之疏也。」瑗按：羿、浞之事，史記固疏，而左傳亦畧，又詳見史記夏本紀註。余嘗總諸家之説爲羿、浞傳，文多不載。

罪羿論

夷羿篡弑之賊，無足道者。然其死也，孟子以爲逢蒙所殺，屈子以爲寒浞所殺。孟子以逢蒙爲夷羿之弟子，王逸以逢蒙爲寒浞之家臣。左傳以爲浞虞羿於田，羿田將歸，家衆殺而亨之。詳其事而兼其説，余嘗參伍而論之。蓋蒙初嘗學射於羿，後爲浞之家臣。既受浞之私恩，而又實懷忌羿之心，故乘浞之亂，因其謀，承其命，於羿之將歸自田也，遂殺而烹之耳。是共殺之者家衆也，而能殺之者逢蒙也，能殺之者逢蒙也，而謀殺之者寒浞也。逆儔朋黨詭計環攻，羿雖善射不足恃，而雖欲預防之也無所逃矣。孔子曰：「與其潔也，不保其往也」，「與其進也，不與其退也。」孟子曰：「往者不追，來者不距。苟以是心至，斯受之而已矣。」是道也，非獨聖賢之設科也，惟藝亦然。當蒙之來學也，其賢不肖雖不可知，羿安能遽逆其爲將殺己之人邪？又安能逆其將殺己，而不盡授之以術邪？是羿之授蒙而且盡授其術者，未爲盡非也。故公明儀曰：「宜若無罪焉。」意蓋如此。孟子曰：「薄乎云耳，惡得無罪？」薄乎云耳者，固責之之詞，而又存恕之之意，而亦未嘗盡以爲非也。是羿之死，不當歸罪於受蒙，而當歸罪於收浞也。按：左傳，寒浞乃伯明氏之讒子弟也，伯明后惡其好讒也而放棄之，夷羿愛而收之，信而使之，遂以爲己相。夫羿不逆蒙之惡，是也。若浞之讒佞詐僞已著矣，羿固知之矣，伯明氏固棄之矣。人固棄之，我固收之。遽信而使之，又任以爲相，而假之以大權，卒爲浞貪其家而被其害。是羿之死非基於受蒙，而始於收浞也。春秋之法，推見至隱，羿之任相已如此矣，何況取友乎？浞既爲相，而蒙又爲浞之家臣，其權謀足以有爲，其技能足以相加，羿雖欲不見殺也得乎？論而至此，則羿之罪豈特薄乎云爾哉？抑論之，羿乘夏之衰，遂逐夏后相，而篡其位。浞又殺夫羿而妻其家，浞子澆又爲夏少康所誅滅，而有窮氏遂亡。其所以殺之者，非自殺也，一間耳。輾轉相報，捷如影響，固亂流之鮮終，實天道之好還也。要之，羿者乃亂之首而罪之魁也。雖且殺而烹之，猶有餘辜矣，又何足以深惜之哉？後世之貶羿者，多據孟子之言，以其死也歸罪於受蒙，而不歸罪於收浞，是爲罪羿論。

逄蒙論

吾嘗據左傳論羿之死。蓋謀而主之者寒浞也，殺而烹之者寒浞之家衆也，非逄蒙一人也。孟子曰：「逄蒙學射於羿，盡羿之道。思天下惟羿爲愈己，於是殺羿。」而獨罪蒙者何也？其意蓋謂蒙既學射於羿矣，則羿師也，蒙弟子也。而且盡羿之道，是羿固不吝其術，秘其法，而盡心以教之無遺餘矣。此雖技藝之末，而師生之分則一也。蒙之於羿而恩義之隆，當與顔回之於孔子同也。雖盡忠效死於羿可也。弟子固不當殺師，而蒙乃弟子之尤不當殺羿者也，而卒殺之也何哉？且羿之善射，非蒙不足以殺之，故孟子於家衆之中，獨罪蒙焉。而又獨以忌藝之事言之，此春秋誅心之法也。使蒙無忌藝之心，雖不能使寒浞之不殺羿，要必有周旋之意於其間，豈忍使遽至於死？死而且烹之，其慘毒之甚之若是哉！是蒙之殺羿，實忌藝之心以基之，而且將幸浞之亂，籍之以爲快也。以是推之，則逄蒙殺羿之心，蓋有過於寒浞貪夫厥家之心。初無一時而忘，而關弓控絃以待之也久矣。則浞之殺羿也，又安知非蒙有以啓其謀而成其事，渫其憤而圖其私，且將逞其技於一試，以徼其善射之名也邪？夫子濯孺子乃庾公之斯之師之師也，猶推其源流，曰：「不忍以夫子之道，反害夫子。」況逢蒙親受業於夷羿之門者乎？若庾斯之事，雖未盡善，姑且勿論，而於所謂師友之義則盡矣。彼逢蒙者，非庾斯之罪人乎？嗚呼！浞以放子而羿任以爲相，其恩義之隆，又非蒙之可比其萬一，而且甘心於羿焉，則又何深責乎蒙？戰國傾危之習，大抵如此。

菹醢

王逸曰：「藏菜曰菹，肉醬曰醢。」五臣曰：「菹醢，肉醬也。」洪氏曰：「説文云：『菹，酢菜也。』一曰麋鹿爲菹，虀菹之稱，菜肉通。爾雅曰：『肉謂之醢。』」瑗按：菹，一作葅，水草也。虀，淹菜也。菜亦草類也，故葅亦可爲淹菜之稱。而又可以爲肉醬之稱者，蓋虀本細切淹藏之蔬，而細切其肉以醬和而藏之，其製法亦如淹藏其菜也，故亦可稱肉醬爲菹。是菹可以兼醢，而醢未有兼菹解者。今既對舉而並言之，當依王註分説爲是。書曰：「焚炙忠良，刳剔孕婦。」又曰：「斮朝涉之脛，剖賢人之心。」禮記曰：「昔殷紂亂天下，脯鬼侯，以饗諸侯。」淮南子曰：「醢鬼侯之女，菹梅伯之骸。」史記曰「醢九侯」，「脯鄂侯」。帝王世紀曰紂「囚文王」，「長子伯邑考爲質於殷」，「紂烹爲羹，賜文王」，「文王食之。紂曰：『誰謂西伯聖者？食其子〔三九〕尚不知也。』」觀諸此類，則后辛之菹醢可見矣。

殷

帝嚳次子曰契，爲唐虞司徒，封於商。成湯有天下，因以爲國號。自盤庚遷都於殷，於是又稱殷。周氏曰：「商人稱殷，自盤庚始。自此以前，惟稱商。自盤庚遷都之後，於是殷、商兼稱，或只稱殷也。」瑗按：今人或稱商湯，或稱殷湯，周書亦稱商王受「殷先哲王」。吾嘗謂自盤庚以後，可稱商王，承祖號也。自盤庚以前，不當稱殷王，而以之稱殷湯，尤不可也。書稱「殷先哲王」，亦謂殷之先王，而殷指後人也。

循

朱子辯證曰：「循、脩，唐人所寫多相混。故思玄賦註引『脩繩墨』而解作遵字，即循字之義也。」瑗按：作循字是。蓋循與脩字，既相似而義又稍相通，故人所寫所用多相混也。

差、頗

差如讀作切磋之磋音，則頗協作坡音；差如讀作參差之差音，則頗又協作皮音。詳古人所用有兩協也。此從磋音讀可也。

錯輔

朱子辯證曰：「『覽民德焉錯輔』，但謂求有德者而置其輔相之力，使之王天下耳。王逸註謂：『置以爲君，又生賢佐以輔之。』恐不應如此重複之甚也。」瑗按：王說非重複，但非本文之意，支離牽强耳。朱子之說爲是。

聖哲茂行

王逸曰：「言天下之所立者，獨有聖明之智，盛德之行，故得用事天下而爲萬民之主。」洪氏曰：「睿作聖，明作哲。聖哲之人以有甚盛之行，故能使下土爲我用。詩曰『奄有下土』。」瑗按：洪氏以聖哲屬人講，茂行屬行講，朱子從之，是也。王以聖哲作智講，非是。但「用此下土」之用字，猶有字也，須輕看。三家俱以用事言之，恐未善。前章「五子用失乎家巷」、「厥首用夫顛隕」與此連使，三用字俱要看得活，方是不可執解。

【校勘記】

［一］正，司馬遷史記屈原賈生列傳作「曲」。

［二］柄，史記天官書作「杓」。

［三］史記天官書「爲」下有「言」。

［四］能，史記天官書無。

［五］平正，王逸楚辭章句作「正平」。

［六］平字，洪興祖楚辭補註作「名平」。

［七］原字，楚辭補註作「字原」。

［八］東南，詩經小雅信南山作「南東」。

［九］楚辭章句「名」下有「我」。

［一〇］楚辭章句「字」下有「我」。

〔一一〕二十則使賓友，楚辭補註作「既」。
〔一二〕嘏，儀禮士冠禮作「胡」。
〔一三〕楚辭章句「美」下有「氣」。
〔一四〕多力，楚辭補註無。
〔一五〕女陳反，楚辭章句無。
〔一六〕攓，許慎說文解字作「攐」。
〔一七〕慕，楚辭章句作「喻」。
〔一八〕怨，楚辭章句作「妒」。
〔一九〕楚辭章句「蓄」下有「養」。
〔二〇〕李善等六臣註文選「同」下有「貪」。
〔二一〕毀，楚辭補註作「譖」。
〔二二〕意，楚辭補註作「心」。
〔二三〕採，六臣註文選作「持」。
〔二四〕心，楚辭補註作「須」。
〔二五〕實，楚辭章句作「飾」。
〔二六〕然，朱熹楚辭集註作「默」。

[二七] 楚辭章句「察」上有「省」。

[二八] 耳，朱熹楚辭辯證作「省」。

[二九] 塧，楚辭補註作「壒」。

[三〇] 義，楚辭辯證作「意」。

[三一] 參差，楚辭章句作「篸嵯」。

[三二] 虛，楚辭補註作「荒」。

[三三] 惡，楚辭集註作「樂」。

[三四] 用，呂延濟等五臣註文選作「得」。

[三五] 更，楚辭辯證作「自」。

[三六] 其姓何先，皇甫謐帝王世紀作「其先何姓」。

[三七] 楚辭補註「時」下有「諸侯」。

[三八] 力，左傳襄公四年作「慝」。

[三九] 帝王世紀「子」下有「羹」。

楚辭蒙引離騷卷之下

新安 汪瑗 玉卿 集解
姪 仲弘 補輯

離騷篇

瞻前顧後一章

王逸曰：「前謂禹、湯，後謂桀、紂。」「言前觀湯、武之所以興，顧視桀、紂之所以亡，足以觀察萬民忠佞之謀，窮其真僞也。」又曰：「言世之人臣，誰有不行仁義，而可任用；誰有不行信善，而可服事者乎？言人非義則德不立，非善則行不成也。」朱子曰：「前謂往昔之是非，後謂將來之成敗。」「言瞻前顧後，則人事之變盡矣。故見民之計謀，於是爲極，而知惟義爲可用，惟善爲可行也。」洪氏解「計極」句曰：「觀民之策，於是爲至[一]。」瑗按：「計極」二字，朱子之説得其旨矣。洪氏以計字截屬上講，而極字單言，非是。蓋「相觀」二字稍斷，「民之計極」相連者也。

王說亦得其旨，但只以忠佞言之，又失之太泥。又「相觀」二字即承上句言，「瞻前顧後」猶左顧右眄，反復詳視云爾。王逸、朱子解前後二字亦滯。又「義」、「善」二句，屈子是反說，朱子是正解。王逸獨以人臣講，既非是，而其説亦失屈子立言之意。「人非義則德不立，非善則行不成。」二句説話好，意亦近是，但以義、善二字分帖德行講，又非也。二句猶言無往而非義之所在，吾人所當體用；無往而非善之所在，吾人所當服行者也。此章本謂環顧博觀乎一世之人，而機械變詐，極其巧僞，貪利爲惡之心，靡有底止。曾不知徙義遷善，務脩德行，以承皇天錯輔之意也。承上章而泛言之，則所以責當時之君臣，勵自己之節義。而湯、武、桀、紂之興亡，古今之是非成敗，具見於言表矣，指而實之則狹矣。或又解下二句曰，孰有非義之事而可用者乎？孰有非善之行而可服者乎？其説雖通，要非屈子立言之本意。

阽

王逸曰：「阽，猶危也。或云：阽，近也。言己盡忠，近於危殆。」洪氏曰：「阽[二]，臨危也。小爾雅曰：『疾甚謂之阽。』前漢註云：『阽，近邊欲墮之意。』」瑗按：此字不經見，諸説意俱是，但語有詳畧之不同。竊意當從漢註，意自詳明。朱子集註兼洪氏、漢註而用之。

覽余初

王逸曰：「上觀初世伏節之賢士，我志所樂，終不悔恨。」五臣曰：「今觀我之初志，終竟行猶未悔。」瑗按：五臣是而王説非。

量鑿正枘

王逸但註曰：「枘所以充鑿。」既無音釋，又不詳所以。洪氏曰：「鑿，音漕，穿孔也。」瑗按：所謂揷鑿、斧鑿之鑿，乃是器具之名，字全實也；所謂杜撰穿鑿及匡衡鑿壁之鑿，乃是物有不通，而用别物以穿通之之名，字全虚也，俱讀作入聲。此所謂鑿，音漕。乃是所穿通孔隙之名，字半實半虚也，當讀作平聲。洪氏曰：「枘，而鋭切，刻木端所以入鑿。音漕。」瑗按：枘，從木，旁内外之内，與柄字不同。柄字從木，旁丙丁之丙。要之，枘即柄之别名也。洪氏之意，蓋以柄爲總號，而枘者乃柄頭之削而尖小處，故曰「刻木端所以入鑿音漕。」者也，明非柄之通稱也。或曰，鑿，音漕。即斧鑿之鑿；枘，即柄字之訛也。未知是否，姑誌之。朱子曰：「正，謂審其正而納之也。」是矣。王逸曰：「正，方也。」「言工不量度其鑿，而方正其枘，則物不固而木破矣。」詞不別白，未知所謂。竊思其意，似是謂工匠之用鑿枘，不量度相視而執持，使之端方正直，則鑿柄必爲所損壞也。是王逸以鑿即爲斧鑿之鑿矣。其所言鑿義，與或説同，未知是否。而解「量」、「正」之意，則非是矣。又按：九辯云：「圓鑿音漕。而方枘兮，吾固知其鉏鋙而難入。」是言其孔圓，其枘方，故不相入也。淮南子云：「良工漸音尖。乎矩鑿音漕。之中。」是又言其孔方也。今觀之匠氏所斫之斧頭，其孔皆方。而所捶打之鑿，則孔又多圓者。然則九辯之文，固當以圓鑿音漕。方枘爲解。此處或圓鑿音漕。而方枘，或方鑿音漕。而圓枘，皆不可知，泛講爲是。

茹蕙

王逸曰：「茹，柔耎也。」五臣云：「茹，臭也。」洪氏曰：「玉篇云：『茹，柔也，一曰茹菜[三]。』五臣以茹爲香，誤矣。吕氏春秋曰：『以茹魚驅蠅，蠅愈至而不可禁。』則茹又爲臭敗之名，非香也。」瑗按：詩曰：「柔則茹之。」是茹有柔義。王逸之説朱子從之，及洪氏之辯皆是。但今亦自別有茹草，詩曰「茹藘在阪」是也。其草可以染絳。絳，紅色也。或曰，蕙恐是藘字，字相似而訛也。蓋茹藘可染紅色，以爲泣血之比。瑗按：或説雖有理，但覺奇巧，未敢盡信。姑附之，以備好古君子一覽云。

襟

洪氏曰：「爾雅曰：『衣眥謂之襟。』襟，交領也。」瑗按：衣裳之邊際皆謂之襟。此所謂襟者，蓋指胷前之衣，而泪下垂以濕之耳。俗所謂胷襟是也。

陳辭

王逸曰：「陳辭於重華，道羿、澆以下也。」是矣。而又曰：「俛首自念，仰訴於天。」以陳舜爲訴天，非是。

耿

耿，洪氏謂「中正之道，耿然甚明」，是矣。此句乃倒文，本謂吾既得此耿然中正之道耳。如

「余固知謇謇之爲患」，「余既滋蘭之九畹」，「余雖好脩姱以鞿羈」等句，乃順言之也。如「汨余若不及」，「願竢時乎吾將刈」，「謇吾法夫前脩」，「既替余以蕙纕」，「忳鬱邑余侘傺」，「延佇乎吾將反」，其「余」與「吾」字，雖皆倒在下，而意乃當在句首之上也。此類甚多。王逸乃謂「中心曉明，得此中正之道」，五臣云「明我得此中正之道」，朱子云「耿然自覺，吾心已得此中正之道」，俱非文意。

乘鷖

乘鷖與乘虬同，王逸以爲設詞，是也。又謂鷖身有五彩，而文以爲車輪，非是。若下文「雜瑶象以爲車」，乃是謂以瑶象飾車耳。此駟虬、乘鷖，朱子直以「乘龍跨鳳」解之，是矣。

溘埃風

言己忽然出乎塵埃濁風之外，而往上征耳。洪氏曰：「忽然風起，而余上征。」朱子曰：埃風忽起，而遂上征。似謂乘此埃風而上征也，非是。又其所以上征者，王逸曰「去離世俗，遠群小也」，似矣。又曰「得此中正之道，精合真人，神與化游」，故云云。朱子亦曰「得此中正之道，上與天通，無所間隔」，故云云。其説太深，迂遠不切，俱非文意本旨。又按：溘字，離騷篇凡三見，前後王逸皆解作「猶奄也」，此處又解作「猶掩也」，謂掩塵埃而上征。洪氏辨之曰，逸是因遠遊篇「掩浮雲而上征」，故解作掩也，還當作奄忽之義。洪之辯是。

寓言總論

朱子辯證曰：「此篇所言陳詞於舜及上欵帝閽，歷訪神妃，及所言[四]鸞鳳飛騰，鴆鳩爲媒等語，其大意所比，固皆有謂。至於經涉山川，驅役百神，下至飄風雲霓之屬，則亦泛爲寓言，而未必有所擬倫矣。」王、洪二註「類皆曲爲之説，反害文義。至於懸圃、閬風、扶桑、若木之類，亦非實事，不足考信，今皆畧存梗概，不復盡載而詳説也。」瑗按：朱子之辯，甚得本旨，足以破二家之曲説。但就舜陳詞，雖爲寓言，而所言者皆爲實事。至於欵帝閽以下，直如後世郭景純等游仙之詩，遣興之辭耳，與陳舜之辭又稍不同。讀者詳之。

軔

王逸曰：「軔，搘輪木也。」搘，一作支，音義並同。洪氏曰：「戰國策云：『陛下嘗軔車於趙矣。』軔，止車之木，將行則發之。五臣以軔爲車輪，誤矣。」瑗按：朱子從王、洪之説，是也。

蒼梧

王逸曰：「蒼梧，舜所葬也。」「言己朝發帝舜之居。」前「濟沅湘以南征」句下又註曰：「舜葬於九疑山，在沅、湘之南。」「故欲渡沅、湘之水南行就舜。」洪氏曰：「山海經云：『蒼梧山，舜葬於陽，帝丹朱葬於陰。』禮記曰：『舜葬於蒼梧之野。』註云：『舜征有苗而死，因葬焉。』蒼梧於周，爲南越之地，今爲郡。如淳曰：『舜葬九疑，九疑在蒼梧馮乘縣。』故或曰，舜葬蒼梧也。」瑗按：據禮記、山海經，蓋舜葬於蒼梧。據如淳，則舜葬於九疑。王逸又兩言之。又按：山海經曰「蒼梧之丘」，「其中有疑山焉，舜之所葬」。文頴曰：「九疑山，半在蒼梧，半在零陵。」顔師古曰：「文説是也。」春陵圖志：九疑山亦名蒼梧山。詳其意，舜實葬九疑山，而云蒼梧者，總名耳。馮乘縣去九疑甚遠，如淳之説，非也。至於屈子所言本旨，要不指舜葬，因王逸之説有據，故諸家從其説。詳見本註，兹不再贅。或曰，九疑山者，謂其山有九，形勢皆相似，人視者多疑惑不能别，故因以名山。李白詩「九疑聯綿皆相似」，是也。蒼梧山者，謂其山多蒼梧之樹，故因以名也。蒼，黑色也。梧，梧桐也。蒼梧者，猶後世言碧梧耳。此無係文義，亦覽者所當知。疑，後人作疑，失其義矣，非是。瑗又嘗讀李白遠别離曰：「或言堯幽囚，舜野死，九疑連緜皆相似，重瞳孤墳竟何是？」蓋李白以舜死蒼梧與堯幽囚並言，而且疑葬於九疑之非，亦有所見也，學者不可不知。苟知舜未必葬於蒼梧，則屈子所謂「發軔蒼梧」者，又可以知其不必指舜言也。又按：孟子曰：「舜生於諸馮，遷於負夏，卒於鳴條，東夷之人也。」觀孟子叙述之詳悉如此，蓋必有據。可以破舜未嘗野死於蒼梧，而葬於九疑也。禮記檀弓亦云者，蓋禮記乃漢儒附會之書，而檀弓二篇尤爲純駁相半。註禮者正當據孟子以闢其非，而乃謂天子以四海爲家，故南巡而死，因遂葬焉，甚謬矣。至若九疑有舜塚者，又安知非舜之死而南方思之，因爲假塚而吊祭之，以憫其思慕之心，不意後人遂以爲真塚也。觀山海經於聖賢之塚，處處載之，亦可見矣。

縣圃

王逸曰：「縣圃，神山」也，「在崑崙之上。淮南子曰：『崑崙、縣圃維[五]乃通天。』」「言己夕至縣圃之上，受道聖王，而登神明之山。」洪氏曰：「山海經云：『槐江之山，上多琅玕金玉，其陽多丹粟，陰多金銀，實維帝之平圃。南望崑崙，其光熊熊，其氣魂魂。西望大澤，后稷所潛。』平圃，即縣圃也。穆天子傳云：『春山之澤，清水出泉，温和無風，飛鳥百獸之所飲食，先王之所謂懸圃。』水經云：『崑崙説曰：崑崙之山三級：下曰樊桐，一名板松；二曰玄圃，一名閬風；上曰層城，一名天庭。』淮南子言：『傾宫旋室，懸圃、凉〔六〕風、樊桐，在崑崙閶闔之中。』樊，音飯。又曰：『崑崙之丘，或上倍之，是謂凉風之山，登之而不死；或上倍之，是謂懸圃之山，登之乃靈，能使風雨；或上倍之，乃維上天，登之乃神，是謂太帝之居。』東方朔十洲記曰：『崑崙之山有三角：一角正北，上干北辰星之耀，名閬風巔；其一角正西，名曰玄圃臺；其一角正東，名曰崑崙宫。』玄與懸古字通。天問曰：『崑崙玄圃，其居安在？』」瑗按：淮南子、十洲記俱以懸圃、閬風並言，此下又有「登閬風而緤馬」之句，則懸圃、閬風之爲二山也明矣。懸圃，一名平圃，一名玄圃，懸與平其義相近，懸與玄其音相同。洪氏又謂「玄與懸古字通用」，則曰懸圃，曰平圃之爲一山也明矣。水經以「玄圃一名閬風」，非也。據山海經，則懸圃亦可謂之槐江也。要之皆是寓言，本無是山也。或曰，據山海經，懸圃在崑崙之北，據十洲記，懸圃在崑崙正西，雖未知其審，蓋此等名目當是大崑崙諸支山之號，未必絶無是山而妄言之者。但以絶遠，無人常到，故後世浪傳以爲神仙之所居耳。天問曰：「崑崙懸圃，其居安在？」蓋闢後世其上有瓊宫璇室，神仙往來之説也。曰：非也。屈子已明言「崑崙懸圃，其居安在」矣，烏得謂其真有是山也？其説詳見後崑崙條下。又按：王逸解天問謂懸圃上與天通。朱子辯證言懸圃、閬風之説皆爲寓言，是矣。及自註「上跪敷衽」章又曰：「吾心既得此中正之道，上與天通，無所間隔，所以埃風忽起，而遂乘龍跨鳳以上征也。」其「上與天通」二句，又未免竊淮南子、王逸之意以解之，非是。

靈瑣

王逸曰：「靈以喻君。瑣，門鏤也，文如連瑣，楚王之省閤也。一云：靈，神之所在也。瑣，門有青瑣也。言未得入門，故欲少[七]住門外。瑣，一作璅。」五臣云：「瑣，門閤也。」洪氏曰：「上文言夕余至乎懸圃，則靈瑣，神之所在也。神之所在，以喻君也。漢舊儀云：『黄門令日暮入對青瑣、丹墀拜。』音義云：『青瑣，以青畫户邊鏤也。』」朱子曰：「靈，神也。瑣，門鏤也。文如連瑣，以青畫之，則曰青瑣。」辯證曰：「王逸以『靈瑣』爲『楚王省閤』。非文義也。」瑗按：此章上二句言己去楚遠遊之意，第三句言己欲留楚不忍去之意，第四句言己不得不遠遊之意，謂少留者，謂欲少留於楚也，非謂欲少留於懸圃也。洪氏以靈瑣爲懸圃神靈之門鏤，非是。王逸以爲楚王省閤之門鏤，文如連瑣，是也。但獨以靈爲喻君，失之滯矣。蓋靈者，贊美之詞，如靈氛者，亦可謂之靈耳。靈瑣者，蓋總指朝廷之所在，奇意於君也。但以靈爲懸圃之神，以靈瑣爲懸圃神之所在，甚謬。而王逸所引或言未得入門，故欲少住門外，亦非也。又按：屈子只言靈瑣，其當時楚王門鏤之所畫，或丹或青，皆不可知。而所謂青瑣者，自是漢儀也。王逸引或言青瑣，及洪氏引漢儀特證瑣字之義，朱子并採之以釋屈子之靈瑣，非是。嘗聞之師曰，王逸之説爲是。屈子蓋謂欲少淹留楚朝，以行吾道，而楚王不用。苟不遠遊以求賢君，則日將暮矣。可見屈子之欲觀四荒而覽四極者，非忘君也，君之不用，不得已也。

羲和

王逸曰：「羲和，日御也。」洪氏曰：「山海經云：『東南海外，有羲和之國，有女子名曰羲和，是生十日，常浴日於甘洲〔八〕。』註云：『羲和，天地始生，主日月者也。』『故堯因是立羲和之官，以主四時。』虞世南引淮南子云：『爰止羲和，爰息六螭，是謂懸車。』註云：『日乘車，駕以六龍，羲和御之，日至此而薄於虞淵，羲和至此而迴。』弭，止也。」朱子曰：「羲和，堯時主四時之官，賓日、餞日者也。」辯證又曰「王註以羲和爲日御，補註又引山海經」云云。「此等虛誕之說，其始止因堯典『出日納日』之文，口耳相傳，失其本旨。而好怪之人，耻其謬誤，遂乃增飾傅會，必欲使之與經爲一而後已。其言無理，本不足以欺人，而古今文士〔九〕相承引用，莫有覺其妄者。爲此註者，乃不信經而引以爲說，蔽惑至此，甚可歎也。」瑗按：朱子之辯甚爲有理。抑考書經註曰：「羲氏、和氏主曆象，授時之官。」徵之堯典正文，則羲、和爲二氏無疑。瑗嘗求其命官之義，亦必有說也。堯典以羲仲、羲叔主春、夏二仲之職，和仲、和叔主秋、冬二仲之職。蓋羲與曦同，古文省耳。蓋春、夏之日，其色燀赫，其氣燻蒸，故曰羲也。羲者，言日之暄曦也。秋、冬之日，其色微淡，其氣漸平，故曰和也。和者，言日之平和也。是羲和二字亦本日義以命名，而爲主曆時之官之號也。其以爲日御者，蓋亦借羲和之官名，以爲日御名耳。天問云：「羲和之未揚，若華何光？」是以羲和爲日也。後世作詩者，直以羲和爲日焉，要亦無害也。山海經及淮南之註固爲謬妄無疑，而王逸之註則是也。屈子之所用羲和，與望舒、飛廉等號一也。如以羲和不爲日御，則望舒亦不當爲月御，飛廉亦不當爲風伯矣。朱子奚爲後二說從之，而獨不從羲和之說邪？若以爲堯主四時之官，又焉能使日不望崦嵫而迫也？或曰，此蓋寓言耳。曰：惟其寓言，此所以解作日御無妨也。由此觀之，則羲和可以爲官名，可以爲日名，可以爲日御名。但以爲女子之名始生日月者，則妄誕之甚，不待智者可辯矣。

咸池

瑗按：咸池，但只取引馬於咸池之水，猶詩「言秣其馬」之意，言飲其馬將以啓行耳。王逸曰「咸池，日所浴處也」，「飲馬於咸池，與日俱浴，以潔己身」，非是。洪氏引咸池爲星名、天神之名，皆無關此句立言本意也。

若木

王逸曰：「若木爲[一〇]崑崙西極，其華照下地。」洪氏曰：「山海經：『南海之内，黑水之間，有木名曰若木，若水出焉。』又曰：『灰野之山，有樹青葉赤華，名曰若木，日所入處，生崑崙西，附西極也。』然則若木有二，而此乃灰野之若木歟？淮南子曰：『若木在建木西，上[一一]有十日，其華照下地。』註云：『若木端有十日，狀如連珠。華，光也，光照其下也。』一云：狀如連華。天問云：『羲和之未揚，若華何光？』」瑗按：李白古風曰：「朝弄紫沂海，夕披丹霞裳。揮手折若木，拂此西日光。」齊賢引洪註以解之。士贇註曰：「此乃遊仙詩，恣意大言，倏而東，忽而西，政不辯是何處若木也。」屈子此章及天問之言，或指東若木，如淮南之説歟？洪氏以爲灰野之若木，容更詳之。

逍遥相羊

王逸曰：「逍遥、相羊，皆遊也。」洪氏曰：「逍遥，猶翺翔也。相羊，猶徘徊也。」瑗按：後曰

「聊浮游以逍遥」，又曰「聊浮游而求女」，諸家無訓。但以遊戲娱樂字樣帖之，其意是矣。吾嘗求其説而不得也。淮南子天文訓上篇曰：「東南爲常羊之維。」註曰：「常羊，不進不退之貌。東南純陽用事，不盛不衰常如此，故曰常羊之維。」其説是也。所謂相羊者，其義亦如此也。蓋羊性好群而抵戲，故易兑卦爲羊。兑者，悦也。兑之爲羊，則羊之爲悦樂之意可知矣。羊有名羜者，延佇之義也。亦有名羭者，愉悦之義也。相羊之説昭昭矣。然何以謂之相羊也？蓋本曰常羊也，故有作尚羊者。尚爲常字之上截，古通也。或有名彷徉者，蓋因其字音相近，而後人不得其義，以意傳寫，或相，或仿，或羊旁加立人耳。不然，則相者並也，仿者仿徨也。謂悦樂之意與羊相同，而仿徨徘徊之戲，亦如羊也。要之，作常羊、尚羊者，是也。浮游者，即蜉蝣也，其虫好浮游於水上。一作遨遊者，遊即蝣虫，遨即鰲也。天問亦曰：「鰲戴山抃。」蓋鰲好舞抃之獸也，詳見羅氏爾雅翼。或曰，即謂鰲魚之遊戲耳。遊無取於蝣也，亦通。是浮游者，取義蜉蝣也；遨遊者，取義於鰲也；相羊者，取義於羊也；翺翔者，取義於鳥也。而獨所謂逍遥者，不得其義。嘗按：詩曰「風雨所漂摇」，莊子曰「摶扶摇而上者九萬里」，爾雅曰「飈風謂之扶摇」。然則所謂逍遥者，或即所謂扶摇、漂摇之説。蓋漂泊、摇動、不定之義，亦浮游、遨遊之義也。諸家訓作遊戲娱樂之意，是矣。因備録其所名之義，以竢博雅者改訂焉。又按：此等字皆如猶豫、狐疑之類，非無意義者，學者詳之。

望舒、飛廉等號

朱子辯證曰：「望舒、飛廉、鸞鳳、雷師、飄風、雲霓，但言神靈爲之擁護服役，以見其仗衛威儀之盛耳，初無善惡之分也。舊註曲爲之説，以月爲清白之神[一二]，風爲號令之象，鸞鳳爲明智之士，而雷[一三]獨以震驚百里之故，使爲諸侯，皆無義理。至以飄風雲霓爲小人，則夫卷阿之言「飄風自南」，孟子之言「民望湯武如雲霓」者，皆爲小人之象也邪？」又曰：「王逸又以飄風雲霓之來迎己，蓋欲己與之同，既不許之，遂使閽見拒而不得見帝。此爲穿鑿之甚，不知何所據而生此也。」瑗按：朱子二説俱是。

雷師

王逸不註所以。洪氏曰：「春秋合讖[一四]圖云：『軒轅，主雷雨之神。』一曰，雷師，豐隆也。」瑗按：朱子以雷師爲豐隆，非是。予辯於後，兹不贅。

霓

辯證曰：「沈約郊居賦『雌霓連蜷』，讀作入聲。司馬温公云：『約賦但取聲律便美，非霓不可讀爲平聲也。』故今定離騷『雲霓』爲平聲，九章、遠遊爲入聲，蓋各從其聲之便也。」瑗按：曹子建七啓曰「慷慨則氣成虹霓」，蜺與義、藝、際、世韻相協，是霓亦讀作去聲。若今遠遊讀作平聲，未爲不便。凡楚辭中所言霓者，俱爲平聲可也。字一也，義一也。楚辭所用霓，又非如七啓及郊居賦之協韻者比也。奚爲一側而一平乎？遠遊讀作平聲，聲律亦自便美，讀者詳之。

夜、御

洪氏曰：「御，讀若迓。」瑗按：御，即古之迓字，通用也。詩曰：「以御於家邦。」今協韻御字，以右旁卸字讀之，則與夜相協矣。卸音謝。

閬風

淮南子作涼風。蓋閬與涼字聲相近，而有一誤也，未知孰是。大抵此名皆寓言，本無是山。觀此曰白水，曰春宮，可以知其皆非實有是處，而爲寓言也審矣。説已見前懸圃條下，兹不贅。

高丘無女

朱子辯證曰：「舊註以『高丘無女』、『下女可詒』，皆賢臣之譬，非是。下女，説見於九歌，可考也。」瑗按：王逸以靈脩、美人媲於君，虙妃、佚女譬賢臣。朱子前以辯之，謂虙妃、佚女便是美人，不當更立他義。故集註於哀高丘、遊春宮、求虙妃、見佚女、留二姚之屬，皆解爲求賢君之意，其説甚是。及於後「閨中邃遠」章，又註曰：「言此以比上無明王[一五]、下無賢伯。」其所謂賢伯者，蓋指虙妃之屬。賢伯，猶賢臣也。其説又自相矛盾，讀朱子集註者，不可不知。

佩、詒

舊註佩協音備，詒協音異。瑗按：詩「青青子佩」與思、來二韻相協，則此亦可以佩字協作蒲眉反，而詒平聲讀，亦可也。古之協韻，多以一字正讀爲主，而以一字協之，不應二韻俱反其正音也。或曰，凡協韻者，要以上韻爲主，而下韻協之耳。若以佩爲主，而詒不可協，故兩字俱轉其本音也。曰：若以佩韻如字讀，則詒字亦可協作耐音，如前能、佩二韻是也。奚不可協邪？或曰，詒何可協爲耐也？曰：詒亦可讀作胎音，胎轉協而爲耐，何不可之有也。

豐隆辯

楚辭言豐隆者，凡三見。王逸皆以爲雲師，而九歌雲中君亦註云：「雲神豐隆也。」朱子於離騷、遠遊註爲雷師，於九章思美人又註爲雲師，亦莫能定。及考他書，又多作雷師，且引雲漢之詩以證之曰：「蘊隆蟲蟲。」蓋蘊隆，自是言暑氣蘊蓄而隆盛耳，未見其爲雷也。又引淮南子以證之曰：「季春三月，豐隆乃出，以將其雨。」註淮南者亦曰：「豐隆，雷也。」觀其本文，亦未見其爲雷也。下文曰：「至秋三月」，「青女乃出，以降霜雪。」註曰「青女，主霜雪」之神也。依此例解，則豐隆當作雨師，非雷師也。上文雖有「冬雷其鄉」之句，自是屬上章，而與下文絶不相蒙也。又何以知豐隆爲雷師乎？至張衡思玄賦曰：「豐隆軯其震霆兮，列缺爗其照夜。」則平子明以豐隆爲雷師矣。穆天子傳云「天子升崑崙」，「封豐隆之葬」。郭璞云：「豐隆筮師，御雲得大壯卦，遂爲雷師。」郭璞之註，蓋本之歸藏。歸藏云：「豐隆筮雲氣而告之。」推原歸藏之意，則雲師也，非雷師也。郭璞蓋以其得大壯卦而信其爲雷師，而遂失御雲之旨也。瑗平生讀書恒多疑，且見書最少，不知尚别有所據否？然以楚辭本文旨意詳之，則當作雲師爲是。洪氏亦曰：「豐隆或曰雲師，或曰雷師。」「其説不同。據楚辭則以豐隆爲雲師。」得之矣。離騷曰：「吾令豐隆乘雲兮，求宓妃之所在。」思美人曰：「願寄言於浮雲兮，遇豐隆而不將。」遠遊曰：「召豐隆使先導兮，問太微之所居。」是亦承上句「掩浮雲而上征」而來也。詳此三言，則不待王逸之註、洪氏之辯，而豐隆之爲雲師章章矣。或曰，諸家訓詁，容有未審，然則淮南、張衡、郭璞之説亦非與？曰：非也。嘗考月令：仲春雷乃發聲，仲秋雷始收聲。其發其收，皆在仲月，不在季月也。淮南子「季春三月，豐隆乃出，以將其雨」，安知其非雲行雨施之謂乎？奚必雷而後雨也？至若張平子、郭景純則是仍襲舊説，而未之深考耳。顧朱子之註楚辭，或爲雷師，或爲雲師，而隨文遷就，已無一定之説。瑗何敢執王、洪之註，而遂自信無疑乎？要之，解屈子之書，則當俱作雲師爲是，而不當二三其説也。於是乎辯。

虙妃

王逸曰：「虙妃，神女也，以喻隱士。」五臣曰：「虙妃，洛水神，以喻賢臣。」洪氏曰：「漢書古今人表有宓羲氏。宓，音伏，字本作虙。」顏氏家訓書證篇曰：「張揖云：『宓，今伏羲氏也。』孟康漢書古文註亦云：『宓，音[一六]伏。』而皇甫謐云：『伏羲或謂之宓羲。』按諸經史緯候，遂無宓羲之號。虙字從虍，音呼。宓字從宀，音綿。下俱爲必，末世傳寫，遂誤以虙爲宓，而帝王世紀因誤更立名耳。何以驗之？孔子弟子虙子賤爲單父宰，即虙羲之後，俗字亦爲宓，或復加山。今兖州永昌郡城，舊單父地也，東門有子賤碑，漢世所立，乃云：『濟南伏生，即子賤之後。』是知虙之與伏，古來通用，誤以爲宓，較可知矣。」洛神賦註云：「宓妃，伏羲氏之女，溺洛水而死，遂爲河神。」朱子辯證曰：「虙妃，一作宓妃。説文：『虙，房六反，虎行貌。』『宓，美畢反，安也。』集韻云：『虙與伏同，虙羲氏，亦姓也。宓與密同，亦姓。俗作密，非是。』補註引顏之推説云云。此非大義所繫，今亦姑存其説，以備參考。」瑗按：虙，古伏，通用無疑。又虙之與宓，誠爲傳寫之誤。但以虙子賤爲伏羲之後，又以伏生爲虙子賤之後，恐未必然。惟其如此，故又以虙妃爲伏羲氏之女，遂以下蹇脩爲伏羲氏之臣也。孔子删述六經，唐虞以上，蓋已不得其詳矣，又安所考虙妃爲伏羲氏之女乎？此亦不足信也。王逸以神女釋之，似矣。至於隱士賢臣之喻，又皆非是。

屏翳辯

屏翳之字，不見楚辭正文。天問曰：「蓱號起雨，何以興之？」王逸註曰：「蓱，蓱翳，雨師名也。號，呼也。興，起也。」言雨師號呼，則雨從而興起也。朱子註曰「蓱，一作荓，一作萍」，而仍其舊說。遠遊曰：「左雨師使徑待[一七]。」朱子未有釋。王逸曰：「告使屏翳，備不[一八]虞也。」是蓱，又一作屏。嘗考屏翳之名。韋昭曰雷師也。虞喜志林曰雨師也。雷師之說，不知其何所據，而以爲雨師者多本之天問也。山海經亦曰：「屏翳在海東，時人謂之雨師。」大象賦云：「太白降神於屏翳。」註云：「其精降爲雨師之神。」博雅亦作荓翳。張景陽詩云：「豐隆迎號屏。」顔師古云：「屏翳，一曰蓱號。」張景陽實用蓱號，而曰號屏，以萍與屏通，而又倒文以協韻耳。曹子建洛神賦曰：「屏翳收風，川后静波。」是又以爲風伯也。張衡思玄賦曰：「雲師黮以交集。」註曰：「雲師，并翳也。」是蓱，又一作并，以爲雲師也。五臣註楚辭亦曰豐隆雲神，「雲神屏翳」。大人賦云：「召屏翳，誅風伯，刑雨師。」註云：「屏翳，天神使也。」按：屏翳，或曰雷師，或曰雲師，或曰雨師，或曰風師，或曰天使，衆說紛紛，多無明據。註文選者云當以子建爲正，註楚辭者又引天問，謂屏翳爲雨師耳。瑗竊思之，亦未必然。妄意以爲雲師者，其或是乎？或曰，雲師，子既以爲名豐隆矣，豈又名屏翳邪？曰：無傷也。如風伯，既名飛廉矣，又有名巽二者，又有名八姨者，又有名少女者。如月御，既名望舒矣，又有名纖阿者，又有名姮娥者，素娥者，各有所據也。或曰，以屏翳爲雲師，又何據乎？曰：惟無所據，此所以衆説紛拏，訖莫能定也。吾惟據其本文字義，而知其爲雲師者之説長也。蓋屏者，障護之義。翳者，擁蔽之義。其勢之布濩彌漫，而能障蔽乎日月宇宙者，其惟雲乎？吾以是信其爲雲師也。或曰，子以屏翳爲雲師，其説長矣。而以豐隆爲雲師，其義何居？曰：豐豐隆隆，雲盛貌也。其義益易明矣，又何疑乎？或曰，然則天問之所謂蓱者，抑又何邪？曰：瑗嘗疑註此者之未深思也。夫天問之言，皆是相傳有是語，而事理有未安者，故屈子怪而問之。若以蓱爲雨師，則雨師號而雨隨起，此固事理之常無可疑者，又何必以爲異怪而問之乎？或曰，然則何謂也？曰：自王逸博雅之學，朱子窮理之精，已不能明，而皆仍舊説。顧予小子，何足以知此？亦嘗就本文字義而思之。蓱，一作萍，是也。夫萍者，積雨之所生，是雨必有萍。而以萍爲起雨者，如虹霓出而雨止。孟子不言大旱之望雨，而言大旱之望虹霓者，蓋雨必有虹霓也。以萍爲起雨者，其説如此。或曰，如子之言，亦事理之常者，又何足怪乎？曰：其事本如此，而當時楚俗不察其義，遂有萍號起雨之恒言。故屈子怪而問之曰：焉有萍能號呼以起雨乎？萍之起雨，事理之常也。萍之號呼而起雨，此所以爲可怪也。家語載楚王過江得萍實，大如斗，赤如日。萍而至於有實，實而至大於斗，則萍之盛可知矣，則楚之多萍可知矣，則萍號起雨爲楚俗之恒言又可知矣。若如此解，或者愚人千慮之一得乎？又嘗聞之師曰：萍號起雨，號字當作去聲讀。蓋楚人名其萍爲起雨，故屈子怪其義而問之，言萍何能興雨邪？是又一説，因併附之。

結言

瑗按：離騷曰：「解佩纕以結言。」惜誦曰：「固煩言不可結而詒。」抽思曰：「結微情以陳辭。」思美人曰：「言不可結而詒。」洪氏引洛神賦云：「願誠素之先達兮，解玉佩而要之。」亦此意。朱子惜誦篇註曰：「疑古者以言寄意於人，必以物結而致之，如結繩之爲也。」瑗按：解佩纕者，猶恭敬者幣之未將者也之意，非有所比喻於其間也。洪氏引洛神賦以明之，是矣。朱子之説，看得結字太深。結言者，猶所謂綴文、績文、葺辭、摶辭等字耳，非因佩纕之説而用結字也。讀者當以意會可也。

蹇脩

朱子辯證曰：「王逸以虙妃喻隱士，既非文義，又以蹇脩爲伏羲氏之臣，亦不知其何所據也。又謂『隱者不肯仕，不可與共事君』，亦爲衍説。」瑗按：朱子既闢王逸以蹇脩爲伏羲氏之臣之非，則以虙妃爲伏羲氏之女者，亦無所據也。集註又用之，亦非是。洪氏曰：「虙妃，伏羲氏之女，故使其臣以爲理也。」安有求伏羲之女，而乃使伏羲之臣以爲媒者乎？此雖設言，蓋亦欲要諸理耳，豈可爲不情之説邪？因一虙字，而遂支離其説以至於此，甚可怪也。

在、理

朱子集註曰：「在，協才里反。」「或曰：在，如字。即理，協音賴，上聲。」辯證又曰：「孟子『不理於口』，漢書『無俚之至』，説者皆訓爲『賴』，則『理』固有『賴』音矣。」瑗按：此韻可兩協。若以在字爲主，如字讀，則理去其左旁上畫爲里字，里轉作去聲讀，則亦有賣音也。若理字爲主，如字讀，則在字去其上畫爲仕字，又可與理協矣。古之協韻，多以偏旁讀，考之可見。

緯繣

緯，音徽，一正作徽。繣，呼麥反，又音畫，一作㦎。洪氏曰：「博雅作𢾺㦎，廣韻作徽繣。」

瑗按：作緯繣是矣。舊皆解作乖戾之意，非是。蓋纏綿繚繞之意也。以乖剌解之，雖得此句立言之旨，而失此二字之義，所謂意近是而語則疏也。此二句蓋即仗衛服役而言，以見己意耳。言己紛總總其離合，而急於求合如此。然仗衛服役，一離一合之間，反爲繚繞相結，不得遷徙前進。以言己方急於求進，而又擇視賢君，故難合也。舊註解「紛總總其離合」與前章直以人之情意言之，非是。

窮石、洧盤

王逸曰：「淮南子曰：『弱水出於窮石，入於流砂也。』禹大傳曰：『洧盤之水出崦嵫之山。』」洪氏曰：「郭璞註山海經云：『弱水出自窮石。窮石，今之西郡删丹，蓋其別流之原。』淮南子註云：『窮石，山名，在張掖也。』左傳曰：『后羿自鉏遷於窮石。』」朱子亦曰：「窮石，在張掖，即后羿之國也。」瑗按：禹貢「弱水西流」。觀淮南與山海經，弱水出自窮石，則窮石之山在東也。洧水出自崦嵫，崦嵫乃日所入處，即前「望崦嵫而勿迫」是也，則洧盤之源乃在西也。郭璞以窮石爲西郡，非是。又按：晋地記云：「河南有窮谷，蓋本有窮氏所遷也。」則屈子之所謂窮石，恐是淮南子、山海經之所謂窮石，而非有窮氏所遷之窮石也，其名偶同耳。淮南、山海經二註俱以爲有窮氏之窮石，失之矣。有窮氏之國在河南，二家所言之窮石在張掖。張掖乃居延屬國，與西海流沙相近也。又按：淮南地形上篇曰：「東南方曰大窮。」蓋地不滿東南，是東南方地之窮盡處也，故曰大窮。而屈子之所稱窮石者，其或指此也歟？蓋既遊東方之春宮無所遇，因遂歸次於窮石耳。洧盤者，亦東方之水也。蓋次言其山，濯言其水也。未知其審，姑誌之以俟博雅。

四極

洪氏曰：「爾雅云：『東至於泰遠，西至於邠國，南至於濮鉛，北至於祝栗，謂之四極。』邠，說文作汾。汾〔一九〕，西極之水也。又淮南子云：『東方東極之山，曰開明之門』，『南方南極之山，曰暑門』，『西方西極之山，曰閶闔之門』，『北方北極之山，曰寒門。』」朱子辯證曰：「爾雅說『四極』，恐未必然。邠國近在秦隴，非絕遠之地也。」瑗按：爾雅之說雖未必然，其所言地名，猶有指實。若淮南四門之名，乃寓言耳。大抵屈子所言四極，猶言四方耳。觀其下所指，不過有娀、有虞二國可見。朱子又曰：「舊說有娀國在不周之北，恐其不應絕遠如此。」史記正義曰：「有娀當在蒲州也。」蓋古人之文，不可拘拘而視之。今按：虞國，史記索隱曰：「在河東太陽縣。」括地志曰：「故虞城在陝州河北縣。」酈元註水經曰：「幹橋東北有虞城。」雖所言不同，要亦非絶遠之地也。

佚女

王逸曰佚女：「帝嚳之妃，契母簡狄也。配聖帝，生賢子，以喻貞賢也。詩曰：『有娀方將，帝立子生商。』呂氏春秋曰：『有娀氏有美女，爲之高臺而飲食之。』言己望見瑶臺高峻，睹有娀氏之美女，思得與共事君也。」李善引呂氏春秋曰：「有娀氏有二佚女，爲九成之臺。」淮南子曰：「有娀在不周之北，長女簡翟，少女建疵。」註云「姊妹二人在瑶臺」也。朱子辯證曰舊説：「言求佚女爲求忠賢與共事君，亦非。」瑗按：史記曰：「殷契，母曰簡狄，有娀氏之女，爲帝嚳次妃。」是翟與狄通，有娀之長女，帝嚳之次妃也。然舊註不獨言求忠賢與共事君非也。屈子之意，直取佚女之美以喻賢君耳，無關於嚳與契也。王逸乃謂「配聖帝，生賢子，以喻貞賢」，是屈子之所以取佚女者，不在佚而在嚳、契也，非是。又望瑶臺而媒佚女，猶遊春宫而求虙妃耳。瑶臺，設言耳。蓋謂佚女登瑶臺之上，而己得以望見之也。呂氏春秋「爲九成之高臺而飲食之」之説，及淮南之註，因楚辭而附會之者也。又屈子以有娀之女爲高辛之妃，徵之詩與史記，是也。史記索隱曰：「譙周云：『契生堯代，舜始舉之，必非嚳子。』以其父微，故不著名。其母娀氏女，與宗婦三人浴於川，玄鳥遺卵，簡狄吞之，則簡狄非帝嚳次妃明也。』」瑗考諸史傳，契與堯，兄弟也，皆帝嚳之子。至舜始舉之而佐禹者，蓋當堯之時，其年尚幼而德未成，故堯未大用之耳。堯至於禹，年代亦不甚遼遠。譙周謂契生堯代，而舜始舉之，疑非嚳子，非也。吞卵之説，詳見史記及商頌註，茲不贅焉。

鴆

洪氏曰：「廣志云：『鴆鳥大如鴞，紫緑色，有毒，食蛇蝮，雄名運日，雌名陰諧，以其毛歷飲巵，則殺人。』」由此觀之，則鴆有雌雄，其名不同，皆可殺人。而屈子只言鴆者，泛用之也。王逸、朱子獨以運日釋之，非是。二註蓋因下言雄鳩，故推此當言運日，亦宜雄耳。殊不知鳩惡其鳴逝，故以雄言之。而鴆但取誤中其毒，故只言鴆可也。然雌鳩非不鳴逝也，雄者則尤佻巧也。是故解鴆者，當從洪氏雌雄並言之爲善。運與暉同。

鳩

洪氏曰：「鳩，鶻鵃也。爾雅云：『鶌，鳩，鶻鵃。』註云：『似山鵲而小，短尾，青黑色，多聲。』月令『鳴鳩拂其羽』，即此也。」瑗按：鳩有數種。詩「宛彼鳴鳩」，朱子註曰：「班鳩也。」是不獨鶻鵃能鳴也。鵲巢詩朱子註但曰：「鳩，鳥名。」「性拙不能爲巢。」然則此屈子之所謂鳩者，亦泛言之可也。

鴆鳩取喻

朱子辯證曰：「鴆及雄鳩，其取喻爲有意，且[二〇]文可見。註於他説，亦欲援此爲例，則鑿矣。補註又引淮南説『運日知晏』，則鳩[二一]乃小人之有智者，故雖能爲讒賊，而屈原亦因其才而使之。是以屈原爲真嘗使鴆媒簡狄而爲所賣也。其固滯乃如此，甚可笑也。」瑗按：前叙遠遊仗衛服役之虬龍、鸞鳳、飄風、雲霓，誠無比喻，此言鴆、鳩、鳳凰，則非全無比喻者也。洪氏之説，亦是釋屈子取喻之意，未嘗真謂屈子使鴆媒簡狄也，又未嘗謂知其爲讒賊而復用之也。洪氏之説，今採附集解，可考朱子之辯非洪氏本意。

猶豫

洪氏引顏氏家訓書證篇曰：「禮云：『定猶豫，決嫌疑。』離騷曰：『心猶豫而狐疑。』先儒未有釋書。案：尸子曰：『五尺犬爲猶。』説文云：『隴西謂犬子爲猶。』吾以爲人將犬行，犬好豫在人前，待人不得，又來迎候，如此往還，至於終日，斯乃豫之所以爲未定也，故稱猶豫。或以爾雅曰：『猶如麂，善登木。』猶，獸名也，既聞人聲，乃豫緣木，如此上下，故稱猶豫。狐之爲獸，又多猜疑，故聽河冰無流水聲，然後渡。今俗云：『狐疑，虎卜。』則其義也。」此上顏氏之説。「水經引郭緣生述征記云：『河津冰始合，車馬不敢過，要須狐行，云此物善聽，冰下無水乃過，人見狐行，方渡。』按：風俗通云：『里語稱狐欲渡河，無如尾何。』且狐性多疑，故俗有狐疑之説，未必一如緣生之言也。然禮記曰：『決嫌疑，定猶豫。』疏云：『猶是玃屬，豫是虎屬。』説文云：『豫，象之大者。』又老子曰：『豫兮若冬逝〔三〕川，猶兮若畏四鄰。』則猶與豫，皆未定之辭。」此上洪氏引諸説而斷之者也。瑗按：朱子從顏氏、緣生之言，是也。但多謂猶之豫，狐之疑耳。説文又謂豫亦獸名，未知其審。若以豫爲獸名，則猶豫、狐疑之文，疑字是承上三獸而言也，讀者詳之。

鳳凰受詒

王逸以爲屈子思得賢智之士如鳳凰者，受己之禮遺，將行就聘簡狄，恐帝嚳已先我得之也。

朱子辯證曰：「誤矣。審爾則高辛何由而先我哉？正謂己用鴆鳩，而彼使鳳凰，其勢不敵，故恐其先得之耳。又或謂以高辛喻諸國之賢君，亦非文勢。」瑗按：朱子之説是矣。

二姚

朱子辯證曰：「留『二姚』，亦求君之意。舊説以爲博求衆賢，非是。」瑗按：屈子求春宫之處妃、有娀之佚女、有虞之二姚，與謁閶闔之天帝一也，皆求君之意。舊説非是，朱子屢辯之矣。但逐條散見，瑗因總綴其説於此，使讀者一覽而前後數章易貫通焉。二姚，事出左傳，已載前浞、澆事條下。

理弱

瑗按：前「吾令蹇脩以理」，朱子集註曰：「令蹇脩致佩纕以爲理，則蹇脩似是下女之能爲媒者。然亦未有考也。」然朱子雖以蹇脩二字無所考，而以理字即爲媒字矣。思美人曰：「令薜荔以爲理，因芙蓉以爲媒。」抽思曰：「理弱而媒不通。」此曰：「理弱而媒拙。」屈子每每以理與媒對言，則理者亦媒之别名也無疑矣。此處又依五臣註曰「恐道理弱於少康」，以爲道理之理，甚謬。

蔽美稱惡

前曰「世溷濁而不分兮，好蔽美而嫉妬」，此曰「世溷濁而嫉賢兮，好蔽美而稱惡」，是即前言而再申之，而少變其文耳。此蔽美，一作蔽善，非是。字相似而訛也。洪氏曰：「惡，去聲。言可美者蔽之，可惡者稱之。」蓋惡當如字讀，協作去聲耳。直以去聲讀之，亦非也。瑗按：惡如字讀，而固字協作孟子「其涸也，可立而待也」之涸音，亦可。又曰，屈原作此在懷王之世，恐亦無據也。

閨中二句

王逸曰：「言君處宫殿之中，其閨深遠，忠言難通，指語不達，自明智之王，尚不能覺悟善惡之情，高宗殺孝己是也。何況不智之君，而多闇蔽，固其宜也。」洪氏曰：「閨中既以邃遠者，言不通群下之情；哲王又不寤者，言不知忠臣之分。懷王不明而曰哲王者，以明望之也。太史公所謂『冀幸君之一悟，俗之一改』也。韓愈琴操云：『臣罪當誅兮，天王聖明。』亦此意。」朱子曰：「閨中深遠，蓋言虙妃之屬不可求也。哲王不寤，蓋言上帝不能察司閽壅蔽之罪也。言此以比上無明王[三]、下無賢伯。」瑗按：三説之意俱善，而朱子之説尤體帖得旨。但王逸以上句爲忠言難通，下句爲不寤善惡之情；洪氏以上句爲不通群下之情，下句爲不知君臣之分，稍覺支離欠穩。蓋不通者此情也，不寤者亦此情也。不必如此太分上句指其居，下句指其人，互文以見意耳。又朱子以虙妃之屬爲比賢君，而舊説之非，辯證屢言之矣。此又云以比下無賢伯，亦非是也。

懷朕情二句

王逸曰：「言我懷忠信之情，不得發用，安能久與此闇亂之君，終古而居乎？意欲復去也。」洪氏曰：「此言當世之人，蔽美稱惡，不能與之久居也。」朱子曰：「使我懷忠信之情，不得發用，安能久與此闇亂嫉妒之俗，終古而居乎？意欲復去也。」瑗按：王逸以闇亂言之，獨指其世也。洪氏以蔽美稱惡言之，獨指其人也。雖其意可相通，不若朱子兼二者而言之，始該而盡也。

終古

洪氏曰：「釋文：『古，音故。』」「九歌曰：『長無絶兮終古。』九章曰：『去終古之所居。』終古，猶永古也。考工記註曰：『齊人之言終古，猶言常也。』集韻：『古音估者，故也；音故者，始也。』」朱子集註曰：「終古者，古之所終，謂來日之無窮也。」辯證曰：「或問『終古』之義，曰：開闢之初，今之所始也。宇宙之末，古之所終也。考工記曰：『輪已庳[二四]，則於馬終古登陁也。』註曰：『終古，常也。』正謂常如登陁，無有已時。猶釋氏之言，盡未來際也。」瑗按：近代旴江何喬新周禮集註云：「終古登陁，謂終年如登陂陁。」莊子大宗師篇曰：「維斗得之，終古不忒；日月得之，終古不息。」崔氏註曰：「終古，久也。」然則終古者，常久之義也。備觀諸家之説可知矣。然其言亦各不同，不可執一論也。如九歌、九章及莊子之所言，終古是舉天地之終而言也。考工記之言終古，是舉馬之終而言。何旴江以終年釋之是矣。若離騷之所謂終古，是舉己之終而言，猶曰終身云耳。言此惡俗不能與之終身常久而處也。學者觀書，隨文會意可也。此雖無繫大義，余懼學者執朱子開闢之説，則於此章之言終古，有滯而不通者矣，故詳其説焉。

藑茅

王逸曰：「藑茅，靈草也。」洪氏曰：「藑，音瓊。爾雅云：『葍，藑茅。』註云：『藑、葍一種，花有赤者爲藑。』」瑗按：瓊，玉之赤色者也，故藑之花赤，而因借以名焉。文選作「瓊茅」，蓋未嘗觀爾雅，又因王以靈草釋之，故改爲瓊字，以爲美名之釋耳。後漢方術傳引此亦作「瓊茅」，俱非也。屈子之意，但只言取草以爲占，無取於草之靈，如易之所言蓍草之有德者比也。又按：尚書禹貢，荆州貢有包匭、菁茅。記曰：「菁茅有刺而三脊，所以供祭祀縮酒之用。既包而又匣之，所以示敬也。」易大過初六曰：「籍用白茅，无咎。」朱子本義曰：「白茅，物之潔者。」孔子小象曰：「籍用白茅，柔在下也。」是孔子之意，重在茅是柔物，而「白」字帶言耳。朱子本義重在「白」字上，非是。若禹貢之所貢茅，蓋取諸潔也。或曰，屈子取茅，蓋以爲占之於神也，亦無取其潔乎？曰：既索藑茅以爲占，自然是其潔浄之物，不待言矣。但屈子立言之意，只謂索草爲占，不重在神靈潔浄字樣上，説者不必以靈以潔釋之可也。取草作占，其術至今尚存。或信手取草而長短折之，以擲之於地，而觀其縱横以爲兆。或取草而齊折之，置之於几，縱横推盪之以成卦。先君東山先生嘗傳其説。或謂之茅草數，又謂之茅草卦。想此術非獨楚俗爲然，蓋其來已久，卜筮者流以此代揲蓍之煩耳。然王逸又謂結草以卜，未知其法何如也。

筳篿

王逸曰：「筳，小折竹也。楚人名結草折竹以卜曰篿。」文選註作「小破竹」也。後漢方術傳序「筳篿」作「挺專」。註曰：「挺專，折竹卜也。楚辭曰『索瓊[二五]以筳專』，註云：『筳，八段竹也。楚人名結草折竹曰專。』」瑗按：漢書引王註又作「八段竹」也。蓋「八段竹」無義理，「八段」二字，當是「小破」二字之訛也。或曰，蓋折竹作八段以爲八卦而占之，如今之靈棊經以十二枚靈棊子所爲也。今之逸本作「小折」、「小破」字者，俱錯也。然未知其是否。大抵此二字，乃即今神廟中所抽竹籤、所擲校杯之別名耳。皆竹爲之者也，故皆從竹頭也。對上「藑茅」二字平看。王逸以「藑茅」二字爲結草之占，以「筳」字爲折竹之占，以「篿」字爲楚人占卜之名，甚謬矣。或曰，孰爲籤？孰爲校？曰：今無所考，未可知也。然五臣曰：「筳，竹筭也。」柳子天對云：「折篿剡筳，午施旁豎。」折之爲言絕也，剡之爲言削也。筳，漢書亦作挺。詳其字義，或者筳爲籤，而篿爲校乎？

靈氛

王逸曰：「靈氛，古明占吉凶者。」是以靈氛爲古人之名字耳，恐無所據，未必然也。或屈子之設言，如惜誦篇厲神之號。或古者巫祝之通稱，或當時楚俗之言，不可知也。蓋靈者，贊美之詞，如靈脩之靈。氛者，天地間紛擾絪緼之遊氣也。說文曰：「氛，祥氣也。」一曰祲，妖氣也。

故後世詩家有曰清氛，曰紫氛，曰塵氛，曰妖氛等號也。蓋巫祝者，所以掌鬼神者也。鬼神之靈氣恒服之，故以靈氛稱之歟？或靈氛者，即指鬼神爲天地間之靈氣，而因以名巫祝也。王逸直以爲古之明吉凶之人，則非矣。

占

占之説詳見易繫辭并朱子啓蒙，兹不暇贅。王逸曰：「言己欲去則無所集，欲止又不見用，憂懣不知所從，乃取神草竹筳，結而折之，以卜去留，使明智靈氛占其吉凶也。」其意固是而未盡也。屈子前此遠遊亦久矣，經歷亦遍矣。因上下四方求索而無所遇，故使靈氛占之，不知還終當有所遇合否也。若其占吉，而終有所遇合，當再遠遊以求之；若其占凶，而終無所遇合，則亦止焉而已矣。此屈子命占之本意也。故靈氛既占，而以兩美必合之吉占告之，而復勸其遠遊也。王註獨以爲卜其去住之理，而失屈子命占之本意，故曰未盡也。

占、慕

朱子曰此章：「占之、慕之，兩『之』字自爲韻。」瑗按：慕下爲尒，慕可協作參謁之參音，與占爲韻也。或曰，占與上句篿爲韻，慕與下「有女」句爲韻，「釋汝」與「故宇」爲韻，未知其審。

兩美必合

朱子辯證曰：「『兩美必合』，此亦託於男女而言之。註直以君臣爲説，則得其意而失其辭也。下章『孰求美而釋汝』亦然。至説『豈惟是其有女』，而曰：『豈唯楚有忠臣。』則失之遠矣。其以芳草爲賢君，則又有時而得之。大率前人讀書，不先尋其綱領，故一出一入，得失不常，類多如此。幽昧、昡曜二句，乃原自念之辭。以爲答靈氛者，亦非是。」瑗按：前以虙妃美女之屬比賢君，託爲男之求女以喻己之求君，朱子之説是也。至若芳草，蓋又是以之而喻美女，所謂比中之比。而舊註直以爲君，朱子以爲得之，亦未之深詳也。幽昧、昡曜二語，王逸、五臣俱以爲原答靈氛之詞，是矣。朱子辯之，以爲原自念之詞，非是。蓋「世幽昧」以下，至「申椒不芳」十句，皆原答靈氛之詞。若欲從靈氛之吉占，心猶豫而狐疑二語，乃原自念之詞也。或曰，男固可以求女，女不可以求男，屈子設爲男求女，是矣。至若君可以求臣，臣不可以求君，屈子之喻不亦倒乎？由此言之，則屈子遠遊之意全非矣。固哉，高叟之爲詩也。惟其執此義而不通，故説者往往以同姓無可去之理言之。固哉，高叟之爲詩也。

孰信脩而慕之

此句言孰有忠信脩潔之士，而人不慕之者乎？猶詩言「不」，豈不也。意見言外，語直而意婉，古人多有此文法也。蓋言美女之慕美男，猶美男之慕美女也。賢君之求賢臣，猶賢臣之求賢君也。同聲相應，同類相求。氣機之感召，理勢之自然也。此所以爲申言兩美必合之意。王逸以爲「楚國誰能信明善惡，脩行忠直，欲相慕及者乎」，朱子以爲「楚國孰有能信汝之脩潔而慕之者」，俱非文勢。

故宇

王逸曰：故宇，故居也。以爲屋宇之宇，是也。洪氏曰：「宇，一作宅。若作宅，則與下韻協。」朱子曰：「待洛反。尚書、周禮，古文宅、度，多通用也。」蓋以爲故度，猶言故態也，亦非文勢。

昡曜

洪氏曰：「昡，一作眩。眩，日光也，其字從日。眩，目無常主也，其字從目。並熒絹切。淮南云：『嫌疑肖象者，衆人之所眩耀。』」朱子曰：「眩，目無主也。」是從耳目之目旁。王逸曰：「眩曜，惑亂貌。」詞亦鶻突不明。瑗按：當從洪本，作日月之日旁者是也。幽昧，是謂世人之昏暗險詐，機械之巧僞藏於中，不能誠信者也。昡曜，與炫燿字同，是謂世人之喜炫爛誇燿，致飾於外而不能好脩者也。正與前「信脩」二字相反。靈氛言占兆之吉，而信脩之士決爲人所向慕，而必有所合，可以遠去也。屈子答以舉世幽昧昡曜，不喜信脩，孰能察己之美而慕之以有合乎？王逸、五臣皆謂此屈子答靈氛難去之意也，是矣。若作目之眩曜惑亂，不能别白美惡，亦通。不如作昡曜有照應，得屈子立言之本意也。「孰云察余之美惡？」惡字帶言，本謂世無知己之美也。古人多有此類，讀者幸毋滯焉。「美惡」二字，又承前「好蔽美而稱惡」而來，况篇中屢言美字，意亦相唤。一作善惡，非是。

黨人

此與前「惟黨人之偷樂」之黨人同。但前獨指楚國之黨人，此則泛指一世之黨人，以答靈氛「思九州之博大，何所獨無芳草」之意。然屈子亦不言九州無美女、芳草，但數黨人好惡獨異，猶前「世溷濁而不分，好蔽美而嫉妬」，「世溷濁而嫉賢，好蔽美而稱惡」，不責其君，而責左右之意也。王逸曰：「黨，鄉黨，謂楚國也。」洪氏曰「黨，朋黨」，謂令尹子蘭、大夫子椒之徒也。王註固失之迂，而洪註又失之隘也。

服艾

朱子辯證曰：「楚人以重午插艾於腰，豈其故俗邪？」瑗按：今俗，重午無論男女皆服艾於首，或插之於門，故有艾虎懸門之説，非獨楚俗然也。然未有插之於腰者，豈插於腰者獨楚俗也？其俗不知其所始，要之其所從來也遠矣。今世以爲始於屈子，則非也。

蘇糞壤

王逸曰：「蘇，取也。」洪氏曰：「史記『樵蘇後爨』，蘇，謂取草也。又淮南子曰：『蘇援世事。』蘇，猶索也。」觀此，則蘇字之義可知矣。壤，王逸曰「土也」。糞字無註，諸家俱無解，蓋以其易明也。要之，亦是二物，不可以爲糞之壤耳。或曰，橘頌篇「蘇世獨立」之蘇字，亦當與此同義。未知其審，容更詳之。

充幃

充，蓋謂緼著充滿於香囊之中也。王逸獨曰：「充，猶滿也。」詞欠斟酌。又曰：「幃謂之幐。」幐，即今之香囊也。幃，音暉。幐，音騰。五臣亦以爲香袋。瑗按：香囊，又謂之容臭。洪氏曰：「爾雅云：『婦人之褘，謂之縭。』註云：『即今之香纓也。褘，邪交落帶繫於體，因名爲褘。』」瑗按：或以爲香囊，或以爲香纓。蓋香纓乃泛指纓絡，而言香囊者，纓絡中之一物耳。或曰，幃，古帷通，蓋謂帷裳也。謂蘇取糞壤，以爲帷裳之服飾也。然糞壤又但可以爲囊袋之充，而非可結以爲佩者。或曰，喻言耳。未知其審，姑誌其説，以備後訂。

珵美能當

王逸曰：「珵，美玉也。相玉書言：『珵大六寸，其耀自照。』言時人無能知臧否，觀衆草尚不能別其香臭，豈當知玉之美惡乎？」五臣曰：「豈能辨玉之臧否而當之乎？」朱子曰：「豈能知玉之美惡所當乎？」瑗按：諸家之説，當字俱未是。朱子之意，是以當字訓值也，謂玉之美惡，其價所值有高下也。五臣之説，又鶻突欠明。王逸之説，似矣而未也。蓋此當字，乃「擔當」之當，謂任也。能當，猶言堪任也。謂覽察草木尚且不知香臭，況玉之美惡疑似之間，尤所難辯，豈堪任此職乎？言其斷不識玉也。珵美，言玉之美者。註皆以玉之美惡釋之，惡字帶言耳。一曰，珵，佩珩也。洪氏曰：「珵美，猶九章言『蓀美』也。」非是。又按：羅鄂州爾雅翼曰：「嘗試論之，楚辭取象於草木之芳潔者，無所不備，而君子比德於玉乃獨畧焉。王逸章句曰：『行清潔者佩芳，德仁明者佩玉，能解結者佩觿，能決疑者佩玦，故孔子無所不佩也。』詳屈平之意，蓋以清潔一介自處，自仁明以下皆所不敢居焉，故其言曰：『覽察草木其猶未得兮，豈珵美之能當？』以言楚之君臣於草木臭香猶未能別，而况能知玉之美耶？此所以有所詳有所畧。」瑗按：

羅氏之説非也。此所謂珵美者，屈子蓋以之自喻也。至於何瓊佩之偃蹇，衆薆然而蔽之，折瓊枝以爲羞，精瓊爢以爲粻，雜瑶象以爲車，鳴玉鸞之啾啾，齊玉軑而並馳，被明月佩寶璐，遊瑶圃食玉英，同糅玉石，一概相量，懷瑾握瑜，窮不知示，陸離之長劍，崔嵬之峩冠，芳澤雜糅，屢見篇内。且自言重仁襲義，重之脩能。孰謂屈子仁明以下有所不敢居乎？孰謂肯以清潔一介而自處乎？其知屈子也，亦淺矣。其視屈子也，亦小矣。何其觀書之畧，而議人之疏也哉！

靈氛吉占二句

洪氏曰：「靈氛之占，於異姓則吉矣，在屈原則不可，故猶豫而狐疑也。」朱子辯證曰：「補註以爲靈氛之占，勸屈原以遠去，在異姓則可，在原則不可。故以爲疑，而欲再决之巫咸也。考上文但謂舉世昏亂，無適而可，故不能無疑於氛之言耳。同姓之説，上文初無來歷，不知洪何所據而言。此亦求之太過也。」瑗按：朱子此説，極得本旨，讀者毋忽。

巫咸

王逸曰：「巫咸，古神巫也。」洪氏曰：「書序云：『伊陟贊於巫咸。』前漢郊祀誌云：『巫咸之興自此始。』説者曰：巫咸，殷賢臣。一云名咸，殷之巫也。説文曰：『巫，祝也。』古者巫咸初作巫。』山海經曰：『巫咸國在女丑北。』又曰：『大荒之中有靈山，巫咸、巫即、巫盼、巫彭、巫姑、巫真、巫孔、巫抵、巫謝、巫羅十巫從此升降。』淮南子曰：『軒轅丘在西方，巫咸在其北。』註云：『巫咸知天道，明吉凶。』據此則巫咸之興尚矣，商時又有巫咸也。莊子曰：『鄭有神巫，曰季咸。』又有『巫咸招』，皆取此名。」瑗按：招魂「帝告巫陽」句，王逸註曰：「女曰巫，陽其名也。」洪氏引山海經曰：「開明東有巫彭、巫抵、巫陽、巫几、巫相、巫履。」註云：「皆神醫也。」王逸於此不詳所以，但曰神巫也。而又詳釋於招魂，是亦畧耳。今以山海經諸巫觀之，則以陽爲名者是也，而咸亦當作巫之名無疑矣。然以咸爲殷之賢臣是也，以爲始於殷者亦非也。書序曰：「伊陟相太戊，亳有祥，桑穀共生於朝。伊陟贊於巫咸，作咸乂四篇。太戊贊於伊陟，作伊陟、原命。」史記天官書曰：「昔之傳天數者：高辛之前，重、黎；於唐、虞，羲、和；有夏，昆吾；殷商，巫咸；周室，史佚、萇弘；於宋，子韋；鄭則裨竈；在齊，甘公；楚，唐眛；趙，尹皋；魏，石申。」觀史記以巫咸與重、黎等號並稱，及書序伊陟問之以災祥之事，則巫咸乃掌天文之職，爲占卜之官也明矣。淮南之註是，而山海經註以爲神醫者非也。夫巫祝之興也尚矣，觀山海經所言諸巫也多矣，奚獨巫咸之名之著也？蓋巫之爲官，肇自先王，其來也遠，莫究其始。而巫咸之在殷，則以賢能而顯，故後世喜稱之焉。惜乎咸乂四篇與伊陟、原命不傳於世，遂使致治之道、性命之理不白於天下也。如羿之爲官，肇自先王，而後世之言善射者但稱有窮后羿，即其顯著者名之耳。故莊、列之所稱神巫季咸，要非殷之巫咸。而屈子之所稱巫咸，蓋借殷之巫咸以爲天之巫咸而降於楚者也。據莊子直以巫咸爲鄭人。列子曰：「有神巫自齊來，處於鄭，命曰季咸。」是又似以爲齊人，而寓於鄭也。史記正義曰：巫咸，殷賢臣也，本吴人，冢在蘇州常熟海隅山上。然既以巫咸爲殷商太戊之臣，則吴、越至春秋時方入中國，安得有蘇人仕於太戊之朝乎？其説非也，其所傳者妄也。或曰，莊、列之所謂季咸，非指殷之巫咸也。季者，少也。蓋齊、鄭之神巫，自以爲其術之妙如巫咸，故因自命爲季咸，其説亦通。又按：男曰覡，女曰巫。顔師古曰「巫覡亦通稱」，是也。楚辭之所言巫者，皆通稱之巫也。王逸、朱子皆以女曰巫釋之，非是。易曰：「用史巫紛若。」論語曰：「人而無恒，不可以作巫醫。」觀此，則巫覡通稱也審矣。

夕降

夕，謂旦夕也，猶言早晚將下來耳。朱子曰：「言巫咸將以日夕從天而下。」是也。王逸、五臣皆以夕直作夜字看。洪氏曰：「夕降者，神降多以夜，陳寶之類是也。」俱非是。從朱子之説爲長。又按：「百神翳其備降」，所以申巫咸將夕降句，「九疑繽其並迎」，所以申「懷椒糈而要之」句。「皇剡剡其揚靈」，言神降而顯其威靈。「告余以吉故」，言己要神而得吉兆也。看楚辭須要如此照應，方有得處，若徒汎濫而以詞華視之，亦無甚味也。

懷要

懷，包藏也，如陸績懷橘之懷，言豫先包藏此物，候巫咸降而獻享以要之也。要，猶邀也。如孟子「使數人要於路」之要，謂中道要截之，而使爲己卜占也。

椒糈

王逸曰：「椒，香物，所以降神。糈，精米，所以享神。」五臣曰：「糈，米也。」洪氏曰：「糈，祭神米也。」孟康曰：『椒糈，以椒香米饊也。』」瑗按：王逸以椒爲降神之物，以糈爲享神之物，似是謂以椒投於酒中，使其氛香，以降神也。然九歌中有曰「椒漿」者。朱子曰「漿者，周禮四飲之一」，謂「以椒漬其中」，「取其氛芳以饗神也」。則此言椒糈者，蓋以椒爲飲湯，以糈爲饊飯，皆所以饗神者也。王逸有降神、饗神之分別，亦無害於義。但屈子此所言神，謂神將自降，而於中道便以要之，非謂自己要神之降下也。朱子取逸説，姑從之，但亦不可不知所謂巫咸將夕降者，非屈子致其降也。猶言巫咸早晚將從此過，我當邀之，使爲我占卜耳。孟康之註似又謂以椒入米爲香糈也，其説亦通。此等俱無明證，亦無大害，憑讀者擇之，亦不可不知其詳也。至若糈，五臣曰「米也」，亦是。洪氏又曰「祭神米也」。夫椒糈之物，本人之所用，而因以之祭神耳，豈獨祭神之米而後可以謂之糈哉？故糈從米，則謂之飯；湑從水，則謂之酒。是湑、糈，古人爲酒飯之通稱也久矣，豈獨祭神云乎哉？五臣之註，予多所採取。蘇東坡乃謂五臣固陋小儒，不如李善，後人遂每執蘇説以譏五臣，是俗所謂矮子觀場，好惡隨人衆口而已，實未嘗有所見也。東坡之説，予蓋未之深信焉。

翳

翳，謂翳然其盛也，對下「九疑繽」之繽字看。王逸曰：「翳，蔽也。」意亦是。但又直解作蔽日下來，非也。夫翳然備降，則遮天蔽日之意自在言表，而直以翳爲蔽日之蔽，未穩也。其意蓋本九歌「靈之來兮蔽日」也，未是。又備降，即言百神齊來便是。上言巫咸，此言百神。巫咸，百神之所依，言巫咸即指百神。舊註又謂巫咸得己椒糈，則將領百神來下，亦非也。前言椒所以降神，糈所以享神，是矣。此又以椒糈爲要巫咸之物，巫咸得己飲食而領神來，何自相矛盾也？讀書須要融活，不可固滯如此可也。

九疑並迎

王逸曰：「九疑，舜所葬也。」洪氏曰：「漢紀曰：『望祀虞舜於九疑。』張揖曰：『九疑在零陵營道縣。』文穎曰：『九疑半在蒼梧，半在零陵。』顏師古云：『疑，似也，山有九峰，其形相似。』水經云：『峯秀五〔二六〕郡之間，異嶺同勢，遊者疑焉。』」瑗按：春陵圖志：九疑山亦名蒼梧山，一曰朱明峯，二曰石城峯，三曰石樓峯，四曰娥皇峯，五曰舜源峯，六曰女英峯，七曰蕭韶峯，八曰桂林峯，九曰杞林峯，聳然於群峯之間，望之大概相似。玆其所以爲九疑乎？李太白遠別離曰：「九疑連綿皆相似，重瞳孤墳竟何是。」觀顏説與李詩，九疑之義著矣。一作嶷者，非是，後人所增耳。其山跨蒼梧、零陵之間，故或言舜葬蒼梧，或言舜葬九疑，可相通也。已見前蒼梧條下，玆不贅。但此屈子所言九疑者，無取於舜之事也。特取九疑山之山神耳。蓋謂天神既降，己遂使九疑山之土神往迎，而要之以爲己占卜也。王逸以爲舜使九疑之神紛然來迎己，知己之志也。朱子從之，失之遠矣。「並迎」者，謂使九疑之神並往迎天之百神也，與上「懷椒糈而要之」句相發明也。

迎故

朱子曰：「迎，魚慶反。叶音御。」是以爲親迎之迎音也。然親迎之迎音與故韻協，亦未詳其所以。按：懷沙篇曰「重華不可遻」句，朱子曰「遻，一作遌」，五故反。「史作悟。洪云：當作遻」，音忤，與迕同。逢迎之意也。然則此迎字或當作遻迕字，方與故韻協。字相似而義通，所以訛耳。未知其審，姑誌其疑，以竢博雅。

皇

皇，即指百神也。猶篇首言「朕皇考曰伯庸」，下曰「皇覽揆余於初度」。只言皇而不言考者，承上章省文耳。王逸曰：「皇，皇天也。」「言皇天揚其光靈，使百神告我當去。」朱子辯證曰：「皇，即謂百神，不必言天〔三七〕也。」得之矣。

升降上下

王逸曰：「上求明君，下索賢臣。」五臣曰：「上謂君，下謂臣。」朱子辯證曰：「『升降上下』，謂上君下臣者，亦謬説。」集註曰：「升而上天，下而至地也。」「言升降上下，而求賢君與我皆能合乎此法度者，如湯之得伊尹、禹之得皋陶，始能調和而必合也。」朱子獨以君言，是也。洪氏曰：「『升降上下』，猶所謂經營四荒、周流六漠耳，不必指君臣。」其説更明白。

求合

「求矩矱」之求，是勉屈子遠逝以求君也。「嚴求合」之求，是言人君以求臣也。四句相喚講，言苟遠逝以求君，則必爲君所求之而有合也。讀者審諸。

皋陶

王逸曰禹臣也。朱子曰舜士師也。按：皋陶實爲舜士師，而後亦爲禹臣也。此言「湯禹嚴而求合」，從王説爲是。古人之言，隨其所用，不必拘也。朱子總註又曰：「如湯之得伊尹、禹之得皋陶。」前後雖互見，使初學小童讀之，亦不能無惑也。

能調

下一調字，隱然有都俞吁咈之風，有咸有一德、志同道合之意。曰同，曰合，曰調，其義一也，而調字尤妙。王逸、五臣俱以調和陰陽言之，失之遠矣。又調協音同，與同爲韻。朱子曰：「詩車攻之五章有此例。」瑗按：詩曰：「決失既佽，弓矢既調。射夫既同，助我舉柴。」蓋佽與柴協，調與同協。以首尾二句爲韻，中連二句爲韻。天問「雄虺九首」四句，用此法也。

行媒

王逸曰：「誠能忠[二八]心好[二九]善，則精感神明，賢君自舉用之，不[三〇]須左右薦達也。」瑗按：「精感神明」一句，是暗指下武丁夢傅說事。五臣註除此一句，是矣。朱子集註復用之，非也。此二句且宜泛講，而所引傅說事，巫咸恐亦不指夢言也。況上下所引，又未必皆因夢而得用者。但只言自己能脩道德，則賢明之君自當知而舉之，不必屑屑自己令媒命理以往求之，所以釋前屈子「理弱媒拙」之憾也。「求矩矱之所同」，是告其直當自去求可也。「何必用夫行媒」，言不必借人力以求之也。苟吾道之果是，雖有往求又何傷乎？況古人如伊尹、臯陶、傅說、呂望、甯戚諸賢聖，又皆不必用夫行媒，而亦自往求之乎？又況古之聖賢諸君，如湯、禹、武丁、周文、齊桓，亦方且在上嚴而求合也乎？言自古君臣相求之急，而相須之殷，往往得合，不必媒也。此巫咸立言之意也。若待夢而求合，則古之君臣其相合者亦少矣，其得合也亦難矣。或曰，若太公之鼓刀，甯戚之謳歌，猶有以求之者。若伊尹、臯陶、傅說，曷嘗有求之之事耶？曰：孟子嘗言之矣。曰：「吾聞其以堯舜之道要湯，未聞以割烹也。」林氏註曰：「以堯舜之道要湯者，非實以是要之也。道在此而湯之聘自來耳，猶子貢言夫子之求之，異乎人之求之也。」學者觀此說，則可以知巫咸告屈子中情好脩，何必用媒之意矣。奚必以夢言之乎？巫咸之意，曷嘗指夢之事乎？亦指夫道焉而已矣。不然，鼓刀之技、謳歌之聲，奚足以動周文、齊桓也。周文之時，其鼓刀者亦衆矣；齊桓之國，其謳歌者亦衆矣。何獨二子之得舉也？蓋必有當夫周文、齊桓之心者矣。既有以當夫周文、齊桓之心，則彼此之相合，際會之遭逢，蓋有莫知其然而然者矣。雖謂二子有求於周文、齊桓可也，雖謂二子實未嘗有求於周文、齊桓亦可也。不然，鼓刀、謳歌之藝，奚足以求之乎？

傅説操築

王逸曰：「傅説抱道懷德，而遭遇刑罰，操築作於傅巖。武丁思想賢者，夢得聖人，以其形像求之，因得傅説，登以爲公，道用大興，爲殷高宗也。書序曰：『高宗夢得説，使百工營求諸野，得諸傅巖，作説命。』是佚篇也。」五臣曰：「説，賢人。代胥靡刑人，操築於傅氏之巖。武丁夢得賢相，因使刻所夢之形，求得説於傅巖，委任之不疑。」洪氏曰：「孟子云：『傅説舉於版築之間。』」史記云：「武丁即位，思復興殷，而未得其佐。三年不言，政事決定於冢宰，以觀國風。夜夢得聖人，名曰説。以夢所見視群臣百吏，皆非也。於是廼使百工營求之野，得説於傅險巖同。中。是時説爲胥靡，築於傅險。見於武丁，武丁曰是也。得而與之語，果聖人，舉以爲相，殷國大治。故遂以傅險姓之，號曰傅説。」史記徐廣註曰：「尸子云傅巖在北海之洲。」正義曰：「地理志云：『傅巖即傅説版築之處，所隱之處窟名聖人窟，在今陜州河北縣北七里，即虞國、虢國之界。又有傅説祠。』」孔安國曰：「傅氏之巖在虞、虢之界，通道所經，有澗水壞道，常使胥靡刑人築護此道。説賢而隱，代胥靡築之，以供食也。」瑗按：王逸不見古文尚書，故曰「是佚篇也」。今尚書説命上篇云：「王宅憂，亮陰三年[三二]。既免喪，其惟弗言。」「恭默思道，夢帝賚予良弼。」「乃審厥象，俾以形旁求於天下。説築傅巖之野，惟肖，爰立作相。」蔡氏註曰：「審，詳也。詳所夢之人，繪其形象，旁求於天下。」「築，居也。今言所居，猶謂之卜築。」「肖，似也。與所夢之形相似。」於是立以爲相。」夫王逸之説，是以傅説遭遇刑罰，而爲胥靡之徒以操築也。孔安國與五臣之説，是以傅説代胥靡而操築也。史記「説爲胥靡，築於傅巖」之文，又可兩解。如爲字讀作平聲，是説自爲胥靡也。如爲字讀作去聲，是代胥靡也。諸家無音釋，未知其審。由孔安國之註觀之，似當讀作去聲也。要之，操築者，乃貧賤者之事，爲人傭保作工耳，豈必胥靡刑人而後操築哉？如梁鴻隱於會稽而爲人擣，即其類也。孔安國「澗水壞道，常使胥靡築護」之説，亦因傅説在虞、虢之界而附會之者耳。孟子曰：「傅説舉於版築之間。」蓋版者，即今之築土墻兩邊之夾版也。築者，以杵而擣之之謂也。蔡氏註尚書，以築爲卜築之築，謂居也。以蔡氏之意推之，則孟子之所謂版築者，乃詩之所謂「版築衡門」，禮記所謂「蓬户甕牖」之義耳，恐未必然也。孟子既曰版築，屈子又曰操築，則爲操版以築土也明矣。或曰，劉向九歎離世篇曰：「筐澤瀉以豹鞹兮，破荊玉以繼築。」王逸註曰：「築，木杵也。」以築爲木杵，於孟子「版築」之文，二字並作實看尤好。不又觀尚書本文，高宗是夢見傅説之形象。而書序及史記又以爲并其名字而夢知之。若既得其名，則詔天下之名爲説者，皆赴闕廷，一審之得矣。又何必使百工營求，俾以形旁求於天下邪？又尚書註以爲繪其形象而求之，五臣註似又是謂使木雕刻其形象以求之。而尚書本文又只言「審厥象，俾以形」，詞亦欠明白也。或曰遭刑而爲胥靡，或曰代胥靡而築，或曰夢見形象，或曰夢見名字，或曰繪其形象，或曰刻其形象。要之，高宗夢説之一事，亦爲孟浪之言，流俗相傳之語，已不足信矣。紛紛諸説，又何足辯乎？或曰，然則尚書亦非乎？曰：非也。古文尚書乃東晋梅賾之僞書，而書序决非聖人之所作。先儒闢之詳矣，又何足據以爲信乎？孟子、屈子之所言者，蓋已明白而簡易矣。本謂傅説由側陋而登庸，自貧賤而富貴耳。舜在虞野，玄德升聞，以匹夫而見知於天子，自古有之矣。奚必夢之是徵邪？高宗之夢傅説，好事者爲之也。或曰，奚爲載之經而千載傳誦，莫之敢非也？曰：武王夢帝與我九齡之事，甚爲可笑，而禮記文王世子篇亦載之，至今傳誦而莫之敢非也，豈可亦信之乎？孔子嘗夢見周公，嘗夢奠兩楹，聖人未嘗無夢。若高宗之夢帝賚良弼，武王之夢帝賜九齡，皆夢之誕者也。故曰盡信書不如無書，誠確論也。

傅巖

傅者，姓也。其巖乃傅氏之所居，故因號之傅巖。如今之以姓氏而爲村落、鄉黨之名者多矣。史記乃曰「遂以傅巖姓之，號曰傅巖[三二]」，是謂説本不姓傅，而因以地名爲説之姓以寵之耳。其説非也。若謂傅説所居之處本不號傅巖，高宗因得傅説而遂號其地曰傅巖。如漢書載鄭玄之事，因鄭玄之德行，而遂號其鄉曰鄭君鄉之類，猶通也。傅巖之號，或高宗寵之，或後人稱之，或本來之名，今無所考，皆不可知。要之，以爲因傅巖而賜姓傅，則非也。此雖無係文義大害，而學者亦不可不知也。

呂望鼓刀

王逸曰：「呂，太公之氏姓也。」「太公避紂，居東海之濱，聞文王作興，而[三三]往歸之。至於朝歌，道窮困，因有鼓刀而屠，遂西釣於渭濱。文王夢得聖人，於是出獵而遇之，遂載以歸，用以爲師，言吾先公望子久矣，因號爲太公望。或言周文王夢[三四]立令狐之津，太公立其後。帝曰：

『昌，賜與明師。』文王再拜，太公亦再拜。太公夢亦如此。文王出獵，見識所夢，載與俱歸，以爲太師也。」洪氏曰：「天問云：『師望在肆，昌何識？鼓刀揚聲，后何喜？』」王逸註曰：「言呂望鼓刀在列肆，文王親往問之，呂望對曰：『下屠屠牛，上屠屠國。』文王喜，載與俱歸。」戰國策云：「太公望，老婦之逐夫，朝歌之廢屠，文王用之而王。」註云：「呂尚爲老婦之所逐，賣肉於朝歌，肉上生臭不售，故曰廢屠。」淮南子曰：「太公之鼓刀。」註云：「太公，河內汲人，有屠釣之困。」瑗按：惜往日曰：「呂望屠於朝歌。」九辯曰：「太公九十乃顯榮兮，誠未遇其匹合。」史記齊世家曰：「太公望呂尚者，東海上人。」其先封於呂，尚其苗裔也。「本姓姜氏，從其封姓，故曰呂尚。」「蓋嘗窮困，年老，以漁釣干周西伯。西伯將出獵，卜之，曰『所獲非龍非螭非虎非羆；霸[三五]王之輔。』於是周西伯獵，果遇太公於渭之陽，與語大悅，曰：『自吾先君太公曰當有聖人適周，周以興。子真是邪？吾太公望子久矣。』故號之曰太公望，載與俱歸，立爲師。或曰，太公博聞，嘗事紂。紂無道，去之。游說諸侯，無所遇，而卒歸西伯。或曰，呂尚，處士，隱海濱。西伯拘羑里，散宜生、閎夭素知而招呂尚。呂尚亦曰『吾聞西伯賢，又善養老，盍往焉』。三人者爲西伯求美女奇物，獻之紂，以贖西伯。」西伯歸，「與呂尚陰謀脩德以傾商政」，故「天下三分，其二歸周者，太公之謀計居多。文王崩，武王即位。」十一年，「將伐紂，卜，龜兆不吉，風雨暴至。群公盡懼，唯太公强之」，遂以正月甲子斬紂於鹿臺。「武王已平商而王天下，封師尚父於齊營丘。」註云：「譙周曰：『姓姜，名牙。』」「嘗屠牛於朝歌，賣飯於孟津。」索隱曰「牙是字，尚是名」，太公望是文王號之，「後武王號爲師尚父」。尚父，官名也。劉向別録曰：「師之，尚之，父之，故曰師尚父。父亦男子之美號也。」呂氏春秋云：「太公釣於兹泉，遇文王。」酈元云磻「溪中有泉，謂之兹泉」。「即太公釣處，今謂之凡谷」。「東南隅有石室，蓋太公所居。水次盤石釣處，即太公垂釣之所。其投竿跪餌，兩膝跪跡猶存，是磻磎之稱也」。説苑云：「呂望年七十釣於渭渚，三日三夜，魚無食者。望即忿，脱其衣冠。上有農人者謂望曰：『子姑復釣，必細其綸，芳其餌，徐徐而投，無令魚駭。』望如其言，初下得鮒，次得鯉。刺魚腹得書，書文曰『呂望封於齊』。望知其異。」□□□□曰：太公望少爲人壻，老而見棄，去，屠牛朝歌，賃於棘津，釣於磻溪。文王舉而用之，封於齊。余嘗備觀諸書所載，呂望出處多有異同，而名姓之註亦無一定之説。大抵呂爲封姓是也，姜爲本姓是也。牙字即古之雅字，通用。尚書有君牙篇是也。曰牙，曰尚，或字，或名，今無所考，亦難懸斷。若尚父者，蓋如哀公之誄仲尼曰尼父，桓公之尊管仲曰仲父。索隱以爲官名，非也。曰師尚父者，蓋因文王立以爲師，故兼稱之耳。古之聖王多學焉而後臣之，則師者，即周禮師傅之官。而曰師爲官名可也，曰尚父爲官名不可也。詩曰「維師尚父」，是也。説苑言太公釣魚時已得書，有呂望封齊之文，則太公窮困時，已名爲望矣，而謂文王號之可乎？然太公者，即師父之意，而望之與尚，其音相近而義相通，或即爲太公之名，後世流傳之訛也。既曰「九十顯榮」，則遇文王時已老矣。故或以師父稱之，或以太公稱之。太公者，因呂尚之年老而稱之者也。若從史記之説，則太公者，乃謂文王之祖耳。此蓋不知望字爲太公之名，而因附會其説也。或曰賣飯，或曰屠牛，或曰釣魚，或曰爲婦所逐。此乃貧賤窮困，或曾備嘗艱苦。如舜之耕稼淘漁，多所經歷，而朱買臣亦有見棄於妻之事，皆無足怪也。但據孟子以太公、伯夷並稱，則太公者亦聖之清者也。則嘗事紂之説，游説諸侯之説，求美女獻紂之説，以漁釣干西伯之説，彼此交夢之説，皆好事者爲之也。或曰，然則太公何由而遇文王，文王何由而知之也？曰：古之君子，出處亦必有道，大意已見前傅説條下。吾不能鄭重。天問曰：「師望在肆，昌何識？鼓刀揚聲，后何喜？」其闕之之意深矣。或曰，屈子既闕之，而屢用之，何也？曰：屈子但言其貧困如此耳，未嘗謂因鼓刀於肆，而揚聲以干文王也。上屠下屠之説，後世因「鼓刀」二字而妄益之者也。如國策之所謂「廢屠」，蓋謂太公道之不行，而廢棄爲屠者耳。註不解其意，遂有肉上生臭不售之説。是太公之事，當初相傳，亦本不如此。而因註者以意度解，多所錯誤，文人又輾轉流傳而粉飾之，故不勝其説之紛紜焉。

甯戚

王逸曰：「甯戚，衛人。」「脩德不用，退而商賈，宿齊東門外。桓公夜出，甯戚方飯牛，叩角而商歌，桓公聞之，知其賢，舉用爲客卿。」洪氏曰：「淮南子云：甯戚欲干齊桓公，困窮無以自達。於是爲商旅，將任車以商於齊，暮宿於郭門之外，飯牛車下，望見桓公，乃擊牛角而商歌。桓公聞之曰：異哉，歌者非常人也。命後車載之。三齊記載其歌曰：『南山矸，矸與岸同，一作粲。白石爛，生不遭堯與舜禪，短布單衣適至骭，從昏飯牛薄夜半，長夜漫漫何時旦。』桓公召與語，悅之，以爲大夫。」瑗按：桓公無夜出郭外之理，雖出而仗衛扈從之盛，甯戚又安敢遽然而厲聲以歌之，使之聞之邪？豈春秋戰國之世，多有此事歟？要之，甯戚非傅說、呂望之倫，而桓公又非殷宗、周文之比。屈子亦姑仍舊説而引用之耳。無他考據，不暇深辨。此上三人，朱子辯證曰：「傅說、太公、甯戚，皆巫咸語。補註以爲原語。非也。」瑗按：王逸註頗欠明白。洪氏自「湯禹」以下皆爲屈原語，不獨此三子也。朱子亦未之深考，或偶錯誤其言耳。其説蓋本諸五臣。五臣只以「勉升降以上下，求矩矱之所同」二句爲巫咸語也，甚非文勢，謬矣。

未央

王逸曰：「央，盡也。」朱子從之。洪氏曰：「説文云：『央，久也。』詩曰：『夜未央。』」瑗按：詩曰：「夜如何其，夜未央。」又曰：「夜如何其，夜未艾。」朱子集傳曰：「央，中也。」「艾，盡也。」嘗觀屈子此章，上句是言其既往之年歲，尚未至於遲暮，將來之時光方至而未遽已，互文也。是解作盡者近之，而説文之訓非也。吾故嘗曰：説文之説亦不可全以爲據，此類是矣。

鵜鴂

王逸曰：「鵜鴂，一名買鵤，常以春分鳴。」「言鵜鴂先春分鳴，使百草華英摧落，芬芳不得成也。以喻讒言先至，使忠直之士蒙罪過也。」五臣曰：「鵜鴂，以秋分前鳴，鳴則草木凋落不芳香也。喻讒臣爲言，以害忠良。」洪氏曰：「反離騷云：『徒恐鷤搗之將鳴兮，顧先百草爲不芳。』顔師古云：『鷤搗，一名買鵤，一名子規，一名杜鵑，常以立夏鳴，鳴則衆芳皆歇。』思玄賦云：『恃知己而華予兮，鶗鴂鳴而不芳。』註云：『以秋分鳴。』李善云：『臨海異物志：鶗鴂，一名杜鵑。至三月鳴，晝夜不止。』服虔曰：『鶗鴂，一名鵙，伯勞也。順陰陽氣而生。』按禽經云：『巂周，子規也。江介曰子規，蜀右曰杜宇。』又曰：『鵜鴂鳴而草衰。』註云：『鶗鴂，爾雅謂之鵙，左傳謂之伯趙。』然則子規、鶗鴂，二物也。月令：仲夏鵙始鳴。説者云：五月陰氣生於下，伯勞夏至，應陰而鳴。詩曰：『七月鳴鵙。』箋云：『伯勞鳴，將寒之候也。五月則鳴，豳地晚寒。』左傳：趙伯氏司至也。註云：『伯勞以夏至鳴，冬至止。』陸佃埤雅云：『陰氣至而鵙鳴，故百草爲之芳歇。』廣韻云：『鶗鴂，關西曰巧婦，關東曰鵜鴂，春分鳴則衆芳生，秋分鳴則衆芳歇。』未詳。」朱子集註曰鶗鴂：「即詩所謂『七月鳴鵙』者。蓋鴂、鵙聲相近，又其聲惡，陰氣至，則先鳴而草死也。」辯證又曰：「鶗鴂，顔師古以爲子鴂，一名杜鵑。服虔、陸佃以爲鵙，一名伯勞。未知孰是。然子鴂以三月鳴，乃衆芳極盛之時。鵙以七月鳴，則陰氣至而衆芳歇矣。又鴂、鵙音亦相近，疑服、陸二説是。」瑗按：王逸、五臣比喻之説，非是，已見集解，兹不復贅。至若鶗鴂之鳴，或以爲春分鳴，或以爲立夏鳴，或以爲秋分鳴，或以爲春分、秋分皆鳴，洪氏所引徒麗雅而無辨，朱子辯證又疑信而相半。此鳥雖不知其的爲何物，要之，謂秋分鳴者是也。楚辭中凡嘆芳草零落者，多以霜降爲言。以此例推之，則鶗鴂之鳴，屈子以爲先秋鳴而衆芳歇也明矣。王逸之意，是以芳字解作花字，謂此鳥鳴則百草之花落而不芳矣。其説雖通，要非屈子本意。屈子之言芳草早殀者，多於秋冬，不於春夏也。遍考之可見，不暇枚舉。至若曰鶗，曰鶪，曰䳲，曰鵜也，曰鴂，曰鴃，曰鵙，曰鵖也，皆聲音相近而字畫相疑，或各人所授不同，或傳寫之訛耳。曰伯勞，曰伯趙，曰巧婦，曰買鵤，此又其別名也。曰子規，曰杜鵑，曰杜宇，曰巂周，自別是一物，解者之誤。洪氏曰「子規、鶗鴂二物也」，是矣。

偃蹇

前曰「望瑶臺之偃蹇」，註曰「高貌」。此曰「何瓊佩之偃蹇」，註曰「衆盛貌」。九歌東皇太一篇曰「靈偃蹇兮姣服」，註曰「美貌」。可見古人用字不拘，而解者不當執一也。不能盡舉，讀者隨文會意可也。

蔽、折

朱子曰：「蔽如字，即折叶音制。蔽音鱉，即折音哲。」瑗按：蹩、瞥、撇等字，皆從敝，則凡從敝者，或可讀爲蔽音，或可讀爲瞥音，或可讀爲鱉音，隨所用韻轉音耳，不必協也。古人謂一字有數音是也。又折字亦有二音。如孟子「爲長者折枝」之折，音哲。在物乃攀採之名，在人事則爲摧挫之義。故諺語曰折磨、折孽是也。如易經爲毀折之折，音舌。在物乃斷絶之名，在人事則爲敗毁之義。王逸註曰：「必欲折挫而敗毁之也。」是兼二義而解之。朱子獨曰：「折，毁敗也。」又不當音哲矣。然折音哲。者，未折音舌。之稱。折音舌。者，既折音舌。之稱。其義雖畧相同，而亦當有别也。姑誌其疑，以竢知者。

蘭芷變而荃蕙化

洪氏曰：「上云謂幽蘭其不可佩，以幽蘭之别於艾也。謂申椒其不芳，以申椒之别於糞壤也。今曰蘭芷不芳，荃蕙爲茅，則更與之俱化矣。當是時也，守死而不變者，楚國一人而已，屈子是也。」瑗按：此説朱子採之，附於集註，其説雖善而未盡也。蓋前謂「幽蘭不可佩，申椒其不芳」，是言小人謂椒蘭不芳，不可佩服。在人物上説，則是謂君子之不可用。在義理上説，則是謂道德之不可行。以見小人原不知美惡之分，好惡之正也。此謂「蘭芷變而不芳，荃蕙化而爲茅」，是言當世之好人，原號爲君子者，本知美惡之分，好惡之正，而其初亦有志向、有意趣者，後來見舉世小人得肆其欲，而已獨偃蹇不進，遂舍其所學而學焉。王逸曰：「言君子更爲小人，忠信更爲佞僞也。」是矣。洪氏之説似欠明白。

茅、蕭艾

五臣曰：「茅，惡草。」洪氏曰：「蕭艾，賤草。」朱子仍之。瑗按：惡、賤二字分别亦無謂，不如總釋之曰惡賤之草也。淮南曰：「膏夏紫芝，與蕭艾俱死。」則蕭艾爲惡賤之物也久矣。洪氏又曰：「顔師古云：齊書太祖云：詩人采蕭。蕭即艾也。蕭自是香蒿，古祭祀所用，合脂爇之以享神者。艾即今之灸病者。名既不同，本非一物。詩云『彼采蕭兮』，『彼采艾兮』，是也。」瑗按：蕭、艾之爲二物也甚明，洪氏之辨得之矣。又比芳草爲蕭艾，芳草即指上蘭、芷、荃、蕙四物。而曰不芳，曰爲茅，曰爲蕭艾，參錯互文也。王逸上言「君子更爲小人，忠信更爲佞僞」是矣。此又云言明智之士，今皆佯愚狂惑。明智之士雖即可，君子忠信之士不當復别立名字也。

莫好脩之害

王逸曰：「言士人[三六]所以變曲爲直者，以上不好用忠正之人，害其善志之故」也。五臣曰：「明智之士佯愚者，爲君不好脩潔之士，而自損害。」洪氏曰：「時人莫有好自脩潔者，故其害至於荃蕙爲茅，芳草爲艾也。」朱子曰：「世亂俗薄，士無常守，乃小人害之，而以爲『莫如好脩之害』者，何哉？蓋由君子好脩，而小人嫉之，使不容於當世，故中材以下，莫不變化而從俗。則是其所以致此者，反無以如好脩之爲害也。東漢之亡，議者以爲黨錮諸賢之罪，蓋反其詞以深悲之，正屈原之意也。」辯證又曰：「『莫好脩之害』，二註或謂『上不好用忠直』，或謂『下不好自脩』。皆非是。」瑗按：好脩二字，即前「苟中情其好脩」，「何博謇而好脩」，「獨好脩以爲常」等類一也。王逸、五臣以「好」爲「人君好尚」之「好」，非是。而朱子之解亦頗覺牽强。洪氏之説則近之矣。豈可亦以爲非乎？蓋此二句，不過總承上章，言君子之所以中變爲小人者，無他故也。只因不肯好脩，故其弊至於如此，爲茅爲蕭艾而不芳耳。莫，猶不肯也。害，猶弊也。其詞甚簡易明白，又何必深求之也哉！

余以蘭爲可恃以下十二句

此下十二句，即上章之意而反覆言之者耳。舊註以爲司馬子蘭、大夫子椒二人名，朱子辯其非是，得之矣。今見本章集解下，兹不贅。而「椒專佞以慢慆，樧又欲充夫佩幃」二句，又當串講。蓋謂椒本芳烈之物，今亦變專佞慢慆者，而欲化爲樧，以求充夫佩幃耳。以爲世之所用者樧也，而已則椒也，烏得不變爲樧以求用於世邪？此小人干進務入之心，而中材之君子亦復如是也。朱子註亦欠斟酌，使覽者不豁然也。

化、離

朱子辯證曰：「化與離協。易曰：『日仄[三七]之離，不鼓缶而歌，則大耋之嗟。』則離可爲力加反。又傳曰：『通其變，使民不倦。神而化之，使民宜之。』則化可爲胡圭反。服賦『庚子日斜』，史遷以『斜』爲『施』，此韻亦可考。」瑗按：易韻若以離爲主，如字讀，則歌協音欹，嗟協參差之差。若以歌爲主，如字讀，則離協音羅，嗟協切磋之磋。此化、離二韻亦可兩協也。若以離如字讀，則化當協音爲易之化，與宜協是也。若讀離作羅，則化當協音訛也。蓋訛亦作譌字，是化與爲或古通用，但今不可考耳。嗚呼！自科斗變而爲大篆，大篆變而小篆，小篆變而爲隸書，爲草書，爲楷書，其字畫之舛誤者，不可勝言矣。此所以協韻之不能盡考其説也。

委厥美而歷茲

王逸曰：「歷，逢也。」茲，此也。「言己內行忠正[三八]，外佩衆芳[三九]，此誠可貴重，不意明君棄其至美，而逢此咎也。」意，一作遭。洪氏曰：「上云『委厥美以從俗』，言子蘭之自棄也。此云『委厥美而歷茲』，言懷王之見棄也。」朱子曰：「言瓊佩有可貴之質，而能不揜其美以取世資，委而棄之，以至於此。然其芬芳實不可得，而減損昏暗。此原之自況也。然上章譏蘭既有委厥美之文矣，此美瓊佩又以爲言者，蓋彼真棄其美之實以從俗，此則棄其美之利以狥道，其事固不同也。故彼雖苟得一時之勢，而惡名不滅，此雖失其一時之利，而芬芳久存。二者之間，正有志者所當明辨而勇決也。」瑗按：朱子之説是謂屈子不矜誇炫燿其才能之美，以求知於人。意其言甚爲警策，大有益於學者。然於此章本旨，則頗覺牽强不順。王、洪二註得之矣。但獨指君言固失之滯，而以爲子蘭者，亦非也。辯已見前矣。蓋上云「委厥美以從俗」，是言世之君子棄其椒、蘭芬芳之美，以從世俗之繽紛。此云「委厥美而歷兹」，是屈子自言己有瓊佩之美，而爲黨衆薆然而蔽之，嫉妬而折之，其棄之一至於此也。大抵「何瓊佩」至此一段，一氣講下，首尾相應。「惟兹佩」四句，與上「何瓊佩」四句相應。「固世俗」二句，與上「世繽紛」二句相應。「覽椒蘭」二句，雖結蘭可恃以下八句，而蘭芷變以下六句，亦在其中矣。此可見離騷文章之妙也。豈特華藻之豔麗而已哉？惜乎，千載以來，知之者鮮也。

沬

王逸曰：「沬，已也。言己所行純美，芬芳勃勃，誠難虧歇，久而彌盛，至今尚未已也。」洪氏曰：「沬，音昧，微晦也。易曰：『日中見沬。』招魂曰：『身服義而未沬。』」朱子此解曰：「沬[四〇]，昏暗也。」招魂又曰：「沬與昧同。」是從洪説。瑗按：二説俱通。但易豐卦「日中見沬」，註曰：「沬，小星也。蓋星小則昏暗而難見，難見者而日當中天且見之，則豐其蔀甚矣。」觀此，則作昏暗解於義尤切，姑從之。或曰，既沬爲昏暗小星，而日當中天且見之，則非昏暗之義也。曰：此反説之詞也。蓋星本夜見而日不能見，而沬之小星尤難見者。尤難見者而見之，非當昏暗之時能之乎？曰：日當中天者，正見不宜昏暗而反昏暗，不當見星而反見小星，以見昏昧之甚也。

和調度

王逸曰：「言我雖不見用，猶和調己之行度，執守忠貞，以自娱樂。」五臣曰：「度，法度也。」洪氏曰：「和調，重言之也。」朱子曰：「調，徒料反。」「猶今人言格調之調。度，法度也。言我和此調度以自娱。」瑗按：舊註以和調二字連解固非，而朱子之説得之矣。但度亦即如今人所謂度態之度，朱子從五臣，以法度之度解之，亦非是也。

求女

朱子辯證曰：「王逸以求女爲求同志，已失本旨。而五臣又讀女爲汝，則并其音而失也。」

瑗按：前曰「哀高丘之無女」，「求虙妃之所在」，「見有娀之佚女」，「留有虞之二姚」，「豈惟是其有女」，及此「聊浮游而求女」，或言神女，或言美女，雖有不同，然皆指男女之女，寄意於君也。

朱子之説是矣。舊註或曰求知己，或曰求同志，或曰求賢人與共事君，未盡善也。曰「相下女之可詒」，又是指前所言神女之侍女，即指神女而言，亦寄意於君，所謂比中之比類也。「孰求美而釋女」之女字，則當讀作汝。與「汝何博謇而好脩」之汝同，古通用也。「衆女嫉余之蛾眉」之女，又指小人而言也。其義已見各章，今撮附於此。蓋因此篇文字頗長，使讀者一覽之，庶幾展卷之間不致有疑惑之阻，反復檢閲之勞也。

余飾方壯

王逸曰：「言我願及年德方盛壯之時。」洪氏曰：「『高余冠之岌岌兮，長余佩之陸離』，所謂余飾之方壯也。」朱子曰：「余飾，謂瓊佩及前章冠服之盛。方壯，亦巫咸所謂年未晏、時未央之意。」瑗按：九辯曰：「離芳藹之方壯。」王逸註曰：「去己盛美之光容也。」詞亦不别白。五臣註曰：「言去離芳盛之德、方壯之年。」是亦以芳藹爲德，方壯爲年。瑗詳此二句文勢，方壯二字，似即屬上二字而言耳。蓋壯者，盛大之意。謂余飾之盛壯，芳藹之盛壯耳，無所謂年也。洪氏之説似是此意，又不明言。諸家俱分年、德兩意講，頗覺支離，然亦無害大義。故集解姑從衆説，以竢後訂。

周流觀乎上下

此上下，即前「吾將上下而求索」、「勉升降以上下」之上下也。洪氏曰：「周流觀乎上下，猶言『周流乎天余乃下』也。」非是。蓋「周流乎天余乃下」，謂既周流乎天無所遇矣，乃復下來而求之耳。此則謂或上或下，而遍觀以旁求之也。稍有不同，讀者不可不察。

靈氛既告余以吉占

洪氏曰：「靈氛告以吉占，百神告以吉故，而此獨曰靈氛者，初疑靈氛之言，復要巫咸，巫咸與百神無異詞，則靈氛之占誠吉矣。然原固未嘗去也，設詞以自寬耳。」瑗按：洪氏解獨稱靈氛者其意是，而所謂屈子固未嘗去，則非也。今即其文而前後反覆以觀之，則屈子實有志於決去矣，豈可强解以爲不去乎？其説前後屢畧辨之矣，兹不復贅。讀者取屈子之書，平心易氣而詳觀之，當自得之矣。又曰「巫咸與百神無異詞」，蓋曰巫咸者，百神之所依，即指百神也。雖謂之曰「巫咸告以吉故」可也，以巫咸、百神爲二，亦非是。

歷吉日

五臣曰：「歷，選也。」洪氏曰：「上林賦云：『歷吉日以齋戒。』張揖曰：『歷，筭也。』」朱子曰：「歷，遍數而實選也。」瑗按：王逸無註。其前「喟憑心而歷兹」，註曰：「歷，數也。」「委厥美而歷兹」，註曰：「歷，逢也。」豈以爲此歷字，或數、或逢，皆可通乎？故不釋也。諸家之說，意亦俱是。集解姑從朱子之訓也。

瓊枝之屬

朱子辯證曰：「卒章『瓊枝』之屬，皆寓言耳。註皆[四一]曲爲比類，非也。」瑗按：舊註「瓊枝」二句，王逸曰：「言飲食香潔，冀以延年也。」五臣亦同。洪氏引反離騷云：「精瓊靡與秋菊兮[四二]，將以延夫天年。」是自楊雄已如此解矣。可見前輩之讀離騷者，皆求之太過也。「駕飛龍」二句，王逸曰：「言我駕飛龍，乘明智之獸，象玉之車，文章雜錯，以喻己德似龍玉，而世莫之識也。」五臣曰：「飛龍喻道，瑶象以比君子之德。言我遠遊，但駕此道德以爲車。」「邅道崑崙」

四句，王逸曰：言己「至崑崙神明之山」，「將遂升天，披雲霓之蓊鬱，排讒佞之黨群，鳴玉鸞之啾啾，而有節度也。」五臣亦同。「發軔天津」二句，王逸曰：「言己朝發天之東津，萬物所生，夕至地之西極，萬物所成，動順陰陽之道，且亟疾也。」「鳳凰承旂」二句，王逸曰：「言己動順天道，則鳳凰來隨我車，敬承旂旗，高飛翺翔，翼翼而和，嘉忠正、懷有德也。」五臣曰：「鳳凰乘旂，引路飛翔，翼翼扶衛於己。」其説偶得之矣。洪氏又闢之曰：「古者旂旗皆載於車上，故逸以承旗爲來隨我車。遠遊註曰『俊鳥夾轂而扶輪』是也。」五臣以爲引路，誤矣。瑗按：洪氏闢之，非是。且曰「俊鳥夾轂而扶輪」，又非扶衛之意而何？「行此流沙」二句，王逸曰：「言吾[四三]忽然遇[四四]此流沙，遂循赤水而游戲，雖行遠方，動以潔清自洒飾也。」「蛟龍梁津」二句，王逸曰：「言我乃麾蛟龍，以橋西海，使少皞來渡我，動與神獸聖帝相接，言能渡萬民之厄也。」「脩遠多艱」二句，王逸曰「言崑崙之路，險阻艱難，非人所能由」，故令衆車使從邪徑先過，以相待。以見己所行高遠，人莫能及也。「不周左轉」二句，王逸曰：「過不周者，言道不合於世也。左轉者，言君行左乖，不與己同志也。」五臣曰：「左轉者，君子尚左。」瑗按：二説固非。而左字，又當本作右字，傳寫之訛耳。「屯車千乘」二句，王逸曰：「車所以載己，言君子以德自載，亦如車焉。聚千乘者，言道德之多，並運於己，所在可馳走。」以玉爲車轄者，「言從己者[四五]，皆有玉德，宜輔千乘之君也，即道千乘之國也。」「駕八龍」二句，王逸曰：「八龍，神智之獸。」「駕八龍者，言己德如龍，可制御八方也。載雲旗者，言己德如雲，能閏施萬物也。」五臣曰：「八龍，八節之氣也。言我所往，皆與神遊，故可御氣爲駕，載雲爲旗也。」此上舊註，朱子闢之是矣，瑗亦不暇逐條詳辨。今畧述其説於此，使讀者一覽之，亦以見諸家之註楚辭者大抵類此，而朱子之讀楚辭爲得其指也。嗚呼！王逸以騷名家者，尚且若是，其他從可知矣。或曰，如子之言，既皆無謂，奚必瓊、瑶、象、玉、龍、鸞、鳳凰、崑崙、天津之云乎？曰：非全無謂也。不過寓言飲食之潔，車駕之美，仗衛之盛衆，遊觀之博遠耳。不必如舊註比喻之太甚也。豈得曰全無謂乎？朱子曰：「皆寓言耳。」謂之曰寓言者，亦有所寄也。達觀者當自得之，高叟之徒烏足以語此？

羞

王逸曰：「羞，脯也。」五臣同。洪氏曰：「羞、脩，二物也，見周禮。羞致滋味，脩則脯也。」

王逸、五臣以羞爲脩，誤矣。朱子曰：「羞，進也。以牲及禽獸之肉，致滋味而進之也。」瑗按：禮記註曰：「羞，籩豆之實也。」蓋羞、脩並言，當有分别，若單言之，亦可通用也。故今人指牲肉酒肴之屬，亦有庶羞之稱。

精

王逸曰：「精，鑿也。」五臣曰：「精，擣也。」洪氏曰：「應邵云：『精，細也。』」又曰：「鑿音作，精細米也。左傳：『粢食不鑿。』」瑗按：論語曰：「食不厭精。」朱子註曰：「精，鑿也。」此又曰：「精，細米也。」蓋鑿字與五臣所謂擣字相類，謂搖擣之、椎鑿之耳。欲米之精細者，必鑿之、擣之也。蓋非精字之義，人讀者自不察耳。左傳所謂不鑿，謂不待鑿之使精也，非以鑿爲精也。要之，應邵曰「細也」，近之矣。然精字之義，亦隨其所用。故布帛之密緻者謂之精，工匠之能巧者謂之精，志向之專確者謂之精，饘粥之潔浄者謂之精，米穀之純熟者謂之精，讀者隨文會意可也。但謂飲食之精者，而概以鑿字釋之，恐未是也。

靡

王逸曰：「靡，屑也。」瑗按：靡下從火，當與糜爛之糜古通用也。逸説亦是。洪氏曰：「靡，音糜。文選音靡。」作上聲讀，非也。

粻

瑗按：粻、粮、糧，古多通用也。詩曰「乃裹餱粮」，孟子引之作糧。又曰「師行而粮食」。則屈子之作粻者，亦同無疑矣。一音張者，非也。王逸曰：「粻，粮也。」朱子亦曰：「粻，糧也。」不曰粻與糧同。粻與糧同，亦失之矣。王逸固多忽畧，不必深責。又按：「芬至今猶未沬」，朱子註曰：「沬〔四六〕，昏暗也。」直至後招魂曰：「沬與昧同。」不註於前，而註於後，亦非是。蓋朱子註楚辭之時，已六十二歲，豈亦因年老而又以楚辭非聖經之比，故忽畧之歟？

崑崙

王逸曰：「河圖括地象言：崑崙在西北，其高一萬一千里，上有瓊玉之樹也。」洪氏曰：「禹本紀言：山〔四七〕高三千五百餘里，日月所相避隱爲光明也。其上有醴泉華池。河圖云：『崑崙，天中柱也，氣上通天。』水經云：『崑崙墟在西北，去嵩高五萬里，地之中也，其高萬一千里。河水出其東北陬。』爾雅曰：『西北之美者，有崑崙墟之璆琳琅玕焉。』又曰：『三成爲崑崙丘。』註云：『崑崙三重，故以名云。』昔人引山海經『西海之南，流沙之濱，赤水之後，黑水之前，有大山名崑崙之丘』，『其下有弱水之淵環之』。又曰：『鍾山西六百里，有崑崙山，所出五水。』今按：山海經内崑崙墟在西北，帝之下都，方八百里，高萬仞。山有木禾，面有九井，以玉爲檻，面有五門，門有開明獸守之，百神之所在。郭璞曰：『此自别有小崑崙也。』淮南子云『崑崙墟中有增城九重』，『上有木禾』，『珠樹、玉樹、琁樹、不死樹在其西，沙棠、琅玕在其東，絳樹在其南，碧樹、瑶樹在其北』。東方朔十洲記：崑陵即崑崙，『中狹上廣，故曰崑崙。山有三角：其一角正東，名曰崑崙宫，其處有積金爲墉城，面方千里，城上安金臺五所，玉樓十二。』神異經云：崑崙有銅柱焉，其高入天，所謂天柱也。圍三千里，圓周如削，下有四[四八]屋，仙人九府所治。又一説云：大五嶽者，中嶽崑崙，在九海中，爲天地心，神仙所居，五帝所理。凡此諸説，誕實未聞也。」朱子集註曰：「後漢書註云：『崑崙在肅州酒泉縣西南，地之中也。』」辯證曰：「博雅曰：『崑崙墟，赤水出其東南陬，河水出其東北陬，洋水出其西北陬，弱水出其西南陬。河水入東海，三水入南海。』後漢書註云：『崑崙山在今肅州酒泉縣西南，山有昆侖之體，故名之。』二書之語，似得其實。水經又言：『崑崙去嵩高五萬里。』則恐不能若是之遠，當更考之。」瑗按：九歌河伯篇曰：「登崑崙兮四望。」王逸曰：「崑崙山，河源所從出。」洪氏曰：「山海經云：崑崙山有青河、白河、赤河、黑河，環其墟。其白水出其東北陬，屈向東南，流爲中國河。爾雅曰：『河出崑崙墟，色白，所渠并千七百一川。色黄，百里一小曲，千里一曲一直。』淮南曰：『河出崑崙，貫渤海，入禹所導積石山也。』」天問篇曰：「崑崙懸圃，其居安在？增城九重，其高幾里？」王逸曰崑崙山「在西北，元氣所出。其巔曰懸圃，乃上通於天也」。又曰：「淮南言崑崙之山九重，其高萬二千里也。」洪氏曰：「淮南云：崑崙墟，中有增城九重，其高萬一千里百一十四步二尺六寸。」「此蓋誕，實未聞也。」朱子曰：「崑崙，據水經在西域，一名阿耨達山，河水所出。非妄言也。」別録又曰：水經云崑崙去嵩高五萬里，看來不會如此遠。蓋中國至于闐二萬里，于闐去崑崙無緣更有三萬里。文昌雜録記于闐遣使來貢獻，使者自言其西千三百里即崑崙山。今中國在崑崙之東南，而天竺諸國在其正南，大抵地形如饅頭，其撚尖則崑崙也。今按：諸家所言崑崙不一。朱子據博雅、水經似以爲實有此山而不遠也。既爲不遠，則必嘗有到矣。然或云去鍾山西六百里，或云去嵩高五萬餘里，或云方八百里，或云面方千里，或云圍三千里，或云高萬仞，或云高一千里百一十四步二尺六寸，或云高三千五百餘里，或云高萬一千里，或云高萬二千里，何所言高遠之不一也？至若璆琳、琅玕、醴泉、華池、九井、五門、沙棠、銅柱，於事理猶或有之也。而珠樹、玉樹、瓊樹、琁樹、碧樹、瑤樹、絳樹、不死樹、金墉、金臺、玉檻、玉樓、木禾之類，又何所産奇異之多乎？然觀屈子天問之言，則明闢其無是山矣。闢其無是山，而曰「邅道崑崙」，曰「登崑崙兮四望」，曰「憑崑崙以澄霧」，又引用不一而足，何也？蓋天問乃窮理之言，而此所引皆借以爲寄興之詞耳，固無害也。要之，爾雅、水經、山海經、神異經、十洲記、禹本紀、淮南子、河圖括地象諸所言崑崙者，皆如郭璞所云，此自別有小崑崙也。不然，設使去嵩高五萬里，亦人所能到者，而漢遣張騫窮河源，屢歲而不能達，何也？按：漢張騫渡西海至大秦，大秦之西烏遲國，烏遲國之西復言有海，西海之濱有小崑崙，高萬仞，方八百里。朱子亦嘗曰，張騫自是至小崑崙耳，烏覩所謂大崑崙者哉？或曰，然則大崑崙其居果安在哉？曰：無所謂大崑崙也。屈子之所用崑崙、閬風、懸圃等山，即如列子之所謂蓬萊、方丈、員嶠、方壺諸山耳。蓋雖有是名，而本無是山。假設其號，以爲神仙清浄高遠之居也，又豈真有所謂崑崙山者哉？或曰，以諸家之所言，而朱子亦謂其實有是山，非妄也。子獨謂實無是山，何也？曰：諸家之所言者，雖道里之遠近，方闈之廣狹，高下之尺寸不可知，然實有是山也，非妄也。所以謂之實有者，蓋因古者相傳崑崙之名，而因以名其山耳，非本來之所謂崑崙者也。楊子太玄曰：「崑崙旁薄幽。」夫昆侖二字，猶渾沌之義也。蓋山之形勢，極高極大，磅礴無涯之稱。猶今之所謂嵯峩、崔巍、崒嵂、巃嵸等字樣耳。朱子曰：「山有昆侖之體，故名之。」得其義矣。三成爲昆侖之説，中狹上廣之説，意度之言耳，於義不切也。吾故嘗謂屈子之所用崑崙，乃指本來相傳之崑崙，非指諸家所言之崑崙也。又按：屈子所稱閬風、懸圃亦本無是山，而寓言耳。舊註并白水、赤水等名，皆解爲在崑崙山上之别號。以此言之，則前所謂閶闔者，亦崑崙墟之門名也。若然，則屈子反來復去，只在崑崙山側周流耳，烏得謂之四方上下而求索乎？其非是也審矣。遍考此篇及後遠遊篇之所用地名，或虚或實，或有或無，或天或地，參錯互用。覽者執一以求之，則有不通者矣。或曰，觀諸家之説，皆謂崑崙在西北之方，若無其山，何其言之相同若是也？曰：天地大勢，西北高，故多山，東南下，故多水。是天下之山水，其根源皆發自西北。故言山之極高極大者，而必曰西北焉。由此言之，亦可見西北本無是山，而人因以崑崙之號，號西北之山，初無定指也。淮南子叙海外諸國，曰崑崙、華丘，在無繼民諸國之東南方。嗚呼！崑崙山自古固未有人得到者，又安能過崑崙，走西北，而見彼無繼民、無腸民、一目民等國乎？其諸家言崑崙者，多類此。其不足信也可知矣。

雲霓

朱子曰：「雲霓，蓋以爲旌旗也。」是矣。以雲霓爲旌旗，猶以飛龍爲駕、瑶象爲車之類，寓言耳。五臣曰，謂畫雲霓於旌旗，非是。

玉鸞

王逸曰：「鸞，鸞鳥也。以玉爲之。」是矣。蓋鸞者，乃車上之鈴，以玉雕成，象鸞鳥之形象耳。五臣曰：「玉，馬佩也。鸞，車鈴也。」其説支離之甚。又按：洪氏曰：「許慎云，鸞以象鳥之聲。詩云『和鸞雝雝。』註云：『在軾曰和，在鑣曰鸞。』禮記曰：『君子在車，則聞鸞和之音。』註云：『鸞在衡，和在軾。』正義云：『鸞在衡，和在軾，謂常所乘之車。若田獵之車，則鸞在馬鑣。』韓詩外傳曰：『升車則馬動，馬動則鸞鳴，鸞鳴則和應。』」由此觀之，則鸞之爲鈴，亦無定在。若常乘之車，則著於衡，若田獵之車，則著於鑣也。王逸、朱子註此皆謂著於衡，其以爲常車歟？或曰，此指旌旗上之鈴耳。謂旌旗揚，則玉鸞鳴，與上句相喚。爾雅曰：「有鈴曰旂。」則旌旗之上亦有鈴也。未知其審，姑附其説，以竢君子。

天津

王逸曰：「天津，東極箕、斗之間，漢津也。」洪氏曰：「爾雅：『析木之津，箕、斗之間，漢津也。』註云：『箕，龍星[四九]。斗，南斗。天漢之津梁。』疏云：『天河在箕、斗二星之間，隔河，須津梁以渡，故謂此次爲析木之津。』天文大象賦云：『天津横漢以摛光。』註云：『天津九星，在虚危北，横河中，津梁所渡。』」朱子曰：「蓋箕南斗北，天河所經，而日月五星於此往來，故謂之津。」

瑗按：或曰天漢，或曰天河，蓋河漢通稱也。津者，濟渡處也。曰天津者，謂天河之濟渡處也。孰濟渡之？日月五星往來濟渡於此也，故因以天津名之。然實無星也，而亦以星名之，猶北極謂之北辰。北辰本無星也，在天之中，以正四時，而亦因以星名之耳。非如列宿，有一點光耀之體之可指者也。然既曰在箕、斗二星之間，則天津近東方矣。王逸曰「天津，東極」是也。正對下句「夕至西極」而言。朱子註削「東極」二字，非是。又按：「夕至西極」，即謂天之西極耳。王逸以爲反至地之西極，洪氏引上林賦「左蒼梧，右西極」、爾雅「西至於豳國，爲西極」、淮南「西極之山，曰閶闔之門」以證之，亦非是。

旂

王逸曰：「旂，旗也。畫龍蛇[五〇]爲旂。」洪氏曰：「周禮曰：『蛟龍爲旂，熊虎爲旗。』左傳曰：『三辰旂旗。』爾雅曰：『有鈴曰旂。』」朱子註從周禮之説。瑗按：旂、旗固當有辯。而屈子之所謂旂者，即指上雲霓之旌旗耳，舉一以見其餘也，固無取於蛟龍之旂、有鈴之旂之類也。讀者詳之。

流沙

王逸曰：「流沙，沙流如水也。」洪氏曰即今西海居延澤，是也。後漢書郡國志曰：「居延澤，即古流沙。」張揖云：「流沙，沙與水流[五一]也。」顔師古曰：「流沙，但有流沙[五二]，本無水也。」朱子曰：「沈括云：『嘗過無定河，活沙履之，百步皆動，如行幕上。或陷，則人馬車馳[五三]以千數，無孑遺者。』或謂此即流沙也。」瑗按：張揖之説非也，餘説皆是。又按：此下二章，皆言周流四極之意。據舊説，曰赤水者，在東南方，以水言也。曰不周山在西北方，以山言也。或曰，此四方舉四隅而言者，以見其無所不到也。雖然，不如余集解泛言爲穩。或曰，前言白水、春宫，舉正東、西二方，則南、北在其中矣。此言赤水、不周，舉正南、北二方，則東、西在其中矣。或曰，上二章崑崙、天津已指東、西而言，故此二章指南、北而言，互見也。其説俱通，姑備録之。

赤水

舊註據博雅，言赤水出崑崙東南陬。洪氏又引穆天子傳曰：「遠[五四]宿於崑崙之阿，赤水之陽。」莊子曰：「黄帝遊乎赤水之北，登乎崑崙之丘。」以此言之，則實有赤水之名矣。要之，屈子所稱者，自泛指南方之水耳，不指崑崙山之赤水也。或曰，此以流沙並言之。子解流沙又從舊説爲實有是名，而赤水與不周又泛言，何也？曰：虚實並陳，固無害也。前曰「朝發軔於蒼梧」，實有是名矣。又曰懸圃，曰咸池，曰扶桑，曰閶闔，曰白水，曰春宫，曰窮石，曰洧盤，曰有娀，曰有虞，則固已虚實有無而並陳之矣。則此曰崑崙，曰天津，曰流沙，曰赤水，曰不周，又何疑乎？不特此也，曰天帝，曰虙妃，曰佚女，曰二姚，其所訪求之人，乃蹇脩、鴆、鳩之媒，望舒、飛廉、豐隆、雷師、鸞鳳、凰鳥之使等類，亦或虚或實、或有或無而並陳之矣。惜乎，舊註不能以意逆志而解之，多牽强也。要之，此篇所用懸圃、閬風、白水、赤水、不周，皆泛言耳，與崑崙之所言者無相關也。大意已見前崑崙條下，兹不贅。

麾

王逸曰：「舉手曰麾。」「或言以手教曰麾。」五臣曰：「麾，招也。」瑗按：尚書牧誓曰：「右秉白旄以麾。」楊子法言曰：在門墻則麾之，在夷狄則進之。是麾者，固有揮斥使退之意，亦有發縱指示之意。屈子此所言麾者，如書之「右秉白旄以麾」之麾，或以手，或以物，不可知也。大抵麾字雖虚，亦可實用。麾本旌旄之屬，而持之以招摇者也。故麾字亦可與揮字通用，其義可知矣。其字從麻從毛，其物可知矣。麾蛟龍以梁津，猶周穆王之越海，比黿鼉以爲梁也，亦寓言耳。

不周

舊説謂不周爲山名。王逸曰：「在崑崙西北。」張揖曰：「在崑崙東南二千三百里。」洪氏據山海經、淮南子考之，當在西北，以王逸之説爲是，得之矣。但屈子所用不指崑崙之地，説已見前。又按：立春曰條風，取其條暢之義，故亦曰融風，言融和也，與條義近。春分曰明庶風，言庶物之鮮明也，不獨條暢而已。立夏曰清明風，言清而且明也。夏風而曰清者，觀舜歌南風而謂其「可以解吾民之愠」，則夏風不獨薰然其和而已，和之中有清者存焉，故曰清明。夏至曰景風，景者大也，故亦曰巨風，言清明而至於大也。立秋曰凉風，取其寒凉之意。秋分曰閶闔風。閶，古昌通，大也。闔者，閉也。言寒凉之風大，而萬物閉藏也。立冬曰不周風。不，猶詩言「豈不」也。周，遍也。言天地之氣運，至此而豈不爲一周乎？冬至曰廣莫風。廣者，空曠之意。莫，古寞通，謂寂寞也。天地氣運既一周遍，則若無所用事，亦惟空曠寂寞而已。此説雖與諸家之説有同異，而大意亦不外此，學者可以類推矣。是不周之名，與春之條、夏之清明、秋之凉同義，其爲北方之總名也審矣。有不周山者，後人因以其名而名其山耳，猶閶闔風，亦有云閶闔門、閶闔宫也。惜乎，解者知其流而不知其源，反謂西北之隅有山，形缺而不合，不相周匝，因名之不周。風自此山出，故謂之不周風也。以此言之，則莊子所謂「大塊噫氣，其名爲風」，豈可謂之大塊風？宋玉風賦所謂「怒發於土囊之口」，又可謂之土囊風乎？然則餘者亦當有條山、清明山、凉山、明庶山、閶闔山、景山、廣莫山矣。其不然也審矣。或曰，如子之言，則不周亦西北之風，而以爲正北之風可乎？曰：可也。如東風曰條風，又一曰東北方曰條風。南方曰景風，又一曰東南方曰景風。西方曰閶闔風，又一曰西北方曰閶闔風。淮南子亦既以不周爲西北之風，又曰開北門以納不周之風。是故或正或隅，自古相傳各有不同，雖淮南子一人之書，亦未有一定之稱也。孰謂不周不可以爲正北方之名乎？或又曰，天傾西北，故因以不周名西北之風，亦恐未必然也。

左轉

王逸曰：「左轉者，言君行左乖，不與己同志也。」五臣曰：「左轉者，君子尚左。」其説俱非矣。洪氏曰：「遠遊篇〔五五〕『歷太皓以右轉。』在〔五六〕東方，自左而之右，故下云『遇蓐收乎西皇』也。此云『路不周以左轉』，不周在西北海之外，自右而之左，故曰『指西海以爲期』也。」瑗按：洪氏之説亦非也。遠遊篇所言，蓋承上所叙，曰南巢、曰南洲而言，謂自南方而將歷東方，轉西方也。故曰「歷太皓以右轉」，「遇蓐收乎西皇」，非遂始自東方來也。烏得謂自左而之右乎？其説牽强不通。此所言者，蓋承上流沙、赤水而言。謂自流沙之西，循乎赤水之南，取路乎不周之北，而復歸於西焉，亦宜曰右轉也。作左轉者，字相似，而傳寫訛也。下既云「指西海以爲期」，依舊説則赤水亦在東南之方，而左轉之，則當先至西海，而後至不周之西北矣。烏可謂「路不周以左轉，指西海以爲期」乎？則當云路西海以左轉，指不周以爲期矣。解此者皆未之思也。不言東方者，既曰自南方，歷北方，抵西方，則東方不言可知矣。故曰「路脩遠以多艱兮，騰衆車使徑待」。蓋言己將自南方轉東方，又轉北方，方歸西海。其脩遠如此，故使衆車先從邪徑直往西海，而先去以候己也。或曰，「路不周」二句，是謂衆車徑待，故曰左轉。曰：非也。自南而西，邪徑而行，雖近乎左，而非左也。大抵既「指西海以爲期」，謂將息駕於正西之方，而不周又近乎北，無緣復過西海而抵不周也。王逸曰：言己「所行之道，當過不周山而左行，俱會西海之上。」既曰從西北過不周會西海之上，又烏得謂之左行乎？其不然也明矣。又按：「麾蛟龍以梁津，詔西皇使涉予」二句，亦是命衆車先往徑待，以豫告西皇之詞。言己將從東北而歸於西矣，可使蛟龍梁津以渡己，庶幾周流至此，得以速赴會期，無阻隔之險，逗留之虞也。

指

王逸曰：「指，語也。」意是而詞滯。此蓋謂以手指示衆車，方所言汝等先由徑路往至此處，我將從東北右轉周流而歸，相會於此耳。訓指爲「語言」之語，於義不切。

待、期

朱子辯證曰：「待與期協。易小象『待』有與『之』協者，即其例也。」瑗按：待字右傍爲寺，寺字平聲讀作玆音，則可與期協。期字左旁爲其，其字讀作「彼其之子」，記音又可與寺字本音相協。如詩經「隅」字讀作「耦」字，與「逅」字協，是禺字古亦有耦音也。吾嘗謂古人協字，皆從旁讀之便是。試通考之，方知余言之非陋也。其不以旁讀者，乃字畫之舛訛，今不可考故耳。或亦有假借、轉註之類也。

屯

王逸曰：「屯，陳也。」五臣曰：「屯，聚也。」洪氏曰：「屯，徒渾切。」瑗按：五臣之訓是，王逸非也。此屯字，讀如屯營、屯兵、屯田、屯糧之屯音也，其義亦同。

軑

王逸曰：「軑，錮也。一云車轄也。」洪氏曰：「軑音大。方言云：『輪，韓、楚之間謂之軑。』」朱子曰：「軑，輨也，轂内之金也。一云轄也。」瑗按：朱子亦並載其説，蓋本無據難明也。今考輨與錧、管同，車轂端鐵也。轂在車輪之中，外持輻，内受軸，長三尺二寸，徑一尺。蓋輻湊之處以鐵爲之，取其磨而不磷也。轄與舝、舝同，車軸頭鐵也，亦以鐵爲之。王逸曰「錮」者，以鐵言也。然亦不知其所指爲轂端之鐵邪，軸頭之鐵邪？此所謂「玉」者，謂以玉代鐵耳。其所言軑，或轄，或輨，無所考見。要之，以爲輪者，非也。軑讀如「否泰」之泰音，一讀如「杕杜」之杕音，韻書兩見，音義亦與釱同也。

九歌、九韶

王逸曰：「九歌，九德之歌，禹樂也。韶，九韶，舜樂也。尚書『簫韶九成』，是也。」洪氏曰：「周禮有九德之歌，九韶之舞。啓樂有九辯、九歌。又山海經，夏后開始歌九韶，開即啓也。竹書云：『夏后啓舞九韶。』」瑗按：朱子從王逸之説是也，以爲啓樂者妄也。但韶樂擅於舜也，無疑矣。而所謂九辯者，即尚書所言九叙也。尚書所言九叙、九歌，禹又推之於舜，舜又推之於禹，固亦可爲舜之樂，而非禹之專稱也。要之，地平天成，六府三事允治，禹之功居多，而非舜能任之，亦不克就也。或曰，屈子蓋惓惓致意於重華者也。此所言九歌，亦指舜樂言耳。未知其審，集解姑從舊説。又按：九德者，謂六府、三事也。水、火、金、木、土、穀，六府也。六者，財用之所自出，故曰府。正德、利用、厚生，三事也。三者，人事之所當爲，故曰事。合之而爲九也，樂所以象德也，故曰九德之歌。書曰：「水、火、金、木、土、穀惟脩。正德、利用、厚生惟和。九功惟叙，九叙惟歌。」又曰：「六府三事允治。」是也。九韶者，猶書言「九成」也。九成者，樂之九成也。功以九叙，故樂以九成。九成，猶周禮所謂九變也。孔子曰：「樂者，象成者也。」故曰成歌者，歌詠之也，言其聲也。舞者，舞蹈之也，言其容也。然九德曰歌，九韶曰舞，蓋亦舉此以該彼，互文以見意也。非九德不可舞，九韶不可歌也，讀者詳之。

假日

王逸曰：「言己德高智明，宜輔舜、禹以致太平，奏九歌之德[五七]，九韶之舞，而不遇其時，故假日遊戲愉樂而已。」洪氏曰：「顏師古云：此言遭遇幽厄，中心愁悶，假延日月，苟爲娛樂而已。今俗猶言借日度時。故王仲宣登樓賦云：『登茲樓以四望兮，聊假日以消憂。』今之讀者改『假』爲『暇』，失其意矣。李善註仲宣賦，引荀子多暇日，亦承誤也。」朱子曰：「假，工雅反」，「借也」。「一作暇，一音暇，皆非是。」瑗按：悲回風篇曰「借光景以往來」，與此句同，則此作「假借」之假字無疑，洪說是矣。但屈子之所以歸休西海之上，奏九歌而舞九韶者，蓋以爲周流四方上下，而既無賢君之可遇，於是乎退居林泉之下、寂寞之濱，以樂吾道焉而已矣。如伊尹耕於有莘之野，而樂堯、舜之道焉之意。所謂人知之亦囂囂，人不知亦囂囂，非全出於中心愁悶，而强排遣歲月耳。故屈子之言亦有極憂處，亦有極樂處。憂者，憂世也。樂者，樂道也。古之諸聖賢莫不皆然，則憂樂並行，又何疑於屈子乎？又豈可盡以爲失志之詞、窮苦之語乎？顏師古之言，亦未盡善。而王逸又謂言己之德宜輔舜、禹之説，亦牽强也。

陟陞皇一章

王逸曰：「言己雖升崑崙，過不周，渡西海，舞九韶，陟〔五八〕天庭，據光曜，不足以解憂，猶復顧視楚國，愁且思也。」又曰：「屈原設去世離俗，周天帀地，意不忘舊鄉，望見楚國，僕御悲感，我馬思歸，蜷局詰曲[五九]而不肯行，此終志不去，以詞自見，以義自明也。」五臣意同。朱子曰：「屈原託爲此行，而終無所詣，周流上下，而卒反於楚焉。亦仁之至，義之盡也。」瑗按：後遠遊篇曰：「涉青雲以汜濫游兮，忽臨睨夫舊鄉。僕夫懷余心悲兮，邊馬顧而不行。」與此語意同。王逸註曰：「屈原謂脩身念道，得遇仙人，託與俱遊，周歷萬方，升天乘雲，役使百神，而非所樂，猶思楚國，念故鄉[六〇]，欲竭忠信，以寧國家。精誠之至，德義之厚也。」可與此章互看。但以此章之亂辭，及後遠遊篇之末二句曰：「超無爲以至清兮，與泰初而爲鄰。」屈子畢竟是終於去意。其此遠遊，求訪賢君，與後遠遊求訪神仙，固託詞以見其欲去也。其此二篇之二條「顧而不行」之語，亦託言以見其不忍欲去也。其有不忍去之心，即君子仁之至義之盡也，精誠之至，德義之厚也。而畢竟終於去者，此又君子大雅之明保身之哲也。孰謂屈子之不知此哉？孰謂屈子之未嘗去哉？其拳拳致不忍去之意者，以見去非本心也。去非本心，而不得不去者，其去固不在屈子也，乃楚王怒而逐之也。不然，屈子豈忘楚哉？觀此一念不忍去之心，則屈子之忠可見矣，奚必以不去爲忠，以投水而死爲忠哉？屈子之賢，固不在此，而深知屈子之心者，亦不在此也。以爲不去者，以爲投水而死者，皆未嘗讀楚辭，而信口耳相傳之説，以註楚辭，論屈子者也。學者試取屈子之書，即屈子之所自言，反覆熟讀而味之，平心易氣而觀之，要其指趣之所歸，求其立言之本意，以意逆志，不以詞害意。則屈子果去乎，果不去乎？果投水死乎，果不投水死乎？若泥口耳相傳之言，執先入之説以爲主，則吾亦莫如之何矣。雖然，後世雖尚其才華之美，而未嘗有深留意於此書者也。使得與三百篇並行而大顯於世，爲學者之所傳誦，多更儒賢爲之註釋，則必有得其肯綮，解其緘縢，發其扃鐍者矣。嗚呼！安得有如鄭康成者，入吾室，操吾矛，以伐我乎？又按：王逸此章之註，承「邅道崑崙」以下而言之，其意亦是而未盡也。蓋此章直承前「駟玉虬」以下遠遊諸章而總結之者耳，讀者詳焉。

亂

洪氏曰：「離騷有亂有重。」是矣。瑗按：有亂者，離騷也，九章涉江也，哀郢也，抽思也，懷沙也，凡五篇。有重者，後遠遊一篇而已。然又有歌詞，有倡詞，抽思篇是也。又有問答之詞，離騷篇、惜誦篇、卜居篇、漁父篇是也。以文體論之，離騷、遠遊二篇相類也；九歌十一篇相類也；九章橘頌自當別論，餘八篇相類也；卜居、漁父二篇相類也；天問一篇自爲一體，其句法又摸擬乎三百篇而少變者也，此其大畧也。若夫一篇之中，有起結，有鋪叙，有照應，而曲折妙處，有非言之所能盡者，學者熟讀而詳玩之，當自得焉。其宋玉二招，蓋自離騷、遠遊二篇來，特脱胎換骨耳。至於九辯與東方朔之七諫、劉向之九歎，蓋摸擬乎九章者也。王褒之九懷、王逸之九思，蓋摸擬乎九歌者也。其文雖不及屈子，即其體裁要亦各有所本焉。朱子謂諫、歎猶或粗有可觀，兩王則卑已甚矣，豈非以篇章之寂寥，句法之短促乎？恐未盡然也。

【校勘記】

［一］於是爲至，洪興祖楚辭補註作「此爲至矣」。

［二］楚辭補註「阽」下有「音簷」。

［三］茹菜，楚辭補註作「菜茹」。

［四］所言，朱熹楚辭辯證作「使」。

［五］王逸楚辭章句「維」下有「絶」。

［六］凉，楚辭補註作「閬」。

［七］少，楚辭章句作「小」。

［八］洲，楚辭補註作「淵」。

［九］士，楚辭辯證作「字」。

［一〇］爲，楚辭章句作「在」。

［一一］上，楚辭補註作「末」。

［一二］神，楚辭辯證作「臣」。

［一三］楚辭辯證「雷」下有「師」。

〔一四〕識，楚辭補註作「誠」。

〔一五〕王，朱熹楚辭集註作「主」。

〔一六〕音，顏之推顏氏家訓作「今」。

〔一七〕待，遠遊作「侍」。

〔一八〕不，楚辭章句作「下」。

〔一九〕汾，楚辭補註作「汃」。

〔二〇〕且，楚辭辯證作「具」。

〔二一〕鳩，楚辭辯證作「鳩」。

〔二二〕逝，楚辭補註作「涉」。

〔二三〕王，楚辭集註作「主」。

〔二四〕庳，楚辭辯證作「崇」。

〔二五〕范曄後漢書方術列傳李賢註「瓊」下有「茅」。

〔二六〕五，楚辭補註作「數」。

〔二七〕楚辭辯證「天」下有「使」。

〔二八〕忠，楚辭章句作「中」。

〔二九〕楚辭章句「好」上有「常」。

[三〇]楚辭章句「不」下有「必」。

[三一]年，尚書說命作「祀」。

[三二]巖，司馬遷史記殷本紀作「說」。

[三三]而，楚辭章句作「盍」。

[三四]楚辭章句「夢」下有「天帝」。

[三五]史記齊太公世家「霸」上有「所獲」。

[三六]人，楚辭章句作「民」。

[三七]仄，楚辭辯證作「昃」。

[三八]正，楚辭章句作「直」。

[三九]芳，楚辭章句作「香」。

[四〇]沬，楚辭集註作「沫」。

[四一]皆，楚辭辯證作「家」。

[四二]兮，楚辭補註作「芳」。

[四三]楚辭章句「吾」下有「行」。

[四四]遇，楚辭章句作「過」。

[四五]楚辭章句「者」下有「衆」。

〔四六〕沬，楚辭集註作「沫」。
〔四七〕楚辭補註「山」上有「崑崙」。
〔四八〕四，楚辭補註作「回」。
〔四九〕星，楚辭補註作「尾」。
〔五〇〕蛇，楚辭章句作「虎」。
〔五一〕楚辭補註「流」下有「行」。
〔五二〕流沙，楚辭補註作「沙流」。
〔五三〕馳，楚辭集註作「駝」。
〔五四〕遠，楚辭補註作「遂」。
〔五五〕篇，楚辭補註作「曰」。
〔五六〕楚辭補註「在」上有「太皓」。
〔五七〕奏九歌之德，楚辭章句作「奏九德之歌」。
〔五八〕陟，楚辭章句作「陞」。
〔五九〕曲，楚辭章句作「屈」。
〔六〇〕鄉，楚辭章句作「舊」。

楚辭考異

孔子曰：「吾猶及史之闕文也。」左傳曰：「疑以傳疑。」古者於載籍有可疑而當闕者，則因之不革，存之不棄，懼寖失其真也。然自屈子著此辭以來，千有餘年矣。劉向校定之後，訓解者十數家，俱漫不復存，無所取證。予家所藏，僅有東京王逸章句、丹陽洪興祖補註，及吾鄉先正朱子集註而已。然其間文字多有異同，雖三家於本章之下畧載其説，彼此各有遺漏，不能備詳。故予於集解之内頗擇其文從字順意義明暢者而從之，餘皆删去，不復綴之於各章之下，恐其繁蕪，不便觀覽。顧特已意所安，亦未敢必以爲盡是，故效朱子韓文考異，並録附于篇末，且間以鄙意而是非之。其無所是非者，或兩可而俱通也，以備讀楚辭者參互而自選之。若予仍有所未見而不及盡載者，尚幸好古博雅君子當别求之諸本而益附之，以輔吾之不逮云。

離騷

皇覽揆余于初度兮　覽，一作鑒，一無于字。

又重之以脩能　能，一作態，非是。
紉秋蘭以爲佩　紉，一作紐，非是。字相似而訛也。
汩余若將不及兮　不，一作弗。
夕攬洲之宿莽　攬，一作檻，一作擥。洲上一有中字，一作州，作州非是。
日月忽其不淹兮　忽，一作曶。
惟草木之零落兮　零，一作苓。
不撫壯而棄穢兮　一無不字，非是。
何不改乎此度也　一無也字。
乘騏驥以馳騁兮　乘，一作棄，一作策。馳，一作駝。
來吾導夫先路也　導，一作道。一無也字。
豈維紉夫蕙茝　紉，一作紐，非是。茝，一作芷。
何桀紂之猖披兮　猖，一作昌，一作倡，一作裮。披，一作被。
夫唯捷徑以窘步　唯，一作維。
惟黨人之偷樂兮　惟下一有夫字。
豈余身之憚殃兮　一無身字，一作心字。殃，一作怏字，俱非是。
忽奔走以先後兮　忽，一作曶，一作急。

荃不揆余之中情　荃，一作蓀。揆，一作察。中，一作忠。

反信讒而齌怒　齌，一作齊，一作齎，一作欶。

忍而不能舍也　忍上一有余字。一無而字。一無也字。

夫唯靈脩之故也　唯，一作惟。一無也字。

曰黄昏以爲期兮羌中道而改路　一本無此二句。

後悔遯而有他　遯，一作遁。他，一作佗。

余既不難夫離别兮　一無既字。一無夫字。

余既滋蘭之九畹兮　滋，一作蕬，與栽同。

又樹蕙之百畝　畝，一作晦。

畦留夷與揭車兮　留夷，一作藰荑。揭，一作藒，一作藹。

雜杜衡與芳芷　衡，一作蘅。

冀枝葉之峻茂兮　峻茂，一作葰楙。

願竢時乎吾將刈　竢，一作俟。

衆皆競進以貪婪兮　以，一作而。

憑不厭乎求索　憑，一作馮。

羌内恕己以量人兮　一無己字。

各興心而嫉妬　興，一作與，非是。

夕飡秋菊之落英　飡，一作湌。

長顑頷亦何傷　頷，一作頜。

擥木根以結茝兮　擥，一作掔。擥，音覽。掔，啓妍反。音異而義同也。茝，一作芷。

蹇吾法夫前脩　蹇，一作謇。

非世俗之所服　世，一作時，非是。避唐而改者，後多倣此。

哀人生之多艱　人，一作民。

又申之以攬茝　一無以字，非是。茝，一作芷。

終不察夫人心　人，一作民。

衆女嫉余之蛾眉兮　蛾，一作娥，非是。

謡諑謂余以善淫　以，一作之。

固世俗之工巧兮　世，一作時。

忳鬱邑余侘傺兮　邑，一作悒。

吾獨窮困乎此時也　一無也字。

寧溘死以流亡兮　以，一作而。

余不忍爲此態也　一無也字。

自前世而固然　世，一作代。
何方圜之能周兮　圜，一作圓。周，一作同。
忍尤而攘詬　詬，一作詢，一作垢。
回朕車以復路兮　回，一作迴。
退將復脩吾初服　一無復字。
集芙蓉以爲裳　集，一作雧。
忽反顧以游目兮　游，一作遊。
人生各有所樂兮　人，一作民。
余獨好脩以爲常　脩，一作循，非是。
豈余心之可懲　豈，一作非。可，一作何。俱非是。
女須之嬋媛兮　須，一作嬃。嬋媛，一作撣援。
申申其詈予　詈，一作罵。予，一作余。
鯀婞直一亡身兮　鯀，一作鮌，一作縣。婞，一作婞。亡，一作方，非是。
終然殀乎羽之野　殀，一作夭。
汝何博謇而好脩兮　謇，一作謇。
薋菉葹以盈室兮　薋，一作茨。

夫何煢獨而不予聽　煢，一作茕，一作惸。予，一作余。

依前聖以節中兮　以，一作之，非是。

喟憑心而歷茲　憑，一作馮。

就重華而陳詞　陳詞，一作敶辭。

五子用失乎家巷　巷，一作衖，與巷同，一作居，非是。

羿淫佚以畋遊兮　畋，一作田。

固亂流其鮮終兮　固，一作國，非是。鮮，一作尠。

澆身被服强圉兮　澆，一作奡。服，一作於。强圉，一作疆禦。

縱欲而不忍　欲下一有殺字，非是。而，一作以。

厥首用夫顛隕　夫，一作以，一無夫字。顛，一作巔。

后辛之菹醢兮　菹，一作爼，後倣此。

殷宗用之不長　之，一作而。

湯禹嚴而祗敬兮　嚴，一作儼。

周論道而夏差　差，一作蹉。

舉賢才而授能兮　一無才字。

循繩墨而不頗　循，一作脩，非是。頗，一作陂。

覽民德焉錯輔　民，一作人。

夫維聖哲之茂行兮　之，一作以。

相觀民之計極　民，一作人。

阽余身而危死兮　死下一有節字，非是。

不量鑿而正枘兮　正，一作進。

增歔欷余鬱悒兮　增，一作曾。悒，一作邑。

攬茹蕙以掩涕兮　攬，一作檻，一作擥，一作掔。

跪敷衽以陳辭兮　陳辭，一作敶辭。

駟玉虬以乘鷖兮　虬，一作虯。乘，一作椉。鷖，一作翳。

溘埃風余上征　溘，一作壒。

夕余至乎懸圃　懸，一作縣，一作玄。

欲少留此靈瑣兮　少，一作夕，非是。瑣，一作璅。

望崦嵫而勿迫　崦嵫，一作奄茲。勿，一作未，非是。

路漫漫其脩遠兮　漫漫，一作曼曼。

揔余轡乎扶桑　扶，一作搏。

聊逍遥以相羊　逍遥，一作須臾。相羊，一作穰徉。羊，一作佯。

鸞凰爲余先戒兮　凰，一作皇，一作鳳。先戒，一作我前。

雷師告我以未具　我，一作余。

帥雲霓而來御　帥，一作率。霓，一作蜺。

時曖曖其將罷兮　罷，一作疲，非是。

結幽蘭而延佇　而，一作以。

朝吾將濟於白水兮　於，一作乎。

登閬風而緤馬　緤，一作絏。

溘吾遊此春宫兮　溘，一作塧。

相下女之可詒　詒，一作貽。

吾令豐隆乘雲兮　乘，一作椉。

求處妃之所在　處，一作宓。

忽緯繣其難遷　緯繣，一作徽㩇，一作徽㦤，一作徽繣。

朝濯髮於洧盤　盤，一作槃。

保厥美以驕傲兮　傲，一作敖，一作驁。

來違棄而改求　棄，一作弃。

覽相觀於四極兮　覽相，一作求覽。

周流乎天余乃下　一作天乎，一無乎字，俱非是。

見有娀之佚女　佚，一作妷。

雄鳩之鳴逝兮　雄，一作鴆，羽弓反。一作鳲，呼故反。

鳳凰既受詒兮　凰，一作皇。詒，一作詔，非是。

欲遠集而無所止兮　集，一作進，非是。

世溷濁而嫉賢兮　世，一作時，非是。

好蔽美而稱惡　美，一作善，非是。

閨中既以邃遠兮　一無以字。

余焉能忍而與此中古　一無而字。

索藑茅與筳篿兮　藑，一作瓊。與，一作以。俱非是。

豈惟是其有女　惟，一作唯。

勉遠逝而無狐疑兮　一無狐字。

孰求美而釋汝　汝，一作女。

何所獨無芳草兮　草，一作艸。

爾何懷乎故宇　爾，一作尒，通用。宇，一作宅，古文度字，非是。

孰云察余之美惡　美惡，一作中情。美，一作善。俱非是。

人好惡其不同兮　人，一作民。
户服艾以盈腰兮　腰，一作要。
謂幽蘭其不可佩　其，一作兮，一作之。
覽察草木其猶未得兮　一無覽字。草，一作艸，一作卉。猶，一作獨，非是。
蘇糞壤以充幃兮　以，一作目。
九疑繽其並迎　疑，一作嶷。
勉升降以上下兮　升，一作陞。
求矩矱之所同　矩矱，一作榘蘉。
湯禹嚴而求合兮　嚴，一作儼。
摯臯陶而能調　臯陶，一作咎繇。
又何必用夫行媒　一無又字。
時亦猶其未央　其，一作而。
恐鵜鴂之先鳴兮　鵜鴂，一作鷤鴂。
使夫百草爲之不芳　一無夫字。一無爲字。草，一作艸，一作卉。
何瓊佩之偃蹇兮　佩，一作珮。
惟此黨人之不諒兮　諒，一作亮。

世繽紛以變易兮　世，一作時。以，一作其。
何昔日之芳草兮　草，一作屮，一作卉。
今直爲此蕭艾也莫好脩之害也　一無蕭字。一無二也字。
椒專佞以慢慆兮　慢，一作謾，一作漫，一作嫚。慆，一作謟。
榝又欲充夫佩幃　夫，一作其，非是。
既干進而務入兮　而，一作以。
固世俗之流從兮　世，一作時。流從，一作從流。從，又一作徙，非是。
又况揭車與江離　揭，一作藒。離，一作蘺。
惟兹佩之可貴兮　之，一作其。
芳菲菲而難虧兮　而，一作其。虧，一作虧。
芬至今猶未沬　芬下一有複出芬字。
歷吉日乎吾將行　一無吉字。
精瓊靡以爲粻　粻，一作糧，一作粮。
揚雲霓之晻藹兮　揚下一有志字，非是。藹，一作藹，一作藹。
鳳凰翼其承旂兮　凰，一作皇。翼，一作紛。
高翱翔之翼翼　之，一作而。

麾蛟龍以梁津兮　以，一作使。

詔西皇使涉予　予，一作余。

騰衆車使徑待　待，一作持，非是。

駕八龍之蜿蜿兮　一作婉婉。

載雲旗之委蛇　一作逶迤，一作委移。

聊抑志而弭節兮　一無聊字。

神高馳之邈邈　神高馳，一作邁高地，非是。

聊假日以愉樂　假，一作暇，一音暇，俱非是。愉，一作媮。

陟升皇之赫曦兮　一無陟字。升，一作陞。曦，一作戲。

僕夫悲余馬懷兮　悲，一作忘，非是。

已矣哉國無人莫我知兮　一無哉字。人下一有兮字。

附録

楚辭集解書目著録

祁承㸁澹生堂藏書目集部辭賦騷：

楚詞集解十五卷七册，俱汪瑗集。

楚詞蒙引二卷二册。

黄虞稷千頃堂書目卷三十一騷賦類：

汪瑗楚辭集解十五卷，又楚辭蒙引二卷。

徐乾學傳是樓書目集部賦頌：

楚辭集解，明汪瑗，七本。

萬斯同明史卷一百三十六藝文志集部騷賦類：

汪瑗楚辭集解十五卷，又楚辭蒙引二卷。

張廷玉明史卷九十九藝文志集部總集類：

汪瑗楚辭集解十五卷。

嵇璜續文獻通考卷一百八十九經籍考集楚辭：

汪瑗楚辭集解八卷，蒙引二卷，考異一卷。瑗字玉卿，歙縣人。

嵇璜續通志卷一百六十二藝文畧文類楚辭：

楚辭集解八卷，蒙引二卷，考異一卷，明汪瑗撰。

永瑢四庫全書總目卷一百四十八集部楚辭類存目：

楚辭集解八卷，蒙引二卷，考異一卷，兩淮鹽政採進本，明汪瑗撰。瑗字玉卿，歙縣人。是書集解八卷，惟註屈原諸賦，而宋玉、景差以下諸篇弗與。蒙引二卷，皆辨證文義。考異一卷，則以王逸、洪興祖、朱子三本互校其字句也。楚辭一書，文重義隱，寄託遥深。自漢以來，訓詁或有異同，而大旨不相違舛。瑗乃以臆測之見，務爲新説以排詆諸家。其尤舛者，以「何必懷故都」一語爲離騷之綱領，謂「實有去楚之志」，而深闢洪興祖等謂「原惓惓宗國」之非。又謂原爲聖人之徒，必不肎自沈於水，而痛斥司馬遷以下諸家言死於汨羅之誣。蓋掇拾王安石聞吕望之解舟詩李壁註中語也。亦可爲疑所不當疑、信所不當信矣。

勞逢源（道光）歙縣志卷九藝文志書目：

楚辭集解、蒙引考異、巽麓草堂诗集，俱汪瑗。

何紹基（光緒）重修安徽通志卷三百四十二藝文志集部：

楚辭集解八卷，蒙引二卷，考異一卷，汪瑗著。

丁仁八千卷樓書目卷十五集部楚詞類：

楚辭集解八卷，蒙引二卷，考異一卷，明汪瑗撰，明刊本。

石國柱、樓文釗（民國）歙縣志卷十五藝文志書目：

楚辭集解八卷，蒙引考異三卷，巽麓草堂詩集，俱汪瑗。

王重民輯録、袁同禮重校美國國會圖書館中國善本書録：

楚辭集解八卷，首一卷，蒙引二卷，考異一卷，天問註補二卷，十四册一夾板，明萬曆間刻本，十行二十字。原題「新安汪瑗玉卿集解，秣陵焦竑弱侯訂正」。按：瑗脱稿後五十六年，其侄仲弘始爲補輯刊行，天問註稿已佚，仲弘因别撰天問註補附於後，提要未道及，當由所據本無天問註補二卷也。按：仲弘於天算之學，本無造詣，牽强作解，故所釋多所扞格。卷内有眉批两則，又頗能摘其故實之誤也。歸有光序，嘉靖三十七年（一五五八），焦竑序，萬曆四十三年（一六一五），自序、汪仲弘序，萬曆四十六年（一六一八）。

補。

北京圖書館北京圖書館善本書目著録：

楚辭集解十五卷，大序一卷，小序一卷，蒙引二卷，考異一卷，明汪瑗撰，汪仲弘補。天問註補二卷，明汪仲弘撰，明萬曆汪文英刻本，十六册十行二十字，白口，左右雙邊。天問註補二卷，明汪仲弘撰，明萬曆汪文英刻本，二册。

圖書在版編目(CIP)數據

楚辭集解 /（明）汪瑗集解;（明）汪仲弘補輯;
熊良智,肖嬌嬌,牟歆點校. —上海：上海古籍出版社,
2017.12
（楚辭要籍叢刊）
ISBN 978-7-5325-8617-2

Ⅰ.①楚… Ⅱ.①汪… ②汪… ③熊… ④肖… ⑤牟
… Ⅲ.①《楚辭》—注釋 Ⅳ.①I222.3

中國版本圖書館 CIP 數據核字(2017)第 239104 號

楚辭要籍叢刊

楚辭集解

［明］汪　瑗　集解

［明］汪仲弘　補輯

熊良智　肖嬌嬌　牟歆　點校

上海古籍出版社出版發行

（上海瑞金二路 272 號　郵政編碼 200020）

（1）網址：www.guji.com.cn

（2）E-mail：gujil@guji.com.cn

（3）易文網網址：www.ewen.co

上海展强印刷有限公司

開本 850×1168　1/32　印張 23.25　插頁 5　字數 391,000

2017 年 12 月第 1 版　2017 年 12 月第 1 次印刷

印數：1—3,100

ISBN 978-7-5325-8617-2

I·3216　定價：88.00 元

如有質量問題,請與承印公司聯繫